HEYNE BÜCHER

Das Buch

Nur schweren Herzens gibt Lori Adams, eine junge, unverheiratete New Yorker Schauspielerin, ihr Baby zur Adoption frei. Sie liebt Brett, den Vater des Kindes, der selbst am Anfang einer vielversprechenden Schauspielkarriere steht. Aber beide fühlen sich außerstande, angemessen für den kleinen Jungen zu sorgen. Christie und Bill Salem, die auf tragische Weise ihren kleinen Sohn verloren haben, sind die Adoptiveltern. Bei ihnen findet Scottie in den nächsten zwei Jahren Liebe und Geborgenheit. Dann wird Christie wieder schwanger. Auch die Lebensumstände von Lori und Brett haben sich inzwischen dramatisch verändert – sie fordern ihr Kind zurück. Das Gesetz scheint auf der Seite der leiblichen Eltern zu stehen. In einem spektakulären Prozeß muß das Schicksal des kleinen Scottie entschieden werden.

Der Autor

Henry Denker hat zahlreiche Romane verfaßt, die von Kritik und Leserschaft mit Begeisterung aufgenommen wurden. Auch als Autor preisgekrönter Arbeiten für Funk und Fernsehen sowie mit vielen erfolgreichen Broadway-Stücken hat sich Denker einen Namen gemacht. Der Autor lebt mit seiner Frau in New York.

Als Heyne-Taschenbücher liegen außerdem vor: *Ärztin im Kreuzverhör* (01/9120), *Die Tochter des Arztes* (01/9431), *Dr. Christine Warfield* (01/9920).

HENRY DENKER

KIND DER TRÄNEN, KIND DES LACHENS

Roman

Aus dem Amerikanischen von
H. Roberts

WILHELM HEYNE VERLAG
MÜNCHEN

HEYNE ALLGEMEINE REIHE
NR. 01/10501

Titel der Originalausgabe
THIS CHILD IS MINE

Umwelthinweis:
Das Buch wurde auf
chlor- und säurefreiem Papier gedruckt.

Redaktion: Julia Bauer

3. Auflage

Printed in Denmark 1998
Umschlagillustration: IFA-Bilderteam/Endler, Taufkirchen
Umschlaggestaltung: Atelier Ingrid Schütz, München
Satz: Alinea GmbH, München
Druck und Bindung: Nørhaven, Viborg

ISBN 3-453-13084-7

Für meine Frau Edith

Kapitel 1

Für einen Junitag war es ungewöhnlich heiß gewesen. Sogar nach Sonnenuntergang lastete die Hitze noch schwer auf der Stadt. Deshalb überlegten Bill und Christine Salem, ob sie die Klimaanlage nicht die ganze Nacht weiterlaufen lassen sollten. Bill meinte, daß dies der effektivste Weg sei, die Schwüle im Haus zu bekämpfen, und daß es sicherlich auch ihrem nur wenige Monate alten Sohn Billy nicht schaden würde. Christie zeigte sich allerdings wenig überzeugt: »Jedesmal, wenn ich ihn heute nachmittag aus der Wiege nahm, waren seine Nackenfältchen ganz verschwitzt.«

»Mir ging es auch nicht viel besser, Liebling. Es war eben ein furchtbar heißer Tag.«

»Genau das meine ich doch nur, Bill. Was ist, wenn er im Schlaf sein Köpfchen herumdreht und seine feuchte Haut der kühlen Zugluft ausgesetzt wird?«

»Wie du meinst, Christie«, stimmte Bill ihr schließlich zu. »Ich werde im Kinderzimmer die Lüftungsschlitze schließen.«

Direkt nach den Zehn-Uhr-Nachrichten gingen sie zu Bett, denn Bill hatte am nächsten Morgen bereits früh einen wichtigen Termin. Ihm stand der Abschluß eines einjährigen Wartungsvertrages für die Computeranlage einer großen Firma in Aussicht. Da dies der bisher größte Auftrag für den Jungunternehmer werden konnte, wollte er frisch und ausgeruht in die Verhandlungen gehen.

Als wichtigstes Argument für einen dauerhaften Wartungsservice wollte er darlegen, daß es für die Firma langfristig teurer war, ihn – wie so oft in den letzten Monaten – nur in Notfällen zu rufen. Mit diesem Gedanken schlief er nach einigem Grübeln schließlich ein.

Christie hatte keinerlei Mühe, in tiefen Schlaf zu sinken. Mitten in der Nacht fuhr sie jedoch plötzlich hoch. Zuerst dachte sie, Bill habe sie geweckt. Sein regelmäßiger Atem bewies jedoch, daß er tief und fest schlief. Was aber hatte sie hochschrecken lassen? Ihr Blick suchte den Wecker auf dem Nachttisch neben ihr. In der Dunkelheit konnte sie die Uhrzeit nur mit Mühe erkennen. Es war 4.26 Uhr.

Vor mehr als sechs Stunden hatte sie dem kleinen Billy zum letzten Mal die Brust gegeben. Normalerweise hätte er sich bereits längst wieder melden müssen, aber er schrie nicht. Seltsam! Billy begann gewöhnlich laut zu weinen, wenn er nicht pünktlich seine Milch bekam. Beunruhigt sprang Christie mit einem Satz aus dem Bett und lief durch den Flur in das Kinderzimmer. Es sah aus, als ob Billy schliefe. Sie streckte die Hand aus, um seine Wange zu berühren. Sie war kalt. Sehr kalt. Unnatürlich kalt. Christie streichelte sanft über Billys Köpfchen, doch das Baby zeigte keinerlei Reaktionen. Schließlich nahm sie ihren Sohn aus seinem Bettchen heraus, aber sein kleiner Körper hing schlaff und regungslos in ihren Armen.

»Bill!« schrie Christie, von plötzlicher Furcht erfaßt, und bemühte sich dann verzweifelt, ihrem toten Kind durch Mund-zu-Mund-Beatmung Leben einzuhauchen. Nur wenige Augenblicke später stürzte Bill ins Zimmer und rief: »Chris! Was ist passiert?«

Sie hielt ihm das Baby entgegen.

»Billy! Er atmet nicht mehr!«

»Gib ihn mir!« forderte Bill sie auf und nahm ihr das kleine Bündel aus dem Arm, um es ebenfalls mit Mund-zu-Mund-Beatmung zu versuchen.

»Wir müssen ihn sofort ins Krankenhaus bringen«, rief Christie verzweifelt.

Beide hasteten mit dem leblosen Säugling in die Garage hinunter und sprangen in den Wagen. Bill setzte rückwärts hinaus auf die Straße und steuerte den Wagen in Richtung Krankenhaus.

Da er laut hupend über alle Kreuzungen hinwegjagte und die

meisten Kurven mit quietschenden Reifen nahm, erreichten sie nach nur sieben Minuten die Notaufnahme des Mercy Hospitals.

Mit Christie an seiner Seite und dem Baby im Arm rannte Bill auf das Gebäude zu, stieß die Eingangstüren auf und rief: »Einen Arzt! Wir brauchen dringend einen Arzt!«

Eine in Weiß gekleidete Krankenschwester eilte ihnen entgegen und wies sie nach einem kurzem Blick auf den leblosen Säugling in eines der Untersuchungszimmer. Innerhalb weniger Augenblicke erschien ein Arzt und nahm das Baby aus Bills Armen, um es mit seinem Stethoskop vorsichtig an Brust und Rücken abzuhorchen. Schließlich richtete er seinen Blick zunächst auf die tränenüberströmte Mutter, dann auf den Vater.

»Mr. ...?« erkundigte er sich nach Bills Namen.

»Salem.«

»Mr. Salem ... Mrs. Salem ... Es tut mir sehr leid, aber ich muß Ihnen leider sagen, daß Ihr Baby tot ist – und zwar vermutlich schon seit mehreren Stunden.«

»Das ist unmöglich!« kreischte Christie und stürzte sich auf den Mediziner. Sie stieß ihn beiseite und schlang ihre Arme um das Baby. »Ich verlange einen anderen Arzt.«

Als sich weder der Arzt noch die Krankenschwester regten, wiederholte sie hysterisch ihre Forderung: »Ich bestehe darauf, daß jemand anderes meinen Billy untersucht – und zwar jemand, der etwas von seinem Handwerk versteht.«

»Chris ... Christie ... Liebes«, redete Bill ihr zu und versuchte, seiner Frau das Kind aus den Armen zu nehmen. Doch Christie weigerte sich, Billy freizugeben. »Liebling ... bitte«, flehte Bill.

Tränen flossen ihr über die Wangen, aber noch immer half alles Zureden nichts.

»Hier gibt es niemanden, der bereit ist, wirklich etwas für unseren Schatz zu tun«, rief sie empört. »Alle stehen nur tatenlos herum ... alle, auch du!«

»Christie, bitte ...«

»Selbst du tust nichts«, klagte sie erneut ihren Mann an.

Dann plötzlich verdrehte sie die Augen und wurde ohnmächtig. Glücklicherweise konnte Bill sie noch auffangen, bevor sie zu Boden stürzte. Sanft löste er den reglosen Körper des Säuglings aus ihrer Umklammerung und reichte ihn der Schwester.
»Ich gebe ihr besser eine Beruhigungsspritze, bevor sie wieder zu Bewußtsein kommt«, erklärte der Arzt. »Wenn ihr erst wirklich klar wird, was geschehen ist, wird sie das Mittel nötig haben.«

»Mr. Salem!« Die Stimme Dr. Grissoms, der den nächtlichen Notdienst versah, drang an Bills Ohr.
Hin- und hergerissen zwischen der Sorge um Christies jammervollen Zustand und den bohrenden Fragen Dr. Grissoms, starrte Bill den Arzt mit einem Blick an, der zu sagen schien: Verdammt noch mal, haben Sie denn keinerlei Verständnis für den Schmerz meiner Frau?
Doch Dr. Grissom ließ nicht locker: »Mr. Salem, bitte!«
Bill umarmte Christie ein weiteres Mal zärtlich, als wolle er ihr mit dieser Geste zu verstehen geben, daß er sie nicht lange allein lassen werde. Dann durchquerte er das Untersuchungszimmer, um in einer Ecke leise mit dem Arzt zu sprechen.
»Mr. Salem, ich kann nachfühlen, was für einen Schock Ihnen und Ihrer Frau der unerwartete Tod Ihres Babys bereiten muß. Aber leider müssen wir noch ein paar Formalitäten erledigen und ...«
»Ich werde alles Nötige für die Beisetzung veranlassen. Unser kleiner Billy wird so schnell wie möglich abgeholt werden.«
»Es tut mir leid, aber ich glaube, Sie haben mich mißverstanden«, erwiderte Dr. Grissom. »Ich wollte Sie um die Einwilligung in eine Autopsie Ihres Sohnes bitten.«
»Autopsie? Wozu eine Autopsie?« fragte Bill fassungslos.
»Um die Ursache für den überraschenden Tod Ihres Kindes zu ermitteln – sofern das möglich sein sollte«, erklärte der Arzt.
»Wofür zum Teufel soll das gut sein?« rief Bill mit so lauter Stimme, daß Christie aufmerksam wurde und an seine Seite trat.

»Was ist los, Bill?« brachte sie mühevoll unter Tränen hervor.
»Nichts, Liebes. Gar nichts!« wiegelte Bill ab und gab Dr. Grissom gleichzeitig mit den Augen zu verstehen: Kein Wort von einer Autopsie. Nicht jetzt!
Der Arzt war jedoch dazu verpflichtet, in diesem Punkt Klarheit zu schaffen. »Mr. Salem, es käme uns sehr gelegen, wenn sie uns Ihre Einwilligung gäben. Ich weise Sie jedoch darauf hin, daß uns das Gesetz dazu ermächtigt, auch ohne Ihr Einverständnis vorzugehen.«
»Das Gesetz? Was hat das Gesetz mit unserem Billy zu tun?« fragte Christie.
Dr. Grissom warf Bill einen entschuldigenden Blick zu und erklärte dann so ruhig und sachlich er konnte: »Mrs. Salem, immer dann, wenn ein Todesfall ohne vorherige Krankengeschichte oder ohne eine offenkundige Todesursache vorliegt, schreibt das Gesetz eine Autopsie vor.«
»Autopsie?« wiederholte Christie mit erstickter Stimme. Sie drehte sich zu Bill um und starrte ihn flehentlich an, etwas gegen dieses ungeheuerliche Ansinnen zu unternehmen. Als ihr Mann jedoch wortlos verharrte, wandte sie sich erneut an Dr. Grissom.
»Sie meinen, Sie wollen den zarten, kleinen Körper meines Sohnes ... meines Babys nehmen und ... nein. O nein! Das lasse ich nicht zu. Niemals!«
Sie stürzte zum Untersuchungstisch und preßte ihr totes Kind an sich – bereit, es gegen alle Welt zu verteidigen.
Der Arzt wandte sich erneut an Bill und bat ihn, seine Frau zu beruhigen.
Bill trat behutsam an Christie heran und versuchte, ihr sanft den kleinen Leichnam aus den Armen zu nehmen. Aber sie war außer sich und schien wild entschlossen, ihr einziges Kind vor einem in ihren Augen barbarischen Ritual zu bewahren.
Bill flehte sie an. »Christie ... Liebes ... wir müssen uns dem Gesetz fügen. Es gibt nichts, was wir dagegen tun könnten. Versteh doch, die Leute hier im Krankenhaus tun nur ihre Pflicht, um die Ursache für Billys Tod herauszufinden.«

»Die Ursache?« fuhr Christie den Arzt an. »Sie wollen die Ursache herausfinden? Ach, jetzt verstehe ich. Sie haben wohl zu viel ferngesehen! Heutzutage hört man ja von allem möglichen, was mit Säuglingen angestellt wird. Sie denken wohl, wir hätten unser Baby mißbraucht oder ihm weiß Gott was angetan? Sie glauben, *ich* sei für Billys Tod verantwortlich. Aber ich liebe meinen Jungen! Er bedeutet mir mehr als alles andere auf der Welt, verstehen Sie nicht?«

Unvermittelt gab Christie, von Weinkrämpfen geschüttelt, ihren Widerstand auf. Bill schloß sie in seine Arme und drückte ihr tränenüberströmtes Gesicht tröstend an seine Schulter.

Dr. Grissom nutzte den Moment, um mit sanfter und respektvoller Stimme Christies Vorwürfe zu zerstreuen. »Mrs. Salem, es gibt viele Gründe, die zum Tod eines Säuglings führen können: Hirnblutungen, Hirnhautentzündung, Herzmuskelentzündung – und das, was wir als plötzlichen Kindstod bezeichnen. Nicht nur für die amtlichen Dokumente, sondern vor allem, um eines Tages solche Todesfälle verhindern zu können, ist es für uns von höchster Bedeutung, die genaue Todesursache zu ermitteln. Und dazu hätten wir gerne Ihre Zustimmung.«

»Aber all das kann meinem Billy auch nicht mehr helfen!« klagte Christie.

»Mrs. Salem, wenn Sie mit Ihrer Einwilligung auch nur einer Mutter das Leid ersparen könnten, das Sie zu Zeit erdulden müssen, würden Sie sie dann nicht geben?«

»Das heißt, eine Autopsie würde … könnte …?« Christies Stimme versagte. Sie versuchte, sich zunächst ein wenig zu beruhigen, denn sie wollte auf jeden Fall sichergehen, daß der Arzt die Wahrheit sagte. Sie blickte ihm verzweifelt in die Augen: »Sie meinen, eine Autopsie würde dazu dienen, daß Sie eines Tages einem Säugling wie Billy helfen könnten?«

»Je mehr wir wissen, desto größer sind unsere Chancen, derartige Tragödien zu verhindern.«

Christie Salem überdachte die Worte Dr. Grissoms. Nach einer Weile streckte sie zögernd die Arme aus und erlaubte ihm, ihren Sohn herauszunehmen.

Kapitel 2

Den Arm um ihre Schultern gelegt, führte Bill seine Frau durch den leeren Korridor der Unfallstation des Mercy Hospitals. Obwohl Christie alles andere als klein war, wirkte sie an der Seite ihres kräftigen und großgewachsenen Mannes eher schmächtig. Auf ihrem hübschen, ebenmäßigen Gesicht zeichneten sich deutlich die Spuren getrockneter Tränen ab.

Kurz bevor sie den Ausgang erreichten, schwang die Tür vor ihnen auf, da gerade eine junge Krankenschwester zur Frühschicht kam. Als sie Christies Gesichtsausdruck bemerkte, blieb sie stehen, um ihr und Bill den Vortritt zu lassen, denn sie kannte diesen Blick nur zu gut.

Die beiden traten in die feuchte, noch kühle Luft des frühmorgendlichen Sommertages. Gerade zeigten sich die ersten Sonnenstrahlen am östlichen Horizont, jenseits des Flusses, der die kleine, im Mittelwesten der USA gelegene Stadt in zwei Teile trennte.

Vorsichtig führte Bill seine wie betäubt wirkende Frau zum Wagen und half ihr beim Einsteigen. Nachdem er ihr den Sicherheitsgurt angelegt hatte, stieg er selbst ein, startete den Motor und steuerte auf die Ausfahrt des Krankenhauskomplexes zu.

Er fuhr langsam, sehr langsam im Vergleich zu dem Tempo, mit dem er nur wenige Stunden zuvor zum Krankenhaus gerast war, noch von der Hoffnung getrieben, das Leben des kleinen Sohnes retten zu können.

Bill konzentrierte sich darauf, der Grünphase der Ampeln zu folgen, und bremste meistens schon sehr viel früher als notwendig. Währenddessen gingen ihm die verschiedensten Gedanken durch den Kopf. Was wird uns erwarten, wenn wir unser Haus betreten? Sicher wird uns jetzt alles sehr verlassen und leer vorkommen. Werde ich um das Kinderzimmer, in das ich immer als erstes geschaut habe, wenn ich von der Arbeit nach Hause kam, in Zukunft einen Bogen machen? Was wird vor allem mit Christie? Seitdem sie Billy dem Arzt in die

Arme legte, hat sie kein Wort mehr gesprochen. Nicht ein einziges Wort! Ich weiß nur eins: So groß mein Schmerz und meine Trauer auch sein mögen, ich muß mich jetzt beherrschen! Wenigstens für den Augenblick.

Bill fuhr schweigend weiter. Auch Christie blickte weiterhin starr geradeaus, ohne daß ihre Augen etwas wahrzunehmen schienen. Als sie jedoch die Abzweigung erreichten, an der es in ihre Straße ging, wandte sich Christie an Bill.

»Nein«, sagte sie bloß leise.

»Nein?«

»Fahr bitte weiter«, bat sie.

»Wohin?«

»Das spielt keine Rolle. Irgendwohin.«

Da es Bill geraten schien, Christie in ihrer bemitleidenswerten Verfassung nicht zu widersprechen, folgte er einfach weiter der Hauptstraße.

Nach einiger Zeit hatten sie die Stadt hinter sich gelassen und fuhren nun auf dem Highway. Vielleicht lag es an der offenen Landschaft um sie rings herum, daß Christie sich schließlich wieder durchringen konnte zu sprechen.

»Ich bin schuld. Ich allein!« brachte sie stockend über die Lippen.

»Wieso bist du schuld?« fragte Bill verblüfft.

»Wenn ich doch nur rechtzeitig aufgewacht wäre und nicht verschlafen hätte ...«, stammelte sie verzweifelt.

»Aber das ist doch Unsinn, Liebes. Du hast doch gehört, wie der Arzt sagte, daß niemand weiß, wann und warum so etwas geschieht.«

»Aber wenn ich bei Billy gewesen wäre, als er verzweifelt nach Atem rang ...«

»Bitte Liebling, quäl dich doch nicht damit«, versuchte Bill ihre Selbstvorwürfe zu zerstreuen, während er sich gleichzeitig ebenso das Hirn zermarterte, wie Billys tragischer Tod zu vermeiden gewesen wäre.

Wieder riß ihn Christies Stimme aus seinen Grübeleien.

»Glaubst du, daß er es gewußt hat? Ich meine, ob er wohl etwas spürte? Ob er Schmerzen litt? Ob er um sein Leben kämpfte?«

»Diese Fragen kann niemand beantworten, Christie. Deshalb hat es auch keinen Sinn, sich damit verrückt zu machen. Es war weder deine noch meine Schuld. Niemand konnte es vorhersehen.«

Doch ungeachtet dieser Beschwichtigungen brach es voller Überzeugung aus Christie heraus. »Ich bin mir sicher, daß Billy das Gefühl hatte, im Stich gelassen zu werden.«

»Wer soll ihn denn im Stich gelassen haben?«

»Ich!«

»Du ihn im Stich gelassen?« wiederholte Bill ungläubig. »Großer Gott, es hat nie eine hingebungsvollere Mutter als dich gegeben, Christie! Niemals!«

»Ich habe ihn allein gelassen«, beharrte sie mit der Entschiedenheit einer Person, die einen Sachverhalt von allen Seiten gründlich betrachtet hat und zu einer für sie zwangsläufigen Schlußfolgerung gelangt ist.

»Wann?« hakte Bill nach. »Wann hast du Billy allein gelassen?«

»Als ich wieder zu arbeiten anfing«, stellte Christie fest.

»Aber wir haben doch Mrs. Baines engagiert – die beste Kinderfrau, die wir finden konnten. Jeder bestätigte uns, daß sie großartig mit Kindern umzugehen versteht, und das tut sie auch. Niemand hätte besser auf Billy achtgeben können. Außerdem bist du alle vier Stunden nach Hause gefahren, um ihm die Brust zu geben. Wie kannst du da sagen, daß du ihn im Stich gelassen hast?« rief Bill entrüstet.

»Ich hätte niemals fortgehen dürfen«, war alles, was Christie entgegnete. Dann verfiel sie erneut in tiefes Schweigen.

Nach einer ganzen Weile versuchte Bill, das Gespräch wieder in Gang zu bringen. »Wenn du wirklich davon überzeugt bist, daß das alles nur geschehen ist, weil Billy vernachlässigt wurde, dann richte deine Vorwürfe an die richtige Adresse – nämlich an mich!«

»Du bist nicht schuld. Ich bin es!«

»Wer hatte denn die Idee, daß du wieder deine alte Arbeit aufnehmen solltest?« fragte Bill.
»Das spielt doch keine Rolle«, stellte Christie fest, die sich ganz ihren Schuldgefühlen hingab.
»Natürlich spielt das eine Rolle. Wenn ich nicht dein Einkommen dazu benötigt hätte, meine Firma aufzubauen ... wenn ich nicht mehr und mehr Aufträge bekommen hätte ... wenn, wenn, wenn! Wenn damals nicht die Computerproduktion nach Süden verlegt worden wäre, dann hätte ich heute noch meine alte Stelle ... dann hätte ich nicht eine eigene Firma aufbauen müssen ... und ich hätte nicht das notwendige Startkapital benötigt. Aber wären meine Geschäfte schlechter gelaufen, dann hätten wir uns nicht dazu entschlossen, Billy zu bekommen. Jedenfalls nicht so bald. Siehst du nicht, Christie, daß alles Wenn und Aber nicht weiterhilft? Nur eine Sache ist wirklich sicher – daß du eine wundervolle Mutter warst. Und zwar vom ersten Augenblick an.«
»Warum mußte unser Baby dann sterben?« fragte Christie.
Auf diese Frage wußte auch Bill keine Antwort zu geben.
Während er immer weiterfuhr, hingen beide ihren Gedanken nach. Tatsächlich war alles dadurch ins Rollen gekommen, daß das Computerwerk in der Stadt die Fertigung eingestellt hatte, dachte Bill. Danach hatte er monatelang, ja beinahe ein Jahr nach einer neuen Anstellung als Techniker gesucht. Er war mehrere hundert Meilen weit gefahren, um sich bei zahlreichen Firmen vorzustellen. Außerdem hatte er endlos viele Bewerbungsschreiben verschickt. Doch einen Job hatte er trotz aller Bemühungen nicht gefunden.
Ihre finanziellen Probleme hatten sich schließlich immer mehr zugespitzt. Als beider Ersparnisse und seine Abfindungsprämie aufgebraucht waren, hatten sie nur noch Christies Einkommen zur Verfügung gehabt. Das von ihr verdiente Geld reichte jedoch nicht aus, um die auf das Haus aufgenommene Hypothek abzuzahlen, so daß eine Zwangsversteigerung schon beinahe unabwendbar erschienen war.
Aus reiner Verzweiflung war Bill dann auf die Idee gekommen, sich selbständig zu machen und in seiner Garage eine

kleine Werkstatt für Wartungs- und Reparaturarbeiten an Computern einzurichten. Er hatte in der Lokalzeitung inseriert und zudem selbst Flugblätter verteilt, auf denen er seine Dienste anbot. Wie sich bald herausstellte, gab es durchaus Bedarf an seinen Fähigkeiten.

Anderthalb Jahre später hatte sich seine Auftragslage so entwickelt, daß Christie und er zum ersten Mal mit dem Gedanken spielten, sich ein Baby zu leisten. Nur drei Monate nach Billys Geburt gingen seine Geschäfte schließlich so gut, daß er einen Gehilfen einstellen mußte, um seine Aufträge erfüllen zu können. Außerdem erwies sich die Garage langsam aber sicher als zu klein.

Damals äußerte er den Gedanken, daß Christie ihre frühere Tätigkeit in der kleinen Werbeagentur wieder aufnehmen könnte, in der Bill sie kennengelernt hatte und in der sie bis zu ihrem siebten Schwangerschaftsmonat gearbeitet hatte.

Um sicherzugehen, daß ihr kleiner Sohn Billy nicht unter der Rückkehr seiner Mutter in das Berufsleben leiden mußte, stellten sie die Tagesmutter mit dem besten Leumund in der ganzen Stadt ein. Darüber hinaus war es Christie möglich, ihre Arbeitszeit so einzuteilen, daß Billy bestmöglich versorgt wurde. So konnte sie ihm morgens um acht die Brust geben, bevor sie das Haus verließ, kehrte mittags zurück, um ihn erneut zu füttern, und hatte schließlich bereits um vier Uhr nachmittags Feierabend. Billys gewohnter Vier-Stunden-Rhythmus wurde also in keiner Weise gestört – auch nachts nicht, wobei Christie meist bereits aufwachte, bevor ihr Baby sich meldete.

Während er weiterhin ziellos der Straße folgte, dachte Bill an jenen Tag zurück, an dem Christie den Kleinen zum ersten Mal widerwillig der Betreuung durch Mrs. Baines überlassen hatte. Christie hatte jede Anweisung mindestens ein halbes dutzendmal wiederholt, was die ebenso geduldige wie erfahrene Kinderfrau nickend und lächelnd erduldet hatte, da sie eine so übertriebene Fürsorglichkeit schon oft bei berufstätigen jungen Müttern erlebt hatte.

Mrs. Baines hatte sich auch nicht beleidigt gezeigt, als Christie

an jenem Morgen dreimal angerufen hatte, um sich zu erkundigen, ob Billy wohlauf sei. Bill erinnerte sich auch daran, was Christie am darauffolgenden Abend zu ihm gesagt hatte: »Ich glaube, Billy weiß es.«
»Was weiß er?«
»Daß ich ihn allein gelassen habe. Als ich heute nachmittag nach Hause kam, um ihm die Brust zu geben, hatte ich den Eindruck, daß er stärker sog als gewöhnlich. Ich glaube, daß er mich vermißt hat. Irgendwie habe ich sein Verlangen nach Geborgenheit verletzt.«
Bei der nächsten Routineuntersuchung, die Dr. Whitmore vornahm, stellte der Arzt jedoch fest, daß Billys Gewichtszunahme ebenso normal war wie seine Reflexe, sein Herzschlag und seine Lungen.
»Sehen Sie an ihm irgendwelche Anzeichen dafür, daß er darunter leidet, in der Obhut einer Fremden zu stehen?« fragte Christie. »Es heißt, Babys können sehr empfindsam sein, selbst wenn sie erst drei Monate alt sind.«
»Das können sie allerdings«, bestätigte Dr. Whitmore. »Allem Anschein nach ist dieser junge Mann jedoch durchaus in der Lage, mit den veränderten häuslichen Verhältnissen fertig zu werden. Ich würde mir darüber jedenfalls keine Gedanken machen.«
So hatte er gesagt: »Ich würde mir keine Gedanken machen.« Und doch war es geschehen. In der Nacht des 22. Juni 1994 war das Unfaßbare geschehen.
Und jetzt machte sich Christie deswegen schwere Vorwürfe. Aber wenn es jemanden gibt, dem man Vorwürfe machen muß, dann bin ich es, dachte Bill. Ich hätte in der Lage sein müssen, auch ohne Christies Hilfe zurechtzukommen. Ich hätte sie nicht ermuntern dürfen, wieder ihre alte Arbeit aufzunehmen und Billy einer fremden Frau zu überlassen, nur damit ich die Werkstatt ausbauen konnte. Es ist alles meine Schuld.
Die mittlerweile eng und holprig gewordene Straße wand sich durch weitgedehnte, üppige Kornfelder. Bill hatte den Eindruck, sie seien seit Stunden unterwegs gewesen.

»Liebling ...?« begann er, doch Christie zeigte keine Reaktion. Sie kamen an eine Kreuzung, die groß genug war, um auf ihr wenden zu können.
»Wohin fahren wir jetzt?« fragte Christie nach einiger Zeit.
»Nach Hause«, sagte Bill. »Wir fahren nach Hause.«
Dieses Mal ließ Christie keinen Protest hören. Ohne eine Träne zu vergießen, starrte sie weiterhin nur wortlos geradeaus.

Kapitel 3

Da die Fälle von plötzlichem Kindstod meist sehr heikel waren, hatte es der örtliche Polizeichef zur Regel gemacht, daß die notwendigen Routineermittlungen von einer in Zivil gekleideten Beamtin durchgeführt wurden. Bei Detective Dorothy Hendricks handelte es sich um eine zierliche, adrett gekleidete Frau, deren kurzgeschnittenes dunkelblondes Haar ein eher unscheinbares Gesicht mit mitfühlenden braunen Augen umrahmte. Alles in allem vermittelte sie auf den ersten Blick den Eindruck eines eher schlichten, beinahe naiven Gemütes, obwohl sie eine ausgesprochen erfahrene und aufmerksame Polizistin war.
Als sie wenige Tage nach Billys Tod an der Haustür der Salems läutete, wurde sie von einem der vielen Nachbarn eingelassen, die sich alle große Mühe gaben, den Trauernden mit Trost und allen erdenklichen Hilfen zur Seite zu stehen.
Dorothy Hendricks stellte sich Christie vor und betonte, daß es sich bei ihrem Besuch lediglich um eine Routineangelegenheit handle. Dann fragte sie, ob sie einen Blick in Billys Kinderzimmer werfen dürfe. Während sie den Raum, die Wiege und das Spielzeug sorgfältig unter die Lupe nahm, bat sie Christie, ihr noch einmal alle Details des Geschehens an jenem schrecklichen Tag zu berichten.
Christie schilderte bereitwillig, wie sie Billy gebadet, eine frische Windel angelegt und ein Höschen angezogen hatte.

»Dann habe ich ihn wieder gefüttert ...«
»Haben Sie ihm die Flasche oder die Brust gegeben?« fragte Dorothy Hendricks.
»Die Brust. Ich habe ihm immer die Brust gegeben. Ich hatte das Gefühl, ihm dadurch mehr Geborgenheit zu geben ... vor allem abends und nachts. Normalerweise hätte er sich wieder gegen ein Uhr melden müssen.«
»Ist Ihnen in jener Nacht an Billy etwas Ungewöhnliches aufgefallen? Schien er vielleicht beim Trinken irgendwie anders? Oder zeigte er sonst irgendwelche ungewohnten Verhaltensweisen?«
»Wie Sie sich vielleicht erinnern, war es für Juni ein ungewöhnlich heißer Tag. Deswegen schwitzte Billy mehr als gewöhnlich. Aber abgesehen davon war alles völlig normal. Nachdem ich ihn gefüttert hatte, trug ich ihn noch eine Weile herum. Ich tue das immer, weil er noch ein Bäuerchen machen soll, bevor ich ihn wieder in sein Bettchen lege und ...«
Als Christie plötzlich bewußt wurde, daß sie unwillkürlich die Gegenwartsform benutzte, traten ihr Tränen in die Augen.
»Tun Sie sich keinen Zwang an, Mrs. Salem«, sagte Dorothy Hendricks einfühlsam. »Das Weinen wird Ihnen in Ihrem Kummer ein wenig Erleichterung verschaffen.«
Geduldig und mit anteilnehmender Behutsamkeit half die Ermittlungsbeamtin Christie bei der Rekonstruktion der Einzelheiten des Tagesablaufes, bevor Billy abends zu Bett gebracht worden war.
»Schließlich haben Sie ihn dann also wieder in seine Wiege gelegt ...«
»Ja, und zwar genauso, wie Dr. Whitmore es mir gesagt hatte. Ich legte Billy nicht auf den Bauch, sondern auf die Seite. Zusätzlich rollte ich zwei Handtücher zusammen und legte jeweils eins hinter und eins vor ihn, damit er sich nicht auf den Bauch wälzen konnte, falls er während der Nacht versuchen sollte, sich umzudrehen. Dr. Whitmore hatte gesagt, daß es einem Säugling zustoßen könne, wenn er auf dem Bauch schläft.«
Dorothy Hendricks fiel auf, daß Christie den Begriff »plötz-

licher Kindstod« vermied und statt dessen das tragische Geschehen lediglich als »es« bezeichnete.

»Dann habe ich ihm eine leichte Decke übergelegt ...« Sie griff in die Wiege und hob die flauschige hellblaue Decke heraus. Als Christie zu zittern begann, nahm die Polizistin sie ihr sanft aus der Hand und legte sie in die Wiege zurück.

»Mrs. Salem, wann kamen Sie zum ersten Mal auf den Gedanken, daß etwas nicht in Ordnung war?«

»Haben Sie selbst Kinder?« fragte Christie.

»Nein«, gestand Dorothy Hendricks.

»Wenn Sie selbst welche hätten, dann wüßten Sie, daß man als Mutter eine innere Uhr dafür entwickelt, wann man seinem Baby wieder die Brust geben muß. Man weiß im voraus fast auf die Minute genau, wann es wach wird und vor Hunger zu schreien beginnt. Sogar wenn man tief schläft, wacht man plötzlich auf und stellt fest, daß das Baby sich selbst gerade zu regen beginnt und bald nach der Brust verlangen wird. In jener Nacht jedoch ... als ich in jener Nacht plötzlich erwachte, aber nichts von Billy hörte, da ... da spürte ich, daß etwas passiert war ...«

»Abgesehen davon hatten Sie zuvor jedoch keinerlei Verdacht gehegt?«

»Nein, absolut nicht.« Nach kurzem Zögern fügte Christie, die einen Hintersinn in der Frage zu erkennen glaubte, hinzu: »Im Krankenhaus wurde uns gesagt, die Autopsie habe nicht den geringsten Hinweis darauf ergeben, daß Billy mißhandelt oder vernachlässigt worden sei. Wenn Sie also darauf hinaus wollen, dann ...«

»Aber ich bitte Sie, Mrs. Salem. Hier handelt es sich ganz offensichtlich um einen Fall von plötzlichem Kindstod. Niemand verdächtigt Sie in irgendeiner Hinsicht. Uns geht es nur darum, alle Fakten zu sammeln, die möglicherweise zur Klärung der Todesursache beitragen. Aber ich denke, wir können jetzt endgültig einen Schlußstrich unter den Fall ziehen.«

»*Sie* können vielleicht einen Schlußstrich ziehen«, entgegnete Christie, »aber ich werde niemals dazu in der Lage sein. Niemals!«

»Das glaube ich Ihnen gern«, bestätigte Dorothy Hendricks mit ehrlichem Bedauern. »Ich sollte Sie lieber darauf vorbereiten, daß in den nächsten Tagen noch jemand vom Sozialamt bei Ihnen vorbeischauen wird. Man wird Ihnen wahrscheinlich noch einmal die gleichen Fragen stellen, die Sie heute schon von mir gehört haben. Glauben Sie mir bitte, daß wir alle nur unsere Pflicht tun und Ihnen nichts Böses wollen. Unsere Ermittlungen dienen ausschließlich dem öffentlichen Interesse.«

»Ich weiß«, seufzte Christie.

»Ich möchte Ihnen zum Schluß noch etwas anderes sagen«, fügte die Beamtin hinzu. »Aufgrund der Erfahrungen, die ich bei meinen Ermittlungen in vielen vergleichbaren Fällen sammeln konnte, weiß ich, daß Ihr Schmerz niemals ganz vergehen wird. Aber ich weiß auch, daß sich die Dinge im Laufe der Zeit zum Besseren wenden. Glauben Sie mir, das Leben geht weiter, und Sie werden noch viele Kinder haben können, Mrs. Salem. Deshalb sollten Sie zwar um Billy trauern, sich aber nicht dauerhaft Ihrer augenblicklichen Verzweiflung hingeben.«

Der Trost, den dieser aufrichtig gemeinte Ratschlag Christie zunächst spendete, verflüchtigte sich im weiteren Verlauf des Tages genauso wie die Schar der trauernden Freunde und der kondolierenden Verwandten. Als schließlich der Abend hereinbrach, blieben Bill und Christie allein im Haus zurück.

Nachdem Bill sich tagsüber um die notwendigen Vorbereitungen für Billys Beerdigung gekümmert hatte, gleichzeitig darum bemüht gewesen war, vor all den Trauergästen seine Fassung zu bewahren, und zudem noch dringende Anrufe erledigt hatte, um berufliche Termine zu verschieben, war er am Ende seiner Kräfte angelangt. »Liebling, laß uns zu Bett gehen«, drängte er Christie. »Es war ein schwerer Tag für uns beide. Vielleicht gelingt es uns heute nacht, ein wenig Schlaf zu finden.«

Ohne ein Wort zu sagen und mit ausdruckslosem Gesicht ließ sie sich die Treppe hinaufführen. Im Schlafzimmer angelangt, legte Christie mechanisch ihre Kleidung ab und schlüpfte in ihr Nachthemd. Als sie jedoch ans Bett trat, begann sie plötzlich, unentschlossen und nervös an der Decke herumzunesteln. Bill half ihr und legte zärtlich seinen Arm um sie. Ihr Körper schien zu einem Eisblock erstarrt zu sein. Um sie zu wärmen, rückte er dicht an sie heran, und eng aneinandergekuschelt schliefen beide schließlich ein.

Als Bill etwa zwei Stunden später erwachte, stellte er fest, daß er allein war.

»Christie? Liebling?« rief er sanft.

Keine Antwort. Bill erhob sich und suchte rufend nach seiner Frau.

»Chris ...? Christie ...?«

Beunruhigt eilte er zur Treppe und schaute nach, ob unten Licht brannte, aber im Erdgeschoß war alles dunkel und still. Plötzlich vernahm er ihre Stimme, die aus Billys Zimmer kam, und so trat er an die Tür des ebenfalls unbeleuchteten Raumes. Christie stand an Billys Wickeltisch, auf dem ausgebreitet eine frische Windel, ein Schlüpfer und eine saubere weiße Decke lagen.

Bei diesem Anblick schoß Bill der gräßliche Gedanke durch den Kopf, daß Christie an ihrem Kummer zerbrochen sei. Seine Furcht, sie könne den Verstand verloren haben, war seiner Stimme deutlich anzuhören, als er sie beim Namen rief: »Christie!«

Sie wandte sich zu ihm um. »Mach dir keine Sorgen«, sagte sie leise. »Ich gehe nur noch einmal alles Schritt für Schritt durch.«

»Was gehst du noch einmal durch?«

»Was ich in jener Nacht tat. Ich versuche nur herauszufinden, was ich falsch gemacht habe.«

»Aber die Autopsie hat zweifelsfrei ergeben, daß du nichts falsch gemacht hast«, rief Bill eindringlich. »Niemand hat etwas falsch gemacht.«

»Aber irgend etwas muß anders als sonst gewesen sein, und das muß ich herausfinden«, erwiderte Christie ruhig, aber bestimmt.

Er legte die Arme um sie und versuchte sie dazu zu bewegen, zum Bett zurückzukehren. Aber Christie wehrte seine Umarmung so entschieden ab, daß er die Sinnlosigkeit seiner Bemühungen einsehen mußte.
Daher beobachtete er nur schweigend, wie sie routiniert alle Handgriffe wiederholte, die sie – wie so oft zuvor – auch in jener Nacht ausgeübt hatte. Konzentriert und ohne Hast bemühte sich Christie, sich jede Kleinigkeit wieder ins Gedächtnis zu rufen: das Baden ... das Einölen ... die frische Windel ... der Schlüpfer. Sie nahm das Höschen auf, legte es sich über die Schulter, trug es herum und streichelte es, wie sie sonst ihren kleinen Sohn gestreichelt hatte. Dann wickelte sie ihn sorgsam in eine Decke und legte diese in die Wiege. Schließlich rollte sie zwei Handtücher zusammen und plazierte sie so, daß die Decke an Ort und Stelle fixiert wurde.
Die ganze Zeit über kommentierte Christie laut Sinn und Zweck jedes einzelnen Handgriffs. »Fertig ... ich habe alles richtig gemacht«, schloß sie. »Aber warum ... warum ist er dann ...?«
Sie brach in Tränen aus. Bill zog sie an seine Brust und vernahm ihre nur geflüsterten Worte: »Ich muß das eine Mal irgend etwas falsch gemacht haben ... irgend etwas ...?«
Als Christie einige Zeit später schließlich mit Hilfe des Schlafmittels, das ihr Hausarzt ihr für die erste schwere Zeit verschrieben hatte, in einen unruhigen Schlaf gefallen war, stand Bill erneut auf und verließ das Schlafzimmer.
Wieder betrat er Billys Zimmer und ertappte sich dabei, wie auch er noch einmal jeden einzelnen Schritt jener verhängnisvollen Nacht nachzuvollziehen versuchte. Auch er hatte Billy viele Male gebadet, eingeölt und gewickelt, denn er und Christie verstanden es als ihre gemeinsame Aufgabe und Erfahrung, das Kind großzuziehen.
Jetzt, mitten in der Nacht, wurde ihm – wenn auch widerstrebend – schlagartig klar, daß auch der *Verlust* eines Kindes eine gemeinsame Erfahrung darstellte. Allein in der Dunkelheit und ohne die Bürde, Christie durch seine gefaßte Haltung

Trost spenden zu müssen, gab sich Bill nun ganz seinem Schmerz hin.
Seit dem Tod seines Vaters hatte Bill keine Träne mehr vergossen. Doch nun, vor der leeren Wiege seines Sohnes stehend, begann er zu weinen, und heiße Tränen rannen ihm über die Wangen. Er zuckte zusammen, als er plötzlich meinte, eine Bewegung wahrzunehmen. Hastig wischte er sich mit dem Handrücken die Tränen aus den Augen und schaute sich suchend um. Er stellte jedoch mit einem Blick ins Schlafzimmer fest, daß Christie immer noch ruhig im Bett lag. Seine Erleichterung, sie so vorzufinden, konnte seinen Kummer allerdings nicht lindern. Er kehrte in Billys Zimmer zurück. Billys Zimmer. Doch es gab keinen Billy mehr.
Endlich ließ er seinen Tränen freien Lauf. Er sank auf die Knie und weinte hemmungslos.

Kapitel 4

Wenige Tage, nachdem Billy in engstem Kreise beigesetzt worden war, läuteten bei den Salems Mitglieder einer Selbsthilfegruppe, bei denen es sich um Eltern handelte, die alle das gleiche Schicksal erfahren hatten wie Christie und Bill. Sie wollten den beiden Leidensgefährten Trost zusprechen und versuchten, ihnen immer wieder klarzumachen, daß sie keinerlei Schuld am Tod ihres Kindes treffe.
Christie schien ihnen aufmerksam zuzuhören und die Erklärungen und Ratschläge ihrer Besucher zu verinnerlichen. Bill kannte seine Frau allerdings viel zu gut, als daß sie ihm etwas hätte vormachen können. Ihm entging nicht, daß Christie noch keineswegs bereit und in der Lage war, alle Selbstzweifel abzulegen. Als die Leute sich verabschiedet hatten, schlug er ihr vor, wieder zur Arbeit zu gehen, um dadurch Ablenkung zu finden.
»Du hast recht«, bestätigte Christie. »Ich muß langsam wieder versuchen, ein normales Leben zu führen – wenn

schon nicht um meiner selbst willen, dann wenigstens für dich, Liebling. Du hast schließlich dasselbe durchlitten wie ich.«

Trotz nach wie vor schlaflos verbrachter Nächte stand Christie an den folgenden Tagen morgens pünktlich auf und kleidete sich an, um sich dann auf den Weg zur Arbeit zu machen. Bills anfängliche Erleichterung, daß seine Frau anscheinend einen wichtigen Schritt voran gemacht hatte, erhielt jedoch einen Dämpfer, als er vier Tage später einen Anruf von Mr. Derwent erhielt. Christies Chef erkundigte sich bei ihm, ob sie wieder in der Verfassung sei, ins Büro zu kommen.

Daraufhin parkte Bill den folgenden Morgen am Ende der Straße und wartete dort, bis Christie kurze Zeit später aufbrach. In sicherer Entfernung folgte er ihr heimlich und stellte fest, daß sie zur Stadtbibliothek fuhr. Unentdeckt beobachtete er, wie sie die Abteilung für Fachzeitschriften aufsuchte und sich dort in die Lektüre pädriatischer Veröffentlichungen vertiefte. Offenkundig bemühte sich Christie, alles über den letzten Stand der Forschung zum plötzlichen Kindstod in Erfahrung zu bringen.

Noch am selben Nachmittag suchte Bill Dr. Whitmore auf, um ihm von seiner Entdeckung zu berichten. »Meinen Sie, ich sollte mit Christie zu einem Psychiater gehen?« fragte er ratsuchend.

»Bill, jeder Mensch bemüht sich auf seine eigene Weise, Trauer zu bewältigen«, erklärte der Mediziner. »Gewiß gibt es keine grundsätzlichen Unterschiede zwischen Frauen und Männern, was den Umgang mit Kummer und Leid angeht. Aber in Fällen wie diesem liegt ein ganz wesentlicher Unterschied vor. Christie hat in den langen Monaten ihrer Schwangerschaft sehr viel intensiver als Sie die Aufregungen, Probleme, aber auch die Vorfreude durchlebt, die mit Billys Geburt verknüpft waren. Jetzt, nach seinem völlig unerwarteten Verlust, sieht sich Christie plötzlich mit einer entsetzlichen Leere konfrontiert. Alles, was sie sich in den neun Monaten vor ihrer Niederkunft ausgemalt und erträumt hatte, all die Sorgen und Qualen der Geburt, all das ist über

Nacht auf die denkbar schlimmste Weise sinnlos geworden. Nein, Bill, was Christie braucht, ist kein Psychiater, sondern etwas, das ihr hilft, die leidvolle Leere in ihrem Leben sinnvoll auszufüllen.«
»Sie meinen … ein Kind?« fragte Bill zögernd.
»Genau das«, bestätigte der Arzt.
»Es gibt nichts, worüber ich mich mehr freuen würde. Aber in der Verfassung, in der sich Christie zur Zeit befindet, hätte ich mich nicht getraut, ihr gegenüber diesen Gedanken auch nur anzudeuten.«
»Glauben Sie mir, allein der Gedanke an eine erneute Schwangerschaft gäbe ihr ein Ziel, auf das sie sich freuen könnte«, prophezeite Dr. Whitmore.

Als Bill den von Dr. Whitmore angeregten Vorschlag abends nach dem Zubettgehen so vorsichtig wie möglich zur Sprache brachte, erwiderte Christie: »Liebling, es gibt keinen Grund dafür, dich schuldig zu fühlen.«
Erstaunt über ihre seltsame Reaktion, erklärte er: »Mein Wunsch, wieder ein Kind zu haben, hat nichts mit Schuldgefühlen zu tun. Ich denke nur, daß es einfach das Beste für uns beide wäre.«
»Du meinst, das Beste *für mich«*, korrigierte sie ihn.
»Nein, ich meine für uns beide. Genauso wie wir beide mit Billy Glück empfanden, könnten wir uns über ein neues Baby freuen. Wir wären wieder eine richtige Familie.«
In der Dunkelheit verharrte Christie regungslos neben ihm und starrte an die Decke, ohne eine Antwort zu geben.
Nach langem Schweigen fragte Bill plötzlich: »Was meintest du vorhin eigentlich damit?«
»Womit?«
»Mit dem Hinweis auf meine Schuldgefühle. Warum sollte ich mich schuldig fühlen?«
»Ich sagte doch, daß du keinerlei Grund hättest, dich schuldig zu fühlen«, erklärte Christie.
»Was aber nichts anderes heißt, als daß ich mich sehr wohl schuldig fühlen sollte, auch wenn es keinen triftigen Anlaß

dazu gibt«, bohrte er nach. »Ich möchte wirklich wissen, was du gemeint hast.«
»Aber Bill, ich kann dir wirklich keinen Vorwurf machen«, bekräftigte Christie so nachdrücklich, daß er um so mehr vom Gegenteil überzeugt war.
Bill zog sie schließlich sanft zu sich heran und begann zögernd, ihr seine Gedanken ins Ohr zu flüstern. »Christie, mein Liebling, ... dies ist nicht der richtige Zeitpunkt, um plötzlich Geheimnisse voreinander zu haben und getrennte Wege zu gehen. Wir brauchen uns gegenseitig gerade jetzt mehr denn je. Vor allem wüßte ich nicht, was ich ohne dich machen sollte. Ich wünschte, ich könnte dir all das sagen, was mir auf dem Herzen liegt, aber ich kann es einfach nicht ... aus Angst ... aus Angst, daß ...«
»Aus Angst, daß ich es nicht ertragen könnte?« Christies Äußerung war mehr eine Feststellung als eine Frage.
»Ja«, gestand Bill.
»Ich weiß, Liebling, ich weiß.«
Er spürte ihre heißen Tränen an seiner nackten Brust. Er umarmte sie noch inniger, küßte sie zärtlich, und plötzlich erwiderte sie den Kuß. Dann liebten sie sich zum ersten Mal seit jener entsetzlichen Nacht.
Anschließend gestand Christie ihm, was sie mit ihrer Andeutung gemeint hatte. »Ich dachte, du könntest Schuldgefühle empfinden, weil ich auf deinen Vorschlag hin wieder zu arbeiten begonnen hatte. Denn das war das einzige, was eine Veränderung für Billy darstellte: daß ich nicht immer für ihn da sein konnte. Vielleicht fühlte er sich dadurch unerwünscht und entschied sich deswegen, ... einfach fortzugehen.«
»Aber nein, Christie! Kein Kind ist jemals mehr geliebt worden als unser Baby«, widersprach Bill vehement.
Darauf hin rückte Christie dichter an ihn heran und klammerte sich förmlich an ihn. In dieser innigen Umarmung schliefen beide schließlich ein.

Kapitel 5

In den nachfolgenden Wochen durchlebten Christie und Bill Salem immer wieder jene letzte Nacht ihres Babys. Verzweifelt bemühten sie sich, die geheimnisvolle Todesursache zu ergründen, die nach Auffassung aller Ärzte, mit denen sie gesprochen hatten, nicht zu ergründen war.

Gelegentlich beim Abendessen oder auch später am Abend, vor allem, wenn sie miteinander geschlafen hatten und er die Situation für günstig hielt, deutete Bill vielsagend an: »Bitte, Liebling ...!«

Bill brauchte keine weiteren Worte zu verlieren, denn Christie wußte genau, was er damit sagen wollte: Wir müssen endlich mit dieser selbstzerstörerischen Grübelei aufhören. Sie führt zu nichts und stürzt uns beide nur immer wieder von neuem in Leid und Frustration.

Langsame, aber sicher kam Christie auch durch ihre berufliche Tätigkeit auf andere Gedanken. Die Erstellung von Layouts für Werbeanzeigen verlangte von ihr Konzentration und Kreativität und hielt sie davon ab, sich ständig nur mit Selbstvorwürfen und unlösbaren Fragen zu quälen. Ihr Tagesablauf wurde daher mehr und mehr durch diszipliniertes Arbeiten bestimmt.

Aber es blieben immer noch die langen, stillen Nächte.

Fünf Monate vergingen, ohne daß Christie erneut schwanger geworden wäre. Sie und Bill argwöhnten, daß möglicherweise etwas nicht stimmte. Es hatte zwar auch bei ihrer ersten Schwangerschaft lange gedauert, aber das – so hatte ihre Gynäkologin Dr. Montcrief damals erklärt – war eine Folge der Pille gewesen, die sie davor über viele Jahre genommen hatte. Diesmal riet die Ärztin beiden lediglich, sich noch ein paar Monate zu gedulden.

Als weitere vier Monate ergebnislos verstrichen waren, machte sich Bill allein auf, um Dr. Montcrief unter vier Augen um Rat zu fragen.

»Was ist mit diesen neuen Methoden, von denen man überall in den Zeitungen und im Fernsehen hört, bei denen Babys praktisch im Labor produziert werden? Sollten wir es vielleicht damit versuchen?«
Dr. Montcrief riet erneut, nichts zu überstürzen, sondern Ruhe zu bewahren. »Diese neuartigen Methoden sind nicht in allen Fällen empfehlenswert. Oft müssen Ehepaare enorme Kosten und Belastungen auf sich nehmen und erleben am Ende doch nur Enttäuschungen.«
»Gibt es denn keine Medikamente, die Christie helfen könnten, schwanger zu werden?« fragte Bill verzweifelt.
»Bill, bitte hören Sie mir zu. Ich habe noch nie erlebt, daß Eltern eines Babys, das am plötzlichen Kindstod starb, ihr Schicksal völlig ohne Schuldgefühle und Selbstvorwürfe ertragen hätten. Es handelt sich dabei um eine absolut natürliche Reaktion auf ein höchst widernatürliches Ereignis. Das gilt vor allem für die betroffenen Mütter.
Es ist durchaus möglich, daß Christie durch den erlittenen Schock unter einer emotionalen Sperre leidet, die es ihr zur Zeit unmöglich macht, ein Kind zu empfangen. Vielleicht hält sie sich für schuldig. Vielleicht zweifelt sie auch daran, überhaupt eine gute Mutter zu sein.«
»Aber wie soll sie beweisen können, eine gute Mutter zu sein, solange sie nicht schwanger wird?« fragte Bill zerknirscht.
»Sie beide sind doch jung und körperlich gesund«, tröstete ihn Dr. Montcrief. »Außerdem hat die Analyse Ihres Spermas zweifelsfrei Ihre Zeugungsfähigkeit bewiesen. Sie müssen sich beide nur etwas Zeit lassen und sich nicht zu sehr unter Druck setzen.«
»Wieviel Zeit?« hakte Bill nach.
»Das kann ich Ihnen nicht sagen«, gestand die Ärztin. »Niemand kann das.«
»Wenigstens geht Christie nicht mehr in die Bibliothek«, bemerkte Bill – wohl mehr, um sich selbst Mut zu machen. »Und wenn Leute von der Selbsthilfegruppe kommen, scheint sie seit einiger Zeit auch aufmerksamer zuzuhören. Sobald wir

allerdings wieder allein sind, beginnt sie jedesmal erneut zu weinen.«
Zögernd fügte er um der Wahrheit willen hinzu: »Auch ich fühle mich oft verzweifelt und vom Kummer überwältigt. Aber ich unterdrücke meine Tränen, zumindest wenn Christie in meiner Nähe ist. Ich möchte sie nicht noch zusätzlich belasten.«
»Auch das ist eine typische Verhaltensweise, Bill«, stellte Dr. Montcrief fest. »Wenn einer der betroffenen Elternteile die Befürchtung hegt, der Partner könne am Schmerz zerbrechen, dann wird er oder sie stärker, um dem anderen Halt geben zu können. Ich kann Sie dazu nur ermutigen. Machen Sie so weiter. Und was eine erneute Schwangerschaft betrifft, so kann ich mich nur wiederholen. Sie beide dürfen nicht zu viel von sich verlangen, sondern müssen sich in Geduld üben.«

Kapitel 6

Lori Adams trat aus dem Portal der Frauenklinik an der Westseite der 48. Straße in Manhattan. Die schlanke, blonde junge Frau von zwanzig Jahren machte sich in östlicher Richtung auf den Weg zur Eighth Avenue. Ohne das Hupen der aufgebrachten Autofahrer zur Kenntnis zu nehmen, überquerte sie die Straße bei Rot.
»He, du verrücktes Huhn. Hast du keine Augen im Kopf?« schimpfte eine wütende rauhe Stimme.
Aber erst die quietschenden Reifen eines Wagens, dem es nur durch eine Vollbremsung gelang, eine Kollision mit ihr zu verhindern, ließen sie aus ihrem tranceähnlichen Zustand erwachen. Erschrocken lief sie auf die gegenüberliegende Straßenseite zu, geriet dabei aber ins Straucheln und stürzte mitten auf der Fahrbahn hin. Offensichtlich hatte sie sich dabei das Knie aufgeschlagen, denn an ihrem Hosenbein breitete sich ein Fleck aus, dessen Farbe sich allmählich von Hellrosa in Dunkelrot wandelte.

Ein farbiger Mann mittleren Alters eilte an Loris Seite und faßte sie am Arm, um ihr aufzuhelfen.
»Sind Sie verletzt? Brauchen Sie Hilfe?«
»Nein, nein. Es geht mir gut … alles in Ordnung«, wehrte sie ab, obwohl sie gleichzeitig leise zu weinen begann.
»Soll ich nicht doch besser ein Taxi rufen?« fragte der Mann nach.
»Nein, bitte nicht. Lassen Sie mich einfach in Ruhe«, widersprach Lori und schüttelte seine Hand ab.
»Hören Sie, Ihr Bein sieht aber so aus, als ob …«, begann der Farbige erneut.
»Ich komme schon allein zurecht«, rief Lori gereizt. »Und wenn Sie nicht endlich aufhören, mich zu belästigen, werde ich um Hilfe rufen.«
Angesichts dieser Drohung trat der Mann zurück und hob abwehrend die Hände, um zu signalisieren, daß er ihr keineswegs zu nahe treten wollte.
»Schon gut, Kleine. Ich wollte ja nur helfen.« Er entfernte sich rasch von ihr, wandte sich im Gehen jedoch noch einmal um, da er sich vergewissern wollte, ob Lori wirklich von allein auf die Beine kam.
Ich hätte das nicht sagen sollen und ihn nicht so behandeln dürfen, dachte Lori. Er wollte mir doch nur helfen. Ach verdammt, ich muß dringend Brett finden …
Als sie die Eighth Avenue entlangeilte, um zur 46. Straße zu gelangen, stellte sie fest, daß sie in ihrer Verwirrung die Straßenseite vollkommen unnötigerweise überquert hatte und zurück auf die Westseite mußte. Diesmal wartete sie jedoch, wenn auch ungeduldig, bis die Ampel auf Grün sprang. Mehr rennend als gehend folgte sie dann der 46. Straße, bis sie das Joe Allen's erreichte: ein ebenso preiswertes wie zwangloses Restaurant, in dem viele junge Schauspieler entweder als Aushilfskräfte arbeiteten oder zwischen einzelnen Vorsprechterminen herumhingen und eine Kleinigkeit zu sich nahmen.
Nervös schaute sich Lori suchend um, konnte ihren Freund aber nirgendwo entdecken. »Ist Brett heute nicht für die

Nachmittagsschicht eingeplant?« erkundigte sie sich bei Goldie Levine, die an der Kasse des Restaurants saß.

»Er war es zwar, hat sich aber vor zwei Stunden abgemeldet. Am Hayes-Theater besetzen sie gerade ein neues Sam-Shepard-Stück, und Brett hofft auf eine Chance, vorsprechen zu dürfen«, erklärte Goldie. Ihr Tonfall verriet, daß sie Bretts Bemühungen für ebenso naiv wie liebenswert hielt.

Sie hatte miterlebt, wie eine ganze Generation von vielversprechenden jungen Schauspielern die gleichen zermürbenden Erfahrungen machte. Wie Meereswellen brandeten sie unaufhörlich gegen einen unüberwindbaren Deich, der sie ein um das andere Mal zurückwarf, bis sie schließlich erschöpft abebbten.

Irgendwann verschwanden all die Anwärter über Nacht von der Bildfläche, ohne daß Goldie je mitbekommen hätte, wohin sie gegangen waren. Nur eine Handvoll von ihnen hielt lange genug aus, um es zu bescheidenen Erfolgen zu bringen. Und von diesen wenigen gelang es nur einzelnen, sich tatsächlich einen Namen zu machen und am Ende als Filmstar bekannt zu werden. »Er hat hier mal als Aushilfskellner gearbeitet«, prahlte Goldie in solchen Ausnahmefällen gegenüber den Gästen. »Jetzt bekommt er zehn Millionen Dollar für einen einzigen Film.«

Den meisten widerfuhr jedoch das gleiche Schicksal wie Brett Mann. Irgendwann verließen sie die Stadt und gerieten rasch in Vergessenheit. Und dennoch mühten sich junge Leute wie Brett und Lori bis zur Selbstaufgabe, jene uneinnehmbaren Festungen der Theaterbühnen zu erobern, deren Bretter für sie die Welt bedeuteten.

Auch wenn Goldie aufgrund ihrer ernüchternden Erfahrungen zwangsläufig ein ausgesprochen abgeklärtes Verhältnis zu den Träumen der Stammkunden im Joe Allen's gewonnen hatte, so verfolgte sie doch jedes einzelne Schicksal nach wie vor mit großer Anteilnahme.

Entsprechend entging es ihr in diesem Augenblick keineswegs, daß Lori – wie ihre rotgeränderten Augen verrieten – in

irgendwelchen Schwierigkeiten steckte und allem Anschein nach verzweifelt nach Brett Mann suchte.
»Jetzt setz dich erst mal hin, Herzchen, und trink einen Kaffee«, versuchte Goldie das junge Mädchen zu beruhigen.
Lori schüttelte zunächst den Kopf. Dann jedoch begann sie zu weinen und nickte schließlich zustimmend. Vielleicht würde ihr der Kaffee doch guttun.
Goldie führte sie zu einem ruhigen, abgelegenen Tisch im hinteren Teil des geräumigen Restaurants. Auf dem Weg dorthin wurde Lori von einigen anderen jungen Schauspielern freundlich begrüßt, doch in ihrer gegenwärtigen Verfassung vermochte sie nichts zu erwidern.
Sie mußte beinahe zwei Stunden lang warten und hatte während dieser Zeit bereits vier Tassen Kaffee kalt werden lassen, bevor Brett schließlich das Lokal betrat. Sie bemerkte, daß Goldie den blonden jungen Mann zu sich gerufen hatte, da er sich nun zu ihr umwandte. Nachdem sie ihm ein paar Worte zugeraunt hatte, schaute sich Brett suchend um und eilte schließlich an Loris Tisch.
»Lori, mein Schatz, was gibt's? Ist was passiert?«
»Wie ist es gelaufen?« fragte sie zurück – zum einen, weil sie sich aufrichtig dafür interessierte, zum anderen, weil sie sich nicht traute, ihm die Wahrheit zu sagen.
»Ich mußte anderthalb Stunden warten. Als ich dann als nächster an der Reihe gewesen wäre, gaben sie bekannt, daß sie ihre Besetzungsliste komplett hätten«, gestand Brett zögernd.
»Aber was ist …?«
Lori fixierte sein Gesicht über den Tisch hinweg, um die Reaktion zu beobachten, die ihre Worte bei ihm auslösen würden.
»Brett, ich bin schwanger.«
Sie hoffte inständig, Freude, Zuneigung und ermutigenden Zuspruch in seinen Augen ablesen zu können. Aber sein Blick verriet nur großen Schrecken. Er schien lediglich stumm um Vergebung für seine Beteiligung an dem zu bitten, was er offenkundig als eine Art Verbrechen betrachtete.
Beide verharrten still und regungslos auf ihren Plätzen. Von

ihrem Platz an der Kasse aus hatte Goldie Levine derartige Szenen zu oft in all den Jahren im Joe Allen's beobachtet, um nicht zu wissen, was geschehen war. Ein junger Schauspieler und eine junge Schauspielerin verliebten sich ineinander, zogen zusammen – und dann trat irgendwann das Unvermeidliche ein. Wie beide auf diese Erkenntnis reagierten, war von Fall zu Fall verschieden. Aber in der Regel lief es meistens nur auf zwei Lösungen hinaus: entweder die beiden trennten sich, oder sie beschlossen, es miteinander zu versuchen. Sofern sie zunächst zusammenblieben, sich aber zu einem Schwangerschaftsabbruch entschlossen – so wußte Goldie ebenfalls aus Erfahrung –, gelang es dem Paar nur sehr selten, die Beziehung über das Trauma einer Abtreibung hinweg aufrechtzuerhalten.

Da Brett auch nach längerer Zeit noch kein Wort über die Lippen gebracht hatte, wagte auch Lori nicht, etwas zu sagen, da sie befürchtete, dabei in Tränen auszubrechen. Sie hatte sich geschworen, alles zu tun, außer vor ihm zu weinen. Sie würde erwachsen und stark sein, denn auf keinen Fall sollte er ihr später vorwerfen können, ihn nur durch weibliche Tricks an sich gebunden zu haben.

»Lori, Liebling ... wir ... wir müssen erst einmal über alles nachdenken. Ich meine, wir sollten, nein, wir dürfen keine übereilten Schritte tun, die wir später bereuen könnten«, stammelte er schließlich.

O Gott, ihm steht der kalte Schweiß auf der Stirn, stellte Lori in einem Anflug von Panik fest. Er ist noch ratloser und verzweifelter als ich. Dabei hatte ich gehofft, er würde mir Trost und Halt geben. Wie konnte ich mich nur so in ihm täuschen ...

»Komm, laß uns erst einmal von hier verschwinden und frische Luft schnappen«, fuhr Brett fort. »Hier drinnen ist es einfach zu ... zu heiß und stickig ...«

Als die beiden das Restaurant verließen, sah ihnen Goldie nach. Er hat es wohl nicht gerade freudig aufgenommen, dachte sie. Schade um die zwei. Dabei mag ich sie doch beide so gerne. Aber sie sind weder die ersten noch die letzten, die diese Zerreißprobe bestehen müssen.

Lori und Brett folgten der 44. Straße in östlicher Richtung und kamen auf ihrem Weg an den Markisen und Aushängen vieler Theater vorbei, die bereits hell erleuchtet waren, obwohl die Abenddämmerung gerade erst einsetzte. Im flackernden Licht der unzähligen Glühbirnen warf Brett einen verstohlenen Seitenblick auf Lori, um festzustellen, ob sie weinte. Er dankte Gott dafür, daß sie es nicht tat. Er hatte sie erst einmal zuvor weinen sehen. Damals war sie mit nur einer einzigen anderen Konkurrentin in die Endausscheidung für die Besetzung einer Rolle in einem Broadway-Stück gelangt. Beide hatten schließlich jedoch einer kurzfristig aus Kalifornien engagierten Schauspielerin weichen müssen, da diese den Vorzug besaß, sich bereits einen Namen gemacht zu haben.

Einen Namen zu haben bedeutete nicht, daß man schon ein gefeierter Star war. Immerhin genoß dieser erlauchte Kreis aber bereits eine gewisse Publikumsgunst und tauchte zuweilen in lokalen Talk-Shows auf, was wiederum eine gute Werbung für die Theater bedeutete.

Lori Adams besaß jedoch noch keinen Namen. Und so, wie sich die Dinge entwickelten, würde sich an diesem Umstand wohl auch nichts ändern. Dennoch hatte sie sich bisher nicht entmutigen lassen und immer wieder Schauspielunterricht genommen, sich für unbezahlte Probelesungen neuer Stücke einspannen lassen und alle denkbaren Jobs im Theatermilieu angenommen, nur um eines Tages die eine Rolle zu bekommen, mit der sie den Durchbruch schaffte. Dann würde sie endlich ihre Anonymität abstreifen und auch einen Namen haben – und möglicherweise sogar einmal ein Star werden.

Lori war nicht nur ein bildhübsches Mädchen, sondern sie verfügte ohne Zweifel auch über wirkliches Talent. Bemerkenswerterweise besaß sie darüber hinaus auch noch Charakter und würde eines Tages gewiß eine wunderbare Ehefrau und Mutter abgeben.

Doch in diesem Augenblick wirkte sie nur unsagbar traurig und verloren, und sie starrte stur nach vorne, aus Furcht, daß sich ihre Augen treffen könnten. Lori war bereits bei ihrem

Geständnis im Joe Allen's schlagartig klargeworden, daß Brett nicht in der Lage sein würde, ihr den seelischen Halt zu geben, den sie so dringend benötigte.
Sie erreichten den Times Square und sahen sich plötzlich von einem Heer grell aufgemachter Kinofassaden und elektronisch flimmernder Werbetafeln umzingelt. Zudem drang jetzt auch noch die unerträgliche Kakophonie des sich nur im Schrittempo endlos hinwälzenden Feierabendverkehrs voll auf sie ein. Plötzlich spürte Lori, daß Brett ihre Hand berührte. »Laß uns irgendwo hingehen, wo wir miteinander reden können«, bat er sie.
»Aber wohin?«
Er zögerte, ihr den einzigen Ort vorzuschlagen, an dem sie wirklich ungestört sein würden: nämlich das kleine Apartment, in dem sie beide seit einiger Zeit wohnten. Doch dort schien es ihm für das, was sie zu bereden hatten, zu beengt. Deshalb führte er sie zum Bryant Park, der sich direkt hinter der New Yorker Stadtbibliothek befand. Seitdem die Drogendealer von dort vertrieben worden waren und die Stadt etwas Geld investiert hatte, gab es genügend Bänke, auf denen man sich ungestört unterhalten konnte.
Unterdessen drängten sich auf der Sixth Avenue und der 42. Straße Scharen von Fußgängern. Ein Teil von ihnen strebte nach Hause, ein anderer zu einem frühen Abendimbiß. Außerdem drängten sich in dem Gewühl zahlreiche Studenten, die gerade auf dem Weg zu der an der Nordseite der 42. Straße gelegenen Universität waren.
Brett wählte eine Bank aus, die sich weitab von den anderen befand. Beide nahmen wortlos Platz, begannen dann jedoch gleichzeitig zu reden.
»Hör mal, Brett, du mußt jetzt nicht ...«, fing Lori an, während er mit gesenktem Kopf begann: »Lori, mein Schatz, ich bin an der ganzen Situation genauso ...«
Beide verstummten.
»Ja, Brett, was wolltest du gerade sagen?«
»Ich meine, daß ich hierfür genauso verantwortlich bin wie du. Außerdem habe ich in letzter Zeit viel über uns nachgedacht,

vor allem heute, als ich stundenlang warten mußte, ohne am Ende auch nur die Chance zu bekommen, ihnen zu zeigen, was ich kann ... Ich fragte mich plötzlich, warum zum Teufel wir das alles mit uns machen lassen. Allein von unserem Ehrgeiz, unserer Hingabe und unserem Talent können wir nicht leben. Wir wurden schon lange genug mit falschen Versprechungen hingehalten. Sicher, ab und zu hört man von einem jungen Schauspieler, der den Durchbruch geschafft hat und vielleicht einmal ein Star wird. Aber auf einen, der wirklich Erfolg hat, kommen Hunderte oder sogar Tausende, die – wie wir – ohne Aussicht auf ein Engagement dahinvegetieren und eines Tages spurlos in der Versenkung verschwinden, um sich als Vertreter oder Schuhverkäufer oder was weiß ich über die Runden zu retten. Und auch das nur mit etwas Glück. Nein, Lori, für jeden Mann kommt irgendwann der Augenblick, in dem er seine Augen nicht mehr vor der Wahrheit verschließen darf. Und dieser Augenblick ist jetzt gekommen – nach dem, was plötzlich in dein ... in unser Leben getreten ist ...«
Er sagt das alles nur, weil er glaubt, daß ich das von ihm erwarte, dachte Lori. Neulich hat er noch das genaue Gegenteil von all dem vertreten und dabei entschlossen, selbstbewußt und zuversichtlich gewirkt. Es war keinerlei Rede davon gewesen, einfach alles hinzuschmeißen. Statt dessen hatte er optimistische Zukunftspläne geschmiedet. Nein, ich kann nicht zulassen, daß er sich selbst so verleugnet.
»Lori, erinnerst du dich noch an meinen Vetter Ernie?«
»Der die Reifenfirma in Newburg leitet?«
»Genau«, bestätigte Brett. »Er hat immer schon gemeint, ich solle mit diesem Unsinn hier aufhören und bei ihm einsteigen. Mit meinem Auftreten und meinem Aussehen könnte ich mehr Reifen verkaufen als alle anderen seiner Mitarbeiter zusammen. Das wäre doch eine Möglichkeit für uns ...«
»Nein, Brett«, unterbrach ihn Lori. »Ich werde nicht zulassen, daß du dieses Angebot annimmst und hier alles aufgibst.«
»Aber das muß ich doch gar nicht, Liebling. Das Beste an der ganzen Geschichte ist doch, daß ich bei Ernie arbeiten und gleichzeitig innerhalb einer Stunde am Broadway sein kann,

um mich bei einem Produzenten oder Regisseur vorzustellen, falls gerade ein Stück besetzt wird. Was könnte uns Besseres passieren?«

Selbst in dem schwachen Licht der untergehenden Sonne konnte sie an seinem Gesichtsausdruck erkennen, daß er mehr sich selbst als sie zu überzeugen versuchte.

Sie streckte ihre Hand aus, um seinen Arm zu berühren.

»Brett, Liebster, ... ich weiß, du willst nur das Beste für uns beide. Aber glaubst du wirklich, daß das der richtige Weg ist?«

Beide versanken für eine Weile in nachdenkliches Schweigen. Plötzlich schienen der Straßenlärm der Autos, Lastwagen und Busse, das Lachen und die lauten Stimmen der Passanten viel näher als zuvor.

»Mein Gott, zu jeder anderen Zeit ...«, brach es unvermittelt aus Brett hervor, dann versagte ihm die Stimme vor innerer Anspannung.

»Ich weiß, Liebling, ich weiß.«

»Wann ist es nur passiert? In welcher Nacht? Weißt du es?« fragte er.

»Spielt das eine Rolle?« erwiderte sie sanft.

»Hast du eventuell auch in Betracht gezogen ...«, begann Brett erneut, zögerte dann jedoch, den Satz zu Ende zu bringen.

Lori erriet seine Überlegungen. »Es war das erste, woran ich dachte. Ich sagte mir, daß eine Abtreibung in unserer Zeit etwas völlig Alltägliches ist. Aber ohne genau zu wissen warum, wurde mir plötzlich klar, daß ich dazu nicht fähig bin.«

»Ich meinte immer, du hättest mit Religion nichts im Sinn?«

»Ich sagte dir doch, daß ich mir über die Gründe für meine Skrupel selbst nicht im klaren bin. Aber ich kann es eben nicht«, stellte sie auf ihre ruhige, aber bestimmte Art fest.

Brett beschloß, nicht weiter nachzuhaken, und wechselte lieber das Thema.

»Laß uns was essen«, schlug er vor. »Du mußt doch schon beinahe am Verhungern sein.«

»Ich würde jetzt lieber direkt nach Hause gehen«, sagte Lori.

Sie verbrachten eine ruhelose Nacht. Brett drängte Lori, mit ihm zu schlafen, aber sie wies ihn zurück.
Es war in den frühen Morgenstunden kurz vor Sonnenaufgang. Obwohl Brett keinen Laut von sich gab, wußte Lori, daß er wach dalag.
»Ich weiß es jetzt.«
»Was weißt du?«
»Was ich tun werde«, sagte sie.
»Was soll das heißen?« fragte Brett.
»Ich habe den Entschluß gefaßt, von hier fortzugehen«, verkündete Lori.
»Du willst weg? Aber wohin denn?«
»Zurück nach Hause.«
»Zu deinen Eltern? Zurück aufs Land in den Mittelwesten?« fragte Brett ungläubig nach. »Aber was ist mit deinem Vater? Er hat sich doch nie damit abfinden können, daß du nach New York gegangen bist. Als er einmal für eine Woche kam, um dich zu besuchen, mußte ich für die Zeit ausziehen, damit er nichts von mir erfuhr. Was wirst du dir von ihm anhören müssen? Daß er dir alles vorhergesagt hat? Willst du dir das wirklich zu allem anderen auch noch zumuten, Lori? Das werde ich nicht erlauben.«
»Brett, mein Schatz, die Zeiten sind vorbei, in denen es dir zustand, etwas zu ›erlauben‹«, korrigierte sie ihn mit einem Ernst und einer Bestimmtheit, die nicht nur ihn überraschte.
»Aber Lori, … Liebling …?«
»Ich habe die ganze Nacht darüber nachgedacht. Falls ich das Kind abtreiben ließe, würde ich es dir zumindest unterschwellig für den Rest meines Lebens vorwerfen. Falls ich aber dabei zusähe, wie du deine Karriere für mich opferst, so würdest es du mir für den Rest deines Lebens vorhalten. Brett, du bist nun einmal kein Reifenverkäufer. Du bist ein Schauspieler, und zwar ein verdammt guter. Auch wenn du im Augenblick selbst an dir zweifeln magst, so wirst du eines Tages feststellen, daß ich recht habe. Und du wirst die Karriere machen, zu der du wirklich geboren bist.«
»Aber was ist mit dir?«

»Ich werde zu meinen Eltern zurückgehen. Und wenn mein Vater sich wirklich weigern sollte, mich wieder aufzunehmen, dann wende ich mich eben an eine dieser Wohlfahrtsorganisationen, die sich um Mädchen wie mich kümmern.«
»O Gott, wie das klingt! Sag doch nicht so was.«
»Was soll ich nicht sagen?«
»›Mädchen wie mich!‹ Du hast nichts mit diesen Mädchen gemein, die sich während eines Rockkonzertes auf dem Rücksitz eines Autos schwängern lassen. Bei uns ist es alles andere als eine flüchtige Affäre. Ich liebe dich, Lori. Und du liebst mich. Darin besteht der Unterschied.«
»Tut er das?« fragte sie sarkastisch. »Wie stehen wir beide denn da? Ich erwarte ein Kind, und wir sind nicht verheiratet.«
»Aber ich sagte dir doch, daß ich dich heiraten werde«, protestierte Brett.
»Und ich sagte dir, daß ich das nicht will. Es ist nicht mehr dein Problem. Es ist meins – und ich werde es auf meine Weise lösen.«
»Aber das Baby ... was willst du mit dem Baby machen?«
»Ich weiß es nicht«, gestand Lori. »Noch nicht.«

Kapitel 7

Zwei Tage später meldete sich Lori telefonisch bei ihren Eltern und kündigte ihren Besuch an. Brett brachte sie zu dem heruntergekommenen alten Busbahnhof, Ecke Eighth Avenue und 42. Straße.
Sie stieg erst unmittelbar vor Abfahrt des Busses ein, so daß sie Zeit hatten, voneinander Abschied zu nehmen.
»Schreibst du mir regelmäßig?« fragte er.
»Wenn du möchtest.«
»Ja, verdammt noch mal, natürlich will ich es. Ich liebe dich, Lori. Ich werde dich immer lieben«, beteuerte er wie ein störrisches Kind. »Ich habe dir doch gesagt, daß ich dich auch heiraten will.«

»Um dann nach Newburg zu ziehen ... und dort Reifen zu verkaufen?« konterte sie. »Damit du spätestens nach fünf Jahren von mir und dem Baby die Nase voll hättest?«
»Einsteigen bitte«, rief der Fahrer laut.
Hastig umarmte er sie und zog sie eng an sich. »Ich schwöre dir, sobald sich eine Gelegenheit dazu bietet, hole ich dich. Und dann werden wir heiraten«, flüsterte er ihr ins Ohr.
Um dem Pärchen klarzumachen, daß er seinen Fahrplan einzuhalten gedachte und pünktlich starten würde, ließ der Fahrer den Motor des Busses laut aufheulen.
Lori riß sich aus Bretts Armen und erklomm hastig und ohne sich noch einmal umzusehen die zwei Stufen des Einstiegs. Sie fand einen Platz an der Seite einer älteren Dame, die erfreut zu sein schien, daß sich vor der langen Fahrt nach Westen eine Gefährtin zu ihr gesellte.
Brett blieb nichts anderes übrig, als dem Bus hinterherzublicken, wie er in die Ninth Avenue bog und sich dann schnell entfernte.
Lori ... Lori ... ich werde dich bald holen. Vertrau mir, ... ich werde kommen, so schnell ich nur kann, schwor er leise. Und er meinte es aufrichtig.

»Ich weiß genau, was Sie in diesem Augenblick durchmachen, mein Kind«, vernahm Lori ihre Nachbarin, nachdem der Bus auf der George-Washington-Brücke den Hudson River überquert hatte und nun der Interstate 80 in westlicher Richtung folgte.

Lori war so überrascht, daß sie sich kaum traute, die alte Frau an ihrer Seite anzublicken. Wußte sie Bescheid? Wie sollte das möglich sein? Man konnte einer Frau doch erst ab dem vierten Monat eine Schwangerschaft ansehen. Oder zeichneten sich in ihrem Gesicht irgendwelche verräterischen Hinweise ab?
Auch ohne von Lori dazu ermuntert worden zu sein, fuhr die alte Frau fort, auf sie einzureden: »Mir erging es einst genauso. Nur fuhr man in meiner Jugend mit dem Zug. Ich bin

eigentlich immer lieber mit dem Zug als mit dem Bus gefahren. Aber ich habe damals auch die ganze Fahrt über geweint.«
Nach nur kurzer Atempause fragte sie: »War er ein guter Mensch?«
Da Lori nicht wußte, was sie mit dieser Frage anfangen sollte, gab sie nur ein vages »Hm« von sich.
»Meiner auch«, erklärte ihre Nachbarin und schien daraufhin in Erinnerungen an längst vergangene Tage zu versinken.
Plötzlich wurde Lori wieder unvermittelt mit einer Frage konfrontiert. »Woran ist er gestorben?«
»Wie bitte?« erwiderte sie verständnislos.
»Ihr Vater … woran ist er gestorben? War es vielleicht eine Herzattacke, oder mußte der Arme lange leiden?«
»Aber nein«, korrigierte Lori die Vermutung der Frau. »Mein Vater ist nicht gestorben. Es geht ihm gut, wirklich gut.«
»Aber Sie haben die ganze Zeit über geweint, seitdem Sie in den Bus gestiegen sind …«, wunderte sich die Frau, hielt jedoch plötzlich inne. »Ach je!«
Die beiden Silben genügten als Beweis dafür, daß nun bei ihr der Groschen gefallen war und sie schlagartig wußte, in welcher Situation sich das hübsche blonde Mädchen an ihrer Seite befand.

Es regnete, als der Bus in Caryville hielt. Es prasselte nicht gerade in Strömen, aber ein beständiger, trübseliger Landregen ging über den kleinen Ort herab. Lori erhob sich von ihrem Platz und verabschiedete sich von ihrer Reisegefährtin, an deren Seite sie die letzten elf Stunden verbracht hatte.
»Ich wünsche Ihnen alles Gute, mein Kind – für sich und für das Kleine«, sagte die Frau und reichte ihr die Hand.
Lori beugte sich zu ihr hinunter und küßte sie auf die Wange, während der Fahrer fragte, ob jemand aussteigen wolle.
»Ich muß jetzt gehen«, rief Lori und wandte sich zur Tür.
Der Fahrer öffnete eine der Gepäckraumklappen, und Lori zeigte ihm ihre zwei Koffer, die sie neu gekauft hatte, als sie vor drei Jahren von zu Hause fortgegangen war.

Als sie bei dem Versuch, beide Gepäckstücke gleichzeitig anzuheben, ins Straucheln geriet, ging ihr der Fahrer zur Hand und half ihr, den überdachten Bereich des kleinen Busbahnhofs zu erreichen.
Dort wartete sie und spähte nach ihrem Vater, von dem jedoch nichts zu sehen war. Plötzlich schoß ihr ein Gedanke durch den Kopf: Er ist tatsächlich nicht gekommen. Er will nicht mit mir gesehen werden, weil er sich meiner schämt.
Lori wußte nur zu gut, daß ihr Vater als ehemaliger Soldat ein strenger und auf Disziplin pochender Mann war. Aber sie hatte ihm doch nicht zugetraut, daß er sie jetzt buchstäblich im Regen stehenlassen würde.
Langsam mußte sie sich Gedanken darüber machen, wie sie von hier wegkommen sollte. Ihr fiel ein, daß zwei alte Freundinnen aus ihrer Abschlußklasse an der High School geheiratet hatten und noch immer in Caryville lebten. Sie spielte mit dem Gedanken, eine von den beiden anzurufen, konnte sich jedoch nicht an die neuen Familiennamen ihrer ehemaligen Mitschülerinnen erinnern. Vielleicht würden sie ihr aber wieder einfallen, wenn sie die Seiten des alles andere als umfangreichen Telefonbuches von Caryville durchblätterte. Also schob sie die Koffer dicht an die Wand der Überdachung, um sie vor dem Regen zu schützen, und machte sich dann auf den Weg zu der Telefonzelle am Ende des Busbahnhofs. Als sie dort anlangte, mußte sie allerdings feststellen, daß aus dem an einer Kette befestigten Verzeichnis einige Seiten herausgerissen und die übrigen unleserlich waren, weil jemand sie mutwillig beschmiert hatte.
Sie war gerade im Begriff, sich umzuwenden und die Telefonzelle wieder zu verlassen, als sie ihren Namen hörte.
»Lori ...!«
Sie blickte in die Richtung, aus der sie die Stimme gehört hatte, und sah den alten Plymouth ihres Vaters. Wegen des Regens und der eingeschalteten Scheibenwischer konnte sie ihn selbst jedoch nicht erkennen. Erst als der Wagen langsam auf sie zurollte, gelang es ihr, sein Gesicht deutlicher wahrzunehmen.

Sie bemühte sich, sein Mienenspiel zu deuten. Wirkte er wütend, wie sie es von ihm erwartete? Oder schaute er nur grimmig und verschlossen drein? Ihr Vater war ein launischer Mann, dessen jeweilige Stimmung sich nicht immer leicht einschätzen ließ. Ärgerte er sich nur über die Welt um ihn herum oder über das eigene Unvermögen, seine Wünsche und Vorstellungen zu verwirklichen? Lori erinnerte sich auch an frühere Tage, an denen er stumm die Schmerzen alter Kriegsverletzungen erduldet hatte, ohne jemanden an sich heranzulassen.

Er brachte den Wagen an ihrer Seite zum Stehen und stieg aus, um sie begrüßen. Seine Umarmung und der flüchtige Kuß auf ihre Wange waren Gesten, die eher ablehnende Reserviertheit als Zuneigung verrieten. Ohne ein Wort zu verlieren, lud er Loris Koffer auf die Rückbank des Wagens.

»Sie sind aber naß geworden …«, begann sie, um ihn davor zu warnen, daß die Sitze seines geliebten Autos Schaden nehmen könnten. Plötzlich machte sich Lori jedoch klar, daß der Plymouth ihres Vaters mit seinen mittlerweile neun Jahren keineswegs mehr dazu taugte, jenen Besitzerstolz zu wecken, den sie als Kind an ihrem Vater beobachtet hatte.

Als beide eingestiegen waren und nebeneinander saßen, wurde die bedrückende Stille im Wagen durch das nervtötende Quietschen von einem der Scheibenwischer noch unterstrichen. Erst nachdem sie bereits eine Weile gefahren waren und an einer der wenigen Ampeln in Caryville anhalten mußten, brach ihr Vater das Schweigen.

»Weißt du wenigstens, von wem es ist?« knurrte er, wobei er starr geradeaus sah, um jeden Blickkontakt mit ihr zu vermeiden.

Mit seiner Frage und der Art, wie er sie vorbrachte, unterstellte er ihr offensichtlich, sie habe in der Zwischenzeit mit einer ganzen Reihe von Männern geschlafen. Lori fühlte sich verletzt. Zwar hatte er ihr Verhältnis zu Brett nie gutgeheißen, aber andererseits hatte sie ihm niemals Anlaß zu der Vermutung gegeben, sie habe alle moralischen Werte ihrer Erziehung mir nichts dir nichts über Bord geworfen.

Lori antwortete jedoch mit nur einem einzigen Wort: »Brett.« Wieder versanken beide in reserviertes Schweigen. Sie befanden sich bereits an der ihr so vertrauten Abzweigung in die Straße, in der sich ihr Elternhaus befand, als sich ihr Vater erneut vernehmen ließ.

»Eigentlich sollte man von einem 22- oder 23jährigen arbeitsfähigen Mann erwarten, daß er seiner Verantwortung nachkommt.«

»Das hat er mir auch angeboten. Er bestand sogar darauf. Aber ich wollte nicht, daß er wegen mir seine Karriere ruiniert.«

»Über deine Karriere hat er sich allem Anschein nach allerdings keine allzu großen Gedanken gemacht.«

»Ich will keinen Mann, der mich nur heiratet, weil ich ein Kind von ihm bekomme.«

»Ist es nicht ein bißchen spät, jetzt plötzlich die Stolze zu spielen?«

Weder Lori noch ihr Vater setzten dieses Gespräch fort. Endlich hielten sie vor dem Haus, wo Loris Mutter sie erwartete. Als Lori sie sah und umarmte, spürte sie mit untrüglicher Gewißheit, daß ihre Mutter die ganze Zeit, die seit dem Telefonanruf Loris vergangen war, wütende Beschimpfungen und Anschuldigungen ihres Vaters hatte erdulden müssen. In seinen Augen ließ sich Loris Fehltritt nur auf das Versagen ihrer Mutter zurückführen. Sie hatte es offenkundig versäumt, ihrer Tochter Sitte und Anstand beizubringen. Jedesmal, wenn sie sich gegen die herzlose Härte ihres Mannes gestellt hatte, war sie schuldig geworden – schuldig am moralischen Versagen Loris. Was immer an der Erziehung ihrer Tochter schiefgegangen sein mochte: Sie hatte dafür die volle Verantwortung zu tragen, während er seine Hände in Unschuld wusch. All das wurde Lori schlagartig in dem kurzen Augenblick klar, in dem sich ihre Mutter verzweifelt an sie klammerte.

Ihr Vater wollte ihr Gepäck die Treppe hinauf in ihr altes Zimmer tragen, mußte aber fluchend feststellen, daß der Aufgang zu schmal war, um beide Koffer auf einmal nach oben zu schaffen. Also ging er zweimal.

Unterdessen hatten Lori und ihre Mutter in dem kleinen Wohnzimmer Platz genommen. Beide wußten in der angespannten Situation allerdings nicht recht, was sie sagen sollten. Um das Eis zu brechen, ohne jedoch gleichzeitig ihren Mann noch mehr zu provozieren, begann Loris Mutter, über unverfängliche Dinge zu reden.

»Ich habe extra einen Kuchen für dich gebacken ... so einen, wie du ihn früher immer so gerne mochtest.«

Ihre Mutter ging in die Küche. Dann trat ihr Vater ein und erklärte, daß er ihre Sachen nach oben gebracht habe.

Sogleich erhob sich Lori und stieg – gefolgt von ihrer Mutter, die ihr beim Auspacken helfen wollte – die Treppe hinauf.

Als Lori den ihr vertrauten Raum betrat, schien es ihr, als sei die Zeit in den letzten drei Jahren stehengeblieben. Die weiße Decke mit den Troddeln auf ihrem Bett, die geblümten Vorhänge an den Fenstern und der Stuhl aus Ahornholz mit dem farblich passenden Kissen – auf den ersten Blick hatte sich seit damals nichts verändert. Nur ihr zierlicher Schreibtisch, der früher immer von Büchern und Papieren übersät gewesen war, wirkte ungewöhnlich aufgeräumt. Dazu hatte ihn ihre Mutter offensichtlich auf Hochglanz poliert.

Sara Adams, die seit einer Totgeburt vor vielen Jahren ihre einstige Vitalität nicht wiedererlangt hatte, mühte sich, einen von den Koffern ihrer Tochter anzuheben. Lori ging ihr zur Hand und schwang das Gepäckstück auf das Bett.

»Du ruhst dich jetzt erst einmal aus«, wandte ihre Mutter ein. »Nach der langen Reise mußt du müde sein. Ich kümmere mich um deine Sachen.«

»Nicht doch, Mama. Das kann warten.«

»Aber du wirst dir deine ganzen schönen Blusen und Kleider ruinieren«, protestierte ihre Mutter.

»Mama, ich habe jetzt andere Dinge im Kopf.«

»Aber Lori ..., Liebes.«

»Ich will nicht hierbleiben«, sagte Lori unvermittelt. »Ich könnte sein brütendes Schweigen, seine Blicke, seine Vorwürfe nicht sieben Monate lang ertragen. Ich weiß schon jetzt, daß ich das nicht kann ...«

»Lori ... Liebes, du mußt versuchen, ihn zu verstehen ... Er war immer so stolz auf dich, ... und er hatte so große Pläne mit dir ...«
»Aber ich habe alles verdorben und ihn hintergangen«, führte Lori den Gedanken zu Ende. »Genau das ist der Grund, warum ich nicht bleiben kann.«
»Aber ... wohin willst du denn gehen? Was hast du vor?« seufzte ihre Mutter mit Tränen in den Augen.
»Ich weiß es noch nicht«, gestand Lori. »Aber noch vor Ablauf dieser Woche werde ich es wissen.«

Kapitel 8

Lori Adams stand vor dem Haus, in dem Dr. Samuel Burkhardt sowohl seine Arztpraxis betrieb als auch wohnte. In einer Hand hielt sie den Stellenteil des *Caryville Journal*. Das letzte Mal, daß sie sich nicht für eine Theaterrolle, sondern für einen ganz normalen Job beworben hatte, lag Jahre zurück. Damals war sie noch Schülerin gewesen und hatte bei dem örtlichen Supermarkt gearbeitet, um sich das Geld für die Fahrkarte nach New York zu verdienen.
Lori kannte zwar den Namen des Arztes, war ihm aber nie zuvor persönlich begegnet. Sie würde sich also bei einem völlig Fremden vorstellen. Ihre Nervosität nahm allerdings ab, als sie bedachte, daß diese Situation auch nicht schlimmer als das Probelesen einer Rolle vor einem Regisseur oder Produzenten sein konnte. Der einzige Unterschied bestand eigentlich nur darin, daß man ihr diesmal kein Manuskript in die Hand drücken würde, damit sie sich vor dem Gespräch mit dem Text vertraut machte.
Lori hatte zwar noch nie in einer Arztpraxis gearbeitet, immerhin aber schon ehrenamtlich bei einer Organisation, die die Interessen von Schauspielern vertrat, die Funktion einer Sekretärin ausgeübt. Sie konnte also mit Fug und Recht behaupten, bereits über Büroerfahrung zu verfügen.

Mit gestärktem Selbstbewußtsein trat sie schließlich auf die weiß getünchte Veranda des Hauses und drückte auf die Klingel, woraufhin drinnen ein kurzes, aber unüberhörbares Läuten und eine Tonbandstimme erklang: »Bitte treten Sie ein und nehmen Sie im Wartezimmer Platz.«
Lori tat, wie ihr geheißen. Im Wartezimmer, in dem zwei Patienten saßen, wählte sie sich eine der auf einem Tisch ausgelegten Zeitschriften und setzte sich. Sie blätterte durch das Heft, litt jedoch zu sehr unter Übelkeit und innerer Unruhe, um sich auf einen der Artikel konzentrieren zu können. Als sich kurz darauf die Tür zum Behandlungszimmer öffnete und eine Frau heraustrat, drang eine energisch und beinahe ungeduldig klingende Stimme an Loris Ohr: »Und beherzigen Sie meinen Rat, junge Frau! Nehmen Sie die Medikamente wirklich regelmäßig zu sich. Der Nächste bitte!«
Nachdem sich diese Prozedur weitere zwei Male wiederholt hatte und Lori neugierig auf den Besitzer der ebenso lebhaft wie entschlossen wirkenden Stimme geworden war, kam sie an die Reihe.
Sie legte die zerlesene Illustrierte beiseite und trat in das Behandlungszimmer des Arztes. Als sie Dr. Burkhardt zum ersten Mal sah, war sie überrascht, denn sie hatte ihn für jünger gehalten. Der Mann vor ihr hatte zwar dichtes, aber ergrautes und an den Schläfen schon beinahe weißes Haar und mochte annähernd sechzig Jahre alt sein. Sein ebenfalls grauer Schnurrbart war dicht und wirkte seltsam ungebändigt, was – wie Lori später erfahren sollte – auf die Angewohnheit des Arztes zurückging, seinen Bart ständig zu zwirbeln, wenn er nachdachte oder sich über etwas ärgerte.
»Ah«, rief er, »eine neue Patientin. Endlich einmal nicht die immer gleichen Klagen der immer gleichen Leute. Was kann ich für Sie tun? Sind Sie vielleicht wegen eines Bluttests hier?«
»Bluttest?« fragte Lori verständnislos.
»Eine hübsche junge Frau, die so gesund wirkt wie Sie, geht meistens nur zu einem Arzt, wenn sie den für die Ausstellung einer Heiratsurkunde erforderlichen Bluttest machen lassen will.«

»Nein, Sir. Ich bin gekommen, um mich für die Stelle bei Ihnen zu bewerben«, erklärte Lori in beinahe entschuldigendem Ton.
»Die Stelle ... die Stelle«, wiederholte Dr. Burkhardt, als müsse er sich erst ins Gedächtnis rufen, worum es eigentlich ging. Seine Hand fuhr zum Bart und begann, ihn zu bearbeiten. »Natürlich, die Stelle«, rief er, schüttelte aber bedauernd den Kopf. »Es tut mir leid, aber sie ist bereits besetzt.«
»Oh«, sagte Lori, wobei sie sich bemühte, ihre tiefe Enttäuschung zu verbergen.
»Ich habe den Leuten schon vor Tagen gesagt, sie sollen die Anzeige aus der Zeitung nehmen. Aber ich bekam nur zu hören, daß ich für zwei Wochen bezahlt hätte und die Anzeige deswegen auch zwei Wochen lang erscheinen würde. Es tut mir wirklich leid, mein Kind.«
»Halb so schlimm«, versicherte Lori und erhob sich, innerlich der Verzweiflung nahe, weil sie ihre ganzen Hoffnungen auf das Inserat gesetzt hatte. Wie sollte sie sich ein eigenes Zimmer leisten können, wenn sie kein Geld verdiente?
Sie befand sich bereits auf dem Weg zur Tür, als Dr. Burkhardt ihr nachrief. »Miss ... Miss ...?« Plötzlich bemerkte der Arzt, daß er sie noch nicht nach ihrem Namen gefragt hatte.
»Adams. Lori Adams.«
»Miss Adams ... Lori ..., sagen Sie ..., was machen Sie hier eigentlich?«
»Caryville ist meine Heimatstadt. Ich bin hier geboren und zur Schule gegangen«, erklärte Lori, wobei sich ihrer Stimme ein Unterton der Entrüstung über die indiskrete Frage des Arztes beimischte.
»Das habe ich nicht gemeint«, erklärte Dr. Burkhardt. »Was hat Sie hierher zurückgetrieben?«
»Was mich hierher zurückgetrieben hat ...?« wiederholte Lori verdutzt, um Zeit für eine plausible Erklärung zu finden, denn sie wollte keineswegs den wahren Grund eingestehen.
»Ich erinnere mich sehr gut an Sie, mein Kind. Mein Sohn besuchte die gleiche Abschlußklasse wie Sie.«
»Dennis Burkhardt?«

»Ja, Dennis«, bestätigte der Arzt. »Ich sah Sie bei der Theateraufführung im Rahmen der Abschlußfeier. Damals waren alle von Ihnen begeistert und prophezeiten, daß Sie bestimmt einmal als Schauspielerin Karriere machen würden. Es hieß, Sie hätten auch die Absicht, nach New York zu gehen.«
Lori erbleichte bei diesen Worten.
»Sind Sie wirklich nach New York gezogen?« fragte Dr. Burkhardt. Als sie nickte, hakte er nach. »Und Sie kommen jetzt hierher zurück? Haben Sie Ihre Pläne aufgegeben?«
»Nein, nicht direkt«, stammelte sie.
»Sie wollen also immer noch Schauspielerin werden und besuchen Caryville einfach nur so?« stellte der Arzt stirnrunzelnd fest.
Lori spürte das plötzliche Verlangen, sich umzuwenden und aus der Praxis zu fliehen. Aber irgend etwas ließ sie an Ort und Stelle verharren. Schließlich deutete Dr. Burkhardt ihr an, sich wieder zu setzen. Zuerst zögerte sie noch, folgte dann aber seiner Aufforderung und trat wieder an den Sessel vor seinem Schreibtisch, blieb dort jedoch stehen.
»Sagen Sie mir, Lori, wie lange Sie es schon spüren.«
»... wie lange ich *was* schon spüre?« entgegnete sie verwirrt.
»Vor wie langer Zeit bemerkten Sie zum ersten Mal, daß Ihre Brüste voller werden?« Lori schwieg, aber der Arzt ließ nicht locker. »Daß Ihnen morgens übel wird und Sie sich regelmäßig übergeben müssen ... seit wann geht das schon so?«
Lori spürte, wie ihr die Tränen in die Augen schießen wollten, beherrschte sich aber.
»Seit zwei Monaten«, brachte sie schließlich mit großer Mühe über die Lippen.
»Zwei Monate ...« Dr. Burkhardt schien nachzudenken. »Werden Sie regelmäßig ärztlich betreut, seitdem Sie wissen, daß Sie schwanger sind?«
»Nein.«
»Das sollten Sie aber«, stellte er nachdrücklich fest und deutete ihr an, wieder Platz zu nehmen. Als Lori seiner Aufforderung gefolgt war, stellte der Arzt erneut eine Frage: »Sind Sie schon zu einer Entscheidung gelangt?«

»Ich habe nicht die Absicht, ihn zu einer Heirat zu drängen«, rief Lori entschlossen. »Ich werde mein Leben selbst in die Hand nehmen und es auch ohne ihn schaffen.«
»Ich dachte mehr an die Entscheidung, ob Sie das Kind bekommen wollen oder nicht?«
»Ich will es«, erklärte Lori mit fester Stimme.
»Schön. Ich freue mich darüber, denn es ist die natürlichste Sache auf der Welt, daß eine gesunde junge Frau ein Kind zur Welt bringt – es sei denn, das damit verbundene Opfer für die Mutter wäre zu groß«, betonte Dr. Burkhardt. »Gut! Da Sie sich für das Kind entschieden haben, müssen wir ein paar Dinge planen. Zunächst einmal werde ich eine geeignete Hebamme für Sie suchen, die Sie beraten wird und auch darauf achtet, daß Sie regelmäßig zu den Routineuntersuchungen kommen. Dann müssen wir noch einen Job für Sie finden, und zwar eine Tätigkeit, die Sie nicht überfordert, gleichzeitig aber in Bewegung hält und mit anderen Menschen in Kontakt bringt. Brauchen Sie auch eine Wohnung?«
Lori zögerte zunächst, nickte dann jedoch bejahend.
»Mutter zeigt sich zwar verständnisvoll, aber Vater leidet unter gekränktem Stolz«, formulierte der Arzt seine trockene Schlußfolgerung, die keiner Bestätigung mehr bedurfte. »Auch wenn sich unsere Welt heutzutage immer mehr von ihrer rauhen und unmenschlichen Seite zeigt, so wird es doch wohl einen Job für eine bildhübsche und ausgesprochen vorzeigbare junge Dame geben. Ich werde jedenfalls die Augen offenhalten und mich umhören, mein Kind. Kommen Sie in zwei Tagen wieder bei mir vorbei. Vielleicht habe ich bis dahin schon etwas Passendes für Sie gefunden.«

Zwei Tage später hatte sich noch kein Job für Lori ergeben. Weder ihre eigenen Bemühungen noch die Dr. Burkhardts, der sich unter Kollegen und Bekannten für sie verwendet hatte, waren erfolgreich gewesen.
Während dieser Zeit hatte Brett viermal versucht, sie bei ihren Eltern telefonisch zu erreichen. Lori war jedoch die meiste Zeit unterwegs gewesen, so daß er nur einmal mit ihr gespro-

chen hatte. Trotz seiner inständigen Bitten hatte sie entschieden abgelehnt, wieder nach New York zurückzukehren. Auch seine wiederholt vorgetragenen Heiratspläne wies sie strikt zurück.
Um Brett zu beruhigen und hinzuhalten, schilderte sie ihm in den leuchtendsten Farben, daß sie inzwischen eine interessante Stelle habe, in ein eigenes Apartment eingezogen sei und daß sich eine fürsorgliche Hebamme um sie kümmere.
Abgesehen von der letztgenannten Aussage war alles frei erfunden, aber sie konnte und wollte Brett nicht ihre wahren Ängste und Leiden gestehen, damit er nicht auf der Stelle nach Caryville kam. Sie brachte es nicht übers Herz, ihm zu sagen, daß ihr Vater eine immer stillere, in sich gekehrtere, aber auch feindseligere Haltung zeigte. Trost fand sie nur noch in den Blicken ihrer Mutter, doch in Gegenwart ihres Vaters wagte sie kein Wort mehr zu sprechen.
Die Situation in ihrem Elternhaus war so unerträglich geworden, daß Lori ernsthaft erwog, sich als Sozialhilfefall an das städtische Obdachlosenasyl zu wenden. Einzig und allein ihr Stolz hielt sie von diesem Schritt ab und ließ sie alle entwürdigenden Anfeindungen ihres Vaters erdulden.
Immerhin hatte Lori sich auf das Drängen Dr. Burkhardts hin dazu durchgerungen, als freiwillige Helferin im Krankenhaus zu arbeiten. Ihre Tätigkeit war zwar unbezahlt, brachte sie jedoch tagsüber auf andere Gedanken.
Als immer mehr entmutigende und von Kummer erfüllte Tage ins Land gingen, wandelten sich Loris Sorgen um Brett und dessen Karriere langsam, aber sicher in unterdrückten Groll. Für die Umstände, in denen sie sich befand, trug er schließlich genausoviel Verantwortung wie sie selbst. Sicher, er spielte die Rolle des aufrechten Galans und bot ihr ritterlich an, sie zu heiraten, alle künstlerischen Ehren fahren zu lassen und statt dessen als Geschäftsmann für sie und das Kind zu sorgen. Was für ein Heuchler! Er wußte nur zu gut, daß sie das niemals zulassen würde. Und nur deshalb – davon war Lori mittlerweile überzeugt – trug Brett seine Heiratsanträge so schmachtend vor.
Zweimal stand sie tatsächlich kurz davor, nach New York

zurückzukehren. Dort wollte sie Brett die Pistole auf die Brust setzen und ihn zwingen, Farbe zu bekennen. Aber nach schlafloser Nacht verwarf sie im Morgengrauen jedesmal wieder ihren Entschluß. Nein, seine Beteuerungen waren gewiß ehrlich gemeint. Natürlich liebte er sie, und natürlich würde er sie wirklich heiraten – auch wenn er dafür seine Karriere aufgeben müßte. Lori liebte ihn. Sie glaubte Brett, und sie glaubte *an* Brett. Am Ende würde alles gut werden. Sie mußte nur irgendwie diese Durststrecke überstehen.

Vom Ende der zweiten Woche an erhielt sie kurze Briefe von Brett, denen er jedesmal ein bißchen Bargeld beigefügt hatte. Mal waren es zehn Dollar, mal fünf, mal fündundzwanzig. Lori vermutete, daß er als Aushilfskellner im Restaurant Überstunden machte. Vielleicht hatte er aber auch einen weiteren Aushilfsjob angenommen. Brett hatte einen Freund namens Jimmy Hawkins: ein ebenfalls hoffnungsvoller Nachwuchsschauspieler, der sich damit über Wasser hielt, daß er für einen festen Kundenstamm Hausarbeit erledigte. Jimmy ging in die Wohnungen dieser Leute, um dort staubzusaugen, aufzuräumen, die Betten zu beziehen und all jene Arbeiten zu erledigen, die normalerweise eine Putzfrau verrichtete. Und Jimmy machte seine Arbeit ordentlich – ohne sich seiner Tätigkeit zu schämen oder sie als Erniedrigung zu empfinden. Ob Brett Jimmys Beispiel folgte? Oder war es Jimmy gelungen, eine kleine Rolle an einem der winzigen Theater jenseits des Broadway zu ergattern, so daß Brett nun für ihn an zwei Abenden die Woche einsprang, ein bißchen mehr verdiente und ihr daher Geld schicken konnte?

So klein die Beträge auch waren, betrachtete Lori sie doch als Beweis für Bretts ernste Absichten. Schließlich lief er nicht davon, wie es in einer solchen Situation so viele andere junge Burschen taten, die nicht das Rückgrat hatten, sich ihrer Verantwortung zu stellen.

Am Ende der fünften Woche nach der Rückkehr in ihre Heimatstadt wurde Lori von dem Leiter des kleinen, nur sechzig Betten umfassenden Krankenhauses eines Nachmittags auf dem Flur angesprochen. Ihm war keineswegs entgangen, daß

die hübsche blonde Frau seit einiger Zeit nicht nur unbezahlte, sondern auch außerordentlich gute Arbeit leistete.
»Miss Adams ... Lori ... seitdem Sie bei uns angefangen haben, beobachte ich Ihre ehrenamtliche Tätigkeit mit großer Freude. Sie arbeiten sehr schnell, sehr gründlich und sehr zuverlässig – ganz anders als die üblichen Hilfskräfte, die keine Bezahlung bekommen. Deshalb möchte ich Sie fragen, ob es Ihnen vielleicht möglich wäre, bei uns als fest eingestellte Mitarbeiterin an sechs Tagen die Woche eine komplette Acht-Stunden-Schicht zu übernehmen. Wir können Ihnen zwar nicht viel bezahlen, aber heutzutage ist ein schlechter Lohn immer noch besser als gar keiner.«
»Ob ich ... ja ... ja, natürlich wäre es mir möglich. Ich würde mich sogar sehr darüber freuen«, rief Lori überglücklich.
Auch wenn ihre Mutter viele Tränen vergoß, so fühlte Lori sich doch unsagbar erleichtert, endlich ihr Elternhaus verlassen zu können, das ihr immer mehr wie ein Gefängnis erschien. Mit Dr. Burkhardts Hilfe gelang es ihr, bei einem seiner Bekannten eine kleine Wohnung anzumieten, für die sie nur wenig Möbel benötigte. So verfügte sie in den kälter werdenden Nächten nun immerhin über einen warmen Platz, der sie vor Regen und Schnee schützte. Außerdem lag die Wohnung nicht weit vom Krankenhaus, so daß Lori zu Fuß zur Arbeit gehen konnte.
So, wie sich die Dinge entwickelt hatten, würde sie es schon schaffen, die Monate bis zur Entbindung auf annehmbare Weise hinter sich zu bringen. Hier konnte sie in aller Ruhe mit sich selbst ins reine kommen und alles Notwendige dafür tun, um ein gesundes Baby zur Welt zu bringen.

Kapitel 9

Christie und Bill Salem saßen ruhig und geduldig im Wartezimmer von Dr. Montcriefs Praxis. Dort waren sie pünktlich um 14.30 Uhr zum verabredeten Termin erschienen, aber man

hatte ihnen mitgeteilt, daß die Ärztin noch im Krankenhaus aufgehalten wurde.
Als sie schließlich erschien, begrüßte sie die Salems auf ausgesprochen herzliche Weise. Allerdings konnte sich Bill nicht des Eindrucks erwehren, daß Dr. Montcrief ganz bewußt diese von optimistischer Heiterkeit geprägte Haltung zur Schau stellte, weil sie Christies Niedergeschlagenheit auf den ersten Blick bemerkt hatte.
»Dann würde ich Sie jetzt gern zunächst einmal untersuchen«, sagte die Ärztin und führte Christie zur Umkleidekabine, damit sie sich dort freimachen konnte.
Sobald Christie die Tür hinter sich geschlossen hatte, wandte sich Dr. Montcrief mit gesenkter Stimme an Bill: »Und wie stehen die Dinge?«
»Nicht gut, Doktor. Noch immer ertappe ich sie oft dabei, wie sie mitten in der Nacht ins Kinderzimmer geht und jeden einzelnen Handgriff wiederholt, den sie an jenem Abend gemacht hat. Sie tut so, als bade sie Billy und gebe ihm dann die Brust, um ihn schließlich im Zimmer herumzutragen und in sein Bettchen zu legen. Christie zermürbt sich immer noch mit der Frage, was Billys Tod verursacht haben mag.«
»Und wie sieht es mit Ihrem Sexualleben aus? Läßt Christie sich auf sexuelle Kontakte mit Ihnen ein, oder weist sie Sie zurück?«
»Wir haben zwar Verkehr miteinander, aber das Ganze läuft irgendwie mechanisch ab. Christie ist nicht wirklich mit ihren Gefühlen dabei, sondern betrachtet es nur als notwendiges Mittel zum Zweck, um wieder schwanger zu werden.«
»Hinter diesem Verhalten steckt nichts anderes als Angst«, erklärte Dr. Montcrief. »Einerseits wünscht Christie sich nichts sehnlicher, als wieder ein Kind zu bekommen. Andererseits hat sie panische Angst davor – Angst, daß sich die gleiche Tragödie wiederholen könnte.«
»Doktor, Sie müssen dringend etwas unternehmen, denn so kann es nicht weitergehen.«
Die Ärztin führte an Christie die üblichen gynäkologischen Untersuchungen durch, um sich anschließend ein Bild vom

psychischen Zustand ihrer Patientin zu machen. Ihre eigenen Eindrücke bestätigten das, was Bill ihr bereits mitgeteilt hatte. Als Christie sich wieder angekleidet hatte und sich zu ihr und Bill in das Untersuchungszimmer setzte, begann Dr. Montcrief, ihre Überlegungen darzulegen:

»Christie, Sie wissen besser als ich, daß Sie auch in den letzten Wochen nicht schwanger geworden sind. Da ich keinerlei Anzeichen dafür feststellen kann, daß dieser Umstand auf körperliche Ursachen zurückzuführen wäre, komme ich zu dem Schluß, daß Ihre seelischen Probleme dafür verantwortlich sind. Deshalb empfehle ich Ihnen als ersten Schritt zur Überwindung Ihrer Ängste und Selbstzweifel, daß Sie zunächst einmal wieder die praktische Betreuung eines Babys übernehmen.«

»Aber wenn ich doch kein Baby bekommen kann ...«, wandte Christie ein.

»Ich möchte Ihnen vorschlagen, sich im Krankenhaus als Leihmutter um einen Säugling zu kümmern, der – aus welchen Gründen auch immer – auf die Fürsorge und Zärtlichkeit seiner leiblichen Mutter verzichten muß.«

Bill forschte in Christies Augen nach einer Reaktion auf den Vorschlag Dr. Montcriefs. Aber anstelle des von ihm erhofften Enthusiasmus entdeckte er nur noch größere Anspannung und Furcht. Da die Ärztin allem Anschein nach denselben Eindruck gewann, wechselte sie rasch die Taktik, um Christie nicht zu sehr in die Enge zu treiben.

»Es gibt natürlich auch noch einen anderen, direkteren Weg, wie Sie Ihre Probleme überwinden können.« Dr. Montcrief notierte auf einem Blatt ihres Rezeptblocks einen Namen und eine Adresse. »Rufen Sie diese Frau an, und machen Sie mit ihr einen Termin aus.«

»Wer ist diese Frau?« fragte Christie vorsichtig.

»Dr. Dornan ist Psychiaterin.«

»Sie glauben also, daß ich langsam, aber sicher den Verstand verliere, nicht wahr?« murmelte Christie.

»Das ist doch Unsinn. Aber ich glaube, daß Sie gerade eine sehr harte Zeit durchmachen und Hilfe benötigen, um mit

Ihren persönlichen Schwierigkeiten fertig zu werden – wie wir alle von Zeit zu Zeit«, erklärte Dr. Montcrief eindringlich. Dann schlug sie einen sanfteren Ton an: »Christie, habe ich Ihnen jemals einen Rat gegeben, der für Sie nachteilig gewesen wäre?«

»Nein, das haben Sie nicht.«

»Also – dann tun Sie mir den Gefallen und wenden sich an Dr. Dornan. Tun Sie es für sich – und für Bill«, drängte die Ärztin. Christie warf Bill einen fragenden Blick zu, woraufhin er sie mit einem angedeuteten Nicken zu einer Zustimmung zu ermuntern versuchte. Schließlich willigte Christie mit kaum hörbarer Stimme ein: »Also schön, Frau Doktor, wenn Sie meinen, daß es das richtige ist.«

Bill streckte seine Hand aus, um den Zettel mit der Anschrift der Psychiaterin entgegenzunehmen, aber Dr. Montcrief schob ihn gezielt zu Christie hinüber.

Dr. Lorene Dornan war eine zierlich gebaute, dunkelhaarige Mittvierzigerin, der jedes medizinische Imponiergehabe fremd war. Sie besaß vielmehr die seltene Gabe, schon nach kurzer Zeit ein ausgeprägtes Vertrauensverhältnis zu ihren Patienten aufzubauen und von diesen als eine Art guter Freund angesehen zu werden. Hierzu trug nicht zuletzt ihre für jedermann verständliche Ausdrucksweise bei, denn Dr. Dornan gelang es gerade durch den völligen Verzicht auf medizinisches Fachchinesisch, eine entspannte und gesprächsfördernde Atmosphäre zu schaffen.

Während der ersten Sitzungen mit Christie Salem ging es ihr zunächst nur darum, behutsam ein paar Schichten von der Mauer abzutragen, die ihre neue Patientin um ihre Gefühle und Selbstzweifel herum errichtet hatte.

Die Psychiaterin versuchte Christie klarzumachen, daß diese schwere Zeit des Leidens und Trauerns in gleichem Maße Bill belastete und auch er Trost benötigte. Daß er es gerade jetzt nicht ertrug, zurückgewiesen zu werden, und dringend ihrer Nähe und Anteilnahme bedurfte. Christie reagierte auf diese Eröffnungen, indem sie zu weinen begann. Nicht laut

schluchzend, sondern still und leise rannen ihr die Tränen über die Wangen.
Dr. Dornan reichte ihr ein Päckchen Taschentücher und fuhr fort, ihr ein paar Fragen zu stellen: »Welchen Fehler hat Bill begangen, daß Sie ihm jetzt Ihre Liebe und Zuneigung verweigern? Was werfen Sie ihm vor?«
»Ich werfe ihm nichts vor. Aber wenn er doch nur endlich aufhören würde, mich dafür verantwortlich zu machen ...«, platzte es aus ihr heraus, da sie ihr Verhalten rechtfertigen wollte.
»Ich habe mit Bill gesprochen, und ich kann Ihnen versichern, daß er keinesfalls denkt, Sie seien an Billys Tod schuld.«
»Das sagt er doch nur, weil er auf meine Gefühle Rücksicht nehmen will. Manchmal wünschte ich, er würde sich einfach gehenlassen und herausbrüllen, was er wirklich denkt«, erklärte Christie.
»Warum wünschen Sie sich das? Geht es Ihnen darum, von ihm bestätigt zu bekommen, daß es Ihre Schuld war?«
Christie unternahm den wenig überzeugenden Versuch, Dr. Dornans zutreffende Vermutung zurückzuweisen, und schüttelte wortlos den Kopf.
»Christie«, versuchte es die Psychiaterin erneut, wobei ihre Stimme noch sanfter klang als sonst. »Es tut mir leid, aber Sie sind ein Opfer unserer modernen, aufgeklärten Welt. In grauer Vorzeit hätten die Menschen Gott oder das Schicksal oder sonst etwas für so eine unerklärliche Tragödie verantwortlich gemacht. In jedem Fall hätten sie einen Sündenbock gefunden – etwas, das sie nicht beeinflussen konnten. Heutzutage aber halten wir es für die höchste Errungenschaft unserer vermeintlichen Allwissenheit, entweder unsere Eltern oder aber die ganze Gesellschaft für alles Mögliche verantwortlich machen zu können –, und wenn beides nicht funktioniert, suchen wir die Schuld eben bei uns selbst. Wir vermögen die Tatsache einfach nicht zu ertragen, daß etwas geschieht, nur weil es geschieht – und zwar ohne jede ersichtliche Ursache. Aber weder Sie noch Bill trifft irgendwelche Schuld an dem, was geschehen ist. Und es gibt auch nieman-

den, der frühere Ereignisse ungeschehen machen kann. Wir müssen die Vergangenheit ruhen lassen.«
»Aber …«, hob Christie zu einem Protest an, der jedoch von Dr. Dornan im Keim erstickt wurde.
»Ich will damit nicht sagen, daß wir den kleinen Billy vergessen sollten. Ich sage nur, daß wir uns darüber klarwerden sollten, daß er der Vergangenheit angehört. Wir alle leben aber in der Gegenwart, und wir alle müssen uns mit der Zukunft beschäftigen.«
»Wie gern würde ich das«, gestand Christie, der erneut die Tränen in die Augen traten. »Und sei es nur für Bill. Wenn es jemals einen Mann gegeben hat, der ideal für die Rolle eines Vaters geeignet war, dann ist es Bill. Sie hätten ihn mit unserem kleinen Billy zusammen sehen sollen. Aber jetzt …«
»Aber jetzt sind Sie aus irgendwelchen Gründen nicht in der Lage, von ihm ein Kind zu empfangen«, beendete Dr. Dornan den von Christie unvollendet gelassenen Satz. »Ist das vielleicht die eigentliche Ursache für Ihre Schuldgefühle? Daß Sie sich nicht nur für eine schlechte Mutter halten, sondern auch für eine schlechte Ehefrau?«
»Ich sehne mich wirklich nach einem Kind, und ich gebe mir alle Mühe … Aber manchmal denke ich, daß das, was normalerweise eine Samen- und eine Eizelle verschmelzen läßt, bei mir irgendwie nicht mehr funktioniert. Wie heißt es doch in der Bibel? Im Alten Testament … über Sarah … – sie war *verschlossen.* Ja, ich glaube, auch ich bin nun *verschlossen,* unfruchtbar. Als Strafe für das, was meinem armen Billy zugestoßen ist. Mein Gott, ich weiß nicht weiter … ich weiß einfach nicht, was ich noch tun soll …«
Dr. Dornan reichte Christie ein weiteres Päckchen Taschentücher.

Nachdem sie mit ihrer Kollegin Dr. Montcrief Rücksprache gehalten hatte, bat Lorene Dornan sowohl Christie als auch Bill zu einer gemeinsamen Besprechung.
Bill ließ sich nach wie vor nicht anmerken, wie sehr er unter den Depressionen seiner Frau litt. So gab er sich auch dieses

Mal die größte Mühe, Dr. Dornan den Eindruck zu vermitteln, er sei durchaus in der Lage, ruhig und gefaßt den Ausführungen der Ärztin folgen zu können – was immer diese auch zu sagen habe. Währenddessen saß Christie steif neben ihm und fingerte unaufhörlich an einem feuchten und zerknitterten Taschentuch herum.

»Wir haben jetzt acht gemeinsame Sitzungen hinter uns. Allem Anschein nach reichen Gespräche allein allerdings nicht aus, um Christie wirklich zu helfen. Deshalb bin ich zu dem Entschluß gelangt, Ihnen beiden etwas vorzuschlagen, was Sie sicherlich eher weiterbringen wird.«

Angesichts dieser Ankündigung verriet Bill unabsichtlich seine in ihm nagenden Befürchtungen, indem er Christie gleich in Schutz nahm.

»Dr. Dornan, falls Sie im Auge haben sollten, Christie in eine psychiatrische Klinik einzuweisen, so sage ich Ihnen klipp und klar, daß wir davon nichts wissen wollen. Ich weiß zwar nicht, zu welchem Ergebnis Sie gekommen sind; ich weiß nur, daß Christie und ich unsere Probleme gemeinsam durchstehen werden, nicht wahr, Liebling?«

Christie schien jedoch viel zu überrascht und schockiert von den Befürchtungen ihres Mannes, als daß sie hätte antworten können.

»Bill, ich habe nicht im entferntesten die Absicht, Ihnen etwas Derartiges zu empfehlen. Ich will vielmehr erreichen, daß Christie sich aus eigener Kraft aus ihren Schwierigkeiten befreit. Sie soll nicht länger über das Unabänderliche nachgrübeln, sondern wieder Anteil am alltäglichen Leben nehmen. Christie ist eine Frau, die einem Kind sehr viel Liebe und Zärtlichkeit geben kann. Und ich möchte nur, daß sie Gelegenheit dazu erhält.«

»Aber wir haben weiß Gott alles versucht!« stöhnte Bill voller Verzweiflung. »Wir sind allen Anweisungen und Ratschlägen Dr. Montcriefs gefolgt. Wann immer wir Sex miteinander hatten, waren Datum und Tageszeit genau festgelegt. Wir haben auch immer Christies Temperatur gemessen, um die bestmöglichen Empfängnisvoraussetzungen zu schaffen. Aber nichts funktionierte. Alles blieb erfolglos! Doch wenn Sie irgendwelche Ratschläge wissen, die uns helfen könnten, dann werden wir sie gewiß befolgen. Glauben Sie mir, wir werden alles tun, was Sie uns sagen.«

»Ich bin in der Tat zu der Auffassung gelangt, daß wir einen Schritt weiter gehen sollten, als uns nur auf eine erneute Schwangerschaft Christies zu konzentrieren«, begann Dr. Dornan. »Deshalb möchte ich Ihnen vorschlagen, ein Kind zu adoptieren. Schließlich gibt es viele gesunde Babys, die nur darauf warten, familiäre Liebe und Zuneigung zu erfahren.«

Bill blickte Christie an, als wolle er sie auf diese Weise dazu auffordern, eine Antwort zu geben.

»Wir ... wir haben auch schon darüber nachgedacht«, begann Christie stockend.

»Und?« hakte die Ärztin nach.

Nun starrte Christie hilfesuchend ihren Mann an, damit er ihr die Peinlichkeit einer näheren Erklärung ersparte.

»Liebling, wir sind hier unter uns. So, wie du mir vertraust, kannst du auch Dr. Dornan vertrauen.«

Christie nickte schließlich und sah dann der Ärztin offen in die Augen. »Bill hat diese Überlegung zwar als erster angesprochen, aber ich hatte mir schon vorher meine Gedanken dazu gemacht.«

»Aber Sie haben es nicht über sich gebracht, dieses Thema von sich aus anzusprechen?« fragte Dr. Dornan.

»Ich zögerte immer wieder«, gestand Christie.

»Aber warum nur?«

Christie konnte sich erst zu einer Antwort durchringen, als Bill sie erneut dazu drängte: »Liebling, es ist wirklich an der Zeit, alles offen und ehrlich zu besprechen. Also sag Dr. Dornan, warum du gezögert hast.«

»Ich ... ich hatte einfach Angst«, murmelte Christie nach einiger Zeit.

»Wovor hatten Sie Angst? Daß Sie nicht fähig wären, einen Säugling großzuziehen? Ich dachte, das hätten wir längst hinter uns«, rief die Ärztin aus.

»Daran lag es auch nicht«, gestand Christie. »Aber ich hatte große Zweifel, daß diese Leute es uns zutrauen würden.«
»Leute? Welche Leute meinen Sie?« fragte Dr. Dornan verblüfft und überlegte, ob sie etwas Wesentliches übersehen hatte.
»Die Leute von den Vermittlungsdiensten, die bei Adoptionen die Kontakte herstellen und darüber entscheiden, wem ein Baby anvertraut wird«, erklärte Christie.
»Was ist mit den Vermittlungsdiensten?« fragte Dr. Dornan nach, da sie noch immer nicht nachvollziehen konnte, worin das Problem bestand.
»Es wäre mir nicht recht, ein Kind unter Vorspiegelung falscher Tatsachen zu adoptieren«, fuhr Christie fort. »Schließlich ist eine Adoption etwas, was ein ganzes Leben betrifft«, fügte sie ernst hinzu.
»Sie beide sind zwei arbeitsame junge Menschen von einwandfreiem Ruf. Was, in Gottes Namen, hätten Sie zu verbergen?«
Christie mußte all ihren Mut zusammennehmen, bevor sie sich zu einer Antwort durchringen konnte. »Wir hätten es den Leuten sagen müssen.«
»Was hätten Sie Ihnen sagen müssen?«
»Die Sache ... mit Billy ...«
»Sicherlich«, bestätigte die Ärztin. »Aber warum auch nicht?«
»Dann würde es doch bestimmt heißen: Sie hat bereits das Leben eines Kindes auf dem Gewissen. Wie könnten wir ihr dann ein zweites Kind anvertrauen?«
»Christie«, beschwichtigte Dr. Dornan. »Niemand – außer Ihnen selbst – kommt auf die Idee, Ihnen wegen Billys Tod Vorwürfe zu machen. Sie trifft keine Schuld, und das wissen auch die Leute bei den Adoptionsvermittlungen. Sie sind keinesfalls die erste Mutter, die ihr Baby durch plötzlichen Kindstod verloren hat, aber gerade deswegen sind Sie besonders dazu geeignet, ein Kind aufzuziehen. Denn bei Ihnen kann man sicher davon ausgehen, daß Sie besonders sorgfältig und aufmerksam sein werden. Und falls Sie wirklich Empfehlungen brauchen sollten, dann nennen Sie Dr. Montcrief und mich.«

Christie wandte sich Bill zu, der ihr durch seine Blicke zu verstehen gab, daß die Ärztin ihnen den richtigen Weg wies. Laß es uns versuchen, Christie, schienen seine Augen zu flehen. Gib dir einen Ruck und sag ja.
Begleitet von einem erleichterten Seufzer, nickte Christie schließlich zustimmend.
»Hier habe ich für Sie eine Adressenliste mit allen Dienststellen, die im näheren Umkreis Adoptionen vermitteln«, sagte Dr. Dornan und überreichte den beiden ein Blatt Papier.

Kapitel 10

Lori Adams stand nackt vor dem Spiegel und drehte sich abwechselnd nach links und rechts, um ihre Figur zu begutachten. Wäre sie von Natur aus nicht so schlank, sondern stämmiger gebaut gewesen, dann hätte sie ihre Schwangerschaft vielleicht noch einige Wochen länger verheimlichen können. Aber nein, das Versteckspielen hatte nun endgültig ein Ende. Es ließ sich nicht länger verbergen, daß sie inzwischen im fünften Monat war.
Widerstrebend gestand sich Lori ein, daß es nun langsam galt, Mrs. Berryman reinen Wein einzuschenken. Schließlich mußte Lori ihrer Vorgesetzten, die sie stets freundlich und hilfsbereit behandelte, die Möglichkeit geben, sich rechtzeitig nach einem Ersatz für sie umzusehen. Lori würde sich mit dem bißchen Geld über Wasser halten müssen, das sie zum einen selbst verdient hatte und zum anderen von Brett geschickt bekam. Sollten ihre dürftigen Ersparnisse allerdings irgendwann aufgebraucht sein, dann würde ihr nichts anderes übrigbleiben, als sich an eine der staatlichen Wohlfahrtsstellen zu wenden, die sich um das Schicksal alleinstehender Mütter kümmerten.
Lori wartete bis zum Abend, da Mrs. Berryman zu dieser Tageszeit meist weniger zu tun hatte.
»Ja, bitte!« rief sie, als Lori an die Tür ihres Büros klopfte.

»Kommen Sie, kommen Sie«, forderte die Verwaltungschefin des Hospitals sie geistesabwesend auf. Lori kannte diesen Tonfall nur allzugut, denn ihre Vorgesetzte war gewöhnlich den größten Teil des Tages über mit organisatorischen Fragen befaßt, die sie voll und ganz in Anspruch nahmen.
Sie ist jetzt sicher zu beschäftigt, um sich Zeit für meine privaten Probleme zu nehmen, dachte Lori und wandte sich bereits wieder zum Gehen. Doch ein erneutes »Nun kommen Sie schon!« ließ ihr keine andere Wahl, als der energischen Aufforderung Folge zu leisten. Daher öffnete sie schließlich die Tür und trat ein – zuerst zögerlich, dann aber entschlossen, die peinliche Angelegenheit schnell hinter sich zu bringen.
Mrs. Berryman stand über ihren Schreibtisch gebeugt und war gerade damit beschäftigt, die Namenskärtchen der Krankenhausmitarbeiter für die Schichteinteilung so zu sortieren, daß möglichst viele Gelegenheit bekamen, das vor der Tür stehende Weihnachtsfest im Kreise der Familie zu verbringen. Ohne ihre Tätigkeit zu unterbrechen, erkundigte sich Mrs. Berryman mit ungeduldig klingender Stimme: »Ja, was gibt's, Lori?«
»Ich wollte Sie gerne sprechen, Mrs. Berryman. Aber ich komme vielleicht doch besser später wieder. So dringend ist es auch wieder nicht.«
»Nicht so eilig, mein Kind. Nimm erst einmal Platz. Es dauert nur noch einen Moment.«
Lori hockte sich nervös auf die Kante des Besucherstuhles, während Mrs. Berryman weiterhin die Namenskärtchen hin und her schob, um auszuprobieren, ob sich an den Feiertagen nicht noch mehr Pflegepersonal entbehren ließ.
»Welchen Termin hat der Arzt für deine Niederkunft berechnet?« fragte sie plötzlich aus heiterem Himmel, ohne von ihrer Tätigkeit aufzusehen.
Völlig überrumpelt, sah sich Lori nur imstande, die Frage zu wiederholen: »Welchen Termin mein Arzt …?«
Mrs. Berryman schaute sie über den Schreibtisch hinweg an. »Großer Gott! Lori, dies ist ein Krankenhaus. Hast du allen Ernstes geglaubt, ich würde nicht bemerken, daß du ein Kind

erwartest? Ein Mädchen, das so schlank ist wie du? Erinnert mich an den Witz über die Frau, die so dürr war, daß sechs Männer die Stadt verließen, als sie einen Olivenkern verschluckte. Deine Hüften sind ... na, sagen wir mal ... etwas runder geworden. Und außerdem hast du ein niedliches kleines Bäuchlein bekommen. Aber vor allem bist du jetzt von deiner gesamten Erscheinung her noch attraktiver geworden als vorher, denn du strahlst das innere Glück aus, das nur schwangere Frauen verspüren.«

Lori kam sich ausgesprochen lächerlich vor, daß das von ihr so sorgsam gehütete Geheimnis von Mrs. Berryman auf den ersten Blick durchschaut worden war.

»Kann ich dich während der Weihnachtsfeiertage einsetzen?« fuhr die Oberschwester nüchtern fort.

»Ja, natürlich«, stimmte Lori eilfertig zu.

»Schön«, rief Mrs. Berryman, wobei ihr Tonfall signalisierte, daß sie das Gespräch als beendet betrachtete.

»Wollen Sie mich gar nicht fragen ...«, begann Lori, brach dann jedoch ab.

»Was soll ich dich fragen?« ließ sich Mrs. Berryman, eine Spur ungeduldiger als zuvor, vernehmen.

»Nun ... wie es mit mir weitergehen soll? Wie lange ich zum Beispiel noch in der Lage sein werde weiterzuarbeiten?«

Die Verwaltungschefin legte die Kärtchen aus der Hand und wandte sich nun vollends Lori zu. »Kindchen, wir leben doch nicht im finsteren Mittelalter. Du wirst so lange weiterarbeiten, wie es eben geht. Und meiner Einschätzung nach wird das mindestens bis in den achten Monat hinein sein.«

»Aber was werden die Patienten ...?«

»Sie werden begeistert sein«, versicherte ihr Mrs. Berryman. »Sie werden jede Phase deiner Schwangerschaft aufmerksam verfolgen. Du wirst sehen, daß du ihnen jeden Morgen erst einmal über dich und dein Baby berichten mußt. Und es wird ihnen allen guttun, denn es lenkt sie von ihren eigenen Problemen ab. Schließlich inspiriert uns ein werdendes Leben alle positiv. Also mach dir über die Patienten keine Sorgen, mein Kind.«

Die Erleichterung stand Lori deutlich ins Gesicht geschrieben, als sie aufstand und die Tür öffnete, um das Büro zu verlassen.
»Und später?« rief Mrs. Berryman ihr nach.
Lori drehte sich noch einmal zu ihrer Vorgesetzten um.
»Hast du schon irgendwelche Pläne gemacht, was du tun wirst, wenn das Kind erst einmal da ist?«
»Ich habe viel darüber nachgedacht. Aber Pläne ... nein, ich habe noch keine festen Pläne«, gestand Lori.
»Solltest du jemals das Bedürfnis verspüren, mit jemandem darüber zu reden – du kannst zu mir kommen, wann immer du willst.«

Sechs Wochen später klopfte Lori an einem kalten Januarabend erneut an Mrs. Berrymans Tür.
Dieses Mal schien die Verwaltungschefin sie erwartet zu haben. Sie deutete ihr an, Platz zu nehmen, und fragte dann: »Möchtest du eine Tasse Tee?«
»Nein danke. Aber wenn ich Sie kurz sprechen könnte ...«
»Ob kurz oder lang – ich stehe dir zur Verfügung«, versicherte Mrs. Berryman. »Also, mein Kind, wozu hast du dich entschlossen?«
»Das ist ja das Problem. Ich weiß nicht, was ich tun soll«, seufzte Lori.
»Hältst du noch Kontakt zum Vater des Kindes?«
»Er schreibt mir regelmäßig und schickt mir von Zeit zu Zeit auch ein bißchen Geld«, berichtete Lori.
»Besteht die Möglichkeit, daß ihr es noch einmal miteinander versucht?«
»Er möchte es gern. Aber es würde nicht gutgehen.«
»Du liebst ihn also nicht mehr ...?« folgerte Mrs. Berryman.
»Das ist es nicht ...«
»Was ist es dann?«
»Er müßte seine Karriere aufgeben.«
»Es gibt eine ganze Menge von Schauspielern und auch Schauspielerinnen, die Kinder bekamen, ohne daß deswegen ihre Karriere zerstört worden wäre«, gab Mrs. Berryman zu bedenken.

»Aber nur, weil sie bereits Karriere gemacht hatten«, bemerkte Lori.
»Ich verstehe. Er müßte seine Pläne vergessen und eine andere Tätigkeit aufnehmen – und zwar irgendeine.«
»Ich will nicht, daß er jemals das Gefühl hat, nur wegen mir oder wegen des Babys das aufgeben zu müssen, was ihm am meisten auf der ganzen Welt bedeutet«, sagte Lori entschlossen.
»Aber du bist dir darüber im klaren, daß du ihm das Recht vorenthältst, den Pflichten seiner Vaterrolle gerecht zu werden? Vielleicht bedeutet ihm diese Rolle mehr, als du denkst.«
Lori zögerte, bevor sie das offen aussprach, was sie bisher immer nur insgeheim gedacht hatte: »Als ich damals New York verließ und sagte, daß ich ihm mit dem Baby kein Klotz am Bein sein wollte, hatte ich dennoch gedacht ... und gehofft, daß er mir folgen und mich zurückholen würde ...«
»Aber er hat es nicht getan«, führte Mrs. Berryman den Satz zu Ende.
»Sie dürfen ihn dafür nicht verurteilen«, beeilte sich Lori, Brett zu verteidigen. »Sie können ja nicht ahnen, wie schwer es heutzutage ein junger Schauspieler hat. Eine Chance, nur eine einzige Chance kann den Durchbruch bedeuten. Aber wenn er diese eine Chance nicht nutzt, dann heißt das, daß er für den Rest seines Lebens Autoreifen verkaufen oder als Versicherungsvertreter arbeiten muß. Immer wenn er sich einen Film oder ein Theaterstück anschaut, würde er dann denken, daß er dort selbst auf der Bühne stehen könnte und in der einen oder anderen Rolle sogar besser wäre als der Schauspieler, den er gerade sieht. Und er würde sich sagen: ›Auf all das habe ich verzichtet ... wegen Lori und wegen des Babys.‹ Mrs. Berryman, können Sie sich vorstellen, wie sehr das eine Ehe vergiften muß?«
Auf jeden Fall hatte Mrs. Berryman durch Loris Offenbarung eine Vorstellung davon bekommen, wie sehr das Mädchen den Vater ihres Kindes noch immer liebte.

Kapitel 11

Lori Adams ertappte sich dabei, wie sie gedankenverloren mit einer Strähne ihres blonden Haares spielte. Als sie sich daran erinnerte, daß Brett sich immer über diese Angewohnheit von ihr aufregte, ließ sie unwillkürlich die Strähne los und nahm eine der Illustrierten zur Hand, die auf dem Tisch des Wartezimmers lagen. Lori mußte allerdings beim Aufblättern feststellen, daß sie das Heft bereits vor Monaten bei ihrem ersten Besuch in der gynäkologischen Abteilung des Krankenhauses gelesen hatte.

Obwohl sich Dr. Wahls Tür bereits nach kurzer Zeit öffnete, schien es Lori, als habe sie eine Ewigkeit gewartet. Nervös folgte sie der Aufforderung der grauhaarigen Ärztin, die sie immer an ihre Großmutter erinnerte, in das Sprechzimmer einzutreten.

Wie jeder Patient bei einem Arztbesuch bemühte sich auch Lori während der folgenden Routineuntersuchungen, die Gedanken Dr. Wahls zu lesen. Wie sahen die Ergebnisse aus? Stand es gut oder schlecht um das Baby? War sie zufrieden mit ihr?

Endlich äußerte sich Dr. Wahl: »Haben Sie auch immer Ihre Gymnastik gemacht, Lori?«

»Aber sicher«, beeilte sich Lori zu erklären und fügte dann besorgt hinzu: »Warum fragen Sie? Ist etwas nicht in Ordnung?«

»Nein, nein, es steht alles bestens«, erklärte Dr. Wahl. »An Ihrer Verfassung und der des Babys läßt sich absolut nichts aussetzen. Die Tatsache, daß Sie bereits im achten Monat sind, wirft allerdings eine Frage auf, die Sie nicht mehr lange verdrängen können.«

»Ja, ich weiß«, gestand Lori. »Ich suche Tag und Nacht nach einer Antwort.«

»In spätestens vier Wochen müssen Sie sie gefunden haben«, stellte die Ärztin fest. »Besteht die Möglichkeit, daß Sie mit dem Kind zu Ihren Eltern zurückkehren?«

»Na ja, meine Mutter hätte sicher nichts dagegen. Aber mein Vater …«

»Ja, ja, Väter zeigen sich in solchen Fällen oft von der unversöhnlichen Seite. Vermutlich betrachten sie es als eine Art persönliche Beleidigung, wenn ihre Töchter schwanger werden. Was also haben Sie vor?«

»Ich … ich habe alles immer und immer wieder durchgerechnet …«

»Wie weit man mit 227 Dollar in der Woche kommt?« fragte Dr. Wahl und verriet auf diese Weise, wie genau sie über Loris finanzielle Situation Bescheid wußte. Als die werdende Mutter nichts entgegnete, fuhr die Ärztin mit ihren Überlegungen fort: »Miete, die Kosten für eine Kinderfrau, während Sie arbeiten, Essen, Medikamente, Kleidung und Pflegeprodukte für das Baby – keine sehr ermutigenden Aussichten.«

»Ich könnte Sozialhilfe beantragen … und auch Lebensmittelmarken«, murmelte Lori. »Aber trotzdem würde das alles nicht ausreichen. Welchen Rat würden Sie mir geben, Dr. Wahl?«

»Mein Kind, ich erteile meinen Patienten viele Arten von Ratschlägen – medizinische, gelegentlich psychiatrische, manchmal auch ganz persönliche. Aber ich habe nie gewagt, einer Frau einen Rat zu geben, wenn es darum ging, ein Kind zur Adoption freizugeben. Es fällt allzu leicht, Ihnen dazu zu raten, aber es ist viel schwerer, mit den Konsequenzen einer solchen Entscheidung zu leben. Nein, Lori, diesen Schritt müssen Sie ganz allein machen.«

»Aber was würden Sie an meiner Stelle tun, Dr. Wahl?« beharrte Lori.

Die Ärztin lächelte, wobei sich die Falten in ihrem Gesicht deutlicher abzeichneten. »Ihnen darauf eine Antwort zu geben, wäre gleichbedeutend mit einer direkten Empfehlung. Hören Sie, Lori. Ich habe Sie während der vergangenen sechs Monate gut genug kennengelernt, um zu wissen, daß Sie eine intelligente und klar denkende junge Frau sind. Deshalb weiß ich sicher, daß Sie eine vernünftige und verantwortungsbewußte Entscheidung treffen werden.«

An den folgenden Tagen grübelte Lori in jeder freien Minute darüber nach, was sie tun sollte, wenn ihr Kind erst einmal auf der Welt war.

Vielleicht würde sie Brett einfach anrufen und ihm sagen: »Herzlichen Glückwunsch, Brett. Du bist Vater.« Nein, dachte Lori, das wäre nicht mehr als ein schlechter Scherz.

Warum bin ich nur so hart und ungerecht gegen ihn? Was zum Teufel habe ich denn von ihm erwartet, als ich ihm sagte, was los war? Einen hinreißenden Monolog aus einem Heldendrama? Einen ausgefeilten Vortrag über die Unsterblichkeit seiner Liebe und Treue zu mir? Nein, Brett wirkte nur verunsichert und besorgt. Wie ein verängstigter Schuljunge, den man bei etwas Verbotenem ertappt hat und der nun am liebsten davonlaufen möchte. Am darauffolgenden Tag hatte er sich allerdings gefangen und mir angeboten, sofort einen Job anzunehmen, um für mich und das Baby zu sorgen.

Nein, wenn ich selbst nicht die Fähigkeit besitze, mich und das Kind über die Runden zu bringen, kann ich dafür nicht Brett verantwortlich machen. Er war bereit, seiner Pflicht nachzukommen, aber ich habe ihn zurückgewiesen. Ich bin diejenige, die vorschnell gehandelt hat.

Diesmal darf ich nichts überstürzen, nicht wenn es darum geht, das eigene Kind zur Adoption freizugeben. Diesmal muß ich mir jeden Schritt genau überlegen.

Sicher, anstatt auch nur einen Gedanken an eine Adoption zu verschwenden, könnte ich meine paar Sachen packen, das Baby auf den Arm nehmen und an die Tür meiner Eltern klopfen.

Was bliebe meinem Vater schon übrig? Brächte er es tatsächlich fertig, uns davonzujagen? Nein, bestimmt nicht, denn das würde in dem kleinen Ort noch mehr Staub aufwirbeln, als wenn er seine Tochter mit einem unehelichen Kind unter seinem Dach duldete. Trotzdem – was für ein Leben würde uns dort erwarten? Mich … und das Kind? Nein …, ich muß eine andere Lösung finden.

Elf Tage nach ihrem Untersuchungstermin bei Dr. Wahl rief Lori die Ärztin an. »Dr. Wahl, ich habe mich zwar noch nicht endgültig entschieden, aber gehen wir mal davon aus, ich hätte

es: Mit wem müßte ich mich im Fall einer Freigabe zur Adoption in Verbindung setzen?«
»Sie sollten sich an Rose Heckinger wenden. Sie arbeitet beim Sozialamt als Beraterin für derartige Angelegenheiten«, empfahl die Ärztin.

Lori bekam noch am selben Spätnachmittag einen Termin bei Rose Heckinger. Da die tiefstehende Sonne durch das Fenster hinter der an ihrem Schreibtisch sitzenden Sozialarbeiterin fiel, mußte Lori die Augen zusammenkneifen, um einen ersten Eindruck von der Frau vor ihr gewinnen zu können. Als Rose Heckinger bemerkte, daß Lori geblendet wurde und zudem hochschwanger war, bat sie ihre Besucherin zu einer vom Fenster abgewandten Sitzecke. »Kommen Sie, Miss Adams. Dort haben wir es bequemer.«
»Sie dürften jetzt im achten Monat sein«, begann Rose Heckinger, »oder bereits im neunten?«
»Anfang des neunten«, bestätigte Lori und musterte die Beraterin. Rose Heckinger wirkte noch ausgesprochen jung. Sie war höchstens dreißig und hatte glattes braunes Haar, das ein hübsches Gesicht umrahmte. Ihre Züge verrieten jedoch auch innere Kraft und Entschlossenheit, was Lori Vertrauen zu ihr fassen ließ, auch wenn sie erwartet hatte, auf eine ältere und vielleicht erfahrenere Beraterin zu treffen.
Rose Heckinger kam unumwunden zur Sache. »Da Sie zu mir gekommen sind, vermute ich, daß Sie daran denken, Ihr noch ungeborenes Baby zur Adoption freizugeben?«
»Ich ... ich habe den Gedanken zumindest ins Auge gefaßt«, bestätigte Lori.
»Und Sie sind sich darüber im klaren, welche einschneidenden Konsequenzen ein solcher Entschluß mit sich brächte?«
»Ja«, preßte Lori hervor – überrascht, daß die Beraterin, anstatt sie zu ermutigen, eher an ihre Skepsis appellierte.
»Haben Sie wirklich alle Möglichkeiten in Betracht gezogen, alle Verwandten und Bekannten, an die Sie sich wenden könnten?« bohrte Rose Heckinger nach.
»Ja, das habe ich«, erwiderte Lori.

»Und es gibt niemanden, der Ihnen zur Seite stehen würde? Der Vater des Kindes? Ihre Familie oder vielleicht enge Freunde?«
»Nein, niemanden«, sagte Lori, fühlte sich aber dazu verpflichtet, Bretts Rolle zu erläutern. »Es liegt nicht daran, daß sich der Vater meines Kindes der Verantwortung entziehen würde. Es ist nur so, daß ich ihm nicht seine Karriere zerstören will.«
»Falls Sie sich dazu entschließen sollten, Ihr Kind zur Adoption freizugeben, müßte er jedoch auch sein Einverständnis dazu erklären«, hob Rose Heckinger hervor. »Immerhin hat der leibliche Vater auch gewisse Rechte.«
Diesen Aspekt hatte Lori bei ihren Überlegungen niemals mit einbezogen.
»Vielleicht sollten Sie sich erst einmal mit ihm besprechen«, schlug die Beraterin vor und vermittelte den Eindruck, als könne das Gespräch erst danach sinnvoll fortgesetzt werden. Aber so leicht wollte sich Lori nicht geschlagen geben.
»Wären ... wären die Behörden dazu berechtigt, ihn unter Druck zu setzen?«
»Sicher. Er ist schließlich zu Unterhaltszahlungen verpflichtet. In erster Linie geht es aus unserer Sicht allerdings darum, daß seine Rechte gewahrt werden.«
»Aber es ist doch mein Kind«, protestierte Lori.
»Nicht nach dem Gesetz.«
»Was passiert, wenn man den Vater nicht ausfindig machen kann oder wenn seine Vaterschaft zweifelhaft bleibt?«
»In solchen Fällen genügt die Einverständniserklärung der Mutter«, erklärte Rose Heckinger, woraufhin Lori nachdenklich nickte.
Schüchtern, als sei bereits die Frage ein Grund dafür, die mögliche Freigabe zur Adoption im voraus abzulehnen, erkundigte sich Lori zögernd: »Wäre es möglich ... ich meine, wird es so gehandhabt, daß die Mutter des Kindes die Adoptiveltern sehen oder sogar sprechen darf ...?«
»Sie meinen, Sie wollen bei der Auswahl mitbestimmen?« präzisierte die Beraterin Loris Frage.

»Schließlich will ich nicht, daß mein Kind nur als Fall in irgendeiner Akte endet, die von irgendeinem Sozialarbeiter oder irgendeinem Vermittlungsdienst irgendwann geschlossen wird. Es geht immerhin nicht um irgend jemanden, sondern um mein Kind. Und ich möchte nichts unversucht lassen, um ihm die allerbesten Voraussetzungen für einen glücklichen Start ins Leben zu ermöglichen.«
»Das kann ich sehr gut verstehen«, bestätigte Rose Heckinger. »Beruhigt es Sie, wenn ich Ihnen versichere, daß wir alles daran setzen, die bestmöglichen Eltern für Ihr Kind zu finden?«
»Offen gestanden geht es mir gar nicht so sehr darum, wie Ihre Meinung lautet. Für mich ist viel bedeutender, welchen Eindruck ich persönlich von den Betreffenden hätte. Dafür müßte ich die Leute schon persönlich zu sehen bekommen.«
»Damit Sie sich selbst ein Urteil bilden können und am Ende die Auswahl der Leute mit entscheiden?« faßte die Beraterin zusammen.
»Ja ..., es würde mich sehr beruhigen, wenn ich die Eltern vorher zu sehen bekäme«, erklärte Lori. »Vor allem die zukünftige Mutter meines Kindes. Ich glaube, ich könnte es ihrer Erscheinung, ihrem Gesicht, ihren Augen ansehen, ob sie geeignet ist.«
»Nun, gewöhnlich vermeiden die Vermittlungsdienste, mit denen wir zusammenarbeiten, daß die natürlichen Mütter die Adoptiveltern ihrer Kinder namentlich kennen. Für diese Maßnahme werden Sie sicherlich Verständnis haben.«
»Gewiß. Aber ich versichere Ihnen, daß ich niemals versuchen werde, die Adoptiveltern meines Kindes oder mein Kind selbst aufzuspüren. Ich wollte eigentlich nur auf Nummer Sicher gehen, das ist alles. Schließlich hört man jeden Tag in den Zeitungen und im Fernsehen von Kindesmißhandlungen und dergleichen. Deswegen, nur deswegen ...« Lori, die den Tränen nahe war, wollte aufspringen und das Büro verlassen.
»Lori«, versuchte Rose Heckinger, das Mädchen zu beruhigen. »Wie wäre es, wenn ich ein Treffen zwischen Ihnen und

einem möglichen Elternpaar arrangieren würde? Sie dürften nach allem fragen, was Sie wollen – bis auf zwei Ausnahmen: erstens, nicht nach dem Namen der Leute und zweitens nicht nach der Stadt, aus der sie kommen.«

Lori wollte gerade eine Antwort geben, als sie von der Beraterin unterbrochen wurde. »Antworten Sie mir am besten nicht jetzt sofort, sondern denken Sie erst noch einmal über alles nach. Melden Sie sich in ein oder zwei Tagen wieder bei mir.«

Am übernächsten Morgen rief Lori bei Rose Heckinger an.

»Ich würde mich gern mit einigen Eltern treffen, die Sie für geeignet halten, mein Kind zu adoptieren«, erklärte Lori.

»Nur unter der Bedingung, daß die Identität der Eltern absolut anonym bleibt«, forderte die Beraterin.

»Mir geht es nur darum herauszufinden, um was für Leute es sich handelt. Ob es gute, freundliche, liebevolle Eltern für mein Kind wären.«

Einige Tage später machte sich die hochschwangere Lori Adams zu einem vereinbarten Termin auf den Weg in das Büro Rose Heckingers – innerlich darauf vorbereitet, dort völlig fremden Personen zu begegnen, denen sie ihr noch ungeborenes Kind anvertrauen sollte.

Kapitel 12

Rose Heckinger saß an ihrem Schreibtisch und überlegte, was sie mit den Unterlagen machen sollte, die sie gerade in Händen hielt. Es handelte sich um eine der Akten, die ihr von der zuständigen Landesbehörde für Adoptionsangelegenheiten zugestellt worden waren. Die Akten, die sie umgehend wieder zurücksenden wollte, stapelte sie auf der linken Seite ihres Schreibtisches. Rechts legte sie hingegen die Unterlagen derjenigen Bewerber ab, die sie als potentiell geeignete Adoptiveltern einstufte.

Die Papiere, die sie gegenwärtig studierte, betrafen ein Ehepaar, das von Lori Adams abgelehnt worden war. In den letzten zehn Tagen waren insgesamt drei Paare, die sich um die Adoption eines Kindes beworben hatten, von Lori befragt worden. Und dreimal hatte Lori die Bewerber als ungeeignet abgewiesen. Beim ersten Paar schienen ihr die Partner nicht gut zusammenzupassen. Die Frau verhielt sich nach Loris Auffassung ihrem Mann gegenüber zu duldsam und unterwürfig. Wenn der Mann jedoch das alleinige Sagen in der Ehe hatte, dann würde er wahrscheinlich auch als Vater eine dominante Persönlichkeit sein.

Aber er soll nicht ausgerechnet mein Kind tyrannisieren, dachte Lori bei sich. Unter so einem Vater habe ich schließlich selbst lange genug gelitten.

Das zweite Ehepaar erregte ihr Mißfallen, weil offensichtlich nur die Frau die beabsichtigte Adoption betrieb. Ihr Mann trat hingegen in der Rolle des Gönners auf, der seiner Frau bereitwillig – aber ohne Eigeninteresse – ein teures Spielzeug kaufte. Dennoch hätte der finanzielle Hintergrund des Ehepaares ihrem Kind eine sorgenfreie und luxuriöse Jugend beschert, und zudem schien die Frau wirklich ausgesprochen sympathisch. Aber aus den genannten Gründen entschied sie sich dennoch gegen die beiden.

Beim dritten Paar hatte Lori sich Rose Heckinger gegenüber ausschließlich auf ihr Gefühl berufen. »Es ist ... nur ein Gefühl ... ein persönlicher Eindruck, den ich nicht näher erklären kann. Aber der Gedanke, mein Kind in die Hände dieser Leute zu geben, bereitet mir irgendwie Unbehagen.«

»Es geht hier nicht darum, einen Film mit großen Stars zu besetzen, Lori«, hatte die Beraterin daraufhin entgegnet. »Sie können keine makellosen Idealtypen erwarten. Wichtig ist allein, zwei Menschen mit einwandfreiem Leumund zu finden, die sich nichts Schöneres vorstellen können, als ein Kind zu adoptieren, dem sie ihre ganze Liebe schenken – und zwar Ihrem Kind.«

»Miss Heckinger, verstehen Sie mich bitte nicht falsch. Aber um bei Ihrem Vergleich zu bleiben: Wenn man bei der Beset-

zung eines Films einen Fehler macht und einen untauglichen Darsteller engagiert hat, kann man ihn notfalls wieder feuern und einen anderen unter Vertrag nehmen. Ich aber besitze dieses Privileg nicht. Ich habe nur eine einzige Chance, die richtigen Eltern für mein Kind zu finden.«
Als die Beraterin des Sozialamtes jetzt an ihrem Schreibtisch saß und weitere Bewerbungsunterlagen diverser Ehepaare durcharbeitete, fragte sie sich voller Skepsis, ob es tatsächlich eines gab, daß bei Lori Adams Gnade finden würde.
Sie öffnete die nächste Akte.

DONNER, Harold und Cynthia (34 und 29). Kinderlos wegen Unfruchtbarkeit des Mannes. Bewohner einer Kleinstadt im südlichen Teil eines angrenzenden Bundesstaates. Eigenheimbesitzer. Ehemann von Beruf selbständiger Geschäftsmann mit einer Reihe von Waschsalons. Regelmäßiges, solides Einkommen. Haus und familiärer Hintergrund sorgfältig überprüft. Ergebnis: Alle Voraussetzungen für die Qualifikation als Adoptiveltern erfüllt. Hervorragende Referenzen. Aktive Kirchenmitglieder.

Rose Heckinger beschloß, es mit ihnen zu versuchen und ein Treffen mit Lori zu arrangieren.
Der erste Eindruck, den die Donners von Lori gewannen, war der einer ausgesprochen attraktiven jungen Frau, die offensichtlich kurz vor der Entbindung stand. Das Ehepaar warf sich einen Blick zu, der beider Wohlgefallen zum Ausdruck brachte.
Was für ein hübsches Kind würde uns diese Frau bescheren!
Lori hingegen konnte ihre Abneigung kaum verbergen. Dieser Mann könnte nie der Vater meines Kindes sein. Er ist viel zu klein, hat zu dunkle Haare und wirkt viel zu korpulent. Selbst Fremde könnten auf den ersten Blick erkennen, daß es sich nur um ein Adoptivkind handelt. Nein, ich brauche eine Familie, zu der mein Kind wirklich paßt, in die es wirklich gehört, so als sei es dort geboren.
Das Gespräch nahm einen zähen und für die Donners enttäu-

schenden Verlauf, da auch sie bald erkennen mußten, daß sie nicht Loris Erwartungen entsprachen.
Als sich beide Parteien trennten, verabschiedete sich Harold Donner von Lori dennoch mit den folgenden Worten: »Hören Sie, vielleicht sollten Sie es sich noch einmal überlegen. Sie finden gewiß kein Ehepaar, das Ihr Kind mehr lieben könnte als Cynthia und ich. Wir würden alles für Ihren Sohn tun – oder für Ihre Tochter. Es kommt uns wirklich nicht darauf an, ob es ein Junge oder ein Mädchen wird. Das ist uns völlig egal. Wir wollen nur ein Kind, irgendein Kind.«
Es bereitete Lori große Schwierigkeiten, Rose Heckinger die Gründe für ihre diesmalige Ablehnung plausibel zu machen.
»Ich wollte gewiß nicht die Gefühle der beiden verletzen, denn eigentlich waren es zwei sehr nette Leute«, begann sie. »Aber sie ... sie sahen einfach nicht ... ich meine, sie würden einfach nicht wie eine richtige Familie aussehen. Ich möchte aber, daß mein Kind zu einer richtigen Familie gehört, daß es so wirkt wie ein richtiges Familienmitglied. Verstehen Sie, man soll nicht gleich schon bei einem Foto sagen können: ›Oh, schau mal, das ist aber nicht ihr leibliches Kind. Das müssen sie adoptiert haben.‹«
»Lori«, fragte Rose Heckinger vorsichtig, »suchen Sie etwa nach Adoptiveltern, bei denen der Mann genau wie der leibliche Vater Ihres Kindes aussieht?«
»Aber nein! Nein, nein!« Als Lori so heftig widersprach, wußte die Beraterin sofort, daß sie mit ihrer Vermutung ins Schwarze getroffen hatte.
Sie liebt ihn noch immer, dachte sie bei sich.
»Dann habe ich für die bisherigen Treffen allerdings einen Fehler bei der Auswahl der Kandidaten gemacht«, gestand Rose Heckinger. »Aber ich bin mir nicht sicher, ob ich Leute finden kann, die diese Bedingung erfüllen.«
»Nein, ich bitte Sie, so habe ich es nicht gemeint«, entschuldigte sich Lori. »Machen Sie sich um Gottes willen keine Vorwürfe. Es waren einfach die falschen Leute. Aber ich werde

die richtigen Adoptiveltern für mein Kind sofort erkennen, wenn sie mir nur erst einmal gegenübersitzen.«
»Na schön. Wollen wir es hoffen«, bemerkte Rose Heckinger aufmunternd. Insgeheim aber bezweifelte sie, daß es jemals dazu kommen würde.

Zu Beginn der darauffolgenden Woche landete ein halbes Dutzend neuer Bewerbungsunterlagen auf Rose Heckingers Schreibtisch. Die Beraterin für Adoptionsangelegenheiten studierte das gesamte Material sehr sorgfältig. Auch wenn die Ansprüche ihrer Klientin nur schwer zu erfüllen waren, so mußte sie sich doch eingestehen, daß sie die entschlossene Haltung dieser jungen Mutter bewunderte.
Unter den ihr vorliegenden Akten hatte eine ihre besondere Aufmerksamkeit erregt.

SALEM, William und Christine (32 und 28) aus der westlichsten Ecke eines benachbarten Bundesstaates. Ehemann ist Inhaber eines kleinen, aber florierenden Dienstleistungsbetriebes. Ehefrau arbeitet als Angestellte in einer Werbeagentur, würde jedoch ihre Stelle im Falle einer Adoption aufgeben. Gute Charakterprofile. Guter finanzieller Hintergrund. Ausgezeichnete Infrastruktur des Wohnortes (gute Schulen und gute medizinische Versorgung). Keine eigenen Kinder.

Angesichts ihrer Erfahrungen mit Lori Adams beschloß Rose Heckinger, die Salems zunächst allein zu sprechen.
Bei ihrer ersten Begegnung trat ihr mit Bill Salem ein hochgewachsener und sehr schlanker Mann mit vergleichsweise dünnem Haar entgegen. Von seiner äußeren Erscheinung her bildete er also beinahe das genaue Gegenteil des von Lori zuvor abgelehnten Harold Donner. Das war ein hoffnungsvoller Auftakt.
Ihr war außerdem aufgefallen, daß Christie Salem versucht hatte, unter dem Tisch die Hand ihres Mannes zu fassen. Und dieser hatte sie ergriffen, um seine aufgeregte Frau zu beruhigen und ihr Mut zu machen. Beide warteten sichtlich voller

Anspannung auf die geplante Begegnung mit Lori und hofften auf einen guten Ausgang.

»Es tut mir leid, daß ich Sie zu einem solchen Treffen bitten mußte, aber in diesem Fall geht es nicht anders«, begann Rose Heckinger, um das erste Eis zu brechen und das Ehepaar zunächst einmal zu beruhigen.

»Ich bitte Sie, Miss Heckinger. Sie brauchen sich nicht zu entschuldigen oder irgendwelche Erklärungen zu geben«, entgegnete Bill Salem.

Christie pflichtete ihrem Mann bei. »Nach all den Monaten, die wir jetzt schon versuchen, ein Baby zu adoptieren ... habe ich Monate gesagt? Es sind jetzt schon zwei Jahre, und ich kann langsam nicht mehr die Krankenhäuser und Vermittlungsdienste zählen, in denen wir bereits vorgesprochen haben. Deshalb macht es uns nichts aus, hierherzukommen, nicht wahr, Bill?«

»Miss Heckinger, vielleicht könnten Sie uns nur einen Hinweis geben, worauf es der Mutter ankommt«, bat Bill. »Ich meine, warum sie auf eine persönliche Begegnung Wert legt. Welche Fragen wird sie uns stellen? Was sollen wir ihr antworten?«

»Wissen Sie, das Ganze hier ist sehr wichtig für uns«, fügte Christie hinzu. »Denn wir sind noch nie so dicht am Ziel gewesen. Deswegen wollen wir diese Chance auf keinen Fall verspielen. Was also sollen wir sagen ... oder auch nicht sagen?«

»Verhalten Sie sich nur ganz natürlich«, riet Rose Heckinger. »Und seien Sie aufrichtig.«

Christie und Bill Salem mußten sich in dem kleinen Wartezimmer gedulden, das an Rose Heckingers Büro angrenzte. Das Treffen mit Lori hatte man für zwei Uhr angesetzt, aber es war jetzt bereits zwanzig Minuten über die Zeit. Obwohl Bill sich genauso nervös fühlte wie seine Frau, gab er sich doch Mühe, seine innere Unruhe zu verbergen, und blieb – zumindest äußerlich – gelassen auf seinem Stuhl sitzen, während Christie unablässig zwischen dem Fenster und dem Bücherregal an der gegenüberliegenden Wand auf und ab ging.

»Liebling, beruhige dich doch. Komm und setz dich zu mir«, redete Bill ihr zu und griff nach Christies Hand. Sie fühlte sich so kalt an wie an dem Tag nach Billys Tod.

Bill versuchte seine Frau sanft auf den Stuhl neben sich zu ziehen, aber Christie winkte nur unwillig ab und setzte ihr Auf und Ab fort. Plötzlich wandte sie sich unvermittelt zu ihm um. »Und wenn sie es sich im letzten Augenblick anders überlegt hat?« preßte sie mit gequälter Stimme hervor.

»Bitte, Liebling«, flüsterte Bill, »mach dich doch nicht verrückt.«

»Aber warum kommt sie dann nicht?«

»Vielleicht ist sie aufgehalten worden, oder es sind noch ein paar Formalitäten zu erfüllen ... Papiere zu unterzeichnen ... oder ich weiß nicht was ...«, versandete Bills halbherziger Erklärungsversuch.

Im gleichen Augenblick hörten sie ein schwaches Klopfen an der Tür. Christie erstarrte und drehte sich dann langsam zum Eingang des Raumes, woraufhin Bill an ihre Seite trat, um ihren Arm zu nehmen und ihr Mut zuzusprechen. Beide beobachteten voller Spannung, wie sich die Tür langsam öffnete. Als erstes trat Rose Heckinger ein, die ihnen aufmunternd zulächelte – und dann sahen sie eine blasse, hochschwangere junge Frau.

»Ich lasse Sie jetzt allein«, erklärte die Beraterin. »Nehmen Sie sich alle Zeit, die Sie benötigen. Wenn Sie fertig sind, brauchen Sie nur den Telefonhörer abzuheben und mir Bescheid zu geben.«

Mit diesen Worten zog sich Rose Heckinger zurück und schloß leise die Tür.

Sie starrten sich gegenseitig an. Lori versuchte, den Charakter der Frau zu ergründen, die die Adoptivmutter ihres noch ungeborenen Kindes werden wollte. Christie hingegen überlegte verzweifelt, wie sie die junge Frau davon überzeugen sollte, ihr leibliches Kind einer Fremden anzuvertrauen. Jede von ihnen hatte hundert Fragen auf der Zunge, von denen sie jedoch – gemäß des strengen Protokolls dieser Unterredung – die meisten nicht stellen durften.

Auch Bill musterte die blonde junge Frau voller Neugier, ließ seine Blicke aber gleichzeitig zu Christie wandern, da er nur zu gut um die innere Anspannung seiner Frau wußte.
»Wollen wir ... wollen wir uns nicht setzen?« schlug er vor.
Lori wählte den Sessel. Dadurch mußten die Salems zwangsläufig ihr gegenüber auf dem kleinen Sofa Platz nehmen, was die etwas gezwungene Gesprächssituation nicht eben verbesserte: eine junge Frau allein gegen die zahlenmäßige Übermacht eines Ehepaares.
»Ich möchte Ihnen zunächst sagen, daß ich Ihre gegenwärtigen Sorgen und Ängste sehr gut verstehen kann«, begann Christie, um das Eis zu brechen.
»Das können Sie nicht!« widersprach Lori vehement.
O Gott, ich habe den falschen Ton angeschlagen, sagte sich Christie. Hoffentlich verübelt sie mir nicht meine Bemerkung.
Unterdessen tat es Lori leid, so scharf reagiert zu haben. Ich hätte sie nicht so anfahren sollen. Schließlich ist es nicht ihr Fehler, daß ich mein Baby fortgeben muß. Außerdem wirkt die arme Frau genauso angespannt wie ich.
Um die kritische Situation zu retten, versuchte Bill einen Neuanfang. »Hat man Ihnen Informationen über uns gegeben?«
»Mir wurde mitgeteilt, daß Sie zwei nette, anständige Leute sind, die über ein schönes Heim verfügen und die sich danach sehnen, ein Kind zu adoptieren«, erklärte Lori.
»Hat man Ihnen auch gesagt, daß wir ...«, begann Christie, brach dann jedoch ab.
»Aber Christie!« rief Bill sanft, bemerkte jedoch im gleichen Augenblick, daß er in der Aufregung gegen eine der vereinbarten Gesprächsregeln verstoßen hatte, indem er seine Frau beim Namen nannte.
Christie ließ sich allerdings nicht beirren. »Was ich sagen wollte, ist, daß wir ein Kind hatten ... einen drei Monate alten Jungen. Genauer gesagt, war er zwei Monate und siebenundzwanzig Tage. Wir haben ihn aber verloren.«
»Sie haben ihn *verloren*?« hakte Lori nach, da sie sich fragte, wie man ein Baby dieses Alters »verlieren« konnte.

Christie las die Frage in ihren Augen. »Er starb am plötzlichen Kindstod – ohne Vorzeichen und ohne erkennbaren Grund.«
Wieder spürte Christie Tränen in sich aufsteigen, zwang sich jedoch, sie zu unterdrücken.
»Oh, das tut mir leid«, bedauerte Lori. »Nein, das hat man mir nicht gesagt. Es muß schrecklich für Sie gewesen sein.«
»Ja, das war es«, bestätigte Christie. »Aber ich möchte Ihnen versichern, daß es Billy – so hieß er – wirklich an nichts fehlte. Ich will damit sagen, daß es kein Kind auf der Welt gibt, daß mehr geliebt und umsorgt und ... und ...« Sie geriet ins Stocken.
Bill sprang ihr bei. »Was meine Frau sagt, stimmt.«
»Bitte, Schatz«, unterbrach ihn Christie. »Ich weiß, daß du es gut meinst. Aber dies hier ist vor allem eine Sache zwischen zwei Müttern.« Sie blickte Lori offen in die Augen. »Ich kann mir vorstellen, welche Fragen und Sorgen Sie quälen, die Sie nicht auszusprechen wagen. Deshalb will ich versuchen, vieles von dem, was Ihnen vermutlich im Kopf herumgeht, von meiner Seite aus zu klären.
Mein Mann und ich gehören dem Mittelstand an. Wir besitzen ein eigenes Haus, auf dem nur noch eine geringe Hypothek liegt. Wir leben in einer vergleichsweise ruhigen Stadt. Sie ist nicht sehr groß, aber groß genug, daß es dort ein Krankenhaus und ein paar gute Ärzte gibt. So wäre die medizinische Versorgung Ihres ... unseres Kindes garantiert. Mein Mann und ich führen ein friedliches Leben. Er arbeitet den ganzen Tag über und manchmal auch nachts, das bringt sein Beruf mit sich.«
Ein Blick von Bill erinnerte Christie daran, nicht zu genaue Details zu nennen.
»Wir sind Mitglieder der Kirche. Sicher, wir könnten öfter an Gottesdiensten teilnehmen, als wir es bisher getan haben, aber ich verspreche Ihnen, daß wir das ändern werden. Und dann die Schulen ... ja, die Schulen. Vom Kindergarten an bis hin zur Oberschule gehören unsere Schulen zu den führenden zehn Prozent des Landes. Deshalb brauchen Sie sich um eine

ordentliche Ausbildung Ihres ... des Kindes keine Gedanken zu machen. Außerdem haben mein Mann und ich ein Sparkonto eingerichtet, das sein – oder ihr – Universitätsstudium absichern soll. Wir haben es an dem Tag eröffnet, an dem ... an dem Billy zur Welt kam.«

Plötzlich wurde Christie die Unmöglichkeit bewußt, alles für eine Adoption Wichtige in nüchternen Fakten auszudrücken. Als ihr Tränen der Verzweiflung über die Wangen rannen, drückte Lori jedoch wortlos ihre Hand, um sie zu trösten.

Durch diesen Sympathiebeweis ermutigt, strich sich Christie mit den Fingern über die Augen, begann zu lächeln und sagte: »Fragen Sie, was immer Sie uns fragen wollen. Wir haben nichts zu verbergen.«

»Würden Sie es dem Kind sagen?«

»*Was* sagen?« erkundigte sich Christie, während sie Bill einen fragenden Blick zuwarf.

»Daß es von Ihnen adoptiert worden ist«, erklärte Lori.

»Sicherlich. Schließlich wüßten ja auch all unsere Freunde und Bekannten Bescheid. Es wäre viel zu gefährlich, ihm oder ihr gegenüber die Adoption verheimlichen zu wollen, denn es könnte ein traumatisches Erlebnis für das Kind bedeuten, durch Zufall davon zu erfahren.«

»Genau das meine ich auch«, bestätigte Lori. »Das Kind sollte Bescheid wissen. Aber worauf ich hinaus wollte, ist noch etwas anderes: Würden Sie dem Kind von *mir* erzählen?«

»Wenn Sie das wünschen.«

»Es wäre mir sehr wichtig, daß es wüßte, wie sehr ich es liebe ... daß ich es nur fortgegeben habe, gerade *weil* ich es über alles liebe ... und weil es nur zu seinem Besten ist.«

Jetzt begann Lori zu weinen, und Christie reichte ihr ein Taschentuch.

»Ach, es gibt so viel, von dem mein Kind wissen sollte«, fuhr Lori fort, noch während sie ihre Tränen trocknete. »Es ... es war mehr als nur ein ›Unfall‹. Sein Vater und ich liebten uns wirklich. Wenn nur die Umstände andere wären und er ... wenn er nur ..., aber das spielt jetzt alles keine Rolle mehr. Es hat eben nicht sollen sein, basta. Aber ich möchte, daß mein Kind erfährt, daß es auch vor seiner Geburt geliebt wurde … und daß ich eine Frau bin, die es immer lieben wird, wo es auch sein mag.«

»Ich verspreche Ihnen, daß wir Ihrem Kind all das sagen werden, sobald es alt genug ist, die Zusammenhänge zu verstehen«, versprach Christie.

»Gibt es irgend etwas, das Sie noch über mich erfahren möchten?« erwiderte Lori. »Vielleicht etwas über den Vater? Er ist ein junger, gesunder und anständiger Mann. Er arbeitet sehr hart in seinem Beruf – auch wenn es viele Leute gibt, die bezweifeln, daß er einen ehrbaren Beruf ausübt. Er ist nämlich Schauspieler, müssen Sie wissen, und zwar ein sehr guter. Eines Tages wird er das allen beweisen.«

»Was werden Sie jetzt tun? Wohin werden Sie gehen?« fragte Christie.

Erneut fühlte sich Bill dazu aufgerufen, seine Frau an die mit Rose Heckinger vereinbarten Spielregeln zu erinnern. »Liebling …«

»Schon gut, schon gut. Ich weiß. Ich wollte wirklich nicht indiskret sein und irgend etwas herausbringen, was die Geheimhaltung und die Vertraulichkeit der Adoption verletzen würde«, gelobte Christie.

»Haben Sie noch Fragen an uns?« erkundigte sich Bill.

»Ja«, gestand Lori. »Über Ihre Vorstellungen von Erziehung – und Disziplin. Gewiß muß jedes Kind ein gewisses Maß an Disziplin lernen, aber das muß mit Fingerspitzengefühl geschehen.« Lori suchte nach den richtigen Worten, um das zum Ausdruck zu bringen, was ihr besonders auf der Seele lag. »Ich meine nur, daß es einige Väter gibt, die … die zu streng und unnachsichtig sind …, die, wenn ein Kind einmal etwas falsch gemacht hat, mit zu großer Härte reagieren und ihm nicht vergeben. Ich möchte nicht, daß mein Kind unter einem so unmenschlichen Verhalten zu leiden hat und in ständiger Angst leben muß.«

Christie und Bill wurde schlagartig klar, daß die junge Frau, die ihnen gegenübersaß, über eigene leidvolle Erfahrungen sprach.

»Ich garantiere Ihnen, daß Ihr Kind nicht unter so etwas zu leiden haben wird«, versuchte Christie sie zu überzeugen. »Es wird in Liebe und Geborgenheit aufwachsen. Gewiß wird es auch Anleitung und Führung erfahren, wenn es notwendig sein sollte, aber nur mit einfühlsamer Rücksicht auf seine Empfindungen und sein Wesen. In unserem Haus regiert nicht Angst, sondern Verständnis.«

Lori versank nach dieser Beteuerung für einige Zeit in tiefes Nachdenken, was Christie und Bill dazu veranlaßte, besorgte Blicke zu wechseln. Zu welchem Entschluß würde sich die werdende Mutter durchringen? Hatten sie beide die Prüfung bestanden? Würden sie als Adoptiveltern akzeptiert werden?

Lori erhob sich von ihrem Sessel und signalisierte auf diese Weise, daß sie das Gespräch für beendet betrachtete. Daraufhin standen auch Christie und Bill auf.

»Ich danke Ihnen für Ihre Offenheit«, sagte Lori mit sanfter Stimme.

Als sie sich langsam auf den Weg zur Tür machten, mußte sie dicht an den beiden Salems vorbei. In dem Augenblick spürten die beiden Frauen instinktiv, daß ein unsichtbares Band sie miteinander verknüpfte. Ohne ein Wort zu sprechen, umarmten sich beide und verharrten einen Moment fest umschlungen, als wollten sie auf diese Weise symbolisieren, daß das Kind der einen nun stillschweigend zum Kind der anderen geworden war.

Kapitel 13

Darf ich ihn sehen?« fragte Lori, der immer noch die Anstrengungen der Geburt ins Gesicht geschrieben standen.

Die im Entbindungszimmer anwesende Hebamme nickte, während sie Lori mit einem Wattebausch den Schweiß von der Stirn tupfte. Sie wandte sich um, nahm das Neugeborene aus den Händen des Arztes entgegen und hielt ihn so, daß seine Mutter ihn betrachten konnte. Es war ein Junge – ein kleines,

rotes, schreiendes Wesen, das seine Augen im blendenden Licht fest zusammenkniff, nachdem es neun Monate lang die gemütliche Dunkelheit im Leib seiner Mutter genossen hatte.
Lori streckte ihre Hände aus, um ihren Sohn zu liebkosen, zögerte dann jedoch plötzlich. Hieß es nicht, daß die erste Berührung Mutter und Kind auf ewig miteinander verband? Dieses Recht aber hatte sie in dem Augenblick verwirkt, als sie ihr Kind zur Adoption freigab.
Auch wenn sie innerlich keinen sehnlicheren Wunsch verspürte, als das kleine Bündel in ihre Arme zu schließen, so wagte sie doch nicht, diesem Bedürfnis nachzugeben.

Stunden später rang Lori sich dazu durch, Rose Heckinger um einen letzten Gefallen zu bitten.
»Nur eines noch«, begann sie leise. »Es würde mir sehr viel bedeuten, wenn ich die beiden noch einmal sprechen dürfte.«
»Sie kommen morgen, um das Baby abzuholen«, erklärte die Beraterin für Adoptionsangelegenheiten. »Ich werde sehen, ob ich eine letzte Begegnung arrangieren kann.«

»Christie, wir werden uns noch verspäten«, rief Bill von der Garagentür aus nach oben.
»Ich komme sofort. Ich will nur noch einmal einen Blick ins Kinderzimmer werfen, ob auch alles bereit ist.«
»Schon wieder?« erwiderte Bill. »Wir sind doch gestern abend alles Punkt für Punkt durchgegangen.«
»Es dauert auch nicht lange«, versuchte Christie ihn zu besänftigen und setzte dann ihre Inspektion fort: die neue Wanne, die Stapel neuer Strampelhöschen, Hemdchen und Tücher, das Babyöl, die Flüssigseife, der Flaschenwärmer – alles war neu für einen neuen Anfang.
»Christie!« meldete sich Bill erneut. »Vergiß nicht, daß wir noch Dr. Whitmore abholen müssen. Und du weißt doch, wie unpünktlich Ärzte oft sind.«
Sie eilte die Treppe herunter und stürmte in die Küche. Dort schnappte sie Bill die Warmhaltetasche aus der Hand, öffnete den Reißverschluß und kontrollierte den Inhalt.

»Bitte, Christie!«
»Ich bereite lieber doch noch ein weiteres Fläschchen Milch vor«, überlegte sie.
»Liebling, es sind bereits drei Fläschchen in der Tasche, und die Fahrt dauert höchstens zwei Stunden. Wieviel kann ein Säugling in dieser Zeit zu sich nehmen, hm?«
»Wir haben besser zu viel als zu wenig dabei«, widersprach Christie, »vor allem, wenn es um ein Neugeborenes geht.«
Da ihm offenkundig keine andere Wahl blieb, nahm Bill die Tasche mit sanfter Gewalt wieder an sich, wies mit dem Zeigefinger auf die Garage und rief: »Raus jetzt!«
»Aber wir müssen jede denkbare Situation ...«, protestierte Christie, die sich noch nicht geschlagen gab, aber von Bill unterbrochen wurde.
»Liebling, erinnerst du dich noch, was du mir versprochen hast?«
»Ja, es stimmt«, gestand Christie seufzend. »Ich habe gelobt, nicht zu übertreiben und das Kind nicht als Ersatz für unseren kleinen Billy zu betrachten. Das ist Vergangenheit, aber wir müssen an die Zukunft denken – was uns und was *ihn* angeht. Oh, ich kann es kaum erwarten, ihn endlich zu sehen. Wie er wohl aussieht?«
Auf dem Weg zur Arztpraxis fragte Christie plötzlich: »Ob er wohl ihre blonden Haare hat?«
»Woher soll ich das wissen? Vielleicht schlägt er nach seinem Vater, den wir überhaupt nicht kennen«, erwiderte Bill.
»Ja, natürlich«, stimmte Christie zu und beschloß, während der restlichen Fahrt keine solchen Fragen mehr zu stellen.

Zusammen mit Dr. Whitmore erreichten die Salems das Krankenhaus am Spätnachmittag.
Nachdem Bill den Wagen in die einzige Besucherparklücke gesteuert hatte, die es noch gab, stiegen sie alle so eilig aus, daß Dr. Whitmore zuerst vergaß, seine Tasche mitzunehmen.
Auf der Säuglingsstation erwartete man sie bereits. So wurden sie unverzüglich von einer Schwester zu dem in einer Ecke des

Raumes stehenden Bettchen geleitet, wo auch ein Tisch bereitstand, damit Dr. Whitmore eine Untersuchung des Säuglings vornehmen konnte.

Christie blickte in das kleine rote Gesicht des schlafenden Babys. Zögernd streckte sie die Hand aus, um die Wange des Säuglings zu berühren und die Decke ein wenig beiseite zu ziehen, damit man seinen Haarflaum erkennen konnte.

»Er ist blond«, flüsterte sie Bill zu, »und ein ausgesprochen hübscher Bursche. Sie werden alle sagen, daß er aussieht wie du.«

Sie schaute die Säuglingsschwester an, die die unausgesprochene Frage sofort verstand.

»Nur zu. Nehmen Sie ihn ruhig auf den Arm«, meinte sie.

Vorsichtig beugte sich Christie über das Bettchen, schob ihre rechte Hand unter das warme, kleine Bündel und hob es heraus. Dann wiegte sie das Baby in ihren Armen, wobei sie sein Köpfchen stützte.

»Paßt«, strahlte sie Bill an. »Er paßt ... als wäre er für mich gemacht.«

Schließlich reichte sie ihn Dr. Whitmore.

Während Christie und Bill ihm neugierig über die Schulter sahen, begann der Arzt seine gründliche Untersuchung des erst sechsunddreißig Stunden alten Jungen.

Laß ihn gesund sein, betete Christie still zu Gott. Mach, daß er unser Kind wird. Er sieht so hilflos aus, und doch so energisch ... und hungrig, wenn er seine Lippen spitzt, als wolle er unbedingt saugen. Himmel, daran habe ich ja gar nicht gedacht ... Ob sie ihr erlaubt haben, ihm die Brust zu geben? Ich weiß nicht, ob das eine gute Idee gewesen wäre, vor allem da ich ihn nicht säugen kann, sondern mit der Flasche großziehen muß. Wenn er sich nun aber bereits an ihre Brust gewöhnt hat ...?

Christie wurde unvermittelt aus ihren Überlegungen und Befürchtungen gerissen, als Dr. Whitmore sein Untersuchungsergebnis bekanntgab. »Kerngesund. Soweit man es in diesem Augenblick feststellen kann, handelt es sich um ein kerngesundes Baby. Sie beide haben wirklich allen Grund, sehr, sehr glücklich zu sein.«

Erleichtert griff Bill nach Christies Hand, um diesen lang ersehnten Moment der Freude miteinander zu teilen.
»Wie geht es jetzt weiter? Was müssen wir als nächstes tun?« erkundigte sich Christie.
Ihre Frage wurde sofort beantwortet, denn im gleichen Augenblick trat Rose Heckinger ins Zimmer.
»Gibt es noch irgendwelche Papiere, die wir unterschreiben müssen?« wollte nun auch Bill wissen.
»Nein, Sie brauchen nichts mehr zu unterschreiben. Ich soll Sie nur noch um einen Gefallen bitten«, erwiderte die Beraterin. »Die leibliche Mutter möchte mit Ihnen sprechen.«
»Aber wir haben doch alles längst geklärt, und sie hat uns als Adoptiveltern akzeptiert«, protestierte Christie und sprach ihre Befürchtung aus: »Vielleicht hat sie doch noch ihre Meinung geändert und will im letzten Augenblick alles rückgängig machen?«
»Sie hat nur den Wunsch geäußert, Sie beide noch einmal zu sehen«, versuchte Rose Heckinger die nervöse Christie zu beruhigen.
»Christie«, gab nun auch Bill zu bedenken. »Sie hat schließlich ein Recht darauf, mit uns zu sprechen.«

Sie wurden in einen Büroraum geführt, in dem Lori Adams gerade einem Mitarbeiter des Sozialamtes Auskünfte gab, damit das Krankenhaus die Geburtsurkunde für ihren Sohn ausstellen konnte.
»Und der Name des Vaters?« fragte der Mann gerade, als die Salems eintraten. Um Loris Anonymität zu wahren, bat er sie daraufhin, den Namen direkt in das entsprechende Formular einzutragen.
Nachdem Lori der Aufforderung gefolgt war, verließ der Mann mitsamt den Unterlagen das Zimmer und ließ die drei allein.
»Sie ... Sie wollten uns sprechen?« begann Christie.
»Ja.«
»Aber Sie haben nicht etwa Ihre Meinung geändert, oder doch?« vergewisserte sich Christie ohne Umschweife.

»Nein«, beruhigte Lori die Adoptivmutter ihres Sohnes. »Ich wollte Ihnen nur noch ein paar Dinge sagen.«
»Aber gewiß doch«, ermutigte Christie die fremde junge Frau, da sie sich nun keine Sorgen mehr zu machen brauchte.
»Ich weiß nicht, wann Sie ihm einmal von mir erzählen werden«, begann Lori, »aber ich möchte Sie bitten, ihm zu verdeutlichen, daß ich ihn nicht einfach so abgeschoben habe. Sagen Sie ihm bitte, daß ich mir viele Gedanken gemacht habe, bevor ich ihn zur Adoption freigab, und daß ich ihn in all meine Gebete mit einschließe ... Ich habe ihn den beiden besten Menschen anvertraut, die sich um ihn bewarben, und der Entschluß fiel mir bestimmt nicht leicht. Aber was ich tat, tat ich für ihn, damit er ein glückliches Leben führt. Und ich möchte, daß Sie mir versprechen, ihm wirklich ein glückliches, liebevolles und sorgenfreies Dasein zu ermöglichen, ... ihm all das zu geben, was ich ihm nicht geben kann ...«
»Sie haben mein Wort«, versicherte Christie. »Wir werden ihn mit all der Liebe, Zärtlichkeit und Fürsorge aufziehen, die ein Kind nur erfahren kann.«
Sie beugte sich vor, um der blonden jungen Frau, deren Namen sie nicht kannte, einen Kuß zu geben.
Wenig später machte sich Christie mit dem in eine weiße Decke gehüllten Säugling auf dem Arm – und mit einem mehr als ausreichenden Milchflaschenvorrat versehen – an der Seite ihres Mannes Bill auf dem Rückweg zu ihrem Heim. Dort sollte ihr gemeinsames Leben jetzt neu beginnen.

Rose Heckinger befaßte sich in ihrem Büro damit, die Akte mit den Adoptionspapieren für Lori Adams' Kind zu schließen. Obwohl in ein paar Monaten, wenn die Adoption endgültig rechtskräftig war, eine Geburtsurkunde ausgestellt werden würde, derzufolge es sich bei dem Baby um den Sohn von Christine und William Salem handelte, mußte das Krankenhaus ein vorläufiges Geburtsdokument ausfertigen.
Als die Adoptionsberaterin die betreffenden Unterlagen durchsah, fiel ihr die Spalte ins Auge, in der der Name des

leiblichen Kindsvaters eingetragen werden sollte. Dort las sie den Namen *Higgins, Henry*.
Rose Heckinger maß dieser Eintragung zunächst keine weitere Bedeutung bei. Im Verlauf des Nachmittags, als sie längst einen anderen Fall bearbeitete, erinnerte sie sich jedoch plötzlich wieder an den Namen Henry Higgins.
Higgins, Higgins ... Henry Higgins ... warum kam ihr der Name nur so bekannt vor? Henry Higgins ... Henry Higgins ... Henry Higgins? Aber ja, natürlich! Henry Higgins – der Professor in *My Fair Lady*! Da Lori Adams am Theater gearbeitet hatte, lag es nur nahe, daß sie den Namen einer Bühnenfigur wählte, um die Identität des leiblichen Vaters zu schützen.
Nun, sie war nicht die erste Frau, die einen fiktiven Namen für den Vater ihres Kindes angegeben hatte. Nach dem Gesetz konnte sie niemand dazu zwingen, den wahren Namen zu nennen, denn verlangt war nur, daß irgendein Name angegeben wurde.
Aber das alles fiel nun ohnehin nicht länger in ihre Zuständigkeit oder in die des Krankenhauses, da dem Familiengericht die endgültige juristische Anerkennung des Adoptionsverfahrens oblag.

Kapitel 14

In seinem ganzen Leben legte Bill Salem eine Strecke von nur achtzig Meilen niemals langsamer und vorsichtiger zurück, als an diesem Tag. Er blieb die ganze Zeit über nur auf der rechten Spur der Schnellstraße und wurde von allen anderen Fahrern überholt – die oft laut hupten oder ihn sogar mit einem erhobenen Mittelfinger beleidigten.
Währenddessen saß Christie auf der Rücksitzbank und wiegte das Baby, das die ganze Zeit über schlief, in ihren Armen. Hin und wieder schob sie die Decke beiseite, um einen ungehinderten Blick auf das kleine, noch runzlige

Gesicht des Kindes werfen zu können. Würde er später wie seine leibliche Mutter aussehen? Oder kam er nach seinem Vater, den sie und Bill niemals kennenlernen würden?

Von Zeit zu Zeit sah Bill in den Rückspiegel und verrenkte sich dabei beinahe den Hals, um einen Blick auf Christie und den Kleinen erhaschen zu können.

»Um Himmels willen, achte auf die Straße, Bill!« ermahnte ihn Christie daraufhin jedesmal. »Wir haben schließlich eine kostbare Fracht an Bord und wollen kein unnötiges Risiko eingehen.«

Als sie schließlich zu Hause an kamen, warteten dort bereits zwei Nachbarinnen auf ihre Ankunft, um sie zu begrüßen und ihnen zur Hand zu gehen. Zunächst erfolgte bei der Besichtigung des Säuglings das unvermeidliche »Oooh« und »Aaah« der begeisterten Betrachterinnen, die daraufhin alle möglichen Hilfen anboten – vom Aufwärmen der Milchfläschchen bis hin zum Windelwechseln.

»Aber Sue, jetzt übertreibst du. Es ist doch schließlich nicht Christies erstes Kind«, rutschte es einer der beiden Frauen heraus.

Der unbedachten Äußerung folgte ein Augenblick peinlichen Schweigens, in dem Jennie Holt – die unabsichtlich allen wieder die Tragödie des kleinen Billy ins Gedächtnis gerufen hatte – vor Scham errötete. Doch Christie gelang es, die Situation zu retten und alle zu beruhigen.

»Wir haben keine Zeit, hier herumzustehen und die ganze Zeit nur zu reden«, rief sie, fest entschlossen, vor den anderen nicht in Tränen auszubrechen. »Es gibt schließlich genug zu tun.«

Alles in allem vergingen jedoch beinahe zwei Stunden, bevor sie und Bill zusammen mit dem Baby ihren neuen Status als echte Familie endlich ungestört genießen konnten.

Das Ehepaar stand über das Kinderbettchen gebeugt, in dem der Kleine friedlich und gleichmäßig atmend schlief, nachdem er gefüttert und frisch gewickelt worden war.

»Glaubst du, daß er von dem heutigen Geschehen irgend

etwas mitbekommen hat?« flüsterte Christie. »Man sagt, daß Säuglinge unglaublich viele Dinge bereits früh bewußt wahrnehmen.«
»Ich weiß nur, daß man ein Kind am besten so früh wie möglich adoptiert, denn Babys brauchen von Beginn an das Gefühl von Geborgenheit«, erklärte Bill. »Diese Erfahrung prägt ihr gesamtes Leben.«
»Bill, glaubst du, daß ich mich idiotisch verhalten habe?«
»Bei der Adoption? Wie kannst du nur einen solchen Unsinn reden?«
»Nicht so laut«, flüsterte Christie. »Ich meine, daß ich Billys alte Badewanne weggegeben und statt dessen eine neue gekauft habe.«
»Aber nein«, beschwichtigte Bill seine Frau. »Das war schon in Ordnung.«
»Das soll nicht heißen, daß wir Billy vergessen wollen. Das könnten wir ohnehin nie.«
»Niemals«, bestätigte Bill.
»Welchen Namen geben wir ihm?«
»Auf jeden Fall nicht Billy.«
»Sicher nicht. Aber ich muß gestehen, daß ich bei der ganzen Aufregung um Befragungen, Gespräche, Formulare und in der ganzen Ungewißheit noch gar nicht über einen passenden Namen nachgedacht habe.«
»Und ich befürchtete, daß es ein böses Omen sein könnte, schon einen Namen auszuwählen, bevor er tatsächlich hier wäre«, gab Bill zu. »Hast du eine Idee?«
»Hmmm ... solange ich denken kann, erzählte meine Großmutter immer von einem Onkel Scott. Er fiel in Vietnam, deswegen habe ich ihn nie kennengelernt. Nach allem, was ich über ihn gehört habe, muß er jedoch ein ausgesprochen toller Bursche gewesen sein. Ich weiß nicht, was du von dem Namen hältst, aber ich mag ihn. Außerdem hätte es Großmutter gefreut, daß wir ihrem Urenkel ebenfalls den Namen Scott geben.«
»Scott«, wiederholte Bill. »Scott ... Scott Salem. Scotty Salem. Klingt wirklich gut.«

»Und diesmal werden wir ihn doch taufen lassen, nicht wahr?« drängte Christie.
»Du glaubst also immer noch, daß die Sache mit Billy nie geschehen wäre, wenn ich damals nur mein Einverständnis gegeben hätte, ihn zu taufen?«
»Aber nein, Bill. Es ist nur so, daß in meiner Familie immer alle Kinder getauft wurden«, entgegnete Christie.
»Na schön. Warum auch nicht. Vielleicht vergibt mir dein Vater dann auch endlich, daß ich meine Kindheit als Heide verbracht habe«, seufzte Bill grinsend.
Christie küßte ihn und strich dann das Laken des Kinderbettchens zum hundertsten Mal glatt. Daraufhin schlichen beide auf Zehenspitzen aus dem Raum, um den Schlaf des Babys nicht zu stören.

Kurz vor Mitternacht erwachte Bill plötzlich mit dem Gefühl, allein im Bett zu liegen. Als er herumtastete, stellte er tatsächlich fest, daß Christie nicht neben ihm lag. Ihre Seite war kalt. Sie mußte also schon vor längerer Zeit aufgestanden sein. Bill schwang sich aus dem Bett, schlüpfte in seine Hausschuhe, die an ihrem gewohnten Platz standen, und trat auf den Flur, um sich ins Kinderzimmer zu begeben.
Im schwachen Lichtschimmer, der durch das Fenster einfiel, war Christie zu erkennen, die neben dem Kinderbettchen stand und auf das schlafende Kind starrte. Bill trat zu ihr und legte seine Arme um sie. Er spürte, wie sie zitterte – zum einen wegen der Kühle im Raum, zum anderen wegen der unerwarteten Berührung.
»Ich wollte nur wissen, ob er atmet«, erklärte sie.
»Liebling, du kannst Geschehenes nicht ungeschehen machen«, sagte Bill sanft. »Du mußt dich mit den Dingen, so wie sie sind, abfinden.«
»Ich wollte doch gar nichts ungeschehen machen«, protestierte Christie. »Er wachte auf, weil er Hunger hatte, und ich habe ihm sein Fläschchen gegeben, sonst nichts. Dann wollte ich nur bei ihm bleiben, bis er wieder einschläft.«
»Aber das war schon vor mindestens einer Stunde«, stellte Bill

fest, während er mit seinen Händen über Christies kalt gewordene Arme strich. »Komm, laß uns wieder ins Bett gehen.«
Bevor Christie ihm folgte, beugte sie sich über das schlafende Baby und flüsterte mit sanfter Stimme: »Gute Nacht, Scotty, mein Liebling. Schlaf schön, und wach auch schön wieder auf.«
Dann küßte sie ihren Sohn auf die Wange und verließ das Zimmer.

Eine Stunde später machte sich Christie erneut auf den Weg ins Kinderzimmer. Diesmal ertappte sie Bill, wie er an Scottys Bettchen hockte und seine Augen nicht von dem Kleinen wandte. Beschämt, daß Christie ihn überraschte, nachdem er sie zuvor gescholten hatte, murmelte er: »Ich schaue ihm nur beim Schlafen zu. Er schläft sehr schön. Scotty ist wirklich ein guter Schläfer.«
»Ich glaube, wir sollten jetzt wirklich wieder zu Bett gehen, damit wir selbst noch ein bißchen Schlaf bekommen«, sagte jetzt Christie.
»Ja, mein Schatz. Du hast recht«, bestätigte Bill und nahm ihre Hand. Dann traten beide auf den Flur hinaus.
Sie legten sich wieder ins Bett, aber keiner von beiden hatte ein Auge zugetan, als Scotty sich das nächste Mal hungrig meldete und nach seinem Fläschchen verlangte.

Mit jeder weiteren Nacht, die ohne irgendwelche außergewöhnlichen Zwischenfälle verging, gewann Christie mehr und mehr an Zuversicht, daß sich ihr kleiner Sohn völlig normal entwickeln würde. Nach und nach legte sich ihre ängstliche Besorgnis, ihn keinen Moment aus den Augen lassen zu dürfen. Um so mehr genoß es Christie, Scotty zu baden, zu wickeln, zu füttern oder in ihren Armen zu wiegen. Wenn sie mit ihm spielte, wiederholte sie immer wieder »Scotty ... Scotty ... Scotty«, um im Gesicht des Kleinen nach dem ersten Anzeichen einer Reaktion auf seinen Namen zu suchen. Wie alle anderen Mütter glaubte auch Christie, bei ihrem

Kind bereits besondere Verhaltensmerkmale festzustellen, die ein nur wenige Wochen alter Säugling unmöglich zeigen konnte.
Die kleine Party, die Christie und Bill nach Scottys Taufe gaben, bereitete allen Beteiligten viel Freude.
»Christie könnte nicht glücklicher sein, wenn Scotty ihr leibliches Kind wäre«, stellte daher mehr als ein Gast beim Abschied fest.

Nach Ablauf der gesetzlichen Frist mußte die Adoption des mittlerweile acht Monate alten Kindes, das laut Geburtsurkunde »Scott Salem« hieß, von einem Richter des Familiengerichts als rechtskräftig bestätigt werden. An dem hierfür festgelegten Termin führte Richter Peter Palmer den Vorsitz.
Da er derartige Fälle keinesfalls nur als rein formale Verwaltungsakte betrachtete, verfügte er, daß sowohl beide Adoptiveltern als auch das Kind anwesend zu sein hatten. Bevor Richter Palmer schließlich seine Unterschrift unter die Adoptionsurkunde setzte, wies er Christie und Bill kurz, aber sehr nachdrücklich auf die lebenslangen Pflichten hin, die sie mit Scottys Adoption auf sich nahmen.
Als die Salems wieder zu Hause waren, bereitete Christie als erstes ein Fläschchen für Scotty. Dann hob sie ihn auf den Arm und wandte sich an Bill. »Bis zum heutigen Tage hatte ich immer noch die schreckliche Furcht, daß im letzten Augenblick etwas schiefgehen könnte, irgend etwas.«
»Aber Liebling. Wir haben uns doch vorgenommen, nie wieder zurückzublicken«, mahnte Bill mit sanfter Stimme.
»Nein, nie mehr«, wiederholte Christie. Gerührt verfolgte sie, wie ihr Sohn gierig sein Fläschchen leerte. »Mein Gott, dieser Bursche hat einen gesunden Appetit.«

Es vergingen wiederum mehrere Monate, bevor es Bill zum ersten Mal gelang, Christie zu einem Restaurant- und anschließenden Kinobesuch zu überreden.
Bereits während des Essens rief sie zweimal zu Hause an, um

sich bei dem Babysitter danach zu erkundigen, wie es Scotty ging. Auch im Kino verließ sie dreimal die Vorstellung, um sich zu vergewissern, daß zu Hause alles in Ordnung war.
»Liebling, ich glaube, es ist besser, wenn wir gehen«, schlug Bill schließlich vor. »Langsam aber sicher werden die ganzen Leute um uns herum ärgerlich, weil du sie ständig störst.«
Auf dem Heimweg entschuldigte sich Christie für ihre Ruhelosigkeit: »Es tut mir leid, Bill. Nächste Woche starten wir einen neuen Anlauf. Dann werde ich mich mehr zusammenreißen.«

Kapitel 15

Zehn Monate nachdem die wieder als Krankenschwester arbeitende Lori Adams ihr Kind zur Adoption freigegeben hatte, wurde sie ohne Angabe eines Grundes zum Direktor des Krankenhauses bestellt.
Auf dem Weg zum Büro von Dr. Cordes ging sie in Gedanken noch einmal die letzten Arbeitswochen durch und fragte sich, weswegen er sie wohl zu sich rief. Als sie eintrat, stellte sie jedoch erleichtert fest, daß Dr. Cordes' Züge das Lächeln eines Mannes trugen, der sich darauf freut, jemandem eine freudige Überraschung mitteilen zu können.
»Lori«, begann er, während er ihr andeutete, in einem Sessel Platz zu nehmen, »wir sind kürzlich die Personalakten der Krankenhausmitarbeiter durchgegangen. Dabei sind wir – und wenn ich *wir* sage, meine ich Mrs. Berryman und mich – zu dem Ergebnis gekommen, daß Sie mehr leisten könnten, als Sie es gegenwärtig tun.«
»Aber ich gebe mein Bestes«, protestierte Lori.
»Das Beste, was Sie im Rahmen Ihrer beschränkten Möglichkeiten zu leisten fähig sind. Deshalb kamen Mrs. Berryman und ich überein, daß das Krankenhaus Ihnen eine vierjährige medizinische Fachausbildung in Chicago finanzieren sollte.«

Bevor Lori etwas erwidern konnte, fuhr Dr. Cordes bereits fort, sein überraschendes Angebot zu erläutern: »Glauben Sie bloß nicht, wir täten das aus reiner Nächstenliebe. Ganz im Gegenteil, es handelt sich dabei um puren Selbstzweck. Denn falls Sie unser Angebot akzeptieren sollten, erwarten wir von Ihnen, daß Sie für mindestens weitere fünf Jahre an unser Krankenhaus zurückkehren, um hier Ihre neu erworbenen Fachkenntnisse einzubringen, ... wobei wir natürlich hoffen, daß Sie mit Hilfe weiterer Fortbildungsmaßnahmen dann später einen verantwortungsvollen Posten in der Krankenhausleitung übernehmen könnten.«

»Dr. Cordes, ... ich ... ich weiß gar nicht, was ich sagen soll ...«

»Mir ist klar, daß ich Sie mit diesem Vorschlag überfahren habe«, räumte der Arzt ein. »Deshalb sollten Sie erst einmal eine Nacht darüber schlafen, bevor Sie eine Entscheidung treffen. Aber bedenken Sie, daß dies die Chance Ihres Lebens sein könnte. Sie hätten eine ausgesprochen interessante und erfüllende Tätigkeit vor sich, die zudem absolut krisensicher ist, da es in diesem zukunftsträchtigen Bereich schon heute an gut ausgebildetem medizinischem Fachpersonal fehlt. Ihnen stünden alle Wege offen.«

Lori nickte, war jedoch noch immer so verwirrt, daß sie kein Wort über die Lippen brachte.

Dr. Cordes betrachtete sie nach wie vor mit einem warmen Lächeln, das seine tiefe Sympathie für sie offenbarte.

»Denken Sie über alles nach. Ich bin sicher, daß Sie die richtige Entscheidung treffen. Wie auch immer sie ausfallen wird, Sie sollen auf jeden Fall wissen, daß wir Ihre aufopferungsvolle Arbeit während der letzten zwei Jahre sehr schätzen und daß wir Sie alle in unsere Herzen geschlossen haben.«

Gewiß hatte Lori während ihrer Zeit im Krankenhaus vor allem unter ihren Kollegen viele Freunde gefunden. Es gab jedoch niemanden, zu dem sie ein so enges Vertrauensverhältnis aufgebaut hätte, um mit ihm über ihre Gefühle und Probleme zu sprechen.

So kehrte Lori am späten Abend nach Dienstschluß allein in ihre bescheidene Wohnung zurück, wo sie sich eine Kleinigkeit zu essen kochte und dann über Dr. Cordes' großzügiges Angebot nachsann.
Sicher, die Arbeit gefiel ihr, denn es bereitete ihr Freude, Menschen zu pflegen. Der Dank, die Erleichterung und die Hoffnung in den Blicken der Patienten, um deren Wohl sie sich tagtäglich bemühte, erfüllten sie mit Zufriedenheit über ihr Tun. Die ausgebildeten Schwestern kümmerten sich zwar um die medizinische Versorgung der Kranken und nahmen ihnen Blut ab, verabreichten ihnen Spritzen und Medikamente, waren aber viel zu beschäftigt, um sich mit den Patienten zu unterhalten, ihnen Mut zuzusprechen oder ihnen zur Hand zu gehen, wenn sie zum Beispiel eine Zeitung oder eine Illustrierte wollten, ein anderer Rundfunksender eingestellt oder ein Brief vorgelesen werden sollte. Allerdings schienen es oft gerade diese kleinen Dinge zu sein, die das Wohlbefinden und damit auch den Heilungsprozeß der Kranken förderten.
Deshalb war Loris Tätigkeit durchaus wichtig und anerkennenswert. Und wenn Dr. Cordes und Mrs. Berryman den Eindruck gewonnen hatten, daß Lori ihren Job mit Freude ausübte, dann traf dieser Eindruck auch tatsächlich zu.
Aber ... wollte sie andererseits den Rest ihres Lebens in einem Krankenhaus verbringen ...?
Daß sie dort immer noch arbeitete, war vor allem eine Art Dankeschön für das Entgegenkommen, mit dem man sie während ihrer Schwangerschaft behandelt hatte. Sie hatte ihre Schulden bezahlen wollen.
Lori erinnerte sich daran, was Dr. Cordes ihr noch beim Gehen gesagt hatte: »Es ist Zeit für Sie, daß Sie sich über Ihren weiteren Lebensweg klarwerden. Entweder Sie wenden sich ganz der Medizin zu, oder ...«
Nach einer Woche inneren Abwägens und ständigen Grübelns mußte sich Lori schließlich eingestehen, daß ihr großer Traum immer noch eine Karriere als Schauspielerin war.
Aber sollte sie wirklich nach New York zurückgehen? Nein,

das konnte sie sich nach den jüngsten Vorfällen nicht vorstellen – zumindest jetzt noch nicht. Doch es gab ja auch noch andere attraktive Städte, in denen viele Theater lockten. Viele Schauspieler, Autoren und Regisseure hatten ihre Karriere zum Beispiel in Chicago begonnen, um sich von dort aus erfolgreich über New York nach Hollywood vorzuarbeiten.

Vielleicht gab es die Möglichkeit, tagsüber die medizinische Fachausbildung zu machen und abends in einer der Theatergruppen mitzuspielen? Schließlich mußten sich die meisten jungen Schauspieler, die bei solchen Produktionen mitwirkten, noch ein zweites finanzielles Standbein schaffen.

Aber nein, es wäre Dr. Cordes, Mrs. Berryman und dem ganzen Krankenhaus gegenüber nicht fair, diesen Weg zu gehen. Das großzügige Angebot, das man ihr so gutwillig unterbreitet hatte, zielte darauf, ihr eine Lebensstellung zu verschaffen. Nein, es wäre nicht aufrichtig, die Ausbildung erst zu beginnen und dann – falls sie als Schauspielerin etwas Besseres finden sollte – wieder abzubrechen. Was aber sollte sie tun?

Wirklich klar stand ihr nur eines vor Augen: Unwiderruflich war der Zeitpunkt gekommen, sich für den einen und damit gegen den anderen Berufsweg zu entscheiden.

Am Ende der Woche bat Lori schließlich um einen Termin bei Dr. Cordes, um ihm ihre Ablehnung seines Angebotes mitzuteilen. Als sie dem Arzt die Gründe für ihre Entscheidung dargelegt hatte, zeigte er sich zwar enttäuscht, aber gleichzeitig auch sehr verständnisvoll.

»Lori, wenn Sie mich heute anschauen, würden Sie wahrscheinlich nicht auf die Idee kommen, daß ich einmal Trompeter in einer Jazzband war. Ich spielte damals schon während der Zeit am College mit ein paar Freunden zusammen meist bei Schulfeierlichkeiten oder auf Hochzeiten. Irgendwann kam der Zeitpunkt, an dem wir uns entscheiden mußten, welchen Weg wir einschlagen wollten. Zwei von uns begannen, Jura zu studieren, während Chuck Aaronoff und ich einen Studienplatz an der medizinischen

Hochschule bekamen. Natürlich schworen wir uns gegenseitig, den Kontakt zueinander niemals abreißen zu lassen. Anfangs klappte das auch, und wir fanden uns zumindest einmal im Jahr zu einer Jam Session zusammen. Aber dann kam jedem von uns immer öfter etwas dazwischen, bis wir schließlich aus beruflichen Gründen in alle Winde verstreut waren.

Aber noch heute kann ich an keinem Jazzkeller vorbeigehen, ohne den sehnsüchtigen Wunsch zu empfinden, bei der Band mitzuspielen. Glauben Sie mir, Lori, noch nach vierzig Jahren hat sich daran nichts geändert. Wenn Sie daher den inneren Drang verspüren, zum Theater zu gehen, dann müssen Sie ihm auch folgen.«

»Ich danke Ihnen für Ihr Verständnis, Dr. Cordes.«

»Falls ... ich meine, ich weiß sehr wohl, daß die Kunst oft unberechenbar ist ... kurz, falls nicht alles so laufen sollte, wie Sie es sich vorstellen: das Angebot bleibt bestehen – zumindest solange ich Chef dieses Krankenhauses bin.«

»Ich werde es bestimmt nicht vergessen.«

Sie erhob sich und hatte bereits den Türknauf in der Hand, als sie noch einmal Dr. Cordes' Stimme vernahm. »Lori, liegt es vielleicht auch daran, daß Sie sich an diesem Ort einfach unwohl fühlen?«

Sie wandte sich um, um ihm zu widersprechen. »Aber nein, ich bin hier von allen gut, sogar sehr gut behandelt worden.«

»Das meine ich nicht. Ich dachte eher daran, daß dies schließlich der Ort ist, an dem Sie Ihr Kind zur Adoption freigegeben haben.«

Mit dieser Vermutung hatte der Arzt tatsächlich Loris wunden Punkt berührt, den sie sich selbst gegenüber nicht offen eingestehen wollte.

Ja, es würde ihr guttun, von hier fortzugehen.

Sie mußte ein neues Leben beginnen, alles Vergangene hinter sich zurücklassen und alle früheren Bindungen abstreifen. Das nächste Mal, wenn sie wieder einen von Bretts Briefen erhielt, würde sie den Umschlag mit dem Vermerk »Unbekannt verzogen« versehen und zurückschicken.

Auch dieses Kapitel ihres Lebens wollte sie endgültig schließen.

Als nacheinander mehrere seiner Briefe an ihn zurückgegangen waren, rief Brett Mann im Krankenhaus an. Verblüfft erfuhr er, daß Lori dort ihre Arbeit aufgegeben hatte und fortgegangen war, ohne eine Adresse oder Telefonnummer zu hinterlassen.
Wohin sie auch immer gezogen sein mag – sie hat das Baby bestimmt bei ihren Eltern gelassen, vermutete Brett und beschloß, dort nachzuforschen.
»Lori? Hier gibt es schon seit langem keine Lori mehr«, knurrte ihr Vater auf Bretts Frage in den Hörer.
»Aber Sie müssen doch wissen, wo Lori sich aufhält!« protestierte Brett.
»Ich habe keine Ahnung, wo sie steckt. Und es interessiert mich auch nicht.«
Im Hintergrund glaubte Brett die Stimme einer Frau zu hören, die verzweifelt »Aber mich interessiert es!« rief.
»Lassen Sie mich bitte mit Loris Mutter sprechen«, drängte Brett, aber plötzlich hörte er am anderen Ende der Leitung nur noch ein Klicken, weil man dort offensichtlich den Hörer eingehängt hatte.
Sie war verschwunden. Lori war einfach spurlos verschwunden. Und mit ihr das Kind.
Bretts erste Reaktion bestand in Wut auf Lori. Ohne mir ein Wort davon zu sagen! ... Wie konnte sie nur? ... Dazu hatte sie einfach kein Recht!
Als sein erster Zorn jedoch verraucht war, konnte er nicht umhin, sich sein eigenes Versagen einzugestehen: Als sie mich am dringendsten brauchte, konnte ich ihr nichts anderes geben als meine Liebe, ... aber Liebe ist in unserer Welt nicht viel wert und macht niemanden satt. Nein, sie hatte durchaus das Recht ... jedes Recht, das zu tun, was sie für richtig hielt. Und es steht mir nicht zu, ihr irgendwelche Vorwürfe zu machen. Aber die Dinge können sich ändern. Wer weiß, was eines Tages sein wird ...

Als Lori in Chicago aus dem Greyhound-Bus stieg, blickte sie sich kurz um, schleppte ihre beiden Taschen zum nächsten Kiosk und kaufte sich eine Zeitung. Dann begab sie sich in die nächstgelegene Snackbar, um dort bei einem Sandwich und einer Tasse Kaffee die Stellenangebote zu studieren. Anschließend wandte sie sich dem Veranstaltungsteil zu und machte sich eine Liste der Theater, bei denen sie sich vorstellen wollte.

Drei Wochen später hatte sie einen Job in einem kleinen Restaurant am Chicagoer Großmarkt, wo Lastwagen von nah und fern schon vor Sonnenaufgang ihre Fracht abluden. Da Lori aus diesem Grund nur in den Vormittagsstunden arbeiten mußte, hatte sie nachmittags Gelegenheit, die verschiedenen Theater der Stadt abzuklappern, um dort nach neuen Produktionen und somit nach einer Chance zum Vorsprechen Ausschau zu halten.

Nach weiteren zwei Wochen wurde ein junger Regisseur auf sie aufmerksam. Er bot ihr die Zweitbesetzung für die Hauptdarstellerin an. Also mußte sie deren Part einstudieren, um notfalls einspringen zu können.

Lori wußte, daß ihre Chance, tatsächlich zum Einsatz zu kommen, nur gering war. Sie mußte dennoch bei jeder Probe dabeisein, sich ständig Notizen in ihrem Manuskript machen, um alle Änderungen des Textes und die Regieanweisungen festzuhalten, die die Inszenierung eines neuen Stückes mit sich bringt. Auf diese Weise sollte Lori dafür gewappnet sein, jederzeit die Rolle übernehmen zu können.

Zu Loris Pech versäumte die Hauptdarstellerin jedoch während der gesamten Spielzeit des Stückes nicht eine einzige Aufführung. Lori wurde also nicht über Nacht zum großen Star. Sie hatte nicht einmal die Chance erhalten, einen Beweis ihres Könnens zu liefern. Das war's also mit dem schnellen Ruhm, dachte sie.

Immerhin aber hatte sie durch ihre Tätigkeit Gelegenheit gehabt, regelmäßig die Zeitschrift *Varieté* zu lesen, da ihr Theater diese abonnierte. Lori verschlang in dieser Wochenzeitschrift alle Berichte über Neuigkeiten an den Broadway-

Bühnen, wobei sie – ohne sich dessen bewußt zu sein – vor allem nach einem Namen spähte: Brett Mann.
Aber sein Name wurde nirgendwo erwähnt.
Der einzige vage Hinweis auf ihn fand sich in einem Fernseh-Werbespot für ein Herrenparfüm. Lori war sich nicht sicher, glaubte aber in einem jungen Mann, der kurz im Hintergrund zu sehen war, Brett zu erkennen. Der kräftige, schlanke Oberkörper des Mannes glich dem seinen. Wann immer sie konnte, sah sie fern, aber den betreffenden Werbespot erwischte sie nur zwei weitere Male – allerdings ohne letzte Gewißheit erlangen zu können.

Glücklicherweise fiel der 12 Juni 1995 auf einen Sonntag, da Lori Adams sonntags zwei Vorstellungen hatte.
Sie spielte seit einiger Zeit eine Nebenrolle in einem neuen Stück und war vor allem an diesem Sonntag froh, sowohl nachmittags als auch abends auf die Bühne zu müssen, da sie dadurch nur wenig Zeit zum Grübeln hatte. Der 12. Juni war der bedeutendste und schmerzvollste Tag in ihrem bisherigen Leben – und er würde es immer bleiben.
An diesem Tag war ihr Sohn auf die Welt gekommen – vor genau einem Jahr. Obwohl sie seine Adoptiveltern persönlich befragt und sich ein positives Bild von ihnen gemacht hatte, war sie nie wirklich sicher gewesen, die richtige Wahl getroffen zu haben. Lori hätte alles für die Möglichkeit gegeben, ihren Wohnort und ihre Identität herauszufinden, denn ständig quälten sie Zweifel, ob ihr Kind gut aufgehoben war.
Gewißheit – danach allein sehnte sie sich. Aber obwohl sie selbst im Krankenhaus gearbeitet hatte, waren auch ihr die vertraulichen Akten mit den Angaben über die Adoptiveltern nicht zugänglich gewesen.
Lori hatte schon während der Nachmittagsvorstellung große Mühe, sich zusammenzureißen. Sie kämpfte ständig darum, ihre Fassung zu bewahren und nicht mitten in der Szene in Tränen auszubrechen.
Als schließlich der Vorhang fiel und Lori von der Bühne treten wollte, eilte der Regisseur auf sie zu. »Hinreißend!« rief er.

»Was für eine unterschwellige Spannung in Ihrer Rede. Welch subtile Dramatik! Bei den Proben ist mir das nie aufgefallen. Sie scheinen sich Ihr außergewöhnliches Ausdrucksvermögen nur für die Aufführungen bewahrt zu haben.«
»Stimmt! Sie haben recht!« rief die verdutzte Lori. »Ich ... ich habe bei den Proben wirklich nicht alles gezeigt.«
Mit letzter Kraft floh sie hinaus auf die Straße, wo sie endlich ihren Tränen freien Lauf lassen konnte.
Was für eine bittere Ironie, dachte sie, so den Geburtstag meines Sohnes zu feiern. Ich muß endlich aufhören, ihn als meinen Sohn anzusehen ... ich muß!
Aber es sollte ihr nie gelingen.

Am selben Tag wurde Hunderte von Meilen westlich von Chicago im Garten von William und Christine Salem ein Grillfest für alle Nachbarn, Freunde und Verwandte gegeben, die weniger als eine Halbtagesfahrt entfernt wohnten.
Es handelte sich um ein besonderes Fest, denn es sollte der erste Geburtstag von Scotty Salem gefeiert werden. Während Bill über den enormen Grill wachte und Christie zwischen Küche und Garten hin und her eilte, um die Gäste mit Getränken und Essen zu versorgen, unterhielt die Hauptperson des Tages die Gratulanten mit seinen ersten Gehversuchen.
Vom Applaus seiner Zuschauer ermuntert, trachtete Scotty unerschrocken danach, sich möglichst viele schnelle, kurze Schritte lang auf seinen Beinchen zu halten, bevor er dann unweigerlich wieder ins Gras stürzte und dabei in das allgemeine Lachen mit einstimmte. Strahlend krabbelte er dann ein Stück auf allen vieren, bevor er – jede Hilfestellung ablehnend – einen erneuten Gehversuch unternahm.
Auch wenn Bill am Grill damit beschäftigt war, Hamburger und Rippchen zu wenden, so ließ er Scotty doch nicht aus den Augen und verfolgte das Spektakel mit breitem Grinsen. Alles an seinem kleinen Sohn erfüllte ihn mit glücklichem Stolz: sein körperliches Geschick, sein Lächeln und nicht zuletzt seine Fähigkeit, andere Menschen zu erfreuen und sich selbst

beliebt zu machen. Alle Menschen liebten ihn, und er liebte alle Menschen.
Christie bereitete Scottys sportlichem Treiben allerdings ein Ende, indem sie ihn einfing und in die Arme nahm. »Ende der Vorstellung, mein Schatz«, rief sie. »Und Zeit für ein Nickerchen.« Dann trug sie ihn hinauf in sein Zimmer und sang ihn in den Schlaf.
Nachdem sie ihn noch zugedeckt hatte, gesellte sie sich wieder zu ihren Gästen. Nach wie vor hatten alle nur ein Thema: Scottys Wesen, seine Ausstrahlung und wie weit er für einen Einjährigen bereits entwickelt war.
Später holte Bill den Kleinen wieder aus seinem Bettchen, um ihm seine Geburtstagstorte zu zeigen. Es kostete Scotty zwar einige Mühe, aber im dritten Anlauf gelang es ihm, die zwei Kerzen auszupusten: eine für sein vergangenes und eine für sein kommendes Lebensjahr.
»Das war schon eine ordentliche Leistung«, lobte Christies Mutter. »Er hat es schließlich zum ersten Mal gemacht. Und wartet nur ab, wie es im nächsten Jahr klappt.«
Scotty bekam so viele Geschenke, daß er bald inmitten einer Flut bunten Packpapiers und einer unübersehbaren Menge an Spielzeug saß.
Als dann die Abenddämmerung einsetzte, bereiteten sich die ersten Gäste langsam zum Aufbruch.
Christies Mutter umarmte und küßte ihren Enkel mit solcher Begeisterung, daß der Kleine ihr kaum zu entkommen vermochte.
»Scotty ist die gerechte Entschädigung für das, was ihr beide, du und Bill, in den letzten Jahren durchgemacht habt«, vernahm Christie beim Abschied von ihrer Mutter, die ihr die Worte ins Ohr geflüstert hatte. »Er ist ein wunderbares Kind. Dein Onkel wäre wirklich stolz darauf gewesen, daß dieser Bursche nach ihm benannt wurde.«

Es war bereits nach zehn, als Christie und Bill mit Unterstützung einiger Nachbarn alle Spuren des Festes beseitigt hatten und schließlich wieder Ruhe eingekehrt war. Nur die Über-

reste des Geburtstagskuchens erinnerten an den heiteren Trubel, der hier noch vor wenigen Stunden geherrscht hatte.
Bill leckte sich gerade einige Krümel von den Fingern, als Christie sagte: »Er ist wirklich unser Kind – und außerdem kerngesund und ausgesprochen lebhaft.«
Bill schloß sie in seine Arme. »Er ist wundervoll«, bestätigte er sanft. »Ein richtiger Prachtkerl. Und er schafft es mit seiner Art, daß ihn alle Leute in ihr Herz schließen.«
»Ich hoffe nur, darin zeigt sich, daß wir ihm all die Liebe und Fürsorge zukommen lassen, die wir seiner leiblichen Mutter versprochen haben«, seufzte Christie.
»Könnte ihm jemand mehr geben, als wir es tun?« fragte Bill.
»Nein, gewiß nicht.«
»Warum bist du dann so ... so ...?«
»Wie bin ich denn?«
»Na ja, du wirkst manchmal immer noch auf unerklärliche Weise traurig, obwohl du eigentlich allen Grund zur Freude haben solltest«, versuchte Bill zu erklären.
»Ich dachte nur an *sie*, an das arme, verzweifelte junge Mädchen, das ...«
»Laß uns jetzt lieber reingehen und nachsehen, ob Scotty auch schläft«, fiel ihr Bill ins Wort, um das Thema zu wechseln.

Kapitel 16

Sieben junge Männer brüteten an einem Spätnachmittag in New York hinter der Bühne des Booth Theaters an der 45. Straße, nicht weit vom Broadway, über zwei Manuskriptseiten eines neuen Stückes, um sich auf das Vorsprechen für eine Nebenrolle vorzubereiten.
Alle sieben waren Mitte Zwanzig, schlank, blond und gut gebaut – und verfügten damit über die für die Rolle notwendigen physischen Voraussetzungen. Jeder von ihnen hatte sich, so gut es ging, eine eigene Ecke in dem Wartebereich gesucht,

um dort verschiedene Lesarten der Szene auszuprobieren. Einige von ihnen gingen den Text nur still durch, andere murmelten ihn leise vor sich hin.
Immer wenn ein Kandidat nach dem Vorsprechen durch die Tür zur Bühne trat, folgte die unvermeidliche Frage von einem der Wartenden: »Wie ist es gelaufen?« Aber jedesmal schüttelten die Gefragten nur den Kopf und gestanden so ihren Mißerfolg. Nur einer von ihnen erwiderte, daß man ihn aufgefordert hatte, am Folgetag wiederzukommen, um noch einmal sein Glück zu versuchen.
Einer nach dem anderen wurden sie auf die Bühne gerufen, die sich – bis auf den Lichtkegel eines Scheinwerfers – in völligem Dunkel befand. Aus dem schwarzen Nichts des Zuschauerraums heraus las der unsichtbare Inspizient eine Rolle und der jeweilige Kandidat die seine.
Ebenfalls im Dunkeln saßen diejenigen in einer Reihe, die über den jeweiligen Kandidaten zu richten hatten: der Regisseur, der Autor, einer der Produzenten und eine mit einigen Schauspieleragenturen in Kontakt stehende und für die Vorauswahl verantwortliche Dame. Sie alle hatten einen langen, frustrierenden Tag hinter sich. Obwohl niemand von ihnen zuvor auf die Idee gekommen wäre, daß ausgerechnet die Besetzung dieser Rolle Probleme aufwerfen könnte, waren sie bis jetzt nicht einen Schritt weitergekommen.
»Großer Gott, es muß doch in dieser Stadt wenigstens einen einzigen Schauspieler geben, der in der Lage ist, diese Rolle zu spielen!« explodierte plötzlich der Produzent. Wütend wandte er sich der jungen Agentin zu, die für die Vorauswahl der Kandidaten zuständig war: »Judy, wo zum Teufel haben Sie bloß diese Klotzköpfe aufgetrieben? Die können ja keinen einzigen Satz vernünftig über die Lippen bringen, und ab der dritten Reihe sind die Kerle überhaupt nicht mehr zu verstehen. Außerdem zeigt selbst Clint Eastwood mehr Emotionen als diese Masken. Ich habe die Nase voll. Laßt uns lieber Schluß machen für heute!«
Da die anderen an derartige Wutausbrüche gewöhnt waren, nahmen sie die Äußerungen kaum zur Kenntnis und fuhren

ungerührt im Programm fort. »Der Nächste!« rief der Regisseur.
Aus dem Hintergrund der Bühne trat ein weiterer gutaussehender, junger Mann in den Scheinwerferkegel und stellte sich kurz vor: »Brett Mann.«
Wie seine Vorgänger deklamierte auch er seine Zeilen im Dialog mit dem Inspizienten. Bereits nach kurzer Zeit fuhr der Produzent jedoch ungeduldig dazwischen. Mit einem knappen »Vielen Dank« entließ er Brett von der Bühne.
»Aber ich bin noch nicht fertig«, protestierte dieser.
»O doch, das sind Sie!« erwiderte der Produzent sarkastisch. »Wir haben bereits genug gehört.«
»Ich war gerade erst dabei, den Höhepunkt der Szene vorzubereiten«, versuchte Brett erneut, seine Interpretation zu verteidigen. »Schließlich kann man doch nicht schon zu viel Schwung in die ersten Zeilen legen.«
»Junger Mann«, ließ sich aus dem Dunkel wieder die ungeduldige Stimme des Produzenten vernehmen, »man hat Sie nicht eingeladen, damit Sie sich für die Position des Regisseurs bewerben. Den haben wir nämlich schon. Und was die Rolle von Ben angeht, so sind Sie einfach nicht unser Mann.«
»Aber Mr. Kimmel ...«
»Falls ich vorhin ›Vielen Dank‹ gesagt haben sollte, nehme ich das hiermit zurück. Scheren Sie sich hinaus, zum Teufel! Sie vergeuden nur unsere kostbare Zeit.«
Brett zerknüllte die beiden Manuskriptseiten, schleuderte sie auf die Bühne und stob wütend davon. Als er an den übrigen vorbeikam, reagierte er nicht auf das obligatorische »Wie war's?«, sondern stürmte wortlos durch die Hintertür hinaus ins Freie. Als er gerade den Weg zur 44. Straße einschlagen wollte, hörte er, wie jemand seinen Namen rief.
»Brett Mann!«
Kampflustig wandte er sich um, bereit, seinem Unmut Luft zu machen, entdeckte zu seiner Verwunderung allerdings nur eine Frau von etwa Ende Zwanzig, die ihm Zeichen gab, zu ihr zu kommen. Eine Fremde, die seinen Namen kannte? Er folgte ihrer Aufforderung und ging zurück. Je näher er ihr

kam, desto vertrauter schienen ihm ihre Züge. Er mußte ihr früher schon einmal begegnet sein. Aber wann und wo?
Die Frau erriet offensichtlich seine Überlegungen. »Calley Ransome von der Agentur Bordman-Levitt.«
Jetzt erkannte er sie wieder. Sie arbeitete bei einer Schauspieleragentur und hatte mit ihm vor längerer Zeit einmal ein Gespräch in ihrem Büro geführt. Dabei hatte sie ihm zugesagt, ihn zu informieren, wenn für ihn passende Rollen besetzt wurden. Ihr hatte er auch die heutige Einladung zu verdanken.
»Was habe ich nur falsch gemacht?« platzte es aus Brett heraus. »Ich konnte doch nicht gleich zu Beginn der Szene brüllend auf die Bühne stürmen. Schließlich handelt es sich bei der Figur um einen schüchternen jungen Mann, der an einem ihm fremden Ort auf eine ältere Dame trifft, die er nie zuvor gesehen hat. Deshalb würde er zunächst wohl eher zurückhaltend reagieren, um erst einmal herauszufinden, wen er vor sich hat.«
»Da stimme ich Ihnen vollkommen zu«, meinte Calley Ransome.
»Was zum Teufel habe ich dann falsch gemacht?«
Calley lächelte. »Es war ein langer, anstrengender und nicht sehr erfreulicher Tag für das ganze Team. Und Kimmel ist dafür bekannt, daß er selbst unter optimalen Bedingungen nur wenig Geduld zeigt. Heute hätte er selbst den jungen Marlon Brando rausgeschmissen. Aber ich weiß vielleicht etwas anderes für Sie. Unsere Agentur hat den Auftrag, einen Schauspieler für eine neue Rolle in *Die schönste Zeit im Leben* zu suchen.«
»Sie meinen diese Seifenoper im Fernsehen?« fragte Brett.
»Sie sollten es sich überlegen. Wenn Sie Ihre Sache gut machen, winkt Ihnen eine schöne Stange Geld. Außerdem hätten Sie Gelegenheit, wichtige Erfahrungen zu sammeln. Es gibt nicht wenige Schauspieler, die den Sprung von einer Fernsehserie zu einem Kinofilm geschafft haben.«
»Und wie vielen ist der Sprung auf die Bühne geglückt?« entgegnete Brett herausfordernd.

»Wenn Sie es vorziehen, Ihr Leben und Ihre Jugend damit zu vergeuden, daß Sie für ein Trinkgeld über zweit- und drittklassige Bühnen tingeln, dann tun Sie es. Aber wenn Sie auf meinen Rat hören wollen, dann gehen Sie einmal zu Probeaufnahmen für diese Seifenoper.«
Sie überreichte ihm ein kurzes Empfehlungsschreiben.
»Melden Sie sich damit bei Esther Finn, NBC, Studio 8A.«
»Okay. Ich werd's mir überlegen. Und vielen Dank.«
»Ich muß jetzt zurück«, verabschiedete sich Calley Ransome und eilte wieder in das Theatergebäude.

Brett Mann blieb vor dem uniformierten Wachmann am Eingang zu Studio 8A stehen. Er fragte nach Esther Finn und händigte ihm das Schreiben aus, das er von Calley Ransome erhalten hatte. Eine Viertelstunde später kehrte der Wachmann zu ihm zurück und geleitete ihn in das Innere des Studios, in dem praktisch rund um die Uhr die täglichen Folgen von *Die schönste Zeit im Leben* geprobt und aufgezeichnet wurden.
»Brett Mann! Treten Sie an die Markierung auf dem Boden«, ließ sich eine weibliche Stimme aus dem Lautsprecher des Regieraums vernehmen.
Er suchte nach dem Kreidekreuz, das die Stelle kennzeichnete, auf die eine der Kameras und die Scheinwerfer ausgerichtet waren.
»Drehen Sie sich bitte nach rechts!« erklang wieder die Stimme aus dem Lautsprecher.
Brett folgte der Aufforderung und blieb dann stehen.
»Jetzt bitte nach links.«
Wieder tat er, wie geheißen, kam sich dabei aber vor wie ein Zuchtbulle bei einer Viehauktion.
»Sehen Sie jetzt bitte voll in die Kamera.«
Brett drehte sich in die angegebene Richtung und behielt dann diese Position bei, ohne sich zu rühren. Es schien ihm, als müsse er dort stundenlang verharren, doch in Wirklichkeit waren es nur zwölf endlose, nervenzermürbende Minuten. Er wußte, daß sich in der Zwischenzeit hitzige Diskussionen im

Regieraum abspielten, die über sein weiteres Schicksal entschieden. In der Tat tauschten der Regisseur, der Produzent, der Drehbuchautor, die Mitarbeiterin einer Werbeagentur und der Vertreter des Fernsehsenders ihre Meinungen über jenes Exemplar der Spezies »männlicher Held« aus, dessen Konterfei sie auf insgesamt sechs verschiedenen Monitoren an der Wand vor sich begutachteten.
Plötzlich drang wieder die körperlose Frauenstimme an Bretts Ohr: »Bitte noch einmal Ihr rechtes Profil!«
Brett gehorchte und mußte sich diesmal sogar noch länger gedulden als zuvor.
»Linkes Profil, bitte.«
Wieder drehte sich Brett.
»Vielen Dank, das war's«, rief die Stimme schließlich.
Er wandte sich der Kamera zu. »Kein Text? Wollen Sie nicht, daß ich etwas vorlese?«
»Noch nicht«, erwiderte die Stimme. »Haben Sie ein Video?«
»Ein Video?«
»Ja, ein Video über sich, das Sie in irgendeiner früheren Produktion zeigt.«
»Ich habe einen Werbespot gemacht ... für ein Herrenparfüm. Aber ich bin dort nur im Hintergrund zu sehen.«
Erneut folgte eine lange Pause, in der eine erneute Diskussion ausgetragen wurde. Dann endlich ertönte wieder die Stimme der Frau: »Kommen Sie morgen um 14.15 Uhr wieder hierher. Und ziehen Sie sich was Legeres an, am besten was Sportliches.«
»Wieder in dieses Studio?«
»Wieder hier«, bestätigte die Stimme knapp und verstummte dann endgültig.

Brett fand jemanden, der für ihn im Oros's einsprang, wo er seit einigen Monaten als Aushilfskellner arbeitete. Da auch der Geschäftsführer des Restaurants, der mittlerweile an die terminlichen Unwägbarkeiten des Showbusineß gewöhnt war, sein Einverständnis gab, hatte Brett den ganzen Vormittag über Zeit, seine Kleidung in tadellosen Zustand zu

bringen und sich die Haare schneiden zu lassen. Schließlich posierte er vor seinem gesprungenen Spiegel, um auszuprobieren, in welcher Haltung er sich auf die vorteilhafteste Weise präsentierte.
Um 14.10 Uhr meldete er sich am Eingang von Studio 8A. Als er eine halbe Stunde später aufgerufen wurde, begegnete er einem anderen jungen Mann, der ihm sehr ähnelte – allem Anschein nach sein direkter Konkurrent.
Zunächst mußte Brett dieselben Einstellungen über sich ergehen lassen wie schon am Vortag.
»Schlagen Sie den Kragen hoch«, klang es aus dem Lautsprecher. Als Brett stutzte, erklärte die nach wie vor unsichtbare Sprecherin mit einem ungeduldigen Unterton in der Stimme: »Ihren Jackenkragen. Versuchen Sie einfach, lässig zu wirken. Schlagen Sie also den Kragen hoch, so wie Christopher Reeves es tun würde.«
Brett folgte der Anweisung und schaute erst nach links, dann nach rechts und schließlich frontal in die Kamera. Plötzlich huschte jemand durch die Szene und drückte ihm ein paar Manuskriptseiten in die Hand.
»Lesen Sie!« verlangte die Frau.
»Kann ich vorher nicht wenigstens einen Blick auf den Text werfen?« fragte Brett.
»Dann überfliegen Sie ihn kurz. Wir wollen wissen, wie Sie mit unvorhergesehenen Situationen und plötzlichen Änderungen fertig werden, denn damit haben wir in unserer Branche mehr als genug zu tun.«
Brett las den Text vor, woraufhin wieder eine längere Pause eintrat.
»Schauen Sie jetzt direkt in die Kamera. Sie wird an Sie heranfahren, um Sie in einer Naheinstellung zu zeigen. Wiederholen Sie dabei den Text, den Sie gerade vorgetragen haben.«
Brett schöpfte vorsichtigen Optimismus, denn das Ganze schien sich recht vielversprechend zu entwickeln. Er richtete seinen Blick auf die Kamera, während diese auf ihn zufuhr und dabei die Einstellung änderte. Dann rezitierte er erneut den Text, diesmal von Anfang bis Ende.

Nach einer weiteren, endlos scheinenden Unterbrechung meldete sich wieder die körperlose Stimme.
»Vielen Dank fürs erste. Wir melden uns bei Ihnen.«

Vier Tage später erhielt er einen Anruf vom Produktionsbüro der Fernsehserie: Ob er möglichst bald zum Maßnehmen für die Kostüme kommen könne und wie der Name seines Agenten laute?
Am darauffolgenden Morgen meldete sich Sally Brownell, seine Agentin, bei ihm, um ihm die Neuigkeiten zu übermitteln. Die Produktionsfirma bot ihm einen Dreimonatsvertrag mit tausend Dollar Wochengage an. Dafür mußte er sich verpflichten, im Bedarfsfall die nächsten fünf Jahre für sie zu arbeiten.
Als Brett auf diese Botschaft nur mit einem eher zaudernden »Na ja« reagierte, platzte Sally Brownell, die seit langen Jahren Erfahrungen mit jungen Schauspielern gesammelte hatte, der Kragen.
»Junger Mann, Sie machen sich sofort auf den Weg in mein Büro. Ich habe ein paar Dinge mit Ihnen zu besprechen!« ordnete sie mit scharfer Stimme an, die keinen Widerspruch duldete.
Knapp eine halbe Stunde später betrat Brett Sally Brownells Büroräume und klopfte an ihre Tür. Nachdem sie ihm geöffnet hatte, wandte sie sich zunächst an ihre Sekretärin: »Würden Sie uns bitte allein lassen. Ich werde Sie wieder hereinrufen, sobald ich mit Mr. Mann fertig bin!« Dann trat sie beiseite und musterte Brett ärgerlich: »Jetzt zu Ihnen, Mister!«
Es war das erste Mal, daß seine Agentin in diesem harschen Ton mit ihm sprach. Die kleingewachsene, aber energisch wirkende Frau deutete ihm an, Platz zu nehmen, blieb aber selbst stehen. »Junger Mann, wagen Sie es nie wieder – hören Sie, nie wieder –, auf das Angebot eines festen Engagements mit einem gelangweilten ›Na ja‹ zu reagieren. Was ich Ihnen hier anbiete, ist eine reelle Chance, ein Glücksfall, für den tausend andere junge Schauspieler ihren rechten Arm geben würden.«

»Gewiß, Mrs. Brownell«, murmelte Brett, »aber es handelt sich eben nur …«
Sie gab ihm keine Gelegenheit weiterzureden, sondern beendete den Satz für ihn mit vor Sarkasmus triefender Stimme: »… aber es handelt sich eben nur um Fernsehen. Nun, junger Mann, es wird tatsächlich ›nur Fernsehen‹ bleiben, wenn Sie aus dieser Chance nichts machen. Aber Sie können die Gelegenheit auch dazu nutzen, an sich und Ihren Fähigkeiten zu arbeiten und wertvolle Erfahrungen vor der Kamera zu sammeln, anstatt Ihre Zeit als Aushilfskellner oder bei Besetzungsproben für drittklassige Theaterstücke zu vergeuden. Darüber hinaus könnten Sie damit auch andere Regisseure und Produzenten auf sich aufmerksam machen. Kurz und gut: Hier handelt es sich möglicherweise um die Chance Ihres Lebens, junger Mann!
Aber setzen Sie sich ruhig aufs hohe Roß, und rümpfen Sie die Nase über dieses Angebot, weil es ja ›nur Fernsehen‹ ist. Ein wirklich guter Schauspieler aber, der sich mit Leib und Seele einsetzt, wird immer sein Bestes geben und aus jeder Rolle das Beste machen. Also – sollte ich den Eindruck gewinnen, daß Sie sich nur halbherzig auf dieses Engagement einlassen, dann werde ich, so wahr ich hier stehe, selbst den Produzenten anrufen und ihm ein Dutzend anderer junger Schauspieler empfehlen, die nicht so arrogant sind wie Sie. Haben Sie mich verstanden?«
»Ja, Madam«, stammelte ein sichtlich zerknirschter Brett mit aufrichtigem Bedauern.
»Gut. Dann wollen wir uns jetzt den Fakten zuwenden«, fuhr Sally Brownell fort. »Diese drei Monate stellen eine Art Probezeit dar. In dieser Phase will das Produktionsteam herausfinden, wie das Publikum – vor allem das weibliche Publikum – auf Sie reagiert. Sollte es Ihnen gelingen, bei den Zuschauern Anklang zu finden und damit die Einschaltquote in die Höhe zu treiben, dann haben wir beide gute Karten für weitere Vertragsverhandlungen.«
»Aber das Ganze ist mit einer fünfjährigen Option auf meine weitere Tätigkeit verknüpft«, betonte Brett nachdenklich.

»Für die man Sie jedoch bezahlen wird«, konterte Sally Brownell, »und zwar in einer anderen Größenordnung, als es in dem jetzigen Angebot steht. Kunst um der Kunst willen ist gewiß schön und gut. Aber dafür ordentlich bezahlt zu werden ist zweifellos besser. Überlassen sie das nur mir.«

Erst jetzt dämmerte Brett, daß seine Agentin allem Anschein nach bereits längerfristige Zukunftspläne mit ihm hatte.

»So junger Mann, das wär's erst mal für heute. Machen Sie sich auf den Weg zum Maßnehmen, und lernen Sie Ihre Kollegen kennen.« Zum ersten Mal seit Beginn ihrer Unterredung lächelte Sally Brownell, als sie ihn fragte: »Na, wie fühlt man sich, wenn man plötzlich auf dem Karrieresprungbrett steht?«

»Man fühlt sich einfach ... einfach toll!« Bretts Enthusiasmus verebbte jedoch wieder. »Es gibt aber auch Augenblicke, in denen ich mich leer und einsam fühle«, gestand er.

»Ich verstehe, was Sie meinen«, sagte die Agentin voll aufrichtiger Anteilnahme. »Seit mein Mann gestorben ist, kenne ich dieses Gefühl. Alles erscheint einem sinnlos, weil es niemanden gibt, mit dem man seine Sorgen und seine Freuden teilen könnte.«

»Ja, genau, niemanden, dem man sich anvertrauen will«, bestätigte Brett.

»Aber ein gutaussehender junger Mann wie Sie ...?« Sally Brownell mußte nicht weiterreden.

»Oh, es gab sehr wohl Frauen in meinem Leben.«

»Aber eben nicht die wahre und einzige?« vermutete sie. »Nun, vielleicht ändern sich die Dinge, denn in Ihrem Leben wird sich in Zukunft vieles ändern.«

»Ich habe bereits eine feste Freundin, aber ich weiß nicht, wo sie im Moment steckt«, gestand Brett. »Alle meine Briefe kamen zurück mit dem Vermerk ›UNBEKANNT VERZOGEN‹.«

»Mit dem Geld, das Sie bald verdienen werden, wird es Ihnen gelingen, sie wiederzufinden«, prophezeite Sally Brownell. »Aber in der Zwischenzeit konzentrieren Sie sich auf Ihre Karriere, junger Mann, verstanden?« Sie wollte sich gerade von Brett verabschieden, als ihr einfiel, daß sie noch etwas

vergessen hatte. »Übrigens, die Produktionsfirma bittet darum, daß Sie Ihren Namen ändern.«
»Meinen Namen ändern? Warum zum Teufel soll ich meinen Namen ändern? Ich mag meinen Namen!« protestierte Brett.
»Sie finden, daß er unecht wirkt«, erklärte Sally Brownell.
»Aber es ist mein richtiger Name!« rief Brett empört.
»Ich glaube Ihnen ja. Aber die anderen meinen, es klinge so, als hätten Sie diesen Namen nur gewählt, um zu unterstreichen, daß Sie ein toller Bursche sind.«
»Was wäre daran auszusetzen?«
»Es wirkt ein bißchen zu dick aufgetragen. Denen wäre es lieber, wenn Sie einen etwas unauffälligeren Namen wie ›Manning‹ hätten. Das hat auch Klasse und klingt genauso männlich. Was also soll ich dem Produzenten sagen?«
Brett dachte kurz nach. Nur die Hoffnung, daß seine Rolle ihm dabei helfen würde, Lori wiederzufinden, veranlaßte ihn dazu, sich dieser Forderung kampflos zu beugen. »Brett Manning? Hört sich wahrscheinlich wirklich nicht schlecht an. Also von mir aus – Brett Manning.«

Kapitel 17

Während der nächsten drei Monate wurde Brett Mannings Tagesablauf dadurch bestimmt, daß er bereits am frühen Morgen im Studio erschien, seinen Text auswendig beherrschte, bei den Proben konzentriert war und dann bei der Aufzeichnung sein Bestes gab.
Nach Drehschluß erhielt er die Manuskriptseiten für den nächsten Tag und machte sich dann umgehend auf den Weg zu seinem kleinen Apartment. Dieses teilte er mit einem ehrgeizigen, jungen Stückeschreiber namens Harvey Kline, der jedoch vorerst seinen Lebensunterhalt damit verdiente, daß er tagsüber die Hunde wohlhabender Damen ausführte. In ihrer gemeinsamen Behausung widmete sich Brett hingebungsvoll der Aufgabe, seinen Text zu lernen, verschiedene Lesarten

auszuprobieren und schließlich seine Darbietung zu perfektionieren. Nicht selten wurde seine gewissenhafte Vorbereitung jedoch über den Haufen geworfen, weil er am späten Abend noch einen Anruf von einem Mitarbeiter des Produktionsteams erhielt, der ihm letzte Änderungen am Manuskript mitteilte, die auf Drängen eines der Hauptdarsteller eingearbeitet werden mußten.

Da Brett noch in der Probezeit war, genoß er nicht die Privilegien derjenigen Schauspieler, die schon lange unter Vertrag standen und jede Woche wenigstens einen freien Tag bekamen. Er hingegen mußte praktisch stets präsent sein, obwohl er nur selten längere Szenen zu spielen hatte. Immerhin aber war er, wenn auch oft nur kurz, jeden Tag auf dem Bildschirm zu sehen, so daß sich dem weiblichen Publikum durchaus Gelegenheit bot, auf ihn zu reagieren – sei es positiv oder negativ.

Während dieser ersten drei Monate lebte Brett beinahe wie ein Mönch und verschrieb sich seiner Rolle mit geradezu religiöser Hingabe.

Nein, er hatte Sally Brownells Lektion nicht vergessen. Sie genoß den Ruf, die beste und erfahrenste Agentin im Showbusineß zu sein. Schließlich besaß sie eine eindrucksvolle Liste von Hollywood-Stars, die unter ihren Fittichen einst ihre Karrieren begonnen hatten. Und Brett war fest entschlossen, einer von ihnen zu werden.

An dem Tag, an dem die aktuellen Einschaltquoten bekanntgegeben wurden, war das Studio von einer ängstlichen Spannung erfüllt, die sich beinahe mit Händen greifen ließ. Im Regieraum reagierten vor allem der Regisseur und der Produzent wie elektrisiert auf jeden Telefonanruf, da ihre Weiterbeschäftigung unmittelbar von gleichbleibend hohen Einschaltquoten abhing. Zwar nahmen die täglichen Dreharbeiten ihren routinemäßigen Verlauf, aber beinahe jedes Teammitglied hatte irgendeinen speziellen Grund, erwartungsvoll auf die Bekanntgabe der Quoten zu lauern. Zum Beispiel stand Camilla Storm, die die weibliche Hauptrolle spielte, gerade in Verhandlungen für eine Verlängerung ihres Vertrages. Da sie bereits seit elf Jahren dabei war, drohte ihr keineswegs die Gefahr, gefeuert zu werden, aber eine Erhöhung ihrer Gage ließ sich für ihren Agenten nur durchsetzen, wenn die Quoten stimmten. Daneben lebte einer der älteren Schauspieler – bei dem es sich um einen weißhaarigen, aristokratisch wirkenden Mann handelte, der auf viele Broadway-Erfolge verweisen konnte – in ständiger Furcht vor sinkenden Quoten: er hegte den Verdacht, daß der Produzent nur nach einem Vorwand suchte, ihn endgültig aus der Serie herauszuschreiben. Angesichts des unaufhaltsamen Theatersterbens in New York boten sich für einen alternden Schauspieler jedoch kaum Alternativen.

Während einer Probenpause zog sich Brett in eine Ecke des Studios zurück, um dort noch einmal seinen Text für die nächste Einstellung durchzugehen, als er plötzlich die Ansage über die Lautsprecheransage vernahm.

»Also Leute, wir haben es geschafft. Wir konnten zwar nicht gerade ein phantastisches Ergebnis erzielen, aber wir waren immerhin besser als beim letzten Mal«, verkündete der Produzent triumphierend.

Als daraufhin allgemeiner Jubel das Studio erfüllte, atmete Brett tief aus. Erleichtert spürte er, daß sich der Knoten, der sich während der vergangenen Wochen durch seine innere Anspannung in seinem Magen immer stärker zusammengezogen hatte, ein wenig löste. Aber noch hatte er den kritischen Punkt nicht überwunden, da der Erfolg des gesamten Teams nicht zwangsläufig bedeuten mußte, daß er persönlich dazu beigetragen hatte. Er sollte darüber jedoch nicht allzu lange im unklaren bleiben.

Der erste Hinweis erfolgte gegen Ende der Proben, als die Produktionsassistentin die vorläufigen Manuskriptfassungen für die Folgewoche verteilte und schließlich auch Brett an der Reihe war. »Buzz möchte, daß Sie nach Drehschluß zu ihm in den Regieraum kommen«, teilte sie ihm beiläufig mit, während sie einzelne Papierstöße an die Umstehenden aushändigte.

Brett agierte entsprechend ziemlich nervös bei den Aufnah-

men und hoffte nur, daß seine Aufregung nicht von den Kameras entlarvt wurde. So versuchte er tapfer, sein verführerischstes Lächeln aufzusetzen, als er sich in einer Szene mit einer draufgängerischen Geste das Hemd vom Leib riß und mit nacktem Oberkörper weiterspielte. Wenn er Glück hatte, würde er mit diesem Auftritt nicht nur das weibliche Publikum vor den Bildschirmen auf seine Seite ziehen, sondern auch die Leute im Regieraum. Immerhin besaß er für einen jungen Mann, der kein Bodybuilder war, ansehnliche Muskelpakete. Und diese Gabe der Natur versuchte er bei der nächsten Einstellung voll zur Geltung zu bringen.
Als die Dreharbeiten schließlich für diesen Tag beendet waren, machte sich bei allen die übliche Erleichterung breit – nur nicht bei Brett Manning, der noch seiner »Vorladung« in den Regieraum folgen mußte.
Trotz aller Skepsis überraschte es ihn, als der Regisseur ihn mit den folgenden Worten zu sich hereinrief: »Brett, mein Junge! Hast du eine Minute Zeit?«
Eine Minute? schoß es Brett durch den Kopf. Na ja, bei schlechten Nachrichten faßt man sich lieber kurz. Schließlich gibt es bei Entlassungen nichts zu feiern. Aber auch wenn Sally Brownell es mir nicht glauben wird, kann ich reinen Gewissens sagen, daß ich mein Bestes geleistet habe. Es gibt niemanden, der in den letzten Wochen härter als ich gearbeitet hätte. Ich habe mich nicht ein einziges Mal mit dem Text verhaspelt, niemals meinen Einsatz verpaßt und mich immer genau an meine Positionsmarkierung gehalten.
Während er sich so bereits die Argumente für seine Verteidigung zurechtlegte, trat Brett in den Regieraum.
»Sie wollten mich sprechen?« fragte er mit erzwungener Ruhe.
»In der Tat«, bestätigte Buzz Blair, der Regisseur, ohne von seinen Notizen aufzublicken, die er gerade auf das Skript für den nächsten Tag kritzelte. Irgend etwas an dem Text schien ihn zu verärgern, denn er riß die betreffende Seite einfach heraus. »Verdammt, wie oft soll ich diesen Schreibern noch sagen, daß sie nicht versuchen sollen, was Poetisches einzu-

bauen. Ich pfeife darauf, ob es ein Zitat von Shakespeare ist oder nicht. Bloß nichts Poetisches. Camilla kann sowieso nichts mit Poesie anfangen. Schließlich sind wir schon froh, wenn sie mit ihrem eigenen Text einigermaßen zurechtkommt. Poesie!«

Mit diesem Kommentar schleuderte er das zerknüllte Blatt in eine Ecke des Raumes und wandte sich dann Brett zu.

Er starrte ihn an, als sei er völlig überrascht, ihn vor sich zu sehen. »Oh, ja. Du bist es, Brett. Weißt du, mein Junge, ich habe so viele Jahre meines Lebens in abgedunkelten Regieräumen verbracht, daß ich an manchen Tagen denke, ich sollte mir wie ein Minenarbeiter einen Helm mit einer Grubenlampe aufsetzen. Und dann läuft mir so ein junger Bursche wie du über den Weg, der gerade erst am Anfang steht ...«

Aha, dachte Brett, jetzt kommt die wohlvorbereitete Grabrede auf den hoffnungsvollen jungen Schauspieler, der sicher noch viele Chancen erhalten wird – nur nicht hier.

»... den Kopf voller Träume hat und auf seine erste Chance wartet, während er sich seinen Lebensunterhalt noch als Fahrradkurier oder als Aushilfskraft zu Weihnachten in Kaufhäusern verdienen muß. Ach, glaub mir, Junge, ich weiß, wovon ich spreche. Weißt du eigentlich, daß ich selbst auch mal Schauspieler werden wollte? Aber ich hatte kein Glück, deswegen bin ich Regisseur geworden.«

Natürlich behauptet er mir gegenüber, daß er selbst schon einmal gescheitert ist. Er will mir den Rausschmiß versüßen, indem er mir zeigt, daß es immer irgendwie weitergeht und es genug andere Dinge im Showbusineß gibt, die ich anfangen könnte, dachte Brett voller Ungeduld und hätte sein Gegenüber am liebsten laut angeschrien: Mach es kurz, Buzz. Sag mir einfach, daß ich gefeuert bin! Basta!

Aber mit den aktuellen Einschaltquoten im Rücken und dem Wissen, daß er zumindest die nächsten Wochen mehr oder weniger beruhigt weiterarbeiten konnte, leistete sich Buzz Blair den Luxus, dem Jüngeren gegenüber ganz in der Rolle des allwissenden Weltmannes aufzugehen.

»Weißt du eigentlich, mein Junge, was der größte Fehler in unserer Branche ist? Ich will es dir sagen – Gier! Durch diese eine Silbe fanden mehr Karrieren ein zu frühes Ende als durch irgend etwas anderes ... es sei denn durch das andere einsilbige Wort: Sex! Natürlich ist heutzutage wegen Aids manches anders als früher, aber dennoch treibt zu viel Sex immer noch manches hoffnungsvolle Talent in den Ruin. Doch das schlimmste von allem ist und bleibt die Gier. Vergiß das niemals, mein Junge!«
Die letzten Worte hatte Buzz mit großem Nachdruck verkündet, doch Brett wurde erst nach einigen Augenblicken klar, daß damit das Gespräch offensichtlich als beendet galt. Daraufhin erhob er sich und verließ den Regieraum – noch verunsicherter und niedergeschlagener als zuvor.
Sein Gefühl der Hilflosigkeit legte sich etwas, als er in seinem Apartment eintraf und dort von seinem Mitbewohner Harvey über einen Anruf informiert wurde: »Sally Brownell hat sich gemeldet. Sie will dich sehen, und zwar so schnell es geht.«
»Hat sie irgendwas gesagt?«
»Nur daß du dich beeilen sollst. Also mach dich lieber auf die Socken.«
Als Brett im Büro seiner Agentin eintraf, mußte er sich zunächst mit der Tatsache abfinden, daß vor ihm noch drei andere Klienten an die Reihe kamen. Endlich aber war er dran.
Sally Brownell beendete gerade ein Telefongespräch, als er in ihr Büro eilte. Sie bedeutete ihm mit einer Handbewegung, Platz zu nehmen, legte dann den Hörer auf und fragte ihn schließlich unvermittelt: »Nun junger Mann, was hat man Ihnen gesagt?«
»Nicht ›man‹, sondern Buzz Blair persönlich.«
»Also was hat Buzz Ihnen gesagt?«
»Kling seltsam«, begann Brett, »aber er hat eigentlich nur gesagt, daß ...«
»... daß der schlimmste Fehler, den ein junger Schauspieler begehen kann, darin besteht, zu viel Gier zu zeigen«, vollendete Sally Brownell. »Stimmt's?«

»Ja, genau«, gestand Brett verblüfft. »Aber woher wissen Sie das?«
»Diese kleine Ansprache hält er immer, wenn es darum geht, einen längerfristigen Vertrag abzuschließen«, schmunzelte die Agentin. »Buzz ist nämlich Teilhaber der Produktionsfirma, und er möchte die Kosten natürlich so niedrig wie möglich halten – vor allem, was die Gagen betrifft. Das heißt im Klartext, daß man Sie haben will, Brett. Die sind richtig scharf auf Sie! Nicht nur die neuesten Zahlen der Einschaltquoten weisen darauf hin, sondern auch die speziellen Umfragen, die man über Ihre Zuschauerwirkung erstellt hat. Ich werde also für Sie in neue Vertragsverhandlungen eintreten. Und glauben Sie mir – ich werde hart bleiben, aber nicht ›gierig‹ sein.« Lächelnd fügte sie hinzu: »Buzz wird natürlich schreien, toben, jammern – und am Ende zu allem ja und amen sagen. Jetzt, junger Mann, jetzt stehen Sie wirklich am Anfang einer Karriere.«
»Und ich dachte, er wollte mich feuern«, gestand Brett erstaunt.
»Das ist Teil seiner Verhandlungsstrategie«, erklärte Sally Brownell. »Er zielt darauf ab, das Selbstbewußtsein seiner Schauspieler zu erschüttern, damit diese mich dann anflehen, ihn bei den Verhandlungen mit Samthandschuhen anzufassen. Wie auch immer, ich werde einen Vertrag aushandeln, mit dem beide Seiten gut leben können – vor allem aber Sie.«
Sie erhob sich aus ihrem Sessel und reichte Brett über den Schreibtisch hinweg ihre Hand. Dann sagte sie noch in milderem, persönlicherem Ton wie zuvor: »Dieses Mädchen, von dem Sie einmal sprachen, junger Mann … Sie sollten zusehen, daß Sie sie wiederfinden.«

Kapitel 18

Christie Salem zog den Reißverschluß von Scottys Schneeanzug ganz nach oben, um ihren Sohn vor der Kälte des Wintereinbruchs zu schützen. Sie hätte es zwar vorgezogen, allein zu

Dr. Montcrief zu fahren, bei der sie einen Untersuchungstermin hatte, aber ihr Babysitter war verhindert. Deshalb mußte sie Scotty mitnehmen, auch wenn sie die Enttäuschung, die sie wahrscheinlich wieder erwartete, lieber ohne ihn erduldet hätte. Die letzten beiden Male hatte sie sich danach einfach ins Auto gesetzt und geweint. Das aber wollte sie Scotty ersparen, der sie noch nie weinen sah. Schließlich war er noch sehr klein und sehr empfindsam. Sie mußte sich in seiner Gegenwart eben zusammenreißen.
Während Christie ihn anzog, redete sie mit ihm über Dinge, die er noch nicht verstehen konnte. Dadurch aber hatte Christie Gelegenheit, Hoffnungen und Sehnsüchte auszusprechen, die sie – aus Angst vor der befürchteten Enttäuschung – Bill gegenüber nicht äußern wollte.
»Was würdest du von einer kleinen Schwester halten, Scotty?« fragte sie ihn und verknotete gleichzeitig die marineblaue Kapuze, die seinen blonden Schopf vor dem schneidenden Wind schützen sollte, der durch die Straßen der kleinen Stadt fegte, an deren Rand sie wohnten.
»Wie wär's mit einer hübschen kleinen Schwester, Scotty?« wiederholte Christie.
Sie hatte in einem der vielen Bücher, die sie über Kindererziehung gelesen hatte, den Hinweis gefunden, daß man Kinder sicherheitshalber rechtzeitig über möglichen Familienzuwachs informieren sollte, damit sie sich auf die neue Situation einstellten. Auf diese Weise konnte die Voraussetzung dafür geschaffen werden, daß das neue Familienmitglied mit Freude willkommen geheißen und nicht als möglicher Nebenbuhler gefürchtet wurde. Da Christies Periode bereits zum zweiten Mal ausblieb, schien es zumindest möglich, daß sie diesmal vielleicht wirklich ...?
Sowohl um sich selbst Mut zu machen, als auch um Scotty für den Fall der Fälle vorzubereiten, fuhr Christie fort, ihre Überlegungen auszusprechen.
»Oder mit einem kleinen Bruder? Es wäre doch ganz toll, einen kleinen Bruder zu haben, vor allem wenn man selbst der ältere ist. Stell dir nur mal den Spaß vor, den du mit einem

Brüderchen hättest. Du könntest ihm alles Mögliche zeigen und beibringen, zum Beispiel, wie man auf dem Rasen hinter dem Haus Fußball spielt oder einen Baseball fängt. Oder wie wär's mit Tennis? Dein Vater spielt gern Tennis. Ihr könntet dann zu dritt spielen. Und falls dein Vater keine Zeit fände – was öfter passieren wird, weil er so viel arbeiten muß –, hättest du immer einen Spielkameraden. Wär das nicht schön, Scotty?«

Christie blickte in sein hübsches, verwundertes Gesicht, das vom Kapuzenrand eingerahmt wurde. Sie mußte unwillkürlich lächeln, als sie feststellte, daß Scotty in seinem Schneeanzug eher einem rundlichen und gut gepolsterten Paket als einem kleinen Jungen glich.

»Okay, mein Schatz, jetzt können wir aufbrechen. Bald werden wir erfahren, ob deine Mami sich wieder umsonst Hoffnungen gemacht hat. Oder sollte es diesmal wirklich anders sein?«

Der Warteraum in Dr. Montcriefs Praxis war voll wie an jedem Morgen, an dem die Ärztin Sprechstunde hatte und nicht im Krankenhaus Geburtshilfe leistete oder operierte.

Christie erkannte zwei der dort wartenden Patientinnen wieder. Da beide mit wohlwollendem Lächeln Scottys neugierige Erkundung des Zimmers verfolgten, fühlte sich Christie zu einer Erklärung genötigt. »Mein Babysitter hat mich versetzt.« Die Frauen bedachten sie mit einem verständnisvollen Nicken.

Hinter dem freundlichen Lächeln der beiden glaubte Christie jedoch jene innere Anspannung zu erkennen, die auch sie selbst empfand.

In Dr. Montcriefs Wartezimmer fanden sich normalerweise drei Typen von Frauen ein. Die einen hofften, schwanger zu sein, die anderen hofften, es *nicht* zu sein. Dann gab es noch die dritte Gruppe von Frauen, die von der Ärztin die Bestätigung bekommen wollten, daß sie gesund waren und an keinen Krankheiten litten.

Nach Christies Einschätzung gehörten diese beiden zu der er-

sten Kategorie. Sie gelangte zu dem Ergebnis, weil die beiden Frauen ihre Eifersucht wegen Scotty hinter einer Maske aus betonter Höflichkeit und Rücksichtnahme verbargen. Ihre Blicke aber verrieten den unausgesprochenen Vorwurf: Wenn ich einen so hübschen Jungen hätte wie Sie, dann wäre ich glücklich und zufrieden und würde mir kein weiteres Kind mehr wünschen.
Christie konnte sich gut in diese Frauen hineinversetzen, denn sie wußte aus eigener Erfahrung, was in ihren Köpfen und Herzen vorging. Sie wußte aber auch, daß sie noch mehr Kinder wollte als nur Scotty, so sehr sie ihn auch vergötterte. Sie wünschte sich nun einmal eine große Familie.
Christie hatte den Eindruck, als wolle die Wartezeit kein Ende nehmen. Schuld daran war zum einen ihre eigene wachsende Ungeduld und zum anderen Scottys zunehmende Nörgelei, weil er sich langweilte. Entweder arbeitete Dr. Montcrief heute langsamer als sonst, oder sie hatte es mit besonders schwierigen Fällen zu tun. Zudem plagten Christie Zweifel, die seit Scottys Adoption in ihr keimten. Falls Dr. Montcrief ihre Hoffnungen tatsächlich bestätigen sollte und sie wirklich noch ein weiteres Kind bekäme, ein Kind, das aus Bills und ihrem eigenen Fleisch und Blut stammte, würde sie dann für Scotty eine weniger hingebungsvolle Mutter sein als jetzt?
An diesem Morgen kam sie wie zu jedem anderen Zeitpunkt, an dem sie sich diese Frage stellte, zu dem Ergebnis, daß sie niemals den Fehler machen durfte, eines der beiden Kinder zu bevorzugen. Allerdings besaß Christie in der Rolle der Adoptivmutter noch viel zu wenig Erfahrung, um zu erkennen, daß ihre Sorge völlig unbegründet war. Sie konnte nicht ahnen, daß sie eines Tages den Zeitpunkt erleben würde, an dem sie erst andere Leute daran erinnern mußten, daß eines ihrer Kinder adoptiert war.
Wenn es auf der ganzen Welt ein Kind gab, das gewiß nicht fürchten mußte, benachteiligt oder vernachlässigt zu werden, dann Scotty. Aufgrund seines liebreizenden, offenherzigen und zärtlichen Wesens, seines sonnigen Lächelns und

seines Eifers, an allem teilzunehmen, das um ihn herum geschah, war er zu einem nicht mehr wegzudenkenden Teil des Lebens von Bill und Christie geworden. Es schien mittlerweile völlig unvorstellbar für die beiden, ohne ihn auszukommen.

Sicher, wenn damals nicht ... nicht die Sache mit Billy passiert wäre – Christie hatte sich noch immer nicht an den Ausdruck »plötzlicher Kindstod« gewöhnen können –, dann wäre er heute beinahe vier Jahre und würde bald in die Vorschule gehen.

Wenn sie derartige Gedanken einmal laut aussprach, drängten alle Leute sie immer gleich, all das zu vergessen. »Du hast doch jetzt ein Kind – einen wunderbaren, hübschen, gesunden Jungen. Warum willst du dich mit traurigen Dingen quälen, die der Vergangenheit angehören und die du nicht ändern kannst?«

Aber bei derartigen Ratschlägen rebellierte ein Teil in Christies Innerem: Ich werde unseren kleinen Billy niemals vergessen. Er war schließlich mein Sohn, ein menschliches Wesen mit dem Recht auf Leben wie jeder andere auch. Er verdient es, und er hat ein Recht darauf, daß wir seiner gedenken. Und ich werde die Erinnerung an ihn in meinem Herzen bewahren, für immer und ewig.

Wenn eine Frau dazu gezwungen ist, eine nicht enden wollende Zeit im Wartezimmer einer Arztpraxis zu verbringen und währenddessen auf eine Diagnose hofft, die ihr Leben verändern könnte, dann gehen ihr natürlicherweise vielerlei Dinge durch den Kopf.

Als Christie schließlich von der Sprechstundenhilfe aufgerufen wurde, schreckte sie daher überrascht aus ihren Gedanken auf und wandte sich hastig an die neben ihr sitzende Frau: »Würden Sie so freundlich sein und sich so lange um meinen Sohn kümmern?«

Die Angesprochene zeigte sich entzückt, Scotty auf den Schoß nehmen zu dürfen, auch wenn der Kleine sich wenig geneigt zeigte, seine Mutter klaglos ziehen zu lassen.

Dr. Montcrief war Mitte Vierzig und trug den entschlossenen

Ausdruck ihrer Vorfahren im Gesicht, die das Land als Pioniere kultiviert hatten. Die Ärztin wirkte allerdings eher dürr als schlank, so daß man in jenen alten Tagen wahrscheinlich über sie gesagt hätte, sie habe »zu wenig Fleisch auf den Rippen«, um einen kalten Winter zu überstehen.
Ihre mangelnde physische Kraft machte Dr. Montcrief jedoch durch ihre inneren Stärken mehr als wett. Hierzu zählte vor allem ihre bedingungslose Aufrichtigkeit und Verläßlichkeit. Zu welcher Diagnose sie daher auch immer gelangte, auf keinen Fall ließ sie ihre Patientinnen im unklaren, sondern brachte – in stets taktvoller Weise – die Dinge auf den Punkt. So hatte sie Christie allein im vergangenen Jahr viermal freundlich, aber bestimmt das desillusionierende Ergebnis mitteilen müssen: »Es tut mir leid, Christie, aber ich bin mir absolut sicher. Es gibt kein Anzeichen dafür, daß Sie schwanger sind.«
»Aber meine Regel ist doch ausgeblieben«, erwiderte Christie jedesmal.
»Trotzdem, ich muß Sie enttäuschen.«
Als Christie diesmal auf dem Untersuchungsstuhl Platz nahm und ihre gespreizten Beine in die Metallbügel legte, damit die Ärztin die Untersuchung vornehmen konnte, wappnete sie sich daher insgeheim bereits, wieder die enttäuschenden Worte zu hören: »Es tut mir leid, Christie, aber ...«
Doch an diesem Tag benötigte Dr. Montcrief mehr Zeit als sonst. Warum nur? Ob sie etwas anderes entdeckt hatte? Etwas, das ... – unvermittelt mußte Christie an die arme Marjorie Newman denken. Bei einer Routineuntersuchung hatte der Arzt an ihren Eierstöcken einen Tumor entdeckt, der sich wenig später als bösartig erwies. Ohne jemals zuvor irgendwelche Symptome einer Erkrankung gezeigt zu haben, war sie sieben Monate später im Alter von nur zweiunddreißig Jahren gestorben und hatte einen Mann und drei Kinder hinterlassen.
Um Gottes willen, flehte Christie innerlich, es darf mir nicht auch so ergehen. Ich kann doch Bill und den kleinen Scotty nicht einfach im Stich lassen. Die beiden brauchen mich doch.

Lieber ... lieber würde ich sogar auf ein zweites Kind verzichten, wenn ich nur weiterhin gesund bleibe.

»Hören Sie, Christie«, riß Dr. Montcrief sie aus ihren ängstlichen Überlegungen, »ich wollte absolut sicher sein, bevor ich mich Ihnen gegenüber äußere. Aber es besteht tatsächlich kein Zweifel daran, daß Sie schwanger sind. Ja, Sie sind wirklich schwanger.«

Christie bemerkte bei dieser Mitteilung zu ihrem Erstaunen, daß ihr das beabsichtigte Lächeln mißlang und statt dessen plötzlich Tränen aus den Augen liefen.

»Tun Sie sich keinen Zwang an, und lassen Sie Ihren Gefühlen freien Lauf«, wurde sie von der strahlenden Ärztin ermuntert.

Christie setzte sich auf, lachend und weinend zugleich.

»Wollen Sie vielleicht Ihren Mann anrufen?«

»Diese Nachricht ist ... ist viel zu schön, um sie ihm per Telefon mitzuteilen. Nein, ich will sein Gesicht sehen, wenn ich es ihm sage.«

Sie kleidete sich hastig wieder an, eilte in das Wartezimmer, um Scotty abzuholen, und rannte dann mit ihm auf dem Arm zum Parkplatz, wo sie den Wagen abgestellt hatte.

Scotty, du bekommst also tatsächlich einen kleinen Bruder oder eine Schwester, schoß es Christie auf dem Weg zu Bills Werkstatt durch den Kopf. Wir werden einiges am Haus ändern müssen. Aber mach dir keine Sorgen, mein Schatz, du wirst dein Zimmer behalten, und zwar so lange, bis du eines Tages aufs College gehst. Dennoch müssen wir ein paar Dinge planen. Vielleicht bringen wir deine kleine Schwester erst in unserem Schlafzimmer unter, bevor der Anbau fertig ist. Dein Vater wird neben seiner Arbeit sicher noch viel zu tun haben, aber er bekommt das alles in den Griff, ganz bestimmt. Immerhin hat er noch fast neun Monate Zeit dafür ... nein, warte ... Ich habe völlig vergessen, Dr. Montcrief zu fragen, wann es voraussichtlich so weit sein wird. Doch das ist jetzt auch nicht so wichtig. Wichtig ist zunächst nur, daß ich schön vorsichtig fahre, damit wir heil und gesund bei Bill ankommen, um ihm alles zu erzählen. Und dann ... dann ... Gott, was für ein wundervolles Leben! Ich spüre schon richtig, was sich in mei-

nem Körper tut. Wirklich, Scotty ... ich kann es wirklich spüren.
Bill Salem telefonierte gerade mit einem Kunden und tippte einige Zahlen in seinen Computer ein, um die Kosten für einen Auftrag kalkulieren zu können. Als er Christie und Scotty bemerkte, lächelte er beide nur entschuldigend an, da er sie in der gegenwärtigen Situation nicht so herzlich begrüßen konnte, wie er es gerne getan hätte. Schließlich beendete er jedoch das Telefonat mit den Worten: »Mr. Simpson, haben wir beim letzten Mal nicht alles zu Ihrer Zufriedenheit erledigt? Ich versichere Ihnen, daß Sie auch jetzt keinen Grund zur Klage haben werden. Vertrauen Sie mir.«
Bill legte den Hörer auf, erhob sich und sagte zu Scotty: »Wenn du erst einmal alt genug bist, um die Firma übernehmen zu können, dann wird alles so computerisiert sein, daß du selbst nur noch zu denken brauchst und die Maschinen alles weitere erledigen.«
Als er Christie zur Begrüßung auf den Mund küßte, stutzte er plötzlich, da er spürte, daß etwas anders war als sonst.
»Liebling, ist irgend etwas ...?« fragte er.
»Ja ... Dr. Montcrief sagt ›ja‹.«
Einem inneren Impuls folgend, hob Bill seine Frau hoch und wirbelte sie in seinen Armen durch das Büro, bis er unvermittelt innehielt. »O mein Gott, so etwas darf ich ja in deinem Zustand gar nicht mehr machen.« Er stellte Christie behutsam wieder ab. »Setz dich lieber, gleich hier in meinen Sessel«, drängte er sie.
»Bill, du übertreibst. Dazu gibt es gar keine Veranlassung. Ich kann nach wie vor alles tun und lassen, was ich will. Es ist nur so, daß sich ... daß sich alles ändern wird.«
»Darauf kannst du wetten«, erwiderte Bill aufgeregt. »Wir sollten bereits morgen ein neues Sparkonto für die Ausbildung unseres neuen Familienmitgliedes eröffnen. Und dann ... dann brauchen wir ein weiteres Zimmer, aber als erstes ... als erstes muß ich mich selbst erst einmal wieder fangen.«

Kapitel 19

Der wiederum nur spärlich bekleidete Brett Manning schloß seine Partnerin Melanie Caine in die Arme. Er küßte sie mit all der Leidenschaft, zu der er mittags um halb zwölf unter den sengenden Scheinwerfern des Aufnahmeteams fähig war. Beide mußten sich so lange eng umschlungen halten, bis die Kamera die gewünschte Position für die Naheinstellung erreicht hatte und der Regisseur zufrieden meinte: »Okay, Schnitt. Gut gemacht, Kinder. Dann bis Montag zur gewohnten Zeit. Eure Texte bekommt ihr bis morgen mittag.«

Brett erhob sich vom Bett und machte sich sofort auf den Weg zu seiner Garderobe, ohne ein Wort des Abschieds an seine Partnerin zu richten.

»Wie wär's, Brett? Hättest du Lust, heute abend auszugehen?« rief ihm Melanie nach.

Ohne stehenzubleiben, wandte er sich halb zu ihr um. »Würde ich schrecklich gerne, aber es geht leider nicht, denn ich muß bis zum Abend in Chicago sein.«

»In Chicago?« fragte Melanie überrascht.

»Ja, es geht um ... so eine Werbesache, weißt du«, redete Brett sich heraus.

Melanie ist zweifellos eine hinreißende Frau, und es macht großen Spaß, mit ihr zu arbeiten. Aber es wäre ihr gegenüber nicht fair, so zu tun, als ob privat etwas aus uns werden könnte, dachte er, während er weiter zu seiner Garderobe eilte.

Als er eintrat, wartete dort bereits seine Agentin auf ihn.

»Sally?« fragte Brett erstaunt.

Sie reichte ihm einen Umschlag. »Dein Flugticket – nach *Chicago*«, betonte sie.

»Aber du mußtest es mir doch nicht persönlich bringen. Ich habe deine Sekretärin doch nur gebeten, es zu besorgen«, erwiderte er mit einem gereizten Unterton in der Stimme, da er sich gegängelt fühlte.

»Brett, es gibt zwei Dinge, die du niemals tun darfst. Erstens, deine Karriere gefährden, an der ich bisher so sorgsam gebastelt habe. Vor allem jetzt nicht, da ich gerade dabei bin, den nächsten wichtigen Schritt für dich vorzubereiten – nämlich den zum Kino. Ich habe zwei verschiedene Rollen in bedeutenden Produktionen für dich im Auge. Mit etwas Glück gelingt es mir, die Regisseure nach New York zu holen und ein Treffen mit ihnen zu arrangieren. Zu diesem Zweck habe ich ihnen Videos mit deinen besten Szenen zugeschickt.«

»Prima!« rief Brett, wirkte jedoch eher argwöhnisch als enthusiastisch. »Und was ist die zweite Sache, die ich niemals tun darf?«

»Mich anlügen. Ich habe keine Lust, einmal vor der Presse oder vor sonst jemandem aus der Branche dumm dazustehen, weil du mich hinters Licht geführt hast, kapiert? Ich weiß Dinge für mich zu behalten und werde dir in jeder Hinsicht helfen, wo immer ich kann. Aber ich erwarte absolute Offenheit von dir. Also, was hat es mit dieser überstürzten Abreise nach Chicago auf sich?«

»Was zum Teufel soll das hier werden?« explodierte Brett. »Ich bin alt genug, um zu wissen, was ich tue. Reicht es dir nicht, daß ich sieben Tage in der Woche schufte wie ein Tier? Jawohl, sieben Tage, auch wenn wir nur an fünf Tagen drehen, denn die Wochenenden darf ich damit zubringen, neue Texte zu lernen – auch wenn sich am Montag immer wieder herausstellt, daß alles umsonst war, weil der Text inzwischen schon wieder ganz anders lautet. Mein Gott Sally, gönn mir doch nur mal eine kleine Pause ... die Chance auf ein bißchen Privatleben.«

Da er ihrer eigentlichen Frage ausgewichen war, beschloß Sally Brownell, das Gespräch auf den Punkt zu bringen.

»Brett, wer ist Lori Adams?«

»Lori ... woher weißt du von Lori ...?« begann er, beschloß dann jedoch, den Mund zu halten, um nicht mehr zu verraten, als seine Agentin vielleicht bereits wußte.

»Als du vor einigen Wochen sehr unter Streß standest, weil du neben den gewöhnlichen Drehterminen auch noch eine Reihe von öffentlichen Auftritten hattest, batest du meine Buchhalterin, für dich ein paar Rechnungen zu bezahlen.«

»Das tut sie doch auch für ein paar andere deiner Klienten«, konterte Brett.

»Gewiß, und es hat mich sogar gefreut, daß du sie darum ersucht hast. Wenn du willst, kann sie das in Zukunft immer für dich übernehmen.«

»Worin besteht dann das Problem?« fragte Brett, während er sich abschminkte.

»Eine der Rechnungen war von Hanrahan Associates gestellt worden, einer Privatdetektei.«

Er hielt inne und blickte sie im Spiegel seines Schminktisches an.

»Brett, ich kenne Johnny Hanrahan schon seit der Zeit, als er noch als berittener Polizist auf der 45. Straße patrouillierte. Er weiß, daß ich nur dein Bestes will.«

»Er hat dir also gesagt, wie mein Auftrag an ihn lautete«, stellte Brett fest. »Na schön. Ich habe ihn bezahlt, und er hat sie gefunden. Deshalb will ich jetzt nach Chicago, um sie dort zu treffen.«

»Ist sie das gewisse Mädchen, von dem du schon einmal gesprochen hast?«

Er nickte wortlos.

»Weiß sie, daß du kommst?«

»Nein, es soll eine Überraschung werden«, sagte Brett.

»Typisch Mann! Was läßt dich so sicher sein, daß sie überrascht werden möchte? Vielleicht führt sie jetzt ein ganz anderes Leben und will dich nie mehr wiedersehen? Vielleicht hat sie jetzt einen anderen Freund – oder sogar einen Ehemann? Woher nimmst du dir eigentlich das Recht, aus heiterem Himmel bei ihr hineinzuschneien, um ihr deinen Willen aufzuzwingen?«

»Ich habe keineswegs die Absicht, ihr meinen Willen aufzuzwingen«, protestierte Brett.

»Wenn du etwas anderes vorhast, warum dann der ganze Aufwand?«

Er gab sich schließlich geschlagen und wandte sich zu ihr um. »Okay, ich fahre tatsächlich nach Chicago, um sie zur Rede zu stellen. Und Hanrahans Leute haben keinen Hinweis dafür gefunden, daß sie inzwischen geheiratet haben könnte. Höchstwahrscheinlich ist sie also noch ledig!«

»Zumindest hoffst du, daß es sich so verhält«, schränkte Sally Brownell seine Schlußfolgerung ein.

»Ja, zumindest hoffe ich das«, gestand Brett.

»Bist du dir wirklich sicher, daß sie die Richtige für dich ist?« fragte Sally nach einer Pause des Schweigens.

»Du weißt bestimmt schon, daß es auch andere Frauen in meinem Leben gab, aber nach ihr allein sehne ich mich. Wenn es so etwas wie Liebe gibt, dann liebe ich sie. Außerdem ...« Brett besann sich im letzten Augenblick und wandte sich wieder dem Abschminken zu.

»Außerdem ...?« hakte Sally nach.

Brett musterte ihr Gesicht, das er im Spiegel vor sich sah, während sie sich ihm von hinten näherte und ihre Hände auf seine Schultern legte.

»Das letzte Mal, als wir – vor langer Zeit – miteinander redeten, erfuhr ich von ihr, daß sie schwanger war.«

»Und?« bohrte sie weiter.

»Das weiß ich eben nicht. Sie hat nie geschrieben oder mich angerufen. Und meine Briefe kamen alle mit dem Vermerk zurück, daß sie unbekannt verzogen sei.«

»Aber das zeigt doch deutlich, daß sie von dir nichts mehr wissen will«, folgerte Sally.

»Das ist genau, was ich herausfinden will«, murmelte Brett mit gesenktem Blick.

Schließlich drückte Sally Brownell ihm das Ticket in die Hand, allerdings nicht, ohne ihm eine letzte Warnung mit auf den Weg zu geben.

»Was immer du in Chicago tust, achte darauf, daß die Presse keinen Wind davon bekommt. Ich sehe schon die Schlagzeilen: ›Jungstar Brett Manning hat uneheliches Kind von früherer Geliebter, einer Kellnerin aus Chicago.‹ Hör auf mich. Setze nicht leichtfertig deine Karriere aufs Spiel!«

»Ich will's mir merken«, sagte Brett und hoffte, daß sie ihn endlich allein lassen würde.
Sally Brownell trat tatsächlich an die Tür, zögerte dann jedoch und wandte sich noch einmal zu ihm um. »Weißt du ... Eric und ich haben uns damals viermal getrennt, bevor wir endlich heirateten«, gestand sie ihm. »Ich kann also sehr gut nachvollziehen, was du meinst, wenn du sagst, sie sei die einzige für dich. Deshalb wünsche ich dir viel Glück. Aber sieh dich bitte vor und achte darauf, daß dein Ansehen keinen Schaden nimmt.«

Brett nahm sich am Chicagoer Flughafen O'Hare ein Taxi und ließ sich direkt zu der Adresse bringen, die ihm von der Detektei mitgeteilt worden war. Es stellte sich heraus, daß es sich dabei um eine von vielen seit langem leerstehenden Lagerhallen am südlichen Ende der Stadt handelte.
Auf der Suche nach dem Eingang hatte Brett Mühe, die Tür zwischen den verwitterten Reklamepostern zu finden, die überall auf die Außenwände gekleistert waren. Er betrat das Gebäude und konnte Stimmen hören, aber zunächst niemanden sehen. Erst als er um einen Mauervorsprung bog, erkannte er am gegenüberliegenden Ende des Lagerraums vier junge Schauspieler und eine Regisseurin, die gerade dabei waren, im Licht von ein paar Scheinwerfern eine Szene einzustudieren.
Auf der Suche nach Lori faßte Brett zwei Frauen, die zu der Schauspielergruppe gehörten, schärfer ins Auge. Nein, sie befand sich nicht unter ihnen. Erst als die Regisseurin vom Bühnenpodest stieg und sich ihm dabei zuwandte, erkannte Brett, daß er nicht umsonst gekommen war. Abgesehen von ihrem durch die Arbeit zerzausten Haar, erschien sie ihm so hübsch wie eh und je. Aber irgend etwas wirkte anders an ihr ... Das letzte Mal, als er sie von Angesicht zu Angesicht gesehen hatte, war sie noch ein ratloses, junges Mädchen gewesen, das gerade von ihrer Schwangerschaft erfahren hatte. Jetzt wirkte Lori irgendwie entschlossener und reifer als früher. Aber das schien nur natürlich, nach allem, was sie wahrscheinlich hinter sich hatte.

Und Lori führte offensichtlich Regie in einem Stück, für das gerade geprobt wurde, wobei die anderen sie – soweit er aus der Entfernung sehen konnte – durchaus mit Respekt behandelten.
Er erinnerte sich an Sally Brownells Warnung und hielt es daher zunächst einmal nicht für angebracht, Lori vor all den Leuten anzusprechen. Deshalb stahl er sich auf einen der Klappsessel des im Dunkeln liegenden Zuschauerraumes. Als er sich setzte, gab der Sessel ein Knarren von sich, woraufhin sich alle für einen Augenblick in seine Richtung umdrehten, dann aber mit ihrer Arbeit fortfuhren.
Brett beobachtete und beneidete die Gruppe auf der Bühne. Sie konnten es sich leisten, eine Szene so lange zu proben, bis jeder einzelne sie wirklich kannte, ein Gespür für sie entwickelt hatte und ein Teil von ihr war, anstatt nur kurz den Text und die Kameraeinstellungen zu besprechen, sich die Markierungen auf dem Boden einzuprägen und dann bereits zu drehen.
Er bewunderte auch die Art, wie Lori mit den Schauspielern umging. Zum einen bemühte sie sich bei ihren Anweisungen darum, niemanden zu verletzen, zum anderen aber bestand sie darauf, daß jeder bis ins Detail hinein sein Bestes gab. Sie hatte sich wirklich verändert, mußte sich Brett zum wiederholten Male eingestehen.
»Lori, denk an unsere Vereinbarung«, wurde die Regisseurin nach über einer Stunde Probe von einer der jungen Schauspielerinnen lächelnd ermahnt.
»Oh, du hast recht«, rief Lori. »Entschuldigt. dann also fünfzehn Minuten Pause.«
Mit diesen Worten erlaubte sie ihren Leuten, die Manuskripte für eine Weile beiseite zu legen. Eine der Frauen zündete sich sofort eine Zigarette an, auf die sie seit mehr als einer Stunde gewartet hatte, während sich die beiden Männer in zwei Sessel warfen, um sich zu entspannen. Die Schauspielerin, die auf die nötige Pause hingewiesen hatte, wechselte ein paar Worte mit Lori. Hieraus entwickelte sich zwischen den beiden eine regelrechte Diskussion, in deren Verlauf

allerdings meist nur Lori redete und die Schauspielerin nickte. Schließlich entfernte sich die junge Frau und trat an eine Ecke der Bühne, um dort auszuprobieren, was Lori ihr auseinandergesetzt hatte.
Da auch Lori selbst Zeit zum Abschalten benötigte, schlenderte sie allein in den Zuschauerraum.
Plötzlich vernahm sie aus der Dunkelheit heraus eine Stimme, die sanft ihren Namen rief: »Lori?«
Sie erstarrte. Erst nach einer ganzen Weile wandte sie sich fröstelnd in die Richtung, aus der die Stimme gekommen war.
»O mein Gott ...«, flüsterte sie.
Brett trat auf sie zu, nahm ihre Hand und versuchte, sie an sich zu ziehen.
»Nein, Brett. Nicht hier ... und nicht jetzt.«
»Aber es geht nur hier und jetzt, denn ich habe nicht sehr viel Zeit«, drängte er.
»Wir können uns nach der Probe sehen.«
»Wann und wo?«
Lori zögerte, als kämpfe sie innerlich mit sich selbst, ob sie ihn wirklich treffen wollte.
»Lori ... bitte! Ich wäre nicht den ganzen Weg hierhergekommen, wenn ich dir nicht etwas Wichtiges zu sagen hätte. Etwas, das nicht nur für mich, sondern – wie ich hoffe – auch für dich viel bedeutet.«
»Also schön. Wir treffen uns um fünf, und zwar in der Cocktailbar des Drake Hotels.«
»Warum in aller Öffentlichkeit? Können wir nicht irgendwo hingehen, wo wir uns in aller Ruhe nur unter vier Augen unterhalten können?« protestierte Brett.
»Mir scheint es zum gegebenen Zeitpunkt wenig ratsam, dich nur unter vier Augen zu sehen. Nur in aller Öffentlichkeit habe ich die Gewißheit, daß ich die Zügel in der Hand behalte und die widersprüchlichen Gefühle in mir zu kontrollieren«, entgegnete sie und gestand dabei unumwunden ein, daß sie ihn noch immer liebte.
»Okay. Dann also um fünf im Drake. Und komm bitte!« drängte Brett.

»Glaubst du wirklich, ich würde dich versetzen?«
»Ich weiß nicht. Du bist nicht ... nicht die Lori, die ich zu sehen erwartete.«
»Komisch, was?« fragte sie mit jenem spöttischen Lächeln in den Augen, das er immer an ihr geliebt hatte.
»Was soll komisch sein?«
»Daß ich nicht die Lori bin, die du erwartet hast. Und daß du plötzlich Brett Manning bist, den ich jeden Tag auf dem Bildschirm bewundere – was ich auch nicht erwartet hätte«, erwiderte sie doppeldeutig und wandte sich dann zum Gehen. »Wir sehen uns um fünf im Drake.«

Kapitel 20

Wohl schon zum zehnten Mal schaute Brett auf die achtzehnkarätige goldene Rolex an seinem Handgelenk, die ihm Camilla Storm geschenkt hatte. Vordergründig handelte es sich bei diesem großzügigen Präsent lediglich um eine Anerkennung seiner schauspielerischen Verdienste, von denen das ganze Team profitierte. Sally Brownell hatte ihn jedoch gewarnt: »Halte lieber Distanz zu Camilla, denn sie hat den Ruf, auf gutaussehende junge Schauspieler scharf zu sein.« Wie immer hatte Brett den Ratschlag von »Mutter Brownell« beherzigt. So nannte er seine Agentin mittlerweile insgeheim, da sie seine Karriere ebenso zielstrebig wie aufopferungsvoll förderte. Immer wußte sie genau, was er tun mußte oder nicht tun durfte, um nach oben zu kommen. Und ihr Rat hatte sich bisher stets als zuverlässig erwiesen, wie sein steiler Aufstieg zeigte.
Wieder starrte er nervös auf seine Uhr. Es war schon mehr als zwanzig Minuten über der verabredeten Zeit, aber Lori war noch immer nicht aufgetaucht. Hatte sie ihn verschaukelt und ins Drake bestellt, ohne selbst jemals die Absicht zu hegen, hierherzukommen? In diesem Fall wußte er jedoch, wo er sie finden konnte. Und notfalls müßte er sie eben dort zur Rede stellen.

Allerdings ließ sich nicht bestreiten, daß aus dem einst sehr schüchternen und unsicheren Mädchen in der Zwischenzeit eine selbstbewußte und entschlossene Frau geworden war. Konnte sich ein Mensch in nur drei Jahren wirklich so sehr verändern? Das alles hatte mit ihrer Schwangerschaft seinen Lauf genommen, als sie plötzlich den Entschluß gefaßt hatte, allein ihren Weg zu gehen.

Aber sie hat sich schließlich alles selbst eingebrockt, versuchte Brett sein Gewissen zu beruhigen. Ich wollte, daß sie bei mir bleibt. Habe ich ihr nicht angeboten, aus New York fortzugehen und einen normalen Job anzunehmen? Habe ich ihr nicht regelmäßig alles Geld geschickt, das ich entbehren konnte? Nein, ich muß mir nichts vorwerfen. Und wie hat sie reagiert? Plötzlich kamen alle meine Briefe zurück. Über Nacht war sie verschwunden, ohne eine Adresse zu hinterlassen, wo ich sie hätte erreichen können. Sie schien einfach vom Erdboden verschluckt – mit meinem Kind!

Ob sie mich auf diese Weise bestrafen wollte, weil ich ihrer Meinung nach für das alles verantwortlich bin? Aber sie hat nie etwas davon gesagt! Das brauchte sie allerdings auch nicht. Ihre Blicke haben mehr als genug verraten. Also, wenn es nur daran liegen sollte, dann nehme ich eben alle Schuld auf mich. Ich würde alles tun, um ihr zu beweisen, daß ich sie noch immer liebe. Was soll ich bloß tun, wenn sie sich unversöhnlich und stur zeigt … und Frauen können oft aus den verschiedensten Gründen äußerst stur und uneinsichtig sein. Also wenn sie wirklich nicht mit sich reden lassen will, dann … dann habe ich immerhin noch gewisse Rechte!

Brett ersann niederträchtige Motive für ihr Verhalten, die jeder Grundlage entbehrten und nur seiner gekränkten Eitelkeit entsprossen. Mehr und mehr steigerte er sich in seine Wut auf Lori hinein – bis er sie plötzlich erblickte. Sie hastete in die Bar und suchte mit sorgenvollem Blick nach ihm. Allem Anschein nach hatte sie ihn also nicht absichtlich warten lassen, sondern war aufgehalten worden und befürchtete nun, daß er die Geduld verloren haben könnte und bereits gegangen war.

Als Lori ihn schließlich entdeckte, schien sie erleichtert und eilte zielstrebig auf ihn zu.
Immer schon hatte er ihren graziösen Gang bewundert, der jetzt zudem noch an Selbstbewußtsein gewonnen hatte.
Brett erhob sich und küßte sie zur Begrüßung so selbstverständlich, als hätten sie sich erst am Vortag zum letzten Mal gesehen. Lori reagierte jedoch zurückhaltend und eher distanziert.
Plötzlich fühlte sich Brett so verunsichert wie ein Schuljunge bei seinem ersten Rendezvous.
»Wollen wir uns nicht setzen?« schlug er vor.
Sie wählte einen Sessel, der ihm gegenüber auf der anderen Seite des kleinen Cocktailtischchens stand.
»Es tut mir leid, Lori, daß ich dich so überfallen habe«, platzte es aus ihm heraus. »Ich hätte dich lieber vorher anrufen oder dir schreiben sollen. Aber ich dachte, so wäre es einfach ... einfach ...«
»Romantischer?« ergänzte Lori sarkastisch. »Wie in einer der abgedroschenen Episoden, in denen du jeden Nachmittag zu sehen bist?«
»Sei bitte nicht so vorschnell mit deinem Urteil«, entgegnete Brett. »Um so eine Serie zu produzieren, bedarf es guter, harter und ehrlicher Arbeit. Und als Neuling in der Branche erhält man immerhin die Chance, viel zu lernen.«
»Was gibt es da schon zu lernen? Wie man sein Talent ruiniert?«
Provoziert durch ihre scharfe Kritik, vergaß Brett seinen Vorsatz, ihr höflich und nachsichtig gegenüberzutreten: »Meine Zeit ist trotz allem sicherlich besser genutzt, als wenn ich sie mit ein paar Möchtegern-Schauspielern in einer kalten, verlassenen Lagerhalle verbrächte!«
Im gleichen Augenblick, als ihm diese Worte über die Lippen gekommen waren, taten sie ihm bereits leid.
»Entschuldige bitte. Ich – ich habe es nicht so gemeint. Ich wollte nur darauf hinweisen, daß man beim Drehen einer Fernsehserie die Möglichkeit erhält, vor einem Millionenpublikum vieles auszuprobieren und seine schauspielerischen Fähigkeiten weiterzuentwickeln.«

»Genau das meine ich ja ...«, rief Lori, unterbrach jedoch ihre Erklärung, da sie ihn unbewußt beinahe wieder mit ›Liebling‹ angeredet hätte. »Ich meine, sofern ich es einrichten kann, sehe ich jede Folge und ...«

»Wirklich?« vergewisserte sich Brett geschmeichelt.

»Ja, aber neulich habe ich festgestellt, daß du anfängst, dich zu wiederholen.«

»Ich *wiederhole* mich?« Brett war verblüfft, daß ausgerechnet Lori ihn kritisierte, wo er sonst von aller Welt nur Lob zu hören bekam. »Was meinst du damit?«

»Nun ... du zeigst zum Teil immer wieder dieselbe Mimik und Gestik, vor allem in den Naheinstellungen. Außerdem gleicht sich auch deine Sprechweise und Betonung bei bestimmten wiederkehrenden Textpassagen.«

»Aber das ist doch nicht meine Schuld«, protestierte Brett. »Das liegt an den verdammten Manuskripten, die ich jeden Tag kriege. Die Drehbuchautoren haben einfach keine Ideen mehr und schreiben immer dasselbe. Manchmal kommt es mir wirklich so vor, als ob ich eine bestimmte Szene, die wir gerade drehen, erst vor einem Monat, einer Woche oder sogar erst am Vortag schon mal gespielt hätte.«

»Aber darin besteht doch gerade die Herausforderung«, widersprach ihm Lori. »Eine Figur lebendig erscheinen zu lassen, obwohl das Drehbuch schwach ist. Um die Wahrheit zu sagen – ich glaube, du hast in den letzten anderthalb Jahren viel zu wenig aus dir und deinen Fähigkeiten gemacht, Brett.«

Obwohl oder gerade weil es ihm zu Herzen ging, daß Lori seine Karriere so genau verfolgte, ärgerte ihn ihre Kritik.

»Ich frage mich nur, seit wann du dich zu einer solchen Expertin und Star-Regisseurin entwickelt hast«, knurrte Brett voller gekränkter Eitelkeit, besann sich dann jedoch eines Besseren.

»Entschuldige ... ich hab's nicht so gemeint.«

»O doch, das hast du«, erwiderte Lori. »Aber wir haben uns nicht getroffen, um über unsere verschiedenen Auffassungen von Schauspielerei zu diskutieren. Also, warum bist du den weiten weg von New York hierhergekommen?«

»Weil ich dich liebe«, lautete Bretts schlichte Antwort.
»Das hättest du mir auch schreiben oder auf dem Anrufbeantworter hinterlassen können«, entgegnete Lori kalt.
»Nachdem alle meine Briefe unbeantwortet zurückkamen, gab ich es auf, dir zu schreiben. Seit deinem plötzlichen Untertauchen hatte ich nicht einmal mehr deine Telefonnummer.«
»Und doch konntest du mich aufspüren, wie man sieht.«
»Dafür habe ich auch einem Privatdetektiv vier Monate lang eine ansehnliche Stange Geld bezahlen müssen.«
»Um mich zu finden, hast du einen Detektiv angeheuert?« Lori rührte diese Offenbarung mehr, als sie zugeben wollte.
»Als der Fernsehsender meine Bedingungen erst einmal akzeptiert hatte, konnte ich mir das leisten«, erklärte Brett. »Also nahm ich mir einen Detektiv. Außerdem rechnete ich mir aus, daß das Baby mittlerweile etwa ein Jahr alt sein muß. Schließlich möchte ich ihn sehen! Oder ist es eine ›sie‹?«
»Es ist ein Junge«, sagte Lori.
»Ich würde ihn gerne sehen«, wiederholte Brett.
»Es tut mir leid, aber das geht nicht.«
»Lori, ich bin hierhergekommen, um dich zu fragen, ob du mich heiraten willst, damit wir endlich als Familie zusammenleben können. Also hör bitte auf, Spielchen mit mir zu treiben!«
»Du glaubst allen Ernstes, es geht dabei nur um Spielchen?« rief Lori zornig.
»Reicht es dir nicht, daß ich bereit bin, dich zu heiraten? Was forderst du denn sonst, damit ich endlich meinen Sohn sehen kann?«
»Was ich fordere? Du fragst mich, was ich …?« Lori versagte die Stimme, als ihr die Tränen in die Augen stiegen und ihren Zorn erstickten.
»Lori … Lori? Weine doch nicht! Nicht hier … nicht vor all den Leuten! Lori!«
Lori gab sich keine Mühe mehr, ihre Tränen zu verbergen, und stürzte mit solcher Eile zum Ausgang der Bar, daß jeder

auf sie aufmerksam wurde. Brett eilte hinter ihr her, wobei er zwei Frauen zur Seite stieß, die ihn erkannt hatten und um ein Autogramm bitten wollten.

Es gelang ihm erst auf der Straße, Lori einzuholen. Dort packte er ihren Arm und zog sie an sich.

»Lori, mein Liebling ... bitte! Wenn ich etwas gesagt habe, was dich verletzt hat, dann bitte ich dich dafür um Verzeihung. Bitte vergib mir und hör auf zu weinen. Ich wollte dir nicht weh tun, dir oder meinem Sohn. Ich möchte ihn doch nur einmal sehen, um zu erfahren, ob es ihm gutgeht. Wenn du nicht willst, daß ich ihn danach wiedersehe, werde ich mich deinem Wunsch beugen, das schwöre ich. Ich möchte nur sichergehen, daß er wohlauf ist und daß es ihm an nichts fehlt. Zumindest dafür kann ich sorgen, da ich jetzt genug verdiene. Mein Sohn soll erstklassige Schulen besuchen, in einer schönen Wohnung leben und all die Dinge tun, dich ich mir niemals leisten konnte. Ist das von einem Vater zuviel verlangt?«

Noch immer weinend, versuchte Lori, sich aus Bretts Armen zu befreien. Doch er hielt sie ebenso sanft wie unnachgiebig fest.

»Lori! Lori! Ich will ihn nur ein einziges Mal sehen!« beharrte er.

»Aber ... aber das geht nicht!« stieß sie gequält hervor.

»Warum geht das nicht? Schließlich habe ich als sein Vater gewisse Rechte! Falls notwendig, könnte ich deswegen vor Gericht ziehen. Aber ich würde uns das lieber ersparen. Laß ihn mich nur einmal sehen!«

»Das kann ich nicht!« wiederholte Lori.

»Kannst du oder willst du nicht?« forschte Brett nach.

Lori hielt inne, wischte sich die Tränen mit den Handflächen fort und wappnete sich, ihm die Wahrheit zu eröffnen. »Es hat nichts damit zu tun, daß ich es nicht wollte ... es liegt einfach nicht in meiner Macht.«

»Warum nicht? Ist ihm ... ist meinem Sohn vielleicht etwas zugestoßen?« fragte Brett besorgt.

»Er ist nicht dein Sohn, Brett. Jedenfalls nicht mehr.«

»Was soll das heißen, daß er nicht mehr mein Sohn ist?« fragte Brett ahnungslos.
»Weil er ... weil ich ... weil er adoptiert wurde.«
»Adoptiert? Warum? Wann? Von wem?«
»Ich kenne den Namen der Leute nicht. Und ich weiß auch nicht, wo sie leben. All das durfte ich nicht erfahren. Aber es schienen mir nette, rechtschaffene Leute zu sein.«
»Adoptiert ... ohne mich zu fragen ... ohne ...! Nein, das kann einfach nicht sein!«
»Ich hatte doch keine Wahl – ohne ein Dach über dem Kopf«, verteidigte sich Lori. »Mein Vater duldete mich nicht einmal vor der Geburt des Kindes in seinem Haus. Deshalb mußte ich entscheiden, was das Beste für das Baby war.«
»Aber er ist doch auch *mein* Sohn«, protestierte Brett.
»Ich weiß, Brett, ich weiß«, stimmte ihm Lori besänftigend zu. »Deswegen habe ich ja auch heute bei unserer Begegnung beinahe die Fassung verloren. Wie oft habe ich mir diese Szene schon vor meinem inneren Auge ausgemalt: daß wir uns wiedersehen und du mich nach unserem Sohn fragen würdest. Ich habe mir mehr als tausendmal überlegt, wie ich es dir sagen sollte. Aber ich konnte nie eine Lösung finden. Jetzt weißt du es eben. Und nun wirst du mich dafür hassen!«
»Ich hasse dich nicht, Lori«, widersprach Brett und schloß sie – ungeachtet der Blicke neugieriger Passanten – fester in seine Arme.
»Ich hasse mich selbst dafür, daß ich ihn aufgegeben habe«, klagte sich Lori an, »auch wenn es damals der einzige Weg war. Aber es vergeht kein Tag, an dem ich nicht an ihn denke. Ich glaube, daß mir alles nicht so schwerfallen würde, wenn ich ihn nach der Geburt nie gesehen hätte. Doch in meinem Herzen spüre ich, daß auch das meinen Schmerz nicht lindern könnte. Manchmal ...«
Sie verstummte, bis Brett sie sanft zum Weiterreden aufforderte: »Ja, mein Schatz? Was wolltest du sagen?«
»Manchmal, wenn ich in der Zeitung die Schlagzeile sehe, daß ein Kind von seinen Adoptiveltern mißhandelt oder

sogar getötet wurde, bete ich zu Gott, daß die Leute, bei denen mein Sohn lebt, nicht so sind. Aber obwohl sie wirklich nette Leute zu sein schienen, konnte ich meine Zweifel und meine Schuldgefühle nie ablegen. Wie schwer es für ihn und mich auch immer gewesen wäre, zumindest hätte ich dafür gesorgt, daß er am Leben bleibt und liebevoll behandelt wird.«

»Lori«, sagte Brett und hob mit dem Zeigefinger sanft ihr Kinn an, um ihr in die Augen schauen zu können, »ich verdiene zur Zeit wirklich viel Geld, und es wird in Zukunft noch mehr sein. Ich kann mir die besten Anwälte in New York oder sonstwo leisten. Und ich werde alle rechtlichen Hebel in Bewegung setzen, damit wir unseren Sohn zurückbekommen. Wenn ich das tue, heiratest du mich dann, Lori?«

»Ja, Brett«, versicherte sie ihm. »Das werde ich!«

Kapitel 21

Lee Curry – Bretts Anwalt seit der Neuaushandlung seines Vertrages bei der Filmgesellschaft – lehnte sich in seinem Ledersessel zurück und dachte über das nach, was ihm sein Klient gerade dargelegt hatte.

»Brett, ich freue mich über Ihr Vertrauen und Ihre Offenheit. Doch ich muß Ihnen gestehen, daß ich nicht der richtige Mann bin, um einen solchen Fall durchzufechten, zumal es hier auch um einen anderen Bundesstaat geht. Aber vor allem bin ich kein Experte für Familienrecht. Und selbst wenn ich es wäre, würde ich über keinerlei praktische Erfahrungen auf diesem speziellen Familienrechtsgebiet verfügen. Das aber könnte fatale Folgen für den Ausgang Ihres Falles haben, sollte es jemals zu einer Gerichtsverhandlung kommen.«

»Dann besorgen Sie mir eben einen Anwalt, der die Kompetenz hat, mich in dieser Sache zu vertreten!« forderte Brett ihn auf.

»Das kann ich natürlich tun«, stimmte Lee Curry ihm zu. »Ich würde Ihnen jedoch empfehlen, das Ganze zunächst einmal mit Brownie zu besprechen. Bevor Sie weitere Schritte unternehmen, halte ich es für das beste, sie erst zu informieren.«

»Hören Sie, Lee. Sie ist sicherlich eine tolle Agentin, und es gibt niemanden, der Sally Brownells Fähigkeiten mehr respektieren würde als ich«, erwiderte Brett. »Aber hier geht es doch lediglich um die Annullierung einer Adoption, oder wie immer das in der Sprache der Juristen heißen mag! Was hat das mit meiner beruflichen Tätigkeit zu tun?«

»Wenn man im Showbusineß arbeitet, gibt es nichts, was nicht mit dem Beruf zu tun hat. Sprechen Sie zuerst mit ihr. Sollte es danach dabei bleiben, daß ich Ihnen einen geeigneten Anwalt suchen soll, dann – und darauf haben Sie mein Wort – werde ich Ihnen den besten Mann besorgen«, versprach Lee Curry.

Von ihrem großen Schreibtisch aus, hinter dem sie noch kleiner und schmächtiger wirkte als sonst, betrachtete Sally Brownell nachdenklich ihren Schützling.

Sie hatte Brett die ganze Zeit zugehört, ohne ihn zu unterbrechen. »Ich denke, wir werden ein Treffen aller maßgeblich Beteiligten einberufen müssen«, kommentierte sie, als er ihr sein Vorhaben erläutert hatte.

»Was meinst du damit?« hakte Brett argwöhnisch nach.

»Deinen Produzenten, deinen Regisseur, die Werbeleute des Fernsehsenders und den Sponsor.«

»Um Himmels willen, Brownie, wir reden doch nicht von einer Staatsaffäre, sondern nur davon, daß ich meinen Sohn zurückbekommen möchte! Das ist allein meine Privatangelegenheit, in die ich niemand anderes mit hineinziehen will. Sag denen allen einfach, daß sie sich verdammt noch mal raushalten sollen!« protestierte Brett.

»Brett ... Brett ...!« versuchte Sally Brownell ihn zu beruhigen. »Von diesem Zeitpunkt deiner Karriere an gibt es für dich kein *Privatleben* mehr! Du bist schließlich Brett Manning!

Jedesmal, wenn du einen Gerichtssaal betrittst, gleicht das dem Auftritt auf einer öffentlichen Bühne, den alle Welt mit größtem Interesse verfolgt – und damit vor allem auch der Sponsor deiner Fernsehserie. Deshalb müssen wir ein solches Treffen organisieren!« drängte sie.

»Wenn du meinst«, stimmte er schließlich widerwillig zu. »Aber so oder so werde ich mein Vorhaben nicht aufgeben!«

Das Treffen wurde in einem kleinen Sitzungsraum im Gebäude des Fernsehsenders abgehalten. Auf der einen Seite des langen Konferenztisches hatten Brett, Sally Brownell und Lee Curry Platz genommen. Ihnen gegenüber, so als handle es sich um zwei gegnerische Parteien, saßen der Produzent von *Die schönste Zeit im Leben*, der Regisseur, ein Sprecher sowie der Justitiar des Senders, ein Mitarbeiter der Werbeagentur, die für die Spots in den Werbeblöcken verantwortlich war, ein Repräsentant des Sponsors der Serie und schließlich eine dürre schwarzhaarige Frau, deren Alter Brett nicht einzuschätzen vermochte, da der Großteil ihres Gesichts hinter einer riesigen Brille mit dicken Gläsern verborgen lag.

Sally Brownell übernahm es, den Sachverhalt vorzustellen, indem sie knapp Bretts Verhältnis zu Lori und dessen Folgen skizzierte: Loris Schwangerschaft und plötzliches Verschwinden, Bretts Wunsch, sie und das Kind wiederzufinden, dann seine schockierende Entdeckung, daß sein Sohn zur Adoption freigegeben worden war, und schließlich sein verständlicher Wunsch, auf rechtlichem Wege das Sorgerecht für sein Kind wiederzuerlangen.

»Da Brett natürlich auch der weitere Erfolg der Serie sehr am Herzen liegt, möchte er Sie, die maßgeblich an der Produktion beteiligt sind, um Ihre Stellungnahme bitten, bevor er weitere juristische Schritte einleitet«, unterstrich Sally Brownell abschließend noch einmal das Verantwortungsbewußtsein ihres Klienten, um dessen problematisches Vorhaben in möglichst gutem Licht erscheinen zu lassen.

Nachdem sie die Katze aus dem Sack gelassen hatte, ergriff Buzz Blair, der Regisseur, als erster das Wort.
»Wenn Brett sich wirklich um uns und unsere Produktion sorgt, dann wäre es für alle das beste, wenn er nichts unternähme!«
»Hey, Buzz«, mischte sich der Produzent ein. »So einfach können wir die Sache nicht vom Tisch wischen. Unser junger Freund hier hat ein Problem, und zwar ein sehr ernst zu nehmendes. Und wir sind hier zusammengekommen, um darüber nachzudenken, wie wir ihm helfen können, dieses Problem zu lösen.« Er wandte sich an einen Mann zu seiner Linken. »Ward, wir alle sind natürlich sehr daran interessiert, Ihre Meinung zu hören. Welche Position wird Cincinnati Ihrer Auffassung nach in dieser Sache beziehen?«
Cincinnati bezeichnete den Stammsitz des Sponsor-Unternehmens, dessen Repräsentant nun das Wort hatte. Ward Russell wurde dafür bezahlt, das öffentliche Erscheinungsbild seiner Firma vor jedem Makel zu bewahren. Sofern auch nur der leiseste Verdacht aufkeimte, daß ein mit dem Firmennamen verknüpfter Werbeträger negativen Einfluß nehmen könnte, war es seine Pflicht – diplomatisch, aber bestimmt – dagegen einzuschreiten.
In diesem Fall schien die Sachlage völlig eindeutig. Dennoch bemühte sich Russell zunächst darum, seine Überlegungen ausgewogen und mit beinahe juristischer Präzision darzulegen. »Lassen Sie uns zusammenfassen, womit wir es zu tun haben. Der männliche Jungstar einer sehr erfolgreichen, aber auch sehr kostspieligen Serie im Nachmittagsprogramm beabsichtigt mit der Nachricht an die Öffentlichkeit zu gehen, daß er eine Affäre mit einer jungen Schauspielerin hatte und mit ihr ein Kind zeugte, sie dann jedoch sitzenließ.«
»Ich habe mein Möglichstes getan und sogar noch einen weiteren Job angenommen, um ihr Geld schicken zu können. Was hätte ich dagegen tun sollen, daß sie diese Unterstützung nicht akzeptierte?« verteidigte sich Brett aufbrausend.
»Langsam, Brett, langsam«, ermahnte ihn Sally Brownell. »Laß ihn ausreden!«

»Es geht mir nicht darum, Ihr Verhalten zu beurteilen, mein Junge«, fuhr Ward Russell fort. »Jeder Mann hier am Tisch hätte in dieselbe Situation geraten können. Ich versuche vielmehr, die Reaktion der Öffentlichkeit vorwegzunehmen. Brett Manning, bei dem wir mehr als ein Jahr darauf verwendet haben, ihn zu einem aufrechten, vorbildlichen, über jeden Zweifel erhabenen Helden aufzubauen, ausgerechnet dieser Brett Manning soll sich jetzt plötzlich als Vater eines unehelichen Kindes entpuppen? Ich weiß nicht, ob ...«

»Hören Sie, Ward, jetzt wollen wir doch nicht aus einer Mücke einen Elefanten machen«, unterbrach ihn Buzz Blair. »Ich bin von der ganzen Geschichte ebensowenig begeistert wie Sie. Aber heutzutage ein uneheliches Kind zu haben, gehört in Hollywood schon zur Routine.«

»In Hollywood vielleicht, aber nicht in unserer Serie«, beharrte Russell. »Weder unsere Zuschauer noch unsere Kunden werden über Bretts Verhalten erfreut sein. Bei den meisten von ihnen handelt es sich um prüde Durchschnittsamerikaner, die über solche Affären die Nase rümpfen. Und da es meine Aufgabe ist, die Interessen Cincinnatis zu wahren, komme ich nicht umhin, mich gegen diesen Plan auszusprechen. Falls Brett sich dennoch nicht davon abbringen läßt, fürchte ich, wird seine Karriere bei dieser Produktion eine kurze bleiben – und zwar eine sehr kurze.«

Ward Russell hatte den letzten Satz kaum beendet, als ihm der Vertreter des Fernsehsenders unter dem Tisch gegen das Schienbein trat.

»Was zum Teufel ...«, entfuhr es Russell.

»Verdammt noch mal, hören Sie auf mit diesem Quatsch, Ward. Schon bevor wir diesen Raum betraten, habe ich Ihnen gesagt, daß ich keine Drohungen oder ultimativen Forderungen dulden werde.«

»Es tut mir leid, aber als Sponsor dieser Produktion ist meine Position völlig eindeutig«, wiederholte Russell, ohne einen Deut nachzugeben. »Wenn Brett mit dieser Geschichte tatsächlich vor Gericht ziehen sollte, kann er nach Ablauf der Kündigungsfrist seine Sachen packen.«

Da Brett unterdessen jedoch zu der entscheidenden Größe für die wachsenden Einschaltquoten geworden war, erbleichten der Produzent und der Regisseur bei dieser Ankündigung.
Jetzt schaltete sich auch Lee Curry ein, um seinem Mandanten den Rücken zu stärken: »Ward, vergessen Sie nicht, daß wir einen rechtskräftigen Zweijahresvertrag abgeschlossen haben, der noch achtzehn Monate lang in Kraft ist.«
»Dann werden wir ihn eben noch die verdammten achtzehn Monate lang dafür bezahlen, daß wir ihn aus dem Programm geschmissen haben«, erwiderte Russell.
»Jetzt kommt mal langsam wieder auf den Boden zurück, Jungs«, rief Sally Brownell, die alt genug war und über genügend Ansehen verfügte, um die anderen mit »Jungs« anreden zu dürfen. »Ich glaube, wir sollten die ganze Angelegenheit etwas nüchterner betrachten. Tatsache ist zunächst einmal, daß wir eine großartige Serie mit noch großartigeren Einschaltquoten haben. Wir wären dumm, wenn wir das leichtfertig aufs Spiel setzen würden.«
Nach dieser Äußerung lehnte sich Ward Russell mit gekreuzten Armen zurück, um deutlich zu zeigen, daß er nicht bereit war, noch länger zu diskutieren.
»Mr. Russell ...«, wandte sich Brett an ihn, um ihn wieder in das Gespräch einzubinden, »... wenn das Kind *Ihr* Sohn wäre, was würden Sie dann an meiner Stelle tun?«
»Junger Mann, ich sage Ihnen offen: Ich hätte mich niemals in diese Situation hineinmanövriert.«
»Wenn das alles ist, was Sie dazu zu sagen haben, dann können Sie mir nur leid tun. Aber ich empfinde als Vater eines Sohnes, den ich nie zu Gesicht bekommen habe. Und ich schulde es ihm, ihn zu finden und zurückzuholen – auch wenn es mich diese Rolle kosten sollte. Andere Männer haben schließlich sehr viel größere Opfer für ihre Söhne erbracht.«
Mit diesen Worten sprang Brett so wütend von seinem Stuhl auf, daß dieser umstürzte. Dann stürmte er aus dem Zimmer. Das Krachen der zugeschlagenen Tür war noch nicht ver-

stummt, als Sally Brownell sich bereits daran machte, Schadensbegrenzung zu betreiben.
»Wenigstens wissen wir jetzt, daß es dem jungen Mann mit seinem Anliegen ernst ist«, kommentierte sie trocken.
»Was uns bei der Lösung unseres Problems aber leider nicht viel weiterhilft«, erwiderte Ward Russell unerbittlich.
In der Hoffnung, wenigstens in ihr eine Verbündete zu finden, wandte sich Sally Brownell an die dunkelhaarige Frau am Ende des Tisches, die bisher wortlos zugehört hatte.
»Charlotte, Sie haben noch gar nichts gesagt.«
Die Angesprochene rückte ihre massive Brille zurück. »Ich habe nachgedacht.«
»Das ist als Pressesprecherin auch Ihre Aufgabe, damit die Dinge ins rechte Licht gerückt werden«, sagte Sally Brownell. »Nun zu welchem Ergebnis sind Sie gekommen?«
Ohne eine Antwort abzuwarten, fuhr Bretts Agentin fort, als wolle sie keineswegs Einfluß ausüben, sondern nur ihre Frage präzisieren:
»Lassen Sie mich raten, was Ihnen durch den Kopf gegangen ist. Hier haben wir einen jungen Schauspieler, der noch eine große Karriere vor sich hat, stimmt's? Verhält er sich in dieser Situation so, wie es die meisten anderen jungen Schauspieler in seiner Lage tun würden? Entzieht er sich seiner Verantwortung? Läßt er die Mutter und das Kind sitzen? Trachtet er danach, seine Vaterschaft zu leugnen? Nein, nicht Brett Manning! Er ist auch im wahren Leben der Held, den er im Fernsehen verkörpert. Er verhält sich zutiefst ehrenhaft und aufrichtig und steht zu seiner Verantwortung. Er verläßt die Frau nicht, sondern zieht monatelang aus, um sie zu suchen und zu heiraten. Als er dann schließlich erfährt, daß er einen Sohn hat, der adoptiert worden ist, kämpft er edelmütig darum, ihn zurückzubekommen. Ist es in etwa das, worüber Sie nachgedacht haben, Charlotte?«
»Es kommt der Sache recht nahe«, gestand die Pressesprecherin des Senders.
»Großer Gott, wenn Sie die Sache so an die Öffentlichkeit

verkaufen, wird die Einschaltquote alle Rekorde überbieten«, prophezeite Sally Brownell. »Haben Sie sich auch schon darüber Gedanken gemacht, in welchen Klatschblättern Sie die Story an den Mann bringen wollen?«
»Da gibt es viele Möglichkeiten«, erwiderte Charlotte. »Eine Geschichte wie diese werden sie alle mit Kußhand nehmen.«
»Wunderbar!« frohlockte Sally Brownell und beeilte sich, angesichts dieser positiven Entwicklung der Angelegenheit die Besprechung zu beenden, bevor Ward Russell erneut Sand ins Getriebe streuen konnte. »Dann sollten wir uns schnellstens an die Arbeit machen, Jungs!«

Kapitel 22

Zwei Wochen nach der Besprechung beim Sender flogen Brett Manning und Lori Adams am Samstag vormittag zu einer ersten Kontaktaufnahme mit Henry Clement in den Mittelwesten.
Clement war Ende Vierzig und vermittelte mit den schon leicht ergrauten Schläfen seines wohlfrisierten Haares den Eindruck eines ebenso distinguierten als auch gütigen und väterlichen Anwalts. Lee Curry hatte ihn jedoch keineswegs nur aufgrund seiner sympathischen Ausstrahlung empfohlen. Henry Clement hatte bislang mehr als 80 Prozent seiner Fälle gewonnen und sich vor allem aufgrund seiner Gerissenheit vor Gericht bei seinen Gegnern den Spitznamen »der Hai« erworben. Kurz und gut: auf seinem Spezialgebiet, dem Familienrecht, galt er als der beste Anwalt im Land.
Als Lori und Brett in sein Arbeitszimmer eintraten, begrüßte er sie mit einem freundlichen »Mr. Manning, Mrs. Manning …«, wobei sein Blick einen Moment lang auf Loris Finger ruhte, da sie keinen Ehering trug.
Da Brett als Schauspieler darauf geschult war, die Mimik anderer zu lesen und zu deuten, reagierte er sofort: »Wir haben

die Absicht zu heiraten, sobald die Adoption unseres Sohnes annulliert worden ist.«
»Wenn Sie mich um meinen Rat fragen, dann empfehle ich Ihnen, sofort zu heiraten. Es würde sich gut in der Klageschrift machen, dem Richter einen positiven Eindruck vermitteln und mir damit meine Aufgabe erheblich erleichtern.«
»Wenn wir erst unser Kind ...«, setzte Brett zu einer Erklärung an, wurde jedoch von Lori unterbrochen.
»Mr. Clement, wollen Sie damit sagen, daß sich die Chance, unseren Jungen wiederzubekommen, mit einer Heirat erhöhen würde?«
»Ja, junge Frau, genau das will ich damit sagen.«
»Gut, das läßt sich regeln«, stimmte Lori zu. »Was müssen wir sonst noch tun?«
»Mrs. Manning – wenn Sie erlauben, werde ich diese Anredeform bereits jetzt benutzen, damit ich mich frühzeitig daran gewöhne – also Mrs. Manning, in Fällen wie diesen pflege ich meine Klienten zunächst ohne Umschweife auf einige grundlegende Dinge hinzuweisen. Auch wenn mich meine eigene Tochter in einer solchen Angelegenheit um Rat fragen würde, hielte ich es für meine Pflicht, ihr klarzumachen, daß sie im Zuge eines möglichen Prozesses wahrscheinlich an die Grenzen des physisch und psychisch Erträglichen getrieben würde. Sie werden es ertragen müssen, daß man mit harten Bandagen kämpft und daß in aller Öffentlichkeit sicherlich auch eine Menge schmutziger Wäsche gewaschen wird. Es bedarf guter Nerven, um all das erfolgreich durchzustehen.«
»Das ist mir egal. Ich will mein Baby zurück, koste es, was es wolle«, erwiderte Lori mit leiser, aber entschlossener Stimme.
»Gut, Mrs. Manning – solange Sie bei dieser Haltung bleiben. Aber sind Sie sicher, daß Sie auch in sechs Monaten oder in einem Jahr noch genauso denken werden? Denn, offen gesagt, lege ich keinen Wert darauf, daß Sie mir plötzlich doch noch mitteilen, Sie hätten die Nase voll und ich solle die ganze Sache fallenlassen.«
»Mr. Clement«, schaltete sich jetzt Brett ein, »falls es Ihnen mein New Yorker Anwalt nicht mitgeteilt hat, dann will ich es

jetzt tun. Wir werden keinen Schritt von unserem Entschluß zurückweichen. Er steht felsenfest. Wir wollen unseren Sohn wieder!«
»In Ordnung. Wenn ich mich darauf verlassen kann, bin ich – obwohl ich bisher nur wenige Fakten kenne – bereit, mich Ihrer Sache anzunehmen.«
»Falls Sie zu Ihrer Sicherheit auf einer Anzahlung bestehen, könnte ich Ihnen hier und jetzt einen Scheck über 10 000 Dollar ausstellen«, bot Brett an.
»Ach, würden Sie das?« erwiderte der Anwalt mit offenkundig gespieltem Interesse.
Brett griff bereits in seine Innentasche und zog sein Scheckheft heraus.
»Mr. Manning, wenn Sie tatsächlich glauben sollten, daß Sie mich mit einer so dramatischen Geste beeindrucken können, dann haben Sie sich den falschen Mann ausgesucht. Ihre 10 000 Dollar wären gerade genug, um die Auslagen für meine Ermittler zu decken.«
»Was für Ermittler?« fragte Lori.
»Wir müssen schließlich als erstes die Identität der Adoptiveltern herausbekommen, die nach dem Gesetz ein streng gehütetes Geheimnis ist. Zu diesem Zweck brauchen wir Zugang zu vielen nichtöffentlichen Akten und Urkunden. Wissen wir erst einmal, wer die Adoptiveltern sind, werden wir uns damit beschäftigen, deren Hintergrund auszuleuchten.«
»Wozu? Was meinen Sie damit?« erkundigte sich Lori erneut.
»Um Munition für den Prozeß zu sammeln«, erklärte Clement ungerührt. »Wie ich schon sagte, wird es mit Sicherheit eine schmutzige Angelegenheit. Deshalb müssen wir gut präpariert sein, damit wir mit genausoviel Dreck werfen können wie die Gegenseite.«
Lori warf Brett einen Blick zu. Schon jetzt schien sich das von ihnen angestrebte juristische Vorgehen als ausgesprochen düstere Angelegenheit zu erweisen.
Henry Clement entging dieser Blick nicht, und er nutzte die Gelegenheit, um die Dinge unmißverständlich beim Namen zu nennen.

»Mrs. Manning ... Lori, wenn ich Sie so nennen darf? Bei den übelsten Auseinandersetzungen vor Gericht handelt es sich entweder um Adoptionsanfechtungen oder um Scheidungsklagen, weil in beiden Fällen Gefühle die Ursache des Konflikts bilden. Bei Scheidungen geht es um Menschen, die sich einmal liebten und schließlich mit noch größerer Leidenschaft hassen. Bei einem Adoptionsfall hat man es meist mit einer Mutter zu tun, die ihr Kind einst in fremde Hände geben mußte und es später um so verzweifelter zurückfordert. Mutterliebe gehört zu den stärksten Gefühlen, zu denen ein Mensch überhaupt fähig ist.

Was immer Sie mir jetzt auch versichern mögen: Bevor diese Sache durchgestanden ist, hat man Ihre Gefühle durch einen Fleischwolf gedreht. Aber bitte denken Sie daran, daß ich von Ihnen dafür bezahlt werde, mich gerade nicht von meinen Emotionen lenken zu lassen, sondern einen klaren Kopf zu bewahren und nüchtern zu urteilen. Es wird auch gewiß Augenblicke geben, in denen es Ihnen zu hart und brutal erscheint, wie ich mit Ihnen oder mit der Gegenseite umgehe. Aber genau dafür bezahlen Sie mich.

Wenden wir uns nun aber zunächst wieder dem Problem zu, wie wir an die nötigen Fakten herankommen. Dies ist nicht zuletzt eine Frage von ...« Clement rieb vielsagend Daumen und Zeigefinger gegeneinander, um auch ohne Worte deutlich zu machen, daß es einiger Vorschüsse für Schmiergelder bedurfte. »Angestellte bei Behörden oder sogar bei Gericht sind auch nur Menschen mit Bedürfnissen und Schwächen, die unsere Position jedoch durchaus stärken können. Und glauben Sie nicht, Sie täten damit etwas Verwerfliches, denn die Gegenseite verfährt genauso.«

Brett zog aus Clements Äußerungen die Schlußfolgerung, daß dieser sein Honorar in die Höhe treiben wollte, und schlug daher vor: »Würden hierfür zunächst 20 000 Dollar reichen?«

»Mr. Manning, wir sind hier nicht auf einer Auktion«, wies Clement ihn erneut zurecht. »Ich rede nur von notwendigen Recherchen, die ich als Voraussetzung dafür benötige, eine

Klage wie diese so vorzubereiten, daß sie auch vor einem Judson Hart bestehen kann.«

»Judson Hart?« wiederholte Lori und zermarterte ihr Gedächtnis, ob ihr dieser Name irgendwann einmal während des Adoptionsverfahrens begegnet war.

»Judson Hart ist der strengste und scharfsinnigste Familienrichter des Staates«, erklärte Henry Clement. »Aber nicht mehr lange, denn es heißt, daß er bald an den Obersten Gerichtshof berufen werden soll. Doch glücklicherweise wird er zuvor noch Ihren Fall verhandeln.«

»Sie sagten ›glücklicherweise‹«, wiederholte Lori. »Warum?«

»Weil er sich pedantisch genau an jeden Buchstaben des Gesetzes hält. Deswegen schätzt ihn auch der Gouverneur so sehr, denn Judson Hart gehört nicht zu den Richtern, die sich ihre eigene Gerechtigkeit zusammenstricken. Und da uns schließlich das Familienreintegrationsgesetz begünstigt ...«

»Das was?« unterbrach ihn Brett.

»Das Familienreintegrationsgesetz. Dabei handelt es sich um ein Bundesgesetz, Abschnitt 4E der Sozialgesetzgebung. Dort heißt es sinngemäß, wenn ich mich richtig erinnere: ›Sofern möglich, sind alle zweckdienlichen Bestrebungen einzuleiten, um die Reintegration eines Kindes in dessen Familie zu fördern‹!«

»Sozialgesetzgebung ...? Was hat das mit meinem Sohn zu tun?« fragte Brett.

»Um mit den Richtlinien von Bundesgesetzen konform zu gehen und zudem nicht den Anspruch auf Bundesmittel für soziale Zwecke zu verlieren, hat dieser Bundesstaat – wie nahezu alle anderen auch – sein eigenes Familienreintegrationsgesetz verabschiedet«, erläuterte Clement. »Als Folge davon müssen Familien, die aus unterschiedlichen Gründen getrennt wurden, wieder zusammengeführt werden, wo immer es geht und sinnvoll erscheint. Die Blutsverwandtschaft zählt dabei mehr als alles andere. Irgendwo ist im Gesetz auch die Rede davon, ›zuvörderst die Interessen des Kindes zu wahren‹. Aber dieser Passus soll vor allem dazu dienen, jene Kinder zu schützen, die Opfer von Mißhandlungen geworden sind, was hier ja nicht vorliegt. Daher denke ich, daß Richter Hart eigentlich in unserem Sinne urteilen müßte, wenn es uns nur gelingt, ihm eine juristisch fundierte und auch menschlich überzeugende Klage vorzulegen.«

»... urteilen *müßte*? Das heißt, der Richter könnte auch anders entscheiden?« vergewisserte sich Lori.

»Garantien kann ich Ihnen leider nicht geben«, gestand Clement. »Aber mit dem Familienreintegrationsgesetz im Rücken stehen unsere Chancen sehr gut.«

»Ich will meinen Sohn zurück«, bekräftigte Lori, »und zu diesem Zweck werde ich alles tun, was Sie sagen.«

»Das wollte ich von Ihnen hören«, ermutigte sie der Anwalt lächelnd, »denn diese Art Fall wird in den Medien gewiß eine Menge Aufmerksamkeit erregen.«

»Aber ich möchte nicht, daß Bretts Karriere Schaden nimmt«, beteuerte Lori.

»Über diesen Punkt habe ich bereits mit Lee Curry gesprochen«, beruhigte sie Clement. »In New York sind bereits die Weichen gestellt worden. Sobald erst einmal alles ins Rollen gekommen ist, werden wir uns eine gemeinsame Strategie für den Umgang mit der Presse zurechtlegen. Glauben Sie mir, wenn alles vorüber ist, wird Brett Manning mit völlig weißer Weste dastehen und noch mehr Zuschauerinnen gewinnen als je zuvor.«

»Aber nur, wenn nichts von dem ganzen Dreck, den Sie vorhin ansprachen, auf ihn abfärbt«, schränkte Lori ein.

»Das, junge Dame, läßt sich leicht vermeiden, wenn Sie meinem Rat folgen und nur nach Absprache mit mir Presseinterviews geben. Denn ich werde Sie sorgfältig instruieren, was Sie sagen dürfen und was nicht, verstanden?«

»Verstanden, Mr. Clement«, willigte Lori ein.

»Schön. Dann lassen Sie mich jetzt ein paar grundlegende Fakten aufnehmen. Wo wurde das Kind geboren? Wann genau, also an welchem Tag und zu welcher Uhrzeit? Welcher Arzt nahm die Entbindung vor? Und falls Sie sich daran erinnern, wer vom weiteren Krankenhauspersonal war noch bei der Entbindung anwesend?«

»Ist das alles wirklich von Bedeutung?« seufzte Lori widerwillig.

»Bitte, Mrs. Manning! Lassen Sie mich meine Arbeit tun, damit ich die Klage in Ihrem Sinne vorbereiten kann. Dabei kann es von Bedeutung sein, daß wir einen Zeugen haben, um ihn gegebenenfalls über Ihre damalige seelische Verfassung zu befragen.«

Nach dieser Erläuterung wechselte Clement das Thema.

»War Ihnen irgend etwas über die Adoptiveltern bekannt, bevor Sie Ihre Einwilligung gaben?«

»Ob mir etwas bekannt war? Sicher, schließlich habe ich sie gesehen«, sagte Lori arglos.

»Sie sind den Adoptiveltern Ihres Kindes persönlich begegnet?« Clement wirkte beunruhigt. »Wie kam es dazu?«

Nachdem Lori ihm von ihrer hartnäckigen Forderung berichtet hatte, alle Kandidaten persönlich zu inspizieren, schüttelte Clement den Kopf.

»Kann es uns schaden, daß ich die Adoptiveltern meines Kindes für gut befunden und daraufhin meine persönliche Einwilligung gegeben habe?« fragte Lori.

»Nein, nein, nein, Mrs. Manning! Sie haben keine ›Einwilligung‹ gegeben«, instruierte sie Clement. »Man hat Sie nur glauben gemacht, daß eine Adoption das beste für Ihr Kind sei. Aber Sie waren nach der Begegnung von dem betreffenden Ehepaar keinesfalls so beeindruckt, als daß Sie aus freien Stücken in eine Adoption eingewilligt hätten. Verstehen Sie, Mrs. Manning?«

Lori nickte. »Glauben Sie, daß Sie das Ehepaar finden werden?«

»Wie ich Ihnen schon sagte, gibt es viele Wege, die wir gehen können. Aber ich habe noch eine andere Frage. Mr. Manning, als Ihnen mitgeteilt wurde, daß Ihr Kind zur Adoption freigegeben werden sollte ...«

»Ich habe nichts davon gewußt«, unterbrach ihn Brett. »Hat Ihnen Mr. Curry das nicht erzählt?«

»Zumindest habe ich mir während unseres Telefonats keine Notizen darüber gemacht. Ihnen war also nicht bekannt ...«, murmelte Clement und blätterte in seinen Unterlagen. »Sind

Sie wirklich absolut sicher, daß Sie zu keinem Zeitpunkt eine entsprechende Benachrichtigung erhielten?«
»Natürlich bin ich mir dessen sicher. Glauben Sie, ich hätte eine so wichtige Nachricht übersehen oder vergessen können?«
»Nun, das ist allerdings ein wichtiger Punkt«, kommentierte Clement lächelnd. »Mr. und Mrs. Manning, ich freue mich, Ihnen mitteilen zu können, daß Sie Ihrem Ziel gerade ein Stück näher gekommen sind, und zwar ein beträchtliches Stück.«
Lori hob instinktiv die Hand, um den Anwalt zu unterbrechen, ließ sie dann jedoch zweifelnd wieder sinken.
»Ja, Mrs. Manning?« fragte Clement.
»Der Grund dafür ... Ich meine, der Grund, warum Brett niemals informiert wurde ...«
Schlagartig wich Clements Lächeln einem harten Ausdruck in seinen Augen. »Warum erhielt er nie eine Benachrichtigung?« hakte er mit scharfer Stimme nach.
»Als ich ... als ich die Angaben für die Geburtsurkunde meines Kindes machen sollte ...«, berichtete Lori stockend.
»Ja? Was war da?«
»Da gab ich als Namen des Vaters Higgins an ... Henry Higgins«, gestand Lori.
»Sie haben tatsächlich den Namen einer Bühnenfigur angegeben?« explodierte Clement. »Das ist allerdings ein starkes Stück!«
»Bedeutet das ... bedeutet das etwa eine Verschlechterung unserer Aussichten?« fragte Brett.
»Nun, es ist nicht gerade eine Katastrophe. Aber es wird unsere Position sicher nicht verbessern, das steht fest. Mrs. Mannings Sinn für Humor hat außerdem zur Folge, daß ich nicht Sie beide zusammen vor Gericht vertreten kann.«
»Was soll das heißen?«
»Würde ich in Ihrer beider Namen handeln, dann könnte uns die Gegenseite vorsätzlichen Betrug vorwerfen. Denn Mrs. Mannings falsche Angabe in einem amtlichen Dokument bedeutet eine absichtliche Irreführung der Behörden«, erklärte Clement.

»Und wenn wir Lori bei der Klage aus dem Spiel lassen?«
»Dann stehen Sie mit weißer Weste als unschuldiges Opfer da, das bei dem Adoptionsvorgang ebenso wie jeder andere getäuscht worden ist«, legte der Anwalt dar und betonte dann: »Auf diese Weise erhalten wir Ihr Image eines jungen Mannes aufrecht, der gegen begangenes Unrecht kämpft und nur seinen ihm rechtmäßig zustehenden Sohn zurückfordert. Damit sind wir alle aus dem Schneider.«
»Es tut mir leid«, entschuldigte sich Lori. »Damals dachte ich nur daran, Bretts Namen zu schützen.«
»Machen Sie sich darüber keine weiteren Sorgen. Wir werden die Sache schon geradebiegen«, versicherte ihr Henry Clement, wobei Lori allerdings einen leicht reservierten Unterton in der Stimme des Anwalts herauszuhören meinte.
»Jetzt, meine Liebe, muß ich Sie jedoch um Verständnis dafür bitten, daß Ihr Mann und ich noch ein paar Dinge unter vier Augen zu besprechen haben.«
Mit einem sorgenvollen Blick auf Brett verließ Lori folgsam und wortlos den Raum.
»Mr. Clement, was Ihr Honorar betrifft, wieviel ...«
»Das ist es nicht, was ich noch mit Ihnen besprechen wollte. Außerdem pflege ich nicht über mein Honorar zu diskutieren«, wurde er barsch von dem Anwalt unterbrochen, der ihn dann scharf ins Auge faßte. »Manning, Sie kennen diese junge Frau am besten. Da ich einen Ruf zu verlieren habe und keinesfalls Lust verspüre, in aller Öffentlichkeit brüskiert zu werden, erwarte ich eine offene Antwort von Ihnen: Hat sie Ihrer Einschätzung nach das Rückgrat, einen solchen Prozeß durchzustehen?«
»Daran zweifle ich nicht. Schließlich mußte sich Lori bis zur Geburt des Kindes ganz allein durchschlagen und lehnte jede Hilfe von mir ab. Wenn sie kein Rückgrat hat, wer dann?«
»Ausgezeichnet«, atmete Clement auf und sank in seinen teuren Ledersessel zurück. »Nun zu Ihnen. Ich arbeite nicht für ein Butterbrot, sondern für ein meist sechsstelliges Honorar. Es kann allerdings auch teurer werden. Können Sie sich das leisten?«

»Unser Kind zurückzubekommen steht für Lori und mich an erster Stelle. Ich werde das Geld beschaffen. Wenn Sie es wünschen, kann ich Ihnen einen Scheck mit einer Deckungszusage meiner Bank zusenden.«
»Ihr Wort genügt mir«, sagte Clement und reichte Brett die Hand, um den Vertrag zwischen ihnen zu besiegeln. »Am Montag werde ich mich als erstes darum kümmern, die Adoptiveltern Ihres Sohnes aufspüren zu lassen.«

Kapitel 23

Als Scotty Salems zweiter Geburtstag ins Haus stand, befand sich Christie bereits am Anfang ihres neunten Schwangerschaftsmonats. Sie war dennoch nicht davon abzubringen, eine große Geburtstagsparty zu organisieren und hatte nicht nur Scottys Sandkastenfreunde aus der ganzen Nachbarschaft eingeladen, sondern auch ihre eigenen Eltern, Bills Mutter, die seit dem vorangegangenen Jahr verwitwet war, sowie alle anderen Verwandten, Freunde und Bekannten.
Wann immer Christie von ihren vielen Gästen zu hören bekam, daß sich eine Frau in ihrem Zustand lieber schonen solle, als sich den Belastungen einer so großen Feier auszusetzen, erwiderte sie nur: »Mein Sohn hat ein Recht auf die schönste und größte Geburtstagsparty, die man sich nur vorstellen kann. Und außerdem gibt es heutzutage nichts, was man sich nicht vom Supermarkt, vom Geschenkladen oder von der Konditorei ins Haus liefern lassen könnte.«
Vor allem der letzte Punkt führte allerdings zu gewissen Spannungen mit Bills Mutter, die fest darauf bestanden hatte, Scottys Geburtstagskuchen selbst zu backen. Christie hatte jedoch bereits zu vielen Erntedank- und Weihnachtsfesten das zweifelhafte Vergnügen gehabt, die Backkünste ihrer Schwiegermutter genießen zu dürfen. Deshalb hatte sie sich über deren Wunsch hinweggesetzt und statt dessen die örtliche

Konditorei beauftragt, nach genauesten Anweisungen eine Torte für Scottys Ehrentag anzufertigen. Der Zuckerguß sollte in seinen Lieblingsfarben Rot und Blau gehalten sein und die Aufschrift tragen: »Herzlichen Glückwunsch zum Geburtstag, Scotty«.

Schon am Morgen hatte Christie mit Hilfe der Frau, die ihr einmal pro Woche im Haushalt half, Girlanden und anderen Zierat im Eßzimmer aufgehängt. Christie hatte es sich später auch nicht nehmen lassen, das Willkommensschild für Scottys Gäste höchstpersönlich an der Eingangstür anzubringen.

Sie war gerade ein paar Schritte zurückgetreten, um ihr Werk zu begutachten, als bereits die ersten Gäste vorfuhren.

»Ob du schon fertig bist oder nicht – wir sind da«, rief Maryanne Purcell, stieg aus ihrem Kombi, lud das hübsch verpackte Geschenk für Scotty aus und nahm ihre kleine Tochter Sharon bei der Hand.

»Tut mir leid, daß wir schon so früh reinplatzen«, entschuldigte sich Maryanne, »aber du weißt ja, wie Kinder sind. Sharon war so aufgeregt, daß sie es einfach nicht mehr aushalten konnte und die ganze Zeit über gequengelt hat: ›Mami, wie lange dauert es noch? Müssen wir jetzt nicht fahren‹?«

»Kommt rein«, lachte Christie. »Ihr könnt mir beim Tischdecken helfen.«

Die übrigen Gäste trafen nur wenig später ein, bis auf Sean Grantham, dessen Mutter anrief, um ihren Sohn wegen einer fiebrigen Erkältung zu entschuldigen.

Sogar Bills Mutter erschien pünktlich, wenn auch ein wenig atemlos: »Nie wieder fahre mich mit dem Bus. Und wenn ich mich selbst ans Steuer setzen müßte, aber in einen Bus steige ich nicht mehr. Stellt euch vor, wir wurden am Busbahnhof wie Vieh in den Wagen gepfercht.«

Christie warf ihrem Mann einen vielsagenden Blick zu, den Bill mit einem anerkennenden Nicken beantwortete. Christie hatte ihm also zurecht empfohlen, seine Mutter mit dem Wagen abzuholen, um Komplikationen – und mehr oder weniger versteckte Vorwürfe – zu vermeiden. Das nächste Mal würde er ihren Rat befolgen.

Ansonsten verlief alles pünktlich und wie geplant – nur die Geburtstagstorte war noch nicht eingetroffen.
Nachdem die Kinder bereits alle denkbaren Spiele gespielt hatten und Christie die Hoffnung aufgegeben hatte, daß der Kuchen doch noch geliefert würde, rief sie alle zu Tisch. Bill gab sich jedoch noch nicht geschlagen und telefonierte erneut mit der Konditorei, die ihm versicherte, die Torte sei bereits unterwegs.
Währenddessen präsentierten die kleinen Gäste an der Festtafel die mit ihren Eltern einstudierten kurzen Ansprachen zu Ehren des Geburtstagskindes und überreichten ihm dann ihre Geschenke. Scottys blaue Augen wurde mit jeder bunten Verpackung, die er entfernen mußte, und mit jedem Spielzeug, das sich schließlich seinen Blicken offenbarte, immer größer.
Sharon, eines der eingeladenen kleinen Mädchen, überreichte Scotty nicht nur ein Geschenk – sondern küßte ihn – zur Erheiterung der Erwachsenen – auf die Wange. Vor allem Christies Mutter strahlte bei dieser Szene und rief: »Dieses Mädchen hat wirklich Geschmack!«
Jeder lachte daraufhin – nur Christie nicht, die auf die alte Standuhr in der Ecke des Eßzimmers starrte. Die Geburtstagstorte war mittlerweile mehr als eine Stunde überfällig.
Bills Mutter äußerte sich zwar nicht laut, aber Christie wußte ihren anzüglichen Blick wohl zu deuten. Er verriet nur allzu offen, was sie dachte: Hättest du mich die Torte backen lassen, wie ich es dir mehrfach angeboten habe, dann befändest du dich jetzt nicht in dieser peinlichen Lage. Aber du mußtest es ja besser wissen!
Als alle Geschenke überreicht und ausgepackt worden waren, erhob sich Bill und rief: »Und jetzt, mein Sohn, sollst du ein Geschenk erhalten, das du dir schon seit langem gewünscht hast!«
Er trat an die Tür der Abstellkammer und kehrte mit einem kleinen Dreirad zurück, dessen Lenker mit blauen und roten Bändern verziert war.

Mit einem Freudenschrei sprang Scotty von seinem Platz und stürmte zu dem Dreirad, an dessen Seite er niederkniete.
»Daddy ... Daddy ...!« rief der Junge überglücklich.
»Bedank dich lieber bei Mami. Schließlich war es ihre Idee«, wehrte Bill ab.
»Mami ... wenn Baby kommt, auch mit Dreirad fahren!« versprach Scotty und streichelte dabei mit der Hand über den Bauch seiner Mutter. Christie hatte ihn seit einiger Zeit zu solchen Gesten ermuntert, damit auch er sich innerlich auf die Geburt seines kleines Geschwisterchens einstellte.
Zwar verriet Christies Mutter bei Scottys Geste einen Anflug von Entrüstung, aber zumindest ihr Vater lachte wohlwollend.
Bills Mutter wollte den anderen Großeltern allerdings nicht nachstehen und beeilte sich, Scottys Verhalten zu loben: »Mein Gott, ist das nicht lieb von ihm? Was für eine nette Idee! Weißt du noch Bill, wie du reagiert hast, als deine Schwester Patsy geboren wurde?« Sie wandte sich an die anderen um sie herum sitzenden Mütter. »Er hat tatsächlich ein ganzes Jahr lang geschmollt. Sie können sich gar nicht vorstellen, was für eine schlimme Zeit das für mich war. Deshalb freue ich mich zu sehen, daß mein Enkel in der Hinsicht ganz anders ist. Ja, Christie, du kannst wirklich stolz auf ihn sein!«
Inmitten des zustimmenden Gelächters war plötzlich das Läuten der Türglocke zu vernehmen.
»Dem Himmel sei Dank! Endlich kommt die Geburtstagstorte.«
Christie wollte sich schon von ihrem Stuhl erheben, doch Bill kam ihr zuvor. »Laß nur, ich mache das schon.«
Er war noch auf dem Weg zur Tür, als bereits ungeduldig ein zweites und drittes Mal geläutet wurde.
»Wir haben auf Sie mehr als eine Stunde gewartet. Da werden Sie sich doch wohl zehn Sekunden gedulden können!« rief Bill, während er öffnete, in Erwartung, den Boten der Konditorei mit einer großen Schachtel vorzufinden. Statt dessen stand ein kleiner, ihm unbekannter Mann von Anfang Fünfzig vor der Tür.

»Mr. Salem?« fragte der Fremde.
»Ja?« erwiderte Bill kurz angebunden, da er keine Lust hatte, sich an Scottys Geburtstag mit einem Vertreter abzugeben.
»Mr. William Salem?« fragte der Fremde nach.
»Ja, das bin ich!« rief Bill gereizt. »Was wollen Sie? Wir feiern gerade den Geburtstag meines Sohnes und ...«
Der Mann griff in die Innentasche seines Jacketts und brachte ein blaues Kuvert zum Vorschein.
»Was ist das?« fragte Bill.
»Tut mir leid, Sir. Das weiß ich nicht. Ich habe nur den Auftrag, Ihnen dieses Schreiben persönlich auszuhändigen.«
»Was für ein Schreiben? Hören Sie, was soll der ganze Hokuspokus?« fragte Bill erneut und starrte auf den Brief. Aber der kleine Mann, der solche Reaktionen gewohnt war, drehte sich nur wortlos um und machte sich ohne weitere Erklärungen auf den Weg zu seinem Wagen.
»Bill, bring sie bitte in die Küche. Ich muß noch die Kerzen anbringen«, erklang Christies Stimme aus dem Haus.
Noch immer blickte Bill stirnrunzelnd auf das Schreiben in seiner Hand.
In der Sache Brett Manning gegen William und Christine Salem stand auf dem Umschlag.
»Was zum Teufel ...?« Bill öffnete das Kuvert und überflog den Brief, um herauszufinden, worum es genau ging.
Seine Hände begannen zu zittern, als er plötzlich auf die folgende Formulierung stieß: » ... Antrag, das obengenannte Kind unter die Obhut seines leiblichen Vaters zu stellen ...«
Wieder drang Christies Stimme an seine Ohren. »Bill, die Kinder werden wirklich langsam ungeduldig!«
Er mußte schnell eine Entscheidung treffen. Sollte er Christie sofort informieren oder damit lieber bis nach der Party warten? Bill trat mit dem Vorsatz in die Küche, seiner Frau ohne Umschweife reinen Wein einzuschenken. Als er sie sah, ließ er das Schreiben jedoch rasch und unauffällig in der Brusttasche seines Hemdes verschwinden. »Liebling, es war nicht der Bote von der Konditorei«, sagte er.
»Wer denn dann?«

»Nur ein ... ein Fremder, der sich verfahren hat und nach dem Weg fragte.«

»Gott im Himmel, wo bleibt denn nur die Torte?« fragte Christie angespannt.

Noch bevor Bill etwas erwidern konnte, ertönte die Türglocke erneut. Diesmal war es tatsächlich der langersehnte Bote.

Glücklicherweise entsprach Scottys Geburtstagstorte genau Christies Anweisungen, so daß sie lediglich noch zwei Kerzen anbringen mußte – natürlich eine rote und eine blaue. Als auch das erledigt war, hielt Bill die Küchentür auf, damit Christie das Schmuckstück hinaustragen konnte.

Als sie ins Eßzimmer trat, wurde die imposante Torte von dem Jubel der entzückten Kinder begrüßt.

Auf dem Arm seiner Mutter sitzend, gelang es Scotty gleich beim ersten Versuch, beide Kerzen auszupusten. Dann führte Christie ihm die Hand, damit er sich das erste Stück abschneiden konnte. Anschließend machte sie sich selbst daran, alle anderen möglichst rasch mit der Torte zu versorgen, während Bill den Kindern Milch und den Erwachsenen Kaffee einschenkte.

Im Verlauf der folgenden Unterhaltungen und Plaudereien tastete Bill mehrmals unwillkürlich mit der Hand nach der Tasche mit dem Schreiben, das seine Brust zu versengen drohte. Er würde es Christie sagen müssen, abends, nach der Feier.

Als Stunden später alle Gäste gegangen waren und langsam wieder Ruhe einkehrte, brachte Christie das Geburtstagskind sofort zu Bett, da es in dem allgemeinen Trubel seinen Mittagsschlaf versäumt hatte.

Jetzt, sagte sich Bill, jetzt ist ein günstiger Augenblick. Dann aber kam er ins Zweifeln, getrieben von der Furcht davor, Christie die Wahrheit zu sagen: Warum soll ich ihr angst machen, wenn sich das Ganze nachher, als harmlos herausstellt? Ich rede besser erst einmal mit Paul Henderson, und zwar gleich morgen früh.

Bereits vor neun betrat Bill Salem die Kanzlei seines Anwaltes Paul Henderson, der ihm bei allen juristischen Fragen seiner Existenzgründung als selbständiger Geschäftsmann zur Seite gestanden hatte.
Nach der Begrüßung nahm Paul Henderson, der bereits Mitte Sechzig war, hinter seinem Schreibtisch Platz, auf dem stets ein so unüberschaubares Chaos herrschte, daß sich Bill bei jedem Besuch fragte, wie der Anwalt sich darin zurechtfinden konnte. Henderson faltete das Schreiben auseinander, las es rasch durch und warf einen Blick auf Bill. Dann widmete er sich einer erneuten Lektüre des Briefes, für die er sich diesmal sehr viel mehr Zeit nahm.
»Haben Sie Christie hiervon bereits in Kenntnis gesetzt, Bill?« fragte Henderson schließlich.
»Nein, noch nicht.«
»Das habe ich mir gedacht. Sie sollten es jedoch tun, und zwar schnell. Am besten sofort! Sie hat ein Recht darauf, von dieser Sache zu erfahren.«
»Sie nehmen dieses Schreiben also sehr ernst?« vergewisserte sich Bill voller Besorgnis.
»Das tue ich allerdings«, erwiderte Henderson. »Deshalb hielte ich es für einen Fehler, Ihrer Frau die Wahrheit zu verschweigen.«

Auf dem Weg von Hendersons Büro nach Hause fuhr Bill sehr langsam, da er in Gedanken immer wieder neu durchspielte, wie er Christie diese Neuigkeit auf möglichst schonende Weise beibringen konnte.
Aber so oder so wird es sie furchtbar treffen, dachte er verzweifelt. Welche Worte ich auch wähle, diese schlimme Nachricht wird sie verletzen, ... mehr verletzen als je etwas zuvor. Bis auf die schreckliche Zeit damals, als unser kleiner Billy plötzlich auf so unerklärbare Weise starb.
Vielleicht sollte ich mich jedoch zunächst an die Adoptionsbehörde wenden. Ich könnte erst einmal mit der Frau sprechen, die uns mit Scottys Mutter bekannt gemacht hat. Was wäre schon verloren, wenn ich ...?

Nein! Paul hat recht. Auch wenn es mir schwerfällt, ich kann und darf es nicht vor Christie verheimlichen.
Als Bill mit dem Wagen vor dem Haus vorfuhr, war Christie überrascht, ihn so früh wiederzusehen, denn normalerweise hatte er so viel zu tun, daß er nur ein hastiges Mittagessen zu sich nehmen konnte. Vielleicht hatte er etwas vergessen oder es ging ihm nicht gut.
»Liebling?« begrüßte ihn Christie in fragendem Ton.
»Christie ... wir müssen miteinander reden.«
»Reden? Worüber denn? Ist was passiert?« Unwillkürlich legte sie ihre rechte Hand auf den Bauch, in dem sich das Baby rührte.
»Ja, das ist es«, begann Bill zögernd. »Gestern, der Mann an der Tür ... er überbrachte mir das Schreiben eines Anwalts.«
»Hast du geschäftlich Ärger? Mach dir doch deshalb keine Sorgen. Paul Henderson wird das schon regeln.«
»Es ist nichts Geschäftliches. Es ist ... es geht um Scotty!«
»Scotty? Mein Gott, wovon redest du? Was kann ein Anwalt von einem zweijährigen kleinen Jungen wollen?«
»Der Anwalt will nichts von *ihm*, sondern von *uns*.«
»Von uns? Wegen Scotty? Du meinst, jemand hätte uns angezeigt, weil wir angeblich unseren Sohn mißhandeln oder so etwas ähnliches? Was ist nur mit dieser Welt los? Sind die Menschen denn alle verrückt geworden?« rief Christie mit zorngeröteten Wangen.
»Christie ... bitte setz dich hin und hör mir ruhig zu. Ich weiß nicht, wie ich es dir sagen soll, aber ... der Vater ... Scottys leiblicher Vater versucht allem Anschein nach, das Sorgerecht für ihn zu erhalten.«
»Das Sorgerecht? Das heißt, sie wollen uns Scotty wegnehmen? Das können sie nicht! Das dürfen sie nicht! Dazu haben sie kein Recht! Scotty gehört seit dem Tag seiner Geburt zu unserer Familie. Er ist unser Sohn. Es wurde doch alles rechtlich geprüft und besiegelt. Haben wir nicht alles getan, was wir tun sollten? Wir ... wir ...«
Plötzlich ließ sie eine Schmerzattacke nach Luft schnappen. Christie preßte ihre Hände auf den Bauch.

»O mein Gott!« stöhnte sie. »Ich glaube, die Wehen setzen bereits ein. Wir fahren wohl besser ins Krankenhaus.«

Weniger als sechs Stunden später wurde Christie von einem knapp sechseinhalb Pfund schweren Jungen entbunden. Trotz der Tatsache, daß er etwa zwei Wochen zu früh zur Welt gekommen war, ergaben die ärztlichen Untersuchungen, daß er sich in guter gesundheitlicher Verfassung befand.

Kapitel 24

Christies vorzeitige Entbindung veranlaßte Paul Henderson dazu, umgehend mit Henry Clement in dessen Eigenschaft als Anwalt von Brett Manning Kontakt aufzunehmen. Henderson bezweckte, zeitlichen Aufschub für eine schriftliche Reaktion auf Clements Brief zu erbitten, da die Salems dazu augenblicklich nicht in der Verfassung waren.

Die Wege beider Anwälte hatten sich früher mehrmals gekreuzt, da sie vor Gericht sowohl miteinander als auch gegeneinander für die Interessen ihrer Mandaten gestritten hatten. Zwar hatte sich zwischen Henderson und Clement nie so etwas wie Freundschaft entwickelt, beide respektierten sich jedoch und empfanden keine wechselseitigen Animositäten.

In einem Fall wie diesem, in dem sie sich als Vertreter konkurrierender Parteien gegenüberstanden, verkehrten beide daher in jenem typischen, geschäftsmäßig unterkühlten Anwaltston miteinander, der weder persönliche Anteilnahme am Anliegen des jeweiligen Klienten noch irgendwelche Feindseligkeiten gegenüber dem Gegner verriet.

Solange es für keine Seite der streitenden Parteien einen ernsthaften Nachteil bedeutete, gehörte es – nach dem Motto: »Eine Hand wäscht die andere« – zur Routine des Umgangs miteinander, daß sich die Anwälte gegenseitig bei Terminabsprachen oder -verschiebungen sowie Fristenverlängerungen informell um kleine Gefälligkeiten baten und diese in der Regel auch erfüllten. Aus diesem Grund hatte Paul Henderson auch nicht gezögert, Henry Clement anzurufen.

»Henry, Sie werden in dem Fall *Manning gegen Salem* doch sicher nichts dagegen einzuwenden haben, wenn ich Sie darum bitte, meinen Mandanten ein wenig mehr Zeit für die Ausarbeitung ihrer Stellungnahme einzuräumen.«

»Nun, ich wurde meinerseits von meinem Klienten instruiert, keine Zeit zu versäumen, sondern die Dinge möglichst rasch voranzutreiben«, blockte Clement ab.

»Hören Sie, Henry! Mrs. Salem kuriert gerade im Krankenhaus die Folgen einer Frühgeburt aus und ist keineswegs in der Lage, mir die Informationen zur Verfügung zu stellen, die ich für die Abfassung meiner Replik benötige«, erklärte Henderson. »Falls Sie es also irgendwie einrichten könnten ...«

Diese von Henderson in gutem Glauben weitergegebene Neuigkeit führte bei Clement zu einem plötzlichen Gesinnungswandel. Die Information über Christie Salems Frühgeburt war auf jeden Fall einen zweiwöchigen Aufschub wert, zumal Clement selbst unter einem überfüllten Terminkalender litt.

»Tut mir leid, das zu hören, Paul. In diesem Fall komme ich Ihrer Bitte natürlich nach. Falls es sich als notwendig erweisen sollte, können Sie sich auch über die üblichen zwei Wochen hinaus Zeit lassen.«

»Danke, Henry. Ich melde mich dann bei Ihnen, so bald es geht.«

Nachdem Clement den Hörer aufgelegt hatte, dachte er eine Weile nach und betätigte dann den Knopf der Gegensprechanlage, die ihm mit seiner Sekretärin verband. »Hazel, vermerken Sie bitte in meinem Terminkalender, daß wir am Tag nach dem Eingang des Schreibens in der Manning-Sache den Antrag auf eine eidliche Aussage vor Mrs. Christie Salem beantragen.«

Ohne auch nur die geringste Vorstellung davon zu haben, worüber er Christine Salem befragen sollte, spürte Clement instinktiv, daß er gerade einen Schritt eingeleitet hatte, der ihm einen wichtigen strategischen Vorteil verschaffen konnte.

»Ich brauche doch keinen Rollstuhl«, protestierte Christie. Die Krankenschwester ermahnte sie jedoch, ihre Kräfte nicht zu überschätzen und verwies sie zudem auf die Vorschriften des Krankenhauses.
Also ergab sich Christie in ihr Schicksal und erlaubte Bill, sie und den jüngsten Sproß der Familie im Rollstuhl zum Auto zu schieben. Als sie mit dem Baby im Arm schließlich sicher auf der Rückbank angegurtet saß, war sie bereits zu Scherzen aufgelegt. »Bringen Sie uns jetzt nach Hause, James!«
Sobald sie auf der Hauptstraße fuhren, wurde Christie aber wieder ernst und fragte: »Was ist mit Scotty? Was hat er gesagt? Hat er gefragt, warum seine Mami vier Tage fort war?«
»Er hat dich sehr vermißt. Aber ich habe ihn damit zu trösten versucht, daß du bei deiner Rückkehr, wie versprochen, seinen kleinen Bruder mitbringst.«
»Ich frage mich nur ...«
»Was denn, Schatz?«
»Es heißt doch immer, daß ältere Kinder eifersüchtig reagieren, wenn sie dazu gezwungen sind, jüngere Geschwister zu akzeptieren«, gab Christie zu bedenken.
»Soweit ich weiß, trifft das nur zu, wenn das ältere Kind den Eindruck erhält, plötzlich nur noch das fünfte Rad am Wagen zu sein«, beschwichtigte Bill.
Keiner von ihnen verlor ein weiteres Wort über das Thema, aber insgeheim machten sich beide Sorgen darüber, wie die erste Begegnung zwischen Scotty und seinem kleinen Bruder verlaufen würde.
Als sie zu Hause eintrafen und Bill den Wagen in die Garage fuhr, rief er bereits von dort aus nach dem Jungen: »Scotty, wo steckst du? Mami ist wieder da. Komm runter, um sie zu begrüßen und um dir deinen kleinen Bruder anzuschauen!«
Christies und Bills Erwartung, nach dieser Aufforderung das aufgeregte Getrappel von Scottys kleinen Füßen zu vernehmen, wurde jedoch enttäuscht. Statt dessen schlug ihnen nur die bedrückende Stille des Hauses entgegen und veranlaßte beide dazu, besorgte Blicke auszutauschen.
»Scotty!« rief Bill erneut, woraufhin ihnen Eve Young – eine

Nachbarin, die die Aufgabe übernommen hatte, während Bills Abwesenheit auf Scotty aufzupassen – im Flur entgegentrat.
»Er ist oben in seinem Zimmer und spielt«, erklärte sie und eilte auf Christie zu. »Nun zeigt mir schon das kleine Goldstück.«
Christie hielt ihr das Baby entgegen und zog die Decke ein Stück herunter.
»Gott, so ein hübscher Bengel!«, rief Eve. »Seine Augen und seine Haarfarbe verraten auf den ersten Blick, daß er ein echter Salem ist.«
Als Christie auf diese Äußerung mit einem reservierten Gesichtsausdruck reagierte, wurde Eve Young erst klar, was sie gesagt hatte. »Oh, entschuldigt! So habe ich es nicht gemeint«, versuchte sie, ihren Patzer wieder gutzumachen, und wandte sich an Christie. »Ich wollte nur sagen, daß der kleine deine Haarfarbe und Bills Augen hat.«
»Ich habe dich schon verstanden«, half ihr Christie, die peinliche Situation zu retten. »Aber jetzt müssen wir erst einmal nach dem älteren der beiden Salem-Jungs schauen. Scotty! Scotty! Mami ist wieder zu Hause!«
Endlich hörten sie, wie er die Treppe hinabstieg – wenn auch nur langsam und zögerlich.
Als er schließlich im Erdgeschoß angelangt war, richtete er seinen ängstlichen Blick auf Christie.
»Mami … darf ich gucken?«
Christie setzte sich auf den Treppenabsatz, so daß Scotty das Baby genau unter die Lupe nehmen konnte. Der Zweijährige lehnte sich jedoch scheu zurück und wagte kaum, einen Blick auf seinen kleinen Bruder zu werfen. Erst als Christie die Decke, in die das Neugeborene eingehüllt war, weiter zurückschlug, starrte Scotty unverhohlen auf das noch unbekannte neue Familienmitglied.
Der kleine, bewegungslose und offensichtlich schlafende Säugling wirkte auf ihn wenig bedrohlich. Deshalb entspannte er sich allmählich und fand zu seiner gewohnten Aufgeschlossenheit zurück.
»Baby halten?« fragte Scotty noch immer zaghaft.

»Dazu bist du noch zu klein«, mischte sich Eve Young ein. Aber Christie war schon dabei, das Baby in Scottys Arme zu legen, wobei sie allerdings sorgsam darauf achtete, seinen Griff zu unterstützen, auch wenn Scotty glaubte, den Säugling ganz allein zu halten. Er schaute neugierig in das noch runzelige, gerötete Gesicht seines kleinen Bruders und blickte dann lächelnd in die Augen seiner Mutter. Er fühlte sich offensichtlich beruhigt und aller Sorgen enthoben.
In diesem Moment vollzog sich der erste erfolgreiche Schritt des Übergangs von der Einkind- zur Zweikindfamilie.

Während der nächsten Tage blieb Scotty immer wieder neben dem Bettchen des schlafenden Babys stehen, um es kurz zu begutachten und ihm dann sanft über das Köpfchen zu streicheln.
Das einzige Anzeichen von Eifersucht, das Scotty vorübergehend zeigte, bestand darin, daß er sich ein paar Tage lang weigerte, weiterhin den Spielkreis im Kindergarten zu besuchen, an dem er seit einiger Zeit regelmäßig teilnahm. Statt dessen zog er es jetzt vor, lieber zu Hause bei seiner Mutter zu bleiben, damit er darüber wachen konnte, daß sein kleiner Bruder nicht mehr Aufmerksamkeit von ihr erfuhr als er selbst.
Christie mußte sich vor allem in einer Hinsicht umstellen: Sie legte das Baby – wie damals ihren kleinen Billy – an die Brust. Immer wenn Scotty ihr dabei zuschaute, fragte sie sich, ob er wohl irgendeine Erinnerung daran besaß, daß er nie gesäugt worden war. Konnte sich ein Kind überhaupt auf Dinge zurückbesinnen, die es im Alter von wenigen Tagen, Wochen oder Monaten erlebt hatte?
Aufgrund der Aufregungen und Freuden, die die Geburt des Babys und dessen Aufnahme im Kreis der Familie mit sich gebracht hatte, war es Christine Salem gelungen, alle Gedanken an die drohenden juristischen Streitigkeiten um das Sorgerecht für Scotty zu verdrängen. Sie wurde allerdings abrupt von der bedrückenden Wirklichkeit eingeholt, als sie einen überraschenden Anruf von Paul Henderson erhielt.

»Christie, es hat sich etwas in dem Verfahren wegen Scotty getan.«
»Nämlich?«
»Henry Clement, der Anwalt der Mannings, hat den Antrag gestellt, daß Sie in seiner Kanzlei unter Eid aussagen.«
»Was bedeutet das?«
»Nun, Sie werden erst vereidigt, und dann wird er Ihnen ein paar Fragen stellen. Das Ganze ist eine reine Routineangelegenheit. Solange Sie dabei nichts verheimlichen oder irgendwelche Falschaussagen machen, haben Sie nichts zu befürchten.«
»Worüber will mich dieser Clement denn befragen?« hakte Christie argwöhnisch nach.
»Das hat er mir natürlich nicht verraten«, gestand Henderson. »Aber ich werde ja die ganze Zeit dabeisein. Falls Clement Ihnen tatsächlich Fragen stellt, auf die Sie meiner Meinung nach besser nicht antworten sollten, werde ich mich schon melden.«
»Aber was kann er sich nur von einer solchen Befragung versprechen?« Christies Mißtrauen hatte sich noch immer nicht gelegt.
»Das werden wir erst erfahren, wenn es soweit ist.«
»Und wenn ich es ablehne, mich der Befragung zu unterziehen?«
»Dann wird Clement vermutlich zu Richter Hart gehen und Sie gerichtlich vorladen lassen«, erklärte Henderson.
»Darf er das tun?«
»Ja, das darf er. Und wie ich Henry Clement kenne, wird er auch nicht zögern, diesen Schritt zu unternehmen. Er kann ein ausgesprochen hartnäckiger und sogar unangenehmer Zeitgenosse sein. Und in diesem Fall will er gewiß nichts unversucht lassen, da er einen berühmten Fernsehstar als Mandanten vertritt. Deshalb wird die ganze Sache sicher viel öffentlichen Wirbel machen. Clement wird die Chance nutzen wollen, sich dabei selbst ins Rampenlicht zu rücken.«
»Mit anderen Worten – Sie empfehlen mir, mich dieser Befragung freiwillig zu unterwerfen«, folgerte Christie seufzend.
»Schließlich sollten wir auch bei Richter Hart nicht den Ein-

druck erwecken, daß Sie etwas zu verbergen haben oder das Verfahren behindern wollen«, riet Henderson. »Es wird uns später von Nutzen sein, wenn wir darauf verweisen können, alles in unserer Macht Stehende getan zu haben, um eine faire und zügige Regelung des Streites in die Wege zu leiten.«

»Wann und wo soll das Ganze stattfinden? Und wieviel Zeit wird es in Anspruch nehmen? Schließlich kann ich nicht frei schalten und walten, da ich meinem Baby regelmäßig die Brust geben muß.«

»Ich werde natürlich dafür sorgen, daß man Sie nicht über Gebühr beansprucht«, versicherte Henderson. »Wie wäre es mit Montag? Würde es Ihnen um zehn Uhr vormittags passen?«

»Also Montag nächster Woche, zehn Uhr«, wiederholte Christie widerstrebend.

Als Paul Henderson kurz darauf bei Henry Clement anrief, um ihm den mit Christie verabredeten Termin vorzuschlagen, versuchte er zunächst, seinen Anwaltskollegen dazu zu bewegen, auf die ganze Prozedur zu verzichten. »Henry, was in aller Welt hoffen Sie denn von Mrs. Salem zu erfahren, was Sie nicht auch von mir hören könnten?«

»Es gibt da einige Dinge und Details, bei denen Sie mir höchstwahrscheinlich auch nicht weiterhelfen können, Paul. Aber ich werde es möglichst kurz machen. Und ich verspreche Ihnen, Ihre Mandantin mit Samthandschuhen anzufassen. Sollte Sie sich zu irgendeinem Zeitpunkt unwohl fühlen, dann werden wir die Befragung sofort unterbrechen oder verschieben.«

Am darauffolgenden Montag schaute Christie gegen halb zehn noch einmal nach ihrem Baby und gab ihrem älteren Sohn noch einen Abschiedskuß, bevor sie sich auf den Weg machte. Scotty klammerte sich jedoch an ihr fest, da er noch nicht vergessen hatte, daß seine Mutter bei ihrem letzten Aufbruch erst nach vier endlos erscheinenden Tagen wieder zurückgekehrt war.

»Mami? Wiederkommen?« fragte er besorgt.

»Aber natürlich, mein Schatz. Ich werde rechtzeitig zum Mittagessen wieder da sein.«

Erst nach dieser Versicherung gab Scotty sie zögernd frei.
Als Christie in Henry Clements Kanzlei eintraf, wartete dort bereits Paul Henderson auf sie. Beide wurden in Clements Bibliothek geführt, wo eine Protokollantin an ihrer Maschine saß, um Christies Aussage aufzunehmen.
Kurz darauf eilte Clement in den Raum, um – scheinbar überrascht – vor Christie stehenzubleiben und sie mit einem Kompliment über ihr Aussehen zu begrüßen. »Sind Sie Mrs. Salem? Was für eine schöne junge Frau!« Zu Henderson gebeugt, fügte er hinzu: »Sie sieht aus, als sei sie gerade erst achtzehn geworden! Aber ich weiß, daß Ihre Zeit knapp ist. Deswegen wollen wir gleich zur Sache kommen, Miss Eggleston?«
Die Protokollantin wandte sich auf Clements Aufforderung hin an Christie. »Mrs. Salem, bitte heben Sie Ihre rechte Hand!«
Verblüfft blickte Christie Paul Henderson an.
»Das gehört zur Prozedur, meine Liebe. Sie müssen jetzt zuerst schwören, alle nachfolgenden Fragen wahrheitsgemäß zu beantworten.«
Plötzlich wurde Christie bewußt, daß sie zum ersten Mal in ihrem Leben vereidigt wurde. Ein beklemmendes Gefühl beschlich ihr Herz, als sie die Formel vernahm: »Schwören Sie feierlich, die Wahrheit zu sagen und nichts als die Wahrheit, so wahr Ihnen Gott helfe?«
»Ich schwöre«, antwortete Christie mit leiser und etwas heiserer Stimme, da dieser Auftakt ihre innere Anspannung nur noch verstärkt hatte.
Henry Clements erste Fragen bezogen sich auf rein formale Dinge wie Name, Anschrift, Alter, Ehestand und dergleichen. Dann schwenkte Clement in eine andere Richtung und befragte Christie gezielt darüber, wie und warum sie und ihr Mann Scotty adoptiert hatten.
»Wie lange waren Sie kinderlos, bevor Sie den Entschluß faßten, Scotty zu adoptieren?«
Unter der Bürde des von ihr geleisteten Eides befürchtete Christie, daß Clement seine Frage bewußt in dieser Form gestellt

hatte, um ihr zu einem späteren Zeitpunkt möglicherweise einen Strick aus einer ungenauen Antwort drehen zu können. Aber mußte sie jetzt wirklich Billys Tod zur Sprache bringen? Alte Ängste und Schuldgefühle flammten erneut in ihr auf. Ratsuchend warf sie Henderson einen fragenden Blick zu.
Ihr Anwalt erkannte jedoch nicht den Grund ihres Zögerns und erklärte nur: »Sie brauchen sich keine Gedanken zu machen, Christie. Diese Frage ist durchaus zulässig. Sie können sie ruhig beantworten.«
Nur zögernd brachte sie die Worte über die Lippen, die ihr so schwerfielen. »Ich ... ich hatte bereits zuvor ein Kind.«
Clement stutzte bei dieser Aussage, allerdings aus einem Grund, den Christie nicht vorhergesehen hatte. »Mrs. Salem, als Sie sich bei den Behörden um eine Adoption bemühten, gaben Sie dort an, daß Sie keine eigenen Kinder hätten. Haben Sie also gelogen, um damit möglicherweise Ihre Erfolgsaussichten zu verbessern?«
»Ich habe nicht gelogen«, widersprach Christie. »Ich hatte tatsächlich ein vier Monate altes Kind gehabt.«
»*Gehabt*? Was meinen Sie damit, Mrs. Salem?«
»Mein Sohn – er starb unerklärlicherweise am plötzlichen Kindstod«, mußte Christie widerstrebend erklären.
Clement bekundete auf dieses Geständnis hin große Anteilnahme. »Wie schrecklich für Sie. Sie haben mein tiefstes Mitgefühl.«
Innerlich jubelte er jedoch: Was für ein Glücksfall! Ins Blaue geschossen und einen Volltreffer gelandet. Diese Information kann zu rechten Zeit Gold wert sein.
Anschließend stellte er nur noch Routinefragen ohne besondere inhaltliche Bedeutung. Es ging Clement lediglich darum, Christies Aussageverhalten zu testen. Er beobachtete unauffällig ihren Gesichtsausdruck, ihre Hände und ihre hilfesuchenden Blicke zu Henderson, um festzustellen, wie nervös sie war. Als Clement sich schließlich ein Bild davon gemacht hatte, wie sich Christie in einer Kreuzverhörsituation vor Gericht verhalten würde, gab er plötzlich vor, die Uhrzeit völlig aus den Augen verloren zu haben. »Oh, Mrs. Salem, es tut mir

schrecklich leid. Ich stelle gerade fest, daß ich Sie hier schon viel länger festgehalten habe als geplant. Sie müssen doch sicher schnellstmöglich zurück nach Hause zu Ihrem Baby. Dann wollen wir jetzt lieber umgehend Schluß machen.«
Im Gewand äußerster Höflichkeit und Zuvorkommenheit begleitete Clement Christie und Henderson zum Fahrstuhl, wobei er sich ständig dafür entschuldigte, sie zu sich gebeten zu haben. »Es tut mir aufrichtig leid, Sie so lange in Anspruch genommen zu haben. Aber glauben Sie mir, ich tue so etwas wirklich nicht gern, sondern nur, weil die Sache es erfordert.«
Als sich schließlich die Fahrstuhltüren schlossen, atmete Christie erleichtert auf, nicht mehr in das lächelnde Gesicht Henry Clements blicken zu müssen.
»Wie war ich?« fragte sie Henderson. »Habe ich irgend etwas Falsches gesagt?«
»Sie haben sich genau richtig verhalten«, lobte sie der Anwalt. Insgeheim aber machte er sich Sorgen darüber, welchen unerwarteten Stellenwert plötzlich der Tod des ersten Salem-Kindes bei der Befragung bekommen hatte. Zwar hatte sich Henderson bereits selbst eine Strategie zurechtgelegt, bei der ihm gerade die Erwähnung dieses tragischen Unglücksfalls dazu dienen sollte, vor Gericht Sympathie für seine Mandanten zu wecken. Aber jetzt konnte er sich des Gefühls nicht erwehren, daß Clement versuchen würde, ihm einen Strich durch die Rechnung zu machen.
Grübelnd mußte sich Henderson eingestehen, daß der Fall wohl doch einen sehr viel komplizierteren und unangenehmeren Verlauf nehmen würde, als er zunächst vorhergesehen hatte.

Kapitel 25

Mehrere Wochen später läutete bei den Salems eines Morgens gegen halb acht das Telefon. Um Christie – die gerade das Baby versorgt und sich dann wieder hingelegt hatte – nicht zu stören, nahm Bill das Gespräch vom Küchenanschluß aus an. Am anderen Ende der Leitung meldete sich Paul Henderson.

»Tut mir leid, daß ich Sie so früh stören muß, Bill. Aber ich hielt es für wichtig, daß Christie rechtzeitig vorbereitet ist.«

»Vorbereitet auf was?« erkundigte sich Bill alarmiert.

»Bis jetzt ist die ganze Angelegenheit nur eine Privatsache gewesen. Gestern abend rief mich jedoch Henry Clement an, um mich darüber zu informieren, daß er heute seinen Antrag auf Übertragung des Sorgerechts für Scotty bei Gericht einreichen wird.«

»Ist das der übliche Weg?«

»Ja. So sieht es das Gesetz vor.«

»Wo liegt dann das Problem?«

»Sobald die Klageschrift eingereicht ist, steht sie jedermann zur Einsicht offen.«

Schlagartig wurde Bill klar, worauf sein Anwalt hinauswollte.

»Sie meinen die Presse?«

»Genau. Und ich würde die Hand dafür ins Feuer legen, daß Henry Clement versuchen wird, mit Hilfe einer Medienkampagne die öffentliche Meinung zugunsten seines Mandanten zu manipulieren. Auch wenn es alle Betroffenen bestreiten werden, so gibt es doch keinen Geschworenen und keinen Richter, dessen Urteil nicht auch durch das beeinflußt würde, was er täglich in der Presse hört, sieht und liest. Schließlich sind auch Richter nur Menschen, die schon allein wegen ihres eigenen Ansehens bei ihren Entscheidungen meist die öffentliche Meinung hinter sich haben wollen.«

»Und in diesem Fall geht es auch noch um den Fernsehstar Brett Manning, den Millionen von Frauen anhimmeln …«, stöhnte Bill. »Gibt es denn nichts, was wir tun können, Paul?«

»Schärfen Sie Christie ein, sich vor allem am Telefon und an der Tür in acht zu nehmen. Sie soll auf keinen Fall mit Reportern reden. Sie soll überhaupt vorsichtig sein, wenn sie mit Leuten spricht, die sie nicht persönlich kennt.«

Paul Henderson sollte mit seiner Prophezeiung recht behalten. Das einzige, was er unterschätzt hatte, war das enorme

Ausmaß der Kampagne, die Henry Clement gegen die Salems angezettelt hatte.

Seinen Ratschlag befolgend, hängte Christie das Telefon jedesmal sofort wieder ein, sobald sie eine ihr unbekannte Stimme vernahm. Als dann zwei Kamerateams vor ihrem Haus Position bezogen, alarmierte sie die Polizei, die dem Spuk bald ein Ende bereitete.

Das hielt einige lokale Sender allerdings nicht davon ab, wiederholt das von einer großen Fernsehgesellschaft aufgenommene Interview mit Brett Manning auszustrahlen, in dem der Star erklärte, es gehe ihm nur um Gerechtigkeit und darum, seinen Sohn zurückzubekommen.

Am Ende hob der Interviewer jedesmal hervor, daß die Salems sich weigerten, dem Wunsch der leiblichen Eltern zu entsprechen, und außerdem jede öffentliche Stellungnahme ablehnten.

Am Abend des Folgetages nahm der Medienrummel jedoch bereits wieder ab, da aktuelles Tagesgeschehen den Fall *Manning gegen Salem* aus den Nachrichtensendungen verdrängte. Nicht nur Christie und Bill reagierten mit Erleichterung. Auch Paul Henderson atmete auf, weil die Kampagne allem Anschein nach so rasch abflaute. Er wußte allerdings nur allzugut, daß dennoch möglicherweise erheblicher Schaden angerichtet worden war und das Medieninteresse spätestens zu Prozeßbeginn wieder neu aufflammen würde. Henderson – der auch nach mehr als vierzigjähriger Berufserfahrung nichts davon hielt, Medien für die Zwecke seiner Mandanten einzusetzen – hoffte jedoch, spätestens vor Gericht die Dinge ins rechte Licht zu rücken und die von Clement inszenierte Meinungsmache sogar als Hebel für einen Umschwung der öffentlichen Meinung zugunsten seiner Mandanten nutzen zu können.

Da nun der Startschuß für die bevorstehende gerichtliche Auseinandersetzung gefallen war, hielt der Anwalt den Zeitpunkt für gekommen, Christie und Bill mit den juristischen Fragestellungen vertraut zu machen, um die es beim Prozeß gehen würde.

Zu diesem Zweck beschloß er, die Salems abends in ihrem Haus aufzusuchen, zumal das Treffen dort einen vertraulicheren Charakter haben würde als in seinem Büro.
»Christine ... Bill ... in gewisser Weise haben wir es mit zwei verschiedenen Fällen zu tun. Zunächst gibt es da Mrs. Manning. Sie wird vor Gericht die übliche Geschichte der jungen Mutter präsentieren, die aus Gewissensnöten nicht darüber hinwegkam, ihr Kind zur Adoption freigegeben zu haben. Sie wird darlegen, daß sie als Opfer unglücklicher Umstände zu verwirrt und ratlos gewesen sei, um die Folgen ihres Tuns richtig abschätzen zu können. Sie wird hervorheben, damals mittellos gewesen und zudem von falschen Freunden schlecht beraten worden zu sein. Ihre Einwilligung in die Adoption sei nur eine Kurzschlußreaktion aufgrund ihrer Angst gewesen, nicht für ihr Kind sorgen zu können. Kurz und gut – Mrs. Manning wird eine Geschichte zum besten geben, die sich zwar jeden Tag ereignet, nichtsdestoweniger aber oft Wirkung erzielt.
Darüber hinaus haben wir es jedoch auch mit Mr. Manning zu tun, der immerhin einen juristisch bedeutungsvollen Trumpf im Ärmel hat. Schließlich ist er ein Vater, der seiner ihm gesetzlich zustehenden Rechte beraubt wurde.«
»Was für Rechte?« fuhr Bill dazwischen. »Die beiden waren doch nicht einmal verheiratet.«
»Das trifft zwar zu. Aber ob nun verheiratet oder nicht, als leiblicher Vater hätte auch er in die Freigabe zur Adoption einwilligen müssen. Er ist jedoch nie davon in Kenntnis gesetzt worden. Also wird sein Anwalt darauf plädieren, daß es ihm aufgrund dieses Rechtsverstoßes nicht möglich war, über das Schicksal seines Sohnes zu befinden.«
»Aber dafür kann uns doch niemand verantwortlich machen!« protestierte Bill.
»Selbstverständlich nicht«, bestätigte Henderson. »Aber juristisch gesehen kann man diese Situation mit dem Fall vergleichen, daß jemand mit gestohlener Ware handelt. Auch wenn der Käufer in gutem Glauben handelt, ist und bleibt die Veräußerung eines gestohlenen Gutes gesetzwidrig. Der Verkauf läßt sich damit anfechten.«

Plötzlich wurde Christie die Tragweite von Hendersons Erläuterungen klar. »Sie wollen damit also sagen, daß wir Scotty verlieren werden, weil Lori Adams in den Adoptionsdokumenten einen falschen Namen für den leiblichen Vater angegeben hat? Nein! Nein, das darf doch nicht wahr sein! Ich kann mir einfach nicht vorstellen, daß ein Gericht so ... so grausam urteilen würde.«
Sie kämpfte darum, nicht in Tränen auszubrechen.
Henderson versuchte, ihr Mut zu machen. »Christine, ich habe damit nicht gesagt, daß alles von diesem einen Punkt abhängt. Ich wollte nur zum Ausdruck bringen, daß dieser Aspekt die Fragestellung komplizierter macht. Ich zweifle allerdings nicht daran, daß Richter Hart bei der Urteilsfindung Ihren guten Glauben in angemessener Form würdigen wird.«
»Das bleibt nur zu hoffen«, bemerkte Christie, nicht zuletzt, um ihre eigene Furcht zu verbergen.
»Paul, glauben Sie, daß es eine gute Idee wäre, Scottys leibliche Mutter einer ähnlichen Befragung zu unterziehen, wie dies bei Christie geschah?« fragte Bill.
»Ich habe daran gedacht. Aber die möglichen Vorteile, die sich daraus ergeben könnten, rechtfertigen meines Erachtens nicht das Risiko einer ergebnislosen Befragung. In dem Fall stünden wir als die Dummen da, die in einem reinen Verzweiflungsversuch im Trüben gefischt haben. Nein! Bisher haben wir die erste Welle der Pressekampagne ohne größeren Schaden überstanden, und das ist gut so. Dabei soll es auch bleiben. Wir werden uns auch weiterhin nicht daran beteiligen, mit Dreck zu werfen, und deshalb selbst eine weiße Weste behalten. Also machen wir weiter wie geplant, das heißt: normale Alltagsroutine und keine Presseinterviews. Wir können zwar nicht verhindern, daß ein Reporter Christine dabei fotografiert, wie sie die Kinder ausfährt, aber alles andere liegt in unserer Hand.«

Während der nächsten Tage hielt sich Christie an Paul Hendersons Empfehlung und ging ihren gewohnten hausfraulichen Tätigkeiten nach. Vor allem wenn sie zum Einkaufen fuhr oder mit den Kindern an die frische Luft ging, bemühte sie sich, die Reporter, Fotografen und Kamerateams zu ignorieren, die ihr immer wieder auflauerten und sie mit Fragen bombardierten.

Den ersten wirklich schmerzlichen Schock erlitt Christie, als sie eines Vormittags mit ihrem Einkaufswagen voller Lebensmittel und Babyartikel im Supermarkt in der Schlange an der Kasse stand. Während sie darauf wartete, an die Reihe zu kommen, ließ sie ihre Blicke beiläufig über das Zeitschriftenregal zu ihrer Linken schweifen. Dabei stach ihr die Überschrift eines Magazins ins Auge: FERNSEHHELD KÄMPFT DARUM, SEINEN ADOPTIERTEN SOHN FREIZUKAUFEN. Unter der Überschrift war ein Foto abgebildet, das Brett Manning in einer Szene der Fernsehserie zeigte. Christie hatte gerade damit begonnen, den betreffenden Artikel zu lesen, als sie an die Reihe kam. Kurz entschlossen packte sie die Zeitschrift mit zu ihren Einkäufen.

Nachdem sie zu Hause angekommen war, das Baby gefüttert und die Einkäufe verstaut hatte, wollte sie die Zeit bis zu Scottys Rückkehr vom Spielkreis dazu nutzen, um die begonnene Lektüre zu beenden. Also setzte sie sich an den Küchentisch und schlug das Klatschblatt auf.

In einer der wenigen Drehpausen, die ihm – als einem der beliebtesten Fernsehstars unserer Tage – sein enger Terminkalender läßt, treffen wir auf einen Brett Manning, der in seiner Garderobe den Tränen nahe ist. »Ich will doch nur meinen Sohn zurück«, sagte er mit flehender Stimme, »mein eigen Fleisch und Blut. Jeder Mann, der Vater eines Kindes ist, wird meinen sehnlichsten Wunsch nachvollziehen können. Ich möchte ihn endlich in meinen Armen halten, um sicher zu sein, daß er wohlauf ist, daß ihm kein Übel widerfährt und daß für ihn gut gesorgt wird. Diese Leute ... Salem, oder wie immer sie heißen mögen ... sind doch nur Fremde für meinen Sohn, die ihm nicht den eigenen Vater ersetzen können. Niemand vermag ein Kind so zu lieben, wie der leibliche Vater und die leibliche Mutter, die es geboren hat. Wenn diese Salems ehrbare Leute wären, dann würden sie das eingestehen und mir meinen Sohn zurückgeben. Aber vielleicht handelt es sich bei diesen Menschen nur um Geldschneider, die diese Gelegenheit dazu benutzen wollen, möglichst viel aus mir herauszupressen. Ich werde jeden Preis bezahlen, um meinen Sohn freizukaufen, was immer sie auch dafür verlangen. Immerhin habe ich bereits gewisse Hinweise in diese Richtung erhalten …

»Warum lügst du nur so schamlos, du verfluchter Hundesohn?« explodierte Christie. Wutentbrannt stürzte sie ans Telefon und ließ sich mit Paul Henderson verbinden, um ihm den Artikel vorzulesen.
»Paul, was können wir gegen diese infamen Verleumdungen unternehmen?«
»Gar nichts«, erwiderte Henderson seufzend. »Und auch, wenn es noch dicker kommen sollte, werden wir stillhalten und nichts unternehmen. Wir können nur hoffen, daß die Presse bald ihr Interesse verliert. Sie werden sehen, daß sich die öffentliche Meinung dann zu unseren Gunsten ändern wird.«
»Und wenn sie das nicht tun sollte?« zweifelte Christie.
»Denken Sie immer daran, daß unsere Stunde erst vor Gericht schlägt«, war der ganze Trost, den Henderson ihr zu spenden vermochte.
Im Verlauf des Abends meldeten sich bei den Salems entweder persönlich oder telefonisch vier Nachbarn, mehrere Mütter aus Scottys Spielkreis und auch Bills Mutter. Sie alle hatten nur eines im Sinn, nämlich ihrer Entrüstung über den Artikel in diesem »Skandalblatt« Luft zu machen – obwohl sie alle nicht zuletzt durch ihre prompte Reaktion eingestanden, eben dieses »Skandalblatt« regelmäßig zu lesen.
Da Bill die Arbeit nachholen mußte, die er durch die Geburt des Babys versäumt hatte, kehrte er erst am späten Abend heim und traf auf eine noch immer zornige Christie.
»Wir müssen einfach etwas unternehmen, denn mittlerweile

beginnen sogar unsere Freunde, an uns zu zweifeln und Fragen zu stellen«, fauchte sie.

»Ich habe im Büro auch zwei derartige Anrufe erhalten«, gestand Bill und fügte dann hinzu: »Ich habe daraufhin mit Paul telefoniert. Er meinte, wir sollten nichts unternehmen, auch wenn es uns schwerfiele.«

»Aber wir können solche Lügen über uns doch nicht unwidersprochen hinnehmen«, protestierte Christie.

»Aber Paul sagt ...«

»Paul sagt, Paul sagt ...«, unterbrach sie ihn aufgebracht. »Bill, vielleicht ist Paul einfach ein zu höflicher und wohlerzogener Gentleman, um es mit einem durchtriebenen Halunken wie Henry Clement aufnehmen zu können!« Einen Augenblick später bereute Christie ihre Äußerung jedoch bereits. »Es tut mir leid, Schatz. Ich habe es nicht so gemeint. Paul hat sich gerade in schlechten Zeiten gewiß immer als ein guter Freund und zuverlässiger Berater erwiesen.«

»Allerdings«, bestätigte Bill. »Ohne ihn wäre es mir nie gelungen, meine kleine Firma so zum Laufen zu bringen. Und deshalb werden wir ihm auch weiterhin vertrauen und seinen Rat befolgen.«

Die Hochzeit von Brett Manning und Lori Adams fand in einem viel größeren Rahmen statt, als beide je geplant hatten. Ihnen zu Ehren hatten alle Schauspielerkollegen Bretts und das gesamte Aufnahmeteam im Studio eine Riesenparty in den Originalkulissen organisiert. Dazu hatten es sich die Produzenten nicht nehmen lassen, dem Paar und allen Gästen ein verschwenderisches Festmahl zu spendieren. Außerdem wurden Brett und Lori mit Glückwunschtelegrammen und Geschenken des Fernsehsenders, des Sponsors und diverser Werbeagenturen überhäuft.

Es war jedoch wieder einmal die gute alte Sally Brownell, die das Brautpaar während des Festes beiseite nahm und auf ihre unnachahmlich direkte Art auf den Boden der Tatsachen zurückholte.

»Kinder, ihr mögt zwar für euer Alter schon einiges durchgestanden haben, aber laßt euch bloß nicht einfallen, eure Ehe auf die leichte Schulter zu nehmen und euer Glück leichtfertig zu verspielen. Das würde ich euch niemals verzeihen. All dies hier – die Musik, der Champagner, der Kaviar, die Ausgelassenheit, die Geschenke, die Glückwünsche – wird bald Schnee von gestern sein. Eine Ehe aber dauert ein Leben lang – zumindest sollte sie das. Glaubt mir, Kinder, ich weiß, wovon ich spreche.«

Dann küßte Sally Brownell zuerst Lori und schließlich Brett, wobei sie sich auf ihre Zehenspitzen stellen mußte.

Beide stahlen sich davon, lange bevor die Party zu Ende war. Sie schlüpften durch den Hinterausgang des Studios auf die zu nächtlicher Stunde menschenleere Manhattan Street. Um so erstaunter stellte Lori fest, daß sie von einer Pferdekutsche erwartet wurden.

»Was hat das zu bedeuten, Brett?«

»Erinnerst du dich nicht mehr daran, daß wir immer davon geträumt haben, einmal mit einer Kutsche nachts durch den Central Park zu fahren? Früher fehlte uns das Geld dazu, aber heute nicht mehr. Darf ich also bitten, Mrs. Manning, und Ihnen meinen Arm reichen?«

»Sie dürfen, Mr. Manning, Sie dürfen.«

Als sich die Kutsche langsam in Bewegung setzte, kuschelte sich Lori in Bretts Arm.

»Brett, ist dir jemals der Gedanke gekommen, daß ... daß es vielleicht besser gewesen wäre, wenn wir schon vor langer Zeit geheiratet hätten? Ich zumindest grüble oft darüber nach.«

»Ich auch, und zwar öfter, als du dir vorstellen kannst. Immer wieder wachte ich nachts auf und fragte mich, ob wir nicht auch mit dem wenigen, was wir damals hatten, zurechtgekommen wären – sogar mit einem Baby. Aber wenn ich morgens aufstand, fühlte ich mich jedesmal so ratlos wie am Abend zuvor. Doch ich verspreche dir eins, Lori. Nach allem, was du durchzustehen hattest, werde ich den Rest meines Lebens darauf verwenden, alles wiedergutzumachen.«

»Nein, Liebling! Du sollst nichts wiedergutmachen! Ich will nicht, daß du irgend etwas für mich tust, nur weil du dich schuldig fühlst. Was immer einer von uns beiden für den anderen tut, soll nur aus Liebe geschehen. Ich glaube, Sally Brownell ist eine weise Frau. Sie hatte recht, als sie sagte, daß das eigentliche Leben erst beginnt, wenn das Feiern vorüber ist.«

»Unser eigentliches Leben beginnt in dem Augenblick, in dem ich mein Versprechen einlöse. Dann werden wir nicht nur ein Paar, sondern eine richtige Familie sein. Unser Leben beginnt, sobald wir unseren Sohn zurückhaben«, erklärte Brett entschlossen.

Mittlerweile war die Kutsche weit in das Innere des Parks vorgedrungen, so daß in der milden Nacht nur noch das Hufklappern des Pferdes zu vernehmen war.

»Brett ... was meinst du ... wie sieht er wohl aus?« fragte Lori leise.

»Wie er aussieht? Der kleine Brett?« wiederholte er, da ihn die Frage überrascht hatte. »Er sieht sicher aus wie alle Manns. Das klingt vielleicht ein bißchen angeberisch, aber ich bin überzeugt davon, daß er ein echter ›Mann‹ ist, auch wenn ihm Adams-Blut beigemischt ist. Wegen letzterem wird er jedoch bestimmt so lächeln wie du – und genauso schmollen.«

»Ich schmolle nie«, widersprach Lori.

»Wie immer du es nennen magst, es sieht jedenfalls ausgesprochen niedlich aus, wenn du es tust«, zog Brett sie auf.

»Hör mal. Ich bin schließlich eine 24jährige Frau. Das ist viel zu alt, um noch ›niedlich‹ wirken zu können. Außerdem bin ich jetzt auch eine *verheiratete* Frau. Wie sich das allein schon anhört – *verheiratet*! Schon beim Klang dieses Wortes fühle ich mich viel reifer und erwachsener. Und wenn ich erst einmal mein Baby in den Armen halte ... wir werden ihn doch zurückbekommen, Brett, nicht wahr?«

»Clement sagt, daß das Gesetz auf unserer Seite ist. Ich verspreche dir, daß wir ihn zurückbekommen werden.«

Er küßte sie, und beide hielten sich eng umschlungen in den

Armen, ohne noch etwas von dem Hufklappern zu bemerken, das durch die stille Morgendämmerung hallte.

An Bretts erstem drehfreien Wochenende nutzten er und Lori die Gelegenheit und nahmen ein Flugzeug, um Henry Clement zu treffen.

Obwohl Clement das Wochenende lieber auf dem Golfplatz verbracht hätte, war er zähneknirschend der Bitte seines Mandanten um eine persönliche Besprechung nachgekommen. Der Fall hatte inzwischen ein solches öffentliches Interesse erregt, daß Clement es sich nicht mehr leisten konnte, irgendeinen Fehler zu machen, ohne dabei auch eine Schädigung seines Rufes in Kauf zu nehmen.

»Also, was gibt es so Brisantes, daß wir es nicht am Telefon besprechen konnten?« begann er, nachdem er Brett und Lori begrüßt hatte.

»Eine Verleumdungsklage« stieß Lori ebenso aufgeregt wie ernst hervor.

»Eine Verleumdungsklage? Wovon in Gottes Namen reden Sie eigentlich?«

Der ebenfalls nervöse Brett gab sich Mühe, den Sachverhalt detailliert und nüchtern darzustellen. »Einer der Anwälte des Fernsehsenders ist über den Artikel in diesem Boulevardblatt gestolpert.«

»Ein verdammt guter Artikel, in dem sie genau das wiedergegeben haben, was ich Ihnen zuvor gesagt hatte. Wo also liegt das Problem?«

»Es liegt in dem Satz des Interviews, in dem ich sagte, daß die Salems möglicherweise darauf spekulieren, für die Rückgabe meines Sohnes möglichst viel Geld herauszuschlagen. Der Anwalt des Fernsehsenders meinte, daß man dies als Verleumdung auslegen könne.«

»Ach, das meinen Sie«, winkte Clement ab. »Darüber brauchen Sie sich nicht den Kopf zu zerbrechen. Erstens sprechen Sie in dem Punkt nur eine Vermutung aus und keine konkrete Behauptung oder Anschuldigung. Und zweitens sind Verleumdungsklagen nur sehr schwer zu gewinnen.

Es gibt wirklich nichts, worüber Sie sich Sorgen machen müßten.«
»Das sieht der Anwalt des Senders anders. Er betonte, daß es der Sponsor der Serie nicht gern sähe, wenn ich der Verleumdung bezichtigt würde. Schließlich könnte dadurch nicht nur mein eigenes Ansehen in der Öffentlichkeit beschädigt werden.«
»Stimmt es nicht, daß die Wahrheit der beste Schutz gegen eine Verleumdungsklage ist?« merkte Lori fragend an.
»Ja, das stimmt«, bestätigte Clement gedehnt.
»Nun«, fuhr Lori fort, »die Formulierung, die Sie Brett in den Mund gelegt haben, entspricht aber in keiner Weise der Wahrheit. Die Salems haben sich uns gegenüber zu keinem Zeitpunkt in irgendeiner Form geäußert ... und schon gar nicht dahingehend, daß wir sie für die Rückgabe unseres Sohnes bezahlen sollen.«
Clement beugte sich nachsichtig lächelnd vor und nahm Loris Hand. »Wissen Sie was? Sie fliegen jetzt nach New York zurück. Sobald der Gerichtstermin erst einmal anberaumt worden ist, werde ich Sie rechtzeitig über alles Nötige informieren. Und in der Zwischenzeit versuchen Sie einfach, ein gutes Kind zu sein, und überlassen dem alten Henry Clement alles weitere, ohne sich ihr hübsches Köpfchen unnötigerweise zu belasten.«
Brett wußte, wie Lori auf diese herablassende Art des Anwalts reagieren würde, und sah, wie sich ihre Wangen bereits vor Wut röteten. Sag jetzt bitte nichts, flehten seine Augen. Er mag ein ausgesprochenes Ekel sein, aber er ist nun einmal der beste Anwalt im ganzen Bundesstaat. Wenn wir unseren Sohn zurückbekommen wollen, dann dürfen wir es uns jetzt nicht mit ihm verderben.
Auf Bretts mahnenden Blick hin gelang es Lori schließlich, sich unter Kontrolle zu halten. Aber nur langsam, ganz langsam verblaßte die Zornesröte in ihrem Gesicht.

Kapitel 26

Nachdem Henry Clement die Presse auf den Fall erst einmal aufmerksam gemacht hatte, blieb es nicht aus, daß die Medien sich vor allem darauf konzentrierten, etwas über die Salems und den kleinen, zweijährigen Jungen in Erfahrung zu bringen, den ein Reporter in einem Artikel als »Baby Brett« bezeichnet hatte – ein Name, der in Windeseile von den Zeitungen sowie von Funk und Fernsehen übernommen wurde.

Da im Hause der Salems das Telefon mittlerweile nicht mehr stillstand, hatte Bill die Nummer ändern lassen. Obwohl es sich um eine Geheimnummer handelte, gelang es einigen dennoch, sie herauszubekommen, und der Telefonterror begann von neuem.

Abgesehen davon sahen sich Christie und Bill zunehmend dazu gezwungen, Maßnahmen zum Schutz Scottys und ihres Hauses zu ergreifen. Bisher hatte Christie ihren älteren Sohn morgens immer zu seinem Spielkreis gefahren, sobald Sylvia, ihre Haushaltshilfe eingetroffen war, die während Christies Abwesenheit auf das Baby aufpaßte. Aus dem gleichen Grund wurde Scotty mittags von seiner Mutter abgeholt, noch bevor Sylvia das Haus wieder verließ.

In der Woche, nachdem das Interview mit Brett Manning veröffentlicht worden war, nahm Christie daher wie gewohnt Scotty an der Hand und führte ihn von der Küche aus in die Garage. »Sylvia, wir machen uns jetzt auf den Weg«, rief sie noch nach oben. »Ich muß anschließend nur noch ein paar Dinge im Supermarkt besorgen, bin aber in spätestens einer Dreiviertelstunde zurück.«

Sie ließ Scotty auf die Rückbank des Wagens klettern, gurtete ihn in seinem Kindersitz an und betätigte dann die Fernbedienung für das Garagentor, um rückwärts hinaussetzen zu können.

Christie war bereits halb aus der Garage gefahren, als sie in den Rückspiegel blickte und plötzlich feststellen mußte, daß

die Ausfahrt von insgesamt drei Sendewagen verschiedener Fernsehstationen blockiert wurde.
Wütend betätigte sie die Hupe. Doch anstatt Christie den Weg freizumachen, stürzten sich die Kamerateams auf ihren Wagen und umzingelten ihn, um von ihr und Scotty Aufnahmen zu machen.
»Mami, Mami!« schrie der durch den Aufruhr erschreckte Junge und zappelte hilflos in seinem Sitz.
Selbst der Panik nahe, erwog Christie einen Augenblick lang, ohne Rücksicht auf Verluste nach hinten weiterzufahren und dabei unter Umständen sogar eine Kollision mit einem der Wagen in Kauf zu nehmen. Aber sie besann sich schnell eines Besseren und fuhr statt dessen zurück in die Garage. Aber selbst als sie bereits die Fernsteuerung in Gang gesetzt hatte und das Tor sich wieder zu schließen begann, ließen sich einige Kameraleute nicht entmutigen, sondern knieten nieder, um so lange wie möglich weiterzufilmen.
Noch vor Erregung zitternd, raffte sich Christie schließlich nach einiger Zeit dazu auf, ihren Mann telefonisch über den Vorfall zu unterrichten. Bill setzte sich umgehend mit Paul Henderson in Verbindung, der sich wiederum bei Christie meldete.
»Es tut mir leid, meine Liebe, doch mit dieser Form von Belagerung werden Sie sich für einige Zeit abfinden müssen.«
»Aber was ist mit Scotty? Er liebt es doch so sehr, in seinen Spielkreis zu gehen!«
»Er ist leider mittlerweile zu einer Art Medienstar geworden, und ich fürchte, er muß jetzt den Preis für seine Berühmtheit zahlen. An Ihrer Stelle würde ich ihn lieber zu Hause behalten, zumindest so lange, bis das Interesse an ihm und dem Fall abgeflaut ist.«
»Das wird ihm gar nicht gefallen. Und dabei kann ich ihm nicht einmal erklären, warum er zu Hause bleiben soll. Andererseits werde ich natürlich nichts tun, was seine Sicherheit gefährden könnte. Er gehört schließlich zu uns. Er hat immer zu uns gehört, und daran wird sich nichts ändern. Aber ich bringe es einfach nicht übers Herz, ihm Angst zu machen,

indem ich ihm die ganzen grausamen Einzelheiten dieses abscheulichen Rechtsstreites auseinandersetze.«

Noch am selben Abend veröffentlichten die beiden regionalen Fernsehstationen und die einzige Lokalzeitung des Ortes »Exklusivaufnahmen« von »Baby Brett«.

Keine der Aufnahmen war wirklich aussagekräftig, da sie alle nur durch die geschlossenen Fensterscheiben von Christies Wagen gemacht worden waren. Aber allein der Umstand, daß die Reporter überhaupt so nah an Scotty hatten herankommen können, stimmte Christie und Bill sehr sorgenvoll.

»Verdammt noch mal, es muß doch einen rechtlichen Weg geben, einen zweijährigen Jungen vor dieser Art von Nachstellung zu schützen!« schimpfte Bill.

Aber er wurde bei einer Rücksprache mit Paul Henderson eines Besseren belehrt und mußte resigniert zur Kenntnis nehmen, daß kein Gesetz existiere, das einen amerikanischen Bürger – welchen Alters er auch sein mochte – vor der Zudringlichkeit der modernen Medien schützte.

Also machte sich Christie daran, einen Plan zu ersinnen, wie sie die sensationshungrigen Klatschreporter austricksen konnte.

Bereits am nächsten Morgen schlüpfte sie mit Scotty durch die Hintertür des Hauses und eilte mit ihm das kurze Stück bis zum Haus der Gottfrieds, deren Garten unmittelbar an den ihren grenzte. Wie zuvor abgesprochen, übernahm dann Anita Gottfried die Aufgabe, Scotty zu seinem geliebten Spielkreis zu fahren.

Auf diese und andere Weise bemühten sich die Salems, mit der Ausnahmesituation fertig zu werden, in die sie plötzlich hineingeraten waren. Von all diesen Turbulenzen bekam der erst sechs Wochen alte kleine David als jüngster Sproß der Familie nichts mit. Frei von allen Sorgen schlief er stets friedlich ein, nachdem er seinen Hunger gierig an Christies Brüsten gestillt hatte, und entwickelte sich so rasch und prächtig, wie man es von einem Säugling nur erwarten konnte.

Einige Wochen nach dem Vorfall in der Garagenausfahrt hörte Christie von Davids Kinderzimmer aus, wie unten geläutet wurde. Sie legte den Kleinen wieder in sein Bettchen und begab sich ins Erdgeschoß, um vorsichtig nachzusehen, wer vor der Tür stand.

»Mrs. Salem?« fragte eine Frau von Mitte Dreißig.

»Ja, bitte?«

»Ich bin Patricia Chatman und komme vom Fürsorgeamt«, stellte sich die Fremde vor.

»Vom Fürsorgeamt?« fragte Christie verwundert. »Und was kann ich für Sie tun?«

»Die vielen Presseberichte über Ihren Adoptivsohn Scott sind natürlich auch vom Fürsorgeamt zur Kenntnis genommen worden. Deshalb fühlen wir uns dazu verpflichtet sicherzustellen, daß das Kind, das wir Ihrer Obhut anvertraut haben, auch wirklich in geordneten Verhältnissen aufwächst.«

»Sie können sich verdammt sicher sein, daß dies der Fall ist«, erwiderte Christie entrüstet.

»Ich muß Ihnen trotzdem einige Fragen stellen und mich ein wenig bei Ihnen umsehen«, beharrte die Besucherin.

»Dann kommen Sie herein. Wir haben nichts zu verbergen«, sagte Christie und trat beiseite. »Und fragen Sie, was Sie fragen müssen.«

Die Frau trat in den Eingangsbereich und sah sich um. »Das sind also Flur, Wohn- und Eßzimmer … darf ich auch einen Blick in die Küche werfen?«

»Natürlich. Ich hatte nur gerade damit begonnen, einen Lammeintopf zuzubereiten, als mein Baby zu schreien begann. Deshalb ließ ich alles stehen und liegen, um nach meinem kleinen David zu sehen. Und dann läuteten Sie an der Tür. Es kann also in der Küche ein bißchen unordentlich sein.«

»Unordentlichkeit ist für das Fürsorgeamt genausowenig von Interesse wie Unsauberkeit.«

»Hören Sie, Sie können meine Küche ruhig genauestens unter die Lupe nehmen«, empörte sich Christie voller Stolz. »Sie werden keinen unsauberen Winkel entdecken.«

Ohne etwas zu erwidern, betrat ihre Besucherin die Küche und ließ ihre Blicke über die geschälten Kartoffeln, die geputzten Möhren und die Erbsen wandern, die bereitlagen, um in den auf dem Herd dampfenden Kochtopf mit der Lammkeule gegeben zu werden.
»Ihre Küche ist zweifellos sauber«, mußte Mrs. Chatman gestehen. »Jetzt zu Scotts Unterbringung.«
»Bitte hier entlang«, sagte Christie und führte die Frau die Treppe hinauf in das Obergeschoß. Oben angekommen, erklärte sie: »Dies ist das Elternschlafzimmer, und dort sehen Sie das Kinderzimmer von David, unserem jüngeren Sohn.«
»Und wo schläft Scott?«
»Er hat sein eigenes Zimmer und sein eigenes Spielzeug. Es fehlt ihm wirklich an nichts.«
»Ich würde mich gern selbst davon überzeugen.«
»Selbstverständlich. Dort drüben liegt sein Zimmer.«
Mrs. Chatman trat in den Raum und sah sich mit kritischem Blick um, ohne daß es Christie möglich gewesen wäre, eine Reaktion in ihrem Gesicht abzulesen. Aber was in aller Welt, so fragte sich Christie, sollte es an diesem Zimmer auszusetzen geben?
Die Frau trat an das Bett, um die Matratze zu testen, und betrachtete das diverse Spielzeug, das ich in Scottys zwei Lebensjahren angesammelt hatte.
»So weit, so gut«, sagte Mrs. Chatman in unverbindlichem Ton. »Ich bin jedoch angewiesen worden, einen möglichst umfassenden Bericht zu erstellen. Dazu wäre es sehr hilfreich, wenn ich auch ein paar Fotos von dem Zimmer machen dürfte. Wären Sie damit einverstanden? Dann dürften meine Vorgesetzten endgültig zufriedengestellt sein.«
»Fotografieren Sie, was Sie wollen. Wir haben nichts zu verbergen.«
Mrs. Chatman zog eine kleine Kamera aus der Tasche und nahm den Raum aus allen denkbaren Perspektiven auf. Außerdem fotografierte sie Scottys Bett, seinen Kleiderschrank und die meisten seiner Spielsachen.
»Den besten Eindruck von Scottys Entwicklung erhalten Sie

allerdings, wenn Sie sich diese Fotos anschauen«, erklärte Christie und nahm aus einem Regal ein in Leder gebundenes Album, auf dem in geprägten goldenen Buchstaben DER LEBENSWEG VON SCOTT W. SALEM stand.
Sie schlug das Album auf. »Diese Aufnahme zeigt Scotty an dem Tag, als wir ihn abgeholt hatten. Dort habe ich ihn zum ersten Mal gewickelt. Und hier versucht mein Mann, ihm einen frischen Strampelanzug anzuziehen.«
Christie blätterte um.
»Hier sehen Sie, wie er in seinem Bettchen schläft. Das muß etwa in der zweiten Woche gewesen sein. Und hier gibt ihm mein Mann gerade das Fläschchen. Und das Foto zeigt ihn in der Wanne. Sie können an seinem Gesichtsausdruck ablesen, wie sehr er warmes Wasser mag. Allerdings darf ihm kein Shampoo in die Augen kommen.«
Wieder blätterte Christie weiter, um Scottys nächste Entwicklungsstufen zu illustrieren.
»Später haben wir nicht mehr jede Kleinigkeit fotografiert, sondern nur noch besondere Ereignisse. Hier zum Beispiel beginnt Scotty zu krabbeln. Sehen Sie meinen Mann im Hintergrund? Er versucht, ihm ein wenig Hilfestellung zu geben. Schauen Sie nur, wie Scotty in die Kamera blickt! Ist er nicht wirklich ausgesprochen fotogen? Und wie er lächelt! Hier hat er schon seinen ersten Zahn. Und jetzt«, sagte Christie und schlug erneut einige Seiten um, »werden Sie Zeugin eines großen Augenblicks. Scotty, als er zum ersten Mal allein auf seinen eigenen Beinen steht. Mein Gott, wie stolz er ist. Es steht ihm ins Gesicht geschrieben.
Ich weiß, daß man nicht immer nur seine eigenen Kinder rühmen soll, weil das eitel und angeberisch wirkt. Aber finden Sie nicht auch, daß Scotty auf Fotos einfach umwerfend aussieht?«
»Das tut er allerdings«, bestätigte Mrs. Chatman. »Ob es vielleicht möglich wäre, daß Sie mir einige dieser Bilder überlassen? Sie würden eindeutig beweisen, wie gut sich der Junge entwickelt hat.«
»Nein, diese Aufnahmen gebe ich nicht aus der Hand«, prote-

stierte Christie. »Aber ich glaube, ich habe noch einige Duplikate, die ich Ihnen geben könnte.«

Sie machte sich daran, den hinteren Teil des Albums zu durchstöbern.

»Hier ist eine Aufnahme, die Scotty mit seinem allerersten Lesebuch zeigt. Er ist nämlich ein ausgesprochen aufgeweckter Junge, müssen Sie wissen. Er kennt schon jeden einzelnen Buchstaben. Dort unternimmt er gerade seinen ersten Versuch, mit einem Löffel zu essen. Und hier ... hier schaut er sich auf Bills Schoß das Basketball-Finale im Fernsehen an. Aber dieses Foto habe ich besonders gern. Es wurde beim letzten Erntedankfest im Haus meiner Eltern aufgenommen. Ich glaube, es war meine Schwägerin, die Scotty dieses Cowboyhemd geschenkt hat. Sieht er nicht einfach entzückend darin aus?«

»Ihr Sohn ist wirklich ein sehr hübscher Junge, Mrs. Salem«, bekräftigte Mrs. Chatman und steckte die Fotos in ihre Aktentasche. »Ich glaube, das wird für meinen Bericht genügen.«

»Das hoffe ich. Gott weiß, daß mein Mann und ich schon genug Probleme am Hals haben, seit diese schreckliche Klage erhoben wurde und Reporter Tag und Nacht unser Haus belagern.«

»Sie kennen doch die Leute vom Fernsehen. Die nehmen doch keine Rücksicht auf die Gefühle der Betroffenen«, schimpfte Mrs. Chatman. »Die bringen es sogar fertig, einer Frau, die gerade ihr Kind verloren hat, eine Kamera und ein Mikrophon vor die Nase zu halten und sie zu fragen, wie sie sich fühlt. Einfach empörend!«

»Das ist es in der Tat«, seufzte Christie.

»Jetzt muß ich aber wirklich gehen.«

»Möchten Sie nicht vielleicht vorher noch eine Tasse Kaffee?«

»Vielen Dank. Aber ich habe noch eine Menge zu erledigen. In letzter Zeit haben wir so viel zu tun, daß man kaum zum Luftholen kommt. Aber vielen Dank für Ihre bereitwillige Unterstützung. Sie haben mir meine Arbeit damit sehr erleichtert.«

Christie brachte ihre Besucherin zur Tür.
»Ich hoffe, daß Ihr Bericht über uns positiv ausfallen wird«, sagte sie zum Abschluß.
»Keine Sorge, das wird er«, wurde sie von Mrs. Chatman beruhigt.

Am nächsten Morgen läutete bei den Salems das Telefon bereits um Viertel vor sieben. Da Christie gerade damit beschäftigt war, David zu versorgen, beeilte sich Bill, aus der Dusche herauszukommen.
»Hallo?« meldete er sich, verwundert über einen so frühen Anruf. »Wer spricht da? Ach, du bist es, Mutter. Ist etwas passiert?«
»Hast du schon in die Zeitung geschaut, Bill?«
»Nein, noch nicht. Warum?«
»Dann tu es! Schau dir die Titelseite an!« drängte seine Mutter. »Schamlos. Einfach schamlos!«
»Was ist denn los, Mutter? Wovon redest du?« fragte Bill, der bereits das Schlimmste befürchtete.
»Hol dir die Zeitung, und sieh es dir selbst an. Du wirst schon sehen, was ich meine.«
Nur mit dem um seine Hüften geschlungenen Handtuch bekleidet, eilte Bill die Treppe hinab und öffnete die Eingangstür. Da die Zeitung jedoch nicht auf der Fußmatte lag, sondern einige Meter davon entfernt auf dem Weg, blieb ihm nichts anderes übrig, als sich so, wie er war, ins Freie zu wagen.
So schnell es eben ging, flüchtete er wieder ins Haus zurück und schlug die Zeitung auf. EXKLUSIVFOTOS VON BABY BRETT lautete die Schlagzeile, unter der eine Reihe von Aufnahmen abgedruckt waren, die Scotty in verschiedenen Lebensaltern sowie sein Zimmer, sein Bett und sein Spielzeug zeigten.
»Christie!« rief Bill.
Als sie, alarmiert durch seine aufgeregte Stimme, ins Erdgeschoß stürzte, hielt er ihr die Zeitung entgegen.
»Wo zum Teufel haben die nur diese Fotos her?«

»Die Frau«, flüsterte Christie tonlos. »Die Frau, die gestern hier war …«
»Was für eine Frau?«
»Eine Mrs. Chatman vom Fürsorgeamt, die …« Christies Stimme erstarb, als ihr der Zusammenhang klar wurde. »Mein Gott, sie hat nur so getan, als käme sie von der Fürsorge. In Wirklichkeit muß sie eine Reporterin gewesen sein! Und ich … ich habe ihr auch noch …« Sie brach in Tränen aus.
»Mach dir keine Vorwürfe, Liebling«, versuchte Bill, sie zu trösten, und nahm sie in die Arme. »Wir müssen erst noch lernen, mit den neuen Lebensumständen umzugehen, die man uns aufzwingt. Wir müssen von jetzt an jedem Fremden mit Mißtrauen begegnen und uns jedes Wort überlegen, das wir mit jemandem reden. Wir sind zu Verfolgten geworden, die über ihr Leben nicht mehr frei entscheiden können.«
Mit unterdrückter Wut fügte er hinzu: »Baby Brett! Welcher Bastard hat sich nur diesen Namen ausgedacht!«

Kapitel 27

»Hier sehen Sie ein Foto, das Lori und Brett am Tage ihrer Hochzeit zeigt«, kommentierte Rick Doheny in seiner Sendung ›Die Rick-Doheny-Talk-Show‹ das Bild, das gerade für die Fernsehzuschauer im ganzen Land eingeblendet wurde.
»Lassen Sie uns jetzt Lori Manning selbst begrüßen, die bereitwillig unserer Einladung gefolgt ist, an der heutigen Diskussionsrunde zum Thema ›Frauen, die ihr Kind zur Adoption freigaben‹ teilzunehmen. Hier kommt Lori Manning!«
Lori trat daraufhin durch eine Flügeltür und schritt die Studiotreppe hinab, um sich zu dem Talkmaster und drei weiteren Frauen zu gesellen, die bereits auf der Bühne Platz genommen hatten. Auf den enormen Applaus, der ihr entgegenbrandete, reagierte sie lächelnd mit einem leichten Nicken.
Der Ablauf der Sendung war immer derselbe: Der weißhaarige, stets elegant gekleidete und unablässig lächelnde Rick

Doheny stellte bei jedem Gast die ersten Fragen selbst, um dann das Saalpublikum zu Wort kommen zu lassen. Gewöhnlich begann Doheny mit einer Frage, die bewußt provokativ formuliert war und den Anschein erweckte, den Gast in die Enge zu treiben. Dahinter stand jedoch die Absicht, das Publikum in die Defensive zu treiben und letztlich auf die Seite von Dohenys jeweiligem Gesprächspartner zu ziehen – ein wohlkalkuliertes Konzept, das immer aufging.

»Also, Mrs. Manning ... oder darf ich Sie Lori nennen?«

»Sagen Sie ruhig Lori zu mir.«

»Also Lori ... da Sie selbst Schauspielerin und daher eher als meine übrigen Gäste daran gewöhnt sind, vor einem großen Publikum zu sprechen, will ich nicht lange um den heißen Brei herumreden, sondern gleich zur Sache kommen.« Bei den folgenden Worten wandelte sich Dohenys Lächeln in ein höhnisches Grinsen: »Nachdem Sie Ihr Kind, Ihr einziges Kind in die Obhut von zwei Ihnen völlig fremden Menschen gegeben haben und damit das Selbstsüchtigste und Schlimmste taten, was eine Mutter nur tun kann ... woher nehmen Sie jetzt die Unverfrorenheit, sich vor ein Millionenpublikum zu stellen und Ausflüchte für Ihr damaliges Verbrechen zu suchen?«

Das Publikum reagierte auf diese impertinente Unterstellung mit vielen empörten Buhrufen, die Doheny insgeheim jedoch mit großer Befriedigung quittierte. Durch diese einzige Frage war es ihm gelungen, die Zuschauer dorthin zu manövrieren, wo er sie haben wollte.

Lori war von Henry Clement geradewegs dazu gedrängt worden, die Einladung in die Talk-Show anzunehmen. »Etwas Besseres hätte uns gar nicht passieren können, Lori! Zwar behaupten Richter immer von sich, sie ließen sich nicht von der öffentlichen Meinung beeinflussen. Aber das ist purer Unsinn. Richter sind genauso manipulierbar wie andere Normalsterbliche auch – vor allem durch Talk-Shows wie diese. Also gehen Sie zu Rick Doheny und erzählen Sie der ganzen Nation Ihre Geschichte. Das kann nur von Vorteil für Sie sein. Und es wird sogar einen Fels wie Richter Hart erweichen.«

Daraufhin hatte sich Lori überlegt, welche Fragen Doheny ihr vermutlich stellen würde, und sich dementsprechende Antworten und Erklärungen zurechtgelegt. Seine unvermittelte Frage war jedoch viel aggressiver, als sie es erwartet hatte, und erwischte sie beinahe auf dem falschen Fuß.

»Mr. Doheny, es mag vielleicht in Ihren Augen selbstsüchtig erscheinen, sein Kind zur Adoption freizugeben. Aber Sie können nicht nachvollziehen, was dabei im Herzen einer Frau und Mutter vor sich geht. Haben Sie sich jemals in einer schlimmen Situation ohne jede Zukunftsperspektive befunden? Mußten Sie sich jemals die Frage stellen, welche Art Leben Sie Ihrem Kind zumuten können? Ein Leben in Armut, abhängig von der Gnade der Sozialhilfe? Ich war damals allein und stand ohne jede Hilfe auf der Straße. Ich mußte mir diese Fragen stellen und eine Entscheidung treffen, die nicht selbstsüchtig war, sondern nur das Wohl meines Kindes zum Ziel hatte.

Und es stimmt auch nicht, daß ich mein Kind völlig fremden Leuten überantwortet habe. Das hätte ich niemals getan. Nein, ich habe mich sorgfältig mit allen Informationen auseinandergesetzt, die mir von der Adoptionsvermittlung zur Verfügung gestellt wurden. Und ich habe darauf bestanden, die Leute zu sehen und mit ihnen zu sprechen, bevor ich meine Einwilligung gab.«

Loris Replik wurde mit Beifall aufgenommen. Zudem ergriff eine der anderen Mütter, die auf der Bühne saßen, Loris Partei: »Männer machen es sich sehr einfach, wenn sie denken, daß es einer Frau leichtfällt, sich von ihrem eigenen Fleisch und Blut zu trennen, und ...«

Da das Publikumsinteresse zweifellos vor allem auf Lori ruhte, fiel Rick Doheny der Frau rasch ins Wort und bereitete einen weiteren Tiefschlag vor, der die Emotionen hochtreiben sollte.

»Wie Sie sagen, haben Sie sich also bei der Auswahl der Adoptiveltern für Ihren Sohn sehr viel Mühe gegeben. Ich glaube, der Name der betreffenden Leute ist Salem ... William und Christine Salem, nicht wahr?«

»Das stimmt«, bestätigte Lori.

»Dann erklären Sie dem Publikum doch, was geschehen ist!«
»Was geschehen ist?« wiederholte Lori unsicher, da sie nicht wußte, worauf der Talkmaster hinauswollte.
In diesem Augenblick fragte sich Henry Clement, der sich trotz seines dicht gedrängten Terminkalenders die Zeit genommen hatte, die Sendung vor dem Fernseher mit zu verfolgen, ob es tatsächlich eine gute Idee gewesen war, Lori derart ins Feuer zu schicken. Rick Dohenys Fragen kamen viel schärfer als vermutet. Aber was noch schlimmer war: Lori wirkte viel unsicherer, als er gehofft hatte.
»Mrs. Manning ... Lori ... Sagen Sie uns, was sich ereignet hat!« wiederholte Doheny in gehässigem Tonfall und im Bewußtsein, zum endgültigen Todesstoß ansetzen zu können.
»Was soll sich ereignet haben?« fragte Lori erneut und noch verwirrter.
»Eines Tages unterhalten Sie sich mit den Salems, und Sie gewinnen offensichtlich den Eindruck, nette, ehrbare Leute vor sich zu haben ... Leute, die Ihnen vertrauenswürdig genug erscheinen, um ihnen Ihren Sohn anzuvertrauen. Zwei Jahre später ändern Sie plötzlich Ihre Meinung. Und wenn man auch nur die Hälfte von dem glaubt, was in letzter Zeit an Klatsch und Tratsch über die Salems verbreitet worden ist, dann handelt es sich bei ihnen allem Anschein nach um zwei gräßliche Kreaturen, die nicht über die geringste Eignung verfügen, Baby Brett aufzuziehen. Ich frage mich also, was in der Zwischenzeit geschehen sein muß, um einen solchen Gesinnungswandel bei Ihnen zu bewirken?« höhnte Doheny, der seine Worte wie Peitschenhiebe auf Lori niedersausen ließ.
»Ich habe nie ein Wort gegen die Salems gesagt. Alles was ich will, ist nur, mein Kind wieder in den Armen zu halten ... es zu füttern, es zu baden und in den Schlaf zu singen. Ich möchte an seiner Seite sein, wenn es krank ist und die Fürsorge seiner Mutter braucht. All die vielen Hürden des Erwachsenwerdens zu nehmen ... dabei möchte ich ihm helfen ... so helfen, wie es nur seine leibliche Mutter kann ...«
Bei diesen Worten wurde Loris Stimme durch ihre Tränen erstickt, die ihr mittlerweile aus aufrichtiger Rührung unwill-

kürlich in die Augen gestiegen waren. Rick Doheny hatte sein Ziel erreicht und klopfte sich insgeheim auf die Schulter. Besser hätte es nicht laufen können.
Derselbe Gedanke schoß zur gleichen Zeit Henry Clement durch den Kopf. »Großartig«, sagte er leise zu sich selbst. »Das Mädchen sollte man in Gold aufwiegen. Ich kann es kaum erwarten, sie in den Zeugenstand zu rufen.«
Auch Christine Salem saß vor dem Fernseher und verfolgte die Sendung, die zweifellos hohe Einschaltquoten hatte, da »Baby Bretts« Schicksal mittlerweile die ganze Nation bewegte. Und auch Christie traten die Tränen in die Augen, als sie Lori weinen sah. Nicht aus Mitgefühl, sondern weil abzusehen war, welche Folgen Lori Adams' Worte eines Tages vor Gericht haben würden.
Im Fernsehstudio bemühte sich Rick Doheny indessen, in seinem Ohrhörer die Mitteilung aus dem Regieraum zu verstehen.
»Okay, okay«, rief er und wandte sich dann dem Publikum zu. »Also Leute, wie ich höre, sind unsere Telefonleitungen völlig überlastet. Deshalb wollen wir nicht länger warten und einen Anrufer durchstellen, damit er seine Frage loswerden kann.«
Nach dieser Ankündigung schrillte eine erregte Stimme aus den Studiolautsprechern: »Mr. Doheny, wie können Sie es wagen, diesem armen Mädchen so zuzusetzen? Ihr Männer seid doch alle gleich! Ihr habt keine Ahnung, was es für eine Mutter bedeutet, ein Kind auszutragen und es dann in fremde Hände geben zu müssen. Aber ich kann nachempfinden, was in ihrem Herzen vorgehen muß. Und deshalb rufe ich ihr zu: Gib nicht auf, Lori! Du wirst es schaffen! Kämpfe um dein Baby, damit es dahin zurückkehrt, wo es hingehört!«
Das Publikum im Studio jubelte, auch die anderen Mütter auf der Bühne sprachen Lori Mut zu – und Christies Verzweiflung wuchs immer mehr.
Im weiteren Verlauf der Sendung eilte Doheny durch die Sitzreihen, um einzelnen Zuschauern die Chance zu geben, Fragen zu stellen, die sich fast ausnahmslos an Lori richteten. Sie

hatte sich nach ihrem Zusammenbruch inzwischen wieder gefangen und bemühte sich mit bemerkenswertem Charme, auf jede Frage aufmerksam und höflich einzugehen.
Nicht zuletzt wegen der üblichen Werbeunterbrechungen vergingen die sechzig Minuten schneller, als Lori anfangs befürchtet hatte. Als auf den Bildschirmen bereits der Abspann zu sehen war, erhoben sich sogar spontan viele Frauen im Studio und bedachten sie mit stehendem Applaus.
Dann ertönte aus den Lautsprechern schließlich das erlösende »Aus!«
Strahlend drückte Rick Doheny einem technischen Mitarbeiter sein Mikrophon und seinen Ohrhörer in die Hand und eilte auf Lori zu, um sie beiseite zu nehmen.
»Na, mein Kind, haben wir den Leuten nicht eine tolle Show geboten? Sie waren großartig, einfach umwerfend! Ich verstehe überhaupt nicht, warum Sie als Schauspielerin niemals ein Engagement bekommen haben. Die Szene mit den Tränen ... einfach genial, anders kann man es nicht ausdrücken. Ich wette mit Ihnen, daß Sie sich nach diesem gekonnten Auftritt vor Rollenangeboten nicht mehr retten können. Mitten im Satz plötzlich abzubrechen ... das war einfach brillant. Hey, wäre es nicht eine tolle Idee, wenn Sie mit Ihrem Mann zusammen drehen würden? Lori und Brett Manning Seite an Seite in *Die schönste Zeit im Leben*! Ich glaube, das hat es noch nie gegeben. Ein echtes Ehepaar, das gemeinsam in einer Seifenoper auftritt. Aber vergessen Sie nicht, daß all das hier seinen Anfang genommen hat: in der ›Rick-Doheny-Talk-Show‹!«
»Sie verdammter Hundesohn!« schleuderte Lori dem Talkmaster entgegen. »Sie spielen schon so lange mit den Gefühlen der Menschen, daß Sie nicht einmal mehr wissen, was echt und was vorgetäuscht ist. Ich bin nicht in ihrer verdammten Show aufgetreten, um hier eine Schmierenkomödie zu inszenieren. Ich kam hierher, weil ich mein Kind zurückbekommen will und weil mein Anwalt mir dazu riet. Aber jetzt tut es mir leid, daß ich mich darauf eingelassen habe!«
Mit dieser Abfuhr rauschte Lori aus dem Studio und ließ

einen verdutzten Rick Doheny zurück, der sich fragend an seine Produzentin wandte, die das Gespräch mitverfolgt hatte. »Was habe ich denn bloß gesagt, daß sie plötzlich so ausrastet?«
Das sie ihren gutbezahlten Job höher einschätzte als eine ehrliche Antwort, behielt die Produzentin ihre Meinung über Doheny für sich und erwiderte lediglich: »Sie ist wahrscheinlich nur ein bißchen überspannt. Das ist alles.«
»Ich wette, sie wird uns nicht einmal danken, wenn sie ihren Balg erst einmal zurückbekommen hat«, knurrte Doheny kopfschüttelnd. »Nie werden unsere Verdienste auf gebührende Weise gewürdigt.«
»Das stimmt«, pflichtete ihm seine Produzentin auf zweideutige Weise bei. »Manche von uns kriegen nie das, was sie eigentlich verdienen.«

Bei Christie läutete das Telefon bereits, bevor der Abspann der Talk-Show über den Bildschirm flimmerte.

»Christie, bist du es?« Es war Bills Mutter, wie sie sofort erkannte, da die Stimme am anderen Ende der Leitung bei der zweiten Silbe ihres Namens um beinahe eine ganze Oktave höher klang: ein untrügliches Zeichen dafür, daß Bills Mutter ihr etwas zu sagen hatte, was in ihren Augen die höchste Dringlichkeitsstufe besaß. »Christie, ich mache mich sofort auf den Weg zu dir.«
»Aber das ist doch nicht nötig, Mutter.«
»O doch, das ist es. Du hast doch sicher auch die Talk-Show gesehen, oder? Streite es nur nicht ab! Ich bin sicher, daß du sie gesehen hast. Und deshalb darfst du jetzt nicht allein sein, sondern brauchst jemanden, mit dem du reden kannst ... jemanden, dem du vertrauen kannst ... und mit dem du weinen kannst, wenn dir danach ist. Deshalb mache ich mich jetzt auf den Weg.«
Bevor Christie etwas entgegnen konnte, läutete es an der Tür. Sie bat Bills Mutter um einen Augenblick Geduld, damit sie nachsehen konnte, wer es war. Als sie die Tür öffnete, standen

Anita Gottfried, Eve Young und eine weitere Nachbarin mit einem Kuchen in der Hand vor ihr und fragten sie, ob sie nicht Lust zu einem Kaffeeklatsch hätte.
Keine der Frauen erwähnte auch nur mit einem Wort die Doheny-Show, aber Christie hegte keinen Zweifel daran, daß sie alle die Sendung gesehen hatten und zu dem Schluß gekommen waren, daß sie dringend ein bißchen Gesellschaft benötigte. Für diese Fürsorglichkeit war Christie ihnen doppelt dankbar, denn zum einen freute sie sich tatsächlich, jetzt nicht allein sein zu müssen, und zum anderen konnte sie jetzt zum Telefon zurückgehen und Bills Mutter beruhigen.
»Mutter, gerade sind Eve, Anita und Claire gekommen und haben einen Kuchen mitgebracht. Du brauchst dir also um mich keine Sorgen mehr zu machen. Es ist wirklich alles in Ordnung.«
»Wenn du meinst.« Dann senkte Bills Mutter ihre Stimme. »Übrigens, Chris ... ich habe niemals zuvor dir oder Bill gegenüber etwas davon erwähnt, aber ... aber ich muß gestehen, daß ich anfangs meine Zweifel hatte.«
»Was für Zweifel meinst du?«
»An ... nun, an der Adoption. Weißt du, wir hatten noch nie zuvor eine Adoption in der Familie, und deshalb hegte ich insgeheim so meine Zweifel und Bedenken. Aber der kleine Engel hat sie alle zerstreut. Ich stehe zu euch, was immer auch geschehen mag. Dein Schwiegervater hat mir genug hinterlassen, daß ich ein sorgenfreies Leben führen kann. Zögert also nicht, euch an mich zu wenden, falls ihr Geld für den Prozeß benötigt. Ich greife euch dabei gerne unter die Arme ... auch wenn ich wieder eine Hypothek auf das Haus aufnehmen müßte.«
»Danke, Mutter«, sagte Christie gerührt.
»Niemand, hörst du, niemand soll mir meinen Enkel wegnehmen dürfen!«

Die Auswirkungen von Lori Mannings Auftritt in der Doheny-Show waren sehr viel tiefgreifender, als selbst Christie und Bill befürchtet hatten.

Dessen wurde sich Christie drei Tage später zum ersten Mal bewußt, als sie die Treppe ins Obergeschoß hinaufstieg und auf dem Weg zur Wäschekammer an Davids Kinderzimmer vorbeikam. Dort erblickte sie Scotty, der am Kopfende von Davids Bettchen kniete und leise mit seinem vier Monate alten Bruder redete.
Ebenso neugierig wie amüsiert, blieb Christie stehen, um die seltsame Szene zu belauschen. Was sie jedoch hörte, ließ ihr das Blut in den Adern gefrieren.
»Baby Brett, Baby Brett«, wiederholte Scotty immerfort.
Darum bemüht, die Beklemmung, die ihr den Hals zuschnürte, vor Scotty zu verbergen, rief Christie den Jungen, so ruhig, wie es ihr eben möglich war: »Scotty, mein Liebling ...«
Sein blonder Schopf fuhr zu ihr herum. Lächelnd und mit dem Zeigefinger auf sein Brüderchen deutend, wiederholte er flüsternd: »Baby Brett ...«
»Scotty ...« Christie winkte ihn zu sich heran und kniete sich nieder, um ihn in den Arm nehmen zu können.
»Scotty, woher hast du diesen Namen ... Baby Brett?«
»Frau ...«
»Was für eine Frau?« fragte Christie.
»Spielkreis.«
»Eine Frau beim Spielkreis? Eine Erzieherin?«
»Frau«, wiederholte Scotty und machte durch entschiedenes Kopfschütteln deutlich, da er den Namen nicht von einer Erzieherin, sondern von jemand anders gehört hatte.
»Also Schatz, was hat die Frau gesagt?«
»Sie gesagt ...« Er winkte mit seinem ausgestreckten Zeigefinger hin und her.
»Sie hat mit dem Finger auf jemanden gezeigt? Auf wen hat sie gezeigt?«
Scotty zeigte mit seinem Finger auf sich selbst.
»Und was hat sie gesagt?«
»Baby Brett?«
»Sie hat jemanden gefragt, ob du Baby Brett seist?«
»Hm. Frau hat gesagt, ›Da Baby Brett aus dem Fernsehen‹.«

Christie preßte ihren Sohn so vehement gegen ihre Brust, daß er erschreckt aufschrie: »Mami?«

Christie lockerte ihre Umklammerung. »Aber warum hast du gerade zu David ›Baby Brett‹ gesagt?«

»Er Baby. Ich Daddys Junge ... Daddys großer Junge«, erklärte Scotty in seiner kindlichen Art.

Christie schaute dem Jungen tief in die Augen. »Scotty, du darfst diesen Namen nie wieder in den Mund nehmen, hörst du?«

»Nie wieder?« echote er verwundert.

»Nie wieder!«

»Ja, Mami«, erwiderte er folgsam. Innerlich aber war er verwirrt und empfand auch so etwas wie Furcht – Furcht vor den Wörtern, die seine Mutter so erschreckt hatten.

Scottys Gehorsam währte nicht lange. Noch am selben Nachmittag stahl er sich mehrere Male in das Zimmer seines Bruders und flüsterte dem schlafenden Baby mit dem Trotz eines zweijährigen Kindes den Namen »Baby Brett« zu.

Er tat dies nicht zuletzt aus Neugier, welche Folgen die Wiederholung dieser verbotenen Wörter nach sich ziehen würde. Als jedoch nichts geschah, war er verwirrter denn je.

Es war kurz nach Mitternacht. Christie hatte gerade David gefüttert und ihm frische Windeln angelegt, damit er bis vier Uhr durchschlief. Sie überprüfte noch einmal sein Bettchen, stellte sicher, daß er gut und sicher untergebracht war, und legte sich dann an die Seite Bills, der bereits schlummerte.

Sie deckte sich zu und sank dann selbst vor Erschöpfung rasch in tiefen Schlaf, wobei sie allerdings von einem beunruhigenden Traum heimgesucht wurde: Scotty war verschwunden, und sie verbrachte die ganze Nacht damit, durch dunkle Straßen zu hasten und dabei erfolglos seinen Namen zu rufen.

Als sie plötzlich hochschreckte, dachte sie zunächst, dies sei eine Folge ihres Alptraums. Dann spürte sie jedoch, daß sich

unter ihrer Decke ein kleiner zusammengerollter Körper gegen ihren Leib preßte.
»Scotty?« fragte sie flüsternd.
»Kann nicht schlafen«, entschuldigte sich der Kleine.
Es war bestimmt mehr als ein Jahr her, daß Scotty nachts sein Bett verlassen hatte, um bei seinen Eltern Zuflucht zu suchen. Christies erster Gedanke war, den Jungen zurückzuschicken. Statt dessen aber legte sie ihren Arm um ihn und zog ihn noch dichter zu sich heran.

Weil er eine so unruhige Nacht verbracht hatte, ließ Christie Scotty länger schlafen als gewöhnlich, obwohl er dadurch seinen Spielkreis versäumte.
Als sie in die Küche hinunterkam, hatte Bill bereits die Kaffeemaschine in Gang gesetzt und war gerade dabei, sich zum Frühstück Eier und Toast zuzubereiten.
»Liebling, ist etwas mit Scotty, daß er letzte Nacht zu dir ins Bett kam? Ich dachte, wir hätten ihm das schon vor Monaten abgewöhnt.«
Christie berichtete ihm daraufhin, wie sie am Vortag von Scotty erfahren hatte, daß er von einer Frau »Baby Brett« genannt worden war.
»Großer Gott, man sollte eigentlich meinen, daß ein erwachsener Mensch mehr Taktgefühl besitzt!« explodierte Bill.
»Und dabei wissen wir noch nicht einmal, was die Frau sonst noch zu ihm gesagt hat«, äußerte Christie besorgt. »Dieser ganze Medienrummel ... Es muß doch irgend etwas geben, was wir dagegen tun können?«
»Sicher – aber nur, wenn ich ein Fernsehstar wäre. Doch als stinknormaler Durchschnittsbürger, der einfach nur hart arbeitet und pünktlich seine Steuern zahlt, hat man eben keine Chance, sich zu wehren«, murmelte Bill voller Bitterkeit. »Trotzdem ... ich werde zu Paul Henderson gehen. Vielleicht gibt es doch eine Möglichkeit, die wir bisher übersehen haben. In der Zwischenzeit müssen wir allerdings sehr vorsichtig sein, was wir an Scottys Ohren dringen lassen. Vor allem darf er nicht mehr fernsehen.«

»Liebling, wir dürfen doch nicht einfach sein ganzes Leben umkrempeln. Das wäre das Schlimmste, was wir ihm antun könnten. Aber vielleicht sollten wir noch etwas anderes in Betracht ziehen ...?«

»Woran denkst du?«

»Er wirkt so unruhig und durcheinander. Vielleicht täte ihm eine Art ... spezielle Behandlung ... gut«, offenbarte Christie ihre Überlegungen.

»Spezielle Behandlung? Du meinst, daß wir ein zweijähriges Kind zum Psychiater schleppen sollen? Aber nicht meinen Sohn! Christie, er ist so normal wie jeder andere Junge seines Alters.«

»Aber die Situation, unter der er zu leiden hat, ist alles andere als normal«, gab sie zu bedenken.

»Da hast du zweifellos recht«, bestätigte Bill, zeigte allerdings nach wir vor keine Bereitschaft, näher auf Christies Überlegung einzugehen.

»Okay«, lenkte er jedoch nach einiger Zeit ein. »Auch mir sind schon ähnliche Gedanken durch den Kopf gegangen wie dir. Wohin mag das alles noch führen? Vielleicht ist das alles nur der Anfang, und es kommt noch viel schlimmer? Wie lange soll es noch so weitergehen? Monate? Oder sogar Jahre, wie bei den Fällen, über die wir in der Zeitung gelesen haben?«

Die nachfolgenden Tage lieferten schließlich den unwiderlegbaren Beweis dafür, daß Scotty tatsächlich sein inneres Gleichgewicht verloren hatte, denn eine längst abgelegte Unart erwachte zu neuem Leben: Er machte nachts wieder ins Bett.

Kapitel 28

Richter Judson Hart war ein hochgewachsener Mann von 48 Jahren, dessen drahtige Gestalt nicht zuletzt aus seiner sportlichen Betätigung als Langstreckenläufer resultierte. Seit seiner Schulzeit widmete er sich regelmäßig dieser Disziplin, da sie ihm als geeigneter Ausgleich für seine vielen Stunden intensiver Lektüre in der Bibliothek erschien. Diese letztgenannte Neigung hatte sich im Zuge seines Jurastudiums zu einer ausgeprägten Leidenschaft entwickelt und dazu geführt, daß er bereits in seinem ersten Semester an der Universität Jahrgangsbester wurde, noch vor seinem Examen als Autor und sogar Herausgeber einer angesehenen Fachzeitschrift tätig war und schließlich erwartungsgemäß einen glänzenden Abschluß erzielte.

Bereits zu diesem Zeitpunkt stand für Judson Hart außer Frage, daß die Möglichkeit sich mit den allgemeinen Grundlagen des Gesetzes und mit dessen praktischer Anwendung zu beschäftigen, mehr für ihn bedeutete, als eine möglichst hochdotierte Position. Deshalb hatte er sich auch nach seinem Examen dazu entschlossen, seine ersten Erfahrungen als Anwalt in einer Kleinstadt im Mittelwesten zu sammeln und die lukrativen Stellenangebote, mit denen ihn renommierte Anwaltskanzleien in Washington und New York umwarben, auszuschlagen.

Bereits mit 31 Jahren wurde er zum Richter berufen und nur wenig später nach der Novellierung des Familienrechts vom Gouverneur damit beauftragt, die Neugliederung der Familiengerichte zu organisieren.

Bei den Anwälten, die ihre Fälle unter seinem Vorsitz verhandelten, genoß er den Ruf, den Gesetzestexten buchstabengetreu zu folgen, auf eine strikte Einhaltung der Prozeßordnung zu bestehen – und sämtliche juristischen Tricks zu kennen.

Wer als Anwalt vor Richter Hart bestehen wollte, tat gut daran, sich vor der Verhandlung intensiv mit allen in Frage kommenden Aspekten der Rechtsprechung auseinanderzusetzen, die für den jeweiligen Fall bedeutsam sein könnten, und während der Verhandlung nur glaubwürdige Zeugen zu präsentieren. Andernfalls war Judson Hart bekannt dafür, den jeweiligen Anwalt für dessen Versagen zu rügen und persönlich zur Verantwortung zu ziehen.

So nüchtern und streng er im Gerichtssaal oder bei seinen

zahlreichen Vorträgen an Universitäten und vor Anwaltsvereinigungen wirkte, so warmherzig und unkompliziert zeigte er sich in seinem Privatleben, das er vor allem mit seiner Frau Karen teilte. Als er sie heiratete, war er schon Anfang Vierzig gewesen und von all seinen Freunden bereits als hoffnungsloser Junggeselle aufgegeben worden. Daß er sie durch eine Gerichtsverhandlung kennengelernt hatte, verwunderte allerdings niemanden.

Es hatte sich damals um einen der ersten Fälle gehandelt, den er nach seiner Berufung an das Familiengericht leitete. Es ging dabei um ein Kind, das an einer Hirnerkrankung litt. Während die behandelnden Ärzte des Kinderkrankenhauses zu einer Operation drängten, weigerten sich die Eltern, ihre Einwilligung zu geben, da sie der Auffassung waren, daß das Risiko für ihr Kind zu groß sei. Daraufhin hatten die Ärzte einen Gerichtsbeschluß beantragt, der ihnen den für notwendig erachteten Eingriff auch gegen den Willen der Eltern ermöglichen sollte.

Während der Sitzung, die verständlicherweise unter großem Zeitdruck stattfand, da es bei dem Kind um Leben oder Tod ging, drehte es sich vor allem darum, die unterschiedlichen Gutachtermeinungen abzuwägen, die im Gerichtssaal vorgetragen wurden. Zu den geladenen Experten gehörte auch die Chirurgin Dr. Karen Craig.

Als sie in den Zeugenstand trat, stellte Judson Hart überrascht fest, daß sie höchstens Mitte Dreißig sein konnte. Dies war ein höchst ungewöhnlicher Umstand, da man – wie auch Hart wußte – meist ältere Gutachter bestellte, die aufgrund ihrer vermeintlich größeren Erfahrung die Geschworenen eher beeindruckten. Richter Harts Verwunderung wuchs, als er zudem nicht um die Feststellung herumkam, daß diese Ärztin ausgesprochen hübsch war. Nachdem sie ihre Beurteilung des Falles dargelegt hatte, sah sich Hart allerdings dazu veranlaßt, seinen Eindruck zu korrigieren. Dr. Craig war nicht nur hübsch, sondern von ihrem Auftreten her … ausgesprochen eindrucksvoll.

Als es ihr auch noch gelang, sich über Stunden der Angriffe

der gegnerischen Anwälte zu erwehren, gewann Richter Harts Bild von ihr schließlich immer mehr an Klarheit. Dr. Craig war nicht nur eine verdammt gutaussehende, sondern auch eine fachlich kompetente, entschlossene und tatkräftige Frau, die auf ihrem Urteil beharrte, daß das Kind nur durch eine baldige Operation zu retten sei.

Als Höhepunkt ihrer Aussage erhob sie sich von ihrem Platz im Zeugenstand und wandte sich direkt an ihn: »Euer Ehren, ich gestehe, noch nie zuvor als Gutachterin vor Gericht aufgetreten zu sein. Deswegen weiß ich absolut nichts über die hier gängigen Verhaltensregeln. Aber wenn ich ehrlich bin, interessieren mich diese Regeln einen Dreck. Was mich interessiert, ist die Gesundheit dieses Kindes, das ich vor zwei Tagen untersucht habe. Sein Leben hängt von einer Operation ab, die möglichst schnell vorgenommen werden sollte. Was immer Sie also tun müssen, um diese Operation zu ermöglichen, Sie sollten es schnell tun!«

Nach dieser flammenden Rede brach kurzzeitig ein Tumult im Gerichtssaal aus, dem eine Flut von Einsprüchen und Protesten der Gegenseite folgte.

Richter Hart rief das im Gerichtssaal anwesende Publikum zur Ordnung, beruhigte die Anwälte und wandte sich dann an die Gutachterin.

»Dr. Craig, da auch Sie in der Chirurgie vermutlich gewisse Verfahrensvorschriften haben werden, dürfte es für Sie nachvollziehbar sein, daß eben solche auch vor Gericht befolgt werden müssen«, belehrte er sie. »Es gibt aus gutem Grund gewisse Regelungen dafür, in welcher Form Gutachten vorzustellen und sowohl Fragen als auch Antworten zu formulieren sind.«

»Was allerdings vollkommen unnötigerweise endlos viel Zeit in Anspruch zu nehmen scheint«, lautete Dr. Craigs Kommentar.

Sowohl durch ihre Unterbrechung als auch durch ihre Unbeugsamkeit provoziert, bediente sich Judson Hart daraufhin einer sarkastischen Zurechtweisung.

»Doktor, glücklicherweise räumen uns unsere Verfahrensregeln im Interesse der Rechtsprechung gewisse zeitliche Spielräume ein. Sollten Sie jedoch der Meinung sein, daß diese Verfahrensregeln geändert werden sollten, dann wird das Gericht bereitwillig Ihren Verbesserungsvorschlägen lauschen.«
Auf Harts Äußerung hin flackerte im Gerichtssaal sowohl unter den anwesenden Juristen als auch unter den Zuschauern vereinzelt Gekicher auf.
»Sie könnten zum Beispiel damit anfangen, diese ganze unnütze Schaumschlägerei hier zu verkürzen, wenn – wie im vorliegenden Fall – ein siebenjähriges Kind im Sterben liegt«, schoß Dr. Craig zurück.
Diesmal mußte Richter Hart sogar von dem Hammer auf seinem Tisch Gebrauch machen, damit wieder Ruhe im Saal einkehrte. »Die Zeugin wird sich umgehend in meinem Dienstzimmer einfinden!« verkündete er schließlich mit Grabesstimme.
In dem kleinen Büro, das sich unmittelbar hinter der Richterbank befand, wurde Judson Hart deutlich.
»Dr. Craig, Sie haben mich in eine ausgesprochen peinliche Situation gebracht. Ich weise Sie darauf hin, daß Ihr unbotmäßiges Verhalten eine offizielle Rüge nach sich ziehen kann.«
»Es tut mir leid, Euer Ehren, wenn ich Sie persönlich beleidigt haben sollte, denn das lag nicht in meiner Absicht. Aber es war nicht nur als Gutachterin und Zeugin meine Pflicht, sondern als Bürgerin dieses Staates auch mein Recht, die Wahrheit zu sagen!«
Anstatt ihr die Leviten zu lesen und sie über die Unterschiede des Lebens in und außerhalb eines Gerichtssaales zu belehren, versank Judson Hart immer tiefer in Dr. Karen Craigs veilchenblauen Augen, die um so verführerischer funkelten, je wütender sie wurde. Für derartige Abschweifungen war jetzt jedoch keine Zeit, daß sein richterliches Urteil möglicherweise über Leben und Tod eines Kindes entschied.
»Dr. Craig, da das Gespräch, das wir in diesem Raum führen,

nur unter vier Augen erfolgt, wollen wir für den Augenblick alle formalen Fragen beiseite schieben. Erläutern Sie mir also frank und frei Ihre Meinung als Medizinerin zu dem vorliegenden Fall.«

»Euer Ehren, das kleine Mädchen muß dringend operiert werden, oder sie trägt irreparable Schädigungen am Hirnstamm davon, die schließlich zu ihrem Tod führen werden. Das ist die Wahrheit, die ganze Wahrheit und nichts als die Wahrheit. Deshalb müssen Sie die Operation veranlassen. Andernfalls werden Sie noch sehr viele schlaflose Nächte haben, in denen Sie an diesen Tag und an das Kind zurückdenken.«

Er starrte einen Augenblick lang nachdenklich vor sich hin. »Doktor, ich versichere Ihnen, daß ich Ihre Worte bei meiner Entscheidungsfindung sehr ernst nehmen werde.«

Einige Stunden später war auch Richter Hart nach Abwägung aller Gutachten und Meinungen, die er in den vorausgegangenen zwei Tagen gehört und gelesen hatte, zu der Überzeugung gelangt, daß die einzige Überlebenschance des Kindes in einer Operation bestand. Gegen acht Uhr abends unterzeichnete er das Dokument, das den Ärzten – gegen den Willen der Eltern – freie Hand gab.

Drei Tage später fand er in seinem Büro, das er während der Mittagspause eines schweren Verhandlungstages aufgesucht hatte, eine Mitteilung:

Bitte rufen Sie Dr. Craig im Krankenhaus an!

Er folgte der Aufforderung auf dem Fuße. Das Gespräch nahm allerdings einen sehr kurzen Verlauf, da die Ärztin gerade sehr beschäftigt war.

»Sie haben versucht, mich zu erreichen, Dr. Craig?«

»Ja, Euer Ehren, denn ich wollte Ihnen nicht die Information vorenthalten, daß die Operation an dem Mädchen inzwischen stattgefunden hat und erfolgreich verlaufen ist. Das Kind wird bald wieder auf den Beinen sein.«

»Das freut mich. Ich danke Ihnen, Doktor. Ich danke Ihnen sehr für die Nachricht. Es war wirklich sehr aufmerksam von Ihnen, mir Bescheid zu geben.«

Im weiteren Verlauf der Woche kreisten Judson Harts Gedanken immer wieder um Dr. Craig. Schließlich gab er sich am Montag darauf einen Ruck und rief erneut im Krankenhaus an. Da sie jedoch ihren freien Tag hatte, mußte er sich bis zum Dienstag gedulden.

»Doktor, haben Sie eigentlich eine Vorstellung davon, was Richter in ihrer Freizeit tun?«

»Nicht die geringste«, gestand sie.

»Würden Sie es herausfinden wollen?«

»Nein – zumindest falls es genauso langatmig und staubtrocken sein sollte wie das, was ich im Gerichtssaal erlebt habe«, erwiderte Karen Craig.

»Was halten Sie vom Laufen? Langstreckenlauf meine ich, über Stock und Stein?«

»Tut mir leid, aber ich begnüge mich damit, um meinen Wohnblock zu joggen.«

»Es muß doch etwas geben, was wir gemeinsam tun könnten?« drängte Judson Hart.

»Wir könnten erst einmal mit einem Drink beginnen«, schlug sie vor, zögerte dann allerdings. »Oder sind Sie Abstinenzler? Nach allem, was ich über Sie gehört habe ...«

»Sie haben etwas über mich gehört? Was hat man Ihnen denn über mich erzählt?«

»Daß Sie pedantisch jedem Buchstaben des Gesetzes folgen, daß Ihnen tote Paragraphen wichtiger sind als lebendige Menschen und daß ...«

»Wer hat das gesagt?« unterbrach er sie.

»Alle«, antwortete sie, ohne zu zögern. »Alle, mit denen ich über Sie gesprochen habe.«

»Sie haben sich die Freiheit genommen, über mich mit anderen Leuten zu reden?«

»Aber ja.«

»Darf ich fragen, warum Sie das getan haben?«

»Aus dem gleichen Grund, aus dem Sie mich hier angerufen haben«, gestand sie freimütig.

Sie heirateten nur kurze Zeit später. Beide waren der Auffassung, daß ein 42jähriger Mann und eine 37jährige Frau sich selbst und ihre Gefühle gut genug kennen sollten, um einen solchen Schritt zu wagen.
Das war vor sechs Jahren gewesen. Seitdem bemühten sich beide darum, ihren jeweiligen beruflichen Verpflichtungen in einer Art und Weise nachzugehen, die ihnen noch genügend Zeit übrigließ, um die schönen und angenehmen Seiten des Lebens gemeinsam genießen zu können.
Während Karen zu Hause gelegentlich über ungewöhnliche Fälle oder über Meinungsverschiedenheiten mit Kollegen im Krankenhaus berichtete, hatte es sich Judson Hart zur Regel gemacht, niemals mit ihr über schwebende Verfahren zu diskutieren, um sich bei seiner Urteilsfindung nicht beeinflussen zu lassen. Karen akzeptierte diese Haltung und drang nicht weiter in ihren Mann, wenn er über Verfahren brütete, in denen es meist um schwierige Familienangelegenheiten ging, die sehr viel Fingerspitzengefühl verlangten.

Kapitel 29

Als Verfechter einer nicht nur korrekten, sondern auch zügigen Prozeßführung genoß Richter Hart den Ruf, nur in wohlbegründeten Ausnahmefälle Verzögerungen oder Verschiebungen zu dulden, zumal er selbst über einen randvollen Terminkalender verfügte, der ihm kaum Spielraum ließ. Wichtiger aber war für ihn, daß es in den Verhandlungen, in denen er den Vorsitz führte, häufig um das Schicksal von Kindern ging. Verzögerte sich ein Prozeß, der sich beispielsweise mit Vertragsstreitigkeiten befaßte, um mehrere Monate, so führte dies lediglich zu finanziellen Folgen für die beteiligten Parteien. Eine ähnliche Verzögerung konnte jedoch erhebliche

Konsequenzen für das Leben und die Psyche eines Säuglings oder etwa eines zweijährigen Kindes bedeuten, wie in dem Fall *Manning gegen Salem*. Wurde ein solches Verfahren unnötig verschleppt, machte dies die ohnehin quälende Lage, in der sich die Betroffenen befanden, mit jedem Tag komplizierter – vor allem, wenn es danach aussah, daß das Kind einer Familie weggenommen und einer anderen zugesprochen werden würde.

Aus diesem Grund war Richter Hart nicht dazu bereit, gegenüber einer der streitenden Parteien Konzession zu machen, als er mit den Anwälten in der Sache *Manning gegen Salem* zu gewohnt frühmorgendlicher Stunde in seinem Büro eine Vorbesprechung des anstehenden Prozesses ansetzte.

Im Rahmen derartiger Zusammentreffen war er nur zu einer Konzession bereit: Er war dafür bekannt, daß er seinen Besuchern einen exzellenten Kaffee servierte, den er – wie er stets voller Stolz betonte – selbst aufbrühte.

Daher hatten Henry Clement und Paul Henderson eine große Tasse dampfenden Kaffees vor sich stehen, als Richter Hart die Besprechung eröffnete.

»Meine Herren, da wir uns heute zusammengefunden haben, um einen Termin für die Verhandlungseröffnung festzulegen, möchte ich, daß wir hier und jetzt zu einer Übereinkunft gelangen. Ich verlange von Ihnen beiden die Versicherung, ab sofort jeden Kontakt zu den Medien zu unterlassen Dieser Fall findet ohne Zweifel großes öffentliches Interesse, da niemanden das Schicksal eines zweijährigen Jungen kaltläßt, auf dessen Rücken der Streit zweier Parteien ausgetragen wird. Je weniger die Medien davon erfahren, desto besser.«

»Ich bin ganz Ihrer Meinung«, stimmte Clement voller Entschiedenheit zu. Paul Henderson wirkte zwar etwas zögerlicher, signalisierte dann jedoch ebenfalls sein Einverständnis.

Daraufhin griff Richter Hart in seine Schreibtischschublade und zog eine Videokassette hervor, die er Henry Clement unter die Nase hielt.

»Wenn Sie tatsächlich meinen Standpunkt teilen, wie können Sie mir dann dies hier erklären, Mr. Clement?« fragte Hart mit dem unerbittlichen Gesichtsausdruck eines Inquisitors.
Clement kannte diesen Blick, denn er hatte ihn schon oft genug zu spüren bekommen. Zögerlich nahm er die Kassette entgegen.
Sofort erkannte er am Etikett, daß es sich um eine Aufzeichnung der »Rick-Doheny-Talk-Show« zum Thema »Frauen, die ihr Kind zur Adoption freigaben«, handelte.
»Nun, Mr. Clement?«
»Meine Klientin erhielt eine Einladung zu dieser Sendung. Deshalb entschloß sie sich, an ihr teilzunehmen«, erklärte Clement.
Überrascht durch die Tatsache, daß Clement auf so offensichtliche Weise versuchte, seine Hände in Unschuld zu waschen und sich hinter seiner Mandantin zu verstecken, hakte Judson Hart nach: »Wollen Sie damit sagen, daß Ihre Mandantin diesen Schritt nicht mit Ihnen abgesprochen hat?«
»Nun, als sie die Einladung erwähnte, konnte ich unmöglich voraussehen, welchen Verlauf diese Talk-Show nehmen würde.«
»Sie wußten wirklich nicht, daß Doheny dafür berüchtigt ist, ernste Probleme als Aufmacher für seine sensationslüsternen Schläge unter die Gürtellinie zu mißbrauchen?«
»Na ja ... natürlich hatte ich schon von Doheny und seiner Art, Leute zu behandeln, gehört. Aber ich hätte nie gedacht, daß er in einem derart sensiblen Fall so weit gehen würde. Das Ganze ist wirklich sehr bedauerlich.«
»Herr Anwalt, wenn Sie wirklich herausfinden wollen, was das Wort ›bedauerlich‹ bedeutet, dann müssen Sie nichts anderes tun, als sich ein zweites Mal ein solches Versagen zu leisten. Dann nämlich werde ich Sie nicht ungeschoren davonkommen lassen. Haben Sie verstanden?«
»Jawohl, Euer Ehren«, bestätigte Clement, erleichtert, mit einer Verwarnung davongekommen zu sein.
Richter Hart wandte sich an Paul Henderson. »Mr. Hender-

son, ich wünschte, ich könnte behaupten, daß sich Ihre Mandantin rühmlicher verhalten hätte.«
»Euer Ehren, falls Sie sich auf den Bildartikel über den kleinen Scotty beziehen, so möchte ich betonen, daß meine Mandantin das Opfer eines dreisten Betrugs war. Eine Reporterin hatte sich als Beamtin des Fürsorgeamtes ausgegeben.«
»Dann sollten Sie sie nachdrücklich darüber belehren, in Zukunft mehr Vorsicht walten zu lassen«, stellte Richter Hart fest. »Nochmals in aller Deutlichkeit: Ich untersage Ihnen beiden, fortan öffentliche Stellungnahmen zu dem Fall abzugeben. Das gilt auch für Ihre Mandanten. Und falls Sie beide nicht in der Lage sein sollten, Ihre Mandanten an die Leine zu nehmen, dann werde ich es tun. Weisen Sie sie also darauf hin, daß sie bei Zuwiderhandlungen nicht nur selbst vor Gericht belangt werden können, sondern damit auch das gesamte Verfahren gefährden. So viel zu diesem Punkt.
Nun zum eigentlichen Anlaß unserer Besprechung. Bisher hat niemand von Ihnen den Antrag gestellt, den Prozeß vor einem Geschworenengericht zu führen. Hegt dennoch einer von Ihnen diesen Wunsch? Oder beabsichtigen Sie, den Fall nur von mir beurteilen zu lassen?«
Wieder reagierte Henry Clement als erster: »Euer Ehren, ich zöge es vor, wenn Sie allein das Urteil fällen würden.«
Das überrascht mich nicht, dachte Paul Henderson insgeheim, bei einem Richter, der den Ruf hat, an jedem Buchstaben des Gesetzes zu kleben und auf dessen strikte Einhaltung zu pochen. Und das in einem Fall, in dem das durch Bundes- und Länderrichtlinien gestützte Reintegrationsgesetz die leiblichen Eltern in eine klar bessere Position bringt als die Pflege- oder Adoptiveltern.
Richter Hart wandte sich nun ihm zu. Normalerweise hätte sich Henderson unter diesen Umständen für ein Geschworenengericht entschieden. Andererseits mußte er die mögliche Wirkung einkalkulieren, die zwei ausgebildete Schauspieler wie Brett und Lori Manning im Zeugenstand auf die Geschworenen ausüben würden. Er konnte zwar einen oder zwei Geschworene ablehnen, falls diese eingestehen sollten,

im Fernsehen die Serie mit Brett Manning anzusehen, er konnte sie aber schlechterdings nicht alle nach Hause schicken. Letztlich schien es ihm im Interesse seiner Mandanten zu liegen, wenn nur Richter Hart das Urteil fällte. Außerdem hatte dieser sich soeben sehr kritisch gezeigt gegenüber Henry Clements Taschenspielertricks.

»Euer Ehren, im Sinne eines raschen und reibungslosen Verhandlungsverlaufs würde auch ich es begrüßen, wenn der Fall von der Richterbank aus entschieden würde.«

»Das ist hiermit also beschlossen«, verkündete Hart. »Als Datum für die Verhandlungseröffnung setze ich den 17. April an. Das ist nach Ende der Osterferien, was die Gefahr von terminlichen Unterbrechungen und Verzögerungen reduziert.«

»Also am 17. April«, wiederholte Clement zur Bestätigung, während Henderson nickte.

»Das wär's, meine Herren«, stellte Richter Hart fest und signalisierte auf diese Weise, daß seine Besucher sich empfehlen durften.

Als sich daraufhin beide Anwälte erhoben, gab Henry Clement vor, ihm falle plötzlich noch etwas ein.

»Ach übrigens, Euer Ehren ... ich sitze gerade über dem schriftlichen Antrag, das derzeit unter dem Namen Scott Salem lebende Kind von einem Psychiater begutachten zu lassen. Es würde uns allen sehr viel Zeit und Papierkrieg ersparen, wenn wir uns gleich hier über eine Genehmigung für eine solche Untersuchung verständigen könnten.«

Da dieses Anliegen eher an Henderson als an Hart gerichtet war, leitete der Richter die Frage direkt weiter: »Sind Sie einverstanden, Mr. Henderson?«

»Ich habe darauf gehofft, die Verhandlungsführung so gestalten zu können, daß der normale Tagesablauf des Kindes möglichst wenig gestört wird. Schließlich steht der Junge bereits jetzt im Mittelpunkt des Medieninteresses.«

»Euer Ehren«, meldete sich Clement zu Wort. »Eine der Schlüsselfragen in diesem Prozeß dreht sich um die physische und psychische Verfassung des Kindes. Wie soll ich die Interessen meiner Mandanten wahren und zugleich die Behauptungen der Gegenseite beurteilen können, wenn ich keine Möglichkeit erhalte, mir ein objektives Bild darüber zu machen?«

Mit seinen granitgrauen Augen warf Richter Hart Paul Henderson einen unmißverständlichen Blick zu: Clement hat einen Anspruch darauf. Deshalb werde ich ihm so oder so die Genehmigung erteilen. Es nützt also nichts, wenn Sie sich weigern.

Dementsprechend waren Henderson die Hände gebunden.

»Sofern es sich um einen Psychiater handelt, der über die notwendige Qualifikation verfügt, haben wir nichts dagegen.«

Am nächsten Morgen erhielt Paul Henderson von Clements Sekretärin eine Liste mit den Namen dreier Psychiater, von denen er einen auswählen sollte. Henderson kannte alle drei. Es handelte sich ausnahmslos um erfahrene und renommierte Experten, die viele Male als Gutachter vor Gericht aufgetreten waren. Er entschied sich für die einzige Frau, die auf der Liste aufgeführt war.

Wohl wissend, daß es nicht leicht sein würde, die Salems zu einer solchen Untersuchung zu bewegen, fuhr Henderson am Abend persönlich bei ihnen vorbei.

»Nein! Niemals!« protestierte Christie. »Wenn sie Scotty erst einmal in ihren Fängen haben, werden sie ihn womöglich verschleppen und außer Landes bringen. Und wir werden ihn nie wiedersehen!«

Als sie plötzlich bemerkte, daß sie aus reiner Panik äußerst übertrieben hatte, versuchte sie, sich wieder zu beruhigen und einen kühlen Kopf zu bewahren. »Paul, müssen wir wirklich unser Einverständnis zu dieser Untersuchung geben?«

»Ja, meine Liebe, das müssen wir«, bestätigte der Anwalt.

»Aber was werden sie nur mit Scotty anstellen?« fragte Christie ängstlich.

»Hören Sie: Dr. Finch ist eine sehr erfahrene Psychiaterin, die sich seit vielen Jahren mit Kindern beschäftigt. Ich bin sicher, daß sie nichts weiter tun wird, als Scotty in aller Ruhe eine

Reihe unverfänglicher Fragen zu stellen. Sofern er sich ihr gegenüber frei und unbefangen äußert, gibt es nichts, worüber wir uns Sorgen machen müßten.«

Bill hatte seine eigenen Einwände und Befürchtungen bisher für sich behalten, um Christie nicht zusätzlich zu ängstigen, meldete sich jetzt aber dennoch zu Wort: »Halten Sie es für möglich, daß diese Dr. Finch eventuell versucht, Scotty in irgendeiner Weise zu beeinflussen? Kinder sind schließlich sehr leicht zu beeindrucken oder zu manipulieren. Könnte sie ihn nicht zum Beispiel hypnotisieren? Oder ihm eine Droge verabreichen, wie etwa dieses Pentothal, dieses Wahrheitsserum, über das ich in der Zeitung gelesen habe?«

»Bill, Sie beide machen sich wirklich zu viele Gedanken und sind zu mißtrauisch, was diese Untersuchungen angeht. An Clements Stelle hätte ich genauso gehandelt und ebenfalls eine solche Untersuchung beantragt. Außerdem besitzt er einen rechtlichen Anspruch darauf, den ihm Richter Hart nicht verwehrt hätte. Und überdies wird es sich auf lange Sicht auszahlen, wenn wir Richter Harts Verfügungen genauestens einhalten.«

Christie warf Bill einen fragenden Blick zu, zuckte mit den Schultern und nickte dann langsam.

»Also gut, Paul«, willigte sie ein. »Sagen Sie uns nur rechtzeitig Bescheid, wann und wo die Untersuchung stattfinden soll. Ich werde dann mit Scotty pünktlich zur Stelle sein.«

Am darauffolgenden Nachmittag erhielt Christie Salem einen Anruf aus Henry Clements Kanzlei.

»Mrs. Salem, würden Sie Scotty bitte am Dienstag um drei Uhr in die Praxis von Dr. Finch bringen?« bat die Sekretärin. »Sie finden sie in den Langston Towers, Suite Nummer 304.«

Christie holte ihren Sohn kurz vor Mittag von seinem Spielkreis ab. Sie fuhr mit ihm nach Hause, bereitete ihm sein Mittagessen und ging dann mit ihm in sein Zimmer, um ihm dort beim Umkleiden zu helfen. Er sollte seinen blauen Matrosenanzug anziehen, den sie ihm vor vier Monaten für den Weihnachtsbesuch bei Bills Mutter gekauft hatte. Scotty war in der

Zwischenzeit zwar ein ganzes Stück gewachsen, doch der Anzug stand ihm immer noch sehr gut und unterstrich, daß er ein bildhübscher Junge war.
Während des Umkleidens bemühte sich Christie, ihren Sohn auf die bevorstehende Untersuchung vorzubereiten.
»Scotty, erinnerst du dich daran, als wir Weihnachten in dem großen Kaufhaus waren, wo du den Nikolaus gesehen hast? Nachher fahren wir in die gleiche Straße und gehen dort auch in ein großes Gebäude. Und wir werden mit dem Fahrstuhl fahren. Weißt du noch, wie wir Dr. Driscoll besucht haben, der dir in die Ohren geschaut hat? Er hatte seine Praxis auch in einem großen Gebäude. Heute gehen wir zu einer Ärztin, zu Dr. Finch.«
Als Scotty die Hand unwillkürlich auf sein rechtes Ohr legte, da er sich an die Schmerzen erinnerte, unter denen er damals gelitten hatte, beruhigte ihn Christie sofort.
»Mach dir keine Sorgen. Dr. Finch wird nichts anderes tun, als mit dir zu reden!«
»Reden?« wiederholte der Junge argwöhnisch.
»Ja, nur reden. Sie wird dir einige Fragen stellen, auf die du ihr nur zu antworten brauchst. Du erzählst ihr einfach, was sie wissen will.«
»Warum?« fragte Scotty.
»Weil du es eben mußt!« Christies knappe Erklärung schien ihn nicht zu überzeugen. Deshalb versuchte sie es ein zweites Mal. »Vertraue deiner Mami einfach. Glaub mir, du mußt zu Dr. Finch!«
Scotty verlor kein weiteres Wort über den Arztbesuch, bis sie im Wagen saßen und unterwegs waren. »Scotty was falsch gemacht?« fragte er plötzlich.
»Aber nein, mein Schatz. Natürlich nicht!« beeilte sich Christie, ihm zu versichern.
»Warum dann dahin?«
»Nun, weil der Richter ...« Christie brach sofort ab, da sie und Bill übereingekommen waren, ihrem Sohn nicht einmal eine Andeutung davon zu machen, daß er Gegenstand einer Klage war und ihnen möglicherweise weggenommen werden sollte.

»Mami?« hakte der Kleine nach.
»Wir müssen eben zu Dr. Finch gehen und mit ihr reden. Du ... du wirst sehen, daß sie eine sehr nette Frau ist, und ... und du wirst sie sicher mögen.«
»Aber warum, Mami?«
»Bitte Scotty ..., wir müssen jetzt in den Innenstadtverkehr, und ich muß mich aufs Autofahren konzentrieren, damit wir keinen Unfall bauen.«
Fortan verharrten beide in Schweigen. Aber sooft sie konnte, warf Christie einen verstohlenen Blick in den Rückspiegel, in dem sie Scottys hübsches, aber im Augenblick ziemlich betrübtes Gesicht sah.
Es gelang ihr, in der Nähe des Gebäudes, in dem die Praxis untergebracht war, einen Parkplatz zu finden. Sie stieg aus, befreite Scotty aus seinem Kindersitz, nahm ihn bei der Hand und machte sich mit ihm auf den Weg, um an einer Ampel die Straße zu überqueren. Als sie das Gebäude betraten, fiel Christies Blick zufällig auf eine blonde junge Frau, die in einer Ecke des Eingangsbereiches stand. Christie schenkte ihr zunächst keine weitere Beachtung, blieb auf dem Weg zum Fahrstuhl jedoch plötzlich wie vom Donner gerührt stehen und wandte sich um, wobei sie feststelle, daß die junge Frau ihnen in einigem Abstand gefolgt war.
Kein Zweifel. Christie hatte diese Frau schon einmal gesehen. Es handelte sich einwandfrei um Lori Manning. Christie war empört und fühlte sich verraten, schluckte die in ihr aufsteigende Wut jedoch herunter, um Scotty nicht noch mehr zu verunsichern. Sie hielt seine Hand nur um so fester umklammert und beeilte sich, rasch in den Aufzug zu gelangen.
Als Christie die Tür mit dem Bronzeschild DR. HAZEL FINCH gefunden hatte, traten beide in das Vorzimmer der Praxis und wurden von einer Sprechstundenhilfe begrüßt.
»Ich bestehe darauf, zunächst selbst mit Dr. Finch zu sprechen!« erklärte Christie, nachdem sie sich vorgestellt hatte.

»Ich bedauere, aber Dr. Finch hat zu viel zu tun, um ohne eine vorherige Terminvereinbarung Gespräche führen zu können.«
»Sie wird für mich Zeit haben *müssen*, wenn sie meinen Sohn zu sehen bekommen will!« beharrte Christie.
»Einen Moment bitte«, sagte die durch Christies entschiedene Art verunsicherte Sprechstundenhilfe und begab sich in einen der angrenzenden Räume. Wenige Augenblicke später kehrte sie zurück. »Dr. Finch ist bereit, Sie allein zu empfangen!«
»Scotty, mein Schatz, du mußt hier einen Augenblick auf mich warten.«
Christie betrat das Sprechzimmer der Psychologin, das eher einem Kinderspielzimmer als einer Arztpraxis glich. Dort trat ihr eine hochgewachsene Frau mit graumeliertem Haar entgegen, um sie zu begrüßen. »Mrs. Salem, ich kann mir sehr gut vorstellen, wie Sie sich fühlen«, begann Dr. Finch.
»Das wage ich zu bezweifeln«, fauchte Christie.
»Ich bitte Sie, Mrs. Salem ...«, versuchte die überraschte Ärztin einzulenken, in der Ärger über das Verhalten ihrer Besucherin aufkeimte.
»Frau Doktor, ich werde Sie nicht damit durchkommen lassen! Wie kommen Sie als renommierte Ärztin dazu, dieser Frau zu erlauben, meinem Sohn nachzuspionieren?«
»Wovon reden Sie, um Himmels willen?«
»Sie hat uns unten in der Empfangshalle aufgelauert!« rief Christie empört. »Und sagen Sie mir nicht, das seien nur Hirngespinste. Ich kenne Lori Manning. Ich bin ihr persönlich begegnet, als sie vor der Adoption mit meinem Mann und mir sprechen wollte. Und ich habe sie in der Doheny-Show gesehen.«
»Mrs. Salem, falls es wirklich stimmen sollte, was Sie da sagen, dann teile ich voll und ganz Ihre Entrüstung.«
»Tun Sie das wirklich?« vergewisserte sich die noch immer aufgebrachte Christie.
Dr. Finch trat an ihren Schreibtisch und hob den Telefonhörer ab. »Verbinden Sie mich mit Henry Clement.«
Wenige Augenblicke später meldete sich der Anwalt am anderen Ende der Leitung.

»Henry, was für ein Spiel treiben Sie da mit mir?« stellte ihn Dr. Finch zur Rede. Als er ihr allem Anschein nach beteuerte, nicht zu wissen, worauf sie hinauswollte, legte die Ärztin ihm in aller Kürze Christies Klage dar. Das Gespräch endete schließlich damit, daß Dr. Finch sagte: »Sehen Sie zu, daß so etwas nicht noch einmal geschieht. Ansonsten werde ich mich von diesem Fall zurückziehen.« Dann hängte sie ein.

»Zufrieden, Mrs. Salem?«

»Ich werde niemals zufrieden sein können, bevor dieses gräßliche Verfahren nicht abgeschlossen ist und Scotty für immer zu uns gehört!« erklärte Christie.

Dem professionellen Blick der Psychologin entging keineswegs, daß Christies Halsschlagader mit jedem Wort stärker hervorgetreten war. Falls es überhaupt noch eines Beweises bedurft hatte, so wußte Dr. Finch jetzt ganz sicher, daß eine äußerst angespannte und darüber hinaus auch sehr verletzliche Frau vor ihr stand.

Nachdem die Angelegenheit damit geregelt war, holte Christie den Jungen herein und stellte ihn der Ärztin vor.

»Dr. Finch, das ist mein Sohn Scott. *Scott Salem.*«

Dr. Finch begrüßte ihn mit einem freundlichen Lächeln und streckte ihm ihre Hand entgegen, die er kräftig schüttelte. Nachdem sich Christie vergewissert hatte, daß Scotty bei der Psychiaterin in guten Händen war, ließ sie die beiden allein.

Dr. Finch führte Scotty zu einem Tisch, auf dem eine Menge Spielzeug bereitlag, das vor allem einem Jungen seines Alters gefallen mußte. Zumeist handelte es sich dabei um kleine Autos und Lastwagen.

Ohne sich lange bitten zu lassen, wählte Scotty ein Sportwagenmodell, mit dem er an der Tischkante entlangfuhr, wobei er ein röhrendes Motorgeräusch imitierte.

Schritt für Schritt versuchte Dr. Finch, das Vertrauen des Kindes zu gewinnen und stellte Scotty behutsam eine Reihe scheinbar harmloser Fragen über seine Mutter, seinen Vater, seinen kleinen Bruder, den Spielkreis und sein Zuhause. Unbekümmert stand Scotty ihr Rede und Antwort, während er

sich unablässig mit den Spielzeugautos beschäftigte, von denen er nach und nach immer mehr in sein Spiel integriert hatte.
Nach etwa einer Stunde beendete Dr. Finch das Gespräch. »Okay Scotty, wir sind fertig. Du kannst jetzt gehen.«
Nachdem er und Christie die Praxis verlassen hatten, diktierte die Psychiaterin für Henry Clement eine knappe Zusammenfassung ihres Eindrucks auf Band.

Betrifft Gutachten über SCOTT SALEM:
Der Junge zeigt den für ein zweieinhalbjähriges Kind üblichen Entwicklungsstand. Er wirkte zu Beginn ein wenig angespannt, verhielt sich im weiteren Verlauf des Gesprächs jedoch unbefangen.
Möglicherweise handelte es sich bei der anfänglichen Anspannung des Kindes um einen Reflex auf die Erregung der Mutter, die wiederum aus der unglücklichen Begegnung mit Ihrer Mandantin resultierte.
Alles in allem: Falls Sie gehofft haben sollten, daß Ihnen mein Gutachten über die psychische Verfassung des Kindes dabei helfen könnte, die Adoption anzufechten, so muß ich Sie enttäuschen. Sollten Sie dennoch planen, diesbezügliche Fragen vor Gericht zu erörtern, dann sollten Sie dabei der Tatsache Rechnung tragen, daß die Mutter des Jungen ungewöhnlich sensibel reagiert.

Als Henry Clement diese Mitteilung erhielt, unterstrich er den letzten Satz.

Kapitel 30

Paul Henderson lief ungeduldig im Vorzimmer von Judson Harts Büro auf und ab, wo er bereits seit längerer Zeit auf den Richter wartete. »Es tut mir leid, Mr. Henderson, aber Richter Hart hat heute einen ausgesprochen komplizierten Fall zu verhandeln. Er müßte jetzt aber wirklich jeden Augenblick hier sein«, tröstete ihn die Sekretärin.

Es dauerte jedoch noch weit länger als nur einen »Augenblick«, bis der Richter mit wehender Robe in das Vorzimmer stürmte und Henderson im Vorbeieilen signalisierte, ihm in sein Amtszimmer zu folgen. »Das ist heute wieder ein Tag! Aber kommen Sie, kommen Sie! Es kann gleich losgehen!«

Noch während Hart seine Robe ablegte, fragte er bereits: »Um was geht's? Herr im Himmel, diese verdammten Sensationsprozesse kosten einen mehr Zeit als alles andere. Was also hat diese plötzliche Bitte um ein Gespräch zu bedeuten, und warum ist der Anwalt der Gegenpartei nicht zugegen?«

»Es geht um Belästigung«, erklärte Henderson.

»Großer Gott, was könnte sexuelle Belästigung mit einem Fall wie diesem zu tun haben?« stöhnte der Richter, während er sich einen Kaffee einschenkte. »Wollen Sie auch eine Tasse?«

»Nein, danke. Ich sprach nicht von sexueller Belästigung, sondern davon, daß eine der streitenden Parteien die andere auf unbotmäßige Weise provoziert. Ich möchte Sie deshalb bitten, der Ehefrau des Klägers zu untersagen, weiterhin meine Mandanten zu belästigen.«

»Worauf gründet sich Ihr Antrag?« fragte Hart, während er seinen Kaffee umrührte.

»Sie haben dem Kläger das Recht zu einer psychiatrischen Untersuchung des Salem-Jungen eingeräumt. Daraufhin benannte Clement die Ärztin sowie Ort und Zeit der Untersuchung. Als meine Mandantin mit dem Kind dort eintraf, tauchte plötzlich Lori Manning auf – und zwar exakt zur vereinbarten Stunde, in der Absicht, Mrs. Salem und dem kleinen Scott nachzuspionieren. Euer Ehren, ich bin sicher, daß Sie nachvollziehen können, unter welcher psychischen Belastung Mrs. Salem in dieser Situation stand. Nicht nur, daß sie ihr Kind einer derartigen Untersuchung aussetzen mußte, nein, dazu kam auch noch der Schock, mit der Frau des Klägers konfrontiert zu werden.«

»Ich denke, es wird für beide Frauen nicht leicht gewesen sein«, erwiderte Hart.
Indessen zog Henderson ein von ihm vorbereitetes Schriftstück aus seinem Aktenkoffer. »Aufgrund des genannten Vorfalls möchte ich Sie hiermit ersuchen, dieses Dokument zu unterzeichnen, damit sich so etwas nicht noch einmal wiederholt.«
Der Richter setzte seine Lesebrille, die er an einer goldenen Kette um den Hals trug, auf die Nase und überflog das Papier. »Mr. Henderson, bevor ich einen derartigen formalen Schritt unternehme, würde ich es vorziehen, mit beiden Parteien ein Wort zu reden«, erklärte er, nachdem er noch einmal an seiner Tasse genippt hatte.
»Ohne die Anwälte?« fragte Henderson, der seinen Unwillen nicht gänzlich verbergen konnte.
»Ohne die Anwälte«, bestätigte Richter Hart. »Schließlich werden familienrechtliche Streitfälle nach Regeln und Prinzipien gehandhabt, die an anderen Gerichten nicht unbedingt Anwendung finden.«
»Das ist mir sehr wohl bewußt«, bestätigte Henderson. »Dennoch ...«
»Herr Anwalt!« unterbrach ihn Richter Hart in schroffem Ton. »Wollen Sie mein Urteil in dieser Angelegenheit in Frage stellen?«
»Nein, nein ... gewiß nicht«, erwiderte Henderson beschwichtigend, auch wenn er insgeheim über Harts Entscheidung alles andere als glücklich war.
»Da Ihre Mandantin Beschwerde eingelegt hat, möchte ich sie als erste sehen. Und zwar morgen während meiner Mittagspause. Um Punkt eins.«

Nachdem Anita Gottfried kurzfristig zugesagt hatte, Scotty nach dessen Heimkehr aus dem Spielkreis etwas zu essen zu machen und auf den kleinen David aufzupassen, war Christie eilends aufgebrochen, traf jedoch erst um acht Minuten nach eins im Büro des Richters ein.
Wortreich bemühte sie sich, ihre Verspätung zu entschuldigen.

»Es tut mir sehr leid, Euer Ehren, aber ich mußte erst noch David versorgen ... und mich dann darum kümmern, daß jemand da ist, der auf Scotty aufpaßt. Wenn Sie eine Mutter wären, wüßten Sie, wovon ich spreche.«
»Ich bin zwar niemals eine Mutter gewesen, aber ich glaube, ich verstehe trotzdem, was Sie meinen«, beruhigte sie Hart mit einem Lächeln auf dem Gesicht. »Jetzt holen Sie erst einmal Luft. Wie wäre es mit einem Kaffee? Sie müssen wissen, daß ich ihn selbst aufbrühe. Es handelt sich um eine Mischung, die mit Haselnußaroma angereichert ist. Ich bekomme diese besondere Sorte in einem kleinen Laden am Ende der Straße. Möchten Sie eine Tasse?«
»Ich würde wirklich sehr gern ...«, erwiderte Christie, wirkte jedoch äußerst zögerlich.
»Sie würden, *aber* ...?«
»Als dieser ... dieser ganze Ärger wegen Scotty begann, hat mein Arzt mir geraten, kein Koffein zu mir zu nehmen, da das Gift für meine Nerven sei.«
»Ich verstehe«, erwiderte Richter Hart. »Nun, Mrs. Salem, dann erzählen Sie mir doch bitte, was Ihren Anwalt dazu gebracht hat, gestern bei mir vorzusprechen.«
»Es war so, Euer Ehren. Es fing schon morgens an. Zuerst war David so ... so schwierig, ich weiß nicht, wie ich es nennen soll. Jedenfalls zappelte er so herum, während ich ihm die Brust gab und machte den Eindruck, als wolle er am liebsten sofort wieder in sein Bettchen. Sie wissen ja, wie Kinder manchmal sein können.«
Judson Hart nickte Christie aufmunternd zu, allerdings mehr, um ihren weitschweifigen Bericht zu beschleunigen.
»Aber das war nur der Anfang, es kam noch schlimmer. Scotty ist normalerweise durchaus in der Lage, sich allein anzuziehen. Ich helfe ihm deshalb nur hier und da ein bißchen. Aber an dem Tag trödelte er endlos herum, so daß ich ihn schließlich anziehen mußte. Doch ich traute mich nicht, mit ihm zu schimpfen. Verstehen Sie, Euer Ehren, ich ...«
Christie schüttelte den Kopf, fuhr dann aber entschlossen fort. »... ich traute mich nicht, etwas zu sagen, weil ich Angst

hatte, Scotty könnte es dann später der Psychologin erzählen und ich würde dann als schlechte Mutter dastehen. Kinder sagen manchmal die seltsamsten Dinge ...«

»Das tun sie allerdings«, stimmte ihr Richter Hart zu. »Ich habe davon hier in meinem Büro schon die unterschiedlichsten Kostproben erhalten.«

»Na ja, als ich dann Scotty schließlich so weit hatte und mit ihm im Auto saß, war ich das reinste Nervenbündel. Aber ich war fest entschlossen, die Sache durchzustehen. Wenn es wirklich von dieser Untersuchung abhängen sollte, daß wir unseren Scotty vor diesen Mannings schützen können, dann durfte es nicht an mir scheitern. Ich würde alles tun, um meinen Jungen zu behalten, denn er gehört zu uns. Ohne ihn wären wir nicht mehr die Familie, zu der wir in den letzten zwei Jahren geworden sind. Und ich ... ich mußte dort in diese Praxis, um unseren Jungen den Händen unseres ... unseres *Gegners* auszuliefern. Schließlich handelte es sich ja um *deren* Psychiaterin. Sie würde sicher alles daran setzen, um etwas zu finden, das denen dazu dienen konnte, uns Scotty wegzunehmen. Aber wenn das tatsächlich passieren sollte ... Bill, mein Mann ... er würde nie darüber hinwegkommen. Sie können sich nicht vorstellen, wie sehr er den Jungen liebt. Was für Pläne er mit ihm hat! Unser ganzes Leben ... alles, was wir tun ... unsere Zukunft, es dreht sich alles um Scotty!«

»Soweit ich unterrichtet bin, haben Sie noch ein zweites Kind«, erkundigte sich Richter Hart.

»Ja, natürlich, David. Er rundet unsere Familie ab. Aber vielleicht haben wir in ein paar Jahren auch noch ein Mädchen. Wissen Sie, Bill hat sich immer ein Mädchen gewünscht. Er liebt Kinder so sehr.«

Christie besann sich darauf, zu den Ereignissen bei dem Besuch von Dr. Finch zurückzukehren. »Ich war also auf dem Weg, um unseren Sohn bei dieser Dr. Finch abzuliefern ... voller Angst, daß diese Ärztin einen schlechten Eindruck von uns gewinnen könnte ... und daß uns dann jemand, nein, *Sie*, Euer Ehren, deswegen tatsächlich unseren Jungen wegneh-

men würden, dann … dann gäbe mein Mann am Ende mir die Schuld dafür.«
Christie hatte eine Befürchtung ausgesprochen, die sie sich zuvor nicht einmal selbst eingestanden hatte. »Entschuldigen Sie bitte …« Sie konnte die Tränen nicht länger zurückhalten, fing sich aber bald wieder so weit, daß sie in der Lage war, wenn auch stockend, mit ihrem Bericht fortzufahren.
»Mit all diesen Sorgen und Ängsten im Kopf hielt ich Scotty an der Hand und betrat das Gebäude, in dem die Praxis war. Und wen mußte ich dort ausgerechnet sehen? Diese blonde junge Frau. Wissen Sie, als ich ihr vor zweieinhalb Jahren begegnete, schossen mir zwei Gedanken durch den Kopf. Zum einen tat sie mir leid, weil sie so jung und hilflos wirkte. Und zum anderen war ich davon überzeugt, ihr in meinem ganzen Leben nie wieder zu begegnen.
Aber jetzt stand sie plötzlich wieder vor mir und starrte Scotty an. Mein erster Gedanke war, daß es sich bei der Sache mit der Psychiaterin nur um einen Trick handelte und daß wir in eine Falle gelockt werden sollten, um mir meinen Sohn zu entreißen. Ich geriet so sehr in Panik, daß ich Scottys Arm packte und mit ihm wegrennen wollte. Aber ich tat es nicht, sondern nahm all meinen Mut und meine Willenskraft zusammen, nur um meinem Jungen nicht zu schaden.«
»Und wie soll es jetzt Ihrer Meinung nach weitergehen?« fragte der Richter.
»Ich will einfach nicht, daß diese Frau uns weiterhin auf Schritt und Tritt folgt, daß sie uns nachspioniert und uns belästigt. Ich will nicht, daß sie Scotty begegnet oder er ihr. Mein Anwalt hat mir gesagt, daß Sie die Macht haben, ihr das zu untersagen.«
»Das stimmt«, bestätigte Richter Hart. »Aber dazu müßte die Art der Belästigung wesentlich intensiver und bedrohlicher sein als das, was Sie mir beschrieben haben. Dennoch werde ich Ihren Antrag nicht gleich ablehnen, sondern mir meine endgültige Entscheidung vorbehalten.«
»Bedeutet das …?«
»Es bedeutet genau das, was ich gesagt habe – nämlich, daß

ich die Entscheidung zu einem späteren Zeitpunkt treffen werde.«
»Ich verstehe. Ist das ... alles, Euer Ehren?«
»Für heute ja.«
Christie befand sich bereits auf dem Weg zur Tür, als sie sich mit der Verzweiflung eines Angeklagten umwandte, der fühlt, daß er nur diese eine Chance hat, um Gerechtigkeit zu bitten.
»Euer Ehren ... ich kann nicht gehen, ohne Ihnen klargemacht zu haben, was es für mich und meinen Mann bedeutet, Scotty bei uns zu haben. Seit er im Alter von drei Tagen zu uns kam, ist er mit jedem Tag, an dem wir ihn fütterten und badeten, an dem wir ihn im Arm hielten, in glücklichen Momenten, aber auch, wenn er krank war, mehr und mehr zu einem Teil von uns geworden. Er gehört zu uns, und wir gehören zu ihm. Wir sind die einzige Familie, die er jemals kennengelernt hat. Da Sie selbst Vater sind, bin ich sicher, daß Sie das verstehen werden.«
»Mrs. Salem«, erwiderte Richter Hart so sanft, wie es ihm möglich war, »ich glaube, daß ich Sie sehr gut verstehe – aber nicht, weil ich selbst Vater wäre. Ich habe nämlich keine Kinder.«
Als Christie Salem das Büro des Richters verließ, verfluchte sie sich selbst. Ich Idiot! Was habe ich nur gesagt! Falls wir jemals eine Chance gehabt haben sollten, den Prozeß zu gewinnen, dann habe ich sie endgültig vergeben. Das wird mir Bill nie verzeihen.

Am darauffolgenden Tag warf Judson Hart um fünf vor eins von seinem Richterstuhl aus einen Blick auf die Wanduhr. Da er Lori Manning für ein Uhr bestellt hatte, beschloß er, die gerade laufende Anhörung zu unterbrechen.
»Herr Anwalt«, wandte er sich an den Mann, dessen Mandantin sich gerade darüber beklagte, für ihr Kind zu wenig Unterhaltsgeld zu bekommen, obwohl ihr Mann über ein genügend hohes Einkommen verfüge. »Hätten Sie etwas dagegen, wenn wir die Vernehmung Ihrer Mandantin unterbrechen und um zwei Uhr fortsetzen würden? Ich

habe um eins eine wichtige Besprechung in meinem Amtszimmer.«

»Kein Problem, Euer Ehren«, willigte der Anwalt ein.

Richter Hart hatte seine Sekretärin instruiert, Lori Manning nicht im Vorzimmer warten zu lassen, sondern sie gleich nach ihrem Eintreffen in sein Büro zu führen. Als er die Tür öffnete, stand sie gerade am Fenster und blickte hinaus. Vor dem hellen Hintergrund fiel es ihm zunächst schwer, ihr Gesicht zu erkennen, aber während er näher auf sie zutrat, stellte er fest, daß sie in Wirklichkeit noch sehr viel hübscher war als auf den Fotos und in den Fernsehaufnahmen, die er von ihr gesehen hatte.

Auf den ersten Blick wirkte sie sehr selbstbewußt, aber die scharfen Linien um ihren Mund verrieten ihre innere Anspannung.

»Nehmen Sie doch Platz, Mrs. Manning. Möchten Sie eine Tasse Kaffee? Ich versichere Ihnen, daß er frisch ist.«

Wie zuvor bei Christie Salem bemühte sich Judson Hart auch bei Lori Manning zunächst darum, durch unverfängliches Plaudern das Eis zu brechen und eine entspanntere Gesprächssituation herzustellen. »Ich selbst sorge für alle Zutaten und die richtige Zubereitung. Meine Sekretärin muß dann nur noch um zehn vor eins den Stecker einstöpseln, damit der Kaffee dann pünktlich zu meiner Mittagspause fertig ist. Allein der Duft hält mich für den Rest des Tages in Schwung.«

Als er allerdings bemerkte, daß sein belangloses Gerede nicht die gewünschte Wirkung erzielte, sondern offensichtlich sogar Lori Mannings unterdrückte Beklemmung noch verstärkt hatte, beschloß er, die Taktik zu wechseln und direkt zur Sache zu kommen.

»Mrs. Manning ... hat Ihnen Ihr Anwalt mitgeteilt, warum ich Sie hierherbestellt habe?«

»Ja ... Euer Ehren.«

Beinahe belustigt stellte er fest, daß Lori Manning wie viele andere, die zum ersten Mal vor einem Richter standen, die ihr ungewohnte Anredeformel »Euer Ehren« nachschob, weil sie

offensichtlich von ihrem Anwalt dazu angehalten worden war.
»Trifft es zu, daß Sie an jenem Tag in den Langston Towers auf Mrs. Salem warteten?«
Lori blickte auf die in ihren Schoß gebetteten Hände, deren ruhelos hin und her zuckende Finger an ein Knäuel kleiner Schlangen erinnerten. Sie errötete. Schließlich rang sie sich zu einer Antwort durch: »Ja ... Euer Ehren.«
»Damit Sie das tun konnten, müssen Sie zuvor erfahren haben, wann und warum Mrs. Salem dorthin kam.«
»Ja, Euer Ehren.«
»Auf welche Weise haben Sie davon erfahren?«
»Durch meinen Anwalt.«
»Hat Mr. Clement Ihnen die Information gegeben?«
»Nein, nicht er selbst. Es ist seiner Sekretärin herausgerutscht. Ich hatte sie angerufen, um mich danach zu erkundigen, ob es etwas Neues gab. Daraufhin erwähnte sie – ich nehme an, um mir dadurch Mut zu machen –, daß am Nachmittag für meinen Sohn ein Untersuchungstermin bei einer Psychiaterin angesetzt worden war«, erklärte Lori. »Ich wollte doch nur ...«
Richter Hart unterbrach ihren Rechtfertigungsversuch mit einer schroff vorgetragenen Zwischenfrage: »Ich will nur von Ihnen wissen, ob Sie versucht haben, mit Dr. Finch Kontakt aufzunehmen.«
»Nein.«
»Weder vor noch nach Mrs. Salems Besuch?« hakte er nach.
»Nein, ich schwöre es Ihnen«, erwiderte Lori.
»Warum sind Sie dann überhaupt dorthin gegangen?«
Lori errötete noch mehr und strich jetzt mit den Händen über ihre Schenkel, um das immer stärker werdende Zittern ihrer Finger zu verbergen.
»Warum, Mrs. Manning?« beharrte der Richter.
»Ich ... ich wollte ihn sehen.«
»Wen?«
»Meinen Sohn. Ich wollte sehen, wie er wirklich aussieht ... und nicht nur auf diesen unscharfen Fotos, die durch Autofenster hindurch von ihm gemacht wurden. Oh, er ist ein so

hübscher Junge. Er ist blond wie Brett. Und ihm steht die Farbe Blau so gut, vor allem Hellblau. Aber mit seinen blonden Haaren stünde ihm sicher auch jede andere Farbe gut.«
»Das war alles? Sie wollten ihn wirklich nur sehen?«
»Ich habe nicht ein Wort zu ihm gesagt und auch nichts getan. Ich habe ihn nur angesehen ... oder wohl eher angestarrt, vermute ich. Großer Gott, besitze ich dazu nicht das Recht? Schließlich bin ich seine Mutter! Ich habe ihn neun Monate lang unter meinem Herzen getragen, und ich habe ihn geboren. Er gehört zu mir. Deshalb besitze ich das Recht, ihn zu sehen. Und ich besitze das Recht ...«
Plötzlich brach Lori ab und begann zu weinen.
»Mrs. Manning ... Lori ...«, redete Richter Hart besänftigend auf sie ein. »Können Sie verstehen, daß ich Ihnen untersagen muß, so etwas noch einmal zu tun?«
Sie erwiderte nichts, sondern rieb nur mit den Handflächen über ihre Augen, um die Tränen fortzuwischen.
»Es wäre Mrs. Salem gegenüber nicht fair«, erklärte Hart. »Und auch Scotty gegenüber nicht.«
»Sie meinen Brett gegenüber«, verbesserte ihn Lori. »Ich nenne ihr nur Brett.«
»Welchen Namen Sie dem Jungen auch immer gegeben haben mögen, jedenfalls tragen solche überfallartigen Begegnungen nur dazu bei, die für alle Beteiligten ohnehin schon schwierige Situation noch problematischer zu machen. Zudem wird allein die Verhandlung bereits genügend zusätzliche Belastungen mit sich bringen.«
»Warum muß es überhaupt zu einer Verhandlung kommen? Er ist unser Kind! Jeder Bluttest würde das beweisen. Es steht deshalb doch völlig außer Frage, daß er zu Brett und mir gehört. Und wir haben jetzt die Möglichkeit, uns bestens um ihn zu kümmern. Er würde alles bekommen, was er sich nur wünscht. Und vor allem Liebe, sehr viel Liebe und ...«
»Mrs. Manning!« fiel Richter Hart ihr ins Wort und fuhr dann – sobald Lori schwieg – in nüchternem Tonfall fort: »In der Verhandlung geht es nicht um die Frage, ob Sie die leibliche Mutter dieses Jungen sind. Es geht vielmehr um die

Frage, ob es genügend plausible Gründe dafür gibt, eine Adoption für ungültig zu erklären – und zwar eine Adoption, der Sie zugestimmt haben. Schließlich haben Sie das Kind fortgegeben und die Adoptionsdokumente unterzeichnet.«
Bei diesen Feststellungen verlor Lori den letzten Rest ihrer Selbstbeherrschung.
»Das verstehen Sie nicht«, schluchzte sie. »Ja, ich habe diese Papiere unterschrieben. Aber ich wußte doch damals nicht, was ich tat.«
»Mrs. Manning, wollen Sie damit andeuten, Ihnen sei damals nicht erläutert worden, welche Konsequenzen Ihre Unterzeichnung der Adoptionsdokumente habe?«
»O doch, das ist mir erläutert worden. Aber niemand ... niemand außer einer Frau, die sich selbst einmal in einer solchen Situation befand, kann nachvollziehen, wie ... wie durcheinander ... wie verzweifelt ... wie unzurechnungsfähig ich zu der Zeit war. Ich wußte einfach nicht, was ich tat.«
»Sie waren sich nicht darüber im klaren, daß Sie Ihr leibliches Kind zur Adoption freigaben?« fragte der Richter sie scharf.
»Doch, das wußte ich ... aber ich wußte nicht, welche Folgen das nach sich ziehen würde. Ich war verzweifelt, weil ich niemanden hatte, an den ich mich wenden konnte.«
»Hat Sie jemand zur Unterzeichnung gezwungen?«
»Nein ... aber man hätte es nicht zulassen dürfen. Man hätte vielmehr ... aber jetzt liegt es an Ihnen, ob ich mein Kind wiederbekomme. Bitte, Euer Ehren, bitte ...«
Als Lori erneut die Stimme versagte, erklärte Hart in wieder sanfterem Ton: »Mrs. Manning, ich versichere Ihnen, daß ich mich bemühen werde, Ihre damaligen Gefühle genauso zu würdigen wie Ihre jetzigen. Aber ich muß Ihnen auch sagen, daß kein Weg daran vorbeiführt, diesen Fall vor Gericht zu verhandeln. Sie können jedoch darauf vertrauen, daß Mr. Clement die Interessen Ihres Mannes gewiß mit großem Nachdruck vertreten wird.«
Als Lori sich wieder einigermaßen beruhigt hatte, verabschiedete sie sich und machte sich auf den Weg zurück nach New York.

Sie ließ einen ausgesprochen nachdenklichen Judson Hart zurück: Großer Gott, ich wünschte, ich müßte nicht über Fälle wie diesen richten.

Kapitel 31

Da der Verhandlungstermin feststand, war es für Henry Clement an der Zeit, seine Klienten auf die Zerreißprobe vorzubereiten, der man sie im Zeugenstand unterziehen würde. Das Hauptaugenmerk des Anwalts galt dabei der Frage, was die Mannings tun mußten, um einen möglichst positiven Eindruck bei Richter Hart zu hinterlassen.

»Hören Sie, Lori, jedesmal, wenn Sie im Gerichtssaal erscheinen, ist es, als ob Sie auf die Bühne träten, um dort eine bestimmte Rolle zu spielen. Während der Verhandlung sollten Sie die Rolle einer offenherzigen, unschuldigen und naiven jungen Frau spielen. Kurz gesagt, Sie müssen das Gegenteil von dem verkörpern, was die meisten Leute von einer jungen Schauspielerin erwarten.

Legen Sie deshalb jedes Wort auf die Goldwaage – und zwar nicht nur im Zeugenstand, sondern auch sonst. Selbst dann, wenn Sie glauben, daß niemand Sie hören kann. Denn Sie wissen nie mit Sicherheit, wo überall Mikrophone angebracht sind. Bedenken Sie daher wirklich jedes Wort, das Sie sagen!«

Lori nickte, warf Brett jedoch einen Blick zu, als wolle sie ihn fragen: Hält er mich für eine komplette Idiotin, daß er glaubt, mir solche Selbstverständlichkeiten auseinandersetzen zu müssen?

»Nun zu Ihrer Garderobe«, fuhr Clement fort. »Ich möchte, daß Sie sich die Kleidung, die Sie vor Gericht tragen werden, in irgendeinem Großmarkt oder aus der Filiale einer Ladenkette besorgen. Ziehen Sie bitte nichts Teures oder Exklusives an, das nach Fifth Avenue oder Rodeo Drive aussehen könnte. Und legen Sie nur wenig Make-up auf. Auf keinen Fall Lidschatten und bitte nur einen Hauch Lippenstift. Er darf nicht

zu grell wirken. Ich möchte, daß Sie wie die typische Unschuld vom Lande aussehen, weil dieser Eindruck von besonderer Bedeutung sein wird, wenn ich Sie in den Zeugenstand rufe. Verstehen Sie?«
Erfüllt von einer Mischung aus innerer Abscheu und verletzten Gefühlen, traten Lori Tränen in die Augen.
»Mr. Clement, für *Sie* mag ich vielleicht nur eine Rolle spielen. Aber ich *bin* eine Mutter, deren einziges Ziel es ist, ihren Sohn zurückzubekommen. Und deshalb werde ich auch alles tun, damit mir das gelingt. Doch ich muß dafür keinesfalls die Unschuld vom Lande *spielen*. Das ist für mich keine Rolle, das ist meine wahre Identität. Für wen halten Sie mich denn eigentlich? Für eine Diva vom Schlage einer Liz Taylor?«
»Es geht mir lediglich darum, Sie vor Richter Hart in möglichst positivem Licht erscheinen zu lassen«, erklärte Clement gereizt, da er es nicht gewohnt war, mit seinen Mandanten über seine Anweisungen diskutieren zu müssen.
Bevor Lori etwas darauf erwidern konnte, schaltete Brett sich ein, um zu vermitteln. »Liebling, folge einfach dem Rat Mr. Clements. Stell dir vor, er sei während der Verhandlung unser Regisseur.«
Gegen ihre innere Überzeugung gab Lori klein bei und erwiderte nur: »Ja, natürlich. Ich werde alles tun, was Sie sagen, Mr. Clement.«
»Verlassen Sie sich ganz auf mich, meine Liebe, und wir werden als Sieger aus diesem Prozeß hervorgehen«, versicherte ihr der Anwalt und tätschelte jovial ihre Hand, als sei sie ein bockiges Schulmädchen – eine Geste, die Loris Abneigung gegen den Anwalt nur noch verstärkte, wie Brett an ihren Augen ablesen konnte.
Dennoch brach Lori am Vortag der Verhandlung auf, um sich in einem nahe gelegenen Einkaufszentrum nach den Anweisungen Clements einzukleiden. Um nicht erkannt zu werden, setzte sie eine dunkle Sonnenbrille auf und verbarg ihr blondes Haar unter einem Kopftuch.
Nach ihrer Rückkehr ins Hotel machte sie sich mit ihren neu eingekauften Sachen für Brett zurecht. Als er sie zum

ersten Mal so sah, hegte er keinen Zweifel daran, daß Henry Clement zufrieden sein würde.
Als Lori jedoch wieder aus ihrem blau-grünen Kleid schlüpfen wollte, das sie für ihre erste Vernehmung als Zeugin erstanden hatte, war sie zu nervös, um die Knöpfe aufzubekommen, so daß Brett ihr helfen mußte. Gleich darauf stand sie nur noch in ihrer Unterwäsche vor ihm. Da er sich ihren Reizen nicht entziehen konnte, zog er sie an sich, um sie zu küssen. Als sich seine Hand unter ihren Büstenhalter stahl, entwand sie sich ihm allerdings.
»Nein. Nicht jetzt ... Nicht bevor dies alles vorüber ist«, erklärte sie sanft, um ihn nicht zu kränken. »Ich bin mit meinen Gedanken zur Zeit nur bei unserem Jungen. Ich will ihn zurück, ich will das mehr als alles andere ... und im Moment auch mehr als dich, versteh das bitte.«
Brett respektierte ihre Gefühle und hauchte ihr einen zärtlichen Kuß auf die Lippen. »Ich verstehe deine Haltung. Und ich liebe dich dafür. Glaub mir, auch ich wünsche mir nichts sehnlicher, als daß wir unser Kind zurückbekommen.«

Es war schon spät. Die Stille der Nacht wurde nur durch den fernen Klang der Kirchenglocken durchbrochen. Bill Salem zählte die Glockenschläge. Zehn ... elf ... zwölf ... Es war Mitternacht. Als er seine Hand ausstreckte, um nach Christie zu tasten, stellte er fest, daß sie nicht mehr neben ihm im Bett lag. Aber er hatte eine Ahnung, wo er sie finden konnte – jetzt, nur noch wenige Stunden vor Beginn der Verhandlung. Und er hatte sich nicht getäuscht.
Christie stand am Fuß von Scottys Bett und starrte auf das friedlich schlafende Kind.
Der Anblick dieser Szene versetzte Bill einen Stich ins Herz, denn sie war ihm auf schmerzliche Weise nur allzu vertraut. So wie jetzt hatte Christie auch in Scottys erster Nacht hier an der Seite seines Betts gestanden, um darüber zu wachen, daß er weiter atmete. Das tragische Schicksal des kleinen Billy würde auf immer und ewig Teil ihres Lebens bleiben, daran bestand kein Zweifel.

Zärtlich legte Bill seinen Arm um Christies Schultern. »Komm, wir müssen uns wieder hinlegen, damit wir morgen früh frisch und ausgeruht sind«, flüsterte er ihr zu.
»Ich werde das schreckliche Gefühl nicht los, daß sie ... daß sie ihn uns wegnehmen.«
»Nein, das werden sie nicht tun«, widersprach Bill lauter als beabsichtigt, woraufhin Scotty aus seinem Schlaf erwachte und blinzelnd ein Auge öffnete. Als er jedoch sah, daß seine Eltern bei ihm waren, entspannte er sich sofort und schlummerte friedlich wieder ein.
Bill führte Christie ins Schlafzimmer zurück. Noch immer war sie jedoch nervlich zu angespannt, um sich wieder hinlegen zu können. Statt dessen setzte sie sich auf die Bettkante.
»Liebling ... bitte«, drängte Bill.
»Der Richter wird ihn uns wegnehmen ...!«
»Was zum Teufel macht dich so sicher?«
»Nachdem ich ihm erklärt hatte, was Scotty für uns bedeutet, hätte er an Ort und Stelle sagen müssen, daß der Junge zu uns gehört. Aber das hat er nicht getan.«
»Chris ... Liebling ... Du mußt doch einsehen, daß der Richter nicht schon vor der Verhandlung sein Urteil fällen kann.«
»Wenn er es wirklich gewollt hätte, wäre er dazu in der Lage gewesen«, widersprach Christie. Dann fragte sie unvermittelt: »Glaubst du, daß wir einen Fehler gemacht haben?«
»Wir hatten doch keine Wahl mit dem Prozeß. Schließlich sind wir die Beklagten«, stellte Bill fest.
»Das meine ich nicht. Ich dachte an Paul. Denkst du nicht auch, daß er vielleicht schon zu alt ist ... und daß es nicht vielleicht doch ein Fehler war, keine Geschworenen zu berufen?«
»Chris ... es hat keinen Sinn, sich jetzt noch darüber den Kopf zu zerbrechen. Schon in wenigen Stunden müssen wir im Gericht sein. Also leg dich jetzt besser hin, und hör auf, dich selbst verrückt zu machen!«
Als sie sich noch immer nicht rührte, faßte er sie an den Armen und zog sie mit sanfter Gewalt zu sich heran, um

ihren ausgekühlten Körper zu wärmen. Als sich ihre Verkrampfung zusehends löste und ihre Atemzüge immer regelmäßiger wurden, wußte er schließlich, daß sie eingeschlafen war.

Als Unterkunft für Lori und sich hatte Brett Manning ein Hotel ausgewählt, das direkt gegenüber dem Gerichtsgebäude lag. Es gab zwar modernere und komfortablere Hotels in der Stadt, doch die unmittelbare Nähe zum Ort der Verhandlung hatte den Ausschlag gegeben.

Es war noch mitten in der Nacht, als Lori ruhelos in ihrer Suite, die sich im obersten Stockwerk des sechsgeschossigen Gebäudes befand, auf und ab ging. Als Brett bemerkte, daß sie das Bett verlassen hatte, und er suchend um sich blickte, erspähte er sie neben dem Servierwagen, den ihnen der Zimmerservice am Vorabend hereingeschoben hatte.

Lori entdeckte nur noch ein paar Brötchen, die allerdings – wie sie leidvoll feststellte – bereits zu hart waren, um noch genießbar zu sein. Deshalb begnügte sie sich mit dem Rest des allenfalls noch lauwarmen Kaffees, den sie aus einer großen Thermoskanne in eine Tasse goß.

Trotz der Zugluft, die von der veralteten Klimaanlage verbreitet wurde, setzte sie sich, nur mit einem seidenen Nachthemd bekleidet, in einen großen Plüschsessel, nippte mehrmals aus Langeweile an der Tasse und versuchte auf diese Weise, die noch verbleibenden Stunden bis Sonnenaufgang totzuschlagen.

»Ich glaube, du hast genug von dem Zeug getrunken«, sagte Brett, der inzwischen aufgestanden war, und nahm ihr die Tasse aus der Hand. »Und außerdem wirst du dich erkälten.«

»Wie kannst du eigentlich mitreden?« fragte sie in seltsamem Ton.

»Ich habe gesehen, wie du bereits beim Abendessen drei Tassen getrunken hast«, erwiderte er.

»Du kannst eigentlich gar nicht mitreden, denn du hast ihn ja niemals mit eigenen Augen gesehen. Auf Fotos vielleicht, aber nie in Wirklichkeit.«

»Redest du über unseren kleinen Brett?« fragte er.
»Über wen sollte ich wohl reden?« erwiderte sie gereizt. »Als ich ihn neulich wiedersah ... war er sogar noch hübscher, als ich ihn mir vorgestellt hatte ... so blond und mit so einem niedlichen Gesicht. Er ist wirklich ein ausgesprochen gutaussehender kleiner Junge. Und er sieht ihnen überhaupt nicht ähnlich. Nein, er gehört zu uns, er ist ein Teil von uns, vor allem ein Teil von mir. Zumindest war er neun Monate lang ein Teil von mir. O Brett, ich will ihn unbedingt zurück, hörst du, unbedingt!«
»Das will ich auch, Liebling. Mach dir deswegen keine Sorgen. Henry Clement sagt, daß das Gesetz auf unserer Seite ist. Und Richter Hart ist dafür bekannt, daß er sich genau an die Gesetze hält.«
»Ich wünschte, ich könnte mir dessen sicher sein«, seufzte Lori.
»Liebling, warum nimmst du nicht einfach ein paar von den Beruhigungspillen, die dir Dr. Mallory verschrieben hat? Sie würden dir jetzt bestimmt guttun.«
»Nein!« wehrte sie ab. »Ich will meinen Schmerz nicht betäuben. Das wäre so, als würde ich weglaufen und mich vor der Verantwortung drücken. Aber ich will mein Kind kein zweites Mal im Stich lassen. Und falls Schmerz und Leid dazugehören, um ein solches Verfahren durchzustehen, dann will ich auch beides spüren, und zwar in vollem Umfang.«
»Aber komm jetzt wenigstens wieder ins Bett und ruhe dich noch ein bißchen aus«, flehte Brett.
Lori schüttelte jedoch nur widerwillig den Kopf. Als er sie daraufhin zu umarmen versuchte, wehrte sie ihn ab und begann, leise zu weinen.
»Lori, morgen früh werden wir Himmel und Hölle in Bewegung setzen, um unseren Sohn zurückzubekommen. Aber wir werden es nur schaffen, wenn wir beide den Strapazen, die uns erwarten, auch gewachsen sind.«
Dieses Argument überzeugte sie schließlich, so daß sie sich aus dem Sessel erhob und zum Bett hinüberging.

Kapitel 32

»Bill, ist deine Mutter schon da?« erklang Christies Stimme aus Davids Zimmer, wo sie gerade das Baby versorgte.
»Sie muß jeden Augenblick eintreffen«, versicherte ihr Bill, der in der Küche damit beschäftigt war, Scottys Frühstück zuzubereiten.
»Ich möchte nicht gerade heute unpünktlich sein«, meldete sich Christie erneut von oben und hoffte, daß David endlich sein Bäuerchen machte, damit sie ihn wieder ins Bett legen konnte.
»Ich weiß, Schatz, ich weiß«, antwortete Bill.
Sobald er Scotty versorgt hatte, eilte er zum Telefon und wählte eilig die Nummer seiner Mutter.
»Bist du es, Schwesterherz? Wo steckt Mutter? Sie ist bereits auf dem Weg? Okay, alles klar ... Nein, wir wollen nur nicht zu spät kommen ... nicht gerade heute! ... Ich danke dir. Wir können heute wirklich alle Glück gebrauchen ... Ja, sicher melden wir uns, sobald wir vom Gericht zurück sind ... Scotty? Nein, noch nicht, jedenfalls jetzt noch nicht ... Er sitzt gerade in der Küche und frühstückt ... Also, ich muß jetzt aufhören. Ich melde mich, sobald ich kann.«
Bill legte den Hörer auf und kehrte an den Küchentisch zurück, mußte dort jedoch feststellen, daß Scotty, der morgens normalerweise großen Appetit hatte, sein Essen noch nicht angerührt hatte, sondern nur damit beschäftigt war, ihn anzustarren.
»Komm schon, Scotty, iß endlich dein Frühstück. Ich möchte, daß dein Teller leer ist, bevor wir fahren.«
Der Junge nahm eine Scheibe Toast in die Hand. Anstatt jedoch zu essen, fragte er seinen Vater: »Ist Oma heute hier?«
»Sie wird auf dich und David aufpassen, weil Mami und Daddy fort müssen.«
»Mami und Daddy fort?« wiederholte Scotty und nahm den Gesichtsausdruck an, den er gewöhnlich zeigte, bevor er in Tränen ausbrach.

»Aber nein, Scotty! Wir gehen nicht wirklich fort!« klärte Bill das Mißverständnis auf. »Wir müssen nur für ein paar Stunden außer Haus. Und in der Zwischenzeit kümmert sich Oma um dich und David.«
»Mit Oma zum Spielkreis?« fragte der Junge, dessen Mimik sich langsam wieder entspannte.
»Heute nicht, mein Sohn. Heute bleibst du zu Hause. Oma wird dir etwas vorlesen und mit dir das Alphabet üben.«
»Heute Ferien?«
»Bitte, Scotty, iß jetzt endlich dein Frühstück«, forderte Bill ihn erneut auf und strich ihm etwas Marmelade auf den Toast, in der Hoffnung, ihm auf diese Weise Appetit zu machen.
Der Junge nahm einen Bissen, war in Gedanken jedoch mit einem Wort beschäftigt, das er während des Telefonats seines Vaters aufgeschnappt hatte und das ihm keine Ruhe ließ.
»Daddy, du und Mami heute ohne Scotty und David essen?« fragte er kauend.
»Wie kommst du denn darauf?« fragte Bill verwundert. »Nein, Mami und ich werden heute nicht ohne euch zum Essen ausgehen.«
»Aber du hast gesagt, Mami und Daddy bei *Gericht*?«
»Ach das meinst du«, lachte Bill, tat sich jedoch schwer, das Mißverständnis auf unverfängliche Weise zu klären. »Weißt du, Scotty, *Gericht* ist ein Wort, das verschiedene Bedeutungen haben kann. Zum einen bezeichnet es das, woran du gedacht hast, nämlich etwas, das man essen kann …«
»Und was noch?« fragte der Kleine neugierig.
»Nun … *Gericht* nennt man auch ein Gebäude, in dem …«, begann Bill gedehnt, wurde dann jedoch aus seiner mißlichen Lage befreit, weil es an der Haustür läutete.
»Das muß Oma sein!« rief er sichtlich erleichtert und machte sich auf den Weg zur Tür. Aber Scotty war bereits an ihm vorbeigesaust, um als erster seine Großmutter zu begrüßen.
»Oma, Mami und Daddy heute bei Gericht!« erklärte Scotty, während er seine Arme um ihren Hals schlang.
Bei diesen Worten warf Mrs. Salem ihrem Sohn einen fragen-

den Blick zu: Hast du ihm etwa doch von dem Prozeß erzählt? Ich dachte, wir hätten uns darauf geeinigt, ihm gegenüber kein Wort davon zu erwähnen?
»Ich erkläre es dir später«, flüsterte Bill.
»Das wird dann vielleicht nicht mehr nötig sein«, erwiderte seine Mutter mehrdeutig und setzte den gewichtigen Blick einer Person auf, die über ein geheimes Wissen verfügt, das nur wenigen vorbehalten ist.
»Wovon redest du, Mutter?«
»Ich habe zugesichert, nichts zu sagen«, wich sie aus. »Aber die Dinge sind ... sind ... Nun, ich kann nichts versprechen, aber ihr werdet schon sehen. Also sei guten Mutes, mein Sohn!«
»Ich weiß nicht, wovon du redest, Mutter. Aber ich bitte dich, nichts Unüberlegtes zu tun!« drängte Bill besorgt. Er verstummte jedoch, da in dem Augenblick bereits Christie die Treppe herunterkam, um ihre Schwiegermutter unnötigerweise auf Haushaltsdinge hinzuweisen, mit denen sie längst vertraut war.
Schließlich standen Christie und Bill bereit, um sich auf den Weg zum Gericht zu machen.
Als er ihre Hand nahm, fühlte sie sich eiskalt an. Aber nicht kälter als seine eigene.

Bill mußte um den gesamten Gerichtskomplex fahren, um einen freien Parkplatz zu finden, denn diejenigen, die für die streitenden Parteien und deren Anwälte reserviert waren, wurden von Fernsehübertragungswagen blockiert.
Da sie ihren Wagen schließlich beinahe einen Block weit entfernt abstellen mußten, waren Christie und Bill auf dem Weg ins Gericht zu einem wahren Spießrutenlauf durch Kameras und Mikrophone gezwungen. Eingedenk der Absprachen mit Paul Henderson lehnte Bill trotz des Fragen-Bombardements jede Stellungnahme ab und wiederholte nur immer wieder: »Kein Kommentar!«
Die Salems wurden von ihren Peinigern allerdings befreit, als plötzlich jemand den Namen »Brett Manning« rief, worauf-

hin das ganze Wolfsrudel über die Straße hinweg in Richtung des Hoteleingangs davonstürzte. Eskortiert von der ganzen Meute, gelang es auch Lori und Brett nur mit Mühe, die Stufen des Justizgebäudes zu erreichen. Dort sorgten allerdings uniformierte Wächter dafür, daß nur die Prozeßbeteiligten, eine begrenzte Anzahl von Presseleuten, die sich ausweisen konnten, sowie neutrale Zuschauer eingelassen wurden.
Da nach und nach immer mehr Prozeßbeobachter und Fernsehleute in den Gerichtssaal strömten, ähnelte dieser bald einem Tollhaus, das von ohrenbetäubendem Lärm erfüllt war. Inmitten des allgemeinen Durcheinanders saßen Paul Henderson und Henry Clement an ihren Plätzen und trafen anhand ihrer Unterlagen letzte Vorbereitungen für den Prozeßbeginn, während ihre Mandanten – die angespannt und nervös neben ihnen saßen – sich gegenseitig verstohlene Seitenblicke zuwarfen.
Obwohl es zu seinem Beruf als Schauspieler gehörte, tagtäglich vor Kameras zu stehen und mit der Presse umzugehen, fühlte sich Brett Manning keinen Deut besser als Bill Salem. Er wußte, daß ihm seine Berühmtheit und sein Image als Filmheld hier nichts nutzen würde, denn Henry Clement hatte ihm deutlich zu verstehen gegeben, daß Richter Hart nicht der Mann war, der sich durch so etwas beeindrucken ließ.
Unterdessen spürte Paul Henderson, wie langsam die ebenso vertraute Spannung und Ungeduld in ihm aufstieg, endlich mit den Formalitäten beginnen zu können, die einen Prozeß einleiteten. Auch wenn Henderson nach all den Jahren kaum noch in der Lage war, seine vielen Auftritte vor Gericht zu zählen, so befiel ihm doch jedesmal erneut Lampenfieber, ohne das er sich nackt vorgekommen wäre.
Ungewöhnlich war allerdings, daß Richter Hart noch nicht auf seinem Platz saß. Wahrscheinlich – so sagte sich Henderson – wurde er in seinem Büro durch Dinge aufgehalten, die unaufschiebbar einer dringenden Entscheidung bedurften. Aber auch wenn dies der Fall sein mochte, so ließ der Richter doch bemerkenswert lange auf sich warten.

Nachdem sich die auf Punkt zehn Uhr angesetzte Prozeßeröffnung bereits um 45 Minuten verzögert hatte und von Richter Hart noch immer nichts zu sehen war, eilte plötzlich dessen gehetzt wirkende Sekretärin an Paul Hendersons Tisch: »Der Richter wünscht Sie in seinem Amtszimmer zu sprechen, und zwar sofort!«
Da Richter normalerweise niemals eine Sekretärin derartige Botschaften überbringen ließen, hegte Henderson keinen Zweifel daran, daß Hart einen gewichtigen Anlaß für die außerordentliche Besprechung haben mußte.
Als Henderson sich erhob, um der Aufforderung Folge zu leisten, stellte er fest, daß auch Henry Clement von Harts Sekretärin informiert wurde und – seinem verblüfften Gesichtsausdruck nach zu schließen – ebenfalls keine Ahnung hatte, worum es ging.
Gemeinsam betraten sie das Richterzimmer und stießen auf einen wütenden und feindselig dreinblickenden Judson Hart. Ungeduldig winkte er die Anwälte näher und bat seine Sekretärin, den Raum zu verlassen und die Tür hinter sich zu schließen. Während er Henderson und Clement aufforderte, Platz zu nehmen, blieb er selbst stehen und eilte unablässig auf und ab.
»Ich bin nicht nur wegen der persönlichen Beleidigung betroffen, die mit diesem schändlichen Verhalten verknüpft ist«, fauchte er, »sondern vor allem wegen der unglaublichen Impertinenz, ein Mitglied dieses Gerichts in derartige Machenschaften verwickeln zu wollen. Seit ich diese Behörde leite, habe ich jeden Richter seines Amtes enthoben, sofern er auch nur im geringsten Verdacht stand, sich bei seinen Urteilen von Dritten beeinflussen zu lassen. Und nun muß ich plötzlich feststellen, selbst zur Zielscheibe eines so niederträchtigen Versuchs geworden zu sein.«
Unvermittelt baute er sich vor Paul Henderson auf. »Herr Anwalt, haben Sie mir diesbezüglich etwas mitzuteilen?«
Verwirrt, Gegenstand dieser ernstzunehmenden Attacke zu sein, wußte Henderson nicht, was er sagen sollte. »Euer Ehren … ich … ich habe wirklich keine Ahnung, worauf Sie …«

»Heute früh erhielt ich einen Anruf von einem der führenden politischen Köpfe dieses Bundesstaates«, unterbrach ihn Hart in anklagendem Ton. »Ich werde Ihnen den Namen nicht verraten, da ich die Angelegenheit bereits an den Senatsausschuß weitergeleitet habe. Bei diesem Anruf wurde angedeutet ... nein, es war mehr als eine Andeutung ... es ging um ein regelrechtes Angebot. Um das Angebot nämlich, meine mögliche Berufung an den Obersten Gerichtshof erheblich zu beschleunigen, falls mein Urteil zugunsten Ihrer Mandanten ausfallen sollte, Mr. Henderson.«

»Euer Ehren, ich gebe Ihnen mein Wort ...«

Bevor Henderson ausreden konnte, fügte Hart hinzu: »Mir wurde sogar der Eindruck vermittelt, der Gouverneur selbst stehe hinter dieser Offerte.«

»Euer Ehren, ich bin seit fast fünfundzwanzig Jahren Mitglied der Anwaltskammer, und ich schwöre bei meiner Berufsehre, daß ich keinerlei Kenntnis von diesen Vorgängen hatte.«

Unterdessen bemühte sich der betroffen dreinschauende Henry Clement, dem unglücklichen Paul Henderson aus kollegialer Solidarität den Rücken zu stärken, indem er dessen Integrität betonte und mutmaßte, es könne sich nur um einen Irrtum handeln. Insgeheim frohlockte er jedoch und stellte bereits taktische Überlegungen an, zu welchem Zeitpunkt des Prozesses er Kapital aus dem soeben gehörten Vorfall schlagen konnte.

»Mr. Henderson, ist Ihnen eine Person namens George Archer bekannt?« fragte Richter Hart.

»Nein, Euer Ehren«, antwortete Henderson wahrheitsgemäß.

»Sie haben zu keinem Zeitpunkt mit einer Person dieses Namens gesprochen oder auf andere Weise kommuniziert?«

»Nein, Euer Ehren.«

»Ist Ihnen eine Person namens Eloise Salem bekannt?« forschte der Richter weiter.

»Nein, Sir. Die einzigen Salems, die ich kenne, sind William und Christine Salem, meine Mandanten«, erwiderte Henderson. Plötzlich umwölkte sich das Gesicht des Anwalts jedoch und nahm einen gequälten Ausdruck an.

»Ja, Mr. Henderson ...?« bohrte Richter Hart nach.
»Ich bin mir nicht sicher, aber es könnte sein, daß ich den Namen Eloise Salem schon einmal gehört habe. Ich glaube, es handelt sich um die Schwester oder Cousine meines Mandanten William Salem.«
»Henderson«, donnerte Judson Hart und ließ alle Formalitäten beiseite, »sollte ich herauskriegen, daß Sie auf meine Frage die Unwahrheit sagen, dann werde ich dafür sorgen, daß Sie mit Schimpf und Schande aus der Anwaltskammer ausgeschlossen werden, das verspreche ich Ihnen!«
Nach dieser düsteren Drohung signalisierte Paul Henderson durch ein leichtes Nicken, daß er den Ernst der Lage erfaßte und keinesfalls bereit war, ein solches Ende seiner beruflichen Karriere zu riskieren.
»Henderson, hat zwischen Ihnen und Ihren Klienten jemals ein Gespräch stattgefunden, in dem es darum ging, Druck auf mich auszuüben, damit ich mein Urteil zugunsten Ihrer Partei fälle?«
»Zu keinem Zeitpunkt, Euer Ehren!«
»Ich begnüge mich einstweilen mit Ihrem Wort, Mr. Henderson, aber ich kann nicht ausschließen, daß die Sache ein Nachspiel haben wird.«
Der Tonfall des Richters verriet, daß die peinliche Besprechung in seinen Augen ihr Ende gefunden hatte. Als sich beide Anwälte daher erhoben, um in den Gerichtssaal zurückzukehren, sorgte Richter Hart allerdings noch dafür, daß nicht nur Paul Henderson gesenkten Hauptes das Amtszimmer verließ.
»Ach, Mr. Clement, bevor Sie den voreiligen Schluß ziehen sollten, daß dieser unangenehme Zwischenfall mein abschließendes Urteil einseitig beeinflussen und damit Ihre Mandanten bevorteilen könnte, will ich Sie beide noch von einem anderen Sachverhalt in Kenntnis setzen. Ohne Ihnen, Mr. Clement, eine Beteiligung daran zu unterstellen, ist auch eine Fernsehgesellschaft am mich herangetreten, um mir auf unzweifelhafte Art und Weise eine Erhöhung meines öffentlichen Ansehens in Aussicht zu stellen, sofern Brett Manning den zur Verhand-

lung anstehenden Streit gewinnen sollte. Da dieses Ansinnen allerdings äußerst plump an mich herangetragen wurde, habe ich nicht einen Augenblick lang ernsthaft daran gedacht, daß ein Mann wie Sie, der sich gewiß raffinierterer Techniken zu bedienen versteht, seine Finger im Spiel haben könnte!« schloß der Richter mit beißendem Sarkasmus.

»Wir sehen uns in zehn Minuten zur Eröffnung der Verhandlung.«

Bevor Judson Hart auf seinem Richterstuhl Platz nahm, hatte Paul Henderson seinen beiden Klienten unmißverständlich klargemacht, daß er sein Mandat sofort niederlegen werde, falls es zu einer weiteren Einmischung in das Verfahren durch Familienangehörige oder Freunde der Salems käme.

»Jede Störung des ordnungsgemäßen Verlaufs dieser Verhandlung durch einzelne Presseangehörige führt zum Ausschluß *der gesamten Presse* aus dem Gerichtssaal«, verkündete Richter Hart, an die Vertreter der Medien gewandt. »Von mir aus können Sie mich für diese Warnung als Gegner der Pressefreiheit brandmarken. Mein Augenmerk richtet sich jedoch allein auf die Einhaltung einer rechtlich einwandfreien und fairen Prozeßführung, da hier nicht weniger als das Lebensglück eines Kindes zur Verhandlung ansteht.«

Der Fall *Manning gegen Salem* konnte eröffnet werden.

Kapitel 33

»Ich erteile dem Anwalt des Klägers das Wort, er möge sein Eröffnungsplädoyer halten«, erklärte Richter Hart.

Daraufhin erhob sich Henry Clement und nahm einen Stoß Papiere von seinem Tisch, auf die er allerdings nur einen kurzen Blick warf, bevor er die Stimme hob.

»Euer Ehren, mein Mandant beansprucht als leiblicher Vater des Kindes, um das es in dieser Verhandlung geht, das Sorgerecht für seinen Sohn. Wie wir beweisen werden, erfolgte die

Adoption des Kindes unter irregulären und gesetzeswidrigen Bedingungen und ist daher als nichtig anzusehen.«
Nach diesem Auftakt berührte Christie den Arm Paul Hendersons mit der stillen Forderung, Einspruch gegen Clements Darstellung des Sachverhaltes einzulegen.
»Es handelt sich hier nur um ein Eröffnungsplädoyer«, flüsterte ihr der Anwalt zu. »Wir sind erst später an der Reihe, Christie.«
Richter Hart zeigte sich jedoch durch die kurze Absprache zwischen den beiden irritiert: »Mr. Henderson? Würden Sie bitte dafür Sorge tragen, daß Mr. Clement bei der Fortsetzung seiner Ausführungen nicht durch Ihre Mandantin gestört wird?«
»Ich bitte um Entschuldigung, Euer Ehren! Es wird keine weiteren Störungen geben.«
Da es zu Henry Clements Strategie gehörte, Christie Salem zu verunsichern und zu ängstigen, nutzte er die Chance, den bereits genannten Aspekt noch einmal zu wiederholen. »Die Tatsache, daß die Adoption unter irregulären Voraussetzungen stattfand, führt zwangsläufig zu der Schlußfolgerung, daß das Kind von vornherein in falsche Hände gegeben wurde.«
Als Christie an dieser Stelle erneut protestieren wollte, umklammerte Bill ihren Arm, um sie zu beruhigen.
»Darüber hinaus sind bei dem vorliegenden Fall die in diesem Staat gültigen allgemeinen Rechtsprinzipien heranzuziehen. Diese Prinzipien besagen, daß jedes Kind – sofern keine eindeutigen und überzeugenden Gründe gegen eine solche Regelung sprechen – grundsätzlich der Obhut seiner *leiblichen* Eltern zu überantworten ist. Wie wir im weiteren Verlauf der Verhandlung darlegen werden, besteht gar kein Zweifel daran, daß eine Wiedervereinigung mit seinen leiblichen Eltern nur zum Besten des Kindes sein kann, über dessen Schicksal hier entschieden werden soll. Ich danke Ihnen, Euer Ehren.«
Nachdem Henry Clement sein Anfangsplädoyer beendet hatte, nickte Richter Hart Paul Henderson zu, worauf dieser sich erhob und zunächst räusperte.

»Euer Ehren, die Position meiner Mandanten ist denkbar klar. Scotty Salem ist aufgrund einer richterlich bestätigten Adoption ihr Sohn. Seitdem er im Alter von drei Tagen von William und Christine Salem aufgenommen wurde, ist er zu einem vollständig integrierten und nicht mehr wegzudenkenden Mitglied der Familie erwachsen. Diesen Zustand zu ändern würde bedeuten, nicht nur dem jetzt zweieinhalbjährigen Jungen irreparable seelische Schäden zuzufügen, sondern auch der einzigen Familie, die er jemals kennengelernt hat.«

Sobald Paul Henderson wieder Platz genommen hatte, wandte sich Richter Hart an die Gegenseite.

»Mr. Clement! Rufen Sie Ihren ersten Zeugen auf.«

Entsprechend seiner Strategie, den Fall auf den gesetzlichen Anspruch Brett Mannings aufzubauen, erhob Clement seine Stimme und verkündete laut vernehmlich: »Ich rufe den Kläger Brett Manning in den Zeugenstand!«

Als der Fernsehstar nach vorne trat, ging ein lautes Raunen durch den Gerichtssaal. Auf den Zuschauerrängen beugten sich vor allem Frauen nach vorne, um einen Blick auf ihn zu erhaschen.

Sobald Brett vereidigt worden war und Platz genommen hatte, begann Henry Clement damit, ihm zunächst ein paar Fragen über seinen familiären Hintergrund zu stellen, bevor er dann auf die frühen Jahre in New York zu sprechen kam.

»Wäre es also zutreffend, Brett, wenn ich sagte, daß die familiären Verhältnisse, unter denen Sie aufgewachsen sind, mit offenherzig und liebevoll beschrieben werden können?« faßte Clement zusammen, um seinen Mandanten in einem möglichst positiven Licht zu zeigen.

»Das wäre es, Sir.«

»Dann muß familiäres Zusammenleben eine große Rolle in Ihrem Leben spielen«, folgerte Clement, was Paul Henderson zwar nicht mit einem Einspruch, aber mit einem demonstrativen Räuspern kommentierte.

Clement ließ sich davon jedoch nicht beirren. »Brett, was für Tätigkeiten haben Sie während der ersten Jahre, in denen Sie sich bemühten, Schauspieler zu werden, ausgeübt?«

»Alles, was man sich nur vorstellen kann«, erwiderte Brett.
»Zum Beispiel?«
»Ich habe als Kellner gearbeitet oder auch Fenster geputzt. Einmal habe ich ein paar Monate lang als Maler gejobbt.«
»Davon haben wir ja bisher noch gar nichts gehört? Sie verfügen also über eine weitere künstlerische Begabung?« fragte Clement scheinbar überrascht, obwohl er die Antwort seines Mandanten bereits kannte.
Brett setzte ein amüsiertes und zugleich gewinnendes Lächeln auf. »Leider nicht, Sir. Ich habe nur Häuser gestrichen, allerdings auch nur für kurze Zeit, da ich auf die Farben allergisch reagierte.«
»Gab es noch andere Tätigkeiten, die Sie ausübten, um Ihren Lebensunterhalt zu finanzieren?«
»Ich habe auch als Fahrradbote gearbeitet und Pizza ausgeliefert. Ich erinnere mich noch sehr gut daran, weil es ein verdammt … Verzeihung … ein eiskalter Winter war. Scheinbar hatte halb New York immer ausgerechnet dann auf eine Pizza Appetit, wenn gerade mal wieder ein Schneesturm tobte. Ich habe mich beinahe zu Tode gefroren!« lachte Brett, und Clement stimmte mit ein. Dann setzte der Anwalt jedoch eine ernstere Miene auf.
»Brett, schildern Sie dem Gericht, was an dem Tag geschah, als Lori Ihnen mitteilte, daß sie schwanger war.«
»Nun, Sir … ich war … nun, ich will ehrlich sein … ich war sehr besorgt und hattet Angst. Wir waren zwei junge Menschen, die kaum genug zum Überleben hatten, selbst wenn wir beide arbeiteten. Und dann plötzlich diese Nachricht, daß wir ein Baby haben würden … daß ich Vater werden sollte! Wissen Sie, ich war vollkommen fertig.«
»Was haben Sie dann getan? Haben Sie Lori sitzenlassen und sind davongelaufen?«
»Nein, Sir! Ich bin dazu erzogen worden, mich meinen Pflichten zu stellen und die Verantwortung für mein Tun zu tragen. Ich bot Lori an, sie zu heiraten und mit ihr New York zu verlassen, um irgendwo anders einen normalen Job anzunehmen. Ich liebe Lori. Ich habe sie immer geliebt, und ich

werde sie immer lieben. Warum hätte ich sie also sitzenlassen und davonlaufen sollen?«

In dem Wissen, daß Paul Henderson die Frage stellen würde, falls er es nicht selbst täte, beruhte Clement den wunden Punkt: »Wie wir alle wissen, haben Sie beide damals jedoch nicht geheiratet?«

»Nein, Sir. Aber das war nicht meine Entscheidung, sondern Loris. Sie sagte, sie wolle nicht heiraten, weil das meine Karriere zerstören würde. Wenn ich heute daran zurückdenke, erinnert mich unser damaliges Verhalten an die Geschichte von dem armen jungen Paar, das sich aus lauter Liebe gegenseitig Weihnachtsgeschenke kaufen will, die es sich eigentlich nicht leisten kann. Da sie wunderschönes Haar hat, gibt er seine letzten Habseligkeiten fort, um ihr einen kostbaren Kamm zu Füßen legen zu können. Aber sie läßt sich – ohne sein Wissen – ihr Haar abschneiden, um mit dem Erlös ein Geschenk für ihn zu erstehen. Genauso war es mit Lori und mir. Ich war bereit, für sie meine Theaterpläne aufzugeben und statt dessen Autoreifen zu verkaufen, während sie darauf beharrte, zu ihren Eltern zurückzukehren, damit ich Karriere machen konnte. Wir waren beide bereit, uns für den anderen aufzuopfern.«

»Haben Sie sich während der Zeit, die Lori im Mittelwesten verbrachte, darum bemüht, mit ihr in Kontakt zu bleiben?«

»Die ganze Zeit über, Sir! Ich habe ihr regelmäßig geschrieben und – wann immer es mir möglich war – Geld geschickt, auch wenn es nur fünf, zehn oder zwanzig Dollar waren. Mehr hatte ich leider nicht. Doch es ging nicht so sehr um die Höhe der Beträge. Ich wollte Lori vor allem zeigen, daß ich sie noch immer liebte und bereit war, ihr auf jede erdenkliche Weise zu helfen. Aber dann kamen meine Briefe plötzlich zurück, mit dem Vermerk, daß Lori unbekannt verzogen sei.«

»Was haben Sie daraufhin unternommen, Brett?«

»Es gab nicht viel, was ich damals hätte unternehmen können. Aber sobald es mir meine finanzielle Situation erlaubte, engagierte ich einen Privatdetektiv, um Lori aufspüren zu lassen.«

»Was taten Sie, als Sie Loris Aufenthaltsort herausgefunden hatten?«
»Ich setzte mich ins Flugzeug und flog nach Chicago. Ich wollte Lori sehen – und mein Kind.«
»Wußten Sie zu der Zeit, daß Sie Vater eines Jungen waren?«
»Nein, Sir.«
»Oder daß Ihr Kind zur Adoption freigegeben worden war?«
»Nein, Sir.«
»Brett, überlegen Sie genau! Sind Sie jemals schriftlich oder mündlich von der Adoption Ihres Kindes informiert worden?«
»Nein, Sir. Ich habe niemals in irgendeiner Form eine Benachrichtigung erhalten.«
»Wollen Sie dem Gericht damit sagen, daß Sie keinerlei Kenntnis von der Adoption Ihres Kindes besaßen, bevor Lori Ihnen an jenem Tag Ihrer Begegnung in Chicago davon berichtete?«
»Ja, Sir.«
»Brett, falls Sie informiert worden wären, was hätten Sie in dem Fall ...?«
»Einspruch, Euer Ehren!« rief Paul Henderson.
Bevor Richter Hart dazu kam, über die Berechtigung von Hendersons Einwand zu entscheiden, erläuterte dieser bereits seinen Protest. »Es handelt sich um eine rein hypothetische Frage, Euer Ehren, so daß wir keinerlei Möglichkeit haben, den Wahrheitsgehalt der Antwort zu beurteilen. Der Kläger behauptet, nicht informiert worden zu sein. Lassen wir es dabei!«
»Einspruch stattgegeben!« entschied Richter Hart.
Henry Clement wandte sich wieder seinem Zeugen zu. »Brett, welche Pläne haben Sie, falls das Gericht Ihnen das Sorgerecht für Ihren Sohn zuerkennen sollte?«
»Endlich eine Familie zu gründen ... eine richtige Familie, wie ich sie in meiner Kindheit hatte. Lori und ich haben uns schon ein Haus in Connecticut ausgesucht – wo der Junge an der frischen Luft herumtollen und spielen kann und wo es hervorragende Schulen gibt. Außerdem liegt der Ort nahe genug an

New York, damit ich jeden Abend nach den Dreharbeiten bei meiner Familie sein kann ... damit wir alle gemeinsam zu Abend essen ... wie es sich für eine richtige Familie gehört. Das ist es, wonach Lori und ich uns sehnen. Aber all unsere Pläne und all unsere Hoffnung bauen darauf, daß wir unseren kleinen Sohn zurückbekommen. Ohne ihn ist mein beruflicher Erfolg für mich bedeutungslos.«

»Ich danke Ihnen, Brett. Ihr Zeuge, Mr. Henderson.«

Paul Henderson blieb nicht viel Zeit, um eine Entscheidung zu treffen. Dieser junge Mann machte einen ausgesprochen sympathischen Eindruck und schien die Wahrheit zu sagen. Es war nicht sehr wahrscheinlich, daß man ihm mit Fangfragen in eine Falle locken oder in Widersprüche verwickeln konnte.

Da im Gerichtssaal diskrete Zurückhaltung oftmals die bessere Taktik war als ungestümer Angriff, entschied sich Henderson für das erstere.

»Ich habe keine Fragen an den Zeugen, Euer Ehren.«

»Mr. Clement, Ihr nächster Zeuge«, ordnete Richter Hart an.

Nachdem Henry Clement die gesetzlichen Anspruchsgrundlagen seines Mandanten dargelegt hatte, war es jetzt an der Zeit, die emotionalen Aspekte des Falles in den Vordergrund zu rücken und die Zuschauer auf die als Höhepunkt geplante Aussage von Lori Manning einzustimmen.

Vor dem Hintergrund dieser Überlegungen rief Clement Rose Berryman in den Zeugenstand.

Noch bevor sie vereidigt wurde, bedachte die Verwaltungschefin des Krankenhauses, in dem Lori gearbeitet hatte, ihre ehemalige Mitarbeiterin mit einem freundschaftlichen Lächeln. Offensichtlich wollte sie Lori auf diese Weise signalisieren, daß sie alles tun würde, um ihr zu helfen.

Nachdem Clement die berufliche Tätigkeit und den guten Leumund der Zeugin dargelegt hatte, befragte er sie nach ihrem Verhältnis zu Lori.

»Mrs. Berryman, wären Sie so freundlich, uns zu berichten, wie Sie Lori Manning kennengelernt haben?«

Rose Berryman erläuterte die schwierigen Umstände, in

denen sich die schwangere und mittellose Lori befunden habe, und wie sie zunächst ohne Bezahlung im Krankenhaus gearbeitet habe. »Insgeheim überlegte ich bereits damals, wie man ihr helfen könnte, eine bezahlte und qualifiziertere Stelle zu bekommen, denn zweifellos bewies sie großes Talent und sehr viel Hingabe bei ihrer Tätigkeit als Krankenpflegerin. Mir war allerdings auch klar, daß ihre Schwangerschaft einer beruflichen Karriere im Wege stand.«

»Hat Lori während der Schwangerschaft zu irgendeinem Zeitpunkt mit Ihnen darüber gesprochen, was sie tun wollte, sobald das Kind erst einmal geboren war?«

»Aber ja. Wir haben oft und lange darüber gesprochen.«

»Könnten Sie zusammenfassen, worum es in diesen Gesprächen ging?«

»Loris Sorge galt vor allem dem Vater ihres Kindes. Sie wollte ihm auf keinen Fall seine Karriere verbauen. Dadurch steckte sie selbst allerdings in einer Zwickmühle, denn sie konnte nicht gleichzeitig arbeiten *und* ein Kind aufziehen.«

»Was ging Ihrem Eindruck nach in Lori vor, als sie sich dieser Situation bewußt wurde?«

»Sie suchte verzweifelt nach einem Weg, ihr Baby behalten zu können. Als sie jedoch keine andere Möglichkeit mehr sah, als ihr Kind zur Adoption freizugeben, konzentrierte sie ihre ganze Energie darauf, eine geeignete Familie zu finden.«

»Mrs. Berryman, ist es Ihrer beruflichen Erfahrung nach üblich, daß sich die leibliche Mutter um die Auswahl der Adoptiveltern für ihr Kind bemüht?«

»Nein, das ist keineswegs üblich.«

»Würden Sie also sagen, daß Lori Manning *mehr* Sorge um das Schicksal ihres Kindes bewies, als dies die meisten anderen ledigen Mütter tun?«

»Sie sorgte sich erheblich mehr um das Schicksal ihres Kindes, als ich es je zuvor erlebt habe. Sie bat nicht nur darum, sondern sie *bestand* sogar darauf, alle Bewerber persönlich zu sprechen. Vor der Begegnung mit den Salems hatte sie bereits vier Ehepaare abgelehnt. Im übrigen glaube ich, daß sie die Salems nur …«

»Einspruch, Euer Ehren!« protestierte Henderson. »Für uns ist nicht von Interesse, was die Zeugin glaubt, sondern nur das, was sie weiß.«

»Stattgegeben.«

»Ich wollte nur sagen ...«, begann Rose Berryman erneut, doch diesmal fiel ihr Richter Hart ins Wort.

»Dem Einspruch wurde stattgegeben.«

Um die Aussage der Zeugin zu der von ihm gewünschten Schlußfolgerung zu führen, sprang Henry Clement ihr bei.

»Mrs. Berryman, ist es möglich, daß Lori die Salems nur deshalb als Adoptiveltern akzeptierte, weil sie aufgrund der vielen zuvor geführten Gespräche mit anderen Bewerbern erschöpft und niedergeschlagen war?«

Nach dieser Suggestivfrage des Anwalts wartete Richter Hart nicht erst darauf, daß Paul Henderson sich zu Wort meldete.

»Mr. Clement, Sie sollten die Geduld des Gerichts nicht überstrapazieren. Also hören Sie bitte damit auf, der Zeugin Ihre eigenen Worte in den Mund zu legen.«

Da aber trotz der Zurechtweisung durch Richter Hart genau das gesagt worden war, was aus Clements Sicht gesagt werden sollte, verzichtete er auf weitere Fragen.

»Ihre Zeugin, Mr. Henderson.«

Clements Kontrahent erhob sich so langsam und machte sich so umständlich an seinen Papieren zu schaffen, daß Rose Berryman sich fragte, ob er bereits senil sei. Sie kam nicht auf den Gedanken, daß Paul Henderson es gut verstand, einen Vorteil aus seinem Alter zu ziehen, wenn ihm dies aus taktischen Gründen nützlich schien.

»Äh ... hm ... Mrs. ...?« Obwohl sein Geist keineswegs an Schärfe und sein Gedächtnis keineswegs an Zuverlässigkeit verloren hatte, vermittelte Henderson absichtlich den Eindruck, als habe er große Mühe, sich an den Namen der Zeugin zu erinnern. »Ach ja ... Mrs. Berryman! Wie oft hatten Sie als Leiterin der Krankenhausverwaltung ... sagen wir in den letzten zehn Jahren ... mit einem solchen Fall zu tun?«

»Ich verstehe Ihre Frage nicht, Sir? Was für einen Fall meinen Sie?«

»Daß eine Ihrer Mitarbeiterinnen ein uneheliches Kind erwartete.«
»Nun, in den letzten zehn Jahren ... Soweit ich mich erinnere, gab es zwei andere Fälle«, antwortete Rose Berryman nach kurzem Überlegen.
»Was geschah in diesen beiden Fällen?«
»Einspruch! Die Frage hat keine Relevanz für die Verhandlung«, rief Henry Clement dazwischen.
»Mr. Henderson?« forderte Richter Hart den alten Anwalt auf, eine Erklärung zu geben.
»Euer Ehren, die Zeugin hat in ihrer Aussage das Verhalten von Mrs. Manning mit dem Verhalten anderer lediger Mütter verglichen, die sich in der gleichen Situation befunden hätten. Auf Mr. Clements Frage, in welchem Maße sich Mrs. Manning Gedanken um ihr Kind gemacht habe, bekamen wir wörtlich zu hören, die Klägerin sei ›erheblich mehr um das Schicksal ihres Kindes‹ besorgt gewesen, als die Zeugin ›je zuvor erlebt habe‹. Nun, ich würde das Gericht gerne wissen lassen, wie viele ähnliche Fälle die Zeugin für ihren Vergleich heranziehen kann und was aus diesen Fällen wurde. Ich bin mir sicher, daß diese Fragestellung für uns durchaus von Belang ist.«
»Fahren Sie fort, Mr. Henderson«, stimmte ihm Richter Hart zu.
»Mrs. Berryman, ich glaube, Sie sprachen von zwei weiteren Frauen. Was ist aus diesen Frauen geworden?«
»Eine der beiden ist mit ihrem Kind zu ihren Eltern nach Montana zurückgekehrt. Vielleicht war es auch Wyoming.«
»Und die andere?«
»Sie heiratete den Vater ihres Kindes. Wie es dann weiterging, weiß ich nicht.«
»Dann hat also weder die eine noch die andere Frau ihr Kind zur Adoption freigegeben?«
»Das ist zutreffend«, gestand die Zeugin.
»Nun, Mrs. Berryman, haben Sie nicht erklärt, daß Mrs. Manning besondere Aufmerksamkeit auf die Auswahl der Adoptiveltern verwendete?«

»Wie ich bereits sagte, sprach sie mit insgesamt fünf Ehepaaren.«
»Dann muß sie allem Anschein nach doch gedacht haben, daß die Salems besonders …«
»Einspruch, Euer Ehren!« unterbrach Henry Clement erneut die Vernehmung. »Wie Mr. Henderson selbst zu bedenken gab, ist es für uns unerheblich, was Mrs. Manning lediglich *gedacht* haben mag.«
»Stattgegeben.«
»Ich bitte um Entschuldigung«, sagte Henderson und wandte sich dann wieder der Zeugin zu. »Mrs. Berryman, wenn eine Frau zwischen fünf verschiedenen Dingen wählen muß … sagen wir zwischen verschiedenen Kleidern, Möbeln, Haushaltsgegenständen oder dergleichen … und sie verwirft schließlich vier davon, um sich für das fünfte zu entscheiden, was sagt das Ihrer Meinung nach über die Wahl dieser Frau aus?«
»Meiner Meinung nach war die Frau es leid, noch länger zu suchen, und hat nur aus reiner Erschöpfung das eine genommen«, erklärte die Zeugin zu Hendersons Verwunderung.
»Hat sie sich für das fünfte Angebot nicht deswegen entschieden, weil es ihr als das beste erschien?« hakte der Anwalt nach.
»Nicht unbedingt«, widersprach Rose Berryman, um Lori den Rücken zu stärken. »Es kann viele Gründe dafür geben. Erschöpfung, Ungeduld … möglicherweise auch die Furcht, keine bessere Alternative zu finden.«
Da die Zeugin trotz Nachfrage offensichtlich keineswegs bereit war, von ihrer fragwürdigen Position abzuweichen, entschloß sich Henderson dazu, den unerwartet aufgetretenen Schaden für seine Mandanten durch eine andere Fragestellung zu verringern.
»Auch wenn Sie die Dinge allem Anschein ein wenig anders sehen als ich, Mrs. Berryman, so bleibt wohl dennoch als Fazit festzuhalten, daß die Klägerin nach ihrer Unterredung mit den Salems zu dem Urteil gelangte, dieses Ehepaar sei geeignet, ihren Sohn aufzuziehen.«

»So lautete ihr Urteil ...«, bestätigte Rose Berryman widerstrebend, fügte dann jedoch hinzu, »... zum damaligen Zeitpunkt.«
Henderson stützte sich mit beiden Händen auf seinen Tisch, hinter dem Christie und Bill saßen. Die Enttäuschung in ihren Gesichtern veranlaßte ihn dazu, sich erneut mit seinen Papieren zu beschäftigen, um ihnen nicht in die Augen sehen zu müssen.
»Bevor Sie gehen, habe ich noch eine letzte Frage an Sie, Mrs. Berryman. Hat Mrs. Manning während der vielen Gespräche, die sie mit Ihnen führte, jemals mit dem Gedanken gespielt, den Vater ihres Kindes zu heiraten ... so, wie die eine Frau, die Sie vorhin erwähnten?«
»Ja, das tat sie.«
»Hat Mrs. Manning sich jemals dazu geäußert, warum sie diese Möglichkeit nicht in die Tat umsetzte?«
»Sie wollte ihn nicht in eine Ehe drängen, weil er dann zwangsläufig seine Schauspielerkarriere hätte aufgeben müssen«, berichtete die Zeugin.
»Trifft daher nicht die Feststellung zu, daß Lori Adams ihr leibliches Kind fortgab, weil ihr die Karriere ihres Freundes wichtiger erschien?« fragte Henderson mit erhobener Stimme.
»Einspruch!« protestierte Henry Clement und sprang auf, um seine Entschlossenheit zu demonstrieren, sich – falls notwendig – auf ein Wortgefecht einzulassen.
Richter Hart ersparte Clement jedoch eine weitere Auseinandersetzung mit seinem Kontrahenten: »Einspruch stattgegeben.«
»Ich habe keine weiteren Fragen an die Zeugin«, erklärte Henderson und nahm wieder neben Christie Salem Platz. Sie sagte kein Wort, aber ihr stand die Furcht vor einer Niederlage ins Gesicht geschrieben.
Um Hendersons pointierte Schlußfolgerung, die Loris Haltung in ein zweifelhaftes Licht gerückt hatte, zu widerlegen, ergriff Henry Clement die Chance zu einer weiteren Frage an die Zeugin.

»Mrs. Berryman, haben Sie während Mrs. Mannings Schwangerschaft zu irgendeinem Zeitpunkt einen Anhaltspunkt dafür gefunden, daß sie *keine* hingebungsvolle, pflichtbewußte und liebevolle Mutter sei?«
»Nein, Sir! Niemals!«
»Ich danke Ihnen, Mrs. Berryman.«

Kapitel 34

Henry Clement rief zwei weitere Zeugen auf, die mit Lori vor und während ihrer Entbindung zu tun gehabt hatten.
Im ersten Fall handelte es sich um eine Krankenschwester, die Lori in der letzten Phase ihrer Schwangerschaft betreut hatte. Sie bestätigte in ihrer Aussage, daß Lori sich um der Gesundheit ihres ungeborenen Kindes willen in jeder Hinsicht an die Empfehlungen bezüglich einer gesunden Lebensführung gehalten habe. Zudem habe sie eine ausgesprochen optimistische und lebensbejahende Haltung gezeigt. Die Zeugin illustrierte ihre Aussage, indem sie Loris damalige Worte zitierte: »Ich möchte meinem Sohn eine positive Einstellung mit in die Wiege legen, damit er einmal ein glücklicher Mensch wird.«
Clement versuchte, die Aussage der Frau noch weiter zuzuspitzen: »Aus allem, was Sie sehen und hören konnten, zogen Sie also den Schluß, daß sich Lori Adams bereits vor der Geburt ihres Kindes Gedanken über dessen zukünftige Entwicklung machte?«
»Einspruch?« unterbrach ihn Henderson. »Es obliegt nicht der Zeugin, sondern einzig und allein Ihnen, Euer Ehren, derartige Schlußfolgerungen zu ziehen.«
»Ich nehme meine Frage zurück«, lenkte Clement ein. »Ihre Zeugin.«
»Ich habe keine Fragen«, erwiderte Henderson – zum Verdruß von Bill und Christie Salem.
Als nächsten rief Clement den Arzt, der Lori von ihrem Kind

entbunden hatte, in den Zeugenstand. Er schilderte den reibungslosen Ablauf der Geburt. Die Patientin sei ruhig und gefaßt geblieben und habe trotz der Schmerzen keinerlei Betäubung verlangt. Auch sei kein Dammschnitt notwendig gewesen, da der Damm sich problemlos geweitet habe. Alles in allem habe es sich um eine ausgesprochen unkomplizierte Entbindung gehandelt.

»Herr Doktor«, wandte sich Clement an den Zeugen, »fanden Sie bei der Untersuchung von Mutter und Kind irgendwelche Hinweise darauf, daß die Mutter während der Schwangerschaft stark geraucht hatte?«

»Nein, Sir.«

»Vielleicht auf den übermäßigen Genuß von Kaffee oder koffeinhaltigen Getränken ...?«

»Auch das nicht, Sir.«

»... oder von Alkohol?«

»Nein, weder bei ihr noch bei ihrem Kind gab es irgendwelche Anzeichen dieser Art.«

»Könnte man daher sagen, daß Mrs. Manning – zum damaligen Zeitpunkt noch Miss Adams – bereits *vor* der Geburt alles tat, um ihrer Mutterrolle ideal gerecht zu werden?«

»Einspruch!« fiel Henderson seinem Kontrahenten ins Wort.

»Ich lasse die Frage zu«, entschied Richter Hart.

»Nun, die Untersuchungsberichte sowie sämtliche Testergebnisse belegen, daß sich Mrs. Manning während der gesamten Schwangerschaft sehr umsichtig und verantwortungsbewußt verhielt. Als Ergebnis dieses Verhaltens brachte sie einen kerngesunden Säugling von fast sieben Pfund zur Welt.«

»Ihr Zeuge, Mr. Henderson.«

Da Henderson beabsichtigte, die Aussage des Arztes zu einem späteren Zeitpunkt durch eigene Zeugen zu attackieren, winkte er ab: »Keine Fragen.«

Die nächsten Zeugen, die Henry Clement aufbot, hatten unmittelbar mit der Abwicklung der Adoption zu tun gehabt. Es handelte sich um Mitarbeiter einer Adoptionsvermittlung, wobei als wichtigste Zeugin die Frau auftrat, die

gemeinsam mit Rose Heckinger die Treffen zwischen Lori und den sich als Adoptiveltern bewerbenden Ehepaaren arrangiert hatte.
Emily Daniels, eine Frau in den frühen Vierzigern, arbeitete bereits seit elf Jahren ehrenamtlich für den Vermittlungsdienst. Die Rolle als Zeugin war ihr alles andere als fremd, da sie im Laufe der letzten Jahre bereits in einer ganzen Reihe von gerichtlichen Streitigkeiten in Adoptionsfällen ausgesagt hatte.
Sie machte einen sehr selbstsicheren Eindruck und beantwortete Henry Clements Fragen knapp und präzise.
»Mrs. Daniels, ab welchem Zeitpunkt der Adoptionsabwicklung hatten Sie mit diesem Fall zu tun?«
»Ich übernahm die Sache gleich nachdem das Krankenhaus unserem Vermittlungsdienst gemeldet hatte, daß Lori – Mrs. Manning – sich dazu entschlossen hatte, ihr Kind zur Adoption freizugeben.«
»Würden Sie so freundlich sein und dem Gericht zum besseren Verständnis erläutern, was es in einer solchen Angelegenheit bedeutet, ›eine Sache zu übernehmen‹?«
»Meine Aufgabe besteht vor allem darin, die Mutter mit den emotionalen Konsequenzen vertraut zu machen, unter denen sie zu leiden hat, wenn sie ihr Kind zur Adoption freigibt. In manchen Fällen vermittle ich daher auch den Beistand eines Psychiaters. Bevor die betreffende Mutter eine endgültige Entscheidung trifft, soll sie sich über sämtliche Folgen im klaren sein, die sie zu erwarten hat.«
»Mrs. Daniels, hatten Sie den Eindruck, daß die damalige Miss Adams glücklich bei dem Gedanken war, ihr Kind an wildfremde Menschen abzugeben?«
»Natürlich nicht!«
»Wie würden Sie Miss Adams Haltung charakterisieren?« fragte Clement.
»Einspruch!« fiel Henderson ihm ins Wort.
»Mit welcher Begründung?« hakte Richter Hart nach.
»Die Zeugin ist weder eine ausgebildete Psychologin noch Psychoanalytikerin, sondern Sachbearbeiterin des sozialen

Dienstes. Sie hat daher keinerlei Qualifikation, ein Urteil über den psychischen Zustand der Klägerin in dieser emotional schwierigen Phase abzugeben.«

Der Richter überlegte einen Moment lang, bevor er den Einspruch zurückwies. »Die Zeugin darf die an sie gestellte Frage beantworten.«

»Lori Adams fiel die Entscheidung zur Adoptionsfreigabe alles andere als leicht. Dennoch kam sie zu dem Schluß, daß es unter den gegebenen Umständen die einzige Lösung war. Ich hatte den Eindruck, daß sie diese Entscheidung nur sehr ungern traf.«

»Ich danke Ihnen, Mrs. Daniels. Ihre Zeugin.«

Der Gesichtsausdruck, mit dem Henderson auf die Zeugin zutrat, vermittelte den Eindruck, als ob ihn das soeben Gehörte erstaunt und verstört habe.

»Mrs. Daniels, haben Sie der Mutter in diesem speziellen Fall empfohlen, sich von einem Psychiater beraten zu lassen?«

»Nachdem ihr alle Aspekte und Konsequenzen der Adoptionsfreigabe bekannt waren und sie ihren Entschluß gefaßt hatte, sah ich keinerlei Veranlassung dazu.«

»Glauben Sie, daß die Sache anders gelaufen wäre, wenn Lori Adams psychiatrische Hilfe in Anspruch genommen hätte?«

»Nein. Wenn ich davon überzeugt gewesen wäre, dann hätte ich auf die Hinzuziehung eines Psychiaters bestanden.«

»Hatten Sie auf der Grundlage Ihrer Gespräche mit Miss Adams den Eindruck, daß sie ihre Entscheidung aus freiem Willen und im Vollbesitz ihrer geistigen Kräfte traf?«

»Ja, den Eindruck hatte ich.«

»Sie wußte also, was sie wollte, und sie setzte ihren Entschluß in die Tat um«, resümierte Henderson. Er schritt bereits zu seinem Platz zurück, als ihm plötzlich noch etwas einzufallen schien.

»Mrs. Daniels, ist es bei Ihrer Vermittlungsagentur üblich, in Adoptionsfällen auch Kontakt mit dem Kindsvater aufzunehmen?«

»Wir bemühen uns darum, wenn es irgend möglich ist. Das Gesetz gesteht dem Vater schließlich auch Rechte zu, die er für sich in Anspruch nehmen kann, sofern er Wert darauf legt.«

»Wir müssen also annehmen, daß Mr. Manning keinerlei Gebrauch von diesen Rechten machte?«

»O nein, Sir«, widersprach Mrs. Daniels mit Nachdruck.

»Nein? Aber wenn er doch die Entscheidung von Miss Adams nicht anzufechten versuchte ...«

»Er hatte ja gar keine Möglichkeit, sie anzufechten.«

Henderson tat so, als überrasche ihn diese Aussage, und zeigte sich schockiert. »Wollen Sie dem Gericht damit sagen, es sei der Nachlässigkeit Ihrer Organisation zuzuschreiben, daß es zu dieser unglücklichen Situation kommen konnte, in der wir uns jetzt befinden?«

»Nein, Sir.«

»Wenn es sich so verhält, daß der Kindsvater in diesem speziellen Fall nicht die Möglichkeit hatte, sich gegen die Entscheidung der Mutter auszusprechen, es aber die Pflicht des Vermittlungsdienstes ist, ihn zu informieren, wer sonst sollte dann die Verantwortung für dieses Versäumnis tragen?« hakte Henderson nach.

Emily Daniels war sich der Bedeutung bewußt, die ihre Antwort auf diese Frage für den weiteren Verhandlungsverlauf haben konnte, und überlegte einen Moment lang, bevor sie sehr sorgfältig formulierte: »Nachlässigkeit von unserer Seite war keineswegs der Grund dafür, daß der Vater nicht informiert wurde. Es lag vielmehr daran, daß er nicht ausfindig gemacht werden konnte.«

»Soll das heißen, daß es Ihnen nicht möglich gewesen sei, einen jungen Mann aufzuspüren, der in New York wohnte, der im Telefonbuch von Manhattan eingetragen war und dessen Name man in den Verzeichnissen einschlägiger Künstleragenturen nachlesen konnte?« bohrte Henderson nach. »Trotz all dem gelang es Ihnen nicht, ihn ausfindig zu machen?«

»Vor dem Hintergrund ...«, begann Mrs. Daniels, brach dann jedoch den Satz ab, um einen Moment später einen neuen Anlauf zu nehmen: »Der Name, nach dem wir suchten, lautete nicht Brett Mann, wie er sich damals nannte.«

»Nach welchem Namen suchten Sie denn?«» wollte Henderson wissen.
»Nach dem Namen, der in der Geburtsurkunde des Kindes stand.«
»Und der lautete?«
»Higgins.«
»Higgins ist in New York ein recht häufiger Name«, kommentierte Henderson die Aussage. »Zu wie vielen Higgins nahmen Sie Kontakt auf?«
»Wir sprachen mit 42 Personen dieses Namens«, erklärte Emily Daniels.
»Es gibt mit Sicherheit mehr als nur 42 ›Higgins‹ in New York, wahrscheinlich allein in Manhattan mehr als hundert. Warum gaben Sie dann schon bei Nummer 42 auf?«
»Weil ... weil plötzlich jemandem aus unserem Büro einfiel, daß der Name Higgins, Henry Higgins, der der Hauptfigur in *My Fair Lady* ist.«
»Ach so. Und nachdem Sie das bemerkt hatten, wandten Sie sich natürlich sofort an Lori Adams und forderten von ihr den richtigen Namen des Kindsvaters?« vermutete Henderson, obwohl er die Antwort bereits kannte.
»Nein, das taten wir nicht, Sir.«
»Sie taten es nicht? Warum nicht?« fragte er nach, Entrüstung und Unwissenheit vortäuschend.
»Weil wir über keinerlei rechtliche Handhabe verfügen, um eine Mutter dazu zu zwingen, uns den Namen des Kindsvaters mitzuteilen.«
»Aha! Was sich also in Wirklichkeit zugetragen hat, ist, daß Lori Adams – wohl wissend, daß sie nicht zur Preisgabe des Namens gezwungen werden konnte – den richtigen Namen des Kindsvaters verschwieg. Indem sie einen falschen Namen erfand, führte sie nicht nur Ihre Organisation, sondern auch alle anderen an der Nase herum. Und jetzt versucht dieselbe Frau, ausgerechnet diese wohlüberlegte und dreiste Lüge als Mittel dafür zu benutzen, das Kind der einzigen Mutter, die es je zu Gesicht bekommen hat, zu entreißen!«
Nach diesen Worten ging ein solches Raunen durch den Ge-

richtssaal daß Richter Hart mit dem Hammer auf den Tisch schlagen mußte, um für Ruhe zu sorgen.
Sobald sich der Geräuschpegel wieder gesenkt hatte, wandte sich der Richter an Henderson. »Haben Sie noch weitere Fragen an diese Zeugin, Mr. Henderson?«
»Ich bin der Meinung, wir haben genug von der Zeugin erfahren, Euer Ehren.«
»Wer ist Ihr nächster Zeuge, Mr. Clement?«
Erleichtert darüber, den Gang der Ereignisse in eine andere Richtung lenken zu können, erklärte Henry Clement: »Ich bitte Dr. Rosa Dietrich in den Zeugenstand.«
Eine zierliche, fast zerbrechlich wirkende Frau von Anfang Vierzig erhob sich von der ersten Zuschauerreihe und trat nach vorn, um den Eid zu leisten. Dann begab sie sich in den Zeugenstand.
Nachdem Clement sie als qualifizierte Kinderpsychiaterin mit umfangreicher Berufserfahrung vorgestellt hatte, forderte er sie auf, über ihre Sitzungen mit Scott Salem und ihre daraus resultierenden Einsichten zu berichten.
Dr. Dietrich hatte ihn als einen normal entwickelten zweieinhalbjährigen Jungen erlebt, der allerdings ihrer Meinung nach unter der liebevollen Fürsorge seiner *leiblichen* Eltern sicherlich noch einen zusätzlichen positiven Entwicklungsschub machen würde. Clement stellte zu dieser Aussage keine näheren Fragen, da er sein Pulver nicht zu früh verschießen wollte. Der Auftritt seines wichtigsten Gutachters stand nämlich erst noch bevor.
Henderson war sich der Taktik seines Kontrahenten durchaus bewußt und stellte aus dem gleichen Grund ebenfalls keine detaillierten Fragen an Dr. Dietrich.
Äußerlich gelassen wirkend, beobachtete Judson Hart von seinem Richterstuhl aus das von taktischen Überlegungen geprägte Versteckspiel der beiden Anwälte, während auch er voller Spannung auf die Vernehmung von Henry Clements Hauptgutachter Professor Dr. Walter Blessing wartete.
Nachdem noch zwei weitere Psychiater gehört worden waren, bat Clement Richter Hart darum, die Mittagspause vor

dem Aufruf des nächsten Zeugen anzusetzen, um dessen Aussage nicht unnötig unterbrechen zu müssen.
Sowohl Henderson als auch Richter Hart durchschauten sogleich Clements Manöver. Es war ihnen klar, daß Clement auf diese Weise Paul Henderson daran hindert wollte, noch vor der Mittagspause einen ersten Eindruck von Blessings Argumentationsstrategie zu erhalten. Und Clement wollte seinem gewieften Gegenspieler auf keinen Fall die Möglichkeit geben, in der Pause eine Gegenstrategie zu entwickeln.
Nichtsdestotrotz vertagte Richter Hart die Fortsetzung der Verhandlung auf zwei Uhr.

Kapitel 35

Punkt zwei Uhr saß Richter Hart wieder auf seinem Platz und eröffnete mit einem scharfen »Mr. Clement?« die Fortsetzung der Zeugenanhörung.
Clement trat auf den Gang zwischen den Zuschauerreihen, ging durch ihn bis zur Tür des Gerichtssaales und verließ diesen kurz, um dann in Begleitung eines großen, staatlichen Mannes von etwa Mitte Sechzig wieder hereinzukommen. Der Mann hatte einen dichten Schnurrbart und eine Glatze, die im Licht der Deckenstrahler rötlich glänzte, so als ob sie speziell für diesen Auftritt gewachst und poliert worden wäre. An Prof. Blessings Seite schien sogar Henry Clement an Größe und Wirkung zu verlieren.
Mit Auftritten vor Gericht bestens vertraut, begab sich Prof. Blessing unverzüglich in den Zeugenstand und bereitete sich darauf vor, den Eid abzulegen. Als er nach seinem Namen gefragt wurde, antwortete er mit einer so tiefen und beeindruckenden Stimme, daß Christie – unwillkürlich hilfesuchend – Bills Hand ergriff. Es bestand kein Zweifel daran: Diesen Mann mußte man als Zeugen der Gegenseite fürchten.
Clement stellte genüßlich den eindrucksvollen Werdegang

Blessings vor: medizinisches Studium an der Universität von Chicago und in Harvard, dann vier Jahre an der Mayo Klinik in Minnesota. Anschließend hatte er lange Jahre als Professor gelehrt und praktiziert. Gegenwärtig leitete er die psychiatrische Abteilung eines namhaften New Yorker Krankenhauses.
Bevor er mit seiner Befragung begann, nahm sich Clement die Zeit noch zu bemerken: »Herr Professor, wir danken Ihnen, daß Sie den weiten Weg von New York auf sich genommen haben, um heute hier auszusagen.«
Blessing winkte nur ab.
»Herr Professor, ist der Junge, der jetzt Scott Salem heißt und um den es in diesem gerichtlichen Verfahren geht, von Ihnen untersucht worden?«
»Ja, das ist er.«
»Und was hat Ihre Untersuchung ergeben, Herr Professor?«
»Der Junge macht für ein Kind von zweieinhalb Jahren einen relativ normal entwickelten Eindruck. Man muß dazu sagen, daß Kinder gerade in dieser Altersphase dabei sind, sich eine Identität zu erkämpfen und deshalb häufig recht schwierig wirken«, erklärte Blessing.
Wie zuvor abgesprochen, hakte Clement an dieser Stelle nach.
»Wenn ich recht gehört habe, Herr Professor, haben Sie von einer ›relativ normalen‹ Entwicklung gesprochen. Könnten Sie das dem Gericht etwas näher erläutern?«
Blessing drehte sich auf dem Zeugenstuhl zu Richter Hart herum, um diesem bei seiner Antwort direkt anzusprechen.
»Ich gebrauchte den Ausdruck ›relativ‹, weil ich hinter seinem vermeintlich normalen Reaktionen eine gewisse Unsicherheit entdeckte, die mich beunruhigte. Irgend etwas lauert da im Verborgenen, das allerdings nur einem aufmerksamen Beobachter auffällt, weil es sich nicht an bestimmten Äußerungen oder Handlungsweisen des Kindes festmachen läßt. Dennoch war es deutlich genug wahrnehmbar, um ich zu beunruhigen.«
»Herr Professor«, fuhr Clement mit seinen Fragen fort, »welche Bedeutung messen Sie dieser Beobachtung zu?«
»Nun, wenn es um ein Kind ginge, das in einem stabilen

Familienverband mit seinen leiblichen Eltern und Geschwistern aufwächst und emotionale Unterstützung von seinen Großeltern, Tanten, Onkeln etc. erfährt, würde ich mir keine größeren Gedanken machen. Da ich jedoch weiß, daß es sich in diesem Fall – zumindest noch zu diesem Zeitpunkt – um ein Adoptivkind handelt ...«

Bill spürte, wie sich Christies Hand verkrampfte.

»... ein Adoptivkind, das bereits jetzt Züge von Unsicherheit aufweist, gelange ich zu der Prognose, daß es in späteren Jahren zweifellos Schweres durchzumachen haben wird.«

»Wie kommen Sie zu dieser Prognose, Herr Professor?«

»Oh, da gibt es eine ganze Reihe von Gründen«, erwiderte Blessing mit einem Unterton, als seien diese so bekannt, daß man sie nicht einzeln aufzuzählen bräuchte.

Clement hatte nur auf diese Chance gewartet.

»Herr Professor, würden Sie zur Information des Gerichts so freundlich sein, einige dieser Gründe zu erläutern?«

»Selbstverständlich, gerne.« Erneut wandte sich Blessing der Richterbank zu. »Adoptivkinder haben – selbst unter den bestmöglichen Umständen – ein Leben lang mit Problemen zu kämpfen. Nehmen wir nur einmal das Naheliegendste. Das Fehlen einer persönlichen Geschichte, einer medizinischen Geschichte. Jeder Mensch ist an irgendeinem Punkt in seinem Leben auf medizinische Behandlung angewiesen, bei der man in vielen Fällen auf die Kenntnis der Familiengeschichte zurückgreifen muß. Euer Ehren, ich bin sicher, daß auch Sie, wie wir alle, aus Pressemeldungen wissen, in welch großem Maße der Erfolg einer Diagnose oder Behandlung bei einer ernsthaften Krankheit wie zum Beispiel Krebs vom Wissen um die Krankengeschichte der Familie abhängt. Und was passiert, wenn das Kind erwachsen wird und ins zeugungsfähige Alter kommt? Wer könnte daran denken, ein Kind zu zeugen, ohne die Krankheitsgeschichte der eigenen Familie oder die des Partners zu kennen? Wie vermöchte man seine eigenen Nachkommen vor einer erblichen Belastung zu schützen oder sich selbst vielleicht sogar dafür zu entscheiden, ganz auf Nachwuchs zu verzichten?«

So, als ob es mehr Gründe gäbe, als man je aufzählen könnte, beendete Blessing seine Darlegungen mit den Worten: »Viele Gründe, es gibt zu viele Gründe.«
»Herr Professor«, fiel Clement ein, »wären Sie so freundlich, für das Gerichtsprotokoll dennoch einige weitere anzuführen?«
»Nun gut, wenn Sie darauf bestehen. Forschungsergebnisse des Bellevue-Hospitals in New York beweisen, daß die Kriminalitätsrate unter Adoptivkindern höher liegt als unter leiblichen Kindern. Darüber hinaus sitzen Adoptivkinder in der Regel längere Haftstrafen ab, und auch die Rückfälligkeitsquote ist deutlich höher.«
»Und wie erklären Sie sich diese Forschungsergebnisse, Herr Professor?«
»Mr. Clement, da es sich hierbei nicht um eines meiner eigenen Forschungsprojekte handelt, vermag ich Ihnen die Zusammenhänge nicht bis ins Detail zu begründen. Und auch die Ärztin, die die Forschungsarbeit betreute, konnte lediglich Vermutungen über die Ursachen anstellen. Nach meiner eigenen Theorie befragt, würde ich jedoch folgendes vermuten: In irgendeiner Weise vermitteln Adoptiveltern – gänzlich unbewußt – dem von ihnen angenommenen Kind andere Gefühle als einem leiblichen Kind. Es gibt sogar Fälle, in denen Adoptiveltern vor Gericht gegangen sind, um ein schwer erziehbares Kind zu ›desadoptieren‹, wenn ich diesen von mir geprägten Begriff benutzen darf. Kurzum, die Tatsachen belegen, daß Adoptivkinder eine schwierigere Lebenssituation zu bewältigen haben als leibliche Kinder.«
»Professor Blessing, auf der Grundlage Ihrer umfangreichen Erfahrungen mit der Behandlung von leiblichen als auch adoptierten Kindern: was sind Ihrer Meinung nach die Hauptunterschiede zwischen diesen beiden Gruppen?« erkundigte sich Clement.
»Das Erwachsenwerden ist für jedes Kind ein schwieriger Prozeß. Die Belastung einer sich über die Jahre ständig verändernden Beziehung zwischen Kindern und Eltern erfordert nicht nur eine unerschütterliche Basis gegenseiti-

ger Liebe, sondern zudem die Gewißheit des Kindes, sich auf die Liebe der Eltern auch und gerade in schwierigen Phasen verlassen zu können. Wenn das Kind weiß, daß es adoptiert wurde, ist dieses Vertrauen nie so unerschütterlich, wie bei einem leiblichen Kind. Das adoptierte Kind leidet unter einer ständigen, unausgesprochenen und manchmal auch unbewußten Angst: ›Wenn ich mich nicht unterordne, oder einmal eine andere Meinung vertrete, wird man mich vielleicht loswerden wollen. Sie sind schließlich nicht gezwungen, für mich zu sorgen. Sie haben mich bloß angenommen und können mich jederzeit auch wieder rausschmeißen.‹ Diese unterschwellige Furcht ist wie eine Wunde, die nie ganz verheilt.«
»Herr Professor, auf der Basis Ihrer langjährigen Erfahrungen mit Kindern der verschiedensten Altersstufen und der Untersuchung des Jungen, um den es hier geht, haben Sie sich eine Meinung darüber gebildet, was für den Jungen, der zur Zeit Scott William Salem heißt, die beste Lösung wäre?«
»Gewiß, das habe ich getan, Mr. Clement.«
»Und zu welcher Meinung sind Sie gelangt, Herr Professor?«
»Es steht für mich außer Frage, daß es für den Jungen das beste wäre, wenn er zu seinen leiblichen Eltern zurückkehren würde.«
»Ich danke Ihnen, Professor Blessing. Ihr Zeuge, Mr. Henderson.«
Da sich Paul Henderson der Anspannung bewußt war, die diese Aussage seinen neben ihm sitzenden Mandanten hervorgerufen haben mußte, tätschelte er unter dem Tisch beruhigend Christie Salems kalte Hand. Dann erhob sich der Anwalt – sein Alter bewußt zur Schau stellend – sehr langsam. Während er zum Zeugen hinüberging, vermittelte er den Eindruck eines müden und besorgten Mannes.
Er warf einen Blick in seine Unterlagen. »Ach, hier habe ich es ja, Professor Blessing. Das ist die Studie, auf die Sie sich soeben bezogen haben ... jene Studie über adoptierte Kinder, die mit dem Gesetz in Konflikt geraten sind. Sagten Sie nicht, daß eine Psychiaterin aus New York diese Untersuchung durchgeführt hat?«

»Ja, eine äußerst anerkannte Kollegin, die auf langjährige Erfahrung in diesem Bereich zurückblicken kann und zudem einen eindrucksvollen Ausbildungsgang aufweist«, bestätigte Blessing.
»Es freut mich, das zu hören«, bemerkte Henderson. »Es gibt nur einen Punkt, der mir Probleme bereitet. Hat sie eigentlich auch eine entsprechende Untersuchung über adoptierte junge Menschen, die *nicht* mit dem Gesetz in Konflikt geraten sind?«
Blessing setzte ein herablassendes Lächeln auf. »Guter Mann, Ziel dieser Studie war es, die Erfahrungen Jugendlicher im Strafvollzugssystem zu untersuchen.«
»Darf ich dann fragen, was für eine Relevanz diese Untersuchung für den hier zur Verhandlung stehenden Fall hat? Es geht hier um einen zweieinhalbjährigen Jungen, bei dem niemand irgendwelche kriminellen Tendenzen entdeckt hat! Es sei denn, *Sie* hätten bei Ihren Untersuchungen des Jungen derartige Tendenzen ausgemacht.«
Blessings Glatze schien sich noch stärker zu röten, doch bevor er etwas entgegnen konnte, fuhr Henderson bereits fort: »Nun, Herr Professor, erinnere ich mich recht, daß Sie irgend etwas nicht näher Definiertes und Mysteriöses erwähnten, daß Sie als ›beunruhigend‹ empfanden, obgleich Scott Salem ansonsten alle Charakteristika eines normal entwickelten zweieinhalbjährigen Kindes aufweist?«
»Ganz richtig, so war es, und so habe ich es auch ausgesagt.«
»Der Begriff ›beunruhigend‹ ist in diesem Zusammenhang sehr generell. Würde es Ihnen etwas ausmachen, ihn etwas näher zu beschreiben? Könnte man beispielsweise sagen, daß Sie nur *wenig* beunruhigt waren?«
»Weitaus mehr als nur ein wenig«, widersprach ihm Blessing.
»Weitaus mehr als nur ein wenig«, echote Henderson. »Würden Sie also sagen, daß Sie *stark* beunruhigt waren?«
»›Stark‹ ist wohl kaum der passende Ausdruck für die Art von Vorbehalt, die ich verspürte«, bemerkte Blessing sichtlich irritiert. »Meine Beobachtung beunruhigte mich jedenfalls genug, um mein Meinungsbild entscheidend zu prägen.«
»Ich verstehe«, erwiderte Henderson mit ernster Miene und

fuhr dann fort: »Ich muß gestehen, Herr Professor, daß mich Ihr umfangreicher und beeindruckender beruflicher Werdegang im Bereich der Kinderpsychiatrie im ersten Moment stark beeindruckt hat. Aber so, wie Sie offensichtlich eine intuitive Beunruhigung bei Ihrer Untersuchung von Scotty Salem empfanden, so verspüre nun auch ich eine ähnlich geartete Beunruhigung, was Ihre Person angeht.«

»Ich muß doch sehr bitten«, ließ sich Blessing empört vernehmen und blickte zur Richterbank, als erwarte er von dort eine Zurechtweisung dieses alternden Anwalts, der sich erdreistete, seine Qualifikation anzuzweifeln.

»Nach Ihrer Aussage über Scotty kam in mir eine Frage auf, die ich Ihnen nun stellen möchte: Wie viele zweieinhalbjährige Jungen haben Sie im Laufe Ihrer langjährigen Tätigkeit untersucht, die Streitobjekt eines Gerichtsverfahrens mit einer derart massiven Medienpräsenz waren? Wie viele Jungen, die von der Presse belagert und von Fernsehteams verfolgt wurden und die in aller Heimlichkeit durch die Hintertür ihres Hauses auf Schleichwegen zur Spielgruppe gebracht werden mußten, um den Höllenhunden zu entkommen, die wir gewöhnlich Reporter nennen? Wie viele sind es gewesen, Herr Professor?«

»Nicht viele«, mußte Blessing zugeben. »Das heißt jedoch nicht ...«

Doch Henderson kam ihm bereits mit seiner nächsten Frage zuvor: »Und noch etwas, Herr Professor! Wie viele zweieinhalbjährige Jungen haben Sie während Ihrer beruflichen Laufbahn kennengelernt, die innerhalb kurzer Zeit von insgesamt sechs verschiedenen Psychiatern untersucht und zahlreichen Tests unterzogen wurden?«

»Nicht ... nicht viele«, mußte Blessing erneut gestehen.

»Herr Professor, ich möchte Sie eines fragen: Halten Sie es auf der Grundlage Ihrer beruflichen Erfahrung für möglich, daß ein zweieinhalbjähriges Kind unter dem Einfluß all dieser Belastungen und Angriffe auf sein ungefestigtes Selbstbewußtsein eben jene Reaktion zeigen könnte, die zu dem von Ihnen erwähnten Gefühl der Beunruhigung führte, das

Ihren Worten nach ausschlaggebend für Ihr Meinungsbild war?«
»Mr. Henderson, dies ist, mit Verlaub, nicht mehr als die ziemlich weithergeholte Schlußfolgerung eines psychiatrischen Laien«, erwiderte Blessing herablassend.
»Sie beurteilen also meine Annahme als absolut falsch?« forderte Henderson eine deutlichere Stellungnahme Blessings heraus. »Wenn Sie dieser Meinung sind, dann würde ich – und ich spreche sicher auch im Sinne des Hohen Gerichtes – gern eine eindeutige Aussage von Ihnen dazu hören!«
Eine leichte Röte zeigte sich auf Blessings Gesicht. Der Zeugenstuhl schien unter seinem Gewicht zu ächzen, als er nervös auf ihm hin und her rutschte.
»Eine Wissenschaft wie die Psychiatrie kann eine solche Frage nie definitiv beantworten«, stellte er fest.
»Das hat Sie jedoch nicht daran gehindert, bei der Beurteilung des Kindes, um das es in dieser Verhandlung geht, eine definitive Meinung von sich zu geben!« schleuderte ihm Henderson mit erhobener Stimme entgegen.
Mit diesen Worten drehte er sich um und trat, noch bevor Blessing etwas erwidern konnte, an seinen Platz zurück.
Henry Clement erhob sich daraufhin, um eine Abschlußfrage zu stellen: »Professor Blessing, hat irgend etwas in diesem Kreuzverhör Sie dazu veranlassen können, von Ihrer Meinung Abstand zu nehmen, daß es für das Kind das beste wäre, in die Obhut seiner leiblichen Eltern zurückzukehren?«
»Nein Sir, das hat es nicht!« äußerte Blessing mit Bestimmtheit.

Clements nächste Zeugin war eine ältere Dame, die er – unter großem Kostenaufwand – mit einem Krankenwagen aus ihrem Altenheim hatte herbringen lassen. Sie wurde in einem Rollstuhl in den Gerichtssaal geschoben und durfte in ihm ihre Aussage machen.
Die Frau stellte sich als Belle Werner vor und nannte als ihre Adresse die Altenpflegestation des Krankenhauses, in dem

Lori Adams während ihrer Schwangerschaft gearbeitet und schließlich ihr Kind zur Welt gebracht hatte.
Clement begegnete dieser Zeugin ostentativ mit einem Höchstmaß an Aufmerksamkeit und Rücksichtnahme.
»Ich muß Ihnen jetzt einige Fragen stellen. Fühlen Sie sich jedoch in keiner Weise unter Druck gesetzt, und nehmen Sie sich für Ihre Antworten soviel Zeit, wie Sie brauchen.«
»Fragen Sie mich ruhig, was Sie wollen – nur bitte nicht nach meinem Alter«, gab die Zeugin trocken zur Antwort.
Clement schmunzelte wohlerzogen über die Bemerkung der alten Dame, die sich von dieser Höflichkeitsbekundung allem Anschein nach jedoch nicht beeindrucken ließ.
»Nun, Miss Werner ...«
»*Mrs.* Werner«, korrigierte sie ihn scharf. »Mr. Werner und ich lebten nicht einfach nur zusammen, wie es heutzutage gang und gäbe ist. Wir waren verheiratet.«
»Verzeihen Sie«, entschuldigte sich Clement, um endlich zur Sache kommen zu können. »Mrs. Werner, erzählen Sie dem Hohen Gericht doch bitte, wann und wie Sie Lori Manning kennengelernt haben.«
Die alte rundliche Dame mit ihrem faltenzerfurchten Gesicht und dem schütteren schlohweißen Haar, durch das die Kopfhaut rosig hindurchschimmerte, schwang ihren Rollstuhl herum, so daß sie Richter Hart direkt ins Gesicht schauen konnte.
»Nun, Euer Ehren, ich befand mich in der geriatrischen Abteilung in einem Seitenflügel des Hospitals. Dort versuchten die Ärzte herauszubekommen, ob ich einfach nur unter Gedächtnisschwäche litt, oder ob ich diese – Sie wissen schon – Alzheimersche Krankheit hatte, von der man heute so oft hört.«
Um der alten Dame die eigentliche Fragestellung in Erinnerung zu rufen, unterbrach Clement sie, um erneut zu fragen: »Mrs. Werner, wann und wie lernten Sie denn nun Lori Manning kennen?«
Sie drehte sich halb zu Clement um: »Junger Mann, ich spreche gerade mit dem Richter. Ich bitte Sie daher, mich nicht

zu unterbrechen! Euer Ehren, es stellte sich nämlich heraus, daß ich nicht ...«
Wieder unterbrach Clement sie: »Mrs. Werner ... Lori Manning?«
Richter Hart wies den Anwalt zurecht. »Mr. Clement, die Zeugin spricht mit der Richterbank. Fahren Sie bitte fort, Mrs. Werner.«
»Also gut, wie ich ja bereits sagte, bemühte man sich herauszufinden, ob ich nun unter Gedächtnisschwäche litt oder die Alzheimersche Krankheit hatte. An diesem Punkt kam Lori ins Spiel. Wie ein Hauch von Frühling erschien sie in unserem Flügel des Hospitals. Da war sie: neunzehn, vielleicht zwanzig Jahre jung, hübsch und blond, und jung – so jung. Sie kam mir vor wie ... nun ... wie eine eigene Enkeltochter. Eigentlich wirkte sie so auf alle Patienten der Station. Jeden Morgen warteten wir ungeduldig darauf, daß sie kommen würde. Sie war immer so fröhlich und hilfsbereit. Nicht wenige von uns sagten: ›Ich wünschte, meine eigenen Enkelkinder wären so freundlich und so liebevoll.‹«
Belle Werner schaute zum Richter auf, studierte intensiv sein Gesicht und bemerkte: »Nein, Euer Ehren, ich denke, Sie sind noch zu jung, um eigene Enkelkinder zu haben. Aber vielleicht Kinder?«
»Leider nicht, Mrs. Werner«, verriet Richter Hart.
»Schade. Aber vielleicht auch gar nicht so schlimm. Sie wissen ja gar nicht, wie anstrengend Kinder heutzutage sind.«
Clement befürchtete, daß seine Zeugin immer mehr den Faden verlieren könnte, und mischte sich erneut ein: »Mrs. Werner – als Lori schwanger wurde ...«
»Darauf wollte ich gerade zu sprechen kommen«, rügte sie Clement und wandte sich wieder Richter Hart zu. »Mr. Clement hat mit dem, was er soeben gesagt hat, nicht ganz recht. Lori *wurde* nicht schwanger, während sie im Hospital arbeitete. Sie *war* bereits schwanger. Wir hatten natürlich anfänglich keine Ahnung, daß der Vater ein berühmter Fernsehstar war, das erfuhren wir erst viel später. Aber sobald wir von

ihrer Schwangerschaft erfuhren, waren wir Feuer und Flamme. Es schien, als ob wir durch sie alle noch einmal Großeltern werden sollten. Deshalb nahmen wir an der ganzen Schwangerschaft intensiv Anteil. Sie hätten die Aufregung und Freude auf unserer Station sehen sollen, als wir von der Geburt ihres Sohnes hörten. Es war so, als wären wir eine große Familie. Und das alles hatten wir ihr zu verdanken. Sie war der aufmerksamste und liebevollste Mensch, den wir je kennengelernt hatten, und keiner von uns wird sie jemals vergessen.«

Diesmal achtete Clement peinlichst darauf, sie ausreden zu lassen, bevor er die nächste Frage stellte. »Mrs. Werner, konnten Sie sich – nachdem Sie Lori Manning während der ganzen Zeit ihrer Schwangerschaft erlebt hatten – ein Urteil darüber bilden, wie sie wohl ihre Rolle als Mutter erfüllen würde?«

»Ja, das konnte ich«, bestätigte Mrs. Werner. »Jede Frau von einer so herzlichen und liebevollen Wesensart mußte einfach eine wundervolle Mutter sein. Einfach wundervoll.« Sie drehte sich erneut zu Richter Hart um. »Die beste, Euer Ehren, die allerbeste!«

»Ich danke Ihnen, Mrs. Werner«, erklärte Clement und wandte sich mit einem leisen Lächeln Mr. Henderson zu. »Ihre Zeugin, Mr. Henderson.«

Henderson saß an seinem Tisch und strich sich über die Wangen, als wolle er prüfen, ob er sich rasieren müsse. »Keine weiteren Fragen, Euer Ehren. Soweit es mich betrifft, kann die Zeugin entlassen werden«, erklärte er.

Mit einem Ausdruck der Enttäuschung auf dem Gesicht schwang Mrs. Werner ihren Rollstuhl herum und rief Clement vorwurfsvoll zu: »Sie sagten mir doch, der andere Anwalt würde mir eine Menge unangenehmer Fragen stellen!«

Richter Hart schaltete sich ein. »Mrs. Werner, es obliegt ganz allein Mr. Hendersons Entscheidung, ob er Sie ins Kreuzverhör nehmen möchte oder nicht.«

»Aber ich hatte so viele gute Antworten«, erwiderte sie trotzig.

»Sie dürfen jetzt gehen«, fuhr Richter Hart fort. »Doch vor-

her möchte *ich* Ihnen noch gerne eine Frage stellen, wenn Sie erlauben.«
»Fragen Sie mich alles, was Sie wollen, Euer Ehren.«
»Sind die Ärzte zu einem Ergebnis gekommen?«
»Worüber?«
»War es Gedächtnisschwäche oder Alzheimer?« präzisierte Richter Hart seine Frage.
»Weder noch«, erklärte sie. »Es sieht so aus, als ob ich einfach nur unterfordert gewesen wäre, weil ich das Interesse verloren hatte. Ich hatte einfach keinen *Grund* mehr, mich an irgend etwas zu erinnern. Das änderte sich, als Lori zu uns kam. Sie gab jedem von uns etwas, für das es sich zu leben lohnte. Etwas, das über den tagtäglichen Mist im Fernsehen hinausging.«
»Mrs. Werner, ich danke Ihnen, daß Sie sich die Mühe gemacht und die Zeit genommen haben, hier auszusagen.«
»Das ist nicht der Rede wert, Euer Ehren«, winkte sie ab. »Und was die Zeit betrifft, so habe ich mehr als genug davon – auch wenn meine Tage gezählt sein dürften.« Sie rollte den Gang zwischen den Zuschauerreihen entlang bis zur Flügeltür, die ihr von zwei uniformierten Gerichtsdienern aufgehalten wurde.
»Ihr nächster Zeuge, Mr. Clement.«
»Euer Ehren, ich bitte aufgrund der fortgeschrittenen Stunde und der Tatsache, daß das Kreuzverhör der nächsten Zeugin mit Sicherheit einige Zeit in Anspruch nehmen wird, um Vertagung auf morgen vormittag, zehn Uhr.«
»Mr. Henderson?« erbat Richter Hart die Stellungnahme der Gegenseite.
»Um wen handelt es sich bei dieser Zeugin?« wollte Henderson wissen.
»Lori Manning«, informierte Clement ihn knapp.
Da es Lori Manning aller Wahrscheinlichkeit nach eine schlaflose Nacht bereiten würde, sich innerlich auf das Kreuzverhör vorzubereiten, war Henderson einer Vertagung nicht abgeneigt. »Mit zehn Uhr morgen vormittag bin ich einverstanden.«
»Dem Antrag wird also stattgegeben«, erklärte Hart und beendete die Sitzung, indem er mit dem Hammer auf das Pult schlug.

Kapitel 36

Es war einer der seltenen Abende, an denen Dr. Karen Craig einmal früher als ihr Gatte, Richter Judson Hart, nach Hause kam.

Ihre Haushälterin Hilda reagierte sogleich argwöhnisch auf diesen ungewöhnlichen Umstand. »Fühlen Sie sich nicht wohl?«

»O doch, keine Sorge, es geht mir ausgezeichnet«, beruhigte Karen sie.

»Aber Sie sind so früh …?« bemühte sich Hilda, den Anlaß für ihre Vermutung verständlich zu machen.

»Die geplante Operation ist verschoben worden«, erklärte Karen.

»Ich verstehe«, versicherte Hilda, bohrte jedoch in der ihr eigenen, neugierigen Art weiter nach: »Ist die Verschiebung ein gutes oder ein schlechtes Zeichen? Ich meine, manchmal findet man heraus, daß der Patient gar nicht operiert werden muß; und manchmal zeigt es sich, daß man ihm auch mit einer Operation nicht mehr helfen kann. Wie war es denn in dem heutigen Fall?«

Irgendwann wird Hilda auch noch die Krankenblätter sehen wollen, dachte Karen. Aber sie meint es auf ihre Weise gut und will nur ihre Anteilnahme an unserem Familienleben demonstrieren.

»Weder das eine noch das andere, Hilda. Es war einfach nur kein besonders dringender Fall, so daß wir uns entschieden haben, mit der Operation bis morgen zu warten.«

»Sehr gut«, stimmte Hilda zu, um ihre Wertschätzung für diese Entscheidung zu unterstreichen. Dann wechselte sie das Thema: »Ihm … dem Herrn Richter geht in diesen Tagen wohl sehr vieles im Kopf herum.«

»Wie meinen Sie das?«

»Er nimmt sich morgens gar nicht mehr die Zeit, um in Ruhe zu frühstücken. Und am Abend hat er oft keinen Appetit. Fehlt ihm etwas?«

Obgleich Hildas Mutmaßungen über ihren Gatten Karen doch ein wenig irritierten, erklärte sie ruhig: »Er hat zur Zeit mit einem äußerst vertrackten Fall zu tun.«
»O ja, ich weiß. Eine wirklich sehr vertrackte Geschichte«, klagte Hilda. »Was man so alles im Radio und Fernsehen mitbekommt – Baby Brett dies und Baby Brett das. Und wer soll nun seine Mutter werden? Die eine ist hübsch und blond, die andere ist hübsch und dunkelhaarig. Und beide sind ...«
Ihr Gerede wurde durch das Geräusch der Garagentür unterbrochen. »Das ist er. Wir sprechen jetzt lieber nicht weiter darüber.«
Ihre Belustigung über Hildas Beflissenheit mühsam unterdrückend, erklärte Karen zustimmend: »Ja, das wird besser sein.«
Zu beider Überraschung trat Richter Hart in offenbar bester Laune ein. Mit einem breiten Lächeln stellte er seine schwere Aktentasche ab, trat in die Küche und hob den Deckel des gußeisernen Topfes, der auf dem Herd stand. Genüßlich zog er den Duft ein, der ihm von dem brodelnden Inhalt entgegenströmte.
»Rindereintopf! Mit Zwiebeln und Zwergkartoffeln! Hilda, wie können Sie nur immer so genau voraussagen, worauf ich gerade Appetit habe?«
»Ich tute mein Bestes, Euer Ehren«, winkte sie bescheiden ab und errötete wegen seines Komplimentes.
Als beide die Küche verließen, flüsterte Karen ihm zu: »Nun hast du bei ihr einen Stein im Brett. Das einzige Problem ist, daß sie uns von jetzt an bis Weihnachten sicherlich jede Woche Rindereintopf auftischen wird.«
»Wenn es weiter nichts ist, damit könnte ich leben«, kommentierte Judson Hart trocken.
»Bei deiner heutigen Bombenlaune scheint dich ohnehin nichts so leicht zu erschüttern«, bemerkte sie. »Ich dachte eigentlich, du hättest eine Abneigung gegen Fälle wie den, mit dem du momentan zu tun hast.«
»Das habe ich auch. Aber heute trat in meinen Gerichts-

saal ... oder sollte ich vielleicht besser sagen *fuhr*? ... Nein, auch das ist nicht ganz richtig ... Es *rollte* eine herzerfrischend muntere alte Dame herein. Sie ließ mich geradezu die Tage herbeisehnen, da wir uns auf unser Altenteil zurückziehen können.« Er stutzte. »Oh, darf ich meine Aussage zurückziehen, Frau Doktor? Ich meine natürlich, da *ich* mich auf *mein* Altenteil zurückziehe – denn du wirst sowieso niemals älter.«
Er stellte wieder seine Aktentasche ab, diesmal jedoch, um sie zu umarmen und ihr einen Kuß auf die Stupsnase zu geben.
»Du bist aber wirklich bester Laune heute abend«, wunderte sie sich.
Als er Karen den Auftritt von Mrs. Belle in allen Details beschrieben hatte, mußte auch sie schmunzeln.
Seine nächste Bemerkung jedoch brachte eine ernstere Stimmung auf. »Morgen wird es allerdings richtig damit losgehen.«
»Mit was?« erkundigte sie sich, von seinem geheimnisvollen Seufzer neugierig gemacht.
»Mit dem Aderlaß.«
»Dem was?«
»Dem Aderlaß«, wiederholte er. »In solchen Verfahren versucht jedes Paar, dem anderen dessen Unfähigkeit zu beweisen, gute Eltern zu sein. Zunächst werden Zeugen für die eigene charakterliche Eignung vernommen, dann folgen die psychiatrischen Gutachten über das Kind. Aber ein wirklich schmutziges Geschäft ist erst die Phase, in der jede Partei die andere schlechtzumachen versucht und mancher Tropfen Herzblut vergossen wird. Und in diese Phase werden wir – so befürchte ich – morgen eintreten.«
»Hast du denn keinerlei Möglichkeiten, dies zu unterbinden? Kannst du eine solche Schlammschlacht nicht beispielsweise für unzulässig erklären?«
»Da es in diesem Verfahren darum geht zu entscheiden, wer von den beiden Parteien das Sorgerecht für den kleinen Scott zugesprochen bekommt, ist die charakterliche Eignung der

Eltern in der Tat ein höchst wichtiger Aspekt. Deshalb hat die Verteidigung der Mannings auch das Recht, die charakterlichen Qualitäten der Salems anzuzweifeln, ebenso wie deren Anwalt die der Mannings in Frage stellen darf. Normalerweise werden zu diesem Zweck die Mütter durch den Verteidiger der Gegenpartei ins Kreuzverhör genommen. So sieht es das Gesetz vor – auch wenn das Ganze oft zu einem unschönen und erniedrigenden Spektakel wird. Aber laß uns jetzt einen Drink nehmen.«

Später am Abend betrachtete Dr. Karen Craig noch einmal die Röntgenbilder und Untersuchungsberichte als Vorbereitung auf die für den folgenden Tag geplante Operation, während ihr Mann seine Notizen von den bislang getätigten Aussagen im Fall *Manning gegen Salem* in Ruhe durchging.

Plötzlich entfuhr es Karen: »Jetzt weiß ich, was nicht stimmt.«

»Du hast die Ursache für den Tumor entdeckt?« vermutete er.

»Nein, mir ist jetzt klargeworden, was mich an *deinem* Fall so stört.«

»Ich bitte dich, Liebling ...«

Doch Karen ließ sich nicht bremsen. »Es ist wie bei der modernen Kriegsführung. Der Krieg wird zwischen zwei verfeindeten Armeen geführt, aber es sind immer die unschuldigen Zivilisten, die ihm zum Opfer fallen.«

Judson Hart blickte von seinen Notizen auf. »Ich glaube fast, du hast dir in letzter Zeit zu viele Sonntagmorgen-Talk-Shows im Fernsehen angesehen.«

»Du und dein Reintegrationsgesetz. Ist es nicht das Gesetz, das Kinder, die von ihren eigenen Eltern mißbraucht worden sind, in deren Hände zurückschickt?«

»Unter bestimmten Voraussetzungen«, bestätigte er, allerdings sichtlich irritiert. »Der Sinn dieses Gesetzes ist es, zerbrochene Familien, wo immer möglich, wieder zusammenzuführen. Da dieses Gesetz nun einmal existiert, müssen wir es natürlich auch bei allen Fällen berücksichtigen.«

»Das ist doch verrückt«, sagte sie nur.

»Hinter der Absicht, den Familienzusammenhalt zu fördern, steht ein sozialpolitisch sehr sinnvolles Konzept!« beharrte er.
»Auch wenn die mißbrauchten Kinder, die zurück zu ihren sogenannten Familien geschickt werden, am Ende ihr Leben lassen müssen?«
»Solche Fälle haben sich leider ereignet«, gab er zu. »Aber das hat nichts mit meinem jetzigen Verfahren zu tun!«
»In der Sache gibt es doch einige Hinweise darauf ...«, wandte sie ein.
»Dies ist bestimmt kein Fall von Kindesmißhandlung!« beharrte er gereizt.
»Noch nicht«, bemerkte Karen mit sarkastischem Unterton.
Judson Hart warf sein Notizbuch auf die Tischplatte.
»Was soll das heißen, ›noch nicht‹?«
»Der Aderlaß. Diese unschöne ›Kriegsführung‹ zwischen den Kontrahenten. Und der einzige, um dessen Rechte es in Wirklichkeit gehen sollte, sitzt mitten zwischen den Fronten. Und niemand, wirklich niemand, setzt sich ernstlich für sein Wohl ein. Zumindest in meinen Augen ist das eine Form von Kindesmißhandlung«, argumentierte Karen.
»Das Problem in diesem Fall besteht doch darin, daß sich *beide* Parteien *für* das Kind einsetzen!« widersprach Judson Hart. »Das ist es, was die Sache so kompliziert macht.«
»Deinen Worten von vorhin habe ich aber entnommen, daß sie beide viel zu sehr damit beschäftigt sein werden, sich gegenseitig schlechtzumachen, um noch an die Bedürfnisse des Kindes denken zu können ...«
»Karrie ...«, versuchte er sie zu beruhigen.
»Ich weiß schon«, erwiderte sie nur.
»Dies ist genau der Grund, warum ich nicht mit dir über meine Gerichtsverfahren diskutieren möchte. Du hast sofort eine felsenfeste Meinung, und wenn ich nicht mit dir übereinstimme, dann bin ich gleich der Bösewicht.«
Er vertiefte sich wieder in seine Notizen, und auch sie wandte sich erneut ihren Unterlagen zu.
Diesmal brach er das Schweigen. Offensichtlich drängte ihn Karens Kritik dazu, seinen Standpunkt nachträglich noch ein-

mal zu rechtfertigen: »Unser Gesetz sieht es nun einmal nicht vor, daß in einem solchen Fall das Kind selbst vor Gericht vertreten wird!«

Um den Eindruck zu verhindern, daß sie es erneut auf eine Auseinandersetzung ankommen lassen wollte, hielt sie den Blick bewußt weiter auf die Röntgenbilder gerichtet und bemerkte eher beiläufig mit sanfter Stimme: »Schließt das Gesetz denn ausdrücklich aus, daß das Kind eine Rechtsvertretung bekommen darf?«

»Es ist *meine* Pflicht, sein Recht zu vertreten!« erwiderte er und ließ an seinem Tonfall erkennen, daß er offensichtlich nicht bereit war, das Thema zu vertiefen, sondern der Diskussion ein Ende setzen wollte.

Nach einer Weile des Schweigens sagte Karen unvermittelt: »Manchmal passiert es während einer Operation, daß wir aus Versehen eine Arterie verletzen und ganz unvermutet mit Blut besudelt werden.«

»Und warum sagst du mir das gerade jetzt?«

»Bei diesem ›Aderlaß‹, wie du es ausgedrückt hast, wie können dabei die Rechte dieses kleinen Jungen unbesudelt davonkommen? Du nennst den Fall *Manning gegen Salem* und tust so, als gäbe es hierbei lediglich zwei Seiten. Aber in Wirklichkeit gibt es drei. Die dritte ist ein unschuldiger zweieinhalbjähriger Junge, ein Zivilist in der Mitte des Schlachtfeldes, der dem Treiben um sich herum vollkommen hilflos ausgeliefert ist.«

»Karen! Ich lehne es ab, weiter darüber zu diskutieren! Ich werde auch in diesem Fall, wie bei jedem anderen, den ich zu verhandeln habe, als Grundlage meiner Entscheidung das Gesetzt heranziehen. Und das Gesetz repräsentiert ein gesellschaftliches Grundprinzip, das darin besteht, Familien zusammenzuhalten oder – im Falle einer Trennung – wieder zusammenzuführen. Und dabei bleibt es!«

An diesem Abend wurde kein weiteres Wort mehr über den Fall *Manning gegen Salem* gesprochen.

Kapitel 37

Als sich Lori Manning von ihrem Platz erhob, drückte Brett ihr noch einmal ermutigend die Hand. Sie trug ein schlichtes blaues Kleid, dessen einzige Verzierung aus einem weißen Spitzenkragen bestand. Ihr blondes Haar hing offen und glattgekämmt über ihre Schultern, was die erst 24jährige noch jünger aussehen ließ.

Wie Henry Clement sie instruiert hatte, trat sie vor den Zeugenstand, wo sie die rechte Hand erhob, um den Eid abzulegen. Danach nahm der Gerichtsassistent ihren Namen und ihre Adresse für das Verhandlungsprotokoll auf.

Henry Clement begann mit einer Reihe von Routinefragen: Geburtsort, die ersten Jahre der Kindheit, Schulbildung, die familiären Verhältnisse, bis hin zu der Zeit, in der sie nach New York ging, um sich als Schauspielerin zu versuchen.

Nach vorheriger Absprache zielten seine Fragen und Loris Antworten darauf ab, sie als eine unschuldige junge Frau darzustellen, die trotz bester Absichten und ohne eigenes Verschulden in diese schwierige Situation geraten war.

»Nun, Lori, berichten Sie Richter Hart bitte mit Ihren eigenen Worten von Ihrer Beziehung zu Brett Manning, der inzwischen Ihr Ehegatte ist.«

»Wir waren beide in der gleichen Schauspielklasse, ganz am Anfang unserer Ausbildung. Er arbeitete im Joe Allen's.«

»Joe Allen's?« hakte Clement fragend nach.

»Ein Restaurant in New York ... im Theaterviertel. Der Besitzer stellt junge Schauspieler und Schauspielerinnen als Bedienungen ein, damit sie sich ihre Ausbildung finanzieren und in Ruhe nach einem Engagement umsehen können. Joe ist wirklich oft die letzte Rettung für viele Schauspielschüler.«

»Aha«, nickte Clement verstehend. »Fahren Sie bitte fort mit Ihrer Aussage.«

»Nun ... Brett und ich ... wir arbeiteten dort zur gleichen Zeit, und wir waren zusammen in den gleichen Ausbildungsklassen. So kam es, daß ...«

»... Sie sich ineinander verliebten?« half Clement.
»Ja, so war es. Und da jeder von uns so wenig Geld hatte, überlegten wir, ob es für uns beide nicht besser wäre, wenn wir zusammenziehen würden.«
»Sagen Sie, Lori, war dieser Schritt – zu der damaligen Zeit in New York unter jungen Schauspielern – nicht etwas völlig Alltägliches?«
»Sie meinen, ob es damals gerade Mode war, einfach zusammenzuziehen?«
Clement wäre es lieber gewesen, sie hätte eine andere Formulierung gewählt, aber er stimmte ihr zu: »Ja, genau. Ich meine, stellte das damals unter jungen Leuten nicht ein ganz normales und übliches Verhalten dar?«
Verärgert über die allzu deutliche Einflußnahme des Anwalts auf jede Aussage seiner Mandantin, schaltete sich Richter Hart ein.
»Mr. Clement, das Gericht ist sich durchaus darüber im klaren, daß in der heutigen Zeit junge Paare auch ohne Trauschein zusammenleben – ob nun in New York, in Chillicothe oder in Spokane. Darüber hinaus möchte ich Sie nachdrücklich ersuchen, die Zeugin für sich selbst sprechen zu lassen.«
Er schaute Lori von seinem erhöhten Pult an. »Mrs. Manning, Sie machen Ihre Sache sehr gut. Fahren Sie bitte fort.«
Durch diese Äußerung des Richters ermutigt, folgte Lori mit gestärktem Selbstbewußtsein der Aufforderung. »Nachdem wir fünfeinhalb Monate zusammengelebt hatten, stellte ich fest, daß ich schwanger war.«
»Und was taten Sie dann?« erkundigte sich Clement.
»Ich habe es gleich Brett erzählt.«
»Was meinte er dazu?«
»Er redete sofort davon, daß wir heiraten sollten«, sagte Lori aus.
»Aber Sie taten es nicht. Weshalb nicht?«
»Als Ehemann mit Frau und Kind – für Brett hätte das bedeutet, eine Stelle in der Reifenfirma eines Verwandten annehmen zu müssen.«

»Das wäre doch eine gute und ehrliche Arbeit gewesen, Lori, oder etwa nicht?« fragte Clement an dieser Stelle, wie er es ihr bereits vorher angekündigt hatte.
»Ja, Sir«, bestätigte Lori.
»Aber warum lehnten Sie es dennoch ab?« hakte Clement nach, da er wußte, daß es sonst Henderson getan hätte.
»Weil ... weil ich Ähnliches in meiner Familie erlebt hatte. Als meine Eltern erst kurze Zeit verheiratet waren, faßte mein Vater den Plan, sich mit einem Partner zusammen selbständig zu machen. Meine Mutter war damals schwanger mit meinem Bruder, meinem älteren Bruder, und wollte deshalb nicht, daß mein Vater dieses Risiko einging. Seinem Freund gelang es jedoch trotzdem, sich in seinem Familien- und Bekanntenkreis genug Geld zusammenzuborgen, um schließlich allein eine der ersten McDonald's-Franchise-Filialen zu eröffnen. Er wurde auf diese Weise zum Millionär. Mein Vater hat das meiner Mutter nie verziehen. Mein ganzes Leben lang wurde ich Zeuge, wie er ihr immer wieder Vorwürfe machte und ihr ständig sagte: ›Ohne dich wäre ich jetzt ein reicher Mann und müßte mich von meinem widerlichen Boß nicht wie ein Sklave behandeln lassen.‹ Das habe ich mir immer und immer wieder anhören müssen, bis ich von zu Hause fort und nach New York ging.«
»Erzählen Sie ruhig weiter, meine Liebe«, forderte Clement sie auf.
»Ich wollte auf keinen Fall, daß sich so etwas bei Brett und mir wiederholte. Mein Kind sollte eine solche Verbitterung nicht Tag für Tag miterleben müssen.«
Lori traten Tränen in die Augen. Und es waren echte Tränen, die von Herzen kamen.
Doch Clement drängte sie, ihre Aussage fortzuführen. »Kam Ihnen unter diesen Umständen nicht der Gedanke, das Kind abzutreiben?«
»Wir ... wir haben darüber gesprochen«, gab sie zu.
»Und?«
»Ich war dazu einfach nicht imstande. Nachdem ich mir das klargemacht hatte, wollte ich auf keinen Fall eine Last für

Brett darstellen oder in irgendeiner Weise seiner Karriere im Wege stehen. Deshalb ging ich zu meinen Eltern zurück.«

»Was geschah dann?«

»Mein Vater war so verbittet wie eh und je und machte es mir unmöglich, länger unter seinem Dach zu bleiben.«

»Daraufhin standen Sie also mutterseelenallein, blutjung und mit einem Kind unter ihrem Herzen, auf der Straße und hatten niemanden ...«

»Mr. Clement«, unterbrach Richter Hart den Anwalt erneut. »Wir sind durchaus in der Lage, die Situation auch ohne Ihre dramatischen Ausmalungen richtig einzuschätzen. Die Zeugin soll ihre Aussage fortsetzen.«

Lori berichtete von der Zeit ihrer Schwangerschaft, ihrer Arbeit im Krankenhaus und ihrer gewissenhaften Einhaltung der ärztlichen Verhaltens- und Ernährungsempfehlungen zum Schutz des ungeborenen Kindes.

»Lori, teilen Sie bitte dem Hohen Gericht mit, ob Sie während der Zeit Ihrer Schwangerschaft Kontakt zum Vater des Kindes hatten.«

»Ja, Brett schickte mir regelmäßig Briefe, manchmal auch mit Geld darin. Zehn, fünfzehn Dollar. Ich weiß gar nicht, wie er es bei seinem knappen Einkommen schaffte, diese kleinen Summen zu erübrigen.«

»Lori, berichten Sie jetzt bitte, wie Sie auf den Gedanken kamen, das Kind zur Adoption freizugeben.«

»Der Entschluß fiel mir bei Gott nicht leicht ...«, begann Lori stockend. »Aber ich sah keinen anderen Weg. Wenn ich meinen Jungen behalten hätte, wäre es mir unmöglich gewesen, für seinen Unterhalt zu arbeiten und mich gleichzeitig um ihn zu kümmern. Und ich hatte mir geschworen, daß er niemals ein Fall für die Fürsorge werden sollte. Ich wollte, daß er einen guten Start ins Leben erhält. Trotzdem gab es auch Momente, meistens nachts, in denen ich mir einbildete, daß ich alles alleine schaffen könnte. Doch im Morgengrauen wurde mir dann stets wieder klar, daß dies nur Wunschdenken war, das nichts mit der Realität zu tun hatte ...«

»Ist es also angemessen zu sagen, Lori, daß Sie verzweifelt, voller Angst und innerlich sehr aufgewühlt waren?«

»Verzeihen Sie, Euer Ehren«, unterbrach Henderson. »Ich habe nichts dagegen, daß Mr. Clement vor diesem Gericht aussagt. Dann bestehe ich allerdings darauf, daß er vereidigt wird und ich ihn ins Kreuzverhör nehmen darf.«

»Mr. Henderson, Ihrem Einspruch stimme ich zu, nicht jedoch Ihrem Sarkasmus.«

»Lori«, nahm Clement den Faden wieder auf, »schildern Sie uns bitte mit Ihren eigenen Worten den emotionalen Zustand, in dem Sie sich zu der Zeit befanden, als Sie über die Adoption Ihres Kindes entscheiden mußten.«

»Ich hatte große Angst und war verzweifelt«, wiederholte sie Clements Worte. »Aber ich wußte, daß ich handeln mußte. Und zwar schnell, denn ...«

Als ihre Stimme ins Stocken geriet, hakte Clement nach: »Denn?«

»Denn wenn ich mich nicht schnell entschieden hätte, wäre es zu spät gewesen. Dann wäre ich genau in die Situation geraten, die ich gerade vermeiden wollte. Deshalb tat ich das, was mir für mein Baby als das Beste erschien.«

»Wie gingen Sie dabei vor, Lori?«

»Zuerst vergewisserte ich mich, daß mein Baby nicht an die erstbeste Familie gegeben wurde, die auf der Liste irgendeiner Adoptionsvermittlung stand. Ich wollte die Leute zuvor persönlich kennenlernen.«

»Und sprachen Sie dann auch tatsächlich persönlich mit den Familien?«

»Ja, Sir«, bestätigte Lori. »Bei den ersten vier ... hatte ich kein gutes Gefühl. Aber das fünfte Ehepaar ...«

»Waren das der Herr und die Dame, die dort drüben sitzen?« fragte Clement und deutete auf die Salems.

»Ja, Sir.«

»Sie akzeptierten sie also, wenn ich so sagen darf?«

»Ja, Sir.«

Da er an diesem kritischen Punkt von Loris Aussage einen späteren Angriff durch Paul Henderson voraussah, fragte

Clement: »Lori, Sie haben dem Gericht gerade selbst erzählt, daß Sie die Salems zunächst als geeignete Adoptiveltern für Ihren Sohn erachteten. Wann kam es dazu, daß Sie Ihre Meinung über die beiden änderten?«
»Sehr bald«, erwiderte Lori.
»Sehr bald?« Clement tat überrascht. »Was war der Grund dafür?«
»Als ich das erste Mal im Fernsehen einen Bericht über ein adoptiertes Kind sah, das mißbraucht worden war ... und schließlich sogar an den Folgen starb ... begann ich daran zu zweifeln, was ich getan hatte. Ich hatte diese Leute zweimal für ungefähr eine Stunde gesehen. Ja, sie hatten sehr sympathisch und aufrichtig gewirkt. Aber wie wollte ich mir dessen sicher sein? Ich wußte eigentlich nichts über sie. Ich wußte nicht einmal, wo sie lebten und wo ich sie finden konnte. Sie konnten alles mögliche mit meinem Baby machen ... alles mögliche. Das war der auslösende Moment für meine Sorgen. Und mit jedem weiteren Fernseh- oder Zeitungsbericht über ein Adoptiv- oder Pflegekind, das mißhandelt oder getötet worden war, wuchs meine Sorge. Ich mußte ständig weinen und hatte andauernd Alpträume, so sehr versetzte mich diese Furcht in Panik: Wie konnte ich mir sicher sein, daß es sich dabei nicht um *mein* Baby, um *meinen* Sohn handelte. Ich wußte, ich würde keine Ruhe mehr finden, bevor ich ihn wieder in meinen Armen hielt ... bevor er in Sicherheit war. Ich mußte ihn einfach wiederhaben ...!
Ich dachte zuerst, dieses Gefühl würde mit der Zeit schwächer werden und vielleicht einmal ganz verschwinden.«
»Und kam es so?« fragte Clement.
»Nein. Im Gegenteil, es wurde jeden Tag stärker. Besonders nach all den Presseberichten im letzten Jahr.«
Wie zuvor abgesprochen, fragte Clement an dieser Stelle: »Was genau meinen Sie damit, Lori?«
»Ich hörte und las von all diesen Krankheiten, die man oft bei Kindern findet, deren einzige Heilungschance in einer Transplantation des Knochenmarks von einem nahen Blutsverwandten besteht. Und ich dachte, mein Gott, was ist,

wenn mein Kind so eine Krankheit hätte und ich – oder Brett – als einzige es retten könnten? Als ich daran dachte, wurde mir klar, daß niemand meinen Sohn so lieben oder ihm so helfen konnte, wie ich – seine leibliche Mutter. Er ist mein eigen Fleisch und Blut, deshalb gehört er zu mir. Und auch das Gesetz sagt, daß er zu mir gehört. Gott im Himmel, ich möchte ihn zurückbekommen. Ich möchte ihn doch nur zurück …«

Lori brach in ein unbändiges Schluchzen aus.

Mit leiser, ergriffener Stimme sagte Henry Clement nur: »Ihre Zeugin, Mr. Henderson.«

Da er keine Zeugin ins Kreuzverhör nehmen wollte, die bereits vor Beginn der Befragung in Tränen aufgelöst war, wandte sich Paul Henderson an die Richterbank. »Euer Ehren, um der Zeugin willen bitte ich um eine Pause.«

»Ich unterbreche die Sitzung für eine halbe Stunde, damit sich die Zeugin beruhigen kann.« Richter Hart unterstrich seine Worte, indem er mit dem Hammer auf das Pult schlug.

In dem Augenblick, als Judson Hart von der Richterbank herabstieg, hörte man vor dem Gerichtssaal einen Tumult losbrechen.

Hart beauftragte den Gerichtsdiener, der Quelle dieser Unruhe nachzugehen. Doch noch bevor der Mann die Tür erreicht hatte, wurde diese aufgestoßen und eine rundliche Frau mit will zerzaustem Haar platzte herein und schrie, ein großes Plakat vor sich hertragend: »Jedes Kind hat nur eine leibliche Mutter! Und daran kann auch ein verdammter Richter nichts ändern!«

Der Gerichtsdiener schaute den Richter an, der ihm ein Zeichen gab, die Frau aus dem Saal zu entfernen. Nachdem sich die Tür hinter ihr geschlossen hatte und wieder Ruhe eingekehrt war, sprang Clement auf, um mit Nachdruck zu geloben: »Euer Ehren, ich versichere Ihnen, daß weder der Kläger noch irgend jemand aus seinem Umkreis etwas mit diesem beschämenden Zwischenfall zu tun hat!«

»Davon bin ich überzeugt, Mr. Clement«, erwiderte Richter Hart. »Dieser Fall erregt in der Öffentlichkeit gewiß sehr viele Emotionen. Und zwar auf beiden Seiten.«

Kapitel 38

Als das Gericht nach der Pause erneut zusammentrat, begab sich Lori Manning mit getrockneten Tränen wieder in den Zeugenstand. Dann trat Paul Henderson nach vorn, wobei er in der für ihn typischen Weise scheinbar zerstreut mit einigen Notizblättern herumhantierte.

Christie und Bill Salem wechselten einen nervösen Blick, der ihre Sorge verriet, sich möglicherweise einen Verteidiger genommen zu haben, der für diesen schwierigen Fall wohl doch schon ein wenig zu alt war.

Henderson räusperte sich und begann mit seiner Befragung: »Mrs. Manning, könnten Sie mir bitte die Eigenschaften der Salems nennen, die Sie zu der Annahme veranlaßten, daß diese Eheleute liebevolle und verantwortungsbewußte Eltern für Ihren Sohn sein würden?«

»Die Eigenschaften nennen ...?« zögerte Lori.

»Wie sahen die beiden aus, und wie verhielten sie sich? Was sagten die Salems zu Ihnen? Was war Ihr erster Eindruck? Was brachte Sie zu dem Ergebnis: ›Ja, das hier sind zwei Menschen, denen ich meinen Sohn für den Rest seines Lebens anvertrauen würde‹?«

»Sie wirkten sympathisch und sahen nett aus, waren ordentlich und sauber gekleidet. Sie erzählten mir von ihrem Zuhause, dem Kinderzimmer für mein Baby, und davon, was sie mit ihm alles machen wollten, wenn sie ihn erst adoptiert hätten. All das hatte zur Folge, daß ich annahm, sie könnten gute Adoptiveltern für mein Kind sein.«

»Mrs. Manning ... Lori, sagen Sie mir bitte: Ist in den letzten zweieinhalb Jahren etwas vorgefallen, das Ihnen den Eindruck vermitteln konnte, die Salems seien nun nicht mehr ›ordentlich und sauber gekleidet‹, hätten nicht mehr genügend Platz für das Kind und keine Pläne mehr für dessen Zukunft? Sehen die Salems in irgendeiner Weise anders aus als an jenem Tag?«

Lori zögerte, bevor sie antwortete. »Nein, Sir, das tun sie nicht.«

»Lori, ist Ihnen bekannt, daß der Junge, um den es in diesem Gerichtsverfahren geht, von sechs – ich wiederhole, von sechs – verschiedenen Psychiatern untersucht wurde, die allesamt von Ihrem Mann ausgewählt worden sind, und daß alle sechs den Jungen als einen gut entwickelten Zweieinhalbjährigen beurteilt haben?«
»Ja ... ja, Sir. Das weiß ich«, gab Lori zu.
»Lori, haben also die Salems, soweit Sie informiert sind, die Versprechen eingehalten, die Sie damals davon überzeugten, die richtigen Adoptiveltern für Ihr Kind gefunden zu haben?«
Lori warf Clement einen fragenden Blick zu. »Ja, Sir«, mußte sie zugeben.
»Ist Ihnen bewußt, daß William und Christine Salem mit der Adoption auch zustimmten, sämtliche medizinische Kosten, die während der Schwangerschaft und Geburt entstanden waren, in voller Höhe zu übernehmen?«
»Ja, Sir«, bestätigte Lori.
»Und dennoch treten Sie in diesen Gerichtssaal und sagen, daß diese aufrichtigen und großzügigen Leute, die all ihre Versprechen eingelöst haben, nun plötzlich keine guten Eltern mehr sein können?«
»Er ist unser Kind! Er ist es immer gewesen. Und er wird es immer sein. Ganz egal, welchen Namen er trägt oder wo er lebt, er gehört uns! Brett und mir. Und das kann nichts und niemand ändern!« protestierte Lori vehement.
»Und das ist der einzige Grund, der Sie dazu veranlaßt hat, vor diesem Gericht zu erscheinen?«
»Ja!« bestätigte Lori mit Nachdruck.
»Darf ich eine andere Version vorschlagen? Nachdem Sie diese ehrbaren, fleißigen Leute mit einem schönen Zuhause gefunden hatten, die bereit waren, einem Adoptivkind ihre ganze Liebe zu schenken, dachten Sie sich: ›Was für ein idealer Ort, um mein Baby dort sicher zu deponieren, während ich und mein Freund unser Leben so weiterleben können wie bisher. Und sobald es uns in den Kram paßt, melden wir uns einfach wieder und holen uns unser Kind zurück.‹ Ist dies nicht die wahre Version, Mrs. Manning?« donnerte Henderson ihr entgegen.

»Das ist eine Lüge!« protestierte Lori und brach in Tränen aus.
Richter Hart erkannte an dem Aufruhr, der auf den beiden vorderen, für die Presse reservierten Zuschauerbänken aufkam, wie die Schlagzeilen der Abendnachrichten im Fernsehen und der Zeitungen am nächsten Tag lauten würden.
Nachdem er für Ruhe im Saal gesorgt hatte, wandte er sich an den Anwalt: »Mr. Henderson?«
»Ich habe nur noch einige wenige Fragen an die Zeugin, Euer Ehren.«
»Mrs. Manning, wünschen Sie, daß wir eine weitere Pause einlegen?« erkundigte sich Judson Hart fürsorglich.
»Nein, Euer Ehren«, ließ sich Lori mit tränenerstickter Stimme vernehmen.
Henderson nahm seine Befragung erneut auf. »Mrs. Manning, sind Sie mit der Bedeutung des Wortes ›Betrug‹ vertraut?«
»Betrug?« wiederholte Lori zögernd.
»Im Lexikon ist ›Betrug‹ definiert als ... hören Sie bitte genau zu, Lori ... als ›Schädigung eines anderen durch Täuschung‹, sowie als ...«
»Euer Ehren ...!« Clement sprang auf, um seinem Protest Nachdruck zu verleihen. »Diese abschweifende Art der Befragung ist nicht nur für das Verfahren bedeutungslos, sondern versucht darüber hinaus, lediglich den Mangel an substantiellen Argumenten zu verdecken.«
»Euer Ehren, ich bitte um die Erlaubnis, meine Befragung fortsetzen zu dürfen, damit der Bezug meiner Darlegung zum hier verhandelten Gegenstand deutlich wird«, fiel Henderson ein.
Richter Hat überlegte einen Moment, bevor er antwortete. »Fahren Sie fort, Mr. Henderson.«
»Ich danke Ihnen, Euer Ehren. Lori, das Lexikon definiert ›Betrug‹ ferner als ›vorsätzliche Verstellung, Hintergehung oder Verheimlichung mit der Absicht, eine andere Person, die in gutem Glauben handelt, um eine wertvolle Sache zu bringen oder zu einer Rechtsverletzung zu bewegen‹. Schließlich heißt es, und ich zitiere wieder: ›eine vorsätzliche ...‹«

»Euer Ehren ...!« unterbrach Clement erneut seinen Kontrahenten mit einer Geste der Ungeduld.
»Fahren Sie fort, Mr. Henderson, aber bitte ersparen Sie uns den kompletten Lexikoneintrag.«
»Schließlich heißt es: ›eine vorsätzliche Vortäuschung von Tatsachen durch Wort oder Tat, durch Verstellung oder ...‹ – hören Sie gut zu, Lori – ›... oder Verheimlichung von Fakten mit der Absicht, den anderen durch diese Fehlinformation zu dessen eigenem rechtlichen Nachteil handeln zu lassen.‹ Verstehen Sie, was das bedeutet, Lori?«
»Ich denke schon«, antwortete Lori zögerlich, da sie nicht wußte, worauf der Anwalt hinauswollte.
»Hat nicht genau dieser Sachverhalt dazu geführt, daß wir alle hier und heute in diesem Gerichtssaal sitzen?« donnerte Henderson wie ein alttestamentarischer Prophet los.
»Verzeihung ... ich ... ich verstehe nicht«, wehrte sich Lori und warf Clement einen hilfesuchenden Blick zu.
Doch noch bevor Clement sich erheben konnte, kam Richter Hart ihm mit der Aufforderung zuvor: »Mr. Clement, behalten Sie bitte Platz!«
Während Henderson auf ihre Antwort wartete, bannte er Lori mit einem zornigen Blick. Als sie jedoch nichts erwiderte, fuhr er fort: »*Betrug*, Lori, Verheimlichung von Fakten. Nun, Lori? Wie steht es damit?«
Lori schwieg jedoch weiterhin und schüttelte nur verwirrt den Kopf.
»Betrug!« rief Henderson aus. »Vortäuschung falscher Tatsachen! *Henry Higgins*, Lori! Sie gaben Henry Higgins als den Vater Ihres Kindes an. Das war eine vorsätzliche Vortäuschung von Tatsachen mit der Absicht, eine andere Person zu hintergehen ... diese hochanständigen Leute nämlich zu hintergehen, die in gutem Glauben, mit den ehrlichsten und unschuldigsten Absichten einen erst drei Tage alten Säugling in ihr Heim, in ihr Leben und in ihr Herz aufnahmen. Und dennoch treten Sie nun, zweieinhalb Jahre später, in diesen Gerichtssaal, um Ihren Anspruch auf das Kind anzumelden. Haben Sie denn gar kein Schamgefühl, Mrs.

Manning? Bei Gott, Sie können sich rühmen, dem Wort ›Betrug‹ eine neue und noch abscheulichere Bedeutung gegeben zu haben!«

Als Henderson seine Tirade beendet hatte, war nur noch Lori Mannings lautes Schluchzen zu hören.

Der alte Anwalt begab sich zu seinem Platz zurück, wo Christine ihm bittend zuflüsterte: »Mr. Henderson, bitte, sie hat genug gelitten. Ich bitte Sie ... lassen Sie sie jetzt in Ruhe.«

»Wollen Sie Scotty behalten oder nicht, Christie?« gab Henderson flüsternd zurück.

»Sie wissen, daß ich das möchte.«

»Dann lassen Sie mich tun, was ich tun muß«, wies sie der erfahrene Anwalt sanft zurecht.

Erst nachdem sich Lori wieder ein wenig beruhigt hatte, fuhr Henderson mit seiner Befragung fort. »Mrs. Manning, sind Sie der Meinung, daß eine Frau, die sich einer derartigen vorsätzlichen Täuschung schuldig gemacht hat, eine Frau, die auf so berechnende Weise und so ...«

»Euer Ehren«, fiel Clement ihm ins Wort, »es steht der Gegenseite nicht zu, der Zeugin irgendeinen Plan zu unterstellen, und schon gar keinen arglistigen.«

»Ach, nein?« wandte sich Henderson nun direkt an Clement. »Wie würden Sie so etwas nennen, Herr Kollege? Eine junge Frau hintertreibt die Adoption eines unschuldigen Kindes, indem sie die ehrlichen Adoptiveltern bezüglich des leiblichen Kindsvaters vorsätzlich hinters Licht führt und sich auf diese Weise ein gesetzliches Hintertürchen schafft, durch das sie nun gemeinsam mit ihrem Mann versucht, das Kind diesen beiden guten Menschen zu entreißen? Als was würden Sie das bezeichnen, Mr. Clement? Ich nenne es einen Fall von Betrug, wie er heimtückischer nicht sein könnte. Und wenn Sie Beweise dafür verlangen – bitte sehr, dafür sind wir heute hier im Gerichtssaal.«

Die Presseleute unterstützten Hendersons Aussage so eindeutig und lebhaft, daß Richter Hart androhen mußte, den Gerichtssaal räumen zu lassen, falls keine Ruhe einkehren sollte.

»Ich bitte Sie beide nach vorne zur Richterbank, meine Herren!« Als die beiden Anwälte vor ihm standen, sagte Judson Hart mit leiser Stimme, in der dennoch große Autorität mitschwang: »Heben Sie sich derartige Auseinandersetzungen gefälligst bis zu Ihren Schlußplädoyers auf. Dieses Gerichtsverfahren ist ohnehin mit mehr als genug Emotionen beladen. Sie müssen sich wirklich nicht bemühen, noch zusätzlich Öl ins Feuer zu gießen. Es geht hier nicht bloß um irgendwelche formaljuristischen Fragen oder um Zeugen, die man ohne Rücksicht auf deren Gefühle ins Kreuzverhör nehmen kann. Wir haben hier mit nicht weniger als dem sensibelsten und schmerzlichsten Bereich menschlicher Gefühle zu tun. Ich bitte Sie, dem Rechnung zu tragen, meine Herren.«
Beide Anwälte nickten, ohne das Gesicht zu verziehen.
»Mr. Henderson, haben Sie noch weitere Fragen an die Zeugin?«
»Nein, Euer Ehren.«
»Mr. Clement?«
»Ich habe nur noch eine einzige Frage.«
»Dann stellen Sie sie bitte und lassen Sie uns dann fortfahren«, ordnete Richter Hart an.
Henry Clement drehte sich zu seiner Zeugin um, die ihr naßgeweintes Taschentuch fest zusammengepreßt in den Händen hielt und unglücklich auf dem Stuhl hin- und herrutschte.
Mit bewußt beruhigender, sanfter Stimme fragte Clement sie: »Lori, wußten Sie zu dem Zeitpunkt, als Sie einen falschen Namen für den Vater Ihres Kindes angaben, darüber Bescheid, daß ihm dies später die gesetzliche Möglichkeit eröffnen würde, die Adoption Ihres Sohnes rückgängig zu machen?«
»Nein, Sir, das wußte ich gewiß nicht«, antwortete Lori sehr bestimmt.
»Ich danke Ihnen«, verkündete Clement in abschließendem Ton, als wolle er damit das Signal geben, den Vorhang nach Loris Auftritt als Zeugin endlich fallenzulassen.

Als sie sich bereits erheben wollte, wandte sich Henderson noch einmal an Richter Hart: »Euer Ehren, wenn Sie erlauben ...?«
Richter Hart nickte zustimmend.
Der alte, erfahrene Anwalt drehte sich zur Zeugin um.
»Mrs. Manning ... Lori, nehmen wir an, in drei, vier, fünf oder auch zehn Jahren würde Scott Salem einer der genetischen Krankheiten zum Opfer fallen, die Sie vorhin beschrieben haben, und sein Überleben würde davon abhängen, daß Sie ihm Ihr Blut oder Ihr Knochenmark oder vielleicht sogar eine Ihrer Nieren zur Verfügung stellen würden, wären Sie dazu bereit?«
»Euer Ehren!« Clement sprang unter heftigem Protest auf. »Diese Frage ist nicht nur rein hypothetisch, sondern auch extrem unfair. Es handelt sich ganz offensichtlich nur um einen Trick ohne jegliche rechtliche Relevanz für dieses Verfahren. Ich beantrage, daß diese Frage zurückgezogen wird!«
Richter Hart schaute Paul Henderson fragend an: »Ihre Stellungnahme zu diesem Einwand, Herr Anwalt?«
»Euer Ehren, ich lege Wert auf die Feststellung, daß nicht *ich* es war, der diesen Aspekt der Blutsverwandtschaft oder der genetischen Übereinstimmung angesprochen hat. Der Kläger und seine Zeugin haben diese Frage ins Spiel gebracht, und sie hat mich so fasziniert, daß ich sie gern bis zu ihrem logischen Ende denken würde. Ich sehe daher keine Veranlassung, die Frage zurückzuziehen und bitte das Hohe Gericht, sie zuzulassen.«
»Stattgegeben«, entschied Richter Hart.
Da sie nicht so recht wußte, was sie antworten sollte, blickte Lori hilfesuchend zu Henry Clement hinüber, der sich jedoch hütete, ihr ein Zeichen zu geben, da der Richter ihn nicht aus den Augen ließ.
Schließlich rang sich Lori Manning zu einer Antwort durch. Sie war sich dabei sehr wohl bewußt, daß sie mit ihren Worten die Chance, ihren Sohn zurückzubekommen, möglicherweise verschlechterte: »Ich würde alles für ihn tun, was in meiner Macht stünde. Schließlich ist er mein Sohn.«

Kapitel 39

Verärgert wie er war, hielt sich Richter Hart diesmal nicht mit Höflichkeiten wie dem Anbieten von Kaffee auf, sondern kam sofort und mit Bestimmtheit auf das zu sprechen, was ihm auf der Seele lag: denn zu diesem Zweck hatte er die beiden Anwälte in sein Amtszimmer beordert.

»Meine Herren, es ist mir durchaus bewußt, daß ein solcher Fall, ebenso wie Verleumdungsklagen, einen Anwalt zu dem Versuch verführen kann, den Ruf der jeweiligen Gegnerpartei ruinieren zu wollen.«

Da Paul Henderson nicht daran zweifelte, daß sich diese kritische Anmerkung des Richters vor allem auf das Kreuzverhör bezog, dem er Lori Manning unterworfen hatte, zögerte er nicht lange, sondern ergriff selbst das Wort.

»Euer Ehren, Sie mögen meine Charakterisierung von Mrs. Mannings Rolle in dieser unglücklichen Situation anzweifeln, aber dieses herzzerreißende Dilemma, in dem sich jetzt alle Beteiligten befinden, hätte zweifellos nicht nur meinen Klienten, sondern auch Mrs. Manning selbst erspart werden können, wenn sie von Anfang an ehrlich und wahrheitsgetreu die Identität des Kindsvaters angegeben hätte.«

Clement widersprach ihm. »Verdrehen Sie nicht die Tatsachen, Paul. Es ist nicht Lori Manning, die die Annullierung der Adoption einklagt. Es ist der Kindsvater, der erwiesenermaßen nichts davon wußte, daß zu der Zeit ein anderer als sein eigener Name im Spiel war.«

»Was für ein höchst merkwürdiges Argument! Genauso falsch und verlogen wie der Name Henry Higgins! Ob nun der Ehemann oder die Ehefrau das Kind einklagt, keiner von beiden sollte für einen solchen Betrug belohnt werden! Es widerspricht absolut meinem Gerechtigkeitsgefühl, daß irgendein Gericht auch nur daran denken könnte, ehrbaren, anständigen und gutherzigen Menschen wie den Salems ein Kind wegzunehmen, um es einem Paar zuzusprechen, das sich eine solche Täuschung erlaubt hat.«

»Nun halten Sie mal die Luft an, Paul!« explodierte Clement. »So ganz ohne Makel treten Ihre Klienten nun auch wieder nicht an!«

»Was zur Hölle wollen Sie damit sagen?« empörte sich Henderson. »Meine Mandanten nehmen sich ahnungslos und mit den besten Absichten des Kindes an und geben ihm ein ordentliches Zuhause voller Wärme und Liebe. Wollen Sie diesen Eltern, die dem Kind all das gegeben haben, wirklich das Recht versagen, das Kind als ihren Sohn anzusehen? Wie grausam und herzlos sind Sie eigentlich?«

»Das Gesetz sieht diese Frage anders, wie Sie verdammt gut wissen!« schoß Clement zurück. »Mein Gott, Sie sind doch lange genug im Geschäft! Oder sollten Sie es vielleicht schon *zu* lange sein?«

Die Zornesröte stieg in das blasse, von Falten durchzogene Gesicht Paul Hendersons. »Es gab jedenfalls Zeiten, in denen Rechtsanwälte offensichtlich ein ausgeprägteres Gewissen besaßen, als heute bei so manchem zu erkennen ist!«

»Ich bitte Sie, meine Herren!« schaltete sich Richter Hart beschwichtigend ein, um dem Gespräch die Schärfe zu nehmen. »Ich weiß, daß solche Fälle die stärksten Emotionen aufrühren. Ich wünsche dennoch, daß Sie sich zusammennehmen und sich bei Ihrer Vorgehensweise an die Regeln des Verhörs und Kreuzverhörs halten. Sparen Sie sich Ihre Kommentare für die Plädoyers. Mr. Clement, gehe ich recht in der Annahme, daß Mr. Henderson nun mit der Verhandlung fortfahren kann?«

»Ja, Euer Ehren.«

»Mr. Henderson, ich nehme an, daß Ihre ersten Zeugen zur Aussage bereitstehen. Wir treffen uns also in fünfzehn Minuten im Gerichtssaal!«

Die beiden Anwälte verließen ohne weitere Kommentare das Zimmer, in dem ein nachdenklicher Richter Hart zurückblieb. Wenn derartige Fälle doch nur in diesen informellen Gesprächen gelöst werden könnten, ohne daß sich die Parteien gegenüberstehen müßten. Dann hätten sie keine Chance, sich gegenseitig zu attackieren, dachte Richter Hart. Aber es ist immer so gewesen und wird in solchen Fällen wohl auch immer so bleiben.

Jeder Anwalt wird versuchen zu beweisen, daß die Mandantin des Kontrahenten einen schlechten Charakter hat und unfähig ist, eine gute Mutter zu sein. Wenn ich beiden Anwälten Glauben schenken würde, dann dürfte ich das Kind keiner der beiden Parteien zusprechen, sondern müßte es einer außenstehenden Frau geben ...

Ich müßte das Kind tatsächlich in die Obhut irgendeiner fremden Person geben, wiederholte Richter Hart in Gedanken.

Nicht, daß ich so etwas tatsächlich tun würde. Aber diese absurde Situation macht doch deutlich, daß in den ganzen Streitereien, in dem lauten und unerbittlichen Disput die Stimme der wichtigsten Partei in diesem Gerichtsverfahren vollkommen untergeht. Clement argumentiert – äußerst gekonnt – für die leibliche Mutter. Henderson wiederum tritt – gleichermaßen engagiert – für das Anliegen der Adoptiveltern ein.

Aber für den kleinen zweieinhalbjährigen Jungen, der zur Zeit Scott Salem heißt, spricht niemand – so wie Karen gestern abend geklagt hatte.

Obwohl ihn ihre Einmischung geärgert hatte, so hatte sie mit ihrer Argumentation bezüglich des Kindes doch nur allzu recht behalten.

Die berufsbedingte Gefahr einer jahrelangen Tätigkeit als Jurist bestand darin, so mußte sich Judson Hart eingestehen, sich in der eigenen Denkweise so sehr auf die Gesetzestexte zu fixieren, daß die menschlichen Werte zu sehr ins Hintertreffen gerieten.

Er überlegte einen Moment lang und versuchte, sich an einen bestimmten Namen zu erinnern. Als ihm dies jedoch nicht gelang, fragte er über die Gegensprechanlage bei seiner Sekretärin nach.

»Evelyn, erinnern Sie sich noch an diese junge, ziemlich hübsche Juristin ...? Sie wissen schon ..., so hübsch, daß die meisten Männer meinen, sie könne nicht auch noch Verstand besitzen?«

»Nein, Euer Ehren, ich erinnere mich leider nicht an sie. Jedenfalls nicht nach Ihrer Beschreibung.«
»Aber Sie müssen sich erinnern!« beharrte der Richter.
Um eine genauere Beschreibung zu erhalten, erkundigte sich Evelyn: »Vielleicht wissen Sie noch, ob sie blond oder brünett war?«
»Nein, sie hatte ... sie hatte bräunliche Haare.«
Dieses neue Detail half Evelyns Gedächtnis allerdings auch nicht auf die Sprünge.
Doch der Richter ließ nicht locker: »Aber Sie müssen doch wissen, wen ich meine! Es war die, der ich Mißachtung des Gerichts vorwarf.«
»Ach, die meinen Sie! Sie sprechen von dieser Anwältin, die Haare auf den Zähnen hatte«, entsann sich Evelyn.
»Ich hoffe, Sie wollen damit nur zum Ausdruck bringen, daß sich die Kollegin mit großem Einsatz für ihre Mandanten engagierte«, korrigierte sie der Richter ironisch.
»Wo ich herkomme, bedeutet das das gleiche«, erwiderte Evelyn und fügte dann hinzu: »Falls Sie sich nicht mehr erinnern sollten, Sie entschieden sich damals dafür, das Verfahren wegen Mißachtung des Gerichts fallenzulassen.«
»Evelyn, ich will der Frau nicht ans Leder – ich möchte sie konsultieren.«
Nach dieser Erklärung schaltete Evelyn die Gegensprechanlage ab und platzte eine Sekunde später in Judson Harts Büro. »*Sie* benötigen eine Anwältin? Großer Gott, weshalb denn nur?«
»Beruhigen Sie sich, Evelyn. Ich möchte die Kollegin darum bitten, eine an dem Gerichtsverfahren *Manning gegen Salem* beteiligte Partei zu vertreten, die bis jetzt noch keine Rechtsvertretung hat.«
»Eine beteiligte Partei ohne Rechtsvertretung?« fragte Evelyn zweifelnd. Dann fügte sie überrascht hinzu: »Sie meinen, es gibt noch jemanden, der Ansprüche auf das Kind anmeldet?«
»Ich meine, daß das Kind selbst keinerlei Rechtsvertretung hat. Falls es sich irgendwie machen läßt, möchte ich die junge Anwältin nach dem Ende der heutigen Sitzung um 16.00 Uhr in meinem Büro sprechen!«

Anders als sonst eilte Evelyn nicht sogleich davon, um den Auftrag ihres Chefs auszuführen, sondern blieb zögernd in der Tür stehen.
»Evelyn, ist noch irgend etwas?«
»Nun … verzeihen Sie, Euer Ehren! Aber ist das, was Sie vorhaben, denn legal? Ich meine, so etwas hat es in Sorgerechtsfällen in diesem Bundesstaat noch nie gegeben, jedenfalls nicht solange ich hier bin. An den Verfahren waren stets nur zwei Anwälte als Repräsentanten der jeweiligen Elternpartei beteiligt. Aber eine eigene Rechtsvertretung für das Kind … ich weißt nicht so recht, Euer Ehren.«
»Evelyn, falls Sie sich um meine Berufung an den Obersten Gerichtshof Sorgen machen sollten …«
»Gouverneur Brady ist dafür bekannt, Richter nicht sonderlich zu schätzen, die eigenmächtig ein neues Prozeßrecht einführen«, erinnerte ihn Evelyn.
»Gouverneur Brady hat mit diesem Fall nichts zu tun! Kommen wir also zur Sache. Und sollte das Ganze irgendwelche Konsequenzen für mich nach sich ziehen – nun, dann werde ich mich diesen Konsequenzen eben stellen.«
»Aber es war schon immer mein Ziel, die Sekretärin eines Richters des Obersten Gerichtshofes zu sein. Das wäre der Höhepunkt meiner Karriere.«
»Evelyn, ich muß jetzt zurück in den Gerichtssaal. Tun Sie einfach nur, um was ich Sie gebeten habe!« sagte Richter Hart beinahe flehentlich.

Paul Henderson hatte es sich zum Prinzip gemacht, bei den von ihm vertretenen Fällen zunächst solide Fakten zu präsentieren und damit eine solide Argumentationsbasis zu schaffen, bevor er Zeugen aufrief, die emotionale Dinge ins Spiel brachten. Dieser Strategie blieb er auch im Fall *Manning gegen Salem* treu.
Sowohl zu Henry Clements als auch Richter Harts Überraschung rief Henderson als ersten Zeugen George Hinckley in den Zeugenstand. Der vereidigte Wirtschaftsprüfer bescheinigte unter Vorlage zweifelsfreier Buchführungsunter-

lagen der Firma *Salem Reparatur- und Wartungsdienste*, daß die finanzielle Grundlage der Salems äußerst solide sei und in jedem Fall dazu ausreiche, ihrem Sohn Scott eine gute Ausbildung und ein finanziell gesichertes Leben zu garantieren.

Clement entschied sich, den Zeugen nicht ins Kreuzverhör zu nehmen, nicht zuletzt um auf diese Weise seine Geringschätzung für Hendersons Taktik zu demonstrieren.

Sein gewiefter Kontrahent fuhr jedoch ungerührt fort, anschließend etliche weitere Zeugen aus dem Wohnort der Salems aufzurufen, die alle den guten Charakter ihrer Nachbarn hervorhoben. Danach rief Henderson den Kinderarzt Dr. Whitmore in den Zeugenstand, der Scotty von dem Tag an betreut hatte, an dem er zu den Salems gekommen war.

Da Henry Clement sich auch bei dem Arzt dazu entschied, kein Kreuzverhör vorzunehmen, konnte Paul Henderson an diesem Nachmittag eine zweifelsfreie Beweisgrundlage dafür schaffen, daß Christine und William Salem bestens geeignet waren, auch weiterhin das Sorgerecht für ihren zweieinhalbjährigen Sohn Scott zu behalten.

Nachdem Richter Hart die Fortsetzung der Verhandlung auf den nächsten Vormittag um zehn Uhr vertagt hatte, eilte er in sein Büro. Als er eintrat, sprang seine Sekretärin auf und informierte ihn mit leiser Stimme: »Sie wartet in Ihrem Büro.«

Als er ein wenig verdutzt dreinschaute, erinnerte sie ihn: »Die junge Anwältin, die ich für Sie suchen sollte.«

»Oh, ja, natürlich. Wie war noch mal ihr Name?«

»Brook. Nancy Brook. Abschluß an der Rechtsfakultät der State University, mit Auszeichnung. 27 Jahre alt. Unverheiratet.« Sie fügte mit gesenkter Stimme hinzu: »Sie hat sich gerade von ihrem Freund getrennt. Offen gesagt glaube ich, daß die beiden in wilder Ehe zusammengelebt haben.«

»Evelyn, woher in aller Welt ...«, fragte Judson Hart erstaunt.

»Wir haben ein bißchen geplaudert, während wir auf Sie warteten«, kam ihm Evelyn zuvor.

»Aha, nur ›ein bißchen geplaudert‹. Evelyn, von Ihnen könnte selbst die CIA noch dazulernen«, bemerkte Richter Hart und begab sich mit diesen Worten in sein Büro.

Als er die Tür öffnete, stand Nancy Brook am Fenster und schaute auf den Straßenverkehr vor dem Gerichtsgebäude hinab. Sie drehte sich jedoch gleich zu ihm um und begrüßte ihn eilfertig.

»Euer Ehren …«, begann sie, »falls es sich um den Fall Nemery dreht, so möchte ich Ihnen mitteilen, daß wir uns auf einen Besuchsplan einigen konnten, der weitere gerichtliche Schritte überflüssig macht.«

»Ich habe Sie nicht wegen des Falls Nemery hierher gebeten«, erklärte Richter Hart.

»Oh …, dann wird es wohl um meine damalige … Mißachtung des Gerichts gehen. Ich kann dazu nur sagen: Wenn der Kampf für Gerechtigkeit in der Sache eines Klienten mit Mißachtung des Gerichts gleichgesetzt wird, dann erkläre ich mich für schuldig – und bin bereit, die Konsequenzen dafür zu tragen.«

Richter Hart blickte die attraktive junge Frau über seinen Schreibtisch hinweg an und fragte sich, ob sie sich ihre Worte wohl vorher gezielt zurechtgelegt hatte oder ob sie nur so daherredete, wie ihr der Schnabel gewachsen war.

»Setzen Sie sich, junge Frau!« forderte er sie auf. Als sie seiner Aufforderung gefolgt war, fuhr er fort: »Das war eine sehr edelmütig klingende Ansprache.«

Mit einem leichten Lächeln, das niedliche Grübchen auf ihr hübsches Gesicht zauberte, erwiderte Nancy Brook: »Das habe ich damals auch gedacht, als *Sie* vor zwölf Jahren dieselben Worte gebrauchten.«

Richter Hart war sichtlich überrascht: »Woher wissen Sie das?«

»Ich befand mich an jenem Tag im Gerichtssaal«, erklärte Nancy Brook.

»An jenem Tag? Aber damals können Sie höchstens fünfzehn Jahre alt gewesen sein.«

»Wir waren dort von unserer High-School aus mit einer Gruppe von Schülern, die sich für eine juristische Karriere interessierten. Wir sollten durch den Besuch des Gerichtssaales einen Eindruck von der Berufsrealität bekommen. Mich hat es damals beeindruckt, wie Sie sich für Ihren Klienten einsetzten und zu Ihrer Überzeugung standen, ohne sich einschüchtern zu lassen. Damals habe ich mir gesagt: ›So möchte ich auch einmal werden.‹«

»Miss Brook, falls Sie mir diese Geschichte erzählt haben sollten, um einer möglichen Bestrafung zu entgehen, so darf ich Sie beruhigen. Ich habe Sie nämlich hierher gebeten, um Sie mit der Verteidigung eines Klienten zu betrauen, der eine besonders fähige und engagierte Anwältin benötigt, da er nicht in der Lage ist, für sich selbst auszusagen.«

»Er kann nicht für sich selbst sprechen?« hakte Nancy Brook nach. »Ist er denn in irgendeiner Weise behindert?«

»Wenn man es aus dem Blickwinkel der Rechtsprinzipien unseres Staates betrachtet, so könnte man es so sehen«, erklärte Richter Hart. »Der Betreffende leidet nämlich unter der Tatsache, erst zweieinhalb Jahre alt zu sein. Das Gesetz sieht deshalb für ihn keinerlei Rechtsbeihilfe vor, auch wenn es sich bei diesem Verfahren um die wichtigste Rechtsentscheidung seines Lebens handeln dürfte.«

»Und Sie möchten, daß ich ...« Der jungen Anwältin wurde langsam klar, weshalb der Richter sie zu sich gebeten hatte.

»Setzen Sie sich genauso engagiert und unverblümt für ihn ein, wie Sie es für Ethel Nemery in deren Sorgerechtsfall getan haben.«

»Auch wenn der Richter mir Mißachtung des Gerichts vorwerfen sollte?« vergewisserte sie sich, erneut lächelnd.

»*Gerade dann* sollten Sie es tun«, erwiderte Judson Hart. »Dieser Fall ist bereits zu einem erbitterten Rechtsstreit entartet, und ich befürchte, daß sich die Sache noch zuspitzen wird. Ich möchte deshalb, daß es jemanden gibt, der ausschließlich die Interessen des kleinen Jungen vertritt, um den es hierbei geht.«

»Ich verstehe, Euer Ehren«, lautete Nancy Brooks kurze Antwort.

»Das Sie nur ein Mandat als Pflichtverteidigerin erhalten,

wird Ihr Honorar nicht übermäßig hoch ausfallen. Aber ich bin der festen Überzeugung, daß dem Jungen der gleiche Rechtsbeistand zusteht, wie jedem Mittellosen, der wegen Mordes angeklagt ist. Ich werde die nötigen Mittel also schon irgendwie aus dem Gerichtsbudget auftreiben.«

Kapitel 40

Obwohl beide Anwälte die Hinzunahme einer weiteren Rechtsvertretung in diesem Verfahren nicht gerade begrüßten, hielten sie es dennoch für klüger, keine offenen Einwände gegen Richter Harts Entscheidung zu erheben.

Paul Henderson fiel die Aufgabe zu, Christie und Bill von dieser neuen Situation zu unterrichten.

»Aber wir stehen doch bereits auf Scottys Seite!« empörte sich Christie. »Wieso braucht der Richter da noch einen zusätzlichen Anwalt? Und ist es nicht eigentlich Ihre Aufgabe, Paul, für Scottys Rechte einzutreten?«

»Christie«, versuchte sie der Anwalt zu beruhigen. »Ich vertrete *Ihre* und *Bills* Interessen. Scotty hatte bis jetzt keine eigene Rechtsvertretung – so wie in diesem Staat bis jetzt noch nie ein Kind in einer vergleichbaren Situation eine eigene Rechtsvertretung gehabt hat. Doch wenn Richter Hart darauf besteht, daß Scotty eine eigene Anwältin hat, dann sollten wir uns damit abfinden und das Beste daraus machen.«

»Was heißt das, wir sollten ›das Beste daraus machen‹?« hakte Bill nach.

»Wenn diese Miss Brook bei Ihnen auftaucht, dann sollten Sie sie in Ihrem Haus willkommen heißen und ihr die Möglichkeit geben, sich so lange mit Scotty zu beschäftigen, wie sie es möchte. Auf gar keinen Fall dürfen Sie ihr das Gefühl geben, wir seien gegen sie.«

»Das wird mir nicht gerade leichtfallen«, gestand Christie. »Ich werde niemals diese Zeitungsreporterin vergessen, die

sich unter Vortäuschung falscher Tatsachen in unser Haus einschlich.«
»Christie, geben Sie mir trotzdem Ihr Versprechen, daß Sie Miss Brook freundlich begrüßen werden«, bat Henderson sie eindringlich. »Und erlauben Sie ihr, mit Ihrem Sohn in Kontakt zu treten.«
Nur widerstrebend willigte Christie schließlich ein: »Na gut, Paul, ich verspreche es.«

Am Samstagnachmittag – einem für die Salems günstigen Zeitpunkt, da am Wochenende kein Verhandlungstermin angesetzt war – stattete die Anwältin Nancy Brook ihrem jungen Klienten ihren ersten Besuch ab.
Als sie darum bat, mit Scotty eine Zeitlang allein sein zu dürfen, hätte Christie dies spontan am liebsten abgelehnt, aber die Worte Paul Hendersons klangen ihr noch lebhaft im Ohr, so daß sie einwilligte.
»Wenn Sie bitte an Davids Zimmer leise vorbeigehen würden. Er schläft gerade«, bat Christie nur.
Obwohl Scottys Tür angelehnt war, klopfte Nancy Brook leicht an.
»Mami?« Scotts Stimme klang ein wenig ängstlich.
Nancy öffnete die Tür einen Spalt weit. Scotty saß auf dem Fußboden und war damit beschäftigt, eine phantasievolle Konstruktion aus roten und weißen Legosteinen zu bauen.
»Scotty?« fragte Nancy mit sanfter Stimme.
Als er die fremde Stimme vernahm, drehte sich der Junge um. Beim Anblick der fremden Frau beugte er sich schützend über sein Bauwerk.
»Mami!« rief er hilfesuchend aus.
Instinktiv setzte Christie am Treppenabsatz dazu an, ihm zu Hilfe zu eilen, aber Bill hielt ihren Arm fest und schüttelte den Kopf.
»Ich weiß schon, Bill«, seufzte sie.
In Scottys Zimmer bemühte sich Nancy, dem kleinen Jungen die Angst zu nehmen. »Deine Mami ist ganz in der Nähe, unten beim Treppenaufgang. Aber sie will uns jetzt nicht

stören, damit wir uns kennenlernen können. Ich möchte, daß wir Freunde werden.«
In seinen offenen blauen Augen konnte sie Neugierde aufflackern sehen, die jedoch von Angst überschattet war. Er wich ein wenig vor ihr zurück.
Nancy kniete sich auf den Fußboden, damit sie aus seinem Blickwinkel nicht länger wie eine riesige bedrohliche Person wirkte, sondern sich mit ihm auf einer Ebene befand.
»Was ist denn das, Scott?« erkundigte sie sich neugierig, wobei sie auf seine Legokonstruktion deutete.
»Laden ...«, gab er zögernd zur Antwort, wobei er immer noch vorsichtig Abstand zu ihr hielt.
»Natürlich, das hätte ich aber gleich sehen müssen«, erwidert Nancy. »Dein Laden sieht sehr schön aus ... genau wie das Beaver-Einkaufszentrum.« Dies war der Name des Einkaufszentrums, das dem Haus der Salems am nächsten lag und das Scotty deshalb am ehesten kennen würde.
Die Tatsache, daß sie das Vollbild für sein Bauwerk erkannt hatte, ließ ihn zögernd näher kommen und sich zu ihr und seiner Konstruktion setzen. Er warf einen Blick auf den ungeordneten Haufen der noch unbenutzten Legosteine und wählte schließlich einen der Steine aus. Sie bemerkte, daß er mit seinen kleinen Fingern schon sehr geschickt zugreifen konnte. Plötzlich legte er den weißen Baustein wieder aus der Hand und nahm statt dessen einen roten Stein in genau der gleichen Form und Größe.
»Viel besser«, nickte Nancy bestätigend.
Scotty schaute sie groß an. Sie lächelte. Zunächst schien er unsicher, aber dann entspannten sich seine Gesichtszüge zu einem leichten Lächeln, als ob er sie nun – wenn auch noch etwas vorsichtig – akzeptierte. Dadurch ermutigt, wählte sie ebenfalls einen Legostein und hielt ihn Scotty hin, damit dieser ihn in sein Werk miteinbauen konnte. Er überlegte kurz und nahm dann das Teil entgegen, um es vorsichtig in die Konstruktion zu setzen.
Einige Minuten lang spielten sie so schweigend weiter. Stets wählte zunächst Scotty einen Legostein und fügte ihn ein, um

dann zu warten, bis Nancy einen Stein eingebaut hatte. Auf diese Weise entwickelte sich ein angenehmer Rhythmus der Zusammenarbeit zwischen den beiden.

Dann fragte Scotty ganz unvermutet: »Wie heißt du?«

»Nancy.«

Da er den Namen offensichtlich noch nicht kannte, wiederholte er ihn laut.

»Aber du kannst mich auch Nan nennen, wenn du magst. Darf ich Scotty zu dir sagen?«

»Nan ...« Er wiederholte mehrmals den Namen, der ihm offenbar mehr zusagte als Nancy.

Während sie weiterbauten, fragte sie ihn ganz beiläufig über seine Eltern, seinen kleinen Bruder, den Spielkreis und seine Freunde aus.

Beim gemeinsamen Spiel redete er nun vollkommen unbekümmert mit ihr.

Langsam begann Nancy Brook, sich ein Bild von ihrem kleinen Mandanten zu machen. Nachdem sich die erste Scheu und Ängstlichkeit gelegt hatten, zeigte er sich offen und freundlich. Er hantierte äußerst geschickt mit den Steinen und hatte offensichtlich ein gutes Auge für räumliches Bauen. Beim Spielen war er mit großem Eifer und hoher Konzentration dabei. Insgesamt wirkte er auf sie nicht halb so schwierig, wie man es zweieinhalbjährigen Kindern gewöhnlich nachsagt. Ob dies nun als gutes oder als schlechtes Zeichen zu werten war, konnte sie allerdings noch nicht sagen, bevor sie sich genauer mit dieser Frage beschäftigt hatte.

»Scotty, ich muß jetzt gehen«, wandte sie sich an ihn.

Es schien ihm nicht sonderlich viel auszumachen, aber er erkundigte sich: »Wiederkommen?«

»Ja, klar, das werde ich«, versicherte sie ihm.

Durch ihre Worte beruhigt, wandte er sich wieder seinem Spiel zu. Als sie das Zimmer verlassen wollte, rief er ihr nach: »Tschüs, Nan.«

Christie wartete am unteren Treppenabsatz.

»Nun?« erkundigte sie sich voller Mißtrauen, und in ihrer Stimme schwang die Furcht mit, daß die junge Anwältin ir-

gendwelche Kritikpunkte gefunden haben könnte, die gegen sie und Bill als geeignete Eltern sprachen.
»Er ist wirklich ein bezauberndes Kind. Und sehr offen und freundlich, sobald er erst einmal ein bißchen Vertrauen gefaßt hat.«
»Geben Sie das nur auch an Richter Hart weiter!« entfuhr es Christie.
»Mrs. Salem, ich bin nicht hier, um für Richter Hart irgend etwas auszuspionieren. Ich bin vielmehr damit beauftragt, Scottys Rechte in einem Verfahren zu vertreten, dessen Ausgang maßgeblich über den Rest seines Lebens entscheiden wird.«
»Er gehört hierher! Für immer. Zu uns, zu seinen Eltern!« rief Christie verzweifelt aus.
»Darüber wird Richter Hart zu urteilen haben.«
»Aber Sie helfen uns vielleicht dabei?«
»Mrs. Salem, darüber kann ich hier leider nicht mit Ihnen diskutieren. Ich bin Scottys Anwältin, nicht Ihre.«

Nancy Brook nahm nun täglich an den Gerichtssitzungen teil, wobei sie an einem kleinen Tisch Platz nahm, der neben die der streitenden Parteien gestellt worden war. Sie lauschte aufmerksam sämtlichen Zeugenaussagen, machte sich Notizen dazu, richtete selber jedoch nur selten Fragen an die Zeugen.
Ihre Hauptaktivität bestand in den täglichen Besuchen bei ihrem jungen Mandanten im Anschluß an die Gerichtssitzungen. Sie hatte dabei nur einen einzigen Gedanken im Kopf:
Wie soll ich nur in Erfahrung bringen, was für diesen kleinen Jungen das beste ist und was seinen persönlichen Wünschen und Bedürfnissen entgegenkommt, wenn er zum jetzigen Zeitpunkt noch viel zu jung ist, um seine Wünsche und Bedürfnisse selbst formulieren zu können?
Jeden Tag wurde Scotty ihr gegenüber offener und gesprächiger. Er zeigte ihr alle seine Spielsachen, und eines Tages nahm er sie sogar bei der Hand und führte sie in das Zimmer seines kleinen Bruders. »David«, sagte er nur. »Bruder.«

Kapitel 41

Nachdem Paul Henderson die Fakten des Falles aus seiner Sicht dargelegt hatte, nutzte er das Wochenende, um seine Klienten auf den wichtigsten Teil seiner Verhandlungsstrategie vorzubereiten.

Zu diesem Zweck bat er Bill und Christie in sein Büro, in dem sich überall Aktenordner und verstaubte Bücher mit alten Gerichtsentscheiden auf Staats- und Bundesebene stapelten. Christie und Bill wechselten besorgte Blicke. Trotz des beeindruckenden Kreuzverhörs, dem er Lori Manning unterzogen hatte, und seiner offensichtlichen Geistesgegenwart, hegten sie insgeheim immer noch Zweifel, ob er standfest und gewieft genug war, diesen Prozeß zu gewinnen.

»Bill, nach einigen weiteren Zeugenaussagen über Ihren und Christies Leumund und die für uns äußerst wichtige psychiatrische Beurteilung durch Prof. Frank werde ich Sie in den Zeugenstand bitten, um eine Basis für Christies Aussagen zu schaffen. Ich werde Sie nach dem Ablauf der gesamten Geschehnisse vor und nach Scottys Adoption befragen. Dazu gehört auch der tragische Tod Ihres ersten Kindes ...«

»Muß das sein?« erkundigte sich Bill.

»Wenn ich die Fragen nicht stelle, dann wird Clement es tun«, erklärte Henderson. »Ich werde nicht lange darauf herumreiten, aber ich möchte auch nicht den Eindruck erwecken, als wollten wir etwas verheimlichen. Dann werde ich einige weitere grundlegende Dinge ansprechen. Wie Sie von der Adoptionsvermittlung erfahren haben ... welche Übereinkünfte mit den an der Adoption Beteiligten getroffen wurden ... wie Sie zur Adoption beitrugen, indem Sie Ihre finanzielle Situation darlegten, Ihr Haus inspizieren ließen, Referenzen von Freunden und dem Pfarrer vorlegten und so weiter. Und dann natürlich die Tatsache, daß Sie die Kosten von Mrs. Mannings Entbindung trugen. Soviel zu den Fakten. Und dann ...« An dieser Stelle wandte sich der erfahrene Anwalt Christie zu. »Dann werde ich Sie in den Zeugenstand rufen, um auf die emotionale – und entscheidende – Seite des Falles zu kommen.«

»Ich dachte, Sie wollten gerade *nicht*, daß ich allzu emotional reagiere«, wunderte sich Christie.

»Ganz egal, womit Clement Sie auch zu provozieren versuchen wird, bleiben Sie auf alle Fälle ruhig und antworten Sie ehrlich und mit so wenigen Worten wie möglich. Und verlieren Sie nicht die Fassung. Emotionen, ja – aber die richtigen. Rührung und Tränen sind erlaubt, aber nicht Zorn. Lassen Sie sich nicht dazu verleiten, aggressiv zu reagieren. Denken Sie daran, daß Sie einen guten Eindruck auf den Richter machen wollen. Einem äußerst strengen Richter, der es mit dem Buchstaben des Gesetzes sehr ernst meint und in dessen Hand das Schicksal Ihres Sohnes ruht. Beweisen Sie bei Ihrer Aussage Würde und Selbstdisziplin, und besiegen Sie Ihre Wut und Erregung. Aber zeigen Sie sich auch als eine Frau mit echten und tiefen Gefühlen.«

Dann ging er mit ihr die einzelnen Fragen und die entsprechenden Antworten durch, wobei er sie auch auf Punkte hinwies, die Clement während des Kreuzverhörs möglicherweise berühren würde. Vier endlose Stunden lang bemühte sich Christie, ihre Antworten kurz und knapp zu formulieren, ohne von der eigentlichen Frage abzuschweifen, und dabei ihre Emotionen unter Kontrolle zu halten.

»Ich sehe, Sie werden Ihre Sache sehr gut machen, meine Liebe«, versicherte ihr Henderson zum Abschluß.

Noch am gleichen Nachmittag rief er jedoch Bill an.

»Bill ... sind Sie allein?«

»Nein, Christie ist auch hier. Und natürlich Scotty. Und einige Nachbarn, die es gut mit uns meinen und uns anbieten, den Babysitter zu spielen, zu kochen, oder Christie auf irgendeine andere Weise zu entlasten.«

»Ich meinte eher, ob Sie ungestört sprechen können?« präzisierte Henderson seine Frage.

»Ja, das kann ich. Weshalb fragen Sie?«

»Rufen Sie Ihren Arzt an, und lassen Sie sich ein Beruhigungsmittel für Christie verschreiben.«

»Ein Beruhigungsmittel?«
»Aufgrund meiner Erfahrung erkenne ich sofort, wenn ein Zeuge übernervös ist, und das trifft bei Christie zu. Ich fürchte, es wird sich während des Wochenendes noch verschlimmern. Ohne das Mittel wäre sie vermutlich am Montag nur noch ein Nervenbündel. Also besorgen Sie sich lieber ein leichtes Mittel. Der Arzt wird Ihnen schon das richtige aufschreiben.«
»Na gut, Paul, wenn Sie meinen!« versprach Bill.

Am Montagmorgen erschien Richter Hart, ganz im Gegensatz zu seinen üblichen Gepflogenheiten, mit Verspätung im Gerichtssaal.
Er entschuldigte sich nur knapp mit den Worten: »Es tut mir leid, aber ich hatte noch eine dringende Angelegenheit zu erledigen.«
Er hielt es für unangebracht zu gestehen, daß es sich bei dieser »dringenden Angelegenheit« um eine lange und hitzige Diskussion mit Karen am Frühstückstisch handelte. Als ob ihm dieser Fall nicht schon schwer genug im Magen gelegen hätte, erhöhte ihr ungewöhnlich großes Interesse daran sein Unbehagen nur noch. Ohne daß sie auch nur ahnen konnte, wie seine Entscheidung ausfallen würde, hatte er das Gefühl, sich bereits jetzt vor ihr rechtfertigen zu müssen.
Richter Hart eröffnete die Sitzung mit den Worten: »Mr. Henderson, fahren Sie bitte mit der Vernehmung Ihrer Zeugen fort.«
Der erfahrene Anwalt rief zunächst mehrere Zeugen auf, die den ausgezeichneten Ruf bestätigten, den die Salems in der Wohnsiedlung, der Kirchengemeinde und bei Bills Geschäftskunden genossen.
Obgleich die Zeugen an diesem Vormittag ihre Aussagen genau so machten, wie er es sich wünschte, ging von Henderson eine gewisse Unruhe und Zögerlichkeit aus. Ständig blickte er nervös zur Uhr, die an der Wand des Gerichtssaales hing, und zweimal bat er um Erlaubnis, sich kurz zurückziehen zu dürfen, um ein Telefongespräch zu führen.

Beide Male erfuhr er eine Enttäuschung. Prof. Grover Frank, der Psychiater, dessen Aussage Henderson große Bedeutung zumaß, konnte nicht pünktlich vor Gericht erscheinen. Henderson fuhr deshalb zunächst mit der Befragung der Zeugen fort, die ihm sonst noch zur Verfügung standen.
Schließlich blieb ihm jedoch keine andere Wahl mehr, auch wenn dies seinen ursprünglichen Plan durcheinanderbrachte: »Ich rufe William Salem in den Zeugenstand!«
Bill hob seine rechte Hand und legte den Eid ab, bevor er auf dem Zeugenstuhl Platz nahm.
Dann führte ihn Henderson in seiner Befragung durch die verschiedenen Geschehnisse, die der Adoption vorausgegangen waren oder sich in deren weiteren Verlauf ereignet hatten.
»Entspricht es der Wahrheit, William, daß am 24. Juni ein Richter dieses Gerichtshofes die Papiere unterzeichnete, die die Adoption Ihres Sohnes Scott rechtlich besiegelten?«
»Ja, Sir.«
»Und seit diesem Tag ist Scott Ihr Sohn und ist in jeder Hinsicht von Ihnen und Ihrer Ehefrau Christine wie Ihr leiblicher Sohn behandelt worden?«
»Ja, Sir.«
»Ich danke Ihnen, William. Ihr Zeuge, Mr. Clement.«
Da sich Bills Aussage lediglich auf Fakten bezogen hatte und offensichtlich der Wahrheit entsprach, sah Clement keinen Sinn darin, ihn ins Kreuzverhör zu nehmen. Er würde dem Zeugen höchstens die Möglichkeit verschaffen, seine Aussage noch einmal zu bestätigen. Deshalb verzichtete Clement auf eine Befragung.
»Ich rufe Mrs. Christine Salem in den Zeugenstand«, fuhr Henderson fort, da Professor Frank noch immer nicht erschienen war.
Bill drückte noch einmal beruhigend Christies Hand, bevor sie sich nach vorn begab. Henry Clement beobachtete sie genau, während sie ihren Eid ablegte, um sich ein Bild von ihrem nervlichen Zustand zu machen. Sie wirkte ruhiger und gefaßter, als er es von einer Frau erwartete hätte, die in einer

ihr so nahegehenden Sache aussagen mußte. Doch Clement dachte an die Bemerkung, die Dr. Finch ihrem Bericht über Scotty beigefügt hatte, und bereitete sich in Gedanken darauf vor, seine Möglichkeiten voll auszuschöpfen.

Henderson begann mit der Frage: »Mrs. Salem ... Christine, wie viele Kinder haben Sie?«

»Zwei. Scott – wir nennen ihn Scotty – und David.«

»Wie alt ist Scotty?«

»Zwei Jahre und neun Monate.«

»Ist er während dieser ganzen Zeit Ihr Sohn gewesen?«

»Ja, seit seinem dritten Lebenstag.«

»Was heißt das, ›seit seinem dritten Lebenstag‹?«

»Er ist ein Adoptivkind«, erklärte Christine.

»Sagen Sie dem Hohen Gericht bitte, ob Sie und Ihr Ehemann diesen Schritt ohne irgendwelche Vorbehalte und mit dem festen und ehrlichen Vorsatz getan haben, Scotty wie Ihren leiblichen Sohn zu behandeln.«

»Ja, Sir, das haben wir.«

»Und konnten Sie diesen Vorsatz verwirklichen?«

»Ja, Sir.«

»Haben Sie ihn also durch schlechte und gute Zeiten begleitet, in gesunden und in kranken Tagen, von seinem dritten Lebenstag an bis zum jetzigen Zeitpunkt?«

»Ja, Sir. Und jeder Arzt kann Ihnen bestätigen, daß er ein kerngesunder Junge ist. Alles, was diese Frau an Befürchtungen geäußert hat, daß wir Scotty mißhandelt oder in Gefahr gebracht hätten, ist nichts als ...«

Ein Blick in Hendersons Augen ließ sie abrupt schweigen. Sie hatte – abweichend von seinen Instruktionen – mehr gesagt, als für die Beantwortung der Frage nötig gewesen wäre.

»Christine, als Sie und Ihr Gatte die Adoptionsdokumente unterzeichneten, waren Sie sich da beide einig, daß Sie sich für den Rest Ihres Lebens mit allen Ihnen zur Verfügung stehenden Kräften dafür einsetzen wollten, Scotty eine gute Erziehung zu geben und ihm gute Eltern zu sein?«

»Ja, Sir, das waren wir.«

»Und glaubten Sie damals an die feste Absicht der leiblichen

Mutter des Kindes, Lori Adams, Ihnen ihren Sohn zu überlassen?«

»Ja, Sir. Nachdem wir ihr persönlich begegnet waren und sie die Möglichkeit gehabt hatte, uns als Adoptiveltern für ihren Sohn zu akzeptieren oder auch abzulehnen, wären wir niemals auf die Idee gekommen, daß sie zwei Jahre später gegen uns klagen und versuchen würde, uns unseren Sohn wieder wegzunehmen. Denn« – bei diesen Worten drehte sie sich zur Richterbank um – »*Scotty ist unser Sohn.* Und wir sind seine Eltern.«

»Christine, wenn Sie an jenem Tag auch nur irgendeinen Hinweis darauf bekommen hätten, daß Lori Adams eines Tages, unter welchem Namen auch immer, versuchen würde, Ihnen Ihren Sohn wieder zu nehmen, hätten Sie und Bill ihn dann auch adoptiert?«

»Nein – wenn ich die Schmerzen bedenke, die all dies für uns und für Scotty brachte, nein, dann hätten wir es gewiß nicht getan.«

Ihre Antwort eröffnete ihm beste Möglichkeiten, so daß Henderson sofort nachhakte.

»Was meinen Sie genau damit, wenn Sie sagen, daß es Scotty Schmerzen bereitet?«

»Ein Kind hat ein sehr feines Gespür, auch wenn es erst zweieinhalb Jahre alt ist. Es merkt genau, wenn es innerhalb der Familie Spannungen gibt. Und es reagiert darauf.«

»Wie genau sehen denn diese Reaktionen aus?«

»Während seiner gewöhnlichen Mittagsschlafzeit wirkt er nun oft unruhig und ruhelos. Er ist auch quengeliger als sonst. Außerdem macht er seit neuestem wieder ins Bett, was er sich schon lange abgewöhnt hatte. Mitten in der Nacht klettert er manchmal aus seinem Bett und kommt zu uns, so als ob er Angst habe.«

»Angst wovor?«

Clement hob abwehrend die Hand. »Einspruch!«

»Lassen Sie uns bitte die Antwort hören, Herr Anwalt«, bestimmte Richter Hart.

»Christine?« forderte Henderson sie auf.

»Er hat Angst, daß er uns weggenommen werden könnte, weg von dem einzigen Zuhause, daß er jemals kennengelernt hat.«

»Ich danke Ihnen, Christine.« Mit diesen Worten beendete Henderson seine Befragung. »Ihre Zeugin, Mr. Clement!«

Clement erhob sich und ließ seinen älteren Kollegen respektvoll vorbei, bevor er sich der Zeugin zuwandte.

»Christine«, begann er, wobei er mit leichter Ironie Hendersons sanften Tonfall nachahmte, in dem dieser seine Mandantin angesprochen hatte, »sagen Sie uns, hat Scotty jemals zu Ihnen gesagt: ›Mami, ich habe Angst, daß man mich von euch wegholt.‹«

»In einem so langen Satz?«

»Oder auch mit anderen Worten. Hat Scotty jemals Ihnen gegenüber den Gedanken geäußert, daß er Angst davor habe, von Ihnen fortgeholt zu werden?«

»Nein, aber ...«

»Ist Ihre Antwort nun ›nein‹ oder nicht, Christine?« drängte Clement.

»Ja, aber ...«

»Christine, wir sind hier im Gerichtssaal gehalten, unsere Aussagen nicht mir irgendeinem Wenn und Aber zu versehren. Wenn die Antwort ›nein‹ lautet, dann sagen wir auch ›nein‹«, maßregelte Clement sie mit geheuchelter Nachsicht. »Nun, ist es nicht so, daß Kinder etwa im Alter von zwei Jahren wichtige Entwicklungen durchmachen und sich plötzlich vieler neuer Dinge um sich herum bewußt werden? Sagt man nicht auch, daß sie mit etwa zwei Jahren das Wort ›nein‹ dazulernen und es deshalb auch besonders gern benutzen, vielleicht manchmal sogar zu häufig?«

»So steht es in den Büchern«, mußte Christine zugeben.

»Ist es denn nicht denkbar, daß ein Kind von zweieinhalb Jahren, das zum ersten Mal bewußt seinen eigenen Willen äußert, das Gefühl bekommen könnte, die Auflehnung gegen den Willen seiner Eltern trage ihm deren Zurückweisung ein und gefährde damit seine Stellung in der Familie?« fragte Clement.

»Das kann ich nicht beurteilen, ich bin keine Kinderpsychiaterin«, entgegnete Christine ehrlich.

»Genau so ist es. Aber wenn Sie keine Kinderpsychiaterin sind, wie können Sie dann den Grund seiner veränderten Verhaltensweisen, etwa das erneute Bettnässen, so genau bestimmen?«
»Weil ich mein Kind kenne«, erklärte Christie.
Clement zuckte nur die Schultern, so als ob ihn ihre Antwort keineswegs überzeugen würde. Er warf einen Blick in seine Notizen, um sein Kreuzverhör wie geplant fortzusetzen.
»Christine, sagt Ihnen der Begriff ›plötzlicher Kindstod‹ irgend etwas?«
»Einspruch!« Henderson sprang auf.
»Ihre Gründe, Herr Anwalt?« forderte Richter Hart ihn auf.
»Irrelevant und ohne Bedeutung für den vorliegenden Fall!«
»Euer Ehren«, schaltete sich Clement ein, »dieses Thema ist bereits in der Aussage eines der Zeugen der Verteidigung angeschnitten worden. Was den Einspruch Mr. Hendersons betrifft, so ist diese Fragestellung durchaus von hoher Relevanz für den Fortgang des Verfahrens.«
»Euer Ehren, es besteht keinerlei Notwendigkeit, alte und schmerzhafte Wunden wieder aufzureißen, die für dieses Verfahren nicht die geringste Bedeutung haben!« protestierte Henderson erneut heftig.
»Darf ich jetzt fortfahren, um die Relevanz meiner Frage zu beweisen?« beantragte Clement.
Richter Hart überlegte einen Augenblick, bevor er anordnete: »Fahren Sie fort. Aber verlieren Sie Ihr Ziel nicht aus dem Auge, Mr. Clement!«
Der Anwalt wandte sich wieder der Zeugin zu und wiederholte seine Frage. »Mrs. Salem, sagt Ihnen der Begriff ›plötzlicher Kindstod‹ etwas?«
Sie war nun so angespannt, daß ihre Knöchel weiß hervortraten, als sie sich mit aller Kraft an den Armlehnen des Stuhles festklammerte. Sowohl Bill als auch Henderson beugten sich vorsichtshalber in ihre Richtung vor, um ihr im Notfall zur Seite eilen zu können.
»Ja, natürlich sagt er mir etwas.«
»Würden Sie dem Hohen Gericht bitte erklären, weshalb

Sie diesen Begriff so genau kennen?« forderte Clement sie auf.
Christie zögerte einen Moment, bevor sie – ermutigt von Paul Henderson, der ihr fast unmerklich zunickte – antwortete: »Wie mein Mann bereits berichtet hat, wurde mein Kind – mein erstes Kind – Opfer des plötzlichen Kindstods.«
»Würden Sie bitte dem Gericht erklären, wofür dieser Begriff steht?« beharrte Clement.
»Plötzlicher Kindstod? Ein Kind stirbt ohne irgendeinen medizinisch erklärbaren Grund.«
»Und Ihr Kind war das Opfer einer solchen Tragödie?«
»Ja, das war es.«
»Ich bin sicher, daß jedermann in diesem Raum Mitleid mit Ihnen empfindet, meine Liebe«, fuhr Clement fort. »Christine, würden Sie uns beschreiben, was eine Mutter empfindet, wenn ihrem Kind etwas so Schreckliches zustößt?«
Henderson war schneller aufgesprungen, als man es ihm je zugetraut hätte. »Einspruch! Diese Frage bedeutet nicht nur eine Verletzung tiefster persönlicher Gefühle, sondern ist zudem von keinerlei Bedeutung für dieses Verfahren!«
»Ihre Stellungnahme, Mr. Clement«, wandte sich Richter Hart an den Anwalt.
»Euer Ehren, es tut mir aufrichtig leid, daß ich gezwungen bin, auch auf solche tragischen Punkte in der Lebensgeschichte der Zeugin einzugehen. Aber ich werde Ihnen beweisen, daß diese Frage nicht nur relevant, sondern sogar entscheidend für dieses Verfahren ist.«
Noch bevor Richter Hart in dieser Sache entscheiden konnte, rauschte Paul Hendersons Sekretärin quer durch den Gerichtssaal an den Tisch ihres Chefs, um ihm einen Notizzettel zu reichen.
Er warf einen kurzen Blick darauf und wandte sich dann an Richter Hart: »Euer Ehren, ich bitte um Erlaubnis, vortreten zu dürfen!«
Unverzüglich eilte auch Henry Clement nach vorn zur Richterbank.
»Euer Ehren, ich habe soeben die Nachricht erhalten, daß

Professor Grover Frank – der Psychiater, den ich bereits heute vormittag hatte aufrufen wollen – jetzt eingetroffen ist, um seine Aussage zu machen. Ich bitte daher um die Erlaubnis ...«

»Einen Moment bitte, Paul!« unterbrach ihn Clement. »Sie wollen doch wohl nicht allen Ernstes vom Hohen Gericht verlangen, mein Kreuzverhör an einem derart wichtigen Punkt zu beenden?«

»Ich bitte das Gericht in keiner Weise, Sie von irgend etwas abzuhalten. Ich möchte nur einen Zeugen präsentieren, der sonst nicht zur Verfügung stünde. Danach können Sie fortfahren, wie Sie wollen.«

»Euer Ehren, dies ist nichts anderes als ein taktischer Versuch, mein Kreuzverhör zu untergraben. Einspruch! Ich erhebe energisch Einspruch!« protestierte Clement voller Entrüstung.

»Mr. Henderson, gegen Sie uns Ihr Wort, daß der Zeuge zu keiner anderen Zeit seine Aussage machen kann?« wandte sich der Richter fragend an den alten Anwalt.

»Jawohl, Euer Ehren«, versicherte Henderson und reichte ihm den Zettel, den er soeben erhalten hatte.

Hart las die Notiz kurz durch, bevor er entschied: »Wir werden eine kurze Unterbrechung einlegen. Mr. Henderson, rufen Sie Ihren Experten an und fragen Sie ihn, ob er innerhalb von zwanzig Minuten hier sein kann!«

»Aber, Euer Ehren ...!« wehrte sich Clement immer noch.

»In zwanzig Minuten!« wiederholte Richter Hart und steckte den Notizzettel, den Henderson ihm gereicht hatte, ein.

Kapitel 42

Paul Henderson blätterte noch einmal seine Notizen durch und warf einen Blick auf seine Armbanduhr. Dann schaute er sich unruhig zur Eingangstür des Gerichtssaales um. Auch Christine und Bill Salem machten einen ziemlich nervösen Eindruck.

Ein strenges »Bitte erheben Sie sich von Ihren Plätzen!« des Gerichtsdieners ließ sie zusammenfahren. Richter Hart eilte hastig in den Gerichtssaal. Es war offensichtlich, daß ihn gerade irgend etwas sehr verärgert hatte. »Nehmen Sie Platz!« ließ er sich vernehmen, sogleich gefolgt von einem »Mr. Henderson, Ihr Zeuge!«
»Euer Ehren, Professor Frank wird jeden Moment hier sein.«
»Mr. Henderson, ich habe Ihnen gestattet, diesen Zeugen außerplanmäßig vorzuladen. Wollen Sie mir jetzt sagen, daß er sich verspätet?« hakte Richter Hart irritiert nach.
Hart selbst machte sich im gleichen Moment bewußt, daß seine Worte harscher geklungen hatten als beabsichtigt. Insgeheim fragte er sich, weshalb ihm ausgerechnet dieser Fall persönlich so naheging.
Etwas versöhnlicher fuhr er fort: »Mr. Henderson, rufen Sie den Psychiater noch einmal an! Und dann lassen Sie uns weitermachen.«
»Jawohl, Euer Ehren«, stimmte Henderson zu. Doch gerade als er den Gerichtssaal verlassen wollte, flog die Eingangstür auf und ein kräftiger Mann mittleren Alters rauschte schwitzend und mit hochrotem Gesicht in den Saal. Er trug eine schwere Aktentasche bei sich.
»Verzeihung, es tut mir sehr leid«, rief er Mr. Henderson zu. »Aber es ging leider nicht anders.«
Richter Hart beugte sich ein wenig vor, um den Mann besser sehen zu können. »Professor Frank?«
»Der bin ich, Euer Ehren«, gab dieser zur Antwort. »Ich entschuldige mich beim Hohen Gericht für meine Verspätung, aber ich befinde mich mitten in einem äußerst schwierigen Notfall. Es handelt sich um eine junge Patientin, die …« Hier hielt Professor Frank inne, da er sich bewußt wurde, daß er seinen vertraulichen Fall besser nicht in aller Öffentlichkeit ausbreitete.
Richter Hart winkte ihm mit dem Zeigefinger zu sich nach vorne.
»Sagen Sie es mir leise!«
Mit gesenkter Stimme berichtete Prof. Frank: »Euer Ehren,

seit heute morgen stecke ich in einem wirklichen Notfall. Es dreht sich um ein siebenjähriges Mädchen, das einen Selbstmordversuch unternommen hat.«

»Bereits im Alter von sieben Jahren?« fragte Richter Hart sichtlich schockiert nach.

»Seine Eltern wollen sich scheiden lassen. Es scheint so, als habe das Mädchen einen Streit der Eltern über seine Erziehung mitangehört und sei dadurch zu dem Eindruck gelangt, daß es die Schuld an der Trennung trage. Dieses Schuldgefühl konnte das Mädchen nicht aushalten und schnitt sich die Pulsadern auf.«

»Wie ging es dem Kind, als Sie es verließen?« erkundigte sich der Richter.

»Sie befindet sich im Krankenhaus und steht unter Beruhigungsmitteln. Zum Glück stellte es sich heraus, daß die Wunden an den Handgelenken nur recht oberflächlich sind. Ich sollte allerdings besser wieder dort sein, wenn das Mädchen zu sich kommt.«

»Selbstverständlich!« stimmte Richter Hart zu. »Herr Professor, falls Sie etwas Zeit brauchen, um sich zu fassen ...«

»Nein danke, Euer Ehren, ich bin bereit, meine Aussage zu machen.«

Nachdem Prof. Frank vereidigt worden war, befragte Paul Henderson den Zeugen nach dessen beruflichen Werdegang – von seiner Schulausbildung über sein Studium bis zu seiner jetzigen Tätigkeit als Professor für Kinderpsychiatrie an einer medizinischen Hochschule.

»Herr Professor, haben Sie Scott Salem untersucht?«

»Ja, das habe ich. Zweimal, jeweils für zwei Stunden.«

»Und was war das Ergebnis Ihrer Untersuchungen?«

»Scott Salem zeigt die ganz normalen Charakteristika, die für den Entwicklungsstand eines zweieinhalbjährigen Jungen typisch sind. Er ist ein sehr aktives Kind, das sich zudem sehr gut artikulieren kann – wenn es will. Er interessiert sich allerdings mehr dafür, selbst aktiv zu handeln, als Fragen zu beantworten.«

»Und wie interpretieren Sie dieses Verhalten?« fragte Henderson.

»Das braucht man nicht groß zu interpretieren, denn er ist einfach in einem Alter, in dem ihn seine eigene Welt mehr interessiert als die Fragen anderer.«

»Wie würden Sie aufgrund Ihrer Untersuchungen Scotts Beziehung zu seinen Eltern charakterisieren?«

»Er hat eine sehr enge Beziehung zu ihnen, wobei seine Beziehung zur Mutter enger ist als die zu seinem Vater. Das ist vollkommen normal und leicht erklärlich, da sein Vater als erfolgreicher Geschäftsmann meistens schon früh das Haus verläßt und oft erst nach Hause kommt, wenn Scotty bereits im Bett liegt. Aber er freut sich sehr auf die Wochenenden, an denen sie zusammen spielen, spazierengehen und zum Einkaufen fahren. Und wenn er gemeinsam mit seinem Vater Fernsehen schaut – meistens Sportsendungen – dann klettert er dabei sehr gerne auf dessen Schoß.«

»Herr Professor, sind Ihnen während der Sitzungen mit Scott irgendwelche Anzeichen von Ängstlichkeit oder Unsicherheit bei dem Jungen aufgefallen?«

»Ich bemerkte eine leichte, aber deutliche Anspannung bei ihm. Ich führe sie auf die äußeren Umstände zurück, denen er seit Beginn dieses Verfahrens ausgesetzt ist.«

»Hat er diesen Eindruck auf irgendeine Weise bestätigt?«

»Er fing mehrere Male damit an, von ›Baby Brett‹ zu erzählen«, berichtete Prof. Frank.

»Hat er Ihnen gesagt, wie er auf diese Worte gekommen ist?«

»Scott hat es selbst überhaupt nicht bemerkt, daß er sie benutzt hat. Sie sind einfach aus ihm herausgesprudelt, als er gerade sehr in sein Spiel vertieft war.«

»Haben *Sie* vielleicht eine Erklärung dafür, weshalb er diese Worte benutzt hat und wo er sie gehört haben könnte, Herr Professor?«

»Kinder diesen Alters bekommen eine Menge von dem mit, was um sie herum passiert. Sie schnappen einfach sehr vieles auf: aus Diskussionen zwischen Erwachsenen ... aus Telefongesprächen, die sie mitanhören ... aus dem Fernsehen ... aus dem, was ihre Alterskameraden von sich geben. Es gibt Hunderte von Möglichkeiten, wie er diesen Namen aufgeschnappt haben könnte. Aber es ist weniger wichtig, wie dies geschah, als die Tatsache, daß es überhaupt geschehen ist. Und ich habe den Eindruck gewonnen, daß der Junge diesen Namen mit seiner Person durchaus in Verbindung bringt.«

»Sind Sie der Meinung, es könne dem Jungen bewußt sein, daß es in diesem Verfahren um ihn geht, Herr Professor?« wollte Henderson wissen.

»Ja – ohne aber genauer zu durchschauen, was das eigentlich für ihn bedeutet. Ich glaube, diese Erkenntnis – oder zumindest Ahnung – verstört ihn zu einem gewissen Grade.«

»Herr Professor, glauben Sie, diese ›Ahnung‹ könnte für ihn zu einem ernsten Problem werden?«

»Es ist unmöglich, dies zum jetzigen Zeitpunkt zu sagen«, antwortete Professor Frank und fügte hinzu: »Ich konnte allerdings beobachten, daß er fremden Personen gegenüber mißtrauischer geworden ist, wodurch es sich für mich erschwerte, Kontakt zu ihm aufzunehmen. Es hat ihn außerdem abhängiger von seinen Eltern gemacht. Dies wurde mir deutlich, als er sich beide Male buchstäblich nicht von ihnen lösen wollte, als sie ihn zu mir brachten. Es fiel ihm eindeutig schwerer, sich von ihnen zu trennen, als es bei einem Kind von seiner Persönlichkeit der Fall sein sollte.«

»Herr Professor, können Sie, basierend auf Ihren Beobachtungen, bezüglich des kleinen Scott Salem mit einiger Sicherheit sagen, was für einen Effekt eine endgültige Trennung von seinen Eltern auf ihn haben würde?«

»Einspruch!« meldete sich Clement von seinem Platz aus.

»Und was ist der Grund für Ihren Einspruch, Mr. Clement?« fragte Richter Hart.

»Professor Frank mag ein ausgewiesener und kompetenter Psychiater sein, aber auch der exzellenteste Psychiater könnte keine verläßliche Antwort auf Mr. Hendersons Frage geben.«

»Ihr Einspruch richtet sich also gegen die Form der Fragestellung?« hakte Richter Hart nach.

»Allerdings, Euer Ehren. Es ist vollkommen unangebracht, die Frage auf die Formulierung ›endgültige Trennung von seinen Eltern‹ zu beschränken. Sie sollte auch den Teil enthalten,

den Mr. Henderson – gewiß unabsichtlich – ausgelassen hat: nämlich die Tatsache, daß der Junge seinen leiblichen Eltern zurückgegeben würde, die ihre Liebe zu ihm bereits dadurch beweisen, daß sie dieses Gerichtsverfahren angestrengt haben«, betonte Clement mit Nachdruck.
»Mr. Henderson?« forderte der Richter die Stellungnahme von Clements Kontrahenten.
Aber noch bevor Henderson antworten konnte, erhob sich Nancy Brook, um sich ebenfalls in das Gespräch einzuschalten.
»Euer Ehren, als Anwältin von Scott Salem fordere ich, daß *beide* Fragen gestellt und beantwortet werden: die Frage nach dem Effekt der Trennung und nach dem möglichen Gegeneffekt einer Zusammenführung mit seinen leiblichen Eltern.«
»Das halte ich für eine sehr sinnvolle Forderung, Miss Brook«, stimmte der Richter ihr zu. »Mr. Henderson?«
Henderson wiederholte seine erste Frage noch einmal wortgetreu, indem er die Formulierung »endgültige Trennung von seinen Eltern« wählte.
»Wenn ich bedenke, wie sehr ihn der ganze Tumult in seinem Umfeld bereits jetzt beeinflußt, da er noch nichts von einer möglichen Trennung ahnt, muß ich annehmen, daß eine tatsächliche Trennung schlimme Folgen für den Jungen hätte. Sie würde weitreichende, vielleicht sogar lebenslängliche Schäden in seiner emotionalen Stabilität bewirken«, erklärte Professor Frank.
»Würde Ihre Antwort ebenso ausfallen, wenn er gleichzeitig mit dieser Trennung in die Obhut anderer Eltern käme?« ergänzte Henderson seine Frage in der geforderten Weise.
»Seiner *leiblichen* Eltern!« korrigierte Clement.
»Mr. Clement, ich bitte Sie, Ihren Einspruch so vorzutragen, wie es das Prozeßrecht vorsieht!« ermahnte Richter Hart den Anwalt.
»Verzeihung, Euer Ehren, aber ich muß den Ausdruck ›andere Eltern‹ energisch zurückweisen. Er könnte den Eindruck erwecken, als handele es sich bei meinen Klienten, Lori und Brett Manning, um irgendwelche gesichtslosen Fremden, die

nicht ein natürliches Recht auf ihren Sohn hätten. Ich weise im gleichen Zusammenhang auch die Formulierungen ›Trennung‹ und ›in die Obhut anderer Eltern‹ zurück. Dieses Kind käme endlich wieder *nach Hause*. Zu seinen *leiblichen* Eltern – wie es das Gesetz unseres Staates vorsieht.«
Henderson wandte sich an Clement und hielt ihm mit donnernder Stimme entgegen: »Nach dem Gesetz dieses Staates ist Scott Salem auf vollkommen legale Weise von Christine und William Salem adoptiert worden! Und das wird auch so bleiben, wenn Sie meine Meinung hören wollen!«
Lori Manning war drauf und dran, aufzuspringen und ebenfalls etwas zu sagen. Aber Clement hielt sie an der Schulter zurück, und Brett flüsterte ihr etwas ins Ohr, woraufhin sie sich wieder auf ihren Stuhl sinken ließ. Ihr Kinn zitterte jedoch vor innerer Erregung, und sie schien den Tränen nahe zu sein. Als Brett ihr sein Taschentuch anbot, schüttelte sie allerdings nur ablehnend den Kopf, denn sie hatte sich fest vorgenommen, nicht wieder zu weinen.
»Meine Herren, ich bitte Sie ...!« schaltete sich Richter Hart ein. »Mr. Henderson?«
Der erfahrene Anwalt wandte sich wieder seinem Zeugen zu. »Herr Professor, was ist Ihrer Auffassung nach der bedeutsamere Faktor für das Schicksal des Jungen: von den einzigen Eltern getrennt zu werden, die er jemals kennengelernt hat, oder in die Obhut seiner leiblichen Eltern zu kommen?«
»Die Trennung ist der weitaus bedeutsamere Faktor. Denn die erste Entwicklungsphase, die wenige Wochen nach der Geburt einsetzt und etwa bis ins Alter von zweieinhalb Jahren andauert, ist die Phase, in der sich die engste Bindung zwischen einem Kind und seinen Eltern entwickelt. Doch nun zur Frage, ob es von Bedeutung wäre, daß das Kind in die Obhut seiner leiblichen Eltern käme. Nun, Kinder haben keinen Begriff davon, wer ihre leiblichen Eltern sind. Es gibt in der Tierwelt einige Arten, bei denen die Zuordnung von Mutter und Kind über den Geruch oder irgendwelche andere Erkennungszeichen definiert wird. Der menschliche Säugling verfügt jedoch über keine solchen Eigenschaften. In der Situa-

tion, wie sie in diesem Fall vorliegt, stellen die leiblichen Eltern für ein zweieinhalbjähriges Kind vollkommen fremde Menschen dar.«

»Ich danke Ihnen, Herr Professor«, beendete Henderson seine Befragung. »Ihr Zeuge, Mr. Clement!«

»Herr Professor«, begann Clement, während er nach vorn trat. »Haben Sie jemals mit einem Fall zu tun gehabt, in dem die Eltern eines Kindes durch einen Schicksalsschlag von der Bildfläche verschwanden?«

»Sie meinen, daß sie getötet wurden oder aus irgendeinem anderen Grund starben?« fragte Professor Frank nach.

»Ja, zum Beispiel bei einem Flugzeugabsturz oder einem Autounfall«, erklärte Clement.

»Gewiß habe ich das. Verschiedene Male sogar«, bestätigte der Arzt.

»Was geschah mit den Kindern in den Ihnen bekannten Fällen?« fragte Clement.

»In einem der Fälle kam ein Junge in die Obhut seiner Großmutter und einer alleinstehenden Tante. In einem anderen Fall wurde ein Mädchen von der Schwester ihrer Mutter und deren Mann, also von ihrer Tante und ihrem Onkel, adoptiert.«

»Haben diese Kinder die Schicksalsschläge überlebt?« erkundigte sich Clement.

»Ja, natürlich.«

»Und sind die Kinder gut gediehen?«

»Wenn Sie damit meinen, ob sie einigermaßen durchs Leben kamen, ja.«

»Eine plötzliche und in diesen Fällen sogar überaus tragische Trennung erwies sich also am Ende als gar nicht so fatal, nicht wahr?« folgerte Clement.

»Herr Anwalt, es spricht allein schon für sich, daß ich mit diesen Fällen betraut war. Es ging stets um eine Behandlung, die noch lange Zeit nach dem Tod der Eltern notwendig war. Eine derartige Extremsituation fordert nun einmal ihren Tribut«, bekundete Professor Frank in sehr ernstem Ton.

»Wollen Sie die tragische Situation dieser Kinder etwa mit

einer geordneten, wohldurchdachten Übergabe von einem Elternpaar an die leiblichen Eltern vergleichen? Ich bitte Sie, Herr Professor!« forderte Clement.

»Ob nun durch Zufall oder durch gerichtliche Entscheidung, Trennung ist Trennung und bedeutet für die betroffenen Kinder in jedem Fall ein traumatisches Erlebnis«, bekräftigte Professor Frank.

»Aber Ihren eigenen Worten nach leben sie weiter, gedeihen und führen ein geordnetes Leben!« rief Clement aus. »Und das ist eigentlich alles, was für uns von Interesse ist, Herr Professor!«

Kapitel 43

Nachdem Prof. Frank als Zeuge entlassen worden war, konzentrierte sich die Aufmerksamkeit aller wieder ganz auf Christie Salem. Bevor sie in den Zeugenstand trat, drängte Bill sie dazu, noch eine der Beruhigungspillen einzunehmen, die ihr der Arzt verschrieben hatte. Christie lehnte dies jedoch ab, um den zu erwartenden Angriffen Henry Clements wachsam entgegentreten zu können.

Mit Richter Harts Erlaubnis begab sie sich noch einmal in den Waschraum, wo sie vor dem Waschbecken stehenblieb und sich im Spiegel betrachtete. Es kam ihr vor, als ob ihre Frisur durcheinander und ihr Make-up, so zurückhaltend sie es aufgetragen hatte, verschmiert wirkte. Christie sagte sich, daß eine Mutter, die erfolgreich um ihr Kind kämpfen wollte, keinen angegriffenen oder aufgelösten Eindruck vermitteln sollte – weder im Auftreten noch im Aussehen. Und sie war fest entschlossen, im Zeugenstand Stärke und Fassung zu beweisen.

Zunächst erfrischte sie ihr Gesicht mit kaltem Wasser, dann legte sie ein leichtes Make-up auf und brachte ihr Haar in Ordnung. Nun war sie mit ihrem Anblick im Spiegel zufrieden und fühlte sich besser.

Als letzte Stärkung ließ sie warmes Wasser über ihre eiskalten Hände laufen.
Jetzt soll dieser verdammte Clement nur kommen! Ich bin bereit, ihm entgegenzutreten! dachte sie grimmig.
Auch Henry Clement hatte sich für die bevorstehende Begegnung viel vorgenommen und wollte nicht nur seinen Mandanten beweisen, daß er als Anwalt sein Geld wert war.
Zunächst begann er in mildem Tonfall: »Christie ... bevor wir gezwungen waren, unser Gespräch zu unterbrechen, hatten Sie gerade begonnen, uns und dem Hohen Gericht zu beschreiben, was eine Mutter empfindet, die ihr Kind durch so eine tragische Ursache wie den plötzlichen Kindstod verloren hat. Fühlen Sie sich jetzt in der Lage, uns darüber zu berichten?«
»Was würden Sie denn gerne wissen?« fragte Christie mit fester Stimme nach.
»Wie *fühlt* sich eine Frau in einer solchen Situation? Wie verhält sie sich nach einer derart erschütternden Tragödie?«
»Sie ... sie weint sehr viel. Sie fragte sich ständig: warum nur, warum? Aber natürlich findet sie keine Antwort auf diese Frage. Und sie ... sie verbringt sehr viel Zeit in dem Zimmer, in dem ...«
»In welchem Zimmer?« hakte Henry Clement nach.
»In dem Zimmer, in dem es geschehen ist«, erklärte Christie. »Dort fragt man sich immer wieder, wie es geschehen konnte ... und warum.«
»Und haben Sie den Grund herausgefunden?« erkundigte sich Clement, die warmherzige Anteilnahme in Person.
»Irgendwann stellt man fest, daß alles Fragen sinnlos ist und daß es keine Antworten gibt. Doch die Tränen und der Schmerz bleiben für immer. Aber dann ...«, begann Christie, zögerte jedoch weiterzusprechen.
»Aber dann?«
»Dann sagt man sich, daß das Leben trotz des Schmerzes und der Trauer irgendwie weitergehen muß.«
»Christie, war es für Sie während dieser schweren Zeit oder auch später nötig, den Rat eines Psychiaters zu suchen?«
Paul Henderson war sofort auf den Beinen. »Einspruch, Euer

Ehren! Weder diese Frage noch eine Antwort darauf haben etwas mit dieser Verhandlung zu tun.«
»Wie sich zeigen wird, führt meine Frage zu der Offenbarung eines entscheidenden Sachverhalts in dieser Streitsache. Deshalb bestehe ich auf mein Recht, von der Zeugin eine Antwort einzufordern«, beharrte Clement.
Richter Hart trommelte mit den Fingern eine Weile auf sein Pult, bevor er seine Entscheidung traf. »Sie dürfen mit Ihrer Frage fortfahren, Mr. Clement. Aber ich rate Ihnen, sich besonnen zu zeigen.«
»Sagen Sie dem Gericht, Christie, ob sich eine Frau in dieser Situation an einen Psychiater wenden würde?«
»Einspruch, Euer Ehren!« rief Henderson erneut.
»Abgelehnt«, entschied Richter Hart.
»Christine?« drängte Henry Clement.
»Nun ... es gab eine Zeit ... es hatte damit zu tun, daß ...« Sie wandte sich direkt an den Richter. »Euer Ehren, muß ich wirklich darüber sprechen?«
»Es würde dem Gericht sehr helfen, wenn Sie es über sich bringen könnten«, erwiderte Judson Hart. »Aber lassen Sie sich ruhig Zeit. Und sollten Sie eine Unterbrechung wünschen, dann sagen Sie es nur.«
»Ich danke Ihnen, Euer Ehren«, murmelte Christie und fuhr dann fort: »Nach einer ganzen Zeit kamen Bill und ich zu dem Ergebnis, daß es das beste für uns wäre, wieder ein Kind zu haben.«
»Aber das erwies sich als schwierig, nicht wahr?« vermutete Clement.
»Ja. Dr. Montcrief, meine Gynäkologin, sagte ...«
»Euer Ehren, wir verletzen hier Bereiche, die der Schweigepflicht zwischen Arzt und Patient unterworfen sind!« protestierte Henderson.
Daraufhin wandte sich Clement an die Richterbank. »Euer Ehren, die Schweigepflicht bindet nur den Arzt. Dem Patienten ist es dagegen freigestellt, Auskunft zu geben.«
»Das trifft zu. Fahren Sie fort, Mr. Clement. Aber nochmals – wählen Sie Ihre Worte sorgfältig!«

Henry Clement drehte sich wieder zur Zeugin um. »Christie, Sie waren gerade dabei, über Ihre Gynäkologin zu berichten?«

»Dr. Montcrief war der Auffassung, daß mein Problem psychischer Natur war und mit dem schrecklichen Ereignis zusammenhing«, gestand sie.

»Darf ich daraus schließen, daß es Dr. Montcrief war, die Sie an einen Psychiater überwiesen hat?«

»Ja. Und dort ... dort ...« Trotz all ihrer Vorsätze begann Christie, unkontrolliert zu weinen, konnte aber dennoch weitersprechen. »... dort hat man mich dazu gebracht, die ganze ... furchtbare Sache noch einmal zu durchleben. Man sagte mir, nur so könne ich von meinen Schuldgefühlen befreit werden.«

»Schuldgefühle?« wiederholte Clement. »Es ist doch allgemein bekannt, daß es der Medizin bis heute nicht gelungen ist, eine Ursache für den plötzlichen Kindstod zu finden. Warum haben Sie dann unter Schuldgefühlen gelitten?«

»Die Psychiaterin sagte, daß ich mich wahrscheinlich schuldig fühlte, weil ich ... weil ich vermutlich glaubte, etwas getan oder ... oder unterlassen zu haben, das zu Billys ... zu diesem schrecklichen Ereignis führte.«

»Und das war der Grund dafür, daß Sie nicht wieder schwanger werden konnten?« fragte Clement, während Christie wortlos ihr Gesicht in den Händen vergraben hatte und weinte.

»Entschuldigen Sie, Mrs. Salem«, wandte sich Richter Hart mit sanfter Stimme an sie, »aber ich muß Sie um eine Antwort bitten.«

»Ja. Ja, das sagte die Psychiaterin.«

»Hat Ihnen Ihre Psychiaterin auch gesagt, daß Sie vielleicht wieder schwanger werden könnten, falls Sie ein Kind adoptieren würden?«

»Ja, sie hat diese Möglichkeit erwähnt.«

»Und ist es nicht tatsächlich so, daß Sie – nachdem Sie einen Säugling adoptiert hatten, den Sie Scotty nennen – wirklich wieder schwanger wurden und nun Mutter eines fünf Monate alten, gesunden Kindes sind?«

»Ja, das stimmt.«
»Dann war die Adoption des Sohnes von Lori und Brett Manning also im Grund so etwas wie eine Therapie für Sie«, folgerte Clement.
»Einspruch!« fuhr Henderson dazwischen. »Mr. Clement hat mit dieser haltlosen und – wie ich zu sagen vage – bösartigen Unterstellung niedriger Motive die Grenzen des Erlaubten überschritten. Der damals drei Tage alte Säugling wurde in bester Absicht und mit all der Liebe, die ein Kind von seinen Eltern nur erfahren kann, in das Haus und die Herzen der Salems aufgenommen.«
»Und ich wage zu behaupten«, hielt Clement dagegen, »daß der zweieinhalbjährige Sohn von Lori und Brett Manning mittlerweile seine Schuldigkeit für die Salems erfüllt hat, indem diese nun ein eigenes gesundes Kind bekommen haben, und daß es nicht zuletzt deshalb Zeit ist, Scott seinen leiblichen Eltern zurückzugeben – so wie es das Gesetz in unserem Lande vorschreibt.«
Richter Hart bereitete dem Disput zwischen den beiden Anwälten ein abruptes Ende, indem er fünfmal mit dem Hammer auf sein Pult schlug. Danach war für geraume Zeit nur noch das Schluchzen der erschütterten und verzweifelten Christie zu hören sowie ihre Proteste gegen Clements Folgerungen: »Das ist nicht wahr! Das stimmt nicht! Wir lieben Scotty doch … er ist ein Teil von uns.«
»Mr. Clement, sind Sie mit Ihrer Befragung der Zeugin am Ende?« erkundigte sich Richter Hart.
»Nein, Euer Ehren! Es gibt noch eine ganze Reihe von Dingen, die es zu klären gilt«, erwiderte Henry Clement.
Der Richter überlegte einen Augenblick lang, bevor er seine Entscheidung verkündete. »Die Zeugin ist zur Zeit offensichtlich nicht in der Lage, weiterhin auszusagen. Aus diesem Grund vertagt sich das Gericht auf morgen vormittag, zehn Uhr.«
»Aber, Euer Ehren …«, setzte Clement zum Protest an.
»Morgen vormittag, zehn Uhr!« erstickte Richter Hart jede Widerrede, woraufhin Henry Clement nichts anderes übrigblieb, als sich mit einem knappen Kopfnicken zurückzuziehen.

Kapitel 44

Als Bill den Wagen in die Auffahrt zu ihrem Haus lenkte, zitterte Christie noch immer, wobei sich Wut und Furcht die Waage hielten. Um ihren Kummer noch zu verstärken, lauerte ihnen auf dem Rasen vor dem Haus und auf der Straße eine große Traube von Reportern und Kameraleuten auf.

Da einige von ihnen auch in der Einfahrt standen, war Bill dazu gezwungen, langsam zu fahren und schließlich anzuhalten. Sofort umzingelten die Presseleute den Wagen und fielen mit wild durcheinandergerufenen Fragen über die Salems her.

»Mrs. Salem, wie fühlten Sie sich im Zeugenstand?«

»Christie, haben Sie von Clement einen solchen Tiefschlag erwartet?«

»Bill«, drängte Christie. »Fahr doch endlich in die Garage, und sperr diese Leute aus!«

»Christie, ich kann sie doch nicht einfach überfahren.«

Aber er ließ den Wagen dennoch wieder langsam anrollen, was auch die hartnäckigsten Reporter dazu zwang, ihnen Platz zu machen. Nachdem Bill das Garagentor mit der Fernbedienung geöffnet hatte, gelang es ihm schließlich, den Wagen einzuparken.

Als sich das Tor wieder schloß, atmete Christie zum ersten Mal an diesem Tag, seit sie in den Zeugenstand getreten war, wieder unverkrampft durch. Tröstend legte Bill seine Arme um sie, und zwar genau im richtigen Augenblick, da sie von einer Sekunde auf die andere ohnmächtig wurde.

Als sie wieder zu sich kam, lag sie auf der Wohnzimmercouch und hörte Scottys Stimme: »Mami, Mami?«

»Scotty«, antwortete sie verwirrt.

Er rannte zu ihr, und Christie hob ihn zu sich herauf.

»Chris, geht es dir wieder besser, oder soll ich lieber den Arzt rufen?« erkundigte sich Bill.

»Ich bin okay«, erwiderte sie und fügte – um ihn zu beruhigen – bekräftigend hinzu: »Es geht mir wirklich gut, glaub mir.«

Sie umarmte und streichelte ihren kleinen Sohn. »Scotty, hast du dein Abendbrot bekommen?«
»Ja, Mami.«
»Und was gab es?«
»Hühnchen mit Möhren, Milch – und Eis«, antwortete er fröhlich.
»Das klingt wirklich lecker, mein Schatz. Und ich wette, du hast alles aufgegessen.«
»Das ganze Eis«, gestand er.
»Und jetzt gehst du schnurstracks nach oben und machst dich für dein Bett fertig. Wenn du willst, kannst du heute nacht deinen Schlafanzug mit den Dinosauriern anziehen.«
Mit einem leichten Klaps auf sein Hinterteil schickte Christie den Jungen nach oben. Sobald er das Wohnzimmer verlassen hatte, sagte sie zu Bill: »Ich muß noch einmal mit Paul Henderson reden.«
»Aber nicht heute abend, Liebling«, widersprach er. »Was immer du auch mit ihm besprechen willst, es kann bis morgen warten. Bis dahin hast du dich ausgeruht und bist wieder du selbst.«
»Wie kommst du darauf?«
»Worauf?«
»Daß ich nicht ich selbst sei?«
»Ich wollte damit nur sagen, daß du einen sehr schweren Tag hinter dir hast«, versuchte Bill sie zu beschwichtigen.
»Mag sein. Aber ich weiß, was ich tue. Und ich will jetzt mit ihm reden«, beharrte Christie und hatte bereits den Telefonhörer in der Hand, um jene Nummer zu wählen, die sie in den vergangenen Monaten bereits so oft gewählt hatte.
»Paul?« rief sie in den Hörer. Als sie feststellte, daß die Sekretärin am Apparat war, fügte sie hinzu: »Ja, ich bin Mrs. Salem. Ich muß unbedingt mit Mr. Henderson sprechen –, und zwar sofort.«
»Christie, bitte ...«, versucht Bill erneut, sie von ihrem Vorhaben abzubringen, aber der Anwalt hatte sich bereits am anderen Ende der Leitung gemeldet.

»Paul, hatte er recht? Hatte Clement recht mit dem, was er heute vor Gericht sagte?«

»Clement hat heute sehr viel gesagt. Manches davon traf zu, manches nicht«, erklärte Henderson.

»Ich meine seine Behauptung, das Gesetz fordere, Kinder ihren leiblichen Eltern zurückzugeben.«

»Christie, ich habe Ihnen doch bei unseren Vorgesprächen erklärt, daß es unser Ziel ist, durch die Aussagen unserer Zeugen und Gutachter gegen die Anwendung dieses Gesetzes vorzugehen«, rief ihr der alte Anwalt ins Gedächtnis.

»Aber grundsätzlich ist das Gesetz auf *deren* Seite?« fragte Christie hartnäckig nach.

»Ja«, gab Henderson zu.

»Ist das in allen anderen Bundesstaaten genauso?«

»Es spielt keine Rolle, ob das Gesetz in anderen Bundesstaaten anders verfährt. Wir sind hier und müssen uns daher dem hiesigen Gesetz beugen. Aber Christie, essen Sie jetzt erst einmal zu Abend, und gehen Sie dann früh zu Bett. Ich lasse mir nämlich gerade durch den Kopf gehen, ob ich Sie morgen noch einmal in den Zeugenstand rufe, um einige von Clements Lügen zu widerlegen.«

»Ja, Paul. Ich verstehe. Ich werden Ihrem Rat folgen«, erklärte sie gehorsam und legte den Hörer auf.

»Liebling, du solltest nicht anfangen, an Pauls Rat zu zweifeln. Er ist ein sehr erfahrener Anwalt und versteht es hervorragend, im Gerichtssaal wirkungsvoll aufzutreten. Denk nur daran, wie er Lori Manning ins Kreuzverhör genommen hat!«

»Du willst es einfach nicht verstehen, Bill!«

»Was nicht verstehen?«

»Er sagte, es gebe dieses Gesetz!«

»Das hat er uns schon vor dem Prozeß erklärt. Und daß wir dagegen angehen müßten.«

»Ja, mit den Zeugenaussagen, vor allem mit *meiner* Zeugenaussage«, betonte Christie. »Und ich habe versagt. Verstehst du denn nicht, Bill? Ich habe heute versagt und Scotty verraten.«

»Unsinn, das hast du nicht.«

»Natürlich habe ich das. Clement hat all diese widerlichen Sachen behauptet, und das einzige, was ich tat, war die ganze Zeit zu weinen.«

»Du warst einfach überspannt und verzweifelt, wie ich es in dieser Situation auch gewesen wäre – oder jeder andere, den Clement in die Mangel genommen hätte. Aber Richter Hart hat das sehr wohl gemerkt und ausgesprochen rücksichtsvoll reagiert.«

»Aber das ist doch nicht der Punkt«, rief Christie mit schriller Stimme. »Es war vor allem meine Aufgabe, die Unsinnigkeit dieses Gesetzes herauszustellen. Aber ich habe versagt. Und wir werden Scotty durch meine Schuld verlieren. Ja, das werden wir!«

»Liebling, verlaß dich auf Paul. Und nimm lieber noch eine von den Beruhigungstabletten.«

»Nein, das werde ich nicht tun!« erklärte sie entschieden.

»Dann laß uns ein Glas Wein trinken und etwas von dem Rindfleischtopf essen, den Janice auf dem Herd stehengelassen hat«, schlug Bill vor.

»Das ist eine gute Idee«, stimmte sie zu. »Aber zuerst muß ich nach oben, um nachzusehen, ob mit David alles in Ordnung ist.«

Immer noch erinnerten sich beide jedesmal, wenn Christie diese Worte gebrauchte, an die Tragödie ihres Erstgeborenen. Auch wenn keiner von ihnen auch nur eine Andeutung darüber machte, so verrieten ihre Blicke doch, daß sie denselben Gedanken nachhingen.

»Ich werde schon mal den Eintopf aufwärmen und den Wein einschenken«, sagte Bill, während Christie die Treppe hinaufstieg.

Als sie nach David sah, stellte sie beruhigt fest, daß der Säugling friedlich auf der Seite schlief und die weichen Decken in seinem Rücken und an seinem Bauch ihn sicher in dieser Position hielten. Er atmete tief und regelmäßig durch Nase und Mund, ohne durch die Bettwäsche oder seinen Schlafanzug behindert zu werden. Christie beugte sich über sein Bettchen und küßte ihn sanft auf die Stirn, die sich gesund,

kühl und trocken anfühlte. Anscheinend machte es ihm nichts aus, seit ihrer Abwesenheit wegen der Gerichtsverhandlung mittags nur aus dem Fläschchen versorgt zu werden.
Anschließend trat Christie in Scottys Zimmer. Der Junge war offensichtlich noch während des Umziehens von seiner Müdigkeit übermannt worden und bereits eingeschlafen. Vorsichtig zog Christie ihm die restlichen Kleidungsstücke aus, sorgsam darum bemüht, ihn nicht zu wecken. Nur einmal schlug er kurz die Augen auf und flüsterte: »Mami«, sank dann aber sofort wieder zurück auf sein Bett, um weiterzuschlafen. Sie blieb zunächst an seiner Seite sitzen und hielt nur seine kleine Hand, legte sich dann jedoch zu ihm und preßte sein Gesicht an ihre Wange. Obwohl sie es nicht wollte, begann Christie zu weinen.
»Sie ... sie werden dich mir nicht wegnehmen! Das können sie nicht! Deine Mami wird das nicht zulassen, mein Schatz. Ich verspreche es dir, ich werde nicht noch einmal versagen.«

Die Ziffern auf dem Radiowecker neben dem Bett zeigten an, daß es zehn nach zwei war. Christie war dreimal eingeschlafen, aber dreimal wieder erwacht. Sie litt unter ähnlichen Unterleibsschmerzen wie während der Menstruation. Nur waren diesmal ihre Beschwerden viel stärker; auch hatte sie ihre Tage erst vor kurzer Zeit gehabt. Woher kamen diese Schmerzen nur?
Nachdem sie mehr als eine Stunde wach gelegen hatte, kam ihr plötzlich ein Gedanke. Vielleicht waren die Krämpfe eine körperliche Reaktion auf ihre erst jetzt bewußt erfolgte Erkenntnis, daß ihnen Scotty wirklich weggenommen werden könnte? Denn als sie von Henderson das erste Mal darauf hingewiesen worden waren, daß das Gesetz die leiblichen Eltern generell in eine bessere Position brachte, hatte sie diese warnende Äußerung einfach in den Wind geschlagen. Sie war sich ihrer Sache zu sicher gewesen, um über derartige Risiken ernsthaft nachzudenken.
Aber rückblickend hatte Christie den Eindruck, daß Paul

Henderson ihnen nicht deutlich genug erklärt hatte, auf welche Weise man der Anwendung des Gesetzes entgegenwirken konnte.
Hing wirklich alles nur von den Zeugenaussagen ab? Vor allem von der ihren, die ein gerissener Anwalt wie Henry Clement in der Luft zerrissen hatte? Was konnten sie und Bill noch an Argumenten ins Feld führen, außer daß sie beide in gutem Glauben und in bester Absicht die Adoption in die Wege geleitet hatten, um dann den erst drei Tage alten Säugling in ihr Heim zu holen und von ganzen Herzen zu lieben?
Was hatte Henderson vorhin gesagt: »Es spielt keine Rolle, ob das Gesetz in anderen Bundesstaaten anders verfährt. Wir sind hier und müssen uns daher dem hiesigen Gesetz beugen!«
Und warum hatte Richter Hart plötzlich noch diese Anwältin hinzugezogen? Scottys Interessen wurden doch durch sie und Bill vertreten! Sie waren es doch, die Scotty vor diesen beiden Fremden beschützten, denen es nur durch eine juristische Spitzfindigkeit gelungen war, das Verfahren überhaupt in Gang zu bringen, indem nämlich Brett Manning – nicht aber Lori – als Kläger auftrat.
Handelte es sich dabei möglicherweise sogar um ein abgekartetes Spiel zwischen Richter Hart und Henry Clement, um Scotty und sie auf ganz legale Weise zu trennen?
Je mehr Christie darüber nachdachte, desto mehr verstärkte sich ihr Eindruck, daß es sich bei der ganzen Sache um eine Verschwörung handelte, um ihr ihren Sohn zu stehlen. Und das alles unter dem Deckmäntelchen des in diesem Staate gültigen Gesetzes!

Christie schlüpfte vorsichtig aus dem Bett, da sie Bill auf keinen Fall wecken wollte. Sie wußte jetzt, was sie zu tun hatte. Und sie wollte ihrem Mann keine Chance geben, sie an der Ausführung ihres Entschlusses zu hindern.

Hastig suchte sie im Halbdunkel des Flures ein paar Windeln und Kleidungsstücke für David zusammen und packte dann in aller Eile einen kleinen Koffer mit Scottys Sachen. Anschließend trug sie die Sachen in die Küche hinunter, die durch eine Tür mit der Garage verbunden war. Dann kehrte sie in das Obergeschoß zurück, schlich vorsichtig an der offenen Schlafzimmertür vorbei, nahm den schlafenden David auf den Arm und begab sich dann in Scottys Zimmer, um ihn zu wecken und zum Mitkommen aufzufordern.

Auf der Treppe fragte der noch halb schlafende Junge plötzlich: »Mami, wohin gehen wir?«

»Psst! Du weckst noch Daddy auf …!« flüsterte sie.

Nachdem sie Scotty hinten in seinem Kindersitz angeschnallt und David auf dem Beifahrersitz ebenfalls mit Hilfe eines von Bill selbst angefertigten Gurtsystems sicher untergebracht hatte, öffnete sie per Fernbedienung das Garagentor, startete den Motor und setzte langsam rückwärts hinaus.

An der Ausfahrt hielt sie kurz an und blickte nach links und rechts die menschenleere Straße hinunter, bevor sie den Wagen in Richtung Schnellstraße lenkte.

Nach etwa zehn Minuten hatte sie die Interstate Nr. 80 erreicht und fuhr mit hoher Geschwindigkeit nach Westen.

Zwei Stunden später stellte Christie erleichtert fest, daß sie die Landesgrenze erreicht hatten. Nun waren sie außerhalb des Zuständigkeitsbereiches dieses verdammten Gerichts. Hier konnte ihr niemand mehr Scotty wegnehmen.

Da die beiden Kinder noch immer fest schliefen, riskierte sie es, das Radio einzuschalten und leise die Nachrichten zu hören. Weder in den regionalen noch in den überregionalen Meldungen wurde etwas von ihrem Verschwinden erwähnt. Bill lag vermutlich noch im Bett und hatte ihre Flucht noch nicht bemerkt.

Aber im Rückspiegel konnte sie an der schmalen roten Linie am Horizont erkennen, daß daheim bereits die Sonne aufging.

Zur gleichen Zeit, als Christie in den Rückspiegel schaute, erwachte Bill Salem mit jenem matten und ausgelaugten Gefühl, das Fußballspieler am Morgen nach einem schweren

Match empfinden, in dem sie einige Verletzungen einstecken mußten. Der einzige Unterschied bestand darin, daß Bills Verletzungen seine Gefühle und seine Seele betrafen. Er hatte eine unruhige Nacht hinter sich. Immer wieder hatte er in seinen Träumen die beklemmende Szene durchlebt, wie Christie von Henry Clement in die Enge getrieben worden war.

Auch wenn er alles getan hatte, um ihre Selbstvorwürfe zu entkräften und ihr Mut zu machen, so gab er ihr insgeheim doch recht. Ihr Zusammenbruch hatte ihnen sicherlich nicht geholfen, den Prozeß zu gewinnen. Und falls sie Scotty wirklich verlieren sollten ...? Nein, sie würden Scotty nicht verlieren. Das durfte einfach nicht sein! Aber falls es doch dazu kommen sollte, dann war es gewiß eine Folge von Christies Nervenzusammenbruch.

Bill bewegte sich nur sehr vorsichtig. Christie brauchte ihren Schlaf mehr als alles andere, und er wollte sie auf keinen Fall wecken. Nachdem er sich behutsam aufgerichtet und auf die Bettkante gesetzt hatte, stellte er erleichtert fest, daß er keine Regung von ihr vernahm. Seine Erleichterung währte allerdings nur so lange, bis ihm auffiel, daß er sie auch nicht atmen hörte. Er drehte sich um. Das Bett war leer.

Großer Gott, dachte er. Sollte Christie schon wieder die halbe Nacht in Scottys Zimmer neben seinem Bett gestanden und ihn die ganze Zeit über angestarrt haben, wie sie es in letzter Zeit so häufig getan hatte, seit dieser verdammte Prozeß lief? Sie mußte damit aufhören! Das half weder ihr noch Scotty!

Als Bill kurz darauf feststellte, daß Scottys Bett leer war, machte er sich auf den Weg in Davids Zimmer, in der Annahme, daß sich Christie bestimmt dort befinde. Aber auch David lag nicht mehr in seinem Bettchen.

Beunruhigt eilte er die Treppe hinunter, stellte aber aufatmend fest, daß in der Küche Licht brannte. Es war zwar noch sehr früh für ein gemeinsames Frühstück, aber es erleichterte Bill, die Jungen dort in Christies Obhut zu wissen.

Als er aber in die Küche trat, stellte er fest, daß auch hier niemand war. Auf dem Tisch fand er einen Zettel mit einer Nachricht.

Liebling, mach dir bitte keine Sorgen um uns. Wir sind wohlauf. Und wir befinden uns in Sicherheit vor einem Gesetz, das uns unseren Jungen wegnehmen will. Ich rufe dich an, sobald ich kann.
In Liebe, Christie.

In Sicherheit vor dem Gesetz ... rufe dich an, sobald ich kann ...? Aber wir müssen doch heute morgen vor Gericht erscheinen ... Christie soll doch wieder in den Zeugenstand gerufen werden! dachte Bill entsetzt. Er griff nach dem Telefon, wählte hastig eine Nummer und wartete ungeduldig darauf, daß am anderen Ende abgenommen wurde. »Paul, es tut mir leid, Sie so früh wecken zu müssen. Aber es ist wegen Christie ...«, platzte es aus ihm heraus.
»Mein Freund, für einen Anwalt, der sich mitten in einem schwierigen Fall befindet, ist es nicht ungewöhnlich, um fünf Uhr früh einen Anruf zu erhalten. Lassen Sie mich raten. Ihre Frau ist mitten in der Nacht aufgewacht und hatte plötzlich alle Antworten parat, die sie gestern nachmittag hätte geben sollen. Machen Sie sich deswegen nur keine Sorgen! Ich werde heute vormittag auf all das noch einmal zurückkommen und die Dinge ins Lot bringen.«
»Paul ...«
»Wissen Sie, das ist absolut nichts Ungewöhnliches. Ich habe es schon so oft erlebt, daß sich ein Zeuge erst im nachhinein darüber im klaren war, was er besser bereits zu einem früheren Zeitpunkt ausgesagt hätte. Sagen Sie Christie nur, daß sie ...«
»Paul, ich kann nicht mit ihr reden ...!«
»Dann lassen Sie mich mit ihr sprechen.«
»Paul, Sie verstehen nicht. Sie ist nicht da.«
»Nicht da? Was soll das heißen?«
»Sie hat die Kinder genommen und ist mit ihnen verschwunden.«

»Verschwunden?« echote der Anwalt erneut, wobei seine Stimme verriet, wie sehr ihn die Nachricht getroffen hatte.
Bill las ihm die Mitteilung vor, die Christie ihm hinterlassen hatte.
»Wie dumm von ihr«, kommentierte Henderson leise, als spräche er zu sich selbst. »Sie glaubt, sie könne auf diese Weise dem Arm des Gesetzes entgehen.«
»Mein Gott, und die Verhandlung heute vormittag ...?« stöhnte Bill. »Was sollen wir nur tun?«
»Zunächst einmal darf niemand etwas von der ganzen Sache erfahren. Hören Sie, Bill, absolut niemand!«
»Aber das Gericht ...! Sie sollte doch heute wieder aussagen!«
»Mir wird schon etwas einfallen, um den Richter und Clement hinzuhalten. In der Zwischenzeit sollten Sie alle Verwandten anrufen, bei denen Christie möglicherweise Zuflucht suchen könnte. Beschwören Sie jedoch alle, Stillschweigen zu bewahren und vor allem kein Wort davon an die Öffentlichkeit dringen zu lassen. Sie müssen unbedingt herausfinden, wo Ihre Frau steckt!«
»Und was sollen wir tun, falls sie bei keinem unserer Verwandten ist?«
»Ich würde die Polizei nur höchst ungern informieren«, gestand Henderson. »Denn das würde bedeuten, daß die ganze Geschichte an die große Glocke gehängt wird. Das möchte ich lieber nicht riskieren. Versuchen Sie es also zuerst mit den Anrufen, und geben Sie mir dann Bescheid! Sie können mich hier erreichen, bis ich zur Verhandlung aufbreche!«

Kapitel 45

Während der nächsten drei Stunden rief Bill Salem bei allen Verwandten an, die zwar außerhalb des Bundesstaates, aber dennoch in erreichbarer Nähe wohnten. Nachdem er erfolglos alle Namen auf seiner Liste abgehakt hatte, machte er sich

daran, bei denjenigen nachzufragen, die mehr als zweihundert Meilen entfernt von ihnen lebten.
Alle waren von seiner Nachricht schockiert und versicherten, kein Sterbenswörtchen darüber verlauten zu lassen. Aber niemand hatte von Christie und den Kindern etwas gehört oder gesehen. Schließlich gelangte Bill zu der Erkenntnis, daß Christie bei keinem der Verwandten Unterschlupf gesucht hatte. Vielleicht hielt sie sich bei Freunden auf? Aus Angst, Christies Verschwinden dann nicht mehr geheimhalten zu können, scheute Bill jedoch davor zurück, auch alle Freunde und Bekannten zu informieren. Denn gerade auf die Notwendigkeit der Geheimhaltung hatte Paul Henderson besonders hingewiesen.
Da es mittlerweile ohnehin Zeit war, den Anwalt über den Stand der Dinge zu informieren, rief Bill bei ihm an. Henderson befand sich jedoch bereits auf dem Weg zum Gericht und hatte ihm nur die Nachricht hinterlassen: *Wir treffen uns im Gerichtssaal!*
Als Bill dort eintraf, erspähte er Henderson an seinem Tisch, offensichtlich damit beschäftigt, sich eifrig Notizen zu machen. Bei näherer Betrachtung stellte sich jedoch heraus, daß der Anwalt nur Strichmännchen auf sein Papier zeichnete.
»Nun?« lautete seine knappe Frage, nachdem sein Mandant neben ihm Platz genommen hatte.
»Niemand hat von ihr etwas gesehen oder gehört«, flüsterte Bill.
»Aber wir müssen sie finden. Und zwar tunlichst, bevor irgend jemand entdeckt, daß sie überhaupt verschwunden ist.«
»Diese Flucht muß ein Akt der Verzweiflung gewesen sein, denn sie glaubte fest daran, daß wir durch ihre Aussage den Prozeß bereits verloren hätten«, versuchte Bill das Verhalten seiner Frau zu rechtfertigen.
»Wenn nicht durch ihre Aussage, dann gewiß durch diese Flucht«, murmelte Henderson ebenso leise. »Das ist genau das, was Clement mit seinem gestrigen Angriff beweisen

wollte: Christies emotionale Instabilität. Deswegen stellte er Fragen nach ihrer psychiatrischen Behandlung und warum sie nicht schwanger geworden sei. Wenn wirklich herauskommen sollte, daß sie mit den Kindern geflüchtet ist, um Scotty dem Zugriff des Gesetzes zu entziehen, dann wird Richter Hart das gewiß nicht nur als Mißachtung des Gerichts auffassen, sondern auch als Kurzschlußhandlung einer unausgeglichenen Frau, die sich damit selbst als Mutter disqualifiziert.«

»Sie glauben, daß der Richter so handeln würde?«

»Judson Hart ist bekannt für seine Strenge gegen jeden, der es wagt, sich geltendem Recht zu widersetzen.«

Mit erkennbarer Besorgnis in der Stimme fügte der ergraute Anwalt hinzu: »Mein Sohn, wegen dieser Dummheit könnten wir den Fall wirklich verlieren – und damit Scotty!«

»Was wollen Sie sagen, wenn der Richter Christie in den Zeugenstand rufen will und plötzlich feststellt, daß sie nicht da ist?«

Dieses Problem bereitete Henderson mehr Kopfschmerzen, als sein Mandant ahnen konnte, denn der Anwalt befand sich in einer echten Zwickmühle. Einerseits war er seinen Klienten gegenüber der Schweigepflicht unterworfen und durfte daher kein Wort über den Vorfall verlieren. Andererseits mußte er jedoch auch dem Richter wahrheitsgemäß Rede und Antwort stehen – selbst wenn dieser ihm unbequeme Fragen stellte. Und Henderson zweifelte nicht daran, daß Richter Hart dies früher oder später tun würde.

Wenige Minuten darauf betrat Richter Hart den Gerichtssaal, und alle Anwesenden erhoben sich von ihren Plätzen. Unmittelbar nach diesem Begrüßungsritual wandte er sich an die Anwälte:

»Als wir uns gestern vertagten, war Mr. Clement gerade dabei, seine Vernehmung von Mrs. Salem ...« An dieser Stelle hielt er plötzlich inne. »Mr. Henderson, hat sich Ihre Mandantin heute morgen verspätet?«

»Euer Ehren, ich bitte um die Erlaubnis, vortreten zu dürfen.«

Nachdem er und Henry Clement vor die Richterbank getreten waren, sagte Henderson: »Euer Ehren, es tut mir leid, aber meine Mandantin ist heute morgen nicht vernehmungsfähig.«
»Wenn das ein Trick sein soll, Henderson …«, begann sein Kontrahent vom Leder zu ziehen, besann sich dann jedoch darauf, besser jede persönliche Äußerung zu unterlassen: »Kurz und gut – ich bestehe auf meinem Recht, das Kreuzverhör fortzusetzen.«
»Es gibt kein Gesetz, demzufolge ein Kreuzverhör ohne Unterbrechung zu erfolgen hat«, stellte Paul Henderson gelassen fest. »Aber keine Angst, Sie werden Ihre Chance schon noch bekommen.«
Weitere Erklärungen hinsichtlich der Abwesenheit seiner Mandantin gab er nicht ab, denn schließlich hätte er nicht viel sagen können, ohne ihr oder sich selbst zu schaden.
»Mr. Clement«, erklärte Richter Hart nach kurzer Überlegung, »da Sie die Zeugin gestern unnötig hart ins Verhör genommen haben, ist es nachvollziehbar, daß sie einen Tag Ruhe benötigt.«
Dann wandte er sich an Henderson. »Sollte Ihre Mandantin allerdings auch morgen früh nicht in der Lage sein, hier als Zeugin zu erscheinen, dann bin ich dazu gezwungen, ihre bisherigen Aussagen als ungültig anzusehen. Außerdem müßte ich Mr. Clement die Freiheit gewähren, aus dem Nichterscheinen der Zeugin gewisse Schlüsse zu ziehen.«
»Selbstverständlich, Euer Ehren«, stimmte Henderson bereitwillig zu, während er insgeheim jedoch dachte: Vierundzwanzig Stunden … wir haben nur vierundzwanzig Stunden, um sie zu finden, zurückzuholen und auf ihre morgige Vernehmung vorzubereiten … Das ist unmöglich!
Er füllte die durch Christies Abwesenheit entstandene Lücke, indem er zusätzliche Zeugen aufrief, die allesamt schworen, daß die Salems Menschen von aufrechter Gesinnung und wertvolle Stützpfeiler der Gesellschaft seien, sich aktiv und großzügig an Wohltätigkeitsveranstaltungen beteiligten und ohne Zweifel die idealen Eltern für den kleinen Scotty abgä-

ben. Alle kannten sie die Salems schon seit langem, und ihr übereinstimmendes Urteil lautete, daß Scotty wunschlos glücklich und sehr ausgeglichen wirke.
Insgesamt handelte es sich dabei um gänzlich undramatische Gerichtssaalroutine, die die anwesenden Pressereporter nicht nur nach kurzer Zeit langweilte, sondern beinahe zur Verzweiflung trieb. Ständig pendelten Gruppen von ihnen zwischen Verhandlungssaal und Vorraum hin und her, um draußen rasch eine Zigarette zu rauchen, die Toiletten aufzusuchen oder sich einfach mit Kollegen zu unterhalten.
Zu ihnen gehörte auch die Reporterin Patricia Chatman, die den Fall aufmerksam verfolgte – und sich als angebliche Beamtin des Fürsorgeamtes bereits Zugang in das Haus der Salems verschafft hatte. Das einzige, was ihre Aufmerksamkeit an diesem Verhandlungstag erregte, war die Tatsache, daß Paul Henderson unverhältnismäßig oft um Erlaubnis bat, den Saal verlassen zu dürfen.
Zunächst erklärte sie sich diesen Umstand damit, daß der alternde Henderson – wie auch ihr eigener Vater – unter Blasenschwäche litt. Erstaunt stellte sie dann jedoch fest, daß Henderson keineswegs die Toilette, sondern eine der Telefonzellen aufsuchte, dort jedesmal ein kurzes Gespräch führte und hastig in den Gerichtssaal zurückkehrte.
Mit ihrem gut entwickelten Gespür für Sensationen brachte Patricia Chatman diese Beobachtung mit anderen Auffälligkeiten in Zusammenhang: Bill Salem hatte den Gerichtssaal allein betreten und nach kurzer Zwiesprache mit seinem Anwalt wieder verlassen, ohne bisher zurückgekehrt zu sein. Und dazu kamen dann diese vielen Anrufe …
Da sich die Reporterin von dem Geschehen im Gerichtssaal wenig Überraschungen versprach, gelangte sie zu der Erkenntnis, daß sie ihre Zeit an einem anderen Ort nützlicher einsetzen konnte.
Also bat sie einen Kollegen, ihr den Platz freizuhalten, und machte sich auf den Weg.
Damit niemand anderes von ihrem Verdacht Wind bekam, ließ sie den Wagen des Fernsehsenders stehen und nahm ein

Taxi, um zu jener Adresse zu gelangen, die sie so genau kannte.
Nachdem sie in einiger Entfernung ausgestiegen war und den Fahrer gebeten hatte, auf sie zu warten, musterte sie das Haus der Salems zunächst von weitem. Da der Kombi vor der Garage stand, mußte jemand zu Hause sein. Sie betrat die Auffahrt und warf einen Blick in alle Fenster der im Erdgeschoß befindlichen Räume. Weder im Wohn- oder Eßzimmer noch im Flur oder auf der Treppe zum Obergeschoß war jemand zu sehen. Also schlich sie sich hinter das Haus neben das Küchenfenster und spähte vorsichtig hinein. Dort saß Bill Salem am Küchentisch und hatte das Telefon sowie ein Notizbuch mit Telefonnummern vor sich liegen. Sie sah, wie er hastig eine Nummer wählte und dabei einen sehr nervösen Eindruck machte.
Seltsamerweise war niemand außer ihm zu sehen. Weder Christine Salem, noch eines der Kinder, noch irgendeine andere Person, die sich um die Kinder kümmern konnte, während sich die Eltern im Gericht befanden.
Schließlich kehrte sie zum Taxi zurück und ließ sich wieder zurückfahren. Sie traf ein, als Paul Henderson gerade dabei war, Reverend Edgely die letzte Frage zu stellen.
»Nun, Herr Pfarrer, Sie kennen Christine Salem seit dem Tage, an dem sie den kleinen Scotty taufen ließ. Welchen Eindruck haben Sie in dieser Zeit von ihr gewonnen?«
Der Geistliche – ein hochgewachsener, kräftiger und kahlhäuptiger Mann mit auffälligen dunklen, durchdringenden Augen – verfiel bei seiner Antwort in den singenden Tonfall einer Predigt: »Mr. Henderson, ich habe Christine Salem in jeder Hinsicht als eine hingebungsvolle und fürsorgliche Mutter schätzen gelernt, die ihrem Kind ihre uneingeschränkte, allumfassende und selbstlose Liebe schenkt. In all den Jahren, in denen ich nun schon mein geistliches Amt erfülle, habe ich nie eine bessere Mutter gesehen.«
»Ihr Zeuge, Mr. Clement«, war alles, was Henderson nach einer solchen Lobeshymne noch zu sagen übrigblieb.
Sein Kontrahent mußte sich rasch entscheiden: Faßte er den

Geistlichen hart an, dann würde ihm das kaum die Unterstützung des Richters oder der Medien einbringen. Ließ er die Aussage einfach so stehen, dann konnte er nur darauf vertrauen, daß der Richter sie als das betrachtete, was sie war – ein Gefälligkeitszeugnis von letztendlich nur geringem Aussagewert. Clement entschied sich für das letztere.
Währenddessen warf Henderson verstohlene Blicke auf die Tür zum Gerichtssaal, da er darauf hoffte, daß Bill Salem jeden Augenblick zurückkehrte, um ihm Neuigkeiten über den Verbleib seiner Frau zu berichten. Anstelle seines Mandanten sah Henderson jedoch nur Patricia Chatman, die gerade wieder auf ihren Platz in der ersten Reihe schlüpfte, um sich dort weitere Notizen zu machen.
Der Rest des Vormittags verging mit weiteren Leumundszeugnissen von Freunden und Bekannten der Salems.
Als Richter Hart die Sitzung für die übliche Mittagspause unterbrach, nutzten die meisten Fernsehteams die Gelegenheit, um ihre täglichen Berichte und Kommentare auf der Treppe vor dem Gerichtsgebäude aufzuzeichnen oder von dort aus live zu übertragen.
Patricia Chatman beschloß jedoch, Paul Henderson vor laufender Kamera zu einer Stellungnahme zu bewegen. Der Anwalt versuchte zuerst, sie mit dem Argument abzuwimmeln, daß er in Gedanken zu sehr mit seinem Fall beschäftigt sei, um irgendwelche Kommentare abgeben zu können. Der Reporterin und ihrem Aufnahmeteam gelang es jedoch schließlich, ihn in eine Ecke des Gerichtsgebäudes zu drängen und dort festzunageln.
»Mr. Henderson, bis zum heutigen Tage haben Ihre Mandanten an jeder Minute der Verhandlung teilgenommen. Können Sie unseren Zuschauern die Gründe dafür nennen, warum heute weder Mrs. Salem noch ihr Mann anwesend sind?«
»Mrs. Salem stand gestern unter großer emotionaler Belastung. Aus diesem Grund empfahl ich ihr, einen Ruhetag einzulegen.« Nach dieser knappen Stellungnahme wandte sich Paul Henderson ab und bemühte sich, den Scheinwerfern und der Kamera zu entkommen.

Die Reporterin und ihr Troß folgten ihm jedoch.
»Mr. Henderson, wir haben festgestellt, daß Mrs. Salem weder hier im Gericht noch zu Hause ist.«
Als der Anwalt daraufhin stehenblieb und sich zu ihr umwandte, fuhr sie fort: »Außerdem fehlt auch von ihren Kindern jede Spur. Wären Sie so freundlich, dies unseren Zuschauern zu erklären?«
Henderson ignorierte ihre Frage und zwängte sich in eine Telefonzelle. Dort warf er eine Münze ein und wählte die Nummer der Salems.
Der Anwalt kehrte den Presseleuten, die unmittelbar vor der Telefonzelle lauerten, den Rücken zu und fragte leise: »William? Irgendeine Nachricht?«
»Bis jetzt noch nicht!« mußte Bill Salem gestehen.
»Geben Sie nicht auf, sondern forschen Sie weiter!« drängte Henderson ihn und hängte dann kommentarlos ein. Als der Anwalt der Salems nach der Mittagspause in den Gerichtssaal zurückkehrte, fand er eine alarmierende Nachricht auf seinem Tisch:

Mr. Henderson, finden Sie sich nach Ihrer Rückkehr unverzüglich in meinem Amtszimmer ein!

Henderson warf einen Blick hinüber zu Henry Clements Tisch, um festzustellen, ob auch er eine derartige Mitteilung erhalten hatte. Clement war nirgendwo zu sehen.
Paul Henderson traf erst auf ihn, als er das Büro des Richters betrat.
Judson Hart machte einen grimmigen Eindruck und deutete auf den in einem Sessel sitzenden Clement. »Mr. Henderson, Ihr Kontrahent hat mir eine sehr beunruhigende Tatsache mitgeteilt. Haben Sie während der Mittagspause der Fernsehstation ›Kanal 8‹ ein Interview gegeben?«
»Nun ... eine Reporterin hat mir in einer Ecke aufgelauert, und ich habe versucht, sie mit einem Satz loszuwerden. Ich versichere Ihnen, daß es keinesfalls in meiner Absicht lag, ihr ein Interview zu geben.«

»Darum geht es hier im Augenblick auch nicht«, erwiderte der Richter. »Aber Mr. Clement möchte Ihnen ein paar Fragen darüber stellen, was Sie dieser Reporterin gesagt oder auch *nicht* gesagt haben!«

»Paul«, begann Clement. »Diese Reporterin behauptete in den Fernsehnachrichten, daß von Christine Salem und ihren Kindern auch zu Hause jede Spur fehle. Sie haben diese Behauptung weder bestätigt noch dementiert. Was ist also dran an dieser Geschichte? Ich denke, ich habe ein Recht darauf, die Wahrheit zu erfahren.«

»Und zweifellos hat auch das Hohe Gericht ein Recht darauf«, fügte Richter Hart hinzu.

»Euer Ehren, es ist mir nicht möglich, auf diese Frage zu antworten, ohne die meinen Mandanten gegenüber bestehende Schweigepflicht zu verletzen.«

»Soll ich das etwa als eine *Weigerung* auffassen, mir Rede und Antwort zu stehen?« vergewisserte sich Judson Hart mit strenger Stimme.

»Ich kann Ihnen leider nicht antworten«, erwiderte Henderson.

»So, das können Sie nicht?« bellte Clement voller Hohn. »Dann werde ich Ihnen mal sagen, was ich von der ganzen Sache halte. Es wäre nicht das erste Mal, daß eine Frau in Christine Salems Situation ein Kind entführt und mit ihm davonläuft, um sich dem Zugriff des Gesetzes zu entziehen.«

»Was sagen Sie zu diesen Behauptungen, Mr. Henderson?« drängte auch Richter Hart.

»Euer Ehren, bei allem Respekt gegenüber diesem Hohen Gericht kann ich nur wiederholen, daß ich derzeit nicht in der Lage bin, auf Ihre Fragen zu antworten.«

»Herr Anwalt, da der betreffende Junge Gegenstand eines schwebenden Verfahrens ist, bin ich dazu gehalten, ihn als Mündel dieses Gerichts zu betrachten. Sollte Mrs. Salem daher tatsächlich versuchen, ihn dem Zugriff des Gesetzes zu entziehen, würde ich das als vorsätzliche Mißachtung des Gerichts auffassen und dementsprechend ahnden«, verkündete Richter Hart drohend. »Falls sie und das Kind also morgen vormittag nicht zur Eröffnung der Sitzung hier im Gericht sein sollten, werde ich umgehend einen Haftbefehl gegen Mrs. Salem erlassen. Und ich muß wohl nicht hinzufügen, daß ein so ungeheuerliches Verhalten sicherlich nicht ohne Einfluß auf die Beurteilung dieses Falls bleiben würde.«

Kapitel 46

»Verlassen Sie auf keinen Fall das Haus, bevor sie sich bei Ihnen gemeldet hat«, brüllte ein wütender Paul Henderson ins Telefon.

»Ja, Paul. Ich verstehe.«

»Mein Gott, ich zermartere mir das Hirn, was ich nur anstellen soll, um die verhängnisvollen Auswirkungen dieser Kinderei auf unseren Fall einzudämmen. Aber offen gesagt, habe ich nicht die leiseste Ahnung, wie ich das tun könnte. Zumindest müssen wir es schaffen, daß Christie morgen früh um zehn im Gericht ist, und zwar mit Scotty. Sollte uns das nicht gelingen, wird Richter Hart an Ort und Stelle gegen uns entscheiden. Verstehen Sie, Bill, was das bedeutet?«

»Ja … ja, das tue ich! Aber vielleicht sollten Sie jetzt auflegen, damit die Leitung frei ist – für den Fall, daß Christie sich melden sollte.«

Henderson folgte der Aufforderung umgehend. Es gab ohnehin nichts mehr zu besprechen.

Zur Untätigkeit verurteilt, blieb Bill nichts anderes übrig, als zu warten und sich eine weitere Tasse Kaffee einzuschenken. Es war heute schon die neunte. Er starrte in die Tasse, und dabei fiel ihm auf, daß sich auf der Oberfläche des Getränks kleine Wellen bildeten. Offensichtlich zitterte seine Hand schon wegen des vielen Koffeins, das er zu sich genommen hatte.

Plötzlich läutete das Telefon. Hastig griff er nach dem Hörer und ließ dabei die Tasse auf den Boden fallen, wo sie krachend zersprang.

»Hallo?«

»Bill ...!« Es war *ihre* Stimme.

»Christie, wo in aller Welt steckst du?«

»Dort, wo das Gesetz die Blutsverwandtschaft mit einem Kind nicht höher einschätzt als die Liebe zu ihm«, empörte sie sich.

»Christie, sag mir, wo ihr seid! Ich mache mich dann sofort auf den Weg, um euch zu holen.«

»Nein, das wirst du nicht tun. Wir sind hier sicher vor diesem verdammten Gesetz. Und ich versichere dir, daß die Jungen wohlauf sind und gerade in einem hübschen, sauberen und komfortablen Motelzimmer schlafen. Nein, Bill, wir werden hier bleiben.«

»Christie, das kannst du nicht machen!«

»O doch, das kann ich.«

»Christie, bitte hör mich an!« flehte Bill. »Der Richter weiß inzwischen, daß du mit Scotty geflüchtet bist. Er besteht darauf, daß ihr beide morgen früh um zehn im Gericht seid. Sonst wird er uns Scotty wegnehmen!«

»Das darf er nicht!« protestierte Christie.

»Das darf er leider doch!«

»Wir haben den Bundesstaat verlassen und damit auch seinen Zuständigkeitsbereich.«

»Aber seine Macht reicht auch bis dorthin, denn bei der Durchsetzung seines Urteils werden ihm die Behörden anderer Bundesstaaten Amtshilfe leisten.«

»Damit droht er doch nur, um uns zur Rückkehr zu bewegen ... damit er Scotty diesen anderen Leuten geben kann.«

»Chris, du kannst nicht für den Rest deines Lebens davonlaufen.«

»Wenn es die einzige Möglichkeit ist, Scotty zu behalten, dann werde ich es tun. Du magst die Dinge anders sehen, Bill, aber mein Entschluß steht fest!«

»Liebling, es bringt nichts, sich gegen das Gesetz zu stellen. Dafür sind wir nicht die richtigen Menschen.«

»Ein Gesetz, das offensichtlich so ungerecht ist, verdient es, gebrochen zu werden«, erwiderte sie trotzig.
»Christie, sag mir, wo ihr seid!«
»Dort, wo mir niemand Scotty wegnehmen kann«, war alles, was sie sagte, bevor sie auflegte.
Ungläubig starrte Bill Salem auf den Hörer in seiner Hand. Sicher, Christie konnte sich sehr stur verhalten, wenn sie wollte. Aber doch nicht in diesem Maße, jenseits aller Vernunft? Noch nie hatte sie sich so trotzig der Realität verschlossen. Was sollte er nur tun? Morgen früh um zehn würden Henry Clement und Richter Hart im Gerichtssaal auf sie warten!
Bill legte den Hörer auf, nahm ihn jedoch sofort wieder ab und drückte auf die Taste, die ihn mit der Vermittlung der Telefongesellschaft verband. Nach mehrmaligem Tuten meldete sich eine freundliche Frauenstimme: »Was kann ich für Sie tun?«
»Hören Sie, ich habe gerade einen Anruf erhalten, ein Ferngespräch. Es wäre von äußerster Wichtigkeit für mich zu erfahren, woher dieser Anruf kam.«
Die Stimme der Frau klang jetzt sehr viel reservierter: »Ich bedauere, Sir. Aber damit müßten Sie sich an meinen Vorgesetzten wenden.«
»Dann verbinden Sie mich verdammt noch mal mit Ihrem Vorgesetzten!« forderte Bill, dessen Nerven zum Zerreißen gespannt waren.
»Einen Augenblick, Sir!« erwiderte die Frau in tadelndem Ton, offensichtlich durch seinen Ausbruch ihr gegenüber gekränkt.
Nach längerer Unterbrechung meldete sich ein Mann, der sich höflich, aber kühl und distanziert nach Bills Anliegen erkundigte.
Ohne ins Detail zu gehen, erklärte Bill ihm, wie wichtig es für ihn sei zu wissen, von welchem Anschluß aus der letzte Anruf geführt worden war.
»Es tut mir leid, Sir. Aber diese Information darf ich Ihnen nicht geben«, erwiderte der Mann mit einer Bestimmtheit, die

keinen Zweifel daran aufkommen ließ, daß er sich in diesem Punkt nicht verhandlungsbereit zeigen würde.
»Warten Sie, warten Sie ...!« versuchte Bill es trotzdem. »Es muß doch bei Ihrer Gesellschaft jemanden geben, der dazu befugt ist, mir diesen Anschluß zu nennen. Es handelt sich dabei ja keinesfalls um eine Geheimnummer, sondern um ein Telefon in einem Motel.«
»Sir, handelt es sich hier um einen medizinischen Notfall?«
»Es handelt sich um einen *juristischen* Notfall!« entgegnete Bill.
»Ich bedauere. Aber wir sind nicht befugt, Ihnen derartige Informationen ohne entsprechende Autorisierung zu geben!«
Bevor Bill noch etwas entgegnen konnte, hörte er ein Klicken in der Leitung, da der Mann von der Telefongesellschaft eingehängt hatte. Wütend schmetterte Bill den Hörer auf die Gabel, besann sich dann jedoch darauf, daß Wut und Panik das letzte war, was ihm jetzt helfen würde. Nach kurzem Überlegen wählte er eine andere Nummer, obwohl er sich bereits vor den Konsequenzen seines Anrufs fürchtete.
»Hallo!« meldete sich die gereizte Stimme eines Mannes, der offensichtlich unter großem Streß stand.
»Paul, sie hat gerade angerufen.«
»Wo immer sie stecken mag, fahren Sie hin, und holen Sie sie zurück!«
Bill sah sich gezwungen, seinem ohnehin überlasteten Anwalt mitzuteilen, daß Christie ihm nicht ihren Aufenthaltsort verraten hatte. Außerdem berichtete er ihm von seinen Nachforschungen bei der Telefongesellschaft, die sich jedoch geweigert habe, ihm die Anschlußnummer zu nennen, von der aus Christie angerufen hatte.
»Dann sind wir ja genauso schlau wie zuvor, verdammt noch mal!« fluchte Henderson. Dann kam ihm allerdings ein Gedanke. »Sagten Sie nicht, die Telefongesellschaft könne nur jemandem Auskunft erteilen, der dazu autorisiert sei? Dann gibt es nur einen Weg. Wir müssen zum Richter gehen und ihm reinen Wein einschenken.«

»Wenn er davon hört, wird er an die Decke gehen«, fürchtete Bill.
»Das wird er ohne Zweifel«, bestätigte Henderson. »Aber wir haben keine andere Wahl. Ich werde ihn also anrufen.«
»Jetzt? Zu Hause?«
»Was bleibt mir übrig? Wenn wir Christine und Scotty bis morgen früh hier haben wollen, dürfen wir keine Zeit verlieren.«

Nachdem sich die Abendnachrichten in ihren Hauptbeiträgen mit dem Thema beschäftigt hatten, unterhielten sich auch Judson Hart und seine Frau während des Essens vor allem über die mutmaßlichen Gründe für die Abwesenheit Christine Salems. Später hatten sich allerdings beide in der Bibliothek wieder ihren jeweiligen beruflichen Pflichten zugewandt. Da der Fall *Manning gegen Salem* nun plötzlich ein abruptes Ende zu nehmen schien, machte sich der Richter bereits mit den Akten des Falles vertraut, der als nächstes zur Verhandlung anstand.
Ihm gegenüber saß Karen in dem großen alten Ledersessel und studierte die Krankengeschichte sowie die neurologischen Befunde und Röntgenbilder eines Patienten, den sie am nächsten Morgen um sechs Uhr früh operieren sollte.
Als das Telefon klingelte, streckte sie sogleich die Hand nach dem Hörer aus. »Das ist bestimmt mein Anästhesist«, erklärte sie, wirkte jedoch überrascht, nachdem sie sich gemeldet hatte. »Wer spricht da, bitte?« Sie reichte ihrem Mann den Hörer. »Mr. Henderson.«
Da Richter Hart niemanden dazu ermutigen wollte, ihn seiner häuslichen Ruhe zu berauben, begrüßte er den Anwalt ausgesprochen kühl und knapp.
Henderson bemühte sich daraufhin, die Sachlage ohne Umschweife zu skizzieren, wobei er sich gleichzeitig darauf konzentrierte, an den kurzen Zwischenfragen des Richters dessen Reaktion auf sein Anliegen einzuschätzen.«
»Habe ich Sie richtig verstanden, Mr. Henderson? Sie geben zu, daß Ihre Mandantin das Kind, um das es in der Verhand-

lung geht, vorsätzlich über die Landesgrenze geschafft hat, um es dem Zugriff des Gerichts zu entziehen?«

»Ich bedauere, das bestätigen zu müssen.«

»Nun, Herr Anwalt, diese Information kommt ein bißchen spät, finden Sie nicht?« bemerkte Judson Hart.

»Euer Ehren, mir waren aufgrund meiner Schweigepflicht die Hände gebunden.«

»Wie auch immer. Aber warum wenden Sie sich jetzt an mich?« fragte der Richter.

»Ich möchte Sie bitten, von der Telefongesellschaft die Bekanntgabe des Anschlusses zu verlangen, von dem aus Mrs. Salem zu Hause angerufen hat, damit wir in der Lage sind, sie zurückzuholen.«

»Bevor ich das tun kann, müssen alle an dem Verfahren beteiligten Interessenvertretungen informiert werden. Seien Sie also in einer Stunde hier.«

»Jawohl, Euer Ehren.«

Kurz vor zehn Uhr abends hielten Paul Henderson und Bill Salem vor dem Haus des Richters, das in einem ruhigen Randbezirk der Stadt lag, und zwar in einer Straße mit hohen Ulmen und gepflegten Rasenflächen.

Der Richter führte die Besucher in seine Bibliothek, wo er sie seiner Frau vorstellte.

»Es tut mir leid, falls ich Sie bei Ihrer Unterredung mit meinem Mann stören sollte«, entschuldigte sie sich, »aber ich habe einfach zu viele Papiere hier liegen, um alles wegschaffen zu können.« Mit diesen Worten nahm sie Platz und widmete sich wieder den Unterlagen über ihren Patienten.

Innerhalb der nächsten Viertelstunde trafen auch Henry Clement und Nancy Brook ein, denen der Richter kurz die Situation erläuterte.

»Ich wollte nichts unternehmen, bevor alle beteiligten Anwälte informiert sind und die Möglichkeit erhalten haben, ihre Meinung zu äußern«, erklärte er abschließend und wandte sich dann an Nancy Brook, um sie mit einem Nicken zu einer Stellungnahme aufzufordern.

»Ich lege Wert auf die Feststellung, daß mein Mandant lediglich Opfer dieser neuesten Entwicklung ist. Seine Rechte müssen also nach wie vor gewahrt bleiben, als wäre dies nie geschehen«, betonte Scottys Anwältin. »Im übrigen bin auch ich der Auffassung, daß es für ihn das beste wäre, wenn er so schnell wie möglich wieder hierher zurückgebracht würde.«
»Mr. Clement?«
»Ich stimme zu, daß es in unser aller Interesse liegt, wenn Mrs. Salem und der Junge umgehend vor Gericht erscheinen.«
»Dann werde ich mich jetzt an die Telefongesellschaft wenden«, erklärte Richter Hart.
Bevor er seine Ankündigung in die Tat umsetzen konnte, meldete sich Henry Clement jedoch noch einmal zu Wort. »Euer Ehren, ich möchte jedoch betonen, daß ich mit meiner Zustimmung keineswegs die Flucht Mrs. Salems in irgendeiner Form gutheiße. Ich möchte vielmehr in aller Deutlichkeit zum Ausdruck bringen, daß sie durch ihr verurteilungswürdiges Verhalten den endgültigen Beweis geliefert hat, als Mutter gänzlich ungeeignet zu sein.«
»Ich werde Ihre Zustimmung in keiner Weise als Duldung des Geschehens werten, Mr. Clement«, bestätigte Richter Hart und rief dann bei der Telefongesellschaft an.
Als er schließlich mit dem Mann verbunden wurde, mit dem Bill bereits gesprochen hatte, forderte Richter Hart mit dem Hinweis auf sein Amt und unter Androhung einer Vorladung vor Gericht die gewünschten Informationen. Nachdem er sie erhalten hatte, reichte er sie direkt an Bill Salem weiter.
»Ich erwarte Sie alle morgen früh um zehn im Gerichtssaal«, verabschiedete er dann seine Besucher.
»Ich habe vorhin geschwindelt, Liebling«, gestand Karen, sobald alle gegangen waren.
»Geschwindelt?« fragte der Richter verwundert.
»Während ich mich mit meinen Unterlagen beschäftigte, habe ich gleichzeitig mit einem Ohr euren Gesprächen zugehört. Hast du wirklich die Absicht, diese Frau dafür zu bestrafen, daß sie ihrem natürlichen Mutterinstinkt gefolgt ist?«

»Solange du nicht willst, daß ich morgen früh mit dir in den Operationssaal gehe, um dir zu zeigen, wie man einen Gehirntumor entfernt, verzichte auch du bitte darauf, mir vorzuschreiben, wie ich meine Prozesse leiten soll«, erwiderte er gereizt.
»Entschuldige«, sagte Karen und wollte sich wieder mit ihren Berichten beschäftigen, als er nachträglich versuchte, seiner Entgegnung die Schärfe zu nehmen.
»Diese Frau hatte immerhin die Stirn, mit ihrer dreisten Flucht das Gericht zu verspotten. Damit kann ich sie nicht einfach so davonkommen lassen. Aber abgesehen davon, was hat dieser Fall nur an sich, daß er dich derart fasziniert?«
»Er fasziniert nicht nur mich«, korrigierte ihn seine Frau, »sondern die ganze Nation.«

Um halb zwei Uhr früh hatte Bill Salem die Kleinstadt Middleton, die 67 Meilen jenseits der Landesgrenze lag, erreicht und hielt vor dem Büro des Wayside Motels.
Da nirgendwo mehr Licht brannte und auch niemand zu sehen war, klopfte Bill an die Tür des Büros. Nach einer ganzen Weile tauchte schließlich eine Frau von beinahe siebzig in einem abgetragenen Morgenmantel auf und starrte ihn ebenso verschlafen wie mißtrauisch durch die Scheibe der verschlossenen Tür an.
Es bedurfte einiger Überredungskünste, bevor sie Bill verriet, in welchem Zimmer er Christie und die Kinder finden konnte: »Nummer 121. Aber machen Sie keinen Lärm, denn Sie sind hier nicht allein, hören Sie!«
Nur einen Augenblick später stand Bill vor der Tür von Zimmer 121 und klopfte leise an. Schneller als erwartet kam Christies mißtrauisch und abgespannt klingende Stimme: »Wer ist da?«
»Liebling, ... ich bin es.«

Während der Fahrt zurück über die Schnellstraße schliefen beide Jungen hinten auf der Rücksitzbank. Christie konnte

sich immerhin noch eine Weile wach halten und nahm ein paar Anläufe, ihr Verhalten zu rechtfertigen.
»Wie sollte ich Scotty jemals wieder in die Augen sehen können, wenn ich nicht wirklich alles versucht hätte, um ihn zu behalten? Was werden sie jetzt mit mir machen? Mich ins Gefängnis stecken? Das kümmert mich nicht!«
Schließlich schlummerte auch sie ein, da sie zum ersten Mal seit Beginn ihrer Flucht zur Ruhe gekommen war. Ihr Kopf lag an Bills Schulter, und er genoß es, ihre Nähe zu spüren.
Auch er war müde und mußte sich zusammenreißen, um wach zu bleiben und sich auf die Straße zu konzentrieren. Aber Erleichterung erfüllte ihn, daß sie alle auf dem Weg nach Hause waren.
Wie von Richter Hart gefordert, würden Christie und Scotty um zehn Uhr vormittags im Gericht erscheinen.

Kapitel 47

Bereits auf dem Sprung ins Gericht gab Nancy Brook ihrem Assistenten noch letzte Anweisungen für den Vormittag.
»Rufen Sie bitte noch Mr. Seymour an, und sagen Sie ihm, daß die Gegenseite anfragte, ob er in der nächsten Woche ...«
Sie wurde vom Läuten des Telefons unterbrochen. Der junge Mann nahm den Hörer ab und reichte ihn dann an sie weiter: »Henry Clement.«
»Hallo, Miss Brook«, begrüßte sie der Anwalt mit allem Charme in der Stimme, den er aufzubieten hatte. »Ich wollte einfach mal versuchen, ob ich Sie schon zu so früher Stunde in Ihrem Büro erreichen würde. Vor allem nach der letzten Nacht. So ein Treffen beim Richter gibt es schließlich nicht alle Tage!«
»Da haben Sie recht«, bestätigte Nancy Brook, wartete jedoch gespannt darauf, daß Henry Clement damit herausrückte, warum er sie angerufen hatte. Sie mußte nicht lange warten.

»Vor allem hat mir der gestrige Abend eines klargemacht«, fuhr Clement fort. »Nämlich daß uns beiden die gleiche Sache am Herzen liegt – Ihnen und mir. Denn wir beide wollen nur das Beste für Ihren kleinen Klienten. Was halten Sie davon, wenn wir uns darüber bei einer Tasse Kaffee unterhalten würden?«
»Wenn Sie meinen, daß es für meinen Mandanten von Vorteil sein könnte?« erwiderte die Anwältin.
»Wie wäre es mit dem Café Astor?« schlug Clement vor.
»Gut. In einer halben Stunde?«
»In einer halben Stunde!« ließ sich Clements zufriedene Stimme vernehmen.

Als sie auf den Eingang des Cafés zustrebte, sah Nancy Brook durch die Glasfront des Gebäudes, daß Henry Clement nicht allein wartete.
Neben ihm saß Brett Manning, der gerade einer strahlenden Serviererin ein Autogramm gab.
Er hätte mir sagen müssen, daß er ihn mitbringt, ärgerte sich die Anwältin. Wenn Henry Clement wirklich glauben sollte, daß ich weiche Knie bekommen, nur weil mir dieser Seifenopernstar gegenübersitzt, dann hat er sich geschnitten.
Dennoch betrat sie das Café, das meist schon vom frühen Morgen an von Gerichtsbediensteten, Anwälten, Klägern und Beklagten frequentiert wurde.
Als Nancy Brook an den Tisch trat, erhob sich Brett Manning, um sie zu begrüßen. An ihrem Zögern, die ihr entgegengestreckte Hand zu ergreifen, erkannte Henry Clement, daß es einer Erklärung für die Anwesenheit seines Mandanten bedurfte.
»Als ich Sie heute morgen anrief, hatte ich keine Ahnung, daß Mr. Manning darauf bestehen würde, mich zu begleiten. Aber der Anlaß unseres Gespräches ist verständlicherweise für ihn von so großem Interesse, daß ich ihm seine Bitte einfach nicht abschlagen konnte. Ich hoffe, Sie haben Verständnis dafür.«
»Natürlich«, erwiderte die Anwältin, deren Vorbehalte keineswegs ausgeräumt waren.

»Miss Brook ... oder darf ich Sie Nancy nennen? Da Sie damit betraut worden sind, die Rechte von Bretts Sohn zu wahren, möchte er die Möglichkeit nutzen, Ihnen persönlich ein paar Dinge mitzuteilen.«
Sie nickte zum Zeichen, daß sie bereit war, ihm zuzuhören.
»Miss Brook, bei all dem Treiben im Gerichtssaal, wo Anwälte Fragen stellen, Zeugen sich um plausible Antworten bemühen und anschließend die Anwälte untereinander und mit dem Richter streiten, bleibt eine Sache auf der Strecke – Empfindungen. Die Gefühle eines Menschen finden dort kein Gehör. Zum Beispiel was *ich* für meinen Sohn empfinde! Oder was meine Frau Lori empfindet! Haben Sie selbst Kinder?«
»Nein.«
»Glauben Sie mir, ein Kind zu haben ist eine Erfahrung, die sich mit nichts anderem auf dieser Welt vergleichen läßt. Ein Kind ist wie ein Teil von einem selbst! In seinen Augen und seinem Lächeln erkennt man sich selbst wieder. Es ist das Höchste im Leben, ein eigenes Kind zu haben, ein Ziel all der Liebe, die man nur geben kann. Bei all dem, was uns der kleine Brett bedeutet, würde es uns eine unheilbare Wunde schlagen, wenn Richter Hart uns den Jungen nicht zusprechen sollte.
Sie können sich einfach nicht vorstellen, was es bedeutet, wenn man keine Nacht mehr schläft, weil einen die Ungerechtigkeit der ganzen Situation nicht zur Ruhe kommen läßt. Morgens wacht man auf, von einem dumpfen, unerklärlichen Schmerz gepeinigt, der immer stechender und quälender wird, bis man sich endlich seine Ursache eingesteht: der kleine Brett. Wo ist er gerade? Ist er gesund? Oder ist er krank? Ist er glücklich oder traurig? Was tut er jetzt? Braucht er Hilfe?
Sie wünschen sich nichts sehnlicher, als daß er Ihnen beim Frühstück gegenübersitzt. Daß Sie seine kleinen, zarten Fingerchen dabei beobachten können, wie sie das Glas Orangensaft anheben. Daß Sie ihm dabei zusehen können, wie er mit seinen Spielsachen hantiert. Wie er mit seinen Buntstiften

malt. Wie er lächelt. Er ist ein so hübscher Junge! Aber leider habe ich bisher nur Fotos von ihm gesehen. Doch Sie, Sie haben ihn kennengelernt. Dann verstehen Sie sicherlich, daß ich ihn in meinen Armen halten und küssen möchte, mit ihm spielen, ihm etwas vorlesen und ihm das Alphabet beibringen. Und daß ich all die anderen Dinge mit ihm tun möchte, die Väter mit ihren Söhnen unternehmen.
Aber was ist mein Schmerz gegen den meiner Frau?«
Brett Manning warf Henry Clement einen Blick zu, als bitte er ihn um Erlaubnis, Nancy Brook etwas Vertrauliches mitzuteilen.
»Nancy, was Brett Ihnen sagen möchte, muß unter uns bleiben«, forderte Clement. »So, als wären Sie *seine* Anwältin. Einverstanden?«
»Einverstanden. Es sei denn, daß die Rechte meines Klienten dadurch Schaden nehmen.«
»Ich versichere Ihnen, daß das nicht der Fall sein wird«, versprach Clement und nickte dann Brett Manning zu.
»Miss Brook, in der Zeit, die zwischen dem Aufsetzen der Klageschrift und dem Prozeßbeginn vergangen ist, wurde Lori schwanger.«
»Nun, das sind doch gute Nachrichten«, kommentierte Nancy Brook.
»Das *wären* gute Nachrichten gewesen.«
»Was meinen Sie damit?«
»Nur wenige Tage vor unserer Abreise hierher erlitt meine Frau eine Fehlgeburt.«
»Oh, es tut mir leid, das zu hören.«
»Der Arzt sagte, daß die ganzen Aufregungen und Befürchtungen wegen des bevorstehenden Prozesses einfach zu viel für sie gewesen seien. Ich glaube, daß es vor allem an der Angst lag, daß wir unseren Sohn nun für immer verlieren könnten. Lori würde nie darüber hinwegkommen, weil sie denkt, daß sie die Verantwortung für die ganze Sache trägt. Sie werden also verstehen, daß uns der kleine Brett jetzt, da Lori das Baby verloren hat, noch mehr als vorher bedeutet.

Wohlgemerkt, ich will keinesfalls behaupten, daß die Salems schlechte Menschen sind. Ich weiß nur, daß sie Fremde sind, die sich weigern, uns unseren Sohn zurückzugeben.
Das ist alles, was ich zu sagen habe. Sonst nichts. Lori darf nie auch nur ein Sterbenswörtchen davon erfahren, daß ich mit Ihnen gesprochen habe – vor allem, was ihre Fehlgeburt angeht. Wissen Sie, sie betrachtet ihre Fehlgeburt als ein Zeichen von Schwäche. Und sie will sich gerade jetzt auf keinen Fall eine Blöße geben, da sie fürchtet, damit unseren Erfolg vor Gericht zu gefährden.«
Mit feuchten Augen stand Brett Manning auf und verabschiedete sich nur mit einem leichten Nicken. Nancy Brook sah ihm nach, wie er dem Ausgang zustrebte und dabei eine Verehrerin abwimmelte, die ihm eine Speisekarte hinhielt, auf der er ihr ein Autogramm geben sollte.
Die Anwältin wandte sich wieder Henry Clement zu. »Meine Liebe, falls Sie glauben, dies sei nur eine Schmierenkomödie gewesen …«
»Sie können Gedanken lesen, Mr. Clement«, gestand sie.
»So ein guter Schauspieler ist er nicht. Ich gebe Ihnen mein Wort darauf. Obwohl man das bei seinem Erfolg im Fernsehen eigentlich erwarten würde. Wissen Sie, was mir Sally Brownell, seine Agentin in New York, gesagt hat? Sie hat auf ihrem Schreibtisch drei Filmangebote für ihn, die ihm jeweils mindestens zwei Millionen einbringen werden! Das bringt mich darauf, was ich eigentlich mit Ihnen besprechen wollte.
Nancy, als leibliche Eltern haben meine Mandanten das Gesetz auf ihrer Seite und werden den Jungen auch zurückbekommen. Aber ich bin der Meinung, wir sollten uns nicht allein auf das Gesetz verlassen, denn schließlich steht das Wohl des Kindes im Vordergrund. Abgesehen davon, daß meine Klienten seine wahren Eltern sind, können sie ihrem kleinen Sohn einen traumhaften Lebensstil garantieren. Die Möglichkeiten, die ihm Lori und Brett Manning nicht nur im Hinblick auf Erziehung und Ausbildung zu eröffnen vermögen, sind grenzenlos. Gewiß, ich stimme mit Brett überein, daß die Salems keine schlechten Menschen sind. Aber sie kön-

nen dem Kind nicht annähernd das bieten, was meine Mandanten ihm bieten können.«
»Mr. Clement, worauf genau wollen Sie hinaus?«
»Da Richter Hart Sie dazu auserkoren hat, die Interessen des Jungen vor Gericht zu vertreten, hält er offensichtlich große Stücke auf Ihre Meinung. Deshalb möchte ich Sie bitten, mit mir an einem Strang zu ziehen.«
»Wie stellen Sie sich das vor?«
»Raten ... nein, *drängen* Sie Judson Hart im Interesse des Kindes dazu, sich bei seinem Urteil strikt an den Wortlaut des Gesetzes zu halten.«
»Sie werden doch nicht allen Ernstes von mir erwarten, daß ich vor ihn hintrete und ihn an seine Pflichten gegenüber dem Gesetz erinnere?«
»Natürlich nicht. Aber ...« Clement beugte sich näher zu ihr über den Tisch, um auf diese Weise zu signalisieren, daß er ihr etwas noch Vertraulicheres mitteilen wollte.
Himmel, schoß es Nancy Brook durch den Kopf, nachdem er so lange auf Brett Mannings Millionen herumgeritten ist, hoffe ich um meinet- und seinetwillen, daß er jetzt nicht versucht, mich zu bestechen. Sollte er das wagen, werde ich ihn anzeigen.
»Aber ... Sie sollten auch daran denken, meine Liebe, daß das Ganze zu Ihrem eigenen Schaden wäre.«
»Schaden?« wiederholte sie fragend, während sie dachte: Jetzt kommt's!
»Nun, es könnte bestimmt nicht schaden, einen solchen Fürsprecher am Obersten Gerichtshof zu haben.«
Erleichtert darüber, daß Clement keinen Bestechungsversuch unternommen hatte, gestand Nancy Brook ehrlich: »Ich weiß immer noch nicht, worauf Sie hinauswollen.«
»Schauen Sie, der Fall wird ja nicht in einem luftleeren Raum verhandelt. Da gibt es das öffentliche Interesse, die Medien und die verschiedenen rivalisierenden Interessengruppen, die zum einen Partei für die leiblichen Eltern ergreifen und zum anderen für die Adoptiveltern. Wie Hart auch entscheiden mag, er wird sich damit immer Gegner schaffen. Sollte er dem

Wortlaut des Gesetzes folgen, werden ihm alle Adoptiveltern vorwerfen, er verstecke sich nur hinter verstaubten Rechtsvorschriften. Sollte er sich aber gegen das geltende Recht entscheiden und damit eine neue Rechtsnorm schaffen, wird das nicht nur alle leiblichen Eltern, sondern auch den Gouverneur gegen ihn aufbringen. So oder so macht sich Hart zu einer umstrittenen Figur. Und wer wird so jemanden schon an den Obersten Gerichtshof berufen wollen?«

»Was könnte ich tun, um dieses Dilemma zu verhindern?« fragte Nancy Brook.

»Sie sind für Hart der einzige Ausweg aus dieser vertrackten Situation, denn nur mit Ihrer Hilfe kann er dem geltenden Gesetz entsprechen und zugleich unumstößliche humane Gründe für sein Urteil in Anspruch nehmen.«

Jetzt war bei ihr der Groschen gefallen. »Aber nur dann, wenn selbst die Anwältin des Jungen dafür plädiert, ihn in die Obhut seiner leiblichen Eltern zu geben.«

»Genau!« bestätigte Clement. »Zuallererst würden Sie dem Kind einen großen Dienst erweisen, indem sie ihm ein wunderbares Leben ermöglichen. Gleichzeitig würden Sie Richter Hart aus der Zwickmühle befreien und damit seine Chancen erhöhen, vom Gouverneur an den Obersten Gerichtshof berufen zu werden.«

»Langsam beginne ich zu verstehen«, sagte Nancy Brook, ohne ihm zuzustimmen.

»Meine Liebe, Sie sind noch sehr jung und erst auf dem Weg nach oben. In der Politik wie auch in der Justiz gilt die Regel, daß eine Hand die andere wäscht. Wenn Sie dem Richter in der jetzigen Situation helfen, dann wird er dadurch eine Position erlangen, die es ihm später gewiß ermöglicht, Ihnen unter die Arme zu greifen – wenn Sie verstehen, was ich meine.«

»Ein Mann wie Judson Hart?« fragte sie zweifelnd.

»Selbst ein Mann wie Judson Hart. Nancy, glauben Sie mir: Ich kenne die Menschen, ich kenne die Politik, ich kenne Menschen in der Politik. Diese Kenntnisse genügen!«

Da sie nicht sagen wollte, was sie wirklich dachte, erwiderte Nancy Brook nur: »Ich werde gewiß darüber nachdenken!«

»Schön. Das ist alles, worum ich Sie bitten wollte«, erwiderte Clement, augenscheinlich zufrieden mit dem Ausgang des Gesprächs. Er nahm die Rechnung vom Tisch und stand auf, um sie zu begleichen und dann das Café zu verlassen.

Die junge Anwältin blieb mit einem nachdenklichen Ausdruck auf ihrem Gesicht zurück. Während sie langsam den kalten Rest des Kaffees in ihrer Tasse umrührte, versuchte sie, sich einen Reim auf das gerade Geschehene zu machen.

Henry Clement war sicherlich ein Anwalt, der sich voll dafür einsetzte, das von seinen Klienten gewünschte Resultat zu erzielen – mit welchen Mitteln auch immer.

Und was war mit Brett Manning? Doch, er hatte wahrscheinlich über sich und Lori die Wahrheit gesagt. Die beiden mußten einem schon leid tun.

Doch angesichts ihrer eigenen Pflichten durfte sich Nancy Brook nicht von ihrem Mitleid für Lori Manning leiten lassen. Das gleiche galt allerdings auch für Christine Salem. Was aus der einen Perspektive als Kurzschlußhandlung einer psychisch instabilen Frau erschien, wirkte aus anderer Sicht als heroischer Akt einer mutigen Mutter, die sich aus Liebe zu ihrem Kind sogar gegen das Gesetz stellte.

Aber Nancy durfte sich im Kampf um das Wohl ihres noch sehr jungen Mandanten weder in die eine, noch in die andere Perspektive drängen lassen.

Sie warf einen Blick auf die große Uhr, die unübersehbar an der einen Wand des Cafés hing und oft genug die Anwälte und deren Klienten daran erinnerte, daß es Zeit war, sich auf den Weg zum Gericht zu machen.

Es war in der Tat Zeit für sie.

Kapitel 48

Als Nancy Brook den Gerichtssaal betrat, saßen Clement und Henderson sowie deren Mandanten bereits auf ihren Plätzen. Es bedurfte nur eines Blicks in das Gesicht von Christine

Salem, um ihr die Anspannung der letzten 36 Stunden anzusehen. Kein Make-up war in der Lage, die Strapazen ihrer Flucht, die Tränen der Verzweiflung und den Mangel an Schlaf zu verbergen.
Judson Hart trat ein und strebte mit gewohnter Frische und Zielstrebigkeit zur Richterbank. Von dort aus warf er einen prüfenden Blick auf die vor ihm versammelten Parteien und deren Anwälte. Angesichts der hektischen Ereignisse der letzten Nacht interessierte auch ihn besonders der Zustand von Christine Salem.
Er gelangte zu demselben Ergebnis wie Nancy Brook. Anstatt die Sitzung zu eröffnen und Christie in den Zeugenstand zu rufen, damit Henry Clement sein Kreuzverhör fortsetzen konnte, rief er die Anwälte in sein Arbeitszimmer.
»Mr. Clement, welche Themen wollen Sie bei der Fortsetzung Ihres Kreuzverhörs mit Mrs. Salem behandeln?« fragte Richter Hart, nachdem sich alle bei ihm versammelt hatten.
»Nach allem, was sich in den letzten zwei Tagen ereignet hat, dürfte das doch wohl außer Frage stehen«, erwiderte Henry Clement. »Ich beabsichtige, die Zeugin zu fragen, was sie getan hat und warum sie es getan hat. Ihre Antworten sollen dem Hohen Gericht darüber Aufschluß geben, inwiefern sie charakterlich dazu geeignet ist, Mutter eines zweieinhalbjährigen Jungen zu sein.«
»Ich bin der Auffassung, daß Ihr bisheriges Kreuzverhör uns in dieser Hinsicht bereits genügend Aufschluß gewährt hat«, stellte Richter Hart fest.
»Aber nicht, was die Flucht der Zeugin vor der Zuständigkeit dieses Gerichts angeht«, protestierte Clement.
»Diesem Einwand würde ich zustimmen, falls es notwendig wäre, Geschworene über den Sachverhalt zu informieren. Da ich selbst jedoch unmittelbar an den Ereignissen beteiligt war und alle Fakten aus erster Hand kenne, sehe ich keine Notwendigkeit, hier im Gerichtssaal ein Spektakel für die Medien zu inszenieren.«
»Aber, Euer Ehren ...?«

»Mr. Clement, eine neuerliche Vernehmung von Mrs. Salem könnte nach Auffassung dieses Gerichts lediglich dazu dienen, bereits Gesagtes zu wiederholen. Da jedoch sämtliche einschlägigen Fakten allseits bekannt sind, wüßte ich nicht, warum wir leeres Stroh dreschen sollten. Ich möchte Sie daher fragen, ob Sie nicht auf Ihr Recht verzichten wollen, das Kreuzverhör fortzuführen? Die Entscheidung liegt bei Ihnen, Mr. Clement!«

Dem Gefragten war ebenso wie seinem Anwaltskollegen klar, daß dieses »Entscheidungsangebot« des Richters nur eine Wahl zuließ.

»Ich stimme völlig mit Ihnen überein, Euer Ehren«, erklärte Henry Clement daher. »Die Vernehmungsprotokolle geben bereits genügend Auskunft über Mrs. Salems physische und psychische Verfassung.«

»Da dies Mr. Clements eigene Entscheidung ist, können wir nun also mit dem Resümee beginnen«, entschied Richter Hart. »Ich erwarte Ihre Schlußplädoyers morgen früh um zehn.«

»Euer Ehren ...«, begann Nancy Brook.

»Ach, Sie habe ich ja ganz vergessen, Miss Brook«, gestand der Richter. »Wir müssen der Tatsache Rechnung tragen, daß Sie in dieser Verhandlung ein ungewöhnliches Mandat haben. Würden Sie es vorziehen, Ihr Plädoyer vor oder nach den anderen Anwälten zu halten?«

Nach kurzer Überlegung stand ihr Entschluß fest. »Nach den anderen, Euer Ehren.«

»Dann soll es so sein«, entschied Richter Hart. »Wir sehen uns morgen früh um zehn.«

Nancy Brook verließ den Gerichtssaal und steuerte direkt auf eine der Telefonzellen zu, die sich am Ende des davor liegenden Korridors befanden.

Sie warf einen Vierteldollar in den Schlitz, schaute kurz auf einen Zettel in ihrer linken Hand und wählte dann die Nummer eines Arztes. Sobald die Verbindung hergestellt war, begann sie ihren Gesprächswunsch vorzutragen, stellte dann je-

doch fest, daß sie nur mit einem Anrufbeantworter redete. Die Tonbandstimme forderte sie auf, eine Nachricht zu hinterlassen und nach vier Uhr wieder anzurufen.
Als sie es später noch einmal versuchte und die Dringlichkeit ihres Anliegens betonte, erhielt sie schließlich einen Termin.
Gegen sechs Uhr abends wurde sie an der Tür zur Praxis Dr. Guy Ludmiller von dessen Ehefrau hereingebeten und in ein kleines Wartezimmer geführt, an dessen Wänden schlichte Aquarelle mit Motiven aus London und Wien hingen. »Mein Mann wird sich gleich um Sie kümmern.«
Die Anwältin mußte nicht lange warten, bis sich die Tür zum Behandlungszimmer öffnete und ein etwa 13jähriges Mädchen mit rotgeweinten Augen herauseilte, das offensichtlich erleichtert war, sich davonmachen zu können.
Dann trat ein großgewachsener Mann in den Türrahmen. Er hielt sich zwar ausgesprochen aufrecht, aber die tiefen Falten in seinem Gesicht machten ebenso wie sein weißes Haar deutlich, daß er nicht mehr der jüngste war.
Als er sie anredete, verriet seine Stimme einen leichten britischen Akzent. »Miss Brook, nehme ich an?«
»Ja, Herr Doktor.«
»Kommen Sie nur herein.«
Er trat beiseite, um sie einzulassen, und bat sie dann, vor seinem Schreibtisch Platz zu nehmen. Im Lichtschein der Schreibtischlampe konnte sie das Gesicht des Kinderpsychiaters näher betrachten. Auch wenn das Alter darin seine Spuren hinterlassen hatte, so wirkten seine Augen keineswegs trübe, sondern scharf und aufmerksam.
»Also, um was für einen verzweifelten Fall handelt es sich, daß Sie so dringend einen Termin brauchten?«
»Habe ich das Wort ›verzweifelt‹ benutzt?« fragte Nancy Brook erstaunt und versuchte, sich an den genauen Wortlaut ihres Anrufs zu erinnern.
»Das nicht. Aber Ihre Stimme vermittelte diesen Eindruck, meine Liebe«, erwiderte Dr. Ludmiller lächelnd. »Es dürfte also um Ihr Kind gehen. Welche Probleme hat es denn?«
»Es geht nicht um mein eigenes Kind«, gestand Nancy Brook.

»Ich komme zu Ihnen als Anwältin, die vor Gericht ein zweieinhalbjähriges Kind vertritt. Sie haben vielleicht von dem Fall des Jungen gehört, der in den Medien als ›Baby Brett‹ bezeichnet wird?«

»Ach ja, dieses Kind, das anscheinend als Studienobjekt für alle Psychiater des Landes herhalten muß«, kommentierte Dr. Ludmiller mit einem wütenden Unterton in der Stimme. »Verstehen Sie mich nicht falsch, ich will keineswegs die Kompetenz meiner Kollegen anzweifeln, die in diesem Prozeß ausgesagt haben. Aber was mich stört, ist die Art und Weise, wie mit den psychiatrischen Gutachten in einem solchen Gerichtsverfahren umgegangen wird. Falls Sie mich also darum bitten wollen, ein Gegengutachten über den betreffenden Jungen zu erstellen, dann haben Sie sich umsonst hierher bemüht. Ich liebe Zirkusveranstaltungen nicht sonderlich, schon gar nicht, wenn sie im Gerichtssaal stattfinden.«

»Herr Doktor, ich will Sie nicht um Ihre Aussage vor Gericht bitten, sondern um Ihre Hilfe. Denn als Anwältin mit der Aufgabe, die Interessen dieses kleinen Jungen zu wahren, bin ich auf Ihre Hilfe angewiesen.«

»Miss Brook, ich weiß es zu schätzen, daß Sie Ihre Aufgabe so ernst nehmen. Aber ich kann nur wiederholen, daß ich prinzipiell nicht dazu bereit bin, mich in juristischen Verfahren vor irgendeinen Karren spannen zu lassen.«

»Das sollen Sie auch nicht. Aber Sie könnten doch einer verzweifelten Anwältin einen Rat geben!«

»Einen Rat«, wiederholte Dr. Ludmiller nachdenklich, während er auf seinem Tisch eine aus Mahagoni gefertigte Zigarrenkiste öffnete und ihr eine schlanke Havanna entnahm. »Machen Sie sich keine Sorgen«, entschuldigte er sich. »Ich werde sie nicht anzünden. Ich genieße nur den Duft und die Berührung mit den Lippen. Aber Sie sprachen von einem Rat?«

»Herr Doktor, ich habe die Gutachten all dieser vielen Psychiater gelesen. Einige von ihnen sagen, es sei besser für das Kind, wieder in die Obhut seiner leiblichen Eltern zu gelangen. Andere empfehlen, das Kind bei seinen Adoptiveltern zu lassen, bei denen es bereits seit zweieinhalb Jahren lebt.«

»Ich vermute, daß beide Seiten viele Argumente für ihre jeweilige Position angeführt haben«, kommentierte Dr. Ludmiller.

»Als Anwältin dieses kleinen Jungen muß ich morgen eine für ihn folgenschwere Entscheidung vertreten. Und ich möchte absolut sichergehen, bei meinen Überlegungen keinen Fehler gemacht zu haben. Dazu aber muß ich wissen, wie es um den Aussagewert dieser unterschiedlichen Gutachten bestellt ist!«

»Woran denken Sie dabei?«

»Einer der Gutachter betonte zum Beispiel, daß adoptierte Kinder sehr viel häufiger mit dem Gesetz in Konflikt kommen als Kinder, die bei ihren leiblichen Eltern aufgewachsen sind. Der Grund hierfür sei, daß adoptierte Kinder in einer Familie nie denselben sicheren Halt finden könnten wie leibliche Kinder. Er berief sich dabei auf eine wissenschaftliche Studie aus New York.«

»Ich weiß, wovon Sie sprechen«, erwiderte Dr. Ludmiller. »Ich glaube durchaus, daß die Ergebnisse dieser Studie sehr sorgfältig und objektiv erarbeitet worden sind. Man muß jedoch – wie bei jeder anderen wissenschaftlichen Studie auch – sehr viel Vorsicht walten lassen, was die Auswertung einer solchen Arbeit durch Dritte angeht. Es geschieht nicht selten, daß Forschungsergebnisse aus persönlichen Motiven fehlinterpretiert oder bis zur Unkenntlichkeit verdreht werden.

Die Kernfrage, um die es bei dieser Studie geht, ist die, ob adoptierte Kinder einen anderen Erfahrungshintergrund haben als leibliche Kinder. Die Antwort lautet: einige ja, andere nein. Aber wenden wir uns denen zu, die tatsächlich auf eine spezifische Weise geprägt worden sind. Dabei müssen wir zunächst berücksichtigen, daß ein adoptiertes Kind in vielen Fällen bereits eine lange Vorgeschichte *vor* der Adoption hat. Vielleicht mußte das Kind schon nach seiner Geburt einige Zeit im Krankenhaus dahinvegetieren, bevor irgendwelche Behörden sich darüber Gedanken gemacht

haben, was aus ihm werden soll. Vielleicht kam das Kind dann in ein Waisenhaus, und danach in ein zweites und vielleicht auch ein drittes, bevor es tatsächlich Adoptiveltern gefunden hat.
Ein derartiges Schicksal trägt sicherlich nicht dazu bei, einem Kind das Gefühl von Sicherheit und Geborgenheit zu vermitteln. Wenn man es derart zum Spielball der Bürokratie macht und über längere Zeit hin- und herschubst, darf man sich nicht wundern, wenn es am Ende unter psychischen oder auch physischen Problemen leidet und unter Umständen auch mit dem Gesetz in Konflikt gerät.
Nun zu Ihrem Fall, Miss Brook. Wann wurde das betreffende Kind adoptiert?«
»Unmittelbar nach seiner Geburt.«
»Gut. Und wie sieht es mit seinen Adoptiveltern und den häuslichen Verhältnissen aus?«
»Soweit ich es beurteilen kann, lebt das Kind bei liebevollen Eltern ausgesprochen wohlbehütet in geordneten Verhältnissen.«
»Wo liegt dann das Problem?«
»Ich weiß nicht, welche Empfehlung ich dem Gericht geben soll.«
»Wozu würden Sie denn neigen?« fragte Dr. Ludmiller.
»Ich würde den Jungen am liebsten dort lassen, wo er ist«, sagte Nancy Brook. »Aber ich möchte sichergehen, daß dies seinen Bedürfnissen auch am ehesten gerecht wird.«
»Dann geht es Ihnen also nur darum, daß ich Ihre Meinung bestätige?«
»Nein. Es geht mir darum, daß Sie mir sagen, was das beste für den Jungen wäre, Herr Doktor.«
»Kein Mensch kann vorhersagen, wie sich ein Kind entwickeln wird – egal, ob es sich um ein adoptiertes oder leibliches Kind handelt. Ich könnte Ihnen Fälle zeigen ...« Dr. Ludmiller deutete auf eine Wand mit Aktenschränken. »Fälle von Kindern, die alles haben, was man für Geld kaufen kann. Dann Fälle von adoptierten Kindern, die bei Eltern aufwuchsen, die kaum genug zum Leben hatten. Und doch haben

beide Gruppen oft mit denselben Problemen zu kämpfen. Auf die Frage, die Sie mir gestellt haben, gibt es keine Antwort.«
»Aber existieren denn keine Grundregeln, an denen man sich zumindest orientieren könnte?« fragte die Anwältin kopfschüttelnd.
»Nun, wenn Sie mich fragen, dann sollte man ein Kind, das seit ...?«
»Seit seinem dritten Lebenstag.«
»... seit seinem dritten Lebenstag in einem bestimmten familiären Umfeld glücklich aufgewachsen ist und sich dabei gut entwickelt hat, in diesem Umfeld belassen. Reißt man es aus seiner vertrauten Lebenswelt heraus, dann nimmt man ihm auf brutale Weise die einzige Obhut, die es in seinem kurzen Leben kennengelernt hat. Dies kann bei einem Kind zu erheblichen und irreparablen psychischen Schäden führen.«
»Es hört sich an, als redeten Sie von einem chirurgischen Eingriff, der ohne Betäubung durchgeführt wird«, schauderte Nancy Brook.
»Ein durchaus passender Vergleich«, bestätigte der Psychiater.
»Herr Doktor, wären Sie nicht vielleicht doch bereit ...?«
»... diese Aussage vor Gericht zu wiederholen? Wie ich Ihnen schon sagte, halte ich nichts davon, Psychiatrie in Gerichtssälen zu praktizieren.« Sein Tonfall ließ keinen Zweifel daran aufkommen, daß er in dieser Frage sein letztes Wort gesprochen hatte.
Da Nancy Brook erkennen mußte, daß es sinnlos war, ihn noch weiter zu drängen, erhob sie sich zum Aufbruch. »Schicken Sie mir bitte Ihre Rechnung, Herr Doktor.«
»Ich kann kein Geld von Ihnen verlangen, da Sie mit weniger gehen, als Sie zu bekommen gehofft haben«, erklärte der alte Mann und wünschte ihr alles Gute.

Am nächsten Morgen begab sich Nancy Brook in aller Frühe in die Gerichtsbibliothek. Dort suchte sie mit Hilfe des Computerkataloges alle Fälle heraus, in denen Adoptionen von den Müttern oder anderen nahen Verwandten der betreffenden Kinder nachträglich angefochten worden waren.

Der Vergleich ergab, daß sich die Gerichte bei ihren Urteilen vor allem am Kriterium der Blutsverwandtschaft orientiert hatten und daß immer zugunsten der leiblichen Eltern entschieden worden war – es sei denn, es lagen Fälle von Kindesmißhandlung vor, so daß Leben oder Gesundheit des Kindes bedroht schienen. Aber niemand würde auf den Gedanken kommen, Lori und Brett Manning Derartiges zu unterstellen. Die Schwierigkeit in diesem Fall, sich für die eine und damit gegen die andere Partei zu entscheiden, lag ja gerade darin, daß beide Elternpaare ehrbare und wohlmeinende Leute waren. Beide wollten sie nur das Beste für Scotty – oder den kleinen Brett, wie die Mannings ihn nennen würden, falls sie den Prozeß gewinnen sollten.
Nancy Brook blickte auf die Bibliotheksuhr. Es war bereits zehn vor zehn, so daß ihr keine Zeit mehr blieb, ihre Suche fortzusetzen. Sie mußte umgehend in den Gerichtssaal.
Wenn Richter Hart doch nur die Meinung von Dr. Ludmiller gehört hätte! Aber da sie es nicht geschafft hatte, den Kinderpsychiater in den Zeugenstand zu holen, gab es nichts mehr, was das Gesetz und dessen Anwendung aufhalten konnte, davon war sie überzeugt.

Kapitel 49

Richter Hart zeigte einen grimmigen Gesichtsausdruck, als er die Sitzung eröffnete. »Mr. Clement, obwohl es zur üblichen Praxis des Gerichts gehört, daß die Partei, die das Verfahren als Kläger angestrebt und eröffnet hat, auch das letzte Wort vor der Urteilsverkündung besitzt, nehme ich mir die Freiheit, diesmal Sie als ersten um Ihr Schlußplädoyer zu ersuchen. Sind Sie bereit?«
Obwohl Henry Clement von dieser Änderung des Ablaufs alles andere als begeistert war, beugte er sich notgedrungen der Anordnung des Richters: »Kein Einwand, Euer Ehren. Wir sind bereit!«

Er trat nach vorn an das Rednerpult und breitete seine Notizen aus, bevor er mit seinen Ausführungen begann.
»Euer Ehren, ich möchte die Aufmerksamkeit des Hohen Gerichts zunächst auf den Kläger lenken: auf Brett Manning. Er und seine Ehefrau Lori sind die leiblichen Eltern eines zweieinhalbjährigen Kindes, das derzeit Scott Salem heißt. Mr. Manning ist sowohl charakterlich als auch finanziell durchaus dazu in der Lage, diesem Kind ein guter und liebevoller Vater zu sein. All sein Streben und sein Hoffen zielt lediglich darauf, daß dieses Hohe Gericht ihm die Vollmacht erteilt, seinen väterlichen Pflichten nachkommen zu dürfen.
Nun zu Christine und William Salem, dem Ehepaar, in deren Obhut sich das fragliche Kind zur Zeit befindet. Anders als es in vielen vergleichbaren Fällen geschehen ist, haben meine Mandanten und ich niemals den Versuch unternommen, eine Rufmordkampagne zu starten oder auf andere Weise den Leumund der beiden Eheleute in Zweifel zu ziehen.«
Bei diesen Worten stieß Paul Henderson einen tiefen und deutlich hörbaren Seufzer aus, um auf diese Weise nicht nur Richter Hart, sondern auch die Medien daran zu erinnern, daß Henry Clement erst vor wenigen Tagen versucht hatte, Christine Salem niedrige Motive für Scottys Adoption zu unterstellen.
Clement fuhr jedoch ungerührt mit seinem Plädoyer fort.
»Aber lassen Sie uns einen Blick auf die Fakten werfen, die im Verlauf dieses Verfahrens zutage gebracht wurden. Wir erfuhren, daß die Salems Opfer eines tragischen Unglücksfalles sind, da ihr erstes Kind dem plötzlichen Kindstod erlag.
Es läßt sich kaum ein Ereignis vorstellen, das Eltern härter treffen könnte. Deswegen zeigen wir den Salems unsere aufrichtige Anteilnahme. Vor allem Christine Salem gilt unser Mitgefühl, da sie aufgrund ihres Kummers, ihrer Schuldgefühle und Selbstvorwürfe sogar eine Psychiaterin konsultieren mußte.«
Großer Gott, hör jetzt endlich mit der verdammten Heuchelei auf, Clement, und zeig endlich deine Krallen, mit denen du

dein Opfer in der Luft zerreißen willst! dachte Paul Henderson und schlug ungeduldig die Beine übereinander.

»Aber nachdem die Therapie nicht zu dem gewünschten Erfolg geführt hatte, riet Christine Salems Ärztin, daß ein anderes Kind die beste Medizin für sie sei, um über ihren Gram hinwegzukommen. Doch nach einigen Monaten stellte sich heraus, daß Christine Salem offensichtlich nicht schwanger werden konnte. Also kehrte sie erneut zu ihrer Psychiaterin zurück. Und dieses Mal ...«

Clement trat kurz an seinen Tisch, um einen Schluck Wasser zu nehmen, und kehrte dann an das Pult zurück.

»... und dieses Mal, Euer Ehren, erhielt sie von ihrer Psychiaterin einen ganz speziellen Rat. Ich zitiere wörtlich aus dem Aussageprotokoll: ›Hat Ihnen Ihre Psychiaterin auch gesagt, daß Sie vielleicht wieder schwanger werden könnten, falls Sie ein Kind adoptieren würden?‹ Antwort: ›Ja, sie hat diese Möglichkeit erwähnt.‹ Zitat Ende!

Euer Ehren, bedarf es noch des Zusatzes, daß Christine nur wenige Monate nach der Adoption tatsächlich schwanger wurde und schließlich ein gesundes Kind zur Welt brachte, so daß sie jetzt einen eigenen Sohn hat? Anders gesagt: Das adoptierte Kind, das derzeit noch den Namen Scott Salem trägt, hatte seine Schuldigkeit getan!«

»Das ist eine Lüge!« rief Christie und wäre sogar aufgesprungen, wenn Paul Henderson und Bill sie nicht an den Armen festgehalten hätten.

»Euer Ehren?« bat Henderson den Richter um Erlaubnis, kurz Zwiesprache mit seiner Mandantin führen zu dürfen. Nachdem ihm ein Augenblick zugestanden worden war, wandte sich Henderson an Christie, ohne den Griff um ihren Arm zu lockern: »Christine! Ich will kein weiteres Wort mehr von Ihnen hören, das den Richter noch mehr gegen uns aufbringen könnte!«

»Aber dieser Kerl hat mich beschuldigt ...«

»Und liefern Sie Clement nicht noch mehr Munition gegen uns, als Sie es ohnehin schon getan haben«, fügte er mit heiserer Stimme hinzu.

Innerlich brodelnd, atmete Christie tief durch und deutete schließlich durch ein Nicken an, Hendersons Forderung zu entsprechen.
»Verzeihen Sie, Mr. Clement«, sagte der Richter. »Sie können jetzt fortfahren.«
»Wie ich bereits sagte, der kleine Scott hatte seine Schuldigkeit getan. Aber vielleicht war all das nur Teil der göttlichen Vorsehung!«
Clements Pathos veranlaßte Henderson erneut zu einem demonstrativen Seufzen, das er mit einem ungläubigen Kopfschütteln unterstrich.
Doch Henry Clement schien dadurch in seinem Eifer nur noch angestachelt zu werden. »Wer kann sagen, ob es nicht Gott der Herr war, der Christine Salem von ihrem Gram befreite, der ihr eine zweite Chance gab, ein eigenes Kind zu empfangen, indem er, der Allmächtige, ihr einen kleinen, unschuldigen Säugling *lieh?«*
»Euer Ehren!« fuhr Henderson dazwischen, dem es jetzt endgültig zu viel wurde. »Wozu das alles?«
Clement warf dem alten Anwalt einen vernichtenden Blick zu, drehte sich dann aber zu Richter Hart um. »Euer Ehren, Scott hat zweifellos bewirkt, daß Christine Salems innere Blockade wich und sie dadurch wieder ein Kind empfangen konnte. Daher ist es jetzt höchste Zeit, den Jungen wieder in die Hände seiner leiblichen Mutter zu geben. In ein schönes, gemütliches und liebevolles Heim, das ihm Schutz und Sicherheit gewährt vor all den Unwägbarkeiten des Lebens.«
Mit der Gestik und Mimik eines Menschen, der verzweifelt sein tiefstes Anliegen vorträgt, wandte sich Clement an Christie und rief ihr flehentlich zu: »Christine, als Mutter, die jeden Tag ihr eigenes Kind an die Brust legt, es badet, zu Bett bringt, sorgsam zudeckt, und die jede Nacht mehrmals nach ihrem Baby sieht – können Sie da nicht verstehen, was Scotts leibliche Mutter durchleiden muß?«
»Euer Ehren ...«, begann Henderson erneut, gegen Clements aufgesetzte Rührseligkeit zu protestieren.
»Wir hören hier ein Schlußplädoyer, Mr. Henderson, für das

die Prozeßordnung einem Anwalt vergleichsweise großen Spielraum läßt«, belehrte ihn Richter Hart.
»Nun, einen gewissen ›Spielraum‹ zu nutzen ist eins, Euer Ehren. Aber was ...«
»Fahren Sie fort, Mr. Clement«, entschied der Richter.
»Alles was mir noch zu sagen bleibt, bevor ich am Ende meines Resümees angelangt bin, ist mein Wunsch, daß Mrs. Salem ihrem Herzen einen Stoß gibt, um das für Lori Manning zu tun, was Lori Manning für sie tat!«
Diese seltsame Äußerung veranlaßte jeden Zuhörer im Saal zu der Frage, ob er richtig gehört hatte. Vielleicht war Henry Clement nur ein Versprecher unterlaufen. Doch der Anwalt hatte offensichtlich bewußt diese Verwirrung gestiftet, um sich der Aufmerksamkeit seines Publikums sicher sein zu können. Denn nachdem sich das allgemeine Murmeln gelegt hatte und wieder absolute Ruhe eingekehrt war, ließ er die Bombe platzen: »Euer Ehren, ohne mit letzter Sicherheit klären zu können, ob es sich dabei um eine Folge der durch dieses Verfahren bedingten Sorgen und Ängste handelt, ist es meine traurige Pflicht, dem Gericht mitteilen zu müssen, daß Lori Manning kurz vor Beginn des ersten Verhandlungstages eine Fehlgeburt erlitt.«
Diese Nachricht führte zu einem ohrenbetäubenden Aufruhr im Gerichtssaal. Die gesamten Presseleute, die Zuschauer, die Salems und Paul Henderson, vor allem aber auch Judson Hart waren von dieser Neuigkeit völlig überrumpelt.
Nachdem der Richter wieder für Ruhe gesorgt hatte, beorderte er die drei Anwälte mit einer grimmigen Geste zu sich. Als sie alle vor der Richterbank versammelt standen, fuhr er Henry Clement wütend an: »Herr Anwalt, Ihre Vorliebe für dramatische Inszenierungen ist mir wohlbekannt. Aber eine solche Nachricht erst auf diese abgeschmackte Weise im Schlußplädoyer zu präsentieren, geht zu weit! Und das ohne Zeugen, Mr. Clement? Und ohne jedes Beweismittel?«
»Euer Ehren, ich erhielt erst gestern am späten Abend Mrs. Mannings Erlaubnis, diese traurige Nachricht bekanntzugeben.«

»Mr. Clement, können Sie hier bei Ihrer Ehre als Mitglied der Anwaltskammer und unter Eid erklären, daß Ihre Mandantin tatsächlich eine Fehlgeburt hatte, wie Sie vorhin behaupteten?«

»Das kann ich, Euer Ehren«, antwortete der Anwalt, ohne zu zögern.

»Mr. Henderson?« fragte der Richter.

»Ich akzeptiere Mr. Clements Erklärung«, stimmte der alte Anwalt zu.

»Miss Brook?«

»Ich schließe mich Mr. Henderson an, Euer Ehren«, nickte die Gefragte.

»Dann dürfen Sie mit Ihrem Plädoyer fortfahren, Mr. Clement«, entschied Richter Hart. »Aber fassen Sie sich kurz!«

Henry Clement trat an das Rednerpult zurück.

»Was ich noch zu sagen habe, ist nicht als juristisches Argument aufzufassen. Das liegt hinter uns. Worum ich Christine Salem bitten will, ist ein Akt der Menschlichkeit – von einer Frau, die gewiß viel Leid ertragen mußte, zuliebe einer Frau, die jetzt doppeltes Leid trägt! Christine, Sie haben jetzt Ihr eigenes Kind! Hat Lori Manning nicht auch ein Recht darauf, ihr Kind in ihre Arme zu schließen?«

Clement zeigte mit dem Finger auf Lori, während er seine Worte an Christie adressierte. »Nachdem Loris Sohn für Sie das bewirkt hat, was niemand sonst zu bewirken imstande war – können Sie Ihrem Herzen nun nicht einen Ruck geben und sagen: ›Hier, nimm deinen Sohn zurück, damit er dorthin kommt, wohin er gehört! Ich gebe ihn dir, damit du ihn in deine Arme und in dein Herz schließen kannst!‹«

Christine Salem umklammerte bleich die Armlehnen ihres Stuhls, mühsam darum bemüht, die Fassung zu wahren. Doch an dem verräterischen Blinzeln in ihren Augen erkannte Bill, daß seine Frau kurz vor einem Heulkrampf stand, da sie hilflos den nicht enden wollenden heuchlerischen Attacken dieses Winkeladvokaten ausgeliefert war.

»Clement, Sie elender Hundesohn«, brüllte Bill. Von Wut und Verzweiflung getrieben, sprang er von seinem Platz auf, um

sich auf den Anwalt zu stürzen. Glücklicherweise trat ihm jedoch der uniformierte Gerichtsdiener in den Weg und konnte auf diese Weise verhindern, daß es zu Handgreiflichkeiten kam. Es bedurfte allerdings all seiner Körperkraft, um Bill zurückzuhalten.
Währenddessen klopfte Richter Hart unablässig mit dem Hammer auf sein Pult und rief drohend: »Mr. Salem! Mr. Salem, kehren Sie auf Ihren Platz zurück!«
Gleichzeitig nutzten einige Pressefotografen die Gunst der Stunde, um – streng verbotene – Aufnahmen von dieser sensationsträchtigen Konfrontation zwischen Bill Salem und Henry Clement zu schießen.
»Ich verlange sofortige Ruhe im Gerichtssaal!« verkündete Richter Hart wütend. »Jedes Foto, das in den letzten fünf Minuten aufgenommen wurde, ist hiermit beschlagnahmt. Alle Fotografen müssen am Ausgang ihre Kameras abgeben, bevor sie die Erlaubnis erhalten, den Saal zu verlassen.«
»Euer Ehren, das ist nichts anderes als Pressezensur!« rief eine Stimme aus den hinteren Zuschauerreihen.
»Ich untersage niemandem, über die Ereignisse hier im Saal zu berichten oder sie zu kommentieren«, wurde der Rufer von Richter Hart belehrt. »Aber diese Verhandlung ist nicht dazu gedacht, Ihnen Sensationsbilder zu liefern. Schließlich geht es hier um das Schicksal eines Kindes, das einen Anspruch auf ein ordentliches und vorschriftsmäßiges Verfahren hat.«
Dann wandte sich der Richter an Henry Clement. »Fahren Sie fort!«
Da sich Clement durchaus vorstellen konnte, welche Hauptargumente Paul Henderson in seinem Plädoyer hervorheben würde, versuchte er bereits im voraus, seinem Kontrahenten den Wind aus den Segeln zu nehmen.
»Euer Ehren, über die Tatsache, daß Lori Manning die Behörden in die Irre führte, indem sie den wahren Namen des Kindsvaters verheimlichte, sind bereits viele Worte gefallen – und ich bin sicher, daß noch einige folgen werden. Aber ich bitte Sie, bei Ihrem Urteil zu berücksichtigen, daß die Ehefrau meines Mandanten zu jener Zeit einsam und verängstigt eine

rasche Entscheidung treffen mußte. Ausgerechnet der Mann, dessen Karriere sie nicht gefährden wollte, sollte namentlich in einem Dokument erwähnt werden, das jedem Klatschreporter zugänglich war und Stoff für eine Sensationsgeschichte hergegeben hätte. Was wäre über den aufstrebenden Fernsehstar wohl berichtet worden? Daß diese junge Frau für den Mann, den sie liebte, ein enormes Opfer auf sich nahm? Nein! Die Schlagzeilen hätten sicherlich berichtet, daß er sie sitzenließ, als sie seiner Hilfe bedurfte – was, wie wir alle wissen, nicht der Fall war. Euer Ehren, was immer Lori Manning auch falsch gemacht haben mag, ihr standen bei allem, was sie tat, doch immer nur zwei ehrenwerte Ziele vor Augen: zum einen, den Vater ihres Kindes zu schützen, und zum anderen, ihrem Kind die zum damaligen Zeitpunkt vermeintlich beste Chance für einen guten Start ins Leben zu geben.

Abschließend komme ich zum Kernaspekt dieses Rechtsstreites und damit zu meinem Mandanten, dem Kläger in diesem Verfahren, der sich während der gesamten Geschichte auch nicht eines Vergehens oder Fehlverhaltens schuldig gemacht hat.

Euer Ehren, ich stelle hiermit den Antrag an das Hohe Gericht, Mr. Manning das Sorgerecht für seinen leiblichen Sohn zu übertragen, das ihm infolge eines unkorrekten und unrechtmäßigen Adoptionsverfahrens bis zum heutigen Tage vorenthalten wurde. Die Rechtsansprüche meines Mandanten werden durch das in diesem Lande gültige Gesetz und durch eine beinahe hundertjährige Tradition der gerichtlichen Entscheidungspraxis gestützt. Ich bitte Sie daher um nichts mehr, als dem geltenden Recht zur Anwendung zu verhelfen. Ich danke Ihnen.«

Kapitel 50

Richter Hart nickte in Hendersons Richtung, um ihm das Wort zu erteilen.

»Euer Ehren, zu Ihrer Beruhigung möchte ich vorweg zu

Protokoll geben, daß es weder in meiner Absicht noch in der meiner Mandanten liegt, Lori Mannings charakterliche Integrität wegen ihres damaligen Verhaltens in Zweifel zu ziehen. Wie Mr. Clement zutreffenderweise dargestellt hat, war sie zu jener Zeit eine ratlose junge Frau, die sich dazu gezwungen sah, eine schwere Entscheidung zu treffen, hin und hergerissen zwischen ... wie soll ich sagen? ... zwischen ihren Gefühlen für ihr Kind und für ihren ... Liebhaber? Nein, dieser Begriff erscheint mir unangemessen, da er beiden Partnern, die inzwischen verheiratet sind, nicht gerecht wird. Ich werde Mr. Manning daher lieber nur als leiblichen Vater des Kindes bezeichnen.

Lassen wir es also dahingestellt sein, ob Lori Mannings damaliges Verhalten nun klug war oder nicht. Hier und heute müssen wir uns vor allem mit den rechtlichen Konsequenzen ihres Tuns beschäftigen, und auf diese möchte ich mich konzentrieren. Was ist zuallererst geschehen? Ein Neugeborenes wurde der Obhut eines liebevollen und ehrbaren Ehepaares anvertraut.

Gewiß, es ist nicht zu bestreiten, daß meine Mandantin in einem Moment panischer Verzweiflung mit ihrem Sohn über die Landesgrenze floh. Aber sie kehrte zurück, und zwar aus freiem Willen. Euer Ehren, dieses Gericht ist bereits darum gebeten worden, bei der Beurteilung von Lori Mannings Verheimlichung des Vaternamens Verständnis und Nachsicht walten zu lassen. Hat dann nicht eine Mutter um so mehr Verständnis und Nachsicht verdient, deren Handeln nur eine Folge ihrer Angst war, im Zuge dieses Rechtsstreites das Kind zu verlieren, das sie seit dessen Geburt aufgezogen und in ihr Herz geschlossen hat?

Wenden wir uns also der Kernfrage dieses Verfahrens zu, über die das Gericht unvoreingenommen entscheiden muß. Wer trägt die Verantwortung für diese zweifellos mißliche Situation, in der sich beide Parteien befinden und die zu diesem Rechtsstreit geführt hat? Und wer schließlich beansprucht das Kind rechtmäßig für sich? Ein Ehepaar, das in gutem Glauben ein Kind adoptierte – nicht ahnend, daß des-

sen Geburtsurkunde falsche Angaben enthielt? Oder die Seite des Klägers, die diese verfahrene Situation erst schuf, indem sie die Behörden und alle an der Adoption Beteiligten in die Irre führte?
Selbstverständlich hat Mr. Clement hervorgehoben, daß sein Mandant, Mr. Manning, als Kläger in diesem Verfahren seine Hände vollkommen in Unschuld wasche. Und daran ist nicht zu zweifeln. Aber ebenso steht außer Zweifel, daß es sich bei der Entscheidung, Mr. Manning als Kläger auftreten zu lassen, nur um ein juristisches Manöver handelt, um einen Trick, der dazu dienen soll, von der entscheidenden Figur in dieser Tragödie abzulenken – Lori Manning.
Wer also befindet sich hier im Recht? Die Partei, die ohne jede eigene Schuld in diesem Gerichtssaal zitiert wurde? Oder jene, die – wenn auch unter unglücklichen Umständen – die Schuld der bewußten Täuschung auf sich geladen hat?
Bei der Beurteilung des hier zur Verhandlung stehenden Falles nur dem Gesetz und den früheren Entscheidungen anderer Gerichte zu folgen, würde zu keinem fairen und gerechten Urteil führen. Und es geht hier um noch viel mehr als nur um Gerechtigkeit. Vor diesem Gericht wird nicht nur über die Rechte und Pflichten der streitenden Parteien verhandelt. Hier geht es um das Schicksal eines Kindes!
Lassen Sie mich Ihnen unter Hinweis auf die Vernehmungsprotokolle in Erinnerung rufen, daß keiner der hier aufgetretenen Zeugen auch nur ein einziges Wort der Kritik daran geäußert hat, wie Scott Salem von seinen Adoptiveltern aufgezogen worden ist. Seit dem Tag, an dem er in die Obhut dieser Familie kam, hat er sich körperlich, geistig und emotional in einer Weise entwickelt, die keine Zweifel an seiner fürsorglichen Behandlung aufkommen läßt. Und deswegen sage ich hier aus tiefster innerer Überzeugung, daß dieses Gericht kein Urteil fällen *kann,* nein, fällen *darf,* das diesen heute glücklichen und gesunden zweijährigen Jungen aus den Armen der einzigen Familie reißt, die er je kennengelernt hat!«
Bei diesen Worten stieg die Zornesröte in Richter Harts Wan-

gen. Aber Henderson ließ sich durch den offenkundigen Unmut des Richters über seine Erklärung nicht von seinem Kurs abbringen.
»Was also verdient hier mehr Beachtung und heiligen Respekt? Ein Gesetz, das vor vielen Jahren von Leuten verfaßt wurde, an deren Namen wir uns nicht mehr erinnern können? Oder eine glückliche, liebevolle Familie, die hier und jetzt um ihre zukünftige Existenz bangt? Ich sage, daß Christine, William, Scott und David Salem mehr Beachtung und Respekt verdienen als jedes Gesetz. In einer Zeit wie der heutigen, in der die amerikanische Familie nicht nur in diesem Bundesstaat zahlreichen Belastungen, Bedrohungen und Anfechtungen ausgesetzt ist, darf kein Gericht das Gesetz dazu benutzen, eine intakte Familie zu zerstören!«
Mit regungsloser Miene, die keinerlei Aufschluß über seine Gefühle und Gedanken gab, blickte Richter Hart zu Nancy Brook hinüber, die an dem provisorisch aufgestellten dritten Anwaltstisch saß.
»Miss Brook! Wir erwarten nun Ihr Schlußplädoyer!«
»Euer Ehren, ich bitte vortreten zu dürfen!«
Sofort erhoben sich auch die anderen beiden Anwälte und traten vor die Richterbank.
»Euer Ehren, ich gestehe, daß ich einen ungewöhnlichen Antrag an Sie stellen möchte«, begann Nancy Brook. »Aber ich bitte Sie, dabei zu berücksichtigen, daß der ganze Fall sehr ungewöhnlich ist – und die Situation hier im Gerichtssaal ebenso. Mit den Unmengen an Pressereportern direkt hinter uns und den vielen Kameras auf der Treppe vor dem Gebäude ähnelt das Ganze weniger einer Gerichtsverhandlung als einer Fernsehshow.«
Nachdem Henderson ihn bereits provoziert hatte, drohte Richter Hart nun endgültig der Kragen zu platzen.
»Anwältin, wollen Sie etwa das Gericht dafür verantwortlich machen, daß es sich bei diesem Verfahren um einen Fall handelt, der für die Medien ein gefundenes Fressen darstellt? Die Presse fordert nun einmal ihr Recht, über einen Prozeß berichten zu dürfen, der – wie heißt es so schön? – von ›öffentli-

chem Interesse‹ ist, obwohl meist nur die reine Sensationsgier im Vordergrund steht. Aber bei all dem sind einem Richter die Hände gebunden. Ich kann die Presse schließlich nicht aussperren!«

»Ich wollte Sie auch nur um eine einzige Ausnahme bitten!«

»Und die wäre?«

»Daß ich mein Schlußplädoyer unter Ausschluß der Öffentlichkeit in Ihrem Amtszimmer halten darf.«

»Das ist eine Abweichung vom üblichen Verfahren, gegen die ich schärfstens protestiere«, meldete sich Henry Clement mit solcher Vehemenz zu Wort, daß Richter Hart ihm andeutete, leiser zu sprechen. »Da bei diesem Fall bisher alles offen und regelgerecht verhandelt worden ist, sehe ich keinen Grund, ausgerechnet am Ende des Verfahrens mit einer solchen Geheimniskrämerei zu beginnen.«

»Und Ihre Meinung, Mr. Henderson?« fragte der Richter.

»Euer Ehren, ich würde Mr. Clement gewiß recht geben, wenn auch ich einen großen Fernsehstar verträte und die ganze Presse hinter mir wüßte. Ich genieße jedoch nicht das Privileg, jeden Abend in den Hauptmeldungen der Nachrichten um fünf, sechs und zehn Uhr namentlich genannt zu werden. Und da ich ausgesprochen neugierig bin zu erfahren, welcher Sachverhalt so heikel ist, daß Miss Brook ihn nur unter Ausschluß der Öffentlichkeit zur Sprache bringen will, stimme ich dieser unorthodoxen Verfahrensweise zu.«

»Mr. Henderson«, fügte Nancy Brook kess hinzu, »als ich von einem Ausschluß der Öffentlichkeit sprach, meinte ich damit auch Sie und Mr. Clement.«

»Wie bitte? Nun machen Sie aber mal halblang, junge Frau!« protestierte Henderson, den so viel Frechheit überrumpelte. Der alte Anwalt fügte dann jedoch hinzu: »Es tut mir leid, Euer Ehren! Aber dieses Ansinnen geht über alles hinaus, was ich in all den Jahren meiner langen Berufserfahrung jemals erlebt habe!«

»Und ich in meiner«, fügte Henry Clement hinzu.

»Miss Brook, wie gedenken Sie, Ihren höchst ungewöhnlichen Antrag zu rechtfertigen?« fragte Richter Hart.

»Wenn es wie hier um äußerst intime Fragen geht, die über das weitere Schicksal eines kleinen Jungen entscheiden, dann hat dieser Junge, der mein Mandant ist, sicherlich ein Recht auf den höchstmöglichen Grad an Vertraulichkeit.«
»Wollen Sie damit andeuten, daß dieses Gericht während der Verhandlung nicht das Wohlergehen Ihres Mandanten als Ziel vor Augen gehabt oder daß wir ohne berechtigten Anlaß seine Privatsphäre verletzt hätten?« hakte der Richter nach.
Das war nicht sehr klug von der jungen Frau, dachte Henderson. Jetzt hat sie alle gegen sich – sogar den Richter.
»Ein so ungewöhnlicher Ausschluß der Öffentlichkeit kann die Medien nur zu noch mehr Nachforschungen anstacheln«, fuhr Richter Hart fort. »Zudem würden wir allen möglichen Spekulationen Tür und Tor öffnen. Nein, ich fürchte, ich muß Ihren Antrag daher ablehnen.«
»Euer Ehren, wenn Sie mich dazu zwingen, werde ich gegen Ihre Entscheidung bei einer höheren Instanz Berufung einlegen, und zwar mit der Begründung, daß mein junger Mandant durch die Ablehnung meines Antrags der Gefahr ausgesetzt wird, einen irreparablen seelischen Schaden zu erleiden.«
Armes Mädchen! Ob sie wirklich weiß, welches Risiko sie mit dieser Drohung eingeht? fragte sich Paul Henderson erneut.
Währenddessen musterte Richter Hart die junge Anwältin mit starrem Blick und machte sich seine eigenen Gedanken.
Zur Hölle mit ihr! Ihre Dreistigkeit ist durch nichts zu überbieten. Aber wenn ich ehrlich bin, habe ich sie gerade deswegen hinzugezogen. Das einzige, was mir jetzt noch fehlt, wäre ein Berufungsverfahren. Was das allein für einen Pressewirbel verursachen würde! Oder spekuliert sie nur darauf, daß ich davor zurückschrecke? Und daß ich aus Angst handle, der Oberste Gerichtshof könnte meine Entscheidung revidieren? Da kennt sie mich aber schlecht!
»Anwältin, formulieren Sie Ihren Antrag, damit wir weiterkommen!«
»Ich beantrage eine Sitzung unter Ausschluß der Öffentlichkeit und der übrigen Anwälte.«

Bevor Clement oder Henderson erneut protestieren konnten, fragte Richter Hart noch einmal nach: »Habe ich Sie richtig verstanden?«

»Ja, Euer Ehren«, bestätigte Nancy Brook. »Ich beantrage eine Zusammenkunft, an der außer Ihnen und mir nur Christine Salem, Lori Manning und Scott Salem teilnehmen.«

»Und was hoffen Sie bei einer solchen Zusammenkunft beweisen zu können, Anwältin?«

»Euer Ehren, ich stehe einem ausgesprochen schwierigen, wenn nicht unlösbaren Problem gegenüber, da ich einen Mandanten vertreten muß, der kaum in der Lage ist, für sich selbst auszusagen oder einen unvoreingenommenen Fürsprecher für seine Bedürfnisse in den Zeugenstand zu rufen. Darüber hinaus hat ein Kinderpsychiater, den ich als einzigen Zeugen aufzurufen beabsichtigte, es abgelehnt, vor Gericht aufzutreten. Aus diesen Gründen bin ich dazu gezwungen, einen ungewöhnlichen Weg zu gehen, um meiner Aufgabe gerecht zu werden, die Interessen meines Mandanten zu wahren. Schließlich will ich das in mich gesetzte Vertrauen, diese Aufgabe zu erfüllen, nicht enttäuschen.«

Richter Hart konnte die mißliche Lage der jungen Anwältin nachvollziehen, zumal er sie in diese Lage gebracht hatte. Auch wenn es ihm widerstrebte, einer so ungewöhnlichen Prozedur seine Zustimmung zu erteilen, entschied er nach kurzer Überlegung: »Ich entspreche Ihrem Antrag und setze als Termin für eine Sitzung unter Ausschluß der Öffentlichkeit den morgigen Tag fest.«

»Aber Euer Ehren ...!« erhob Henry Clement seine Stimme zum Protest, doch Richter Hart schnitt ihm das Wort ab.

»Meine Herren, ich gebe Ihnen mein Wort! Sollte während dieser Sitzung irgend etwas gesagt werden, das nach einer Stellungnahme von Ihnen verlangt, werde ich Ihnen alle Möglichkeiten einräumen, dies nachzuholen. Ansonsten bleibt es bei meiner Entscheidung. Die von Miss Brook beantragte Sitzung findet morgen unmittelbar nach der Mittagspause statt.«

Kapitel 51

Um seinen Mandanten nicht erneut eine schlaflose Nacht zu bescheren, fuhr Paul Henderson erst am nächsten Morgen zu den Salems und setzte sie davon in Kenntnis, daß Christie den Richter in seinem Dienstzimmer aufsuchen und Scotty mitbringen sollte.

»Nein! Auf gar keinen Fall!« widersprach sie heftig.

»Bitte, Christie ...«, versuchte der erfahrene Anwalt sie zu beruhigen.

»Wenn sie Scotty erst einmal im Gerichtsgebäude haben, wie soll ich dann sicher sein, daß ich ihn dort auch wieder herausbekomme?« protestierte sie.

Henderson machte Bill Salem ein Zeichen, woraufhin dieser sich seiner Frau zuwandte: »Liebling, wir können es uns auf gar keinen Fall leisten, den Richter wieder vor den Kopf zu stoßen. Wir würden ihn auf diese Weise sicher endgültig gegen uns aufbringen.«

»Er ist doch sowieso schon gegen uns«, schoß Christie zurück.

»Ich werde ihnen Scotty jedenfalls nicht ausliefern!«

»Christie, Sie haben sich erdreistet, Scotty unerlaubterweise über die Landesgrenze zu schaffen«, stellte Paul Henderson in väterlichem, aber sehr bestimmten Ton fest und fügte warnend hinzu: »Wenn Sie sich jetzt weigern, hat Richter Hart ohne weiteres die Möglichkeit, Ihnen das Sorgerecht über Scotty sofort zu entziehen!«

»Das ... das könnte er tun?« fragte Christie erschrocken.

»Ja, das könnte er. Und ich zweifle nicht dran, daß er es auch tun würde.«

»Liebling ...?« flehte Bill erneut.

Erst nach längerem Schweigen und nur zögernd machte sich Christie auf den Weg in Scottys Zimmer, um den Jungen für die Fahrt zum Gericht fertigzumachen.

Was sollte sie ihm anziehen? Schließlich wählte sie eine hellblaue Cordlatzhose aus, da diese Farbe zu seinen blauen

Augen und den blonden Haaren besonders gut paßte. Dazu zog sie ihm ein blau-weiß gestreiftes T-Shirt an.
Scotty strampelte und wehrte sich, als Christie ihn ankleidete, denn mit seinen zweieinhalb Jahren fühlte er sich groß genug, um sich selbst anziehen zu können.
»Scotty! Halt doch still!« wies ihn Christie zurecht, wobei ihre Stimme einen ungewohnt scharfen Klang annahm, der ihm den Ernst der Lage bewußt machte. Obwohl er noch zu jung war, um die Situation wirklich zu erfassen, ließ er seine Mutter nun ohne Widerstand gewähren.
Als Christie seine seidigen blonden Haare mit besonderer Sorgfalt bürstete, fragte er sie: »Mami, gehen wir weg?«
»Ja, mein Liebling.«
»Zu Oma?«
»Nein.«
»Zum Spielkreis?«
»Nein, Scotty. Aber halt jetzt bitte still!«
Er folgte ihrer Bitte, bohrte jedoch erneut nach: »Wohin gehen wir denn, Mami?«
»Zu einem Haus, das Gericht heißt.«
»Da, wo du und Daddy immer hingehen?«
Plötzlich wurde ihr klar, daß er dieses Wort aus irgendwelchen Erwachsenengesprächen aufgeschnappt hatte und daß er – obwohl er erst zweieinhalb Jahre alt war – die Wichtigkeit, die dieses Wort für seine Eltern hatte, zumindest ahnte.
»Ja, Liebling! Dahin, wo Mami und Daddy jeden Tag hingehen.«
Christie nahm ihn in die Arme und drückte ihn fester an sich als gewöhnlich, bis er besorgt fragte: »Mami?«
»Komm, Scotty«, sagte sie mit Tränen in den Augen. »Wir müssen uns auf den Weg machen.«

Als sie im Vorzimmer von Richter Harts Büro eintrafen, begrüßte seine Sekretärin sie mit den Worten: »Mein Gott, das ist er also – Baby Brett!«
Unwillkürlich nahm Christine ihren Sohn noch fester an die Hand.

»Richter Hart bittet Sie, noch einen Moment zu warten. Es wird nicht lange dauern.« Sie lächelte Scotty strahlend an. »Was für ein großer Junge du schon bist!«

Einige Minuten später traf Nancy Brook ein. Sie kniete sich zu Scotty hinunter, um ihm direkt in die Augen schauen zu können, und gab ihm einen Kuß.

»Was siehst du heute morgen schick aus, junger Mann!«

Als sie sich wieder erhob, trafen ihre Augen auf den kritischen Blick Christine Salems.

»Mrs. Salem, bitte glauben Sie mir, dieses Treffen ist absolut notwendig.«

Noch während sie sprach, erkannte sie an Christine Salems Augen, daß offensichtlich hinter ihr gerade etwas vor sich ging. Die Anwältin drehte sich um und sah Lori Manning eintreten.

»Mein Anwalt hat nichts davon gesagt, daß auch *sie* hier sein würde«, entrüstete sich Christie.

»Ich kann Ihnen versichern, das dies nicht *meine* Idee war«, erklärte Lori ebenso brüsk.

»Mrs. Salem, Mrs. Manning, diese Zusammenkunft war *meine* Idee«, betonte Nancy Brook. »Sie beide können sich selbst und uns allen die ganze Angelegenheit erheblich erleichtern, indem Sie Ihre Gefühle zurückhalten, bis alles vorbei ist. Andernfalls riskieren Sie, sich Richter Harts Unmut zuzuziehen.«

Diese offene Warnung verfehlte nicht ihre Wirkung, wie man an den Gesichtern der beiden Kontrahentinnen ablesen konnte. Dann nahm Nancy Brook ihren kleinen Klienten bei der Hand.

»Wohin bringen Sie ihn?« erkundigte sich Christie besorgt.

»Zum Richter«, erwiderte die Anwältin und verschwand mit Scotty hinter der schweren, mit Walnußholz getäfelten Tür, die zu Judson Harts Büro führte, während die beiden Mütter zurückblieben und sich nur schweigend anstarrten.

In seinem Dienstzimmer hatte sich Judson Hart seiner Richterrobe entledigt, um dem Jungen gegenüber nicht zu streng und einschüchternd zu wirken. Er blickte den Kleinen freundlich an, dem Nancy Brook beruhigend zuflüsterte: »Hab keine Angst, Scotty, und sag Richter Hart ruhig guten Tag.«

Scotty machte einen zögernden Schritt und drehte sich dann wieder zu der Anwältin um, die ihn jedoch mit einem aufmunternden Nicken wieder nach vorne schob.

»Guten Morgen, Scotty«, begrüßte der Richter den Jungen. Auch er fühlte sich in dieser ungewohnten Situation, die Nancy Brook arrangiert hatte, unsicher.

Schüchtern und angespannt starrte der Junge zu Richter Hart hinauf, in neugieriger Erwartung dessen, was dieser fremde Mann von ihm wollte. Verunsichert suchte er dann wieder Blickkontakt zu seiner neuen Freundin Nancy, die ihm erneut zunickte. Daraufhin nahm er den Richter noch einmal genauestens unter die Lupe.

»Bist du der Richter, von dem Mami immer erzählt?« fragte der Junge unvermittelt.

»Ja, der bin ich«, erwiderte Hart. »Was erzählt denn deine Mami so von mir?«

Mit dem Anflug eines Lächelns unterbrach ihn Nancy Brook. »Einspruch, Euer Ehren. Die Gespräche zwischen meinem Klienten und seiner Mutter sind vertraulich.«

Hart stimmte lächelnd zu. »Sie haben recht.« Und zu Scotty gewandt, fügte er hinzu: »Schließlich wollen wir deine Mami ja nicht benachteiligen, nicht wahr?« Dann fragte der Richter förmlicher: »Miss Brook, was genau beabsichtigen Sie mit der Bitte um dieses ... dieses Treffen?«

Ohne eine Erklärung abzugeben, ging die Anwältin zur Tür. »Mrs. Manning!« bat sie Lori herein.

Als Lori sofort von ihrem Stuhl aufsprang und zur Tür eilte, erhob sich auch Christie und protestierte: »Nein! Das können Sie nicht tun!«

»Mrs. Salem! Beruhigen Sie sich!« bat Nancy Brook sie um ihr Verständnis.

Tatenlos mußte Christie mit ansehen, wie ihre Gegenspielerin im Büro des Richters verschwand und sich die Tür vor ihrer Nase wieder schloß. Ausgesperrt überlegte sie voller Furcht, was drinnen wohl mit ihrem Sohn geschehen mochte. Da Christie ihre Verzweiflung ins Gesicht geschrieben stand, schüttelte Richter Harts Sekretärin voller Mitgefühl leise den Kopf.

Auf der anderen Seite der Tür grüßte Lori den Richter mit einem respektvollen Nicken und trat dann direkt auf Scotty zu. Sie ging in die Knie und breitete die Arme aus.

»Scotty?« lud sie ihn mit einem herzlichen Lächeln ein, in ihre Arme zu kommen.

Der Junge wich jedoch zurück und drückte sich ängstlich gegen den großen Schreibtisch des Richters.

»Versuchen Sie es noch mal, und reden Sie ihm gut zu«, wurde Lori von Nancy Brook mit sanfter Stimme ermutigt.

»Scotty, ich bin deine ...« Lori brach abrupt ihren Satz ab. Schlagartig wurde ihr bewußt, daß sie ausgerechnet das Wort »Mutter« vermeiden mußte, wenn sie den Jungen nicht verschrecken wollte. »Ich bin deine Freundin ... ich möchte deine Freundin sein, Scotty.«

Sowohl Nancy Brook als auch Richter Hart konnten den seelischen Schmerz nachempfinden, den Lori in diesem Augenblick durchleiden mußte.

»Strecken Sie Ihre Arme nach ihm aus«, flüsterte Richter Hart.

Die tränennassen Augen auf ihren Sohn gerichtet, gehorchte Lori, aber sie konnte Scotty zu keiner Reaktion bewegen. Er starrte sie nur an und warf dann einen hilfesuchenden Blick zu der ihm vertrauteren Anwältin.

Da sie die Hoffnung aufgegeben hatte, daß Scotty aus eigenem Antrieb zu ihr kommen würde, trat Lori vor ihn hin und nahm ihn einfach auf den Arm. Dann ging sie zum nächsten Stuhl und setzte sich, wobei sie ihn weiter festhielt.

Doch der Junge wand sich und strampelte so wild, bis sie ihn schließlich beschämt und enttäuscht aus ihren Armen freiließ. Sofort lief er von ihr weg und klammerte sich an seine Freundin Nancy.

»Er kennt mich noch nicht«, sagte Lori entschuldigend zu Richter Hart. »Wenn er mich erst kennengelernt hat, wird er

mich auch lieben lernen. Ganz sicher. Sie werden schon sehen.«
Wieder und wieder sagte sie »Sicher! Ganz sicher!«, bis die Tränen ihre Stimme erstickten.
Berührt und beschämt von dem tiefen Schmerz, den er soeben miterlebt hatte und für den er sich auch verantwortlich fühlte, wandte sich Richter Hart an die Anwältin: »Und, Miss Brook? Haben Sie nichts zu sagen?«
»Mrs. Manning, es tut mir aufrichtig leid, daß ich Ihnen das zumuten mußte«, erklärte die Angesprochene. »Sie können jetzt gehen.«
Als Lori mit tränennassem Gesicht ins Vorzimmer zurückkehrte, machte sie einen so jammervollen Eindruck, daß sogar Christie Salem Mitleid für sie empfand. Tröstend streckte sie ihr die Arme entgegen, wurde dann aber selbst in das Büro des Richters gerufen.
Als sie das Zimmer betrat, rannte sofort ihr verängstigter kleiner Sohn auf sie zu. »Mami, Mami!« rief er erleichtert, warf sich in ihre Arme und barg sein Gesicht an ihrer Brust, wobei er immer wieder stammelte: »Mami ... Mami!«
Richter Hart reagierte auf diese Szene eher ärgerlich als gerührt. Er konnte seinen Zorn kaum verbergen, als er seine Stimme erhob: »Frau Anwältin?«
Nancy Brook war sich durchaus bewußt, was er meinte, und auch, welches Donnerwetter sie zu erwarten hatte. Doch sie fühlte sich stark genug, dem Richter gegenüberzutreten und ihm Rede und Antwort zu stehen. »Mrs. Salem, würden Sie und Scotty bitte draußen warten?«
»Soll ich mich dem Richter gegenüber denn gar nicht äußern?« fragte Christie verwundert.
»Das wird nicht notwendig sein!« versicherte Judson Hart in ernstem Ton. »Bitte lassen Sie uns jetzt allein, denn ich habe mit Miss Brook einiges zu besprechen.«
Sobald sie allein waren, verzichtete der Richter auf alle Formalitäten und kam unumwunden zur Sache. »Miss Brook, Sie haben darum gebeten, Ihr Schlußplädoyer unter Ausschluß der Öffentlichkeit halten zu dürfen, und ich habe dem zuge-

stimmt. Aber was haben Sie sich bei dieser ... dieser Vorführung gedacht? Wollten Sie etwa beweisen, was sich jeder Narr zusammenreimen kann? Daß sich ein kleiner Junge der Frau zuwendet, die er – seit er denken kann – Mami nennt, und nicht einer Fremden, die er nie zuvor gesehen hat? Natürlich stellt Lori Manning für ihn eine Fremde dar, obwohl sie seine leibliche Mutter ist. Sie haben ihr verdammt großen Schmerz zugefügt, um diese Selbstverständlichkeit zu verdeutlichen. Haben Sie denn gar kein Mitleid mit der jungen Frau? Miss Brook, ich bin überrascht, mehr noch schockiert über Ihr Verhalten!«

»Euer Ehren ...«, setzte die Anwältin zu ihrer Rechtfertigung an, aber Richter Hart ließ sie nicht zu Wort kommen.

»Natürlich kann ich mich den emotionalen Aspekten dieses Verfahrens nicht entziehen. Aber Richter dürfen sich nicht von ihren Gefühlen leiten lassen. Unsere Aufgabe besteht darin, das Gesetz auszulegen und anzuwenden! Und es ist nun mal eine Tatsache, daß dieser Staat mit seiner Gesetzgebung, die bereits durch zahlreiche Urteile bestätigt wurde, die Rechte leiblicher Eltern höher wertet als die anderer.«

Nach dieser Belehrung begab sich Richter Hart wortlos an seinen Schreibtisch und begann, das oberste Blatt eines dicken Stapels von Papieren zu lesen, die ihm zur Unterschrift vorlagen.

Obwohl dieses Verhalten nur als demonstrative Abfuhr zu verstehen war, machte Nancy Brook keine Anstalten, den Raum zu verlassen. Schließlich blickte der Richter von seinen Unterlagen auf, als erwartete er eine Erklärung für ihr Bleiben.

»Euer Ehren, genau das ist der Grund für meine ›Vorführung‹, wie Sie es genannt haben.«

»Könnten Sie bitte etwas genauer erklären, was Sie damit meinen«, forderte sie ein noch immer erzürnter Judson Hart auf.

»Das Gesetz ... die Urteile ...«, erwiderte Nancy.

»Anwältin, Sie dürften die einschlägigen Gesetze ebenso gut kennen wie ich!«

»Ja, aber Scotty kennt Sie nicht«, warf Nancy Brook ein.

»Was reden Sie da?« fragte der Richter verwirrt.
Obwohl sie bemerkte, daß die Zornesröte im schmalen Gesicht des Richters eher zu- als abnahm, antwortete die Anwältin mit entschlossener Stimme: »Ich habe versucht, meinem Mandanten das Gesetz zu erklären, aber er hat es nicht verstanden. Wie Sie selber sehen konnten, ist er ein aufgewecktes und kluges Kind. Deshalb dachte ich, es müsse wohl an mir liegen, daß er es nicht versteht. Daraufhin habe ich mir überlegt, Ihnen, Euer Ehren, die Möglichkeit zu geben. Es Scotty zu erklären. Wie Sie wissen, wartet er da draußen.«
»Wagen Sie es nicht, Ihre Spielchen mit mir zu treiben, junge Frau!«
»Euer Ehren, ich spiele keine Spielchen, wenn es um das Lebensglück eines zweieinhalbjährigen Jungen geht! Aber ich brauche nun einmal Ihre Hilfe, wenn ich ihm erklären soll, warum er heute die ihm vertraute Mutter hat und morgen plötzlich eine andere. Und warum er sich für den Rest seines Lebens fragen muß, wer diese erste Mutter war, die er geliebt hat, und was mit ihr geschehen ist? Aber damit nicht genug! Wer wird nachts, wenn er sich in einem fremden Bett vor der Dunkelheit fürchtet, da sein, um ihm das Gesetz zu erklären, das ihn in dieses Bett gelegt hat? Wer wird ihn trösten und seinen Schmerz lindern, den ihm die vom Gesetz verordnete Operation zufügt, bei der ihm ohne Betäubung ein großer Teil seines jungen Lebens abgetrennt wird? Ich hoffe, Sie werden ihm das alles erklären können an dem Tag, an dem Sie Ihr Urteil verkünden. Ich wünsche Ihnen dazu alles Gute, Euer Ehren! Hier haben Sie mein Schlußplädoyer!«
Ohne eine Antwort oder eine mögliche Rüge wegen Mißachtung des Gerichts abzuwarten, verließ Nancy Brook den Raum.
Richter Hart unternahm keinerlei Versuch, sie aufzuhalten. Er starrte nur auf die Tür, die sie hinter sich zugeworfen hatte. Erst allmählich wurde ihm bewußt, daß es nun ganz allein an ihm lag, das Urteil zu fällen.

Kapitel 52

Als Dr. Karen Craig in die Auffahrt zur Garage einbog und dort den Wagen ihres Mannes erblickte, kam ihr sofort der Gedanke, daß irgend etwas nicht stimmte oder daß zumindest etwas Außergewöhnliches passiert sein mußte.
Beim Aussteigen vernahm sie Geräusche vom Tennisplatz hinter dem Haus. Sie hörte, wie Tennisbälle mit ungewöhnlicher Wucht geschlagen wurden. Offensichtlich versuchte ihr Mann gerade, seinen Streß durch körperliche Betätigung abzubauen, wie er es früher schon – wenn auch nicht oft – bei besonders komplizierten Fällen getan hatte. *Manning gegen Salem* machte ihm anscheinend wirklich zu schaffen.
Karen ging hinter das Haus und erblickte ihn in seinem grauen Sportdreß. Er nahm gerade einen weiteren Ball aus dem Korb, der zu seinen Füßen stand, warf ihn in die Luft und holte gleichzeitig zum Aufschlag aus.
Als er sie erblickte, drosch er den Ball jedoch blindlings ins Netz.
»Ein bißchen mehr Konzentration, bitte«, neckte sie ihn, »sonst wird es nichts mit den Meisterschaften.«
»Ich übe lediglich für das Doppel-Turnier im Club. Das solltest du übrigens auch tun.«
Bis zum alljährlichen Club-Turnier zum Ende der Saison waren es noch mehr als zwölf Wochen, aber sie ging nicht weiter darauf ein. Statt dessen sagte sie: »Nein danke. Ich hatte einen harten Tag und würde jetzt lieber einen Drink nehmen.«
»Den könnte ich auch gebrauchen«, gab er zu.
Während er die Bälle einsammelte, die über den Platz verstreut lagen, erkundigte sie sich: »Und wie war's?«
»Was denn?«
»Gestern abend sagtest du etwas davon, daß heute jemand ein unorthodoxes Schlußplädoyer halten würde. Ich wollte nur wissen, wie es gelaufen ist«, hakte Karen nach.
»Es ging so!« brummte er nur, womit klar war, daß er nicht weiter darüber sprechen wollte.

Sie verlor kein weiteres Wort darüber, bis er eine Dusche genommen, einen Cocktail mit ihr getrunken und zu Abend gegessen hatte. Seine ungewöhnliche Schweigsamkeit gab ihr allerdings zu denken.
Als sie nach dem Essen noch eine Tasse Kaffee nahmen, brachte er jedoch das Thema von selbst wieder aufs Tapet.
»Wie kommt es eigentlich?« fragte er plötzlich.
»Wie kommt *was*?«
»Wie kommt es, daß du immer wieder von diesem Fall anfängst?«
Diese Frage bestätigte Karens Verdacht. *Manning gegen Salem* belastete ihn offensichtlich wirklich sehr.
»Judson, Liebling, darf ich dich darauf hinweisen, daß ich die letzten zwei Stunden nicht ein Wort über den Fall verloren habe? Und davor habe ich dich einzig und allein aus dem Grund gefragt, weil du von der ungewöhnlichen Bitte dieser jungen Anwältin erzähltest.«
Er vermied eine Entgegnung, indem er das Thema wechselte.
»Auch wenn ihr Chirurgen euch gerne beklagt, habt ihr es doch eigentlich ziemlich einfach. Ihr kennt den Gegner genau und wißt, was ihr gegen ihn tun müßt. Sicherlich habt auch ihr mit Niederlagen zu kämpfen. Aber ihr braucht nicht wie wir Richter ständig Entscheidungen zu fällen.«
»Oh, und ob wir das tun müssen«, widersprach Karen. »Die Entscheidung zum Beispiel, ob wir operieren oder nicht, kann eine Entscheidung über Leben und Tod sein, Euer Ehren.«
»Ihr müßt lediglich das Risiko abwägen, ob die Operation dem Patienten eher nutzen oder schaden wird.«
»Ob er sie überleben wird oder nicht«, verbesserte ihn Karen.
Er setzte seine Tasse so energisch ab, daß der Kaffee überschwappte.
»Verdammt noch mal, Karrie! Ich versuche, dir ernsthaft etwas klarzumachen!« explodierte er. »Ihr habt den Patienten, das heißt das Opfer, das ihr retten sollt, und die Krankheit, das heißt den Gegner, den ihr bekämpfen müßt. Ihr wißt genau, für wen und gegen was ihr arbeitet. Ich jedoch habe zwei Familien vor mir, und würde mich meiner persönlichen

Überzeugung nach am liebsten für beide einsetzen. Als Richter werde ich mich letzten Endes jedoch gegen eine der Familien entscheiden müssen. Und das ist bei Gott keine leichte Entscheidung.«

»Das hat auch niemand behauptet, Liebling«, versuchte sie ihn zu beruhigen.

»Aber wie auch immer ich mich entscheiden werde, die Presse wird gewiß die biblische Geschichte vom weisen König Salomon vorkramen. Du weißt schon – mit den zwei Frauen, die beide einen Anspruch auf dasselbe Kind anmelden. Der weise Richter klärt den Fall einfach, indem er sich ein Schwert bringen läßt und androht, das Kind in zwei Hälften zu teilen und jeder der Frauen eine davon zu geben. Da ruft eine der Frauen voller Entsetzen aus: ›Lieber soll sie mein Kind haben, als daß es sterben muß!‹ Und schon weiß der König, wer die wirkliche Mutter ist.«

»Das mag zu biblischen Zeiten schön und gut gewesen sein, aber Salomon hatte es auch noch ziemlich einfach. Er mußte sich jedenfalls nicht mit Anwälten und Psychiatern herumstreiten«, scherzte Karen.

»Außerdem hätte ich, falls ich solche Drohungen ausstoßen würde, innerhalb von Minuten mindestens ein Dutzend Bundes-, Landes- sowie Regionalverbände gegen Kindesmißbrauch auf dem Hals.«

»Du mußt aber zugeben, daß man das Zerteilen von Babys gelinde gesagt durchaus als Kindesmißbrauch bezeichnen kann«, versuchte Karen erneut, dem Gespräch eine heitere Note zu verleihen, damit ihr Mann sich ein wenig entspannte und offener über seine Sorgen reden konnte.

Statt dessen sprang er plötzlich auf und verließ mit einem undeutlichen »Du entschuldigst« den Tisch.

Er begab sich in das Arbeitszimmer und schloß die Tür hinter sich: ein deutliches Signal dafür, daß er nicht gestört werden wollte. Doch Karen mußte sich an diesem Abend noch einige Notizen für einen Vortrag machen, den sie am Samstagvormittag an der Universität vor künftigen Neurochirurgen halten sollte, und dafür benötigte sie einige Pa-

piere, die sich im Arbeitszimmer befanden. Sie klopfte leise an die Tür.
Es dauerte einen Augenblick, bis er antwortete. Vorsichtig öffnete sie die Tür und stellte fest, daß nur die Stehlampe neben seinem Ohrensessel den Raum mit einem schwachen Licht erfüllte. Da sie ihn nicht unnötig stören wollte, schlüpfte sie ins Zimmer, um sich nur rasch ihre Unterlagen zu holen.
Doch plötzlich, als sei ihre Unterhaltung nie unterbrochen worden, sagte er in die Stille hinein: »Noch etwas. Wenn deine Arbeit getan ist, wird der Patient entweder wieder gesund oder eben nicht. Wird er es nicht, dann ist das schlimm für ihn, und er stirbt vielleicht. Aber damit hat sein Leiden wenigstens ein Ende gefunden. Wenn er sich jedoch tatsächlich wieder erholt, dann geht es ihm für den Rest seines Lebens besser.«
»Das ist das Ziel einer Operation«, bestätigte sie.
»Genau das meine ich ja!« rief er aus und offenbarte seine ganze Ratlosigkeit. »Eine Operation hat ein klar definiertes Ziel. Und ihr Ergebnis, ob gut oder schlecht, ist eindeutig. Ganz anders liegt der Fall bei der Rechtsprechung. Und besonders bei diesem Rechtsstreit. Meine Entscheidung bedeutet nicht das *Ende*, sondern den *Anfang* einer Sache. Ein zweieinhalbjähriger Junge hat den größten Teil seines Lebens noch vor sich, und ich frage mich: Wird mein Urteil sein Leben verbessern oder verschlechtern?«
Da er nun selbst den Anfang gemacht hatte, nahm sie auf dem Fußschemel vor seinem Sessel Platz. »Was sagt das Gesetz dazu?«
»Das Gesetz ist eindeutig. Wenn ich den kleinen Kerl nicht mit eigenen Augen gesehen hätte, dann würde ich mir keine weiteren Gedanken machen und es einfach befolgen. Das Gesetz und alle entsprechenden Urteile sagen aus, daß in einem solchen Fall die Blutsverwandtschaft höher einzustufen ist als alle anderen Rechtsansprüche. Und es gibt gute Gründe dafür. Die Familie stellt die Keimzelle für viele wichtige Bereiche des menschlichen Daseins dar. In ihr erfolgt die Erziehung eines

jungen Menschen und damit die Weichenstellung, ob er zu einem tugendhaften oder einem schlechten Bürger heranreift. Unsere gesamte Nation setzt sich aus einzelnen Familien zusammen. Deshalb sollte es unser Ziel sein, die Familien zusammenzuhalten und sie im Falle einer Trennung wieder zusammenzuführen.«

»Aber«, fiel Karen ein, »da ist dieser kleine Junge.«

»Vielleicht hätte ich diese junge Anwältin nie mit ins Spiel bringen sollen«, seufzte er in einem Anflug von Verzweiflung. Doch nach einem Moment der Besinnung fügte er ebenso selbstkritisch wie ironisch hinzu: »Nein, das einzige, was ich ihr vorwerfen kann, ist, daß sie mich dazu gebracht hat, den Fall noch einmal genau zu überdenken.«

»Judson«, sagte Karen und zögerte einen Moment, bevor sie fortfuhr. »Haben deine Probleme bei der Urteilsfindung irgend etwas mit deiner Berufung an den Obersten Gerichtshof zu tun?«

»Ich dachte, du kennst mich gut genug, um mir diese Frage zu ersparen?« schnappte er.

»Damit hast du meine Frage noch nicht beantwortet«, beharrte Karen. »Und deine Antwort ist sehr, sehr wichtig für mich.«

»Weshalb?«

»Beantworte bitte meine Frage«, bat Karen ihn erneut.

In ihren blauen Augen schienen plötzlich einzelne Tränen zu schimmern. Erst jetzt wurde ihm klar, daß er ihre innere Anteilnahme an dem Fall unterschätzt hatte.

»Ja, diese Berufung bedeutet mir sehr viel«, gestand er aufrichtig. »Ich habe, ehrlich gesagt, davon geträumt, seit ich meine lukrative Anwaltskanzlei aufgab, um Richter zu werden.«

Etwas in ihrem Blick ließ ihn hinzufügen: »Aber ich werde es auch überleben, wenn ich nicht berufen werden sollte – zumindest solange du bei mir bist, mein Engel. Wolltest du das wissen?«

»Ja, jetzt hast du mir meine Frage beantwortet.«

»Aber jetzt mußt du mir auch eine Frage beantworten. Wie

kommt es, daß du dich gerade für diesen Fall so sehr interessierst? Und erzähl mir nicht, es liege daran, daß dir meine Berufung so viel bedeuten würde!«

»Ich würde dich in jedem Fall wollen – auch wenn du nur ein einfacher alter Familienrichter bleibst«, versuchte sie zu scherzen.

Aber ihre Tränen straften sie Lügen. Er beugte sich vor, um sie in die Arme zu nehmen.

Sie wehrte sich ein wenig, brachte aber kein Wort heraus.

»Karrie?« Er wischte ihr die Tränen von den Wangen. »Karrie, was ist denn los?«

Sie entschlüpfte seiner Umarmung und flüchtete sich in die dunkelste Ecke des Zimmers. Ohne in anzuschauen, sagte sie: »Ich weiß, daß ich dich deiner Überzeugung nach nicht bei deinen Entscheidungen beeinflussen sollte. Aber ich muß es dennoch tun … ich muß dir etwas sagen, und zwar jetzt sofort.«

»Was immer du …«

Sie unterbrach ihn: »Bitte sag jetzt nichts. Sonst machst du es noch schwieriger für mich.«

Sie schritt zwischen den Bücherwänden auf und ab. Was immer es auch sein mag, es muß sie sehr mitgenommen haben, dachte er und schwieg.

»Vor vielen Jahren, zur Zeit des Vietnamkrieges … ich war damals neunzehn … verliebte ich mich in einen jungen Mann. Wir planten zu heiraten, sobald er sein College-Examen abgelegt hätte. Wir dachten überhaupt nicht daran, daß er nach dem Examen eingezogen werden könnte. Doch tatsächlich mußte er noch vor unserer Verlobung zum Militär. Wir entschieden uns, mit der Hochzeit bis zu seiner Rückkehr zu warten.

Was allerdings keiner von uns beiden zu diesem Zeitpunkt wußte war, daß ich genau in der Woche, bevor er mit seiner Einheit ausrückte, schwanger wurde.«

»Karrie«, flüsterte Judson schmerzlich überrascht. »Davon hast du mir nie erzählt …?«

»Bitte, Liebling! Es ist das erste Mal in meinem Leben, daß ich es übers Herz bringe, überhaupt darüber zu reden.«

Er schwieg, aber es kostete ihn große Mühe, sich in seinem Sessel zurückzulehnen und ruhig zuzuhören, ohne ihr Fragen zu stellen.
»Ich mußte mich entscheiden«, fuhr Karen fort. »Sollte ich das Baby bekommen oder nicht? Ich entschied mich dafür, es auszutragen, und sobald Charles zurückkäme – sein Name war Charles, Charles Stevenson ...«
Trotz seines Vorsatzes, sie nicht zu unterbrechen, konnte er seine Verblüffung nicht verbergen: »Chuck Stevenson? Mein Gott, ich habe ihn gekannt. Wir haben zusammen Tennis gespielt. Aber soweit ich weiß, ist er nie aus Vietnam zurückgekehrt ...«
»Als ich davon erfuhr, daß er gefallen war, hatte ich bereits keine Wahl mehr. Ich entschied mich, das Kind zur Adoption freizugeben. Ich sagte mir, daß sie oder er es in einer richtigen Familie besser haben würde als bei einer unerfahrenen jungen Mutter, die ihre Ausbildung noch nicht abgeschlossen hatte und nicht einmal sich selbst ernähren konnte, geschweige denn ein Kind.
Nach seiner Geburt – es war ein Junge, und ich hätte ihn Charles genannt – gab ich ihn in die Hände eines Vermittlungsdienstes, der einen ausgezeichneten Ruf genoß. Ich dachte, ich hätte auf diese Weise das Beste für mein Kind getan und dieses Kapitel meines Lebens abgeschlossen.
Doch von dem Tage an verfolgten mich Schuldgefühle und quälende Zweifel. Schließlich wurde mir klar, daß ich mich vergewissern mußte, ob es ihm gutging ... ob er in guten Händen und glücklich war. Es gelang mir tatsächlich, seine Adoptiveltern zu finden, und ich erwog bereits, einfach ihr Haus aufzusuchen und mir mit irgendeiner Ausrede Zugang zu verschaffen. Oh, ich hätte *alles* getan, um ihn nur einmal zu sehen ...«
»Wie Lore Manning ...«, flüsterte er.
Bitte, bitte, unterbrich mich jetzt nicht, machte Karen mit einer Geste deutlich.
»Ich belauerte das Haus aus einigem Abstand. Nicht nur einmal, sondern immer wieder. Ich sah die Frau – ich konnte es

nie über mich bringen, sie seine Mutter zu nennen – und beobachtete, wie sie mit *meinem* Sohn fortging und wieder zurückkehrte. Ich beneidete sie darum, wie er ihre Hand festhielt … wie er sie anschaute!

›Es ist meine Hand, die er festhalten, und es sind meine Augen, in die er schauen sollte‹, dachte ich verzweifelt. Und ich mußte mich mit aller Kraft zurückhalten, um nicht laut auszurufen: ›Ich will ihn zurückhaben!‹«

Sie schwieg einen Moment, um sich die Tränen fortzuwischen und sich wieder zu fassen.

»Du veranschaulichst Lori Mannings Situation besser, als Henry Clement es je verstanden hat«, sagte er leise.

»Ich folgte ihnen in den Park, mehrere Male. Ich setzte mich auf eine Parkbank, von wo aus ich sie auf dem Spielplatz beobachten konnte. Ich sah, wie er rannte, hüpfte, die Rutsche hinaufkletterte und wieder herunterrutschte. Er war der mutigste kleine Junge von allen. An einem Tag stieg er auf einen Kletterturm. Er war schneller oben als alle anderen Kinder. Er war wirklich Charles' Sohn. Oben hängte er sich kopfüber mit den Kniekehlen über die Stange und schwang hin und her, um die anderen ebenfalls dazu anzustacheln. Er war so ein wagemutiger kleiner Kerl.

Bis … bis er plötzlich stürzte. Noch bevor er den Boden berührte, war ich schon aufgesprungen. Er lief in Tränen aufgelöst auf mich zu, seine kleine Hand zerkratzt und blutüberströmt. Ich streckte ihm meine Arme entgegen, um ihn zu trösten. Doch er rannte einfach an mir vorbei … zu dieser anderen Frau. Sie schloß ihn in ihre Arme und drückte sein naßgeheultes Gesicht an ihre Brust. Dann nahm sie seine Hand und küßte sie. Schon bald hörte er auf zu weinen und kuschelte sich an sie.

In diesem Moment wurde mir bewußt – und das war ein großer Schock für mich –, daß es für ihn nur eine Mutter gab und daß ich keinen Anspruch mehr auf ihn hatte. Ich verließ den Spielplatz mit dem Gefühl innerer Zerrissenheit. Ich wäre so gerne die Mutter gewesen, die ihn tröstete. Schließlich hatte *ich* ihn doch zur Welt gebracht. Er gehörte doch mir, nur mir!

Und ich wollte ihn zurück! Doch an jenem Tag mußte ich erkennen, daß es nicht darum ging, was *ich* wollte, sondern darum, daß *er* getröstet wurde. Er hatte seine Mutter, die sich um ihn sorgte. Und er brauchte mich nicht.«

Karen trat in die dunkelste Ecke des Raumes, um ihre Tränen zu verbergen. Doch er folgte ihr und schloß sie in seine Arme. Während sie ihr Gesicht an seine Brust drückte, schloß sie ihr Geständnis: »Was ich damit sagen wollte ist, daß ich die Realität akzeptieren mußte, so schmerzhaft sie auch für mich war. Ich mußte als Erwachsene mit den Folgen meiner eigenen Entscheidung leben. Denn ich hatte kein Recht, einem vierjährigen Jungen, der in den Armen ›seiner Mutter‹ Trost fand, und für den ich eine Fremde war, aus reinem Egoismus Schmerz zuzufügen.«

Er kramte nach einem Taschentuch. Nachdem sie sich damit die Tränen getrocknet hatte, erklärte sie: »Das ist das einzige Geheimnis, das ich vor dir hatte. Ich hoffe, dieser Teil meines Lebens wird zwischen uns nichts ändern.«

Noch bevor er antworten konnte, war sie seiner Umarmung entschlüpft und aus dem Zimmer geeilt.

Sie wollte ihn allein lassen, damit er sich in Ruhe der Urteilsfindung im Fall *Manning gegen Salem* widmen konnte.

Kapitel 53

Nachdem sie während der vergangenen Tage über den Prozeß nur mit der üblichen Routine berichtet hatten, setzten die Heerscharen von Reportern, Fotografen, Kameraleuten und Tontechnikern am Tag der Urteilsverkündung zu einem entschlossenen Endspurt an. Sobald sie die Mannings und die Salems zu Gesicht bekamen, umzingelten sie die beiden Parteien, eskortierten sie zum Gerichtsgebäude und malträtierten sie unablässig mit Fragen, die allerdings weder von den Ehepaaren noch von deren Anwälten beantwortet wurden.

Dennoch ertönte es von allen Seiten: »Werden Sie Berufung einlegen, falls Richter Hart gegen Sie entscheidet?« – »Falls Sie gewinnen, Lori, wann werden Sie Baby Brett dann endlich in Ihren Armen halten?« – »Mrs. Salem, falls Sie verlieren sollten, werden Sie dann versuchen, mit Scotty ins Ausland zu fliehen?«

All diesen spekulativen und provokativen Fragen entkamen die Mannings und Salems erst, als sie die Eingangshalle des Gerichtsgebäudes erreichten, die aufgrund der von Richter Hart verfügten strengen Einschränkungen für den Großteil der Presse unzugänglich war.

Der Gerichtssaal selbst brach fast aus den Nähten, obwohl man den Zuschauerbereich um zusätzliche Stehplätze erweitert hatte. Nachdem die im Streit liegenden Parteien mit ihren Anwälten Platz genommen hatten, trat der Gerichtsdiener ein, was gewöhnlich das baldige Eintreffen des Richters ankündigte und im Saal daher zu einem erwartungsvollen Ansteigen des Lärmpegels führte.

Anstatt jedoch die Zuschauer aufzufordern, sich von ihren Plätzen zu erheben, eilte der Gerichtsdiener zunächst an den Tisch Paul Hendersons und dann zu dem Henry Clements, um beiden Anwälten hinter vorgehaltener Hand eine kurze Mitteilung zuzuraunen, die von niemandem sonst mitgehört werden konnte.

Daraufhin verließen Henderson und die Salems, gefolgt von Clement und den Mannings, den Gerichtssaal durch die Tür hinter der Richterbank.

Erst jetzt dämmerte es den Presseleuten und den übrigen Zuschauern im Saal, daß Richter Hart sich dazu entschlossen hatte, das Urteil unter Ausschluß der Öffentlichkeit in seinem Amtszimmer zu verkünden. Ein Aufschrei der Empörung machte die Runde, ebbte jedoch rasch zu einem enttäuschten Murmeln ab, da niemand mehr im Saal war, der auf die Klagen und Beschwerden hätte reagieren können.

Im Büro des Richters standen links und rechts vor dessen Schreibtisch in zwei Gruppen Stühle für Kläger und Beklagte aufgestellt. Richter Hart ließ nicht lange auf sich warten und deutete den Anwesenden bei seinem Eintreten an, Platz zu behalten, da sich einige von ihnen gewohnheitsmäßig erheben wollten.

»Hier können wir auf derartige Formalitäten verzichten«, erklärte er und drückte dann auf eine Taste der Gegensprechanlage, um seiner Sekretärin nur ein einziges Wort mitzuteilen: »Jetzt!«

Einen Augenblick später öffnete sie die Tür zum Büro und ließ Nancy Brook eintreten. Doch die Anwältin kam nicht allein, sondern führte an der Hand ihren kleinen Mandanten herein.

Beide Elternpaare erstarrten, wie vom Donner gerührt.

»Nachdem Sie das Haus verlassen hatten, erlaubte ich mir die Freiheit, Scotty abzuholen, damit er bei der Urteilsverkündung anwesend ist«, erklärte Nancy Brook zu den Salems gewandt.

Dann setzte sie sich mit dem Jungen auf einen Stuhl neben dem Schreibtisch des Richters.

»Mr. Clement, Mr. Henderson, Mr. und Mrs. Manning, Mr. und Mrs. Salem! Da Sie alle ohnehin großen nervlichen Anspannungen ausgesetzt sind und ich Sie nicht zuletzt deshalb vor dem Übereifer der Medien abschirmen wollte, hielt ich diesen privateren Rahmen für geeigneter, um Ihnen meine Entscheidung mitzuteilen.

Bei meiner Urteilsfindung gab es viele Faktoren, die mich beeinflußt haben, in erster Linie aber das in diesem Bundesstaat gültige Gesetz.«

Bei diesen Worten zeigten die Beteiligten unterschiedliche Reaktionen. Bill Salem ergriff Christies eiskalte Hand, um seine Frau von einem Aufschrei des Entsetzens abzuhalten. Paul Henderson hingegen zeigte keine Regung, bis auf ein leichtes Zucken in seiner von Falten durchzogenen linken Wange.

Auf der Seite der Kläger wagte Brett Manning, Lori einen optimistischen und aufmunternden Blick zuzuwerfen, während Nancy Brook den auf ihrem Schoß sitzenden Scotty um-

armte, der sich eingeschüchtert gegen sie preßte, da ihm die Bedeutung der Worte des Richters unverständlich war.
»Darüber hinaus habe ich mich bemüht, menschliche Aspekte angemessen zu berücksichtigen, aber ich muß gestehen, daß dies nicht einfach war.«
Nach dieser Einleitung setzte der Richter seine Lesebrille auf und nahm ein von ihm vorbereitetes zweiseitiges Schriftstück zur Hand, das er mit sehr ernster Stimme verlas:
»In der Sache *Manning gegen Salem,* die vor diesem Gericht zur Verhandlung kam – das Protokoll ist dem Urteil als Anhang beigefügt –, hat das Gericht darauf erkannt, das Gesetz, auf das sich der Kläger in seiner Klageschrift bezieht, zur Anwendung zu bringen.
Dementsprechend hat das Gericht im vorliegenden Fall Buch 1, Paragraph 21 des Familiengesetzes, Abschnitt B ›Wiedervereinigung von Familien‹, bei der Urteilsfindung herangezogen.«
Bitter enttäuscht schüttelte Henderson sein graues Haupt, während Christie sich ihm mit verzweifelter Miene zuwandte und ihn stumm anflehte, doch etwas zu unternehmen. Doch der alte Anwalt hob nur matt seine rechte Hand, um seine Mandantin aufzufordern, nicht ihre Fassung zu verlieren.
Unterdessen fuhr Richter Hart mit seinen Ausführungen fort.
»Es ist in diesem Staate nicht nur Gesetz, sondern auch grundlegendes Prinzip der Familienpolitik, wann und wo immer möglich, sogar in Fällen von Kindesmißbrauch, die Blutsverwandtschaft zwischen Eltern und Kind als hochrangiges Kriterium für die Erhaltung und Zusammenführung von Familien einzustufen.
Da jedoch die praktische Umsetzung dieser gesetzlichen Richtlinien in verschiedenen Fällen zu fortwährendem Kindesmißbrauch und sogar zu Kindestötungen geführt hat, ist das Gesetz ergänzt worden. In der erweiterten Fassung heißt es, daß vom Regelfall abgewichen werden kann, sofern – ich zitiere – ›das Gericht Anlaß zu der Annahme hat, das Kind könne der Gefahr ausgesetzt werden, Schaden an Leib oder Seele zu nehmen‹.

Aufgrund der vor diesem Gericht erbrachten Beweismittel und der Argumente der beteiligten Rechtsbeistände ist das Gericht zu der Auffassung gelangt, daß dem Kind, das derzeit den Namen Scott Salem trägt, tatsächlich ein irreparabler Schaden drohen könnte, falls es plötzlich in einem Akt seelischer Grausamkeit – der einem chirurgischen Eingriff ohne Betäubung vergleichbar wäre – von der einzigen Familie, die es je kennengelernt hat, getrennt würde.
Aus diesem Grund weist das Gericht die Klage ab und entscheidet im Sinne des Familiengesetzes zugunsten von William und Christine Salem. Darüber hinaus hofft das Gericht, daß der Kläger die physische und psychische Belastung, der alle Beteiligten während des vorausgegangenen Verfahrens ausgesetzt waren, nicht durch ein Berufungsverfahren vor höherer Instanz verlängert.«
Nachdem Richter Hart das Urteil verkündet hatte, legte Brett Manning den Arm um die still weinende Lori und zog sie an sich, um das Unmögliche zu versuchen und ihr in dieser schweren Stunde Trost zu spenden.
»Mr. Clement«, wandte sich der Richter an den Anwalt. »Damit Ihre Mandanten der Presse entgehen, habe ich arrangiert, daß sie das Gerichtsgebäude durch den Richtereingang verlassen können.«
Im selben Augenblick, als die Mannings und Henry Clement den Raum verlassen hatten, stürzte Christie auf ihren Sohn zu und fiel vor ihm auf die Knie, um ihn zu küssen und zu umarmen, wobei sie ihren Freudentränen freien Lauf ließ. Ohne zu verstehen, was sich gerade ereignet hatte, rief der verwirrte Scotty nur: »Mami ... du weinst ja schon wieder?«
»Ja, mein Schatz«, erwiderte Christie, lachend und schluchzend zugleich. »Aber diesmal vor Glück und Erleichterung! Jetzt haben wir etwas zu feiern. Und du kannst dir etwas wünschen, Scotty. Was immer du willst! Weißt du schon, was?«
»Mami, können wir nach Hause?«
»Natürlich können wir nach Hause fahren, Scotty. Etwas Schöneres könnten wir uns gar nicht vorstellen, nicht wahr, Bill?«

Bill Salem nahm seinen kleinen Sohn auf die Schultern. »So, mein Junge. Zuerst bedankst du dich aber bei Richter Hart!«
Auch wenn der Zweijährige keine Ahnung hatte, warum oder wofür er sich bedanken sollte, so folgte er dennoch der Aufforderung seines Vaters. »Danke, Richter!« rief er mit seiner hellen Kinderstimme.
Als Paul Henderson und die Salems schon am Ausgang standen, drehte sich Scotty noch einmal zu Nancy Brook um: »Tschüs, Nan!«
»Tschüs, Scotty!« erwiderte die Anwältin, winkte ihm zum Abschied nach und fügte leise hinzu, nachdem sich die Tür hinter den Salems bereits geschlossen hatte: »Und alles Gute!«
»Frau Anwältin, ich glaube, ich schulde Ihnen für Ihre Mitarbeit an diesem Fall meinen Dank! Und außerdem hoffe ich, daß Sie es mir nicht allzu sehr übelnehmen, Ihre Worte bei meiner Urteilsbegründung verwendet zu haben. Aber ich konnte einfach nicht anders, denn im Falle einer Revision werden mir Ihre Worte helfen, mein Urteil zu stützen.«
»Machen Sie sich keine Sorgen. Ich betrachte es als eine Ehre, von Ihnen in einem Ihrer Urteile zitiert zu werden«, erwiderte Nancy Brook.
»Eines Tages ... eines Tages wird eine Frau mit Ihrer ...« Richter Hart suchte nach dem richtigen Begriff.
»Unverfrorenheit, Euer Ehren?«
Er lächelte. »Man wird nicht wegen seiner Unverfrorenheit zum Richter ernannt. Sagen wir daher lieber ... eine Frau mit Ihrer Gradlinigkeit! Wie wäre es damit?«
»Damit wäre ich einverstanden, Euer Ehren.«
»Ja, ich könnte mir durchaus vorstellen, daß eines Tages eine Frau mit Ihrem Wissen, Ihrem Einfühlungsvermögen, was Kinder angeht, *und* Ihrer Gradlinigkeit auf meinem Stuhl sitzt«, sagte Richter Hart.

Als er schließlich allein war, drückte er auf eine Taste seines Telefons.
»Dr. Craig bitte ... Oh, ich verstehe! Würden Sie ihr bitte eine Nachricht von mir zukommen lassen? *Der kleine Scott ist bei*

seiner Mutter! Ja, das ist die ganze Nachricht. Oder warten Sie! Vielleicht könnten Sie doch noch die folgende Kleinigkeit hinzufügen: *Heute abend würde ich gern aufs Land hinaus fahren, um uns irgendwo mit einem feinen Essen bei einem guten Glas Wein verwöhnen zu lassen. Ich glaube, wir haben es uns beide verdient.«*